불과 피

2

* 이 도서의 국립중앙도서관 출판예정도서목록(CIP)은 서지정보유통지원시스템
홈페이지(http://seoji.nl.go.kr)와 국가자료공동목록시스템(http://www.nl.go.kr/kolisnet)에서
이용하실 수 있습니다. (CIP제어번호: CIP2019013476)

GEORGE R. R. MARTIN

불과 피

조지 R. R. 마틴 장편소설

김영하 옮김

2

은행나무

얼음과 불의 노래 외전

A SONG OF ICE AND FIRE

목차

드래곤의 후계자들
계승 논란

전쟁의 씨앗은 평화로운 시기에 심어지는 경우가 많다. 웨스테로스에서도 그러했다. AC 129~131년 철왕좌를 놓고 벌어진 유혈 투쟁인 '드래곤들의 춤'도 그 뿌리는 50년 전, 정복자의 후손 중 가장 길고 평화로운 재위를 누린 '조정자' 재해리스 타르가르옌 1세 시절에서 비롯되었다.

'늙은 왕'과 '선한 왕비' 알리산느는 왕비가 AC 100년에 사망할 때까지 함께 왕국을 다스렸고(1차 불화와 2차 불화로 알려진 두 차례의 별거 기간 제외), 열세 명의 자녀를 두었다. 그중 넷—두 아들과 두 딸—이 장성하여 혼인하고 자식을 낳았다. 칠왕국에 그토록 많은 왕손이 있는 축복받은(혹은 저주받은) 시기는 그 전에도, 그 이후에도 없다. 늙은 왕과 그가 사랑해 마지않았던 왕비로부터 태어난 자손들 사이의 계승권 논란은 워낙 혼란스러웠던 터라, 많은 학사가 드래곤들의 춤이나 다른 비슷한 투쟁의 발발이 불가피했다고 본다.

재해리스 재위 초기에는 이 문제가 주목받지 않았다. 왕에게는 이른바 '후계자와 예비 후계자'로 볼 수 있는 아에몬 왕자와 바엘론 왕자가 있었고, 둘 다 더할 나위 없이 유능했던 까닭이었다. AC 62년, 아에몬은 일곱 살의 나이에 정식으로 드래곤스톤의 왕자이자 철왕좌의 후계자로 책봉되었다. 왕세자는 열일곱에 기사 서임을 받고 스무 살에 마상 대회에서 우승했으며, 26세에 부왕의 사법대신과 법률관의 자리에 올랐다. 그가 수관으로서 부왕을 섬기지 않았던 이유는 늙은 왕이 가장 신뢰한 친구이자 "직무의 동반자"인 바스 성사가 그 자리에 있었기 때문이다. 바엘론 타르가르엔 역시 형 못지않게 기량이 출중했다. 둘째 왕자는 열여섯 살에 기사 서임을 받고 열여덟에 혼인했다. 그와 아에몬은 치열하게 경쟁했지만, 형제의 끈끈한 우애는 아무도 의심하지 않았고 왕위 계승은 견고한 반석 위에 놓인 것처럼 보였다.

그러나 AC 92년, 드래곤스톤의 왕자 아에몬이 타스에서 한 미르인 노궁병이 그의 옆에 서 있던 남자를 향해 쏜 화살을 맞고 죽자, 반석에 금이 가기 시작했다. 왕과 왕비는 물론 온 왕국이 왕세자의 죽음을 슬퍼했으나, 가장 비통해한 이는 바엘론 왕자였다. 그는 즉시 타스로 날아가 미르인들을 바다에 수장하고 형의 원수를 갚았다. 킹스랜딩으로 개선한 바엘론은 환호하는 민중에게 영웅으로 칭송받았고, 부왕은 그를 껴안고 드래곤스톤의 왕자이자 철왕좌의 후계자로 임명했다. 큰 호응을 받은 처사였다. 평민들은 '용감한' 바엘론 왕자를 좋아했고, 귀족들 역시 동생이 형을 잇는 것이 당연하다고 여겼다.

그러나 아에몬 왕세자에게는 딸이 있었다. AC 74년에 태어난 라에니스 공주는 영특하고 유능하며 아름다운 여성으로 자라났다. AC 90년, 공주는 열여섯 살의 나이에 왕의 제독이자 해군관이며, 조수의 군주이자 그가 보유한 많은 배 중 가장 유명한 배의 이름을 따 '바다뱀'이라고 불리는 코를리스 벨라리온과 결혼했다. 더구나 라에니스는 부친이 사망할 당시 임신 중이었다. 드래곤스톤을 바엘론에게 내림으로써, 재해리스 왕은 라에니스뿐만 아니라 아들일지도 모르는 그녀의 자식까지 계승에서 배제한 것이

었다.

　왕의 결정은 정립된 관습과 일치했다. 정복자 아에곤은 그의 누나 비세니아보다 두 살 어렸음에도 칠왕국의 첫 군주가 되었다. 재해리스 본인 역시 철왕좌를 찬탈한 그의 숙부 마에고르의 뒤를 이어 왕이 되었지만, 출생 순서를 따랐다면 손위 누이 라에나가 여왕이 되어야 했다. 재해리스는 결정을 가볍게 내리지 않았다. 이 문제를 두고 왕은 소협의회와 논의했다고 알려졌다. 모든 중대한 사항이 있을 때마다 그랬듯이 바스 성사와 함께 상의했을 터이고, 엘리사르 대학사의 소견도 중하게 고려되었다. 모두 서른다섯의 노련한 기사인 바엘론이 열여덟 살 된 라에니스 공주나 그녀의 태어나지 않은 자식(아들이 아닐 수도 있었고, 바엘론 왕자에게는 이미 두 건장한 아들 비세리스와 다에몬이 있었다)보다 통치에 더 적합하다는 데 동의했다. 용감한 바엘론을 향한 평민들의 사랑도 언급되었다.

　일부는 이의를 품었다. 가장 먼저 반대하며 나선 이는 라에니스 본인이었다. "제 아들이 마땅히 누려야 할 권리를 박탈하시려는 건가요?" 그녀가 만삭의 배에 한 손을 얹고 왕에게 물었다. 그녀의 남편 코를리스 벨라리온은 격분한 나머지 제독의 직위와 소협의회 자리를 내팽개치고 아내와 함께 드리프트마크로 돌아갔다. 라에니스의 모친인 바라테온가의 조슬린 부인과 그녀의 오라비인 막강한 스톰스엔드의 영주 보어문드도 분노했다.

반대자 중에서 가장 두드러지는 이는 선한 왕비 알리산느였다. 수십 년간 남편이 칠왕국을 다스리는 것을 도운 그녀는, 손녀가 단지 성별 때문에 계승에서 배제되는 것에 반발했다. "통치자는 좋은 머리와 진실한 마음이 필요할 뿐." 그녀가 왕에게 했다는 유명한 말이다. "남근이 필수는 아니야. 당신이 진심으로 여자가 통치에 필요한 머리가 없다고 믿는다면, 나도 이제는 더 쓸모가 없겠네." 그리하여 알리산느 왕비는 실버윙에 올라 킹스랜딩을 떠나 드래곤스톤으로 날아갔다. 그녀와 재해리스 왕은 두 해를 떨어져 지냈고, 이 별거 기간은 역사에 '2차 불화'로 기록되었다.

늙은 왕과 선한 왕비는 딸 마에겔 성사의 중재로 AC 94년에 화해했으나, 후계에 관해서는 여전히 합의에 이르지 못했다. 왕비는 AC 100년에 예순넷의 나이로 병사할 때까지 손녀 라에니스와 그녀의 자식들이 부당하게 권리를 박탈당했다는 견해를 고수했다. 격한 논란의 대상이었던 '배 속의 아들'은 AC 93년에 여아로 태어났다. 라에니스는 딸을 래나로 이름 지었고, 다음 해 래나의 남동생 라에노르를 낳았다. 그 무렵 바엘론 왕자는 왕세자로서 입지가 굳건했으나, 벨라리온 가문과 바라테온 가문은 여전히 어린 라에노르가 철왕좌를 계승하는 것이 더 정당하다고 믿었고, 왕자의 누나 래나 또는 남매의 어머니 라에니스가 계승해야 한다고 주장하는 이들도 있었다.

앞서 서술한 대로, 신들은 말년에 이른 알리산느 왕비에게 많은 고통을 가져다주었다. 그러나 슬픔만큼 기쁨도 있었으니, 주로 그녀의 손주들에 관한 일이었다. 또한 결혼식도 여러 차례 열렸다. AC 93년, 선한 왕비는 바엘론 왕세자의 장남 비세리스와 고(故) 다엘라 공주의 열한 살 딸 아에마 아린의 결혼식에 참석했다(그들의 첫날밤은 2년 후 신부가 초경을 맞이한 다음에 치러졌다). AC 97년에는 바엘론의 차남 다에몬이 협곡의 고성(古城) 룬스톤의 상속녀인 로이스 가문의 레아 영애를 아내로 맞이하는 모습을 보았다.

AC 98년, 킹스랜딩에서 재해리스 왕의 즉위 50주년을 기념하여 열린 대마상 대회도 왕비의 마음을 흡족하게 하였을 것이다. 그녀의 모든 생존하는 자식과 손주, 증손주가 한곳에 모여 연회와 축제를 즐겼기 때문이다. '발리리아의 파멸' 이후 그토록 많은 드래곤이 한곳에 모인 적은 없었다고 전한다. 마지막 마상 창시합에서는 킹스가드 기사들인 리암 레드와인 경과 클레멘트 크래브 경이 각각 무려 30개의 창을 부러뜨린 끝에 재해리스 왕이 두 명을 공동 우승자로 선언했고, 웨스테로스 사상 제일 훌륭한 마상 창술의 경연이었다는 극찬을 받았다.

그러나 대회가 막을 내린 지 보름 후, 왕의 오랜 친구이자 유능한 수관으로서 41년간 왕을 섬긴 바스 성사가 자다가 편안한 죽음을 맞이했다. 재해리스는 그를 대신해 킹스가드의 기사단장을 수관에 임명했으나, 리암 레드와인 경은 바스 성사가 아니었고 그의 뛰어난 마상 창술은 수관의 직무를 수행하는 데 별로 도움이 되지 않았다. 이에 알라르 대학사는 "어떤 문제는 막대기로 두들겨도 해결할 수 없는 것도 있다"라는 명언을 남겼다. 결국 왕은 리암 경을 1년 만에 해임할 수밖에 없었다. 그러고는 후임으로 아들 바엘론에게 눈을 놀렸고, 드래곤스톤의 왕사는 이듬해인 AC 99년에 수관의 자리에 올랐다. 그는 맡은 소임을 훌륭하게 수행했다. 학구적인 면에서는 바스 성사보다 못했지만, 사람 보는 눈이 있었고 충성스러운 수하들과 조언자들을 거느렸다. 바엘론 타르가르옌이 철왕좌에 오르면 왕국을 잘 다스릴 것이라고 귀족과 평민 모두 입을 모았다.

하지만 그렇게 되지 못했다. AC 101년, 바엘론 왕세자는 왕의 숲에서 사냥 도중 옆구리 걸림을 호소했다. 도성으로 돌아오자 통증이 더 심해졌다. 배가 부풀며 단단히 굳었고, 극심한 고통에 왕세자는 침대에서 일어나지 못했다. 알라르가 뇌졸중으로 쓰러진 후 시타델에서 최근 도착한 신임 대학사 런시터가 바엘론의 열을 가라앉히고 양귀비즙으로 통증을 어느 정도 완화했지만, 왕세자의 상태는 계속하여 악화되었다. 앓기 시작한 지 닷새 되는 날, 바엘론 왕세자는 수관의 탑에 있는 그의 침실에서 옆에 앉은 부왕의 손을 잡은 채 생을 마감했다. 이후 시신을 부검한 런시터 대학사는 사인을 장 파열로 기록했다.

칠왕국의 모든 사람이 용감한 바엘론을 위해 눈물을 흘렸고, 재해리스 왕은 두말할 나위 없었다. 왕이 아들을 화장하는 장작더미에 불을 붙일 때, 그를 위로할 사랑하는 아내도 이제 곁에 있지 않았다. 늙은 왕은 이토록 외로웠던 적이 없었다. 그리고 왕은 다시 한번 골치 아픈 난제에 봉착했다. 또다시 왕위 계승이 논란으로 떠오른 것이었다. 두 왕세자가 죽고 화장되자, 더는 철왕좌를 이을 명확한 후계자가 없었다……. 그러나 계승권을 주장하는 이는 여럿이었다.

바엘론은 누이 알리사로부터 세 아들을 얻었고, 그중 비세리스와 다에몬이 생존했다. 바엘론이 철왕좌를 계승했더라면 비세리스가 아무런 문제 없이 뒤를 이었을 것이나, 왕세자가 마흔넷의 나이에 비극적인 죽음을 맞이하자 상황이 불투명해졌다. 라에니스 공주와 그녀의 딸 래나 벨라리온 측에서 다시 계승권을 주장하며 나섰고, 설령 그녀들이 여자라는 이유로 배제된다고 하더라도 라에니스의 아들 라에노르에게는 그런 걸림돌이 없었다. 라에노르는 남성이고 재해리스의 장남의 혈통을 잇는다고 주장할 수 있는 것에 비해, 바엘론의 아들들은 차남의 혈통이었다.

또한 재해리스 왕에게는 아직 생존하는 아들이 있었다. 시타델에 있는 바에곤은 황금으로 된 반지와 지팡이와 가면을 획득한 최고학사였다. 역사서에 '드래곤 없는' 바에곤으로 이름을 남긴 그는 당시 칠왕국에서 그 존재가 잊힌 지 오래였다. 아직 마흔 살에 지나지 않았음에도 바에곤은 창백하고 허약했으며, 연금술, 천문학, 수학과 그 외 난해한 학문에 전념하는 학자였다. 어릴 때도 대중의 사랑을 받은 적이 없는 바에곤을 철왕좌에 앉을 만한 대안으로 여긴 이는 드물었다.

그런데도 늙은 왕은 바에곤 최고학사에게 눈을 돌리고 마지막 남은 아들을 킹스랜딩으로 불러들였다. 부자 사이에 어떤 말이 오갔는지는 여전히 논쟁거리로 남아 있다. 혹자는 왕이 바에곤에게 왕위를 제안했다가 거절당했다고 주장한다. 다른 이들은 왕이 단지 조언을 구했다고 반박한다. 코를리스 벨라리온이 아들 라에노르의 "권리를 지키고자" 드리프트마크에서 군선과 병력을 소집하고, 성격이 급하고 호전적인 스무 살 청년 다에몬 타르가르엔도 그의 형 비세리스를 위해 사병을 모았다는 소식이 궁중에 전해졌다. 늙은 왕이 누구를 후계자로 지명하든, 왕좌를 놓고 격렬한 투쟁이 벌어질 소지가 다분했다. 왕은 바로 그 때문에 바에곤 최고학사가 제시한 방안을 재빨리 채택한 것이 분명하다.

재해리스 왕은 대협의회를 소집해 논의와 토론을 거쳐 왕위 계승을 최종적으로 결정하겠다고 선포했다. 웨스테로스 각지의 크고 작은 가문의 영주들은 물론, 올드타운 시타델의 학사들과 종단을 대변하는 남녀 성사들도 회의에 초대받았다. 왕은 계승권을 주장하는 이들에게 협의회에 참석한 영주들 앞에서 뜻을 표명하라고 선언했다. 그리고 대협의회에서 누가 선택되든 그 결정에 따르겠다고 약속했다.

대협의회가 열릴 장소는 왕국 최대의 성인 하렌홀로 결정되었다. 이러한 회의는 열린 적이 없어서 귀족이 몇 명이나 모일지 아무도 몰랐으나, 최소

한 500명에 달하는 귀족과 그들의 수행원을 수용할 공간이 필요할 것이라고 예상되었다. 실제로 참석한 귀족은 천 명이 넘었다. 전부 모이는 데 반년이 걸렸고, 몇몇은 회의가 거의 끝날 무렵에 도착하기도 했다. 모든 영주가 저마다 여러 기사, 종자, 말구종, 요리사, 하인을 수행원으로 대동했기에, 하렌홀조차 그들을 전부 수용하지 못했다. 캐스털리록의 영주 타이몬드 라니스터는 300명을 데려왔고, 하이가든의 매토스 티렐 공이 그에 질세라 500명을 이끌고 왔다.

도르네 변경에서 장벽의 그늘까지, 세 자매 군도에서 강철 군도에 이르기까지 왕국 곳곳에서 영주들이 찾아왔다. 타스의 저녁별도, 론리라이트의 영주도 참석했다. 윈터펠에서는 엘라드 스타크 공이, 리버런에서는 그로버 툴리 공이, 협곡에서는 이어리의 어린 여영주 제인 아린의 섭정이자 수호자인 요버트 로이스가 방문했다. 심지어는 도르네인들도 있었다. 도르네의 대공은 참관인으로서 딸과 도르네 기사 스무 명을 하렌홀로 보냈다. 올드타운의 최고성사도 내방하여 본 회합을 축복했다. 그런가 하면 상인과 장인 수백 명이 하렌홀에 몰려들었다. 방랑기사들과 자유기수들은 고용주를 구할 기대를 품고, 소매치기들은 돈주머니를 노리고, 여인들은 나이를 막론하고 남편감을 찾아 성으로 찾아왔다. 도둑과 창녀, 세탁부와 종군 매춘부, 가수와 배우가 동서남북 방방곡곡에서 찾아왔다. 셀 수 없이 많은 천막이 하렌홀의 성벽 밖과 호반을 따라 수십 리에 걸쳐 들어서며 하나의 도시를 이루었다. 한동안 하렌톤(하렌홀 성벽 밖에 자리한 마을)이 올드타운, 킹스랜딩, 라니스포트에 이어 왕국에서 네 번째로 큰 도시였다.

그곳에 모인 영주들은 무려 열네 건이나 되는 계승권 주장을 적절한 절차에 따라 심사했다. 에소스에서는 세 경쟁 후보가 왔는데, 다들 사에라가 낳은 재해리스 왕의 손자로서 모두 아비가 달랐다. 한 명은 그의 조부가 젊었을 때 모습을 쏙 빼닮았다고 한다. 볼란티스의 삼두 중 한 명의 서자인 다른 후보는 황금이 가득 담긴 자루와 난쟁이 코끼리를 가져왔다. 그가 궁핍한 영주들에게 아끼지 않고 뿌린 선물은 분명 그가 지지를 얻는 데 도움이 되었을 것이나, 코끼리는 별로 효과가 좋지 않았다. (사에라 공주 본인은 당시 볼란티스에서 잘 살던 중이었다. 나이도 이제 서른넷이었고 계승 순위도 그녀의 사생 아들들보다 명백하게 높았으나, 왕위를 원하지 않았다. 웨스테로스로 돌아갈 생각이 있느냐는 질문에 그녀는 "내 왕국은 여기야"라고 대답했다고 한다.) 어떤 후보는 자신이 '정복' 전 드래곤스톤의 가장 위대한 타르가르옌 영주였던 '영광스러운' 가에몬의 후예임을 증명하는 양피지 묶음을 제출했는데, 가에몬의 작은딸과 결혼한 어떤 군소 영주의 7대손이라는 것이었다. 자기가 잔혹 왕 마에고르의 서자라고 주장하는 건장한 붉은 머리의 병사도 있었다. 병사는 그 증거로 자신의 어머니를 데려왔는데, 한 여관 주인의 나이 든 딸인 그녀는 예전에 마에고르가 자기를 겁탈했다고 증언했다. (영주들은 겁탈까지는 믿으려고 했으나, 그 행위로 그녀가 임신했다는 주장은 인정하지 않았다.)

대협의회는 13일간 숙의를 진행했다. 군소 후보 아홉 명의 빈약한 주장은 검토 후 기각되었다(그중 자신이 재해리스 왕의 서자라고 주장한 방랑 기사는 왕에게 거짓말이 들통나자 바로 붙들려 감옥에 갔다). 최고학사 바에곤은 학사로서의 맹세 때문에, 라에니스 공주와 그녀의 딸은 성별 때문에 배제되어 가장 많은 지지를 받은 두 후보만 남게 되었다. 바엘론 왕자와 알리사 공주의 장남 비세리스 타르가르옌, 그리고 라에니스 공주의 아들이자 아에몬 왕자의 손자인 라에노르 벨라리온이 그 둘이었다. 비세리스는 늙은 왕의 손자, 라에노르는 증손자였다. 장자 상속을 따르면 라에노르가, 근접성의 원칙을 따르면 비세리스가 더 우세했다. 비세리스는 또한 발레리온을 마지막으로 탄 타르가르옌 왕손이었는데, AC 94년에 '검은 공포'가 죽은 이후로는 다른 드래곤을 타지 않았다. 반면 어린 소년인 라에노르에게는 그가 시스모크라고 이름 붙인 청아한 흰색과 회색의 어린 드래곤이 있었으나, 아직 타본 적은 없었다.

그러나 비세리스의 계승권은 부친으로부터, 라에노르는 모친으로부터 비롯되었고, 많은 영주가 부계 혈통이 모계 혈통보다 우선한다고 여겼다. 더구나 비세리스는 장성한 스물네 살 청년이었고, 라에노르는 일곱 살 난 아이였다. 이 모든 이유로 라에노르의 계승권이 더 약하다는 것이 일반적인 생각이었으나, 소년의 부모가 워낙 강대하고 영향력이 있는 인물들이었던 터라 섣불리 기각할 수 없었다.

여기서 소년의 부친에 대해 잠시 짚고 넘어가고자 한다. 조수의 군주이자 드리프트마크의 주인이었던 벨라리온 가문의 코를리스는 바다뱀이라는 별명으로 수많은 노래와 이야기에 등장하며, 그 시대에서 가장 비범했던 인사 중 한 명이다. 발리리아의 혈통을 이은 명가로 유명한 벨라리온가는 가문의 역사가 사실이라면 타르가르옌 가문보다 먼저 웨스테로스로 이주하였고, 걸릿 수역의 연기를 내뿜는 바위섬 드래곤스톤 대신 낮고 평평하며 비옥한 드리프트마크섬(매일 밀물에 실려 해변으로 오는 유목(drift-wood) 때문에 붙은 이름이라고 한다)에 정착했다. 벨라리온가는 드래곤 기수는 아니었지만, 수백 년간 타르가르옌가의 가장 오래되고 긴밀한 동맹이었다. 그들의 주 무대는 하늘이 아니라 바다였다. '정복' 당시 벨라리온의 군선들이 아에곤의 병사들을 싣고 블랙워터만을 건넜으며, 이후 왕립 함대의 주력을 이루었다. 타르가르옌 왕조의 첫 백 년 동안 워낙 많은 조수의 군주가 해군관으로서 소협의회에 참석한 터라, 그 직위가 거의 세습직으로 여겨질 정도였다.

그러나 그러한 선조들과 비교해도 독보적이었던 코를리스 벨라리온은 가만히 있지 못하는 천재였고, 야심 못지않게 모험심도 대단한 사내였다. 전통적으로 해마(벨라리온 가문의 문장)의 아들들은 어릴 적부터 뱃사람의 삶을 경험했으나, 훗날 '바다뱀'이 되는 소년만큼 선상 생활을 열심히 한 벨라리온가의 사내는 전무후무하다. 그는 여섯 살에 처음으로 숙부 한 명과 함께 협해를 건너 펜토스까지 갔다. 그 후 코를리스는 매년 그런 항해에 나섰다. 단순히 승객으로 배를 탄 것도 아니었다. 돛대를 기어올라 가고 매듭을 묶었으며, 갑판을 닦고 노를 젓고 배에 난 구멍을 메웠다. 돛을 올렸다가 내리고 망대에 올라가 망을 보았고, 배를 몰고 항행하는 법을 배웠다. 선장들은 하나같이 그처럼 타고난 뱃사람은 본 적이 없다고 입을 모았다.

코를리스는 열여섯 살에 선장이 되어 '대구 여왕'호라는 이름의 어선을 몰고 드리프트마크와 드래곤스톤 사이를 왕복했다. 이후 해가 지날수록 더 크고 더 빠른 배를 몰았으며, 항해도 더 길고 위험해졌다. 그는 배를 몰고 웨스테로스의 남단을 돌아 올드타운, 라니스포트 그리고 파이크섬의 로드스포트를 방문했다. 리스, 티로시, 펜토스, 미르에도 들렀다. '여름 처녀'호를 몰고 볼란티스와 여름 군도까지 항해했으며, '얼음 늑대'호와 함께 북쪽의 브라보스, 바닷가 이스트워치와 하드홈까지 갔다가 '전율하는 바다'로 뱃머리를 돌려 로라스와 이벤 항구로 향했다. 이후 웨스테로스 북단을 빙 도는 항로가 있다는 소문을 듣고 다시 한번 얼음 늑대호를 북쪽으로 몰았으나, 얼어붙은 바다와 산더미만 한 빙산밖에 찾지 못했다.

그의 가장 유명한 항해에 함께한 배는 그가 직접 설계하고 건조한 '바다뱀'호였다. 올드타운과 아버의 무역상들은 향신료와 비단 및 다른 보물을 찾아 콰스까지 항행하는 일이 잦았으나, 그 너머로 나아간 건 코를리스 벨라리온과 바다뱀호가 처음이었다. 비취 해협을 통과해 이티와 렝섬에 도달한 코를리스는 엄청난 양의 비단과 향신료를 싣고 돌아와 벨라리온 가문의 부를 단숨에 두 배로 불렸다. 바다뱀호를 타고 두 번째로 나선 항해에서는 동쪽으로 더 멀리 나아가 그림자 밑 아샤이에 이르렀고, 세 번째 항해에서는 전율하는 바다로 뱃머리를 돌려 웨스테로스인 최초로 '천 개의 섬'까지 항행하고 은가이와 모소비의 황량하고 을씨년스러운 해안을 방문했다.

바다뱀호는 모두 아홉 번의 항해를 마쳤다. 마지막인 아홉 번째 항해에서 코를리스 경은 배 스무 척을 살 수 있는 황금을 싣고 콰스로 또 한 번 찾아가 배를 산 뒤 사프란, 후추, 육두구, 코끼리, 최고급 비단을 잔뜩 실었다. 그의 선단에서 드리프트마크까지 안전하게 돌아온 배는 열네 척뿐이었고 코끼리는 이송 중 전부 바다에서 죽고 말았으나, 남은 것만으로도 엄청난 이익을 얻은 끝에 잠깐이나마 벨라리온 가문이 하이타워와 라니스터 가문을 제치고 칠왕국에서 제일 부유한 가문에 오르기도 했다.

조부가 여든여덟의 나이에 사망하자 조수의 군주가 된 코를리스 경은 그 막대한 재화를 적절하게 활용했다. 벨라리온 가문의 본성이었던 드리프트마크성은 어둡고 음침했으며, 항상 습하고 빈번히 물에 잠겼다. 코를리스 공은 섬의 반대편에 새로운 성, 하이타이드를 신축했다. 이어리와 같은 옅은 색의 돌로 짓고 은박 지붕을 얹은 호리호리한 탑들이 햇빛 아래서 반짝이는 성이었다. 아침과 저녁에 밀물이 들어오면 바다가 성을 에워쌌고, 드리프트마크 본토와 성을 잇는 건 둑길 하나가 유일했다. 코를리스 공은 이 새로운 성으로 고대로부터 내려오는 유목 옥좌(인어왕이 선물로 주었다는 전설이 있는 옥좌)를 옮겼다.

바다뱀은 배도 만들었다. 그가 늙은 왕의 해군관으로 지내는 동안 왕립 함대는 규모가 세 배로 불어났다. 그 자리에서 물러난 다음에도 군선 대신 상선과 무역선을 계속하여 건조했다. 드리프트마크성의 칙칙하고 소금으로 얼룩진 성벽 아래 있던 작은 어촌 세 곳이 합쳐져 힐(Hull)이라는 번화한 마을로 성장했다. 성벽 위에서 내려다보면 언제나 건조 중인 배의 선체(hull)가 빽빽이 늘어선 풍경이 보인다 하여 붙은 이름이었다. 섬의 반대편,

하이타이드 근처에 있던 한 작은 마을도 자유도시와 그 너머에서 온 배들이 항구와 부두를 가득 메운 스파이스타운(Spicetown, 향신료 마을)으로 탈바꿈했다. 걸릿 수역을 가로지르는 위치에 있는 드리프트마크는 더스큰데일이나 킹스랜딩보다 협해와 더 가까웠던 터라, 스파이스타운이 그 두 도시로 향했을 운송량을 대부분 빨아들이기 시작하면서 벨라리온 가문은 더욱 부유하고 강대해졌다.

코를리스 공은 야심가였다. 바다뱀호를 타고 아홉 번의 항해에 나섰던 그는 언제나 아무도 가보지 않고 해도에도 나오지 않는 미지의 영역으로 끝없이 나아가기를 원했다. 그는 살면서 실로 대단한 업적을 수없이 이루었지만, 그를 잘 아는 이들은 그가 만족해한 적이 드물었다고 말했다. 늙은 왕의 장남이자 왕세자였던 이의 딸이며, 왕국 그 누구에 못지않게 당차고 아름답고 긍지 높은 드래곤 기수이기까지 한 라에니스 타르가르옌은 그에게 완벽하게 어울리는 짝이었다. 코를리스 공은 아들딸들이 하늘을 날고 언젠가는 그중 한 명이 철왕좌에 앉을 것이라고 기대했다.

따라서 아에몬 왕세자가 죽은 뒤 재해리스 왕이 왕세자의 딸 라에니스 대신 '봄의 왕자' 바엘론 왕세제를 선택했을 때 바다뱀이 몹시 실망한 것은 놀라운 일이 아니었다. 그런데 이제 다시 상황이 바뀌면서 잘못된 것을 바로잡을 기회가 온 것이었다. 그리하여 코를리스 공과 그의 아내 라에니스 공주는 고양된 기분으로 하렌홀에 도착했고, 벨라리온 가문의 부와 영향력을 이용하여 그곳에 모인 영주들이 자신들의 아들 라에노르를 철왕좌의 후계자로 지지하도록 설득했다. 그런 노력에 스톰스엔드의 영주 보어문드 바라테온(라에니스의 종조부이며 라에노르의 종중조부), 윈터펠의 스타크 공, 화이트하버의 맨덜리 공, 배로턴의 더스틴 공, 레이븐트리의 블랙우드 공, 샤프포인트의 바르 에몬 공, 클로섬의 셀티가르 공 외에 몇몇 다른 귀족이 동참했다.

그러나 턱없이 부족했다. 벨라리온 공 내외는 아들을 위해 아낌없이 재화를 풀고 유려한 언변으로 지지를 얻으려 했지만, 대협의회의 결정은 처음부터 의심의 여지가 없었다. 그곳에 모인 영주들은 철왕좌의 정당한 후계자로 비세리스 타르가르옌에게 일방적인 지지를 보냈다. 영주들의 표를 집계한 학사들은 결과를 밝히지 않았지만, 나중에 알려진 바로는 득표수가 스무 배 넘게 차이 났다.

재해리스 왕은 대협의회에 참석하지 않았으나, 영주들이 내린 결정을 전해 듣고는 그들의 노고에 감사해하고 손자 비세리스를 기꺼이 드래곤스톤의 왕자로 책봉했다. 스톰스엔드와 드리프트마크 역시 마지못해하면서도 결정을 받아들였다. 워낙 득표수에서 압도적인 차이가 났기에, 라에노르의 부모조차도 승리할 수 없음을 깨달은 까닭이었다. 많은 사람이 보기에 AC 101년의 대협의회는 계승에 관련하여 확고한 선례를 남겼다. 나이나 서열과 상관없이, 웨스테로스의 철왕좌는 여성이나 여계(女系) 왕손이 계승할 수 없다는 인식이 생긴 것이다.

재해리스 왕의 재위 말년에 관해서는 길게 다룰 필요가 없다. 바엘론 왕세자는 생전에 드래곤스톤의 왕자이자 국왕의 손으로서 부왕을 섬겼으나, 그가 죽은 뒤 왕은 두 직위를 한 사람에게 맡기지 않았다. 새로운 수관으로 올드타운의 하이타워 공의 아우인 오토 하이타워 경이 발탁되었다. 오토 경은 가족 전원을 궁중으로 데려왔고, 재해리스 왕의 여생 동안 왕을 충직하게 섬겼다. 늙은 왕은 건강과 기지가 쇠하기 시작하면서 병상에서 보내는 시간이 잦아졌다. 오토 경의 조숙한 열다섯 살 딸 알리센트가 왕의 식사를 챙기고 책을 읽어주고 왕이 목욕하거나 옷을 입을 때 도와주며 항상 수발을 들었다. 늙은 왕은 이따금 그녀를 자신의 딸 중 한 명으로 착각하고 공주들의 이름으로 부르고는 했다. 임종에 가까웠던 무렵에는 알리센트가 협해 너머에서 돌아온 사에라라고 확신했다고 한다.

　AC 103년, 국왕 재해리스 타르가르옌 1세는 알리센트 영애가 바스 성
사의 《괴이한 역사》를 읽어주는 것을 듣다가 침대에서 숨을 거두었다. 향
년 69세였으며, 열네 살의 나이에 철왕좌에 오른 뒤 내내 칠왕국을 다스렸
다. 그의 유해는 드래곤핏에서 화장되었고, 그의 재는 드래곤스톤에 있는
선한 왕비 알리산느의 유골과 함께 안장되었다. 웨스테로스의 모든 사람이
왕의 죽음을 애도했다. 심지어는 왕이 다스리지 않은 도르네에서도 남자
들은 눈물을 흘리고 여자들이 옷을 찢으며 슬퍼했다.

　왕의 바람과 AC 101년의 대협의회가 내린 결정에 따라, 그의 손자 비세
리스가 왕위를 계승하고 국왕 비세리스 타르가르옌 1세로서 철왕좌에 앉
았다. 즉위 당시 비세리스 왕은 스물여섯 살이었다. 그는 사촌인 아린 가문
의 아에마 부인과 결혼한 지 10년이 넘었었는데, 그녀도 늙은 왕과 선한 왕
비 알리산느의 손녀로서, AC 82년에 사망한 다엘라 공주의 딸이었다. 아

에마 부인은 결혼 이후 여러 차례 유산하고 요람에서 아들을 잃었으나(어떤 학사들은 그녀가 너무 어린 나이에 결혼하고 합방한 탓이라고 여겼다), AC 97년에 건강한 딸 라에니라를 낳았다. 새로운 왕과 왕비는 외동딸을 애지중지했다.

국왕 비세리스 1세 시절에 웨스테로스에서 타르가르옌 왕조의 위세가 절정에 달했다는 것이 중론이다. 그때만큼 드래곤의 혈통을 가진 귀족이나 왕손이 많았던 시절이 전무후무하다는 것에는 의심의 여지가 없다. 남매나 숙질 또는 사촌끼리 결혼하는 타르가르옌가의 근친혼 전통은 꾸준하게 계속되었으나, 왕실 밖으로도 중요한 혼사가 이뤄졌고 그런 결합에서 태어난 이들은 이후 발발한 전쟁에 중대한 역할을 하였다. 또한 그 어느 때보다도 드래곤이 많았고 암컷 드래곤 여러 마리가 정기적으로 알을 낳았다. 그 알 전부는 아니지만 상당수가 부화했고, 수십 년 전에 라에나 공주가 시작한, 갓 태어난 왕손의 요람에 부모가 드래곤알을 넣어주는 행위가 관습으로 정착했다. 그런 행운을 누린 아이들은 예외 없이 새끼 드래곤과 유대감을 형성하고 드래곤 기수가 되었다.

비세리스 타르가르옌 1세는 인품이 너그럽고 쾌활했던 터라, 귀족과 평민 모두로부터 사랑을 받았다. 즉위 직후 '젊은 왕'으로 불린 비세리스의 통치 시절은 평화롭고 풍요로웠다. 왕은 인심 좋기로 유명했고, 레드킵 왕궁은 노래와 화려함으로 가득한 곳이 되었다. 비세리스 왕과 아에마 왕비는 수많은 연회와 마상 대회를 열고 그들이 총애하는 이들에게 황금과 직위와 명예를 아낌없이 베풀었다.

향락과 유희의 중심에는 모든 이가 아끼고 귀여워하며 궁중가수들이 '왕국의 기쁨'이라는 애칭을 붙인 어린 소녀이자 국왕 내외의 외동딸인 라에니라 공주가 있었다. 라에니라 타르가르옌은 부왕이 왕위에 오를 때 여섯 살에 불과했지만, 영특하고 용감하며 오직 드래곤의 혈통에게만 허락된

빼어난 미모를 가진 조숙한 아이였다. 일곱 살에는 옛 발리리아의 여신 중한 명의 이름을 따 직접 시락스라고 이름 붙인 어린 드래곤을 타고 하늘을 날아올라 드래곤 기수가 되었다. 여덟 살에는 시동으로서 일하기 시작했고, 아버지인 왕의 시중을 들었다. 그 이후 식탁에서나 마상 대회에서나 궁중에서나, 왕의 곁에 딸이 함께하지 않은 적이 드물었다.

한편, 일상적이고 지루한 통치 행위는 대부분 왕의 소협의회와 수관에게 맡겨졌다. 조부의 수관이었던 오토 하이타워 경은 유임되어 손자도 섬겼다. 그의 유능함에는 이견이 없었으나, 많은 사람이 그가 오만하고 무례하며 교만하다고 여겼다. 수관으로 재임하는 기간이 길어지면서 오토 경은 점점 더 고압적으로 행동했고, 많은 대귀족과 왕족이 그의 태도에 불만을 품고 철왕좌와 가까운 그의 권력을 시샘했다.

수관에게 최대의 경쟁자는 야심만만하고 충동적이며 변덕스러운, 왕의 아우 다에몬 타르가르옌이었다. 매력적인 만큼이나 성격도 불같은 다에몬 왕제는 열여섯 살에 기사 서임을 받고 그의 뛰어난 무예를 인정한 늙은 왕에게서 '검은 자매'를 받았다. 그는 늙은 왕의 재위 시절이었던 AC 97년에 룬스톤의 여영주와 혼인한 바 있으나, 결혼 생활은 화목하지 않았다. 다에몬 왕제는 아린 협곡을 지루하게 여겼고(그가 적길, "협곡에서는 사내들이 양을 범한다. 녀석들을 탓할 수 없는 게, 여긴 여자들이 양보다 못생겼거든"이라고 했다), 곧 아내도 싫어하게 되었다. 그는 로이스 가문의 가주들이 입는 룬 문자가 새겨진 청동 갑옷에 빗대 아내를 "내 청동 계집"이라고 부르기까지 했다. 형이 철왕좌에 오르자 왕제는 결혼을 무효로 하기를 바란다고 탄원했다. 비세리스는 요청을 거부했으나, 다에몬이 궁중으로 돌아오는 것은 허락했다. 궁으로 돌아온 왕제는 AC 103~104년에 재무관, AC 104년에는 반년 동안 법률관을 역임하며 소협의회에 참석했다.

그러나 태생이 전사인 왕제는 통치를 따분하게 여겼고, 비세리스가 그를 도시 경비대장으로 임명하자 더 마음에 들어 했다. 경비대원들의 빈약한 무장과 잡동사니와 넝마 따위를 걸친 허름한 행색을 본 다에몬은 각 대원에게 단도와 소검과 곤봉을 무기로 지급하고 검은 고리 갑옷을 입혔고(장교는 흉갑도 입혔다), 긴 황금빛 망토도 주어 자랑스럽게 입고 다니게 했다. 그때부터 도시 경비대원들은 '황금 망토'라고 알려지게 되었다.

다에몬 왕제는 황금 망토의 업무를 적극적으로 수행했고, 곧잘 대원들을 거느리고 킹스랜딩의 골목길을 돌아다녔다. 그가 도성의 치안을 더 안정시켰다는 건 누구도 부인할 수 없었지만, 그의 처벌은 가혹했다. 왕제는 소매치기의 손목을 자르고 강간범을 거세하고 절도범의 코를 베기를 즐겼으며, 경비대장에 부임한 첫해에 길거리 싸움들로 셋을 죽였다. 오래지 않아 킹스랜딩의 저급하고 퇴폐한 곳마다 왕제를 모르는 곳이 없게 됐다. 그는 술집(어디에서든 무료로 술을 마셨다)과 도박장(언제나 들어갈 때보다 더 많은 돈을 들고나왔다)에서 자주 보이는 얼굴이 되었다. 도성의 사창가에서 수많은 창녀와 즐기고 특히 숫처녀와 자는 것을 선호했다고 하지만, 곧 한 리스 출신의 무희가 그의 애첩이 되었다. 그녀의 이름은 미사리아(Mysaria)였으나, 그녀의 경쟁자들과 적들은 그녀를 미저리(Misery, 비참한 것) 또는 '하얀 벌레'라고 비하했다.

비세리스 왕은 아들이 없었으므로 다에몬은 자신을 철왕좌의 정당한 후계자로 여기고 드래곤스톤의 왕자의 칭호를 탐했으나, 왕이 부여하기를 거부했다. 그러다 AC 105년 말부터는 친구들에게 '도성의 왕자', 평민들에게는 '플리바팀 공'이라는 별명으로 불렸다. 왕은 다에몬이 자신의 뒤를 잇기를 바라지는 않았지만, 동생을 아꼈기에 그가 수없이 법을 어겨도 금방 용서했다.

라에니라 공주 또한 항상 그녀에게 신경 쓰는 삼촌을 무척 좋아했다. 다에몬은 드래곤을 타고 협해를 건널 때마다 조카를 위해 이국적인 선물을 갖고 돌아왔다. 왕은 나이를 먹으며 포동포동 살이 올랐다. 비세리스는 발레리온이 죽은 이후 다른 드래곤을 타지 않았으며, 마상 창시합이나 사냥이나 검술 대결에도 흥미가 없었다. 반면 다에몬 왕제는 그런 분야에서 탁월했고, 왕과는 달리 탄탄하고 호리호리하며 유명한 전사임은 물론 늠름하고 과감하고 무척 위험한 남자였다.

여기서 잠시 본문의 출처를 잠시 짚고 넘어가고자 한다. 이후의 일들은 밀실 또는 당사자 외에 아무도 없는 계단, 회의실, 침실 등에서 벌어졌던 터라, 완전한 진실은 아마 영원토록 밝혀지지 않을 것이다. 물론 우리에게는 런시터 대학사와 그의 후임들이 남긴 일지와 수많은 궁중 문서 그리고 모든 칙령과 선포문이 있지만, 그런 사료는 이야기의 지극히 일부만을 알려주는 데 그친다. 남은 부분을 메우려면 당시 사건에 휘말렸던 당사자들의 후손들이 몇십 년 후에 적은 기록, 즉 영주들과 기사들이 그들의 선대가 목격한 사건을 정리한 문서나 늙은 하인들이 젊었을 때 있었던 추문에 관해 이야기한 내용을 제삼자가 받아쓴 회고록 등을 살펴야 한다. 이러한 사료는 분명 쓸모가 있으나, 사건이 일어난 뒤 글로 기록될 때까지 워낙 긴 시간이 흐른 터라 헷갈리고 모순되는 부분이 많을 수밖에 없다. 그리고 이런 회고록들이 서로 일치하지 않을 때도 간혹 있다.

안타깝게도 직접 목격한 이들이 남긴 기록 중 우리에게 전하는 두 건도 이에 해당한다. 당시 레드킵 내의 왕궁 성소에서 헌신하고 훗날 최고신관단의 일원이 되는 유스터스 성사는 이 기간의 역사를 매우 자세하게 서술했다. 비세리스 왕과 왕비들이 신뢰한 측근이며 그들의 고해를 들어준 성사로서 유스터스는 그때 일어난 일들의 내막을 잘 알 수 있는 위치에 있었다. 그가 집필한 역사서인 《국왕 비세리스 1세의 재위와 그 후 발발한 드래곤들의 춤》은 대부분 진지하고 다소 장황한 내용으로 채워져 있긴 해도 그는 가장 충격적이고 선정적이었던 소문과 혐의를 기록하는 것도 꺼리지 않았다.

우리가 유스터스의 기록과 균형을 맞추고자 참고한 다른 문헌은 한 궁중 어릿광대가 구술한 내용을 어느 이름 모를 서기가 받아 적은 뒤 정리한 《머시룸의 증언》이다. 여러 해에 걸쳐 비세리스 왕, 라에니라 공주 그리고 아에곤 2세와 3세를 위해 묘기를 부린 머시룸은 90센티미터의 키에 머리가 거대한(남근은 더 거대했다고 그는 주장한다) 난쟁이였는데, 다들 그가 정신이 박약하다고 여긴 터라 왕이든 귀족이든 왕자든 아무도 그에게 애써 비밀을 숨기려고 하지 않았다. 유스터스 성사가 침실과 매음굴에서 일어난 비사를 쉬쉬하고 힐난하는 어조로 기술한 반면, 머시룸은 그런 내용을 즐겼고 《머시룸의 증언》은 음담패설과 칼침, 독살, 배신, 유혹 등 시시

콜콜하고 난잡한 이야기로 가득하다. 그런 이야기를 얼마나 믿어야 할지는 정직한 사학자가 대답할 수 없는 질문이나, 성왕 바엘로르가 머시룸의 일 대기를 모조리 불살라버리라고 명하였다는 사실은 참조할 만하다. 우리에 게는 다행스럽게도, 사본 몇 부는 분서(焚書)의 수난을 면했다.

유스터스 성사와 머시룸의 기록은 일치하지 않은 부분이 많고, 서로는 물론 궁중 기록이나 런시터 대학사와 그의 후임들의 일지와도 지극히 상 반되는 내용 역시 종종 있다. 그러나 두 기록에서 자세하게 설명하지 않았 다면 영문을 몰랐을 일들이 상당하고, 그런 내용이 최소한 일부는 진실이 었음을 후세에 작성된 문헌들이 확인해주었다. 어떤 부분을 신뢰하고 어떤 부분을 의심할지는 각 독자가 가늠할 일이다.

그러나 하나만큼은 머시룸, 유스터스 성사, 런시터 대학사의 기록을 포 함한 모든 사료가 일치한다. 바로 국왕의 손 오토 하이타워 경이 왕제를 매우 싫어했다는 것이다. 오토 경은 비세리스를 설득하여 다에몬 왕제를 재무관에 이어 법률관의 자리에서도 해임했으나, 곧 그 결정을 후회했다. 다에몬은 2000명의 병력을 거느린 도시 경비대장으로서 어느 때보다 더 막강한 위세를 떨쳤다. 수관은 형인 올드타운의 영주에게 보내는 서신에 이렇게 적었다. "다에몬 왕제가 철왕좌에 오르는 일은 반드시 막아야 해. 잔혹 왕 마에고르의 재림이나 더 끔찍한 왕이 될 게 뻔해." 당시 오토 경은 라에니라 공주가 그녀의 부친을 계승하기를 바랐고, "왕국의 기쁨이 플리 바텀 공보다는 나아"라고 적기도 했다. 그만 그런 생각을 한 것이 아니었다. 그러나 수관의 지지 세력 앞에는 거대한 장애물이 놓여 있었다. AC 101년 의 대협의회가 남긴 선례를 따른다면, 계승에 관해서는 남성이 언제나 여 성보다 우선했다. AC 92년에 바엘론이 라에니스 대신 후계자가 되었듯이, 적자가 없을 때는 왕의 딸보다 왕의 아우가 먼저였다.

왕의 견해에 관해서는 모든 사료가 비세리스 왕이 알력을 싫어했다고 기록한다. 그도 아우의 결점을 몰랐던 것은 전혀 아니나, 자유분방하고 모험심이 넘치던 어린 시절의 다에몬에 대한 추억을 소중히 여겼다. 왕이 딸 라에니라가 그의 삶에서 크나큰 기쁨이라고 빈번히 말했냐지만, 동생은 언제나 동생이었다. 수차례에 걸쳐 다에몬 왕제와 오토 경을 화해시키려 한 왕의 노력에도 불구하고 두 남자 사이에 흐르는 적대감은 궁중에서 서로에게 내비치는 거짓된 미소 아래로 끊임없이 소용돌이쳤다. 그 문제가 언급될 때마다 비세리스 왕은 단지 왕비가 곧 아들을 낳을 것이라고만 대답했다. 그리고 마침내 AC 105년, 왕은 궁중과 소협의회에 아에마 왕비가 다시 회임했음을 알렸다.

그 운명적인 해에 크리스톤 콜 경이 킹스가드로 발탁되어 세상을 떠난 전설적인 기사 리암 레드와인 경이 남긴 빈자리를 채웠다. 블랙헤이븐의 영주 돈다리온 공을 섬기는 집사의 아들로 태어난 크리스톤 경은 스물세 살의 젊고 잘생긴 기사였다. 그가 비세리스 왕의 즉위를 기념하여 메이든풀에서 열린 난전에서 우승하면서 처음으로 궁중의 관심을 끌었다. 난전이 막바지에 이르렀을 때, 크리스톤 경은 모닝스타로 다에몬 왕제의 손에서 검은 자매를 떨구어 승리하며 왕을 즐겁게 하는 동시에 왕제의 분노를 샀다. 이후 그는 승자의 월계관을 일곱 살 난 라에니라 공주에게 바치며 마상 창시합에서 달도록 호의의 징표를 내려달라고 간청했다. 시합장에서는 또다시 다에몬 왕제를 쓰러뜨리고 킹스가드의 이름 높은 쌍둥이 형제, 아릭 카길 경과 에릭 카길 경을 낙마시켰으나, 라이몬드 말리스터 공에게 패했다.

연한 녹색 눈과 칠흑 같은 머리카락에 성격도 서글서글한 콜은 곧 라에니라 타르가르옌을 비롯한 궁중 내 모든 여인의 총애를 받았다. 라에니라는 그녀가 "나의 하얀 기사"라고 부르는 남자의 매력에 홀딱 반한 나머지 부왕에게 크리스톤 경을 그녀의 수호기사로 임명해달라고 조르기까지 했다. 왕은 언제나 그랬듯이 공주의 응석을 받아주었다. 그 후로 크리스톤 경은 마상 창시합에 나설 때마다 공주의 징표를 달았고, 공주가 연회나 유희를 즐길 때 항상 그녀 곁에 붙어 있었다.

크리스톤 경이 하얀 망토를 걸치고 얼마 지나지 않아 비세리스 왕은 하렌홀의 영주 라이오넬 스트롱을 법률관에 임명하고 소협의회의 일원으로 초빙했다. 건장하고 머리가 벗겨진 스트롱 공은 투사로서 가공할 명성을 떨치는 거한이었다. 스트롱을 잘 모르는 이들은 그의 과묵함과 느린 말투를 우둔함으로 오해하고 힘만 쓰는 사내라고 여기기 쉬웠으나, 그건 착각이었다. 라이오넬 공은 어릴 적 시타델에서 수학하였고, 학사의 삶이 그에게 맞지 않는다고 포기할 때까지 여섯 개의 고리를 얻었다. 글을 읽고 쓸 줄 알며 박식했고, 칠왕국의 법률에 관해 폭넓은 지식도 가지고 있었다. 세 번 결혼하고 세 번 아내와 사별한 하렌홀의 영주는 두 처녀 딸과 두 아들을 데리고 궁중으로 왔다. 딸들은 라에니라 공주의 시녀가 되었고, 그들의 오라비이며 '뼈를 부수는 자'라고 불린 장남 하윈 스트롱 경은 황금 망토의 장교, 차남인 '곤봉발' 라리스는 왕의 심문관으로 등용되었다.

킹스랜딩의 정황이 그러했던 AC 105년 말, 마에고르 성채에서 출산을 시작한 아에마 왕비는 비세리스 타르가르옌이 오랫동안 염원한 아들을 낳다가 사망했다. 왕의 부친의 이름을 따서 바엘론으로 이름을 지은 아기도 다음 날 숨이 끊어져 왕과 궁중 모두 비통에 빠졌으나, 다에몬 왕제는 예외인 듯했다. 왕제는 비단 거리에 있는 어느 매음굴에서 그를 따르는 귀족 패거리와 함께 술에 취해 "하루살이 후계자"라고 떠벌리며 농지거리를 주고받았다고 한다. 비세리스는 그 말을 듣고(풍문으로는 다에몬의 무릎 위에 앉았던 창녀가 일러바쳤다지만, 증거에 따르면 밀고자는 술자리에 있던 동료 중 진급을 노린 한 황금 망토 장교였다) 격노했다. 드디어 왕도 배은망덕한 아우와 그의 야심에 진저리가 난 것이었다.

왕은 아내와 아들을 애도한 뒤 오랫동안 들끓던 계승 논란을 신속하게 잠재웠다. 비세리스는 AC 92년 재해리스 왕과 AC 101년 대협의회가 남긴 전례를 무시하고 딸 라에니라를 적법한 후계자로 선포한 뒤 '드래곤스톤의 공주'에 책봉했다. 킹스랜딩에서 열린 호화로운 책봉식에는 귀족 수백 명이 참석해 철왕좌 아래 부왕의 발치에 앉은 '왕국의 기쁨'에게 경의를 표하고 그녀의 계승권을 수호하겠다며 자신들의 명예를 걸고 맹세했다.

그러나 다에몬 왕제는 그들 사이에 있지 않았다. 그 칙명에 격분한 왕제는 도시 경비대에서 물러난 뒤 킹스랜딩을 떠났다. 처음에 그는 평민들이 핏빛 웜이라고 부르는 날렵한 붉은 드래곤 카락세스에 애첩 미사리아를 태우고 드래곤스톤으로 향했다. 왕제는 그곳에서 반년을 머물렀고, 그사이에 미사리아를 임신시켰다.

애첩의 몸에 태기가 있다는 것을 안 다에몬 왕제는 그녀에게 드래곤알을 하나 주었다. 이 또한 도가 지나친 행위였고 형의 노여움을 샀다. 비세리스는 아우가 당장 알을 회수하고 창녀를 쫓아낸 뒤 본처에게 돌아가지 않으면 역적으로 간주하겠다는 엄명을 내렸다. 마지못해 왕명에 응한 왕제는 미사리아를 리스로 돌려보내고(알은 회수했다) 자신은 달갑지 않은 '청동 계집'이 있는 협곡의 룬스톤으로 향했다. 그런데 미사리아가 협해를 건너던 중 폭풍우를 겪으며 유산하고 말았다. 그 소식을 전해 들은 다에몬 왕제는 말로 슬픔을 표하지 않았으나, 형을 향한 마음이 차갑게 식었다. 그때부터 그는 비세리스 왕을 멸시하는 말투로 논했고, 밤낮으로 계승을 곱씹기 시작했다.

라에니라 공주가 부왕의 후계자로 선포되었음에도 궁중과 궁중 밖 왕국의 많은 사람이 여전히 비세리스가 아들을 얻기를 바랐다. '젊은 왕'이 아직 서른 살도 채 되지 않았기 때문이었다. 왕에게 처음으로 재혼을 권유한 건 런시터 대학사였고, 막 열두 살이 된 래나 벨라리온 영애를 적당한 왕

빗감으로 제의하기까지 했다. 최근 초경을 치렀으며 성정이 불같은 래나 영애는 어머니 라에니스로부터 순혈 타르가르옌의 미모를, 아버지 바다뱀으로부터는 대담한 모험심을 물려받았다. 코를리스 공이 항해하기를 좋아하는 만큼이나 래나는 날기를 좋아했고, AC 94년에 검은 공포가 죽은 이후 타르가르옌 드래곤 중 가장 나이가 많고 가장 거대한 드래곤인 막강한 바가르를 타고 다녔다. 런시터는 왕이 그녀를 아내로 맞이함으로써 철왕좌와 드리프트마크 사이에 자라난 갈등을 치유할 수 있으리라고 지적했다. 래나가 훌륭한 왕비가 될 것도 분명했다.

비세리스 타르가르옌 1세는 의지가 강한 왕이 아니었다. 원만한 성격에 언제나 타인의 호감을 사려 했던 왕은 측근들의 조언에 크게 의존했으며, 대부분 그들이 바라는 대로 행동했다. 그러나 이번만큼은 그가 생각해둔 바가 있었고 어떤 반론도 그의 결심을 바꾸지 못했다. 그는 다시 혼인하겠지만, 열두 살 난 소녀를 왕비로 맞이하지도, 국정을 위해서 결혼하지도 않을 터였다. 이미 다른 여인이 그의 눈을 사로잡았던 것이다. 왕은 재해리스 왕이 임종할 때 옆에서 책을 읽어주었던 소녀, 수관의 영리하고 아름다운 열여덟 살 딸 알리센트 하이타워 영애와 결혼하겠다고 발표했다.

올드타운의 하이타워 가문은 나무랄 데 없는 혈통의 유서 깊은 명문가였기에, 왕이 간택한 신붓감을 반대할 이유는 없었다. 그러나 일각에서는 수관이 도를 넘었다고, 처음부터 이럴 의도로 딸을 궁중으로 데려온 것이라고 수군거렸다. 몇몇은 아에마 왕비가 죽기 전에 이미 알리센트가 비세리스 왕을 자기 침대로 끌어들였을 거라며 그녀의 순결을 의심하기도 했다. (이러한 비방은 한 번도 입증된 바 없으나, 머시룸도 《증언》에서 같은 내용을 말했으며 알리센트 영애가 늙은 왕의 침실에서 단지 책만 읽은 것이 아니라는 주장까지 했다.) 협곡에서는 다에몬 왕제가 자신에게 소식을 전한 하인을 거의 죽을 때까지 채찍질했다고 한다. 드리프트마크에서 전갈을 받은 바다뱀 역시 기뻐할 수 없었다. 벨라리온 가문은 또다시 무시당했다. 지난 AC 92년에 늙은 왕이 그의 아내를 배제하고 그 후 대협의회가 그의 아들 라에노르에게 퇴짜를 놓은 것에 이어, 이제는 그의 딸 래나마저도 거절당한 것이었다. 정작 래나 영애 본인은 아랑곳하지 않았다. "아가씨는 소년들보다는 하늘을 나는 것에 훨씬 더 큰 관심을 보입니다"라고 하이타이드의 학사가 시타델에 보내는 서신에 적었다.

AC 106년에 비세리스 왕이 알리센트 하이타워를 아내로 맞이했을 때, 벨라리온 가문의 불참이 눈길을 끌었다. 피로연에서 라에니라 공주는 새어머니에게 손수 술을 따라주었고, 알리센트 왕비는 공주의 볼에 입을 맞추며 "딸"이라고 불렀다. 공주는 여인들이 옷을 벗기며 왕을 신부가 기다리는 신방으로 데려갈 때 동참했다. 그날 밤 레드킵은 웃음과 사랑이 지배했다……. 그러나 블랙워터만 반대편에서는 바다뱀 코를리스 공이 다에몬 왕제를 맞이하고 전쟁을 논의했다. 왕제는 아린 협곡과 룬스톤과 그의 아내에 신물이 난 지 오래였다. "검은 자매는 양을 도살하는 것보다는 더 명예로운 과업을 위해 만들어진 검입니다"라고 그가 조수의 군주에게 말했다고 한다. "피를 갈망한다는 말이지요." 그러나 왕제가 염두에 둔 건 반란이 아니었다. 권력을 잡을 다른 기회를 찾은 것이다.

에소스의 분쟁 지역과 도르네 사이에 띠처럼 이어진 바위섬들인 징검돌 군도는 오랫동안 범법자, 추방자, 파괴범, 해적의 소굴이었다. 섬들 자체는 가치가 작으나, 그 절묘한 위치 덕분에 협해를 오가는 항로를 통제했고 근해를 지나는 상선들이 섬 주민들의 먹이가 되는 일이 비일비재했다. 그러나 지난 수백 년간 그런 약탈 행위는 성가신 방해에 지나지 않았었다.

한편 10년 전 자유도시 리스, 미르, 티로시가 오랜 원한을 제쳐두고 동맹을 맺고는 볼란티스와 전쟁을 벌였다. '접경 지대 전투'에서 볼란티스를 격파한 세 자유도시는 "영원한 동맹"을 맺고 '삼두정'이라는, 웨스테로스에서 '세 딸의 왕국'(자유도시들은 제각기 옛 발리리아의 딸을 자처했다)으로 부르거나 '세 창녀의 왕국'이라고 비하한 새로운 강력한 세력을 형성했다(그러나 이 '왕국'은 왕 대신 33명의 마지스터로 이루어진 평의회가 통치했다). 볼란티스가 화평을 청하고 분쟁 지역에서 물러나자, 서쪽으로 시선을 돌린 '세 딸'은 미르 출신 총제독 크라가스 드라하에게 연합 병력과 함대를 맡겨 징검돌 군도를 휩쓸었다. 크라가스는 포로로 잡은 해적 수백 명을 갯벌에 꽂은 장대에 매달아 밀물이 들어올 때 수장시키면서 '게 먹이꾼'이라는 별명을 얻었다.

세 딸의 왕국의 징검돌 군도 침공과 정복은 처음에는 웨스테로스 귀족들의 열렬한 지지를 받았다. 혼돈 대신 질서가 자리 잡았고, '세 딸'이 근해를 지나는 배에 통행료를 요구하더라도 해적들을 소탕한 것에 대한 작은 대가로 받아들였던 까닭이다.

그러나 게 먹이꾼 크라가스와 정복에 관여한 협조자들의 탐욕이 커지면서 지지는 반감으로 돌아섰다. 통행료는 오르기를 거듭하며 어느덧 감당하지 못할 수준에 이르렀고, 한때 기꺼이 통행료를 내던 상선들은 예전에 해적선으로부터 도망쳤듯이 삼두정의 갤리선을 피하기에 바빴다. 사람들은 드라하와 그의 리스와 티로시 동료 제독들이 서로 누가 더 탐욕스러운지 경쟁하는 것 같다고 불평했다. 리스인들은 특히 혐오의 대상이 되었는데, 지나는 배로부터 통행료뿐만 아니라 여자와 계집아이와 예쁘장한 소년들까지 납치하여 베갯집과 환락정원에 팔아넘겼기 때문이다. (그렇게 노예로 잡혀간 이들 중에는 스톤헬름 영주의 열다섯 살 조카, 조한나 스완이 있었다. 구두쇠로 악명 높은 백부가 몸값을 내기를 거절하자 한 베갯집에 팔려 간 그녀는 그곳에서 '검은 백조'라는 별명의 유명한 고급 창녀로 변모했고, 이름만 아닐 뿐 리스의 실질적인 지배자가 되었다. 그녀의 이야기는 매우 흥미롭지만, 아쉽게도 본 역사에는 아무런 영향을 끼치지 않았다.)

웨스테로스에서 이러한 관행으로 가장 큰 피해를 본 귀족은 다름 아닌 조수의 군주 코를리스 벨라리온이었다. 보유한 함대의 무력으로 칠왕국에서 누구 못지않은 부와 권력을 쌓은 바다뱀은 징검돌 군도에 대한 삼두정의 지배를 끝내겠다고 결심했고, 전쟁에서 승리하여 얻을 황금과 영광을 기대하는 다에몬 타르가르옌이 적극 가담했다. 그들은 왕의 결혼식에 불참하고 드리프트마크의 하이타이드성에 모여 전쟁을 계획했다. 벨라리온 공은 함대를, 다에몬 왕제는 지상 병력을 지휘할 것이었다. '세 딸'의 군대보다 수적으로 크게 열세였지만, 왕제는 핏빛 웜 카락세스의 화염도 동원할 예정이었다.

다에몬 타르가르옌과 코를리스 벨라리온이 징검돌 군도에서 벌인 그들만의 전쟁을 여기서 자세히 짚고 넘어갈 필요는 없다. 간단히 말하면, 전쟁은 AC 106년에 시작됐고 다에몬 왕제는 별 어려움 없이 토지 없는 모험가와 귀족 가문의 작은아들들을 모아 만든 군대로 개전 후 첫 두 해 동안 수많은 승리를 거두었다. AC 108년, 마침내 게 먹이꾼 크라가스와 마주한 다에몬은 홀로 그를 쓰러뜨리고 검은 자매로 목을 베었다.

분명 골칫덩이 동생이 사라져서 기뻤을 비세리스 왕은 계속하여 군자금을 대며 동생의 전쟁을 지원했고, AC 109년에는 다에몬 타르가르옌의 용병과 살인마 군대가 징검돌 군도에서 두 섬을 제외한 모든 섬을 점령하고 바다뱀의 함대가 근해 전역을 장악하기에 이르렀다. 이 짧았던 승리의 시간에 다에몬 왕제는 '징검돌 군도와 협해의 왕'을 자칭했고, 코를리스 공이 그의 머리에 왕관을 씌워주었다……. 그러나 그들의 '왕국'은 안정과는 거리가 멀었다. 이듬해, 세 딸의 왕국은 새로운 침공군을 파견하고 교활한 티로시 출신 장군 라칼리오 린둔에게 지휘를 맡겼다. 린둔은 역사에 이름을 남긴 가장 흥미롭고 이색적인 불한당 중 한 명으로, 여기에 삼두정과 동맹을 맺은 도르네도 가세하면서 전쟁이 재개됐다.

징검돌 군도가 피와 불에 휩싸였지만, 비세리스 왕과 그의 궁중은 동요하지 않았다. "다에몬이 계속 전쟁 놀음을 하게 내버려두시오"라고 왕이 말했다고 한다. "그러면 다른 말썽은 부리지 않겠지." 비세리스는 평화를 지향했고, 그의 재위 동안 킹스랜딩에서는 향연과 무도회와 마상 대회가 끊임없이 열렸으며 배우들과 가수들이 새로운 타르가르옌 왕손이 태어날 때마다 그 탄생을 널리 알렸다. 알리센트 왕비는 빼어난 미모만큼이나 아이도 잘 낳는다는 것을 증명했다. AC 107년, 그녀는 왕에게 건강한 아들을 낳아주었고 아이의 이름은 '정복자'를 따라 아에곤이 되었다. 2년 후에는 왕에게 딸 헬라에나를 안겨주었다. 그녀가 AC 110년에 낳은 둘째 아들 아에몬드는 몸집이 형의 절반에 불과했으나 두 배는 더 기운이 넘쳤다고 한다.

한편 라에니라 공주는 부왕이 정무를 볼 때마다 여전히 철왕좌 아래에 앉았으며, 왕은 공주를 소협의회에도 참석시키기 시작했다. 많은 귀족과 기사가 그녀의 총애를 갈구했으나, 공주의 눈에는 젊은 킹스가드 기사이며 항상 그녀 곁에 있는 크리스톤 콜 경밖에 들어오지 않았다. 하루는 사람들 앞에서 알리센트 왕비가 의문을 표했다. "크리스톤 경이 공주를 적으로부터 보호한다지만, 공주를 크리스톤 경으로부터 보호하는 건 누구랍니까?" 왕비와 의붓딸의 우호적인 관계는 오래가지 못했다. 라에니라와 알리센트 둘 다 왕국의 첫째가는 여인이 되기를 바랐기 때문이다. 왕비가 왕에게 한 명도 아닌 두 명의 남성 후계자를 낳아주었음에도, 비세리스는 계승 서열을 바꾸려 하지 않았다. 드래곤스톤의 공주는 여전히 왕이 인정한 후계자였으며, 웨스테로스의 영주 과반수가 그녀의 권리를 지키겠다고 맹세한 상태였다. 누군가 "AC 101년에 대협의회가 내린 결정은 뭐란 말입니까?"라고 물어도 무시당했다. 비세리스 왕에게 후계 문제는 이미 결정이 난 사항이었고, 전혀 다시 논의할 마음이 없었다.

그러나 재고 요청은 끈질기게 이어졌고 알리센트 왕비만 했던 것도 아니었다. 그녀의 지지자 중 가장 큰 목소리를 낸 건 그녀의 아버지이자 국왕의 손인 오토 하이타워 경이었다. 결국 AC 109년, 왕을 지나치게 몰아붙인 오토 경은 수관의 자리에서 해임되었고, 비세리스는 그를 대신하여 과묵한 하렌홀의 영주 라이오넬 스트롱을 임명했다. "이 수관은 나를 괴롭히지 않겠지"라고 왕이 말했다.

오토 경이 올드타운으로 낙향한 다음에도 궁중에는 알리센트 왕비와 친하고 그녀 아들들의 계승권을 지지하는 강대한 영주들의 세력인 '왕비파'가 계속 존재했다. 그들에 맞선 건 '공주파'였다. 비세리스 왕은 왕비와 딸 둘 다 사랑하고 갈등과 언쟁을 싫어했다. 그는 매일 두 여인이 사이좋게 지내도록 애쓰고 선물과 황금과 명예로 양측의 비위를 맞추려고 노력했다. 그가 살아서 통치하고 균형을 유지하는 동안, 향연과 마상 대회는 예전처럼 계속 열렸고 왕국도 여전히 평화로웠다. 그러나 눈이 예리한 이들은 두

파벌의 드래곤들이 가까이 지나칠 때마다 서로 이를 딱딱거리고 불꽃을 뱉는 광경을 포착했다.

AC 111년, 왕과 알리센트 왕비의 결혼 5주년을 기념하여 킹스랜딩에서 대마상 대회가 열렸다. 개회식 만찬에서 왕비는 초록색 가운을, 공주는 타르가르옌 가문의 색깔인 붉은색과 검은색을 과시하는 의복을 걸쳤다. 이때부터 왕비의 파벌과 공주의 파벌을 언급할 때 각각 '녹색파'와 '흑색파'로 칭하는 것이 관습이 되었다. 마상 대회는 라에니라 공주의 징표를 걸고 나선 크리스톤 콜 경이 왕비의 두 사촌과 막냇동생 그웨인 하이타워를 포함한 모든 왕비 측 대전사를 말에서 떨구면서 흑색파의 승리로 막을 내렸다.

그러나 그곳에는 흑색이나 녹색이 아닌 금색과 은색을 걸친 이도 있었다. 다에몬 왕제가 궁중으로 돌아온 것이다. 협해의 왕을 자칭하고 왕관을 쓴 다에몬은 그의 드래곤을 타고 아무런 통보 없이 킹스랜딩의 하늘에 나

타났고, 마상 대회가 열리는 벌판 위를 세 번 선회했다. 그러나 마침내 땅으로 내려온 다음에는 형 앞에 무릎을 꿇고 사랑과 충성의 증표로 왕관을 바쳤다. 비세리스는 다에몬에게 왕관을 돌려주고 동생의 양쪽 뺨에 입을 맞추고는 그의 귀환을 환영했고, '봄의 왕자'의 두 아들이 화해하는 광경을 지켜본 귀족과 평민에게서 우레와 같은 환호성이 터져 나왔다. 그중 가장 크게 함성을 지른 사람 중 한 명인 라에니라 공주는 그녀가 좋아하는 숙부의 귀환을 진심으로 기뻐했고, 그에게 한동안이라도 궁에 머물러 달라고 졸랐다.

여기까지는 알려진 사실이다. 그 후 일어난 일에 관해서는 신뢰성이 의심스러운 사료를 참고할 수밖에 없다. 다에몬 왕제가 반년 동안 킹스랜딩에 머무른 점은 논란의 여지가 없다. 런시터 대학사에 따르면 왕제는 소협의회에도 다시 참석하였으나, 그동안의 세월도 타지 생활도 그의 본성을 바꾸지 못했다. 오래지 않아 다에몬은 옛 황금 망토 부하들과 다시 어울리며 예전에 매우 귀중한 고객으로 대접받았던 비단 거리의 여러 창관에 드나들기 시작했다. 다에몬은 모든 예를 갖추어 알리센트 왕비를 대했으나, 둘 사이에는 그 어떤 따뜻함도 없었다. 또한 왕제는 왕비의 자식들, 특히 그의 계승 서열을 더 떨어뜨린 두 조카 아에곤과 아에몬드에게는 뚜렷이 냉랭했다고 한다.

라에니라 공주에게는 전혀 달랐다. 다에몬은 오랜 시간을 공주와 함께 보내며 자신의 여행담과 무용담으로 조카를 매혹했다. 진주와 비단과 책과 한때 렝의 여제가 썼다는 비취 왕관을 선물로 주었고, 시를 읽어주고 함께 저녁 식사를 하고 매사냥을 나가고 배를 탔으며, 알리센트 왕비와 그녀의 자식들에게 알랑거리는 궁중 "아첨꾼"들을 조롱하여 조카를 즐겁게 했다. 왕제는 라에니라의 미모를 찬양하고 칠왕국 최고의 미녀라고 칭송하기도 했다. 숙질은 거의 매일 함께 시락스와 카락세스를 타고 누가 더 빨리 드래곤스톤까지 날아갔다가 돌아오는지 겨루기 시작했다.

여기서부터 사료의 내용이 엇갈린다. 런시터 대학사는 단지 형제가 다시 한번 언쟁을 벌였고, 다에몬 왕제가 킹스랜딩을 떠나 징검돌 군도로 돌아가서 전쟁을 계속했다고 기록했다. 언쟁의 이유는 언급하지 않았다. 어떤 이들은 알리센트 왕비의 독촉으로 비세리스가 다에몬을 쫓아냈다고 단언했다. 그러나 유스터스 성사와 머시룸은 이와 다르면서도 서로 상반되는 이야기를 전한다. 둘 중 덜 외설적인 유스터스는 다에몬 왕제가 조카를 유혹하여 순결을 빼앗았다고 적었다. 두 연인이 함께 침대에 있는 모습을 발견한 킹스가드의 아릭 카길 경이 둘을 왕 앞에 데려가자, 라에니라는 숙부와 사랑에 빠졌다고 말하며 부왕에게 결혼을 허락해달라고 간청했다. 그러나 비세리스는 딸에게 다에몬 왕제는 이미 아내가 있음을 상기시키며 승낙하지 않았다. 격노한 왕은 딸을 그녀의 처소에 유폐하고 아우는 추방했으며, 둘에게 다시는 이번 일을 입에 담지 말라는 엄명을 내렸다.

머시룸은 그의 《증언》이 곧잘 그러듯이 훨씬 더 타락한 전말을 전했다. 난쟁이에 따르면 공주가 원한 남자는 다에몬 왕제가 아니라 크리스톤 콜 경이었으나, 크리스톤 경은 명예롭고 순결하며 맹세를 잊지 않는 참된 기사여서 밤낮으로 공주와 함께했음에도 단 한 번도 그녀에게 입을 맞추거나 사랑을 고백한 적이 없었다. "그가 널 볼 때 그의 눈에 보이는 건 어린 소녀였던 예전의 네 모습이지, 성숙한 여인으로 자라난 지금의 네가 아니야." 다에몬이 조카에게 말했다. "하지만 난 그가 널 한 여인으로 보게 하는 방법을 가르쳐줄 수 있다."

머시룸의 말대로라면 왕제는 공주에게 입맞춤부터 가르쳤다고 한다. 그 다음에는 남자에게 애무로 쾌락을 주는 재주를 보여줬는데, 머시룸과 그의 거대했다는 남근이 이따금 교보재로 쓰였다. 남자를 유혹하듯 옷을 벗는 방법을 가르치고 조카의 유두가 더 커지고 민감해지도록 그녀의 가슴을 빨았으며, 드래곤을 타고 블랙워터만에 있는 외딴 바위섬으로 날아가 아무도 볼 수 없는 곳에서 온종일 발가벗은 채로 놀며 공주가 입으로 남자를 애무하는 기술을 연마할 시간을 주었다. 또한 밤에는 시동으로 변장한 공주를 처소에서 빼돌려 몰래 비단 거리로 데려갔다. 그곳에서 공주는 남녀가 뒤엉켜 사랑을 나누는 광경을 지켜보고 킹스랜딩의 창부들로부터 "여인의 기술"을 더 배울 수 있었다.

머시룸은 이러한 교습이 얼마나 계속되었는지 밝히지 않았고, 유스터스 성사와는 달리 라에니라 공주가 자신의 순결을 사랑하는 이에게 주고 싶어 해 처녀로 남았다고 주장했다. 그러나 마침내 공주가 그녀의 '하얀 기사'에게 다가가 그동안 배운 것을 사용하려고 하자, 크리스톤 경은 경악하며 그 유혹을 거절했다. 곧 모든 일이 들통났고, 여기에는 머시룸의 활약이 적지 않았다. 처음에 비세리스 왕은 한마디도 믿지 않았으나, 다에몬 왕제가 직접 그 이야기가 사실임을 확인해주었다. 그가 형에게 말했다고 한다. "그 아이를 내게 신부로 줘. 이 지경이 된 마당에 나 말고 누가 데려가겠어?" 그러나 비세리스 왕은 다에몬을 칠왕국에서 영영 추방하고 돌아오면 극형에 처하겠다는 엄명을 내렸다. (수관 스트롱 공은 왕자는 역적이며 바로 처형해야 한다고 주장했으나, 유스터스 성사가 친족살해자보다 저주받는 이는 없다며 왕을 만류했다.)

그 후 확실히 일어난 일들은 다음과 같다. 다에몬 타르가르옌은 징검돌 군도로 돌아가 그 황량하고 폭풍이 몰아치는 섬들을 두고 전쟁을 계속했다. 런시터 대학사와 해롤드 웨스털링 경 둘 다 AC 112년에 세상을 떠났다. 해롤드 경을 대신해 크리스톤 콜 경이 킹스가드 기사단장 자리에 올랐으며, 시타델의 최고학사들이 멜로스 학사를 레드킵으로 보내 대학사의 고리와 직무를 이어받게 했다. 그 외 킹스랜딩은 거의 두 해 동안 다시 평온했으나, AC 113년에 열여섯 살이 된 라에니라 공주가 드래곤스톤을 차지하여 본성으로 삼고 이후 결혼하면서 다시 혼란에 빠졌다.

라에니라의 순결이 의심받기 훨씬 이전부터 그녀의 부군을 간택하는 일은 비세리스 왕과 소협의회의 근심거리였다. 촛불에 이끌린 나방처럼 모여든 대귀족과 늠름한 기사가 공주의 총애를 차지하려고 경쟁했다. AC 112년에 라에니라가 트라이던트를 방문했을 때, 브라켄 공과 블랙우드 공의 아들들이 그녀를 두고 결투를 벌였고 프레이 가문의 작은아들 중 한 명이 대담하게 그녀에게 공개 구혼을 하기도 했다(그때부터 그는 '멍청한' 프레이로 불렸다). 서부에서는 캐스털리록에서 열린 연회에서 제이슨 라니스터 경과 그의 쌍둥이 동생 타일런드 경이 그녀를 두고 다투었다. 리버런의 툴리 공, 하이가든의 티렐 공, 올드오크의 오크하트 공, 혼힐의 탈리 공 등의 자제들과 수관의 장남 하윈 스트롱 경도 공주에게 구애했다. '뼈를 부수는 자'라고 불린 하윈 경은 하렌홀의 후계자였으며, 칠왕국에서 가장 힘이 센 남자로 알려져 있었다. 비세리스는 라에니라를 도르네의 대공에게 시집보내 도르네를 왕국에 편입하겠다는 말을 꺼내기도 했다.

알리센트 왕비가 제의한 후보는 그녀의 장남이자 라에니라의 배다른 동생인 아에곤 왕자였다. 그러나 아에곤은 아직 어린 소년이었고, 공주는 그보다 열 살 연상이었다. 더구나 이 이복 남매는 사이가 좋았던 적이 없었다. "그러니 더욱 혼인시켜서 둘이 함께하도록 해야지요"라고 왕비는 주장했으나, 비세리스는 동의하지 않았다. "그 아이는 알리센트의 친아들 아닌가." 그가 스트롱 공에게 말했다. "자기 아들을 왕좌에 올리려는 생각이겠지."

마침내 왕과 소협의회가 최고의 남편감이라고 뜻을 모은 이는 라에니라의 사촌, 라에노르 벨라리온이었다. AC 101년의 대협의회가 그의 계승권 주장에 반하는 결정을 내렸으나, 여전히 벨라리온 소년은 공경받는 아에몬 타르가르옌 왕세자의 손자이고 '늙은 왕'의 증손자였다. 이 혼사로 왕실의 혈통을 결합하고 강화하며, 철왕좌 역시 강력한 함대를 보유한 바다뱀의 우정을 되찾을 것이었다.

한 가지 제기된 반론은 라에노르 벨라리온이 나이가 열아홉임에도 여태 여자에게 관심을 보인 적이 없다는 사실이었다. 대신 자기 또래의 잘생긴 종자들을 주변에 모으고 그들과 어울리는 것을 즐긴다는 것이었다. 그러나 멜로스 대학사는 이 우려를 대수롭지 않다는 듯 묵살했다. "그래서 어떻단 말입니까?" 그가 말했다. "저도 생선 맛을 즐기지는 않으나, 식탁에 올라오면 그냥 먹습니다." 혼사는 그렇게 결정되었다.

하지만 왕과 소협의회는 공주의 의견을 묻는 데 소홀했고, 이미 마음에 둔 상대가 있던 라에니라는 '그 아버지에 그 딸'이라는 것을 보여줬다. 라에노르 벨라리온을 아주 잘 알았던 공주는 그의 신부가 되고픈 마음이 없었다. "저보다는 제 이복 남동생들이 그 사람 취향에 더 맞을걸요." 그녀가 왕에게 말했다(공주는 항상 알리센트 왕비의 아들들을 '이복 남동생들'이라고 꼭 집어 말했다). 왕은 그녀를 타이르다가 애걸하듯 부탁하고 고함도 치고 배은망덕한 딸이라고 다그치기도 했지만, 어떤 말도 라에니라의 마음을 바꾸지 못했다. 결국 비세리스는 계승권을 언급하며 왕이 내린 결정은 왕이 파기할 수 있다고 말했다. 공주가 왕명을 따라 결혼하지 않는다면, 왕은 그녀의 이복동생 아에곤을 대신 왕세자로 책봉할 것이었다. 이 협박에 공주는 고집을 꺾었다. 유스터스 성사는 이때 공주가 엎어져 부왕의 다리를 잡고 용서를 빌었다고 한 반면 머시룸은 공주가 아버지의 얼굴에 침을 뱉었다고 전했지만, 둘 다 공주가 마지막에 가서는 결혼을 수락했다는 점에서는 일치한다.

그리고 여기서 사료의 내용이 다시 엇갈린다. 유스터스 성사의 기록에 따르면, 그날 밤 크리스톤 콜 경이 공주의 침소에 몰래 들어가 사랑을 고백했다. 그는 라에니라에게 만(灣)에 배를 한 척 준비해놓았으니 자신과 함께 협해를 건너 달아나자고 애원했다. 그녀 아버지의 권력이 닿지 않는 티로시나 볼란티스에서 결혼식을 올리면, 아무도 크리스톤 경이 킹스가드의 맹세를 저버린 것을 문제 삼지 않을 것이었다. 그는 검과 모닝스타를 다루는 본인의 실력이 두말할 나위 없이 뛰어나니, 대상인을 고용주로 삼을 수 있을 거라고 호언장담했다. 그러나 라에니라는 거절했다. 자신은 드래곤의 혈통으로, 일개 용병의 아내보다 더 고귀한 삶을 살기 위해 태어났다는 것이었다. 더구나 그가 킹스가드의 맹세를 저버린다면, 혼인 서약을 지킨다는 보장은 어디에 있다는 말인가?

머시룸의 이야기는 전혀 달랐는데, 그에 따르면 크리스톤 경이 라에니라 공주를 찾아간 게 아니라 그 반대였다. 하얀 기사 탑에 홀로 있는 그를 찾아간 공주는 문을 잠그고 망토를 벗어 그녀의 나신을 드러냈다. "당신을 위해 내 순결을 간직했어요." 그녀가 말했다. "당신을 향한 내 사랑의 증거로 지금 취하세요. 내 정혼자에게는 별 의미가 없는 것이고, 혹시나 내가 순결하지 않다는 걸 알면 날 거부할지도 몰라요."

그러나 크리스톤 경은 맹세에 충실한 명예로운 남자였기에, 공주 같은 미녀의 애원에도 귀를 기울이지 않았다. 라에니라가 그녀의 숙부 다에몬에게서 배운 기술을 사용해도 콜의 마음을 움직일 수 없었다. 거절당하고 분노한 공주는 망토를 걸치고 어두운 바깥으로 나갔는데, 그때 도성 내 유곽에서 흥청대며 놀다가 돌아온 하윈 스트롱 경을 맞닥뜨렸다. '뼈를 부수는 자'는 오랫동안 공주를 원했고, 크리스톤 경과는 달리 양심의 가책을 느끼지 않는 사내였다. 라에니라의 처녀혈이 그의 남근에 흩뿌려졌고, 그가 라에니라의 순결을 가져간 남자가 되었⋯⋯라고 머시룸이 적었는데, 바로 자기가 동이 틀 때 둘이 한 침대에 있는 모습을 발견했다고 주장했다.

누가 누구를 거절하고 일의 전모가 어떠하였든, 그날 이후로 크리스톤 콜 경이 라에니라 타르가르옌에게 품었던 친애의 마음은 혐오와 경멸로 바꿔었고, 그때까지 항상 그녀 곁에 있던 그녀의 대전사는 가장 지독한 적이 되어버리고 말았다.

그 일이 있고 나서 얼마 후, 라에니라는 시녀들(그중 둘은 수관의 딸이 자 하윈 경의 누이였다)과 어릿광대 머시룸 그리고 새로운 대전사 '뼈를 부수는 자'와 함께 바다뱀호를 타고 드리프트마크로 갔다. AC 114년, 드래 곤스톤의 공주 라에니라 타르가르옌은 라에노르 벨라리온 경(공주의 부군 은 기사여야 한다는 의견에 따라 결혼식 보름 전에 기사 서임을 받았다) 과 결혼했다. 신부는 열일곱, 신랑은 스물이었으며 다들 멋진 한 쌍이라는 데 입을 모았다. 결혼식을 기념하여 지난 몇 년간 열린 것 중 최대 규모의 마상 대회와 성대한 향연이 이레간 계속되었다. 마상 대회에는 알리센트 왕비의 형제들과 킹스가드의 다섯 겸의 형제, '뼈를 부수는 자' 그리고 신 랑의 친우이자 '입맞춤의 기사'로 알려진 조프리 론마우스 경 등이 참가했 다. 라에니라가 그녀의 가터(옷가지가 흘러내리지 않게 하는 밴드)를 하윈 경에 게 내리자, 그녀의 남편은 웃음을 터뜨리며 자신의 가터 중 하나를 조프리 경에게 내렸다.

라에니라의 징표를 받지 못한 크리스톤 콜 경은 알리센트 왕비에게로 시선을 돌렸다. 킹스가드의 젊은 기사단장은 왕비의 징표를 지니고 노기등 등하게 시합에 임하여 모든 상대를 쓰러뜨렸다. 그는 뼈를 부수는 자의 쇄 골을 부러뜨리고 한쪽 팔꿈치를 박살 냈으나(그 후 머시룸은 하윈 경을 '뼈가 부러진 자'라고 불렀다), 그의 분노를 가장 강렬하게 느낀 상대는 입 맞춤의 기사였다. 콜이 즐겨 쓰는 무기는 모닝스타였고, 그가 퍼부은 무수 한 타격을 받고 투구가 깨진 라에노르 경의 대전사는 의식을 잃은 채 진흙 탕에 쓰러졌다. 피투성이 모습으로 시합장에서 실려 나간 조프리 경은 다 시 깨어나지 못하고 엿새 후 숨이 끊어졌다. 머시룸은 라에노르가 그 엿새 내내 친우의 침대 곁에 머물렀으며, 마침내 '이방인'이 그를 데려가자 슬피

울부짖었다고 전한다.

비세리스 왕도 기쁨으로 가득해야 할 축하 행사가 비통과 비난의 장으로 변질되자 노발대발하였다. 그러나 알리센트 왕비는 왕처럼 노여워하지 않았고, 얼마 후 크리스톤 콜 경에게 그녀의 수호기사가 되어달라고 요청했다. 왕의 아내와 딸 사이에 흐르는 냉랭한 기류는 누구라도 알아볼 수 있었다. 자유도시에서 방문한 사절들도 펜토스와 브라보스와 볼란티스에 보낸 서신에 이를 언급했다.

그 후 라에노르 경은 드리프트마크로 돌아갔는데, 부부가 첫날밤을 치렀는지 많은 사람이 궁금해했다. 공주는 벗과 추종자들에게 둘러싸인 채 궁중에 남았다. 왕비의 녹색파로 완전히 넘어간 크리스톤 콜 경은 그들 사이에 없었으나, 위압적인 거한 뼈를 부수는 자(머시룸에 따르면 '뼈가 부러진 자')가 그의 빈자리를 메우고 흑색파의 맨 앞자리를 차지했으며, 라에니라가 연회와 무도회와 사냥에 참여할 때마다 곁을 지켰다. 공주의 남편은 아무런 이의를 제기하지 않았다. 라에노르 경은 안락한 하이타이드에서 지내는 것을 선호했고, 곧 칼 코리라는 이름의 가문기사를 새로운 벗으로 삼았다.

이후 라에노르 경은 공주의 남편으로서 참석이 필요한 주요 궁중 행사에만 모습을 드러내고 대부분의 나날을 공주와 떨어져 보냈다. 유스터스 성사는 부부가 합방한 것이 십여 차례에 불과하다고 적었다. 머시룸도 그 말에 동의하지만, 부부가 동침할 때 칼 코리도 곧잘 함께했다고 덧붙였다. 공주가 남자들끼리 뒤엉키는 광경을 보며 흥분했고, 때로는 아예 두 남자와 함께 쾌락의 시간을 보냈다는 말이었다. 그러나 머시룸의 주장은 모순되는데,《증언》의 다른 부분에서 남편이 애인과 함께 밤을 보낼 때면 공주는 하윈 스트롱 경의 품 안에서 위안을 찾았다고 주장했기 때문이다.

이러한 이야기의 진위가 무엇이든, 곧 공주가 임신했다는 발표가 있었다. AC 114년이 저물 무렵 태어난 아기는 갈색 머리에 갈색 눈 그리고 들창코를 지닌 크고 기운찬 사내아이였다(라에노르 경은 발리리아 혈통을 입증하는 매부리코와 은금발 머리카락과 보랏빛 눈을 가졌다). 라에노르는 아기 이름을 조프리로 지으려 했으나, 그의 아버지 코를리스 공이 제지했다. 대신 아기는 전통적인 벨라리온가의 이름인 자캐리스라는 이름을 받았다(훗날 그의 친구와 동생들은 그를 제이스라고 불렀다).

왕궁에서 공주의 아들이 태어난 것을 기뻐하고 있을 때, 알리센트 왕비 또한 출산에 들어가 비세리스의 셋째 아들, 다에론을 낳았다. 제이스와는 달리, 다에론의 눈과 머리 색깔은 그가 드래곤의 혈통임을 뚜렷이 나타냈다. 왕명에 따라 두 신생아 자캐리스 벨라리온과 다에론 타르가르옌은 젖을 뗄 때까지 한 유모에게 맡겨졌다. 왕은 두 아이를 젖형제로 키움으로써 서로 반목하지 않기를 바랐다고 하는데, 사실이었다면 왕의 희망은 안타까울 정도로 헛된 꿈에 그치고 말았다.

이듬해인 AC 115년, 왕국의 운명을 좌우할 비극적인 사고가 일어났다. 룬스톤의 '청동 계집' 레아 로이스 여영주가 매사냥 중 말에서 떨어져 머리가 돌에 부딪혔다. 그녀는 아흐레 만에 병상에서 벗어났으나, 자리에서 일어난 지 한 시간도 채 되기 전에 쓰러져 죽었다. 큰까마귀 한 마리가 스톰스엔드에 소식을 전했고, 바라테온 공은 다에몬 왕제가 아직도 그의 빈약한 왕국을 지키기 위해 삼두정과 도르네의 연합군을 상대로 분투 중인 블러드스톤으로 전령을 태운 배를 보냈다. 다에몬은 즉시 협곡으로 날아갔다. "내 아내에게 안식을 주려고"라고 그가 말했지만, 아마 그녀의 영지와 성과 수입이 더 큰 이유였을 것이다. 그러나 뜻대로 되지 않았다. 룬스톤은 레아 여영주의 조카가 물려받았고, 다에몬이 이어리에 이의를 제기하자 제인 여영주는 그의 청구를 기각했을 뿐만 아니라 협곡은 그를 환영하지 않는다고 경고하기까지 했다.

그 후 징검돌 군도로 돌아가는 길에 다에몬 왕제는 그때까지 그와 함께 징검돌 전쟁을 치러온 바다뱀과 그의 아내 라에니스 공주에게 인사하고자 드리프트마크에 들렀다. 하이타이드는 칠왕국에서 왕제가 문전박대당하지 않으리라고 자신할 수 있는 몇 안 되는 곳이었다. 그곳에서 코를리스 공의 딸 래나가 그의 눈에 들어왔다. 키가 크고 늘씬하며 풍성한 은금발 곱슬머리를 허리 아래까지 기른 빼어난 미모의(심지어는 머시룸조차도 그녀의 아름다움에 반하여 "거의 그녀의 남동생만큼이나 예쁘장하다"라고 적을 정도였다) 스물두 살 처녀였다. 래나는 열두 살 때 브라보스 바다군주의 아들과 혼약했으나, 미처 결혼하기 전에 바다군주가 죽었고 건달에 얼간이였던 그의 아들은 가문의 재산을 탕진하고 권력을 잃은 채 드리프트마크에 나타났다. 딸의 결혼을 진행할 마음은 없었지만 이 골칫덩이를 품위 있게 치울 방법도 없던 코를리스 공은 그저 결혼식을 계속 연기하는 중이 었다.

가수들은 다에몬 왕제가 래나에게 한눈에 반했다고 노래한다. 더 냉소적인 이들은 왕제가 그녀를 자신의 추락을 멈출 기회로 여겼다고 봤다. 한때 형의 후계자였던 왕제는 계승 서열에서 한참 아래로 떨어졌고, 녹색파나 흑색파 어디에도 그가 있을 자리가 없었다. 그러나 벨라리온 가문은 두파벌에 대항하고도 남을 힘이 있었다. 징검돌 군도에 신물이 난 지 오래고 드디어 '청동 계집'으로부터 자유로워진 다에몬 타르가르엔은 코를리스 공에게 딸을 달라고 요청했다.

망명 온 브라보스인 약혼자는 여전히 걸림돌이었으나, 곧 치워졌다. 다에몬이 면전에 대고 지독하게 조롱하였기에, 소년은 결투를 요구할 수밖에 없었다. 검은 자매로 손쉽게 연적을 처리한 왕제는 보름 후 래나 벨라리온 영애와 결혼하고 징검돌 군도에 세운 궁핍한 왕국을 포기했다. (그 야만적이었던 용병 '왕국'의 피로 얼룩진 짧은 역사가 완전히 막을 내릴 때까지 다섯 명의 남자가 협해의 왕으로서 다에몬의 뒤를 이었다.)

다에몬 왕제는 형이 그의 결혼 소식을 들으면 기뻐하지 않을 것을 알았다. 그래서 왕제와 그의 새 신부는 결혼식을 올린 뒤 각자 드래곤을 타고 협해를 건너 웨스테로스에서 멀리 떠나는 신중한 선택을 했다. 혹자는 부부가 발리리아로 날아가 그 연기 피어오르는 불모지를 뒤덮은 저주를 무시하고 옛 프리홀드의 드래곤 군주들이 남긴 비밀을 찾는 모험을 했다고 말한다. 머시룸도 그의 《증언》에서 그 이야기가 사실이라고 보고했지만, 진실은 훨씬 덜 낭만적이었음을 입증하는 증거가 넘치도록 있다. 다에몬 왕제와 래나 부인은 먼저 펜토스로 날아갔고, 이 자유도시의 왕자(王者)는 축제를 열어 환영했다. 남쪽에서 위세를 더해가는 삼두정을 두려워하던 펜토스의 군주는 다에몬을 '세 딸'에 함께 대항할 귀중한 동맹으로 보았다. 그곳에서 부부는 분쟁 지역을 가로질러 볼란티스로 가서 역시 따뜻한 환대를 받았다. 그다음에는 로인강을 따라 올라가 코호르와 노보스를 방문했다. 웨스테로스의 위협과 삼두정의 무력과는 멀리 떨어진 두 도시에서는 앞서 방문한 도시들에서처럼 열광적인 환영을 받지 못했다. 하지만 그들이 어디를 가든 바가르와 카락세스를 보려고 엄청난 인파가 몰려들었다.

드래곤 기수들이 다시 펜토스에 들렀을 때, 래나는 자신이 임신한 사실을 알아차렸다. 다에몬 왕제와 그의 아내는 더 날기를 포기하고 아기가 태어날 때까지 도시 성벽 밖에 있는 저택에서 어느 펜토스 마지스터의 손님으로 머물렀다.

한편, 웨스테로스에서는 AC 115년 후반에 라에니라 공주가 둘째 아들을 낳았다. 아기의 이름은 루케리스(줄여서 루크)였다. 유스터스 성사는 라에니라가 분만할 때 라에노르 경과 하윈 경이 둘 다 침대 옆을 지켰다고 전한다. 그의 형 제이스처럼 루크도 타르가르옌의 특징인 은금발 머리 대신 갈색 눈과 갈색 머리카락을 갖고 태어났으나, 크고 기운찬 아기였고 궁중에 처음 선보였을 때 비세리스 왕이 기뻐했다.

하지만 왕비는 그 기쁨에 동참하지 않았다. 머시룸은 알리센트 왕비가 라에노르 경에게 "계속 열심히 해봐요. 언젠가는 그대와 닮은 아이가 태어날 수도 있으니"라고 말했다고 전한다. 녹색파와 흑색파 사이의 알력은 더욱더 심해졌고, 급기야 왕비와 공주는 한자리에 함께 있는 것조차 꺼리는 지경에 이르렀다. 그 후 알리센트 왕비는 레드킵에서, 공주는 시녀와 머시룸과 대전사 하윈 스트롱 경과 함께 드래곤스톤에서 머물렀다. 공주의 남편 라에노르 경은 "자주" 드래곤스톤을 방문했다고 한다.

AC 116년, 자유도시 펜토스에서 래나 부인이 다에몬 왕제의 첫 적출 자녀인 쌍둥이 자매를 낳았다. 다에몬 왕제는 딸들의 이름을 각각 아버지와 장모의 이름을 따서 바엘라와 라에나로 지었다. 안타깝게도 아기들은 작고 병약했으나, 둘 다 섬세한 이목구비와 은금발 머리카락과 보랏빛 눈을 지니고 있었다. 반년이 지나 아기들이 더 튼튼해지자, 딸들과 아내가 배를 타고 드리프트마크로 향하는 동안 다에몬은 두 드래곤과 함께 먼저 섬에 도착했다. 그는 하이타이드에서 킹스랜딩으로 큰까마귀를 날려 왕에게 조카들의 탄생을 알리고 아기들을 궁중으로 데려가 왕의 축복을 받게 해달라고 간청했다. 수관과 소협의회는 격렬하게 반대했으나, 여전히 어린 시절을 함께한 동생을 사랑하던 비세리스는 그 요청을 수락했다. "다에몬도 이제 아버지가 되지 않았겠소." 왕이 멜로스 대학사에게 말했다. "녀석도 바뀌었을 것이오." 그리하여 바엘론 타르가르엔의 두 아들은 다시 한번 화해하였다.

AC 117년, 드래곤스톤에서 라에니라 공주가 또 아들을 낳았다. 라에노르 경은 드디어 아들에게 그의 죽은 벗 조프리 론마우스의 이름을 줄 수 있었다. 조프리 벨라리온은 두 형처럼 크고 혈색이 좋은 건강한 아기였고, 그들과 마찬가지로 갈색 눈과 갈색 머리카락 그리고 궁중의 일부 인사들이 "평민의 것" 같다고 부르는 이목구비를 갖고 태어났다. 다시금 수군거림이 시작되었다. 녹색파는 라에니라가 낳은 아들들의 친부가 남편인 라에노르가 아니라 그녀의 대전사 하윈 스트롱이라고 굳게 믿었다. 머시룸도 그의 《증언》에서 그렇게 주장하고 멜로스 대학사 역시 같은 바를 암시하지만, 유스터스 성사는 논란을 언급한 뒤 단지 낭설이라고 묵살했다.

진실이 무엇이었든 간에, 비세리스 왕은 여전히 딸이 자신의 뒤를 잇고 딸의 아들들이 그 뒤를 잇기를 바란다는 것에는 의심의 여지가 없었다. 왕명에 따라 벨라리온 소년들은 요람에 있을 때 드래곤알을 하나씩 받았다. 아이들의 부친이 누구인지 의심하던 이들은 알이 절대 부화하지 않을 것이라고 수군거렸지만, 곧 차례로 어린 드래곤 세 마리가 태어나면서 그들의 주장은 거짓이 되어버렸다. 새끼 드래곤들은 각각 버맥스, 아락스, 티락세스라는 이름을 받았다. 그리고 유스터스 성사는 왕이 철왕좌에 앉아 정무를 볼 때 제이스를 무릎 위에 앉히고는 "언젠가는 여기에 네가 앉을 것이란다, 얘야"라고 말했다고 전한다.

거듭된 출산은 공주의 몸에 큰 부담을 주었다. 임신 중 붙은 살은 채 다 빠지지 않았고, 막내아들을 낳은 무렵에는 이제 스무 살밖에 되지 않았음에도 통통해지고 허리도 굵어져 처녀 시절 빼어났던 미모는 흐릿한 추억이 되어버렸다. 머시룸에 따르면 이러한 몸의 변화로 말미암아 라에니라가 자신보다 거의 10년이나 연상이면서도 여전히 늘씬하고 우아한 자태를 유지한 새어머니 알리센트 왕비를 원망하는 마음이 더욱더 깊어졌다고 한다.

아비의 죄악은 아들이 감당한다고 현자들은 말했다. 어미의 죄악도 마찬가지다. 알리센트 왕비와 라에니라 공주 사이의 적대감은 아들들에게 그대로 전해졌다. 왕비의 세 아들 아에곤, 아에몬드, 다에론 형제는 마땅히 자신들이 물려받아야 할 철왕좌를 벨라리온가 조카들이 훔쳐 갔다고 원망하며 강렬한 적개심을 품었다. 여섯 소년 전부 같은 만찬과 무도회와 축하연에 참석하고 종종 연무장에서 같은 훈련대장에게 훈련받고 같은 학사로부터 수학했지만, 그렇게 강제된 밀접함은 형제로서의 결속을 다지는 대신 상호 간의 증오를 키우는 역효과를 일으키고 말았다.

라에니라 공주는 새어머니 알리센트 왕비를 싫어했지만, 시누이이자 숙모인 래나 부인과는 매우 돈독한 사이가 되었다. 드리프트마크와 드래곤스톤은 워낙 가까웠던 터라, 다에몬과 래나 부부와 공주는 왕래가 잦았다. 그들은 각자 드래곤을 타고 자주 함께 하늘을 날았고, 공주의 암컷 드래곤 시락스는 여러 번 알을 낳았다. AC 118년, 라에니라는 비세리스 왕의 축복을 받으며 장남과 차남이 다에몬 왕제와 래나 부인의 두 딸과 정혼했음을 발표했다. 자캐리스는 네 살, 루케리스는 세 살이었으며, 쌍둥이는 두 살이었다. 그리고 AC 119년, 래나에게 다시 태기가 있자 라에니라가 출산을 돕고자 드리프트마크로 날아갔다.

그리하여 '붉은 봄의 해'로 알려진 그 저주받은 AC 120년의 초사흗날, 공주는 시누의 옆을 지켰다. 하루 밤낮이 걸린 분만으로 래나 벨라리온은 핼쑥하게 질리고 녹초가 되었으나, 마침내 다에몬 왕제가 그토록 바라 마지않았던 아들을 낳았다. 그러나 아기는 몸이 뒤틀린 기형이였고, 태어난 지 한 시간 만에 죽었다. 산모도 오래 버티지 못했다. 지독한 난산으로 기력이 쇠하고 아이를 잃은 슬픔으로 더욱 약해진 래나 부인은 산욕열을 견디지 못했다. 드리프트마크의 젊은 학사의 갖은 노력에도 하릴없이 아내의 병세가 악화되자, 다에몬 왕제가 드래곤스톤으로 날아가 더 나이가 많고 노련하며 치유사로서 명성이 높은 라에니라 공주의 학사를 데려왔다. 애석하게도 제라디스 학사는 한발 늦고 말았다. 혼미 상태에 빠진 래나 부인은 사흘 만에 이 어지러운 세상을 하직했다. 그녀의 나이는 스물일곱에 불과했다. 임종 직전, 래나 부인은 병상에서 벌떡 일어나 옆에서 기도하던 여자 성사들을 밀어내고 방에서 나갔다고 한다. 그녀는 죽기 전 마지막 한 번 하늘을 날고자 안간힘을 다해 바가르가 있는 곳으로 향했으나, 탑의 계단에 이르자 기력이 다하여 쓰러지고 숨이 끊어졌다. 다에몬 왕제가 아내의 시신을 그녀의 침대까지 안아 옮겼다. 머시룸에 따르면 이후 다에몬이 래나 부인의 시신 옆에서 하룻밤을 지새울 때 라에니라 공주도 함께 밤을 새우며 비통해하는 그를 위로했다고 한다.

래나 부인의 죽음은 AC 120년에 일어난 첫 비극이었을 뿐, 마지막이 아니었다. 그해는 오랫동안 칠왕국을 역병처럼 괴롭혀온 많은 갈등과 시기가 마침내 터져 나온 해이자, 많은 사람이 비통해하고 슬픔을 못 이겨 자신들의 옷을 찢고 울부짖은 해였다. 그러나 그 누구도 바다뱀 코를리스 벨라리온 공과 그의 고귀한 아내이자 여왕이 될 뻔했던 라에니스 공주보다 더 깊은 비탄에 빠진 이는 없었다.

조수의 군주 부부가 그들이 사랑한 딸의 죽음을 애통해할 때, '이방인'이 다시 찾아와 아들마저 앗아 갔다. 라에니라 공주의 남편이며 그녀가 낳은 아이들의 아버지로 추정되는 라에노르 벨라리온 경이 스파이스타운에서 열린 장에 갔다가 친구이자 동행이었던 칼 코리 경의 검에 찔려 참변을 당한 것이다. 상인들은 아들의 시신을 수습하기 위해 시장을 찾아온 벨라리온 공에게 두 남자가 검을 뽑기 전부터 고성을 지르며 다퉜다고 했다. 코리는 그를 막으려던 사람들에게 상처를 입히고 달아난 지 오래였다. 어떤 이들은 대기하던 배 한 척이 그를 싣고 떠났다고 주장했다. 아무도 코리를 다시 보지 못했다.

그날 벌어진 살인의 정황은 오늘날까지도 수수께끼로 남아 있다. 멜로스 대학사는 라에노르 경이 가문기사 중 한 명과 다투다가 살해당했다고만 적었다. 유스터스 성사는 살해자의 이름을 밝히고 질투가 살해의 동기였다고 단언했다. 칼 경에게 싫증이 난 라에노르 벨라리온이 열여섯 살의 잘생긴 종자를 새로운 벗으로 삼았기 때문이었다는 것이다. 머시룸은 언제나처럼 가장 사악한 가설을 제시했다. 다에몬 왕제가 칼 코리를 매수하여 라에니라 공주의 남편을 처치하게 했고, 배를 준비하여 그를 빼돌린 다음 목을 베고 바다에 내던졌다는 주장이었다. 비교적 미천한 출신의 가문기사였던 코리는 궁핍했으나 허영심이 큰 사내였고, 게다가 거액의 도박을 즐겼다는 사실도 어릿광대의 증언에 어느 정도 신빙성을 부여한다. 그러나 그때나 지금이나 진실을 입증할 단서는 한 조각도 없다. 바다뱀이 칼 코리 경의 행방을 알거나 그가 아들의 복수를 할 수 있도록 코리를 생포하여 데려오는 이에게 1만 드래곤 금화라는 현상금을 걸었지만, 아무것도 알아내지 못했다.

이 참극조차도 그 끔찍한 해에 일어난 마지막 비극이 아니었다. 그다음 사건은 하이타이드에서 거행된 라에노르 경의 화장식에 참석하고자 왕과 궁중 인사들이 대부분 각자의 드래곤을 타고(당시 모인 드래곤들을 본 유스타스 성사는 드리프트마크가 새로운 발리리아가 되었다고 적었다) 드리프트마크에 내방했을 때 벌어졌다.

모두 알다시피 아이들은 잔인하다. 아에곤 타르가르옌 왕자는 열셋, 헬라에나 공주는 열하나, 아에몬드 왕자는 열, 다에론 왕자는 여섯 살이었다. 아에곤과 헬라에나는 둘 다 드래곤 기수였다. 헬라에나는 과거에 잔혹 왕 마에고르의 '검은 신부'였던 라에나의 드래곤 드림파이어를 탔고, 오라비 아에곤의 어린 드래곤은 세상에서 가장 아름다운 드래곤이라고 불리던 선파이어였다. 막내인 다에론 왕자조차도 아직 타보지는 않았지만 청아한 청색 암컷 드래곤 테사리온이 있었다. 오로지 둘째 아들인 아에몬드 왕자만이 드래곤이 없었는데, 왕은 그것을 바로잡을 생각에 장례식이 끝난 후 궁중이 드래곤스톤에서 한동안 머무르는 것을 제의했다. 드래곤몬트 아래에는 드래곤알이 무더기로 있었고, 어린 새끼 드래곤도 몇 마리 있었다. 왕은 아에몬드 왕자가 "그럴 만한 용기가 있다면" 그중 한 마리를 골라 가질 수 있다고 말했다.

아에몬드 타르가르옌은 열 살의 어린 나이에도 용기가 부족하지 않았다. 왕의 놀림에 기분이 상한 왕자는 드래곤스톤으로 갈 때까지 기다리지 않기로 마음먹었다. 쪼끄마한 새끼 드래곤이나 바보 같은 알 따위를 어디에 써먹는다는 말인가? 마침 하이타이드에는 그에게 어울리는 드래곤이 있지 않은가. 세계에서 제일 나이가 많고 제일 거대하며 제일 무시무시한 드래곤, 바가르가.

타르가르옌 왕가의 아들이라도 드래곤에게 다가가는 것은 언제나 위험한 일이었으며, 늙고 괴팍하며 최근에 기수를 잃은 드래곤이라면 특히 그러했다. 아에몬드는 그의 부모가 바가르를 타는 것은커녕 가까이 가는 것조차도 허락하지 않으리라는 것을 잘 알았다. 그래서 왕자는 아무도 모르게 새벽에 부모가 자는 동안 침대에서 빠져나와 바가르와 다른 드래곤들이 머무는 바깥마당으로 다가갔다. 왕자는 비밀리에 바가르에 올라타려고 했으나, 그가 드래곤에게 살금살금 다가갈 때 한 소년의 목소리가 울려 퍼졌다. "거기서 물러나!"

목소리의 주인은 왕자의 조카 중 가장 어린 세 살 난 막내, 조프리 벨라리온이었다. 항상 일찍 일어나는 아이였던 조프 역시 그의 어린 드래곤 티락세스를 보려고 침대에서 빠져나왔던 것이다. 아에몬드 왕자는 아이가 사람들을 깨울까 봐 조용히 하라고 소리치면서 조프를 뒤로 밀어 드래곤 똥무더기에 넘어뜨렸다. 조프가 엉엉 울기 시작했고, 아에몬드는 바가르에게 뛰어가 등 위로 기어올라 갔다. 나중에 그는 들킨다는 생각에 너무 겁이 난 나머지 드래곤의 불길에 타 죽고 잡아먹힐 수도 있다는 건 까맣게 잊었다고 털어놓았다.

용기라고 할지 광기라고 할지, 혹은 행운이나 신의 뜻이나 드래곤의 변덕이라고 해야 할지. 그런 짐승의 속마음을 누가 알 수 있으랴? 우리가 아는 건 바가르가 포효하면서 일어서 몸을 격렬하게 떨더니, 사슬을 물어서 깨뜨리고는 날아올랐다는 것이다. 어린 아에몬드 타르가르옌 왕자는 그렇게 드래곤 기수가 되었고, 하이타이드의 탑들 주변을 두어 번 선회하고는 다시 내려왔다.

그러나 다시 땅을 밟았을 때, 라에니라의 아들들이 그를 기다리고 있었다.

아에몬드가 하늘을 나는 동안 조프리는 형들에게 뛰어갔고, 제이스와 루크 둘 다 동생을 도우러 왔다. 제이스가 여섯 살, 루크가 다섯 살, 조프는 세 살밖에 안 되어 벨라리온 자제들은 다들 아에몬드보다 나이가 어렸으나, 그들은 셋이었고 연무장에서 가져온 목검을 들고 있었다. 삼 형제는 맹렬하게 아에몬드에게 달려들었다. 아에몬드도 맞받아치며 주먹으로 루크의 코를 부러뜨리고 조프의 손에서 낚아챈 목검으로 제이스의 뒤통수를 후려쳐 무릎을 꿇게 했다. 어린 삼 형제가 피투성이와 멍투성이가 된 채 허둥지둥 물러나자 왕자가 비웃으며 "스트롱 놈들"이라고 조롱하기 시작했다. 그 모욕을 이해한 제이스가 다시 기를 쓰고 아에몬드에게 달려들었지만, 손위 소년에게 계속 두들겨 맞을 뿐이었다. 그때 형을 구하러 나선 루크가 단검으로 아에몬드의 얼굴을 그으며 오른쪽 눈을 파버렸다. 마구간지기들이 달려와 소년들을 떼어놓았을 때는 왕자가 땅에 쓰러져 온몸을 뒤틀며 고통 어린 비명을 지르고 있었고 바가르도 포효하고 있었다.

이후 비세리스 왕은 양측 소년들에게 서로 사과하도록 명령하며 화해시키려고 하였으나, 사과만으로는 복수심에 불타는 소년들의 어머니들을 달래기에 부족했다. 알리센트 왕비는 아에몬드가 잃은 눈의 대가로 루케리스 벨라리온의 눈 하나를 파내기를 요구했다. 라에니라 공주는 그 요구를 무시하고 오히려 어디서 그녀의 아들들을 '스트롱 놈들'이라고 부르는 것을 들었는지 실토할 때까지 아에몬드 왕자를 "엄중히" 심문하여야 한다고 고집했다. 그렇게 부르는 것은 그녀의 아들들이 계승권이 없는 사생아일 뿐 아니라 라에니라 역시 대역죄를 저지른 범인이라고 단정 짓는 것과 마찬가지였다. 왕이 다그쳐 묻자 아에몬드 왕자는 형 아에곤이 조카들이 스트롱 놈들이라고 알려주었다고 대답했으며, 아에곤 왕자는 오직 "사람들 모두 아는 사실인데요. 녀석들을 보시면 알잖아요"라고 말했다.

마침내 비세리스 왕은 심문을 끝내고 더 듣지 않겠다고 선언했다. 그는 누구의 눈도 파내지 않겠다고 했으나, 앞으로 "귀족이든 평민이든 왕족이든 남녀노소 누구든" 상관없이 다시 그의 손자들을 스트롱 놈들이라고 조롱하는 이는 뜨겁게 달군 집게로 혀를 뽑겠다는 엄명을 내렸다. 왕은 또한 아내와 딸에게 서로 뺨에 입을 맞추고 사랑과 애정의 맹세를 나누라고 명

령했는데, 그녀들의 마음에 없는 미소와 공허한 다짐에 속은 사람은 왕뿐이었다. 훗날 아에몬드 왕자는 그날 한쪽 눈을 잃고 드래곤을 얻었으니 공정한 교환이었다고 말했다.

추가적인 충돌을 막고 그런 "더러운 소문과 비열한 중상모략"을 없애고자, 비세리스 왕은 알리센트 왕비와 왕자들은 그와 함께 궁으로 귀환하고 라에니라 공주는 그녀의 아들들과 함께 드래곤스톤에 머무르라고 하명했다. 그리고 킹스가드의 에릭 카길 경이 맹약위사로서 공주를 섬기고, '뼈를 부수는 자'는 하렌홀로 돌아가게 되었다.

이 결정은 아무도 반기지 않았다고 유스터스 성사는 적었다. 머시룸은 이에 이의를 제기하며 적어도 한 명은 왕명을 무척 기꺼워했다고 주장했다. 드래곤스톤과 드리프트마크는 매우 근접하므로, 다에몬 왕제로서는 왕 몰래 그의 조카 라에니라 공주를 마음껏 '위로'할 기회가 생겼다는 것이었다.

비세리스 1세는 그 후 9년간 더 왕위에 있었지만, 드래곤들의 춤의 핏빛 씨앗은 이미 심긴 다음이었고 AC 120년은 그 씨앗들이 싹트기 시작한 해였다. 그다음 죽은 이들은 스트롱 부자였다. 하렌홀의 영주이자 국왕의 손인 라이오넬 스트롱은 그의 장남이며 후계자인 하윈 경이 낙향할 때 함께 호숫가에 자리한 거대한 반폐허의 성으로 돌아갔다. 그들이 도착하고 얼마 지나지 않아 그들이 자던 탑에 화재가 발생하여 부자 둘 다 사망했고, 수하 셋과 하인 십여 명도 같이 불에 타 죽었다.

화재의 원인은 끝내 밝혀지지 않았다. 그저 불운한 사고였다는 말도, 검은 하렌의 본성에 걸린 저주가 또다시 그 성을 차지한 이들에게 내렸다고 수군거리는 소리도 있었다. 많은 사람이 누군가가 일부러 불을 질렀다고 의심했다. 머시룸은 아들의 아내를 유혹한 사내에게 복수하고자 바다뱀이 사주하였다고 시사했다. 유스터스 성사는 다에몬 왕제가 라에니라 공주를 두고 경쟁하는 연적을 제거했다는 더 타당한 의심을 품었다. 일각에서는 곤봉발 라리스를 용의자로 지목하기도 했다. 부친과 형이 죽자 라리스 스트롱이 하렌홀의 영주가 된 까닭이었다. 가장 충격적인 가능성을 제기한 이는 다름 아닌 멜로스 대학사였는데, 그는 국왕 본인이 암살을 지시했을 법도 하다고 생각했다. 만약 비세리스가 라에니라가 낳은 자식들의 생부를 둘러싼 소문을 진실로 받아들였다면, 딸의 정조를 더럽힌 사내가 그녀의 아들들이 사생아라고 밝힐 수도 있으므로 미리 제거하기를 바랐을지도 모른다는 말이었다. 그것이 사실이래도 라이오넬 스트롱 공의 죽음은 불운한 사고였다. 아들이 하렌홀로 낙향할 때 그가 동행한 것은 예기치 못한 결정이었기 때문이다.

스트롱 공은 국왕의 손이었고 비세리스는 그의 결단력과 조언에 의지했었다. 왕은 어느덧 나이가 마흔셋에 이르렀고, 몸이 상당히 뚱뚱해졌다. 젊은이의 활기는 사라진 지 오래였고 통풍과 관절통과 요통에 시달렸으며, 가끔씩 잠시 가슴이 답답해지면 얼굴이 붉어지고 숨이 찼다. 왕국의 통치는 왕에게 벅찬 일이었기에, 부담을 덜어줄 강인하고 유능한 수관이 필요했다. 잠시 왕은 라에니라 공주의 발탁을 고려했다. 그와 함께 나라를 통치할 인물로 그의 뒤를 이어 철왕좌에 앉을 후계자보다 누가 더 적절하단 말인가? 다만 그것은 공주와 그녀의 아들들이 킹스랜딩으로 돌아온다는 뜻이었고, 왕비와 왕비의 자식들과 충돌할 것이 뻔했다. 왕은 동생 또한 염두에 두었으나, 예전에 다에몬 왕제가 소협의회에 참석하던 시절을 떠올리고 곧 포기했다. 멜로스 대학사는 더 젊고 새로운 인사의 발탁을 제안하면서 여러 이름을 추천하였지만, 왕은 익숙한 얼굴을 선택했다. 왕비의 부친이자 자신과 '늙은 왕'의 수관으로 재임한 오토 하이타워 경을 다시 궁중으로 불러들인 것이다.

그런데 오토 경이 레드킵에 도착하여 수관의 직무를 맡자마자 라에니라 공주가 숙부 다에몬 타르가르옌과 재혼했다는 전갈이 궁중에 도달했다. 공주는 스물세 살, 다에몬 왕제는 서른아홉 살이었다.

왕, 궁중 그리고 평민 모두 이 소식에 격분했다. 왕은 분노하며 다에몬의 부인과 라에니라의 남편이 세상을 떠난 지 채 반년이 지나지 않았는데 그렇게 일찍 재혼한 것은 고인들을 모독하는 행위라고 질타했다. 결혼식은 드래곤스톤에서 비밀리에 신속하게 치러졌다. 유스터스 성사는 라에니라가 부왕이 결코 그 결혼을 허락하지 않을 것을 알았기에 막지 못하도록 서둘러 혼례를 올렸다고 주장했다. 머시룸은 다른 이유를 내세웠다. 공주가 이미 임신한 몸이어서 아이가 사생아로 태어나는 것을 피하려 했다는 것이다.

그리하여 그 끔찍했던 AC 120년은 여인의 출산과 함께 시작해 여인의 출산과 함께 저물었다. 라에니라 공주의 임신은 래나 부인 때보다 행복한 결과를 맞이했다. 그해 말, 라에니라는 작지만 건강하고 하얀 피부에 짙은 보랏빛 눈과 연한 은발을 지닌 왕자를 낳고 이름을 아에곤으로 지었다. 다에몬 왕제는 마침내 그의 피를 이은 아들을 얻었고, 아기 왕자는 세 이부형제와는 달리 명백한 타르가르옌 자손이었다.

한편 킹스랜딩에서는 알리센트 왕비가 아기의 이름이 아에곤이라는 소식을 듣고는 자기 아들 아에곤에 대한 모욕이라며 격노했는데, 《머시룸의 증언》에 따르면 의도된 모욕이었다고 한다.*

AC 122년은 타르가르옌 왕가에 기쁨이 넘치는 한 해가 되었어야 마땅했다. 라에니라 공주는 또다시 임신해 숙부 다에몬에게 둘째 아들을 안겨주고 아기는 조부의 이름을 따서 비세리스라고 이름 지었다. 아기는 친형 아에곤이나 벨라리온가의 이부형제들보다 작고 기운차지도 않았으나, 매우 조숙한 아이였다. 한데 뭔가 불길하게도 아기의 요람에 놓인 드래곤알이 부화하지 않았다. 녹색파는 그 사실을 놓치지 않고 불길한 징조라며 대놓고 떠들었다.

같은 해에 킹스랜딩에서는 결혼식도 열렸다. 예로부터 내려오는 타르가르옌 왕가의 전통에 따라 비세리스 왕은 아들 큰 아에곤을 딸 헬라에나와 결혼시켰다. 유스터스 성사는 신랑이 게으르고 약간 부루퉁한 열다섯 살 소년이었는데, 욕구가 너무 왕성한 나머지 식사 때마다 폭식하고 맥주와 독한 와인을 퍼마시며 가까이 지나가는 시녀들을 더듬거리는 것을 즐겼다고 전한다. 신부인 여동생은 열세 살에 불과했다. 헬라에나는 통통하고 타르가르옌가의 인물치고 미모가 빼어난 편은 아니었지만, 유쾌하고 상냥한 소녀였으며 다들 그녀가 좋은 어머니가 될 것이라고 입을 모았다.

---

* 앞으로 두 왕자를 언급할 때 혼동을 피하고자 알리센트 왕비의 아들은 '큰 아에곤', 라에니라 공주의 아들은 '작은 아에곤'이라고 하겠다.

그 말대로 그녀는 빨리 어머니가 되었다. 바로 이듬해인 AC 123년, 공주는 열네 살의 나이에 각각 재해리스와 재해이라로 이름 지은 남녀 쌍둥이를 낳았다. 궁중의 녹색파들은 이제 아에곤 왕자에게 후계자까지 있다고 의기양양하게 큰소리쳤다. 드래곤알이 하나씩 아기들의 요람에 놓였고, 오래 지나지 않아 새끼 드래곤들이 태어났다. 그러나 이 쌍둥이는 문제가 있었다. 재해이라는 너무 작고 성장이 더뎠다. 울지도 않고 웃지도 않으며, 아기들이 하는 행동을 전혀 하지 않았다. 그녀의 더 크고 팔팔한 쌍둥이 형제 역시 완벽한 타르가르옌 왕손과는 거리가 있었다. 왼손에 손가락이 여섯 개, 두 발 모두 발가락이 여섯 개씩 있었던 것이다.

아내와 아이들이 생겼어도 큰 아에곤 왕자의 정욕은 줄어들지 않았다. 머시룸의 말을 믿자면, 그는 쌍둥이가 태어난 해에 사생아도 둘을 낳았다. 비단 거리에서 경매로 첫날밤이 팔린 소녀가 낳았다는 아들과 어머니의 시녀가 낳았다는 딸이었다. 그리고 AC 127년, 헬라에나 공주는 그에게 둘째 아들을 낳아주었고, 아기는 드래곤알과 마엘로르라는 이름을 받았다.

알리센트 왕비의 다른 아들들도 자라고 있었다. 아에몬드 왕자는 눈을 잃었음에도 크리스톤 콜 경의 지도하에 능숙하고 위험한 검사가 되었으나, 여전히 성격이 급하고 아량도 없으며 고집 세고 제멋대로였다. 그의 동생 다에론 왕자는 총명하고 예의도 바르며 형제 중 가장 잘생긴 덕에 왕비의 아들 중 제일 인기가 좋았다. AC 126년, 열두 살이 된 다에론은 올드타운으로 보내져 하이타워 공의 시종과 종자가 되었다.

같은 해 블랙워터만 반대편에서는 바다뱀이 갑작스러운 열병으로 쓰러졌다. 그가 학사들에 둘러싸인 채 빙상에 누워 있을 때, 그가 병사한다면 누가 조수의 군주와 드리프트마크의 주인 작위를 계승할지 논란이 일었다. 두 적출 자녀가 이미 죽었으므로, 법에 따라 그의 영지와 작위는 큰손자인 자캐리스가 계승해야 했으나…… 제이스는 어머니의 뒤를 이어 철왕좌에 오를 가능성이 높았기에, 라에니라 공주는 시아버지에게 둘째 아들인 루케리스를 대신 후계자로 세우라고 재촉했다. 그러나 코를리스 공에게는 조카도 대여섯 명이 있었고, 그중 제일 연장자인 바에몬드 벨라리온 경이 라에니라의 아들들이 하윈 스트롱 경의 사생아라는 근거로 자기가 유산을 상속해야 마땅하다고 주장했다. 공주는 그 비난에 바로 보복했다. 다에몬 왕제를 보내 바에몬드 경을 사로잡은 다음에 목을 자르고 시체를 그녀의 드래곤 시락스에게 먹이로 던져준 것이다.

그러나 그것조차 끝이 아니었다. 바에몬드 경의 사촌들이 바에몬드 경의 아내와 아들들을 데리고 킹스랜딩으로 도망쳤고, 왕과 왕비 앞에서 그들의 권리를 주장하며 정의를 내려달라고 탄원했다. 그 무렵 비세리스 왕은 매우 비대하고 얼굴도 붉었으며, 철왕좌를 오르는 것도 힘겨워했다. 묵묵히 탄원을 들은 왕은 한 명도 남김없이 모두 혀를 뽑으라고 명령했다. "내가 경고하지 않았던가." 그들이 끌려갈 때 왕이 호령했다. "그 새빨간 거짓말을 다시는 용납하지 않겠다고."

그러나 왕은 옥좌에서 내려오다가 발을 헛디뎠고, 중심을 잡으려고 팔을 뻗다가 옥좌에서 튀어나온 칼날에 왼손이 뼈 있는 데까지 베이고 말았다. 멜로스 대학사가 끓인 와인으로 상처를 씻고 약을 적신 아마포로 감쌌음에도 왕은 고열에 시달리기 시작했고, 많은 사람이 그가 죽을지도 모르겠다며 염려했다. 드래곤스톤에서 라에니라 공주가 도착한 다음에야 병세가 호전되기 시작했다. 공주가 데려온 치유사, 제라디스 학사가 재빨리 왕의 손가락 두 개를 잘라내어 왕의 목숨을 살린 것이었다.

고초를 겪은 비세리스 왕은 기력이 많이 쇠하였으나, 곧 통치에 복귀했다. AC 127년 초하루에 왕의 회복을 축하하는 연회가 열렸다. 공주와 왕비 둘 다 모든 자식과 함께 참석하라는 명령을 받았다. 두 여인은 상대방을 상징하는 색깔의 옷을 입고 수차례 서로 사랑한다고 말하는 등 우애를 과시하여 왕을 무척 기쁘게 했다. 다에몬 왕제는 오토 하이타워 경을 위해 축배를 들고 수관으로서 충정을 다하는 모습에 감사해했다. 오토 경은 답사로 왕제의 용기를 찬양했고, 알리센트와 라에니라의 자식들은 서로 입맞춤으로 인사하고 같은 식탁에서 함께 식사했다. 적어도 궁중 기록으로는 그러했다.

그러나 머시룸은 밤이 늦어 비세리스 왕이 먼저 자리를 뜨자(왕은 아직 쉽게 피로를 느꼈다), '애꾸눈' 아에몬드가 자리에서 일어나 벨라리온 조카들의 갈색 머리와 갈색 눈과 '힘'을 조롱하며 축배를 들었다고 전한다. "난 지금껏 내 사랑하는 조카들만큼이나 힘이 센(strong, '스트롱'을 암시하며 조롱하는 말) 친구들을 본 적이 없습니다. 그러니 이 세 명의 힘센 소년들을 위해 술잔을 비우도록 하지요." 어릿광대 말로는 그것으로 끝이 아니었다. 시간이 조금 더 지난 후, 큰 아에곤은 자캐리스가 자신의 아내 헬라에나에게 춤추자고 요청하자 심기가 상했다. 성난 말다툼이 이어졌고, 두 왕자는 킹스가드가 나서지 않았다면 격투를 벌였을지도 모른다. 비세리스 왕이 이런 사건들을 보고받았는지는 우리가 알 길이 없으나, 이튿날 아침 라에니라 공주와 그녀의 아들들은 바로 드래곤스톤에 있는 그들의 본성으로 돌아갔다.

비세리스 1세는 손가락을 잃은 뒤 다시는 철왕좌에 앉지 않았다. 그때부터 알현실을 기피하고 그의 개인 방에서 정무를 봤고, 말년에는 여러 학사와 성사 그리고 아직도 그를 웃게 할 수 있는 유일한 자이며 충지한 어릿광대인 머시룸(이라고 머시룸은 주장했다)에게 둘러싸인 채 침실에 머물렀다.

얼마 후 죽음이 다시 궁중에 찾아왔다. 멜로스 대학사가 밤에 나선계단을 오르다가 쓰러져 죽은 것이다. 그는 소협의회에서 언제나 온건한 목소리를 냈고, 흑색파와 녹색파 사이에 갈등이 일어날 때마다 사태를 진정하고 중재했다. 왕이 "내가 신뢰하는 친구"라고 부른 이 인물의 죽음은 파벌 간의 새로운 분쟁을 일으키며 왕을 괴롭혔다.

라에니라 공주는 드래곤스톤에서 그녀를 오랫동안 섬겨온 제라디스 학사가 멜로스를 대신하기를 바랐다. 그녀는 비세리스가 옥좌에 손을 베이고 사경을 헤맬 때 오직 그의 뛰어난 의술 덕분에 왕이 산 것이라고 주장했다. 그러나 알리센트 왕비는 공주와 학사가 괜히 왕을 불구로 만들었다고 반박했다. 그들이 "끼어들지" 않았더라면 멜로스 대학사가 왕의 목숨은 물론 손가락도 지켰을 것이 분명했다는 반론이었다. 왕비는 당시 하이타워에서 재임 중이던 알파도르 학사의 임명을 촉구했다. 양쪽에서 시달리던 비세리스는 공주와 왕비에게 그 선택은 자신이 하는 것이 아님을 상기시키며 둘 중 아무도 고르지 않았다. 대학사는 왕이 아니라 올드타운의 시타델이 선택하기 때문이었다. 오래지 않아 콘클라베는 그들 중 한 명인 오르월 최고학사에게 대학사의 목걸이를 주었다.

비세리스 왕은 신임 대학사가 궁중에 도착하자 예전의 원기 왕성한 모습을 일부 회복한 것처럼 보였다. 유스터스 성사는 그것이 기도의 결과라고 적었지만, 사람들은 대부분 오르월이 제조한 약이 멜로스가 선호한 거머리 흡혈보다 더 효험이 있기 때문이라고 믿었다. 그러나 그러한 회복의 조짐은 오래가지 않았고, 통풍과 가슴 통증과 숨 가쁨이 여전히 왕을 힘들게 했다. 치세 말년에 이르러 건강이 악화되자 비세리스는 왕국의 통치를 수관과 소협의회에 거의 다 맡기다시피 했다. AC 129년에 벌어진 대사(大事) 직전 소협의회에 몸 담고 있던 대신들은 이후 일어나는 여러 사건에서 각자 큰 역할을 하므로, 그들에 관해 잠시 짚고 넘어가기로 하겠다.

국왕의 손은 여전히 왕비의 부친이자 올드타운 영주의 숙부인 오토 하이타워 경이었다. 오르월 대학사는 가장 최근 소협의회에 합류한 인사로 흑색파도 녹색파도 지지하지 않는다고 여겨졌다. 킹스가드 기사단장은 여전히 크리스톤 콜 경이었고, 그는 라에니라에게 극렬한 적개심을 품고 있었다. 재무관은 노쇠한 라이만 비스버리 공으로, '늙은 왕' 시절부터 재임한 노신이었다. 가장 젊은 인사들은 캐스털리록 영주의 동생이며 제독이자 해군관인 타일런드 라니스터와 하렌홀의 영주이자 수석 심문관 겸 첩보관인 라리스 스트롱이었다. 마지막은 평민들 사이에 '쇠막대'로 알려진 법률관 재스퍼 와일드 공이었다. (유스터스 성사는 와일드 공이 법에 관하여 굽히지 않는 확고부동한 태도로 그 별명을 얻었다고 전한다. 그러나 머시룸은 쇠막대가 그의 단단한 남근을 칭하는 것이라고 주장했는데, 넷째 부인이 지쳐서 죽을 때까지 사별한 네 아내로부터 자식을 29명이나 얻었다는 이유였다.)

칠왕국이 아에곤의 정복 후 129년째 되는 해를 모닥불과 만찬과 야단스러운 술잔치로 맞이할 때, 비세리스 타르가르옌 1세는 나날이 쇠약해졌다. 가슴 통증이 너무 심해져서 더는 계단을 오를 수 없었고, 레드킵 왕궁 내에서 이동할 때도 의자에 앉은 채 하인들이 메고 다녀야 했다. 그해 둘째 달에 이르러서는 모든 식욕을 잃고 침실에서 지내며 기력이 날 때 정무를 보았다. 그러나 거의 매일 수관인 오토 하이타워 경에게 국정을 맡기는 것을 선호했다. 한편, 드래곤스톤에서는 라에니라 공주가 또 만삭의 몸이 되어 역시 침실에 머물렀다.

AC 129년 셋째 달의 초사흗날, 헬라에나 공주가 세 자식을 데리고 부왕에게 병문안을 하러 갔다. 쌍둥이 남매 재해리스와 재해이라는 여섯 살, 남동생 마엘로르는 고작 두 살이었다. 왕은 손가락에 긴 진주 반지를 빼서 아기한테 주어 놀게 하고는, 쌍둥이에게는 재해리스와 이름이 같은 그들의 고조부가 드래곤을 타고 장벽 북쪽으로 날아가 야인과 거인과 와르그(warg, 동물에 빙의하는 능력을 갖춘 사람)의 대군을 물리친 이야기를 해주었다. 쌍둥이는 이미 그 이야기를 열 번도 넘게 들었지만, 내색하지 않고 귀를 기울었다. 이후 왕은 피곤하고 가슴이 답답하다며 딸과 손주들을 내보냈다. 그리고 안달인과 로인인과 최초인의 왕이자 칠왕국의 주인이며 왕국의 수호자인 타르가르옌 가문의 비세리스 1세는 눈을 감고 잠이 들었다.

왕은 다시 깨어나지 않았다. 그의 나이 52세였으며, 26년간 웨스테로스의 대부분을 다스렸다.

그 후 폭풍이 휘몰아치고 드래곤들이 춤을 추었다.

드래곤들의 죽음
흑색파와 녹색파

'드래곤들의 춤'은 AC 129년부터 131년까지 웨스테로스의 철왕좌를 두고 타르가르옌 왕가의 두 파벌이 벌인 야만적인 내전을 미화하는 이름이다. 이 기간에 일어난 어둡고 격동적이며 피비린내 나는 행위를 '춤'으로 묘사한 것은 터무니없이 부적절하게 느껴진다. 분명 어떤 가수가 생각해낸 문구였을 것이다. '드래곤들의 죽음'이 훨씬 더 적절하겠으나, 전통과 시간 그리고 문쿤 대학사가 더 시적인 이 표현을 역사의 장에 깊게 새겨 넣은 터라 우리도 덩달아 '춤'을 고수할 수밖에 없다.

국왕 비세리스 타르가르옌 1세의 사후, 철왕좌의 계승권을 주장한 두 주요 인물은 선왕의 첫 결혼이 남긴 유일한 자식인 딸 라에니라와 후처가 낳은 장남 아에곤이었다. 그들의 대립에서 비롯된 혼란과 학살 속에서 다른 참칭왕들 또한 권리를 주장했으나, 보름에서 한 달가량 무대 위의 광대처럼 거들먹거리다 나설 때만큼이나 빠르게 몰락했다.

'춤'은 영주와 기사와 백성을 이편이나 저편에 가담하고 서로 싸우게 하며 칠왕국을 둘로 나누었다. 타르가르옌 왕가조차도 분열되어 두 계승자의 일가친척과 자녀들까지 전쟁에 휘말렸다. 2년에 걸친 내전으로 웨스테로스의 대영주들과 그들의 휘하 가문, 기사, 영지민 모두 끔찍한 대가를 치렀다. 타르가르옌 왕조는 살아남았으나, 전쟁에서 많은 힘을 소진했고 세계에 남은 마지막 드래곤들도 그 수가 급격히 감소했다.

'춤'은 기나긴 칠왕국 역사 속의 그 어떤 전쟁과도 다른 전쟁이었다. 군대가 행군하여 격렬한 전투를 벌였으나 학살은 대부분 물 위에서 일어났고, 하늘에서도 드래곤들이 이빨과 발톱과 화염으로 서로 싸웠다. 암투와 살해와 배신으로 점철된 전쟁이었고 그림자와 계단, 회의실과 성의 안뜰에서 칼과 기만과 독으로 싸운 전쟁이었다.

오랫동안 끓어온 갈등이 터져 나온 것은 AC 129년 셋째 달 초사흗날, 병으로 몸져누운 국왕 비세리스 타르가르옌 1세가 킹스랜딩의 레드킵 왕궁에서 낮잠을 청하려고 눈을 감은 후 다시 깨어나지 못하고 죽었을 때였다. 시신은 왕이 히포크라스(향료를 넣은 와인)를 마시는 박쥐의 시간에 와인을 가져간 하인에게 발견되었다. 하인은 바로 왕의 침실 아래층에 처소가 있는 알리센트 왕비에게 달려가 왕의 승하를 알렸다.

몇 년이 지나 이때 일어난 사건들을 기술한 유스터스 성사는 그 하인이 왕의 죽음을 왕궁 전체에 알리지 않고 알리센트 왕비에게만 직접 알린 사실에 주목했다. 유스터스는 그것을 완전한 우연이라고 여기지 않았다. 왕의 죽음은 예견된 지 오래였고, 알리센트 왕비와 녹색파로 흔히 알려진 그녀의 지지 세력이 비세리스의 모든 위병과 하인들에게 그날이 오면 어떻게 행동할지 지시를 해놓았다는 것이 유스터스의 주장이었다.

(난쟁이 머시룸은 알리센트 왕비가 비세리스 왕의 히포크라스에 독을 타서 그날을 앞당겼다는 더 사악한 음모론을 펼쳤다. 알아두어야 할 것은 왕이 죽은 밤, 머시룸은 킹스랜딩이 아닌 드래곤스톤에서 라에니라 공주를 모셨다는 사실이다.)

알리센트 왕비는 즉시 킹스가드 기사단장 크리스톤 콜 경을 대동하고 왕의 침실로 갔다. 비세리스의 죽음을 확인한 왕비는 방을 폐쇄하고 위병을 두어 감시하게 했다. 왕의 시신을 발견한 하인은 구금하여 소문을 퍼트리는 것을 막았다. 하얀 기사 탑으로 돌아간 크리스톤 경은 킹스가드 형제들을 보내 소협의회 대신들을 소집했다. 때는 부엉이의 시간이었다.

그때도 지금처럼 킹스가드의 결의 형제들은 입증된 충성심과 의심할 여지없는 기량을 갖추었으며 목숨을 바쳐 국왕과 그의 일가를 보호하겠다고 엄숙하게 맹세한 일곱 명의 기사로 이루어져 있었다. 비세리스의 사망 당시 킹스랜딩에 있던 하얀 망토는 크리스톤 경 본인과 아릭 카길 경, 리카드 쏜 경, 스테폰 다클린 경 그리고 윌리스 펠 경까지 다섯 명뿐이었다. 라에니라 공주와 함께 드래곤스톤에 있던 에릭 카길 경(아릭 경의 쌍둥이 형제)과 로렌트 마브랜드 경은 그들의 형제들이 한밤중에 나아가 소협의회 대신들을 깨웠다는 것을 알지 못했고 관여하지도 않았다.

소협의회는 마에고르 성채 안에 있는 왕비의 처소에서 모였다. 그날 밤 그곳에서 오간 대화와 벌어진 일에 관한 많은 기록이 오늘날까지 전한다. 그중 가장 상세하고 권위 있는 사료는 문쿤 대학사의 《드래곤들의 춤, 실록》이다. 문쿤의 자세한 역사서는 내전이 끝나고 한 세대 후에 집필되었고, 학사들의 연대기, 회고록, 집사들이 남긴 기록과 당시의 사건들을 목격한 생존자 147명의 면담록 등 다양한 사료를 출처로 삼았으나, 궁중에서 벌어진 일의 내막은 오르윌 대학사가 처형당하기 전 자백한 내용에 의존한다. 소문과 야사와 가문의 비사 등을 참조해 기록한 머시룸과 유스터스 성사와는 달리, 오르윌은 그날 밤 회동에 참석해 소협의회의 논의와 결정에 직접 관여하였다. 그러나 하나 고려해야 할 점은 오르윌이 당시 자신에게 호의적인 내용을 쓰고 이후 벌어진 일들에 대한 책임을 어떻게든 면피하려고 애썼다는 사실이다. 그러므로 《실록》은 문쿤의 선임 대학사를 다소 미화하는 경향이 있다.

왕의 시신이 위층에서 싸늘하게 식어갈 때 왕비의 처소에 모인 이들은 다음과 같다. 알리센트 왕비, 그녀의 아버지이자 수관인 오토 하이타워 경, 킹스가드 기사단장 크리스톤 콜 경, 오르월 대학사, 여든 살의 재무관 라이만 비스버리 공, 해군관이자 캐스털리록 영주의 동생인 타일런드 라니스터 경, 하렌홀의 영주이자 첩보관이며 곤봉발 라리스라 불리는 라리스 스트롱 그리고 법률관 쇠막대 재스퍼 와일드 공이었다. 문쿤 대학사는《실록》에서 이 모임을 '녹색 회의'로 명명했다.

오르월 대학사가 왕의 사후 필요한 관례적인 업무와 절차를 확인하며 회의를 시작했다. 그가 말했다. "유스터스 성사를 불러 마지막 의식을 치르고 전하의 영혼을 위한 기도를 올려야 합니다. 그리고 즉시 드래곤스톤으로 큰까마귀를 날려 라에니라 공주님께 아버님의 사망을 전해야 할 것입니다. 왕비 전하께서 이 소식의 비통함을 덜 위로의 말씀과 함께 직접 편지를 써주시는 것은 어떻습니까? 왕의 부고를 알릴 때는 언제나 종을 울렸으니 누군가 그 일을 맡아야 하고, 물론 라에니라 여왕의 대관식도 준비를 시작해야—"

오토 하이타워 경이 그의 말을 끊었다. "모두 나중에 해도 되는 일이오. 계승 문제가 처리된 다음에." 그는 수관으로서 왕의 목소리를 대신할 권력이 있었으며 왕의 부재 시 철왕좌에 앉을 수도 있었다. 비세리스는 그에게 칠왕국을 통치할 권한을 주었고, 그 권한은 "새로운 왕이 즉위할 때까지" 유효했다.

"새로운 여왕이 즉위할 때까지겠지요." 누군가가 말했다. 문쿤 대학사의 기록에는 그 발언의 주인은 오르월이었고 중얼거림에 지나지 않았다고 했다. 그러나 머시룸과 유스터스 성사는 그때 입을 연 건 비스버리 공이었고 성난 어조였다고 고집한다.

"왕입니다." 알리센트 왕비가 반박했다. "철왕좌는 전하의 적장자가 계승하는 것이 마땅합니다."

논의는 거의 동이 틀 때까지 계속되었다고 문쿤 대학사는 전한다. 머시룸과 유스터스 성사도 이에 동의한다. 그들에 따르면 오로지 비스버리 공만이 라에니라 공주를 대변했다. 늙은 왕 재해리스 시절 처음 직책을 맡은 뒤 비세리스 왕의 치세 대부분 직무를 수행해온 늙은 재무관은 대신들에게 라에니라 공주가 다른 형제들보다 나이가 많고 타르가르옌 피도 가장 진하고, 선왕이 그녀를 후계자로 선택한 뒤 결정을 바꾸라는 알리센트 왕비와 녹색파의 청원을 계속하여 거절했으며, AC 105년에 영주와 지주기사 수백 명이 공주에게 경의를 표하고 그녀의 권리를 수호하겠다며 엄숙하게 맹세한 사실을 상기시켰다. (오르월 대학사는 그 말 대부분을 비스버리가 아니라 자기가 했다고 적었지만, 이후 일어난 사건들을 볼 때 그것은 사실이 아니다.)

하지만 그러한 호소는 묵살당했다. 타일런드 경은 라에니라 공주의 계승권을 수호하겠다고 맹세한 귀족들은 대부분 옛적에 세상을 떠났다고 지적했다. "24년이나 지난 일이지 않습니까." 그가 말했다. "나는 그런 맹세를 한 적이 없습니다. 그때 난 어린아이였습니다." 법률관 쇠막대는 AC 101년의 대협의회와 AC 92년에 늙은 왕이 라에니스 대신 바엘론을 선택한 것을 언급한 뒤, 정복자 아에곤과 누이들 그리고 적장자의 권리가 언제나 딸의 권리보다 우선한 안달인의 신성한 전통에 관해 긴 담론을 펼쳤다. 오토 경은 라에니라의 남편이 다름 아닌 다에몬 왕제라고 좌중을 일깨우며 말했다. "우리 모두 그자의 본질을 알지 않소. 라에니라가 철왕좌에 앉으면 우리를 지배하는 건 플리바텀 공이 될 것임이 자명하오. 마에고르만큼이나 잔혹하고 무자비한 부군이 말이오. 제일 먼저 내 목부터 날아가리라는 건 의심할 여지가 없소. 하지만 그대들의 왕비이자 내 딸이 곧 그 뒤를 따를 것이오."

알리센트 왕비가 부친의 말을 이었다. "내 아이들도 살려두지 않겠지요." 그녀가 단언했다. "아에곤과 그 애의 동생들은 왕의 적자고, 라에니라의 사생아들보다 왕위를 이을 명분이 더 공고합니다. 다에몬은 구실을 찾아내 아이들을 모조리 죽일 것이 분명해요. 헬라에나와 그 아이의 어린 자식들까지도. 그 스트롱 놈들 중 한 명이 아에몬드의 눈을 앗아 간 건 결코 잊을 수 없습니다. 물론 당시 녀석은 어렸지만, 아들은 아비를 닮는 법이고 사생아는 본성부터 괴물이에요."

크리스톤 경이 입을 열었다. 그는 공주가 즉위한다면 자캐리스 벨라리온이 그 뒤를 이을 것이라고 대신들을 일깨웠다. "사생아를 철왕좌에 앉힌다면 일곱 신께서 왕국을 보우하시기를 바랄 수밖에 없을 겁니다." 그는 라에니라의 문란한 행실과 그녀 남편의 악명을 언급했다. "그들은 레드컵을 매음굴로 만들어버릴 겁니다. 그 누구의 딸도, 아내도 안전하지 못할 겁니다. 심지어는 어린 소년들도······. 라에노르가 어땠는지는 다들 아시겠지요."

이 논의 중 라리스 스트롱 경이 말을 한마디라도 했는지는 기록되어 있지 않으나, 특이한 일은 아니었다. 첩보관은 필요할 때는 매끄러운 언변을 자랑했지만, 구두쇠가 돈을 아끼듯 말을 아꼈고 입을 열기보다는 듣기를 선호했다.

《실록》은 이때 오르월 대학사가 대신들에게 경고했다고 기술한다. "우리가 이대로 진행한다면 전쟁을 피할 수 없을 것입니다. 공주님이 순순히 물러날 리가 없고, 드래곤을 갖고 계시지 않습니까."

"그리고 친구들도 있지." 라이만 비스버리 공이 일갈했다. "명예를 아는, 공주와 공주의 부친에게 한 맹세를 잊지 않을 남자들이. 난 늙었지만, 당신들 같은 족속이 그녀의 왕관을 훔치려고 작당하는 꼴을 그냥 앉아서 보고만 있을 정도로 늙지는 않았소." 그렇게 말한 노대신은 자리에서 일어났다.

그다음 일어난 일에 관해서는 사료마다 내용이 다르다.

오르월 대학사는 비스버리 공이 문밖으로 나가기 전 오토 하이타워 경의 명령에 따라 붙잡힌 뒤 지하감옥에 갇혔다고 적었다. 그에 따르면 검은 감옥에 갇힌 비스버리 공은 재판을 기다리다가 감기에 걸려 사망했다.

유스터스 성사는 다르게 이야기한다. 그는 크리스톤 콜 경이 비스버리 공을 강제로 자리에 다시 앉히고는 단검으로 목을 베었다고 적었다. 머시룸도 크리스톤 경을 재무관의 살해자로 지목했으나, 콜이 노인의 뒷덜미를 움켜쥐고 창문 밖으로 내던졌고 비스버리 공은 아래에 있는 마른 해자로 떨어져 쇠말뚝에 박혀 죽었다고 전한다.

세 사료는 하나만큼은 동의한다. 드래곤들의 춤에서 처음 뿌려진 피는 칠왕국의 재무관이자 재정대신이었던 라이만 비스버리 공의 것이었다고.

비스버리 공의 죽음 이후 아무도 더 이의를 제기하지 않았다. 남은 밤

동안 대신들은 새로운 왕의 대관식을 계획하고(모두 신속하게 치러야 한다고 동의했다) 라에니라 공주가 아에곤 왕의 즉위에 반대할 것에 대비해 잠재적인 아군과 적군의 목록을 작성했다. 공주가 출산을 앞두고 드래곤스톤에서 옴짝달싹도 못 하는 터라, 알리센트 왕비의 녹색파는 유리한 위치에 있었다. 라에니라가 왕의 죽음을 모르는 시간이 길어질수록 대처 또한 늦어질 것이었으니. 머시룸에 따르면 알리센트 왕비는 "그 창녀 계집이 출산하다 죽을지도 모르지"라고 말했다.

그날 밤에는 어떤 큰까마귀도 날지 않았고, 어떤 종도 울리지 않았다. 왕의 승하를 아는 하인들은 모두 지하감옥으로 보내졌다. 궁중에 남은 흑색파, 즉 라에니라 공주를 지지한다고 의심되는 귀족들과 기사들을 구금하는 일은 크리스톤 콜 경이 맡았다. "저항하지 않는 이들은 거칠게 다루지 말게." 오토 하이타워 경이 지시했다. "아에곤 왕에게 무릎을 꿇고 충성을 맹세할 이들이 우리 손에 해를 입는 일은 없어야 하네."

"그러지 않을 이들은 어떻게 됩니까?" 오르월 대학사가 물었다.

"반역자들이외다." 쇠막대가 대답했다. "그리고 반역자로서 죽어야 할 거요."

그때 첩보관 라리스 스트롱 공이 그날 밤 처음이자 마지막으로 입을 열었다. "우리 먼저 맹세하도록 하지요. 우리 중 반역자가 나와서는 안 되니 말입니다." 곤봉발이 단검을 뽑고는 자기 손바닥을 그었다. "피의 맹세를 하는 겁니다." 그가 재촉했다. "죽을 때까지 우리 모두를 형제로 묶을 맹세를." 그리하여 공모자들은 각각 칼로 손바닥을 긋고 서로의 손을 굳게 쥐고는 형제가 되었음을 맹세했다. 그중 알리센트 왕비만은 여인이라는 이유로 맹세를 하지 않아도 되었다.

도성에 동이 틀 무렵, 알리센트 왕비는 킹스가드 기사들을 보내 아에곤과 아에몬드를 소협의회로 데려오게 했다. (그녀의 가장 어리고 온순한 자식인 다에론 왕자는 올드타운에서 하이타워 공의 종자로 있었다.)

열아홉 살의 애꾸눈 왕자 아에몬드는 무기고에서 성내 연무장에서 있을 아침 훈련을 위해 경번갑을 걸치고 있었다. "형이 왕이 되었나?" 그가 윌리스 펠 경에게 물었다. "아니면 이제 무릎 꿇고 그 늙은 창녀의 보지에 입이라도 맞춰야 하는 건가?" 헬라에나 공주는 킹스가드 기사들이 찾아갔을 때 자녀들과 아침을 먹고 있었는데, 오라비이자 남편인 아에곤의 행방을 묻는 말에는 단지 "내 침대에 없는 것만은 확실해요. 원한다면 가서 이불을 들춰보던가요"라고 대답했다.

문쿤은 《실록》에서 아에곤 왕자가 "유흥을 즐기던 중"이었다고 모호하게 얼버무렸다. 《머시룸의 증언》은 크리스톤 경이 플리바텀의 한 쥐 싸움장에서 젊은 예비 왕을 발견했을 때, 왕자는 이를 뾰족하게 간 두 빈민가 아이가 서로 물고 뜯으며 싸우는 광경을 만취하고 벌거벗은 채 즐기고 있었고, 열두 살도 안 되어 보이는 소녀가 입으로 그의 성기를 애무하던 중이었다고 주장했다. 하지만 그 추잡한 묘사는 예의 머시룸의 서술임을 유념하고, 대신 유스터스 성사의 기록을 살펴보도록 하겠다.

우리의 선량한 성사 역시 아에곤 왕자가 애인과 함께 있었다고 인정하나, 그녀가 어느 부유한 상인의 딸이었고 보살핌을 잘 받았다고 주장했다. 또한 왕자가 처음에는 어머니의 계획에 동참하기를 반대했다고 한다. "후계자는 누나지, 내가 아니잖아. 어떤 남동생이 누나의 타고난 권리를 훔친다는 거지?"라고 왕자가 말했다고 유스터스는 기록했다. 크리스톤 콜 경이 공주가 왕관을 쓰면 아에곤은 물론 그의 동생들까지 반드시 처형할 것이라면서 설득한 다음에야 왕자는 흔들리기 시작했다. "타르가르옌의 적자가 생존하는 한, 어떤 스트롱 놈도 철왕좌에 앉을 생각을 하지 못할 겁니다." 콜이 말했다. "그러니 라에니라가 사생 아들들이 자신의 뒤를 이어 왕이 되기를 바란다면, 왕자님과 동생분들의 목을 베는 것 외에는 선택지가 없다는 말입니다." 이것이 바로 아에곤이 소협의회가 바친 왕관을 수락하도록 설득한 유일한 이유였다고 선량한 성사는 주장한다.

킹스가드 기사들이 알리센트 왕비의 아들들을 찾아다니는 동안, 다른 전령들이 도시 경비대의 대장과 지구대장(모두 일곱 명으로, 각각 성문을 하나씩 맡았다)들을 레드킵으로 소집했다. 심문 결과 지구대장 다섯은 아에곤 왕자의 명분을 지지하는 것으로 나타났다. 나머지 지구대장 두 명과 경비대장은 신뢰할 수 없다고 판단되어 사슬에 묶여 감옥에 갇혔고, "다섯 충신" 중 가장 무시무시한 루터 라젠트 경이 황금 망토의 새로운 대장이 되었다. 키가 2미터를 훌쩍 넘는 황소 같은 사내였던 라젠트는 군마를 한 번의 주먹질로 때려죽였다는 소문이 있었다. 오토 경은 신중하게 자기 아들 그웨인 하이타워 경(왕비의 남동생)을 라젠트의 부관으로 붙여 그가 불충한 마음을 품는지 감시하도록 했다.

고(故) 비스버리 공을 대신하여 새로이 재무관으로 임명된 타일런드 라니스터 경은 즉시 국고를 장악했다. 왕실의 황금을 4등분하여 한 부분은 브라보스 강철은행에 맡기고 두 부분은 각각 철통같은 경계하에 캐스털리록과 올드타운으로 보냈다. 마지막 남은 부분은 뇌물과 선물 그리고 유사시 용병 고용에 쓰일 예정이었다. 공석이 된 해군관의 자리를 채우고자 오토 경은 강철 군도로 눈을 돌렸다. 그는 파이크의 수확 영주이자 대담하고 살기등등하며 붉은 크라켄이라고 불리는 열여섯 살 돌턴 그레이조이에게 큰까마귀를 보내 충성을 바치는 대가로 제독의 직위와 소협의회에 참석할 권한을 내리겠다고 제의했다.

하루가 지나고 이틀이 지났다. 왕의 침실에서 비세리스의 시신이 썩으며 부풀어 올랐지만, 아무도 성사나 침묵의 자매들을 부르지 않았다. 아무런 종도 울리지 않았다. 큰까마귀들이 하늘을 날았으나, 드래곤스톤으로 향하는 새는 없었다. 대신 올드타운으로, 캐스털리록으로, 리버런으로, 하이가든으로 그리고 그 외 알리센트 왕비가 그녀의 아들을 지지할 것으로 여긴 여러 영주와 기사에게 날아갔다.

녹색파는 AC 101년의 대협의회 기록을 들추어 누가 비세리스를 지지하고 누가 라에니스, 래나 또는 라에노르를 지지했는지 목록을 작성했다. 당시 모인 귀족들이 여성 계승권자보다 남성 계승권자에게 스무 배에 달하는 지지를 보냈으나 반발한 이들도 있었고, 만약 전쟁이 일어난다면 그 가문들은 라에니라 공주의 편에 설 가능성이 농후했다. 오토 경은 공주가 바다뱀과 그의 함대를 얻을 것으로 판단했고, 동부 해안의 영주들인 바르 에몬, 매시, 셀티가르, 크래브 같은 이들과 타스의 저녁별까지도 공주의 편을 들 것이라고 여겼다. 하지만 벨라리온가를 제외하면 다들 약소 세력이었다. 더 큰 문제는 북부인들이었다. 윈터펠은 하렌홀에서 라에니스를 지지했고, 스타크 공의 휘하 가문인 배로턴의 더스틴과 화이트하버의 맨덜리도 그에 동조했다. 아린 가문도 믿을 수 없었다. 당시 이어리는 여인이 지배했고, '협곡의 처녀' 제인 여영주는 라에니라 공주가 계승에서 밀려나면 자신의 지배권에도 위협적이라고 여길 수 있었다.

가장 큰 위험으로 간주된 건 예전부터 라에니스 공주와 그 자녀들의 계승권을 굳게 지지해온 스톰스엔드의 바라테온 가문이었다. 노쇠한 보어문드 공은 세상을 떠났으나, 그의 아들 보로스는 부친보다 더 호전적인 인물이었고 휘하의 군소 폭풍 영주들도 그의 뜻이 어디로 향하든 따를 것이 분명했다. "그렇다면 그의 뜻이 우리의 왕으로 향하도록 해야겠군요." 알리센트 왕비가 언명했다. 그러고는 둘째 아들을 불러들였다.

그리하여 그날 스톰스엔드로 날아간 건 큰까마귀가 아니라 웨스테로스에서 제일 나이가 많고 제일 거대한 드래곤, 바가르였다. 드래곤의 등에는 눈을 잃은 자리에 사파이어를 박은 아에몬드 타르가르옌 왕자가 탔다. "네 목적은 바라테온 공의 딸 하나를 아내로 얻는 것이다." 왕자가 떠나기 전 그의 외조부인 오토 경이 말했다. "넷 중 누구라도 괜찮다. 구혼하여 승낙을 받으면 보로스 공이 스톰랜드를 네 형에게 갖다 바칠 게다. 실패한다면—"

"실패라뇨." 아에몬드 왕자가 큰소리쳤다. "형은 스톰스엔드를 얻을 것이고, 저는 신부를 얻고 돌아올 겁니다."

아에몬드 왕자가 떠날 무렵, 죽은 왕의 침실에서 흘러나온 악취가 마에고르 성채 곳곳에 스며들었고, 여러 근거 없는 이야기와 소문이 궁중과 성 안에 퍼져나갔다. 레드킵 아래의 지하감옥에 불충하다고 의심되는 이들을 워낙 많이 가둔 나머지 최고성사조차도 의문을 품기 시작했고, 올드타운의 별빛 성소에서 서신을 보내 실종된 몇몇 인사의 행방을 물었다. 꼼꼼하기로는 예전 어떤 수관에 못지않은 오토 하이타워 경은 더 시간을 들여 준비하고 싶어 했으나, 알리센트 왕비는 더는 미룰 수 없음을 깨달았다. 아에곤 왕자가 숨기는 것에 지치고 만 것이다. "내가 왕입니까, 아닙니까?" 그가 어머니에게 다그쳐 물었다. "내가 왕이라면, 왕관을 씌워주세요."

AC 129년 셋째 달 초열흘날, 종이 울리며 한 왕의 시대가 막을 내렸음을 고했다. 마침내 허가가 떨어지자 오르월 대학사는 큰까마귀들을 내보냈고, 검은 새 수백 마리가 날아올라 아에곤의 즉위를 전국에 통보했다. 침묵의 자매들을 불러 시신의 화장을 준비했고, 백마를 탄 기수들이 킹스랜딩을 돌아다니며 "비세리스 왕께서 승하하셨다. 아에곤 왕 만세!"라고 시민들에게 외쳤다. 사람들은 기수들이 외치는 소리를 듣고 울음을 터뜨리거나 환호하기도 했지만, 대부분 당황하고 근심 어린 눈빛으로 쳐다보며 침묵을 지켰고, 이따금 "여왕 전하 만세!"라고 소리치는 이들도 있었다고 문쿤은 적었다.

그런 와중에 대관식 준비가 급하게 이뤄졌다. 장소는 드래곤핏이 선택되었다. 웅장한 돔 아래에는 8만 명이 앉을 수 있는 돌 좌석이 있었고, 두꺼운 벽과 튼튼한 지붕과 높은 청동 문들은 반역자들이 의식을 방해하려고 시도해도 충분히 막아줄 것이었다.

대관식이 열린 날, 크리스톤 콜 경은 정복자 아에곤이 썼던 루비가 박힌 철관을 비세리스 왕과 알리센트 왕비의 장자, 아에곤의 이마에 씌우고 그를 안달인과 로인인과 최초인의 왕이자 칠왕국의 주인이며 왕국의 수호자인 타르가르옌 가문의 아에곤 2세로 선언했다. 평민들의 사랑을 받는 그의 어머니 알리센트 왕대비는 자신의 관을 벗어 아에곤의 여동생이자 아내이며 그녀의 딸인 헬라에나의 머리 위에 올려놓았다. 어머니는 딸의 양 뺨에 입을 맞춘 뒤 딸 앞에서 무릎을 꿇고 고개를 숙이며 말했다. "왕비 전하."

대관식에 몇 명이 구경하러 왔는지는 아직도 논쟁거리로 남아 있다. 오르월의 글을 참조한 문쿤 대학사는 드래곤핏이 10만이 넘는 평민들로 꽉 차고 그들이 내지른 함성이 벽을 흔들었다고 전했지만, 머시룸은 돌 좌석의 반이 텅텅 비었다고 주장했다. 올드타운의 최고성사는 킹스랜딩으로 오

기에는 너무 노쇠하였던 터라, 유스터스 성사가 아에곤 왕의 이마에 성유를 붓고 신의 일곱 이름으로 축복을 내렸다.

하객 중 눈이 날카로운 자들은 왕 옆에 선 하얀 망토가 다섯이 아니라 넷이라는 사실을 알아차렸을 수도 있다. 아에곤 2세는 전날 밤 첫 변절을 겪었다. 스테폰 다클린 경이 종자와 집사 둘, 위병 넷과 함께 도성에서 사라진 것이다. 그들은 어둠을 틈타 어느 후문으로 간 뒤, 그곳에서 기다리던 작은 어선을 타고 드래곤스톤으로 향했다. 변절자들은 노란 황금 테두리에 일곱 빛깔의 보석이 박힌 왕관도 가져갔다. 바로 비세리스 왕과 늙은 왕 재해리스가 썼던 왕관이었다. 아에곤 왕자가 그와 이름이 같은 정복자의 루비 철관을 쓰기로 하자, 알리센트 왕비는 비세리스의 왕관을 안전한 곳에 보관하라고 지시했지만 그 일을 맡은 집사가 훔쳐서 달아난 것이었다.

대관식이 끝나자 남은 킹스가드 기사들이 아에곤을 번쩍이는 금색 비늘과 옅은 분홍색 날개 피막을 지닌 그의 화려한 탈것으로 호위해 갔다. 황금빛 여명의 드래곤, '선파이어'였다. 문쿤은 왕이 도성 주변을 세 번 선회하고는 레드컵 성벽 안쪽에 내려앉았다고 전한다. 아릭 카길 경이 왕을 횃불로 밝힌 알현실로 안내했고, 그곳에서 아에곤 2세는 천 명의 귀족과 기사 앞에서 철왕좌의 계단을 올라갔다. 환성이 대전 안에 메아리쳤다.

드래곤스톤에서는 어떤 환성도 들리지 않았다. 대신 여왕의 처소에서 진통이 시작된 지 사흘째에 접어드는 라에니스 타르가르엔이 힘을 주고 몸을 떨며 지르는 비명이 바다 드래곤 탑의 홀과 계단에 울려 퍼졌다. 아기가 태어나려면 아직 한 달이 남은 시점이었으나, 킹스랜딩에서 도착한 소식은 공주를 격분하게 했고 분노가 전해졌는지 태아가 빨리 나오려고 하면서 출산이 앞당겨졌다. 공주는 분만 내내 이복동생들과 왕비에게 천벌이 내릴 것이라고 저주하며 비명을 질렀고, 죽음을 허락하기 전에 그들을 어떻게 고문할 것인지 세세하게 늘어놓았다. 머시룸의 말로는 그녀는 배

속에 있는 아기에게도 저주를 퍼부었고, 옆에서 제라디스 학사와 산파가 말리는데도 아랑곳하지 않고 자신의 배를 할퀴며 고함쳤다고 한다. "괴물, 이 괴물아, 나와, 나와, 당장 나오라고!"

마침내 세상에 나온 딸은 과연 괴물이었다. 사산아는 뒤틀린 기형아였고, 심장이 있어야 할 가슴에 구멍이 뚫렸으며 비늘로 덮인 뭉툭한 꼬리가 달렸다고 머시룸은 묘사했다. 난쟁이는 또한 그 작은 시신을 화장하기 위해 안뜰로 가져간 사람이 자신이었다고 주장했다. 이튿날, 양귀비즙을 마시고 통증을 달랜 라에니라 공주는 죽은 딸을 비세니아라고 이름 지었었노라고 선언했다. "놈들이 내 유일한 딸을 죽였다. 내 왕관을 훔치고 내 딸을 살해한 죗값을 반드시 치르게 하리라."

그리고 공주가 회의를 소집하면서 '춤'이 시작되었다. 《실록》은 드래곤스톤에서 열린 그 회의를 킹스랜딩에서 열렸던 '녹색 회의'에 대응하여 '흑색 회의'로 명명했다. 라에니라는 숙부이자 남편인 다에몬 왕자와 그녀가 신뢰하는 조언자 제라디스 학사 사이에 앉아 회의를 주관했다. 아들들도 참석했으나, 다들 아직 성인이 되지 않은 어린 나이였다(제이스는 열네 살, 루크는 열세 살, 조프리는 열한 살이었다). 그들과 함께한 두 킹스가드 기사는 아릭 경의 쌍둥이 형제 에릭 카길 경과 서부인 로렌트 마브랜드 경이었다.

기사 30명, 노궁병 백 명 그리고 보병 300명이 드래곤스톤에 주둔하는 병력의 전부로, 드래곤스톤처럼 강력한 요새를 지키기에는 충분한 숫자였다. "하지만 정복에 나서기에는 많이 부족하지." 이를 두고 다에몬 왕자가 떨떠름하게 평했다.

드래곤스톤의 십여 개의 작은 휘하 가문과 봉신도 흑색 회의에 참석했다. 클로섬의 셀티가르, 룩스레스트의 스탠턴, 스톤댄스의 매시, 샤프포인트의 바르 에몬, 더스큰데일의 다클린 등이 그들이었다. 공주를 지지하는 세력 중 가장 강력한 영주는 드리프트마크의 코를리스 벨라리온이었다.

바다뱀은 이제 늙었지만, "물에 빠져 죽지 않으려고 침몰한 배의 잔해에 매달린 선원처럼 악착같이 살아가는 중이오. 일곱 신께서 이 마지막 전쟁을 위해 날 살려두신 것 같소"라고 말하기를 즐겼다. 코를리스 공과 함께 온 그의 아내 라에니스 공주는 쉰다섯의 나이에 얼굴은 여위고 주름졌으며 검은 머리도 곳곳이 하얗게 셌지만, 스물두 살 때처럼 당차고 대담무쌍했다. 머시룸은 그녀를 '여왕이 되지 못한 여왕'이라고 불렀다. ("비세리스에 비해 그녀가 뭐가 부족했는데? 작은 '소시지'? 그것만 있으면 왕이 될 수 있는 거야? 그럼 머시룸이 왕이 되어야겠네. 내 소시지는 비세리스 것보다 세 배는 크니까.")

흑색 회의에 참석한 자들은 스스로 왕당파라고 자부했지만, 아에곤 2세가 자신들을 반역자라고 부르리라는 것을 잘 알고 있었다. 다들 이미 킹스랜딩으로부터 직접 레드킵으로 와서 새로운 왕에게 충성을 맹세하기를 요구하는 소환령을 받은 몸이었다. 그들의 군대를 전부 합쳐도 하이타워 가문이 홀로 동원할 수 있는 병력조차 상대할 수 없었다. 아에곤의 녹색파는 그 외에도 여러모로 유리한 위치에 있었다. 왕국에서 가장 부유하고 거대한 대도시인 올드타운, 킹스랜딩, 라니스포트가 모두 그들의 손아귀에 있었다. 모든 표면적인 정통성의 상징도 아에곤에게 있었다. 그는 철왕좌에 앉아 레드킵 왕궁에 머물렀다. 정복자의 왕관을 쓰고 정복자의 검을 지니며, 수만 명이 보는 앞에서 종단의 성사로부터 기름 부음을 받았다. 오르월 대학사가 녹색 회의에 참석했고 킹스가드의 기사단장이 손수 왕관을 머리에 씌워주었다. 게다가 아에곤은 남성이었기에, 많은 사람이 그를 정당한 왕으로 보고 이복 누나를 찬탈자로 여겼다.

그에 비해 라에니라는 유리하다 할 것이 별로 없었다. 일부 나이 든 영주들은 라에니라가 드래곤스톤의 공주가 되고 선왕의 후계자로 책봉되었을 때 그녀에게 한 맹세를 기억할지도 몰랐다. 한때는 귀족과 평민 모두 그녀를 사랑하고 '왕국의 기쁨'에게 환호하기도 했다. 그때만 해도 수많은 젊은 귀족과 명예로운 기사가 그녀의 총애를 얻고자 애썼지만…… 이제 결혼하고 여섯 번의 출산을 거쳐 늙고 뚱뚱해진 그녀를 위해 몇 명이나 싸울지는 아무도 대답할 수 없었다. 이복동생이 아버지의 재산을 강탈했지만, 공주에게는 벨라리온 가문의 막대한 부가 있었고 바다뱀의 함대 덕분에 해상에서 우세했다. 그리고 징검돌 군도에서 단련된 그녀의 부군 다에몬 왕자는 적들을 전부 합친 것보다 더 경험이 풍부하고 노련한 전사였다. 마지막으로, 다른 것 못지않게 중요한 점은 라에니라에게 드래곤이 있다는 사실이었다.

"그건 아에곤도 마찬가집니다." 제라디스 학사가 지적했다.

"우리가 더 많다." 그 누구보다 더 오랫동안 드래곤 기수였던 '여왕이 되지 못한 여왕' 라에니스 공주가 대답했다. "게다가 바가르를 제외하면 우리 드래곤들이 더 크고 강하지. 드래곤들은 이곳 드래곤스톤에서 제일 잘 자라니." 그녀가 회의에 참석한 이들에게 하나씩 설명했다. 아에곤 왕의 선파이어는 훌륭한 짐승이지만 아직 어렸다. 애꾸눈 아에몬드는 바가르를 탔고, 과거 비세니아 왕비가 탄 이 드래곤이 위협적이라는 사실은 부인할 수 없었다. 헬라에나 왕비가 타는 드림파이어는 한때 늙은 왕의 큰누이 라에나를 태우고 구름 사이를 날았던 암컷 드래곤이었다. 다에론 왕제의 테사리온은 짙은 암청색 날개에 발톱과 볏과 배의 비늘은 단조된 구리처럼 눈부신 드래곤이었다. "그렇게 전투가 가능한 크기의 드래곤은 넷이오." 라에니스가 말했다. 헬라에나 왕비가 낳은 쌍둥이도 각자 드래곤이 있었으나 아직 새끼에 불과했고, 찬탈자의 막내아들 마엘로르는 알뿐이었다.

그에 대항해 다에몬 왕자와 라에니라 공주는 각각 거대하고 가공할 짐승인 카락세스와 시락스의 주인이었다. 카락세스는 특히 무시무시했고, 징검돌 군도에서 전쟁을 겪으며 피와 불에 익숙했다. 라에니라와 라에노르 벨라리온 사이에 태어난 삼 형제도 모두 드래곤 기수였다. 버맥스, 아락스,

티락세스는 잘 자라는 중이었고 해가 지날수록 커졌다. 라에니라와 다에 몬 왕자 사이에 태어난 두 아들 중 장남인 작은 아에곤은 어린 드래곤 스 톰클라우드의 주인이었으나 아직 타본 적은 없었고, 동생 비세리스는 어디 를 가든 알을 들고 다녔다. 라에니스의 암컷 드래곤 붉은 여왕 멜레이스는 게을러졌지만, 잠에서 깨어나면 여전히 무시무시했다. 다에몬 왕자가 래나 벨라리온에게서 얻은 쌍둥이도 드래곤 기수가 될 법했다. 바엘라의 호리호 리한 열은 초록 드래곤 문댄서는 곧 그녀를 태우고 날 정도로 커질 것이었 다. 그녀의 쌍둥이 자매 라에나의 알에서 나온 새끼는 온전하지 못하여 부 화한 지 몇 시간도 안 되어 죽었으나, 최근 시락스가 알 한 무더기를 또 낳 았다. 그중 하나를 받은 소녀는 매일 밤 알을 안고 자며 자매의 것에 못지 않은 드래곤이 태어나기를 기도했다.

게다가 성을 굽어보는 드래곤몬트의 연기 피어오르는 동굴에는 다 른 드래곤 여섯 마리가 둥지를 튼 상태였다. 옛적 선한 왕비 알리산느가 탄 실버윙, 라에노르 벨라리온 경의 자랑이자 열정이었던 열은 잿빛 드래 곤 시스모크, 재해리스 왕 사후 아무도 타지 않은 늙은 드래곤 버미토르 가 있었고, 산 뒤쪽에 아무도 길들이거나 탄 적이 없는 야생 드래곤 세 마 리가 살았다. 평민들은 그 드래곤들을 십스틸러, 그레이고스트, 카니발 (Sheepstealer(양 도둑), Grey Ghost(회색 귀신), Cannibal(동족 포식자))이라고 불렀 다. "실버윙, 버미토르, 시스모크를 탈 기수를 찾으면 우린 드래곤이 아홉, 아에곤은 넷이 되오. 야생 것들도 길들여서 타면 스톰클라우드를 빼도 우 리 측은 열두 마리가 되지"라고 라에니스 공주가 지적했다. "그게 우리가 이 전쟁에서 이길 방법이오."

셀티가르 공과 스탠턴 공이 동의했다. 정복자 아에곤과 그의 누이들은 불과 피 앞에서 기사와 군대는 감히 맞설 수 없다는 것을 증명했다. 셀티 가르는 공주에게 당장 킹스랜딩으로 날아가 도시를 잿더미와 뼈 무덤으로 만들어버리라고 재촉했다. "그렇게 하면 우리에게 무슨 득이 있겠소?" 바다뱀이 다그쳐 물었다. "우린 도성을 다스리려는 것이지, 전부 불태우려는 것이 아니잖소."

"그 지경까지는 가지 않을 겁니다." 셀티가르가 고집했다. "찬탈자는 그가 거느린 드래곤들을 내세울 수밖에 없을 겁니다. 그러면 우리 측 아홉이 저쪽 넷을 압도하고도 남겠지요."

"어떤 대가를 치르고 말인가요?" 라에니라 공주가 의문을 표했다. "그 드래곤 중 셋은 내 아들들이 탄다는 것을 잊지 마세요. 그리고 아홉 대 넷이 아니에요. 내가 하늘을 날 정도로 기력을 회복하려면 시간이 더 필요해요. 그리고 실버윙과 버미토르와 시스모크는 누가 탄답니까? 귀공이 탈 건가요? 그건 아니겠지요. 그러면 다섯 대 넷이고, 저쪽 넷 중 하나는 바가르입니다. 우리가 우세한 게 아닙니다."

의외로 다에몬 왕자도 아내의 말에 동의했다. "징검돌 군도에서 내 적들은 카락세스의 날개를 보거나 포효를 듣기만 해도 달아나고 숨고는 했지……. 하지만 놈들에게는 드래곤이 없었소. 인간이 드래곤을 죽이는 건 결코 쉬운 일이 아니오. 하지만 드래곤은 드래곤을 죽일 수 있고, 실제로도 그리했소. 발리리아의 역사를 공부한 학사라면 누구라도 그렇게 말할 거요. 난 다른 뾰족한 수가 없다면 몰라도 우리 드래곤들을 찬탈자의 것들을 상대하도록 내던지지 않을 것이오. 드래곤들은 달리 사용할 방법이 있소. 더 좋은 방법이." 그리고 왕자는 그의 전략을 흑색 회의에 밝혔다. 라에니라는 대관식을 열어 아에곤에게 응수해야 했다. 그 뒤에는 큰까마귀를 날려 칠왕국의 영주들에게 진정한 여왕에게 충성한다는 선언을 하라고 촉구한다는 것이었다.

"우리는 전장에 나서기 전에 먼저 말로 싸워야 하오." 왕자가 주장했다. 다에몬은 대가문의 영주들이 승리의 열쇠를 쥐고 있다고 주장했다. 그들의 휘하 가문들과 봉신들은 주군의 결정을 따를 것이 분명했다. 찬탈자 아에곤은 캐스털리록의 라니스터가의 충성을 얻었고, 아직 강보에 싼 젖먹이인 하이가든의 티렐 공을 대리하는 섭정 어머니는 리치를 움직이는 데 있어서 강대한 휘하 가문 하이타워와 뜻을 같이할 가능성이 높았다. 그러나 그 외 왕국의 다른 대영주들은 아직 뜻을 밝히지 않은 상태였다.

"스톰스엔드는 우리와 함께할 것이오." 라에니스 공주가 단언했다. 그녀의 외가가 바라테온가였고, 고(故) 보어문드 공은 항상 그들의 가장 충직한 친구였다.

다에몬 왕자는 협곡의 처녀도 이어리를 이끌고 그들에게 동참하리라고 기대했다. 그는 또한 아에곤이 반드시 파이크의 지지를 얻으려 할 것으로 판단했다. 오직 강철 군도만이 바다에서 벨라리온 가문에 맞설 전력을 갖추고 있었다. 그러나 강철인들은 변덕이 심하기로 악명 높고 돌턴 그레이조이는 피와 전투에 굶주렸으므로, 공주를 지지하도록 설득하는 일은 어렵지 않을 것이었다.

흑색 회의는 북부는 전쟁에서 큰 역할을 하기에 너무 멀다고 판단했다. 스타크 가문이 휘하 가문을 소집하여 남쪽으로 진군할 즈음에는 전쟁이 이미 끝난 다음일지도 모를 일이었다. 그렇다면 남은 이들은 호전적이기로 유명하고 명목상으로는 리버런의 툴리 가문의 지배를 받는 강의 영주들뿐이었다. "리버랜드에도 우리를 지지하는 친구들이 있지." 왕자가 말했다. "다만 모두 아직 감히 진심을 드러내지 못할 뿐. 본토에 그들이 집결할 수 있는, 대군을 수용하고 찬탈자의 공세를 버틸 만한 교두보가 필요하오." 그가 영주들에게 지도를 가리켰다. "바로 이곳, 하렌홀이오."

그렇게 결정이 났다. 다에몬 왕자가 카락세스를 타고 선봉으로서 하렌홀을 공격하고, 라에니라 공주는 기력을 회복할 때까지 드래곤스톤에 머무르며, 벨라리온 함대가 드래곤스톤과 드리프트마크에서 출격하여 걸릿 수역을 봉쇄하고 블랙워터만에 진입하거나 떠나려는 모든 선박을 막기로 하였다. "우린 킹스랜딩을 강습하여 함락할 힘이 없소." 다에몬 왕자가 말했다. "적들도 마찬가지로 드래곤스톤 점령은 꿈도 꾸지 못하지. 그러나 아에곤은 새파란 애송이고, 그런 애송이를 도발하기는 쉽소. 잘하면 놈을 자극하여 무모한 공격을 감행하게 할 수 있을지도 모르오." 바다뱀이 함대를 지휘하고 라에니스 공주가 하늘을 날며 적들이 드래곤으로 함대를 공격하는 것을 막는 동안, 큰까마귀들을 날려 영주들의 충성을 요구하는 서신을 리버런, 이어리, 파이크, 스톰스엔드로 보낸다는 계획이었다.

그때 여왕의 장남 자캐리스가 입을 열었다. "서신은 저희가 가져가는 게 나을 것 같아요." 그가 말했다. "큰까마귀보다는 드래곤이 영주들을 더 빨리 설득할 수 있을 테니까요." 동생 루케리스도 동의하며, 자신과 형이 거의 어른이나 마찬가지라고 고집했다. "숙부는 우릴 스트롱 놈들이라고 부르지만, 우리가 드래곤을 타고 날아오는 모습을 보면 영주들도 그것이 거짓말임을 알아차릴 겁니다. 드래곤을 탈 수 있는 건 타르가르옌뿐이니까요." 머시룸은 바다뱀이 그 말을 듣고 세 아이는 벨라리온가의 자손이라고 투덜거리면서도 뿌듯한 미소를 감추지 못했다고 전했다. 어린 조프리마저도 티락세스를 타고 형들과 같이 가겠다고 추임새를 넣었다.

라에니라 공주는 막내아들의 요청을 허락하지 않았다. 조프리는 열한 살에 불과했다. 그러나 자캐리스는 열네 살, 루케리스는 열세 살이었다. 둘 다 용감하고 잘생긴 소년이었고, 오랜 종자 생활로 무예도 출중했다. "너희가 간다면, 기사가 아니라 전령의 자격으로 가는 거야." 그녀가 아들들에게 말했다. "결코 전투에 참여해서는 안 돼." 공주는 두 소년이 《칠각별》에 대고 엄숙한 맹세를 한 다음에야 아들들을 사절로 보내는 것을 허락했다. 둘 중 나이가 더 많은 제이스가 더 길고 위험한 임무를 맡았다. 먼저 이어리로 날아가서 협곡의 여영주와 이야기한 다음, 화이트하버로 가서 맨덜리 공을 설득하고 마지막으로 윈터펠에서 스타크 공을 만나는 일정이었다. 루크는 더 짧고 안전한 임무를 맡아, 보로스 비리테온의 따뜻한 환대가 기대되는 스톰스엔드에 갔다 오기로 했다.

다음 날 급히 대관식이 열렸다. 아에곤의 킹스가드 기사였던 스테폰 다클린 경의 도착은 드래곤스톤에 큰 기쁨을 주었고, 특히 그와 그를 따라온 왕당파(오토 경은 그들을 '변절자'라고 부르고 현상금을 내걸었다) 일행이 조정자 재해리스의 왕관을 훔쳐 온 것을 알고는 뛸 듯이 기뻐했다. 300명이 보는 앞에서 다에몬 타르가르옌 왕자는 '늙은 왕'의 왕관을 아내의 머리에 씌우고는 그녀를 안달인과 로인인과 최초인의 여왕, 라에니라 타르가르옌 1세로 공표했다. 여왕의 남편은 호국공을 자청했고, 라에니라는 장남 자캐리스를 드래곤스톤의 왕자이자 철왕좌의 후계자로 책봉했다.

그녀가 여왕으로서 처음 한 일은 오토 하이타워 경과 알리센트 왕비를 반란을 일으킨 역적이라고 선포한 것이었다. 그녀가 선언했다. "내 이복 남동생들과 사랑스러운 여동생 헬라에나는 사악한 자들의 유혹에 빠지고 말았다. 그들이 드래곤스톤으로 와서 무릎을 꿇고 용서를 빈다면 내 기꺼이 살려주고 다시 내 품에 끌어안을 것이다. 그들은 나와 피를 나눈 형제들이고, 그 어떤 남자나 여자도 친족살해자보다 더 저주받는 이는 없지 않은가."

이튿날 라에니라의 대관식이 열렸다는 소식이 레드킵에 닿자, 아에곤 2세는 매우 불쾌해했다. 젊은 왕이 선언했다. "내 이복 누나와 숙부는 대역죄를 저질렀다. 난 그들의 사권(私權)을 박탈하기를 원한다. 그들을 사로잡기를, 그들의 죽음을 원한다."

녹색 회의에서 더 냉철한 인사들은 협상을 원했다. 오르월 대학사가 말했다. "공주님께서 희망이 없다는 사실을 깨달아야 합니다. 남매가 골육상쟁을 벌여서는 안 됩니다. 저를 보내주십시오. 대화를 통하여 원만한 합의를 끌어내보겠습니다."

아에곤은 거부했다. 유스터스 성사는 왕이 대학사가 역심을 품었다고 비난하며 그의 "검은 친구들"이 있는 검은 감옥에 가두겠다고 대답했다고 전한다. 그러나 두 왕비—왕의 모친 알리센트 왕대비와 아내 헬라에나 왕비—가 오르윌의 제안에 찬성하자, 반항적인 왕도 마지못해 제안을 승낙했다. 그리하여 오르윌 대학사는 화평 깃발을 내걸고 블랙워터만을 건넜다. 그가 이끈 사절단은 킹스가드 아릭 카길 경과 황금 망토 그웨인 하이타워 경을 비롯하여 서기와 성사 스무 명가량을 포함했는데, 그중에는 유스터스도 있었다.

《실록》에서 문쿤은 왕이 관대한 조건을 제시했다고 주장한다. 공주가 그를 국왕으로 인정하고 철왕좌 앞에서 충성을 맹세한다면, 아에곤 2세는 그녀가 드래곤스톤을 소유함을 확인하고 그녀의 사후 섬과 성을 아들 자캐리스에게 세습하는 것을 허락할 것이었다. 또한 차남 루케리스는 드리프트마크의 정당한 후계자로 인정받고 벨라리온 가문의 영지와 재산을 물려받을 것이며, 다에몬 왕자와의 사이에 둔 작은 아에곤과 비세리스는 각각 왕의 종자와 시동이 되어 궁중에서 명예로운 자리를 차지할 것이라고 했다. 그녀와 함께 정당한 왕에 대항하여 역모를 꾸민 모든 영주와 기사에게도 사면을 약속했다.

라에니라는 그 조건들을 듣는 내내 돌처럼 침묵하다가 오르윌에게 그녀의 아버지, 비세리스 왕을 기억하는지 물었다. "물론입니다, 전하." 학사가 대답했다. "그렇다면 부왕께서 후계자로 누구를 지명했는지도 답할 수 있겠군." 머리에 왕관을 쓴 여왕이 말했다. "전하이십니다." 오르윌이 대답했다. 그러자 라에니라가 고개를 끄덕이고 말했다. "그대의 입으로 내가 적법한 여왕임을 시인했구나. 그런데 어찌하여 그대는 거짓 왕인 내 이복동생을 섬기는 것인가?"

문쿤은 오르윌이 안달인의 법률과 AC 101년의 대협의회를 언급하며 길

.고 박식한 대답을 했다고 적었다. 머시룸은 그가 말을 더듬으며 바지에 실금했다고 주장했다. 진실이 무엇이든지, 라에니라 공주는 그의 답변에 만족하지 않았다.

"대학사라면 마땅히 법을 알고 지켜야 하지." 그녀가 오르월에게 말했다. "참된 대학사가 아닌 그대는 그대가 걸친 사슬 목걸이를 오로지 수치와 불명예로 얼룩지게 하는구나." 오르월의 미미한 저항에도 아랑곳 않고 라에니라의 기사들은 그의 목에서 목걸이를 잡아챈 뒤 무릎을 꿇렸다. 공주는 목걸이를 "왕국과 왕국의 법을 충성스럽게 섬기는 진실한 하인"이자 그녀의 수하인 제라디스 학사에게 하사했다. 라에니라는 오르월과 다른 사절들에게 축객령을 내리며 말했다. "내게 왕좌를 바치지 않으면 녀석의 목을 칠 것이라고 내 이복동생에게 전해라."

'춤'이 끝나고 한참 후, 타스의 가수 루시언은 오늘날까지도 널리 불리는 '잘 있거라, 내 형제여'라는 슬픈 발라드를 만들었다. 그 노래는 오르월 일행이 킹스랜딩으로 돌아가고자 배에 오를 때 아릭 카길 경과 그의 쌍둥이 형제 에릭 경이 마지막으로 만난 이야기를 묘사한다고 한다. 아릭 경은 아에곤에게 자신의 검을 바쳤고, 에릭 경은 라에니라에게 충성을 맹세했다. 노래에서는 두 형제가 서로 자기편으로 넘어오도록 상대를 설득하려 한다. 둘 다 실패하고 우애의 말과 함께 작별을 고할 때, 서로가 다음에는 적으로 만날 것임을 안다. 그날 드래곤스톤에서 실제로 그런 상황이 벌어졌을 법도 하지만, 우리가 보유한 그 어떤 사료도 이를 언급하지 않는다.

아에곤 2세는 화를 잘 내고 용서는 더딘 스물두 살의 청년이었다. 라에니라가 그의 지배를 거부하자 그는 분노했다. "난 명예로운 평화를 제안하였으나, 그 창녀는 내 얼굴에 침을 뱉었다." 왕이 선언했다. "앞으로 일어나는 일은 그년 책임이다."

그 후 일어난 일은 전쟁이었다.

드래곤들의 죽음
아들에는 아들

아에곤은 드래곤핏에서 왕으로, 라에니라는 드래곤스톤에서 여왕으로 선포되었다. 화해를 위한 모든 노력이 수포로 돌아가면서 '드래곤들의 춤'이 본격적으로 시작되었다.

드리프트마크의 헐과 스파이스타운에서 출항한 바다뱀의 군함들이 걸릿 수역을 봉쇄하고 킹스랜딩을 출입하는 무역로를 막았다. 곧 자캐리스 벨라리온이 그의 드래곤 버맥스를 타고 북쪽으로 날았고, 그의 동생이 아락스를 타고 남쪽으로, 다에몬 왕자가 카락세스를 타고 트라이던트로 향했다.

먼저 하렌홀부터 살펴보기로 하자.

하렌의 엄청난 어리석음이 낳은 산물은 대부분 폐허로 전락했지만, 성의 거대한 외벽은 여전히 건재하여 리버랜드의 어떤 요새에 못지않게 견고했다. 그러나 '드래곤' 아에곤은 하렌홀이 하늘에서 가하는 공격에 약하다는 것을 증명한 바 있다. 하렌홀의 영주 라리스 스트롱이 킹스랜딩으로 떠난 이후, 성에 남은 수비 병력은 소수에 불과했다. 검은 하렌과 같은 운명을 겪을 마음이 없었던 늙은 수호성주 시몬 스트롱 경(전 영주 라이오넬 공의 숙부이자 현 영주 라리스 공의 숙조부)은 카락세스가 불탄 왕의 탑의 꼭대기에 내려앉자 바로 깃발을 내리고 항복했다. 다에몬 왕자는 성은 물론 단숨에 스트롱 가문의 적잖은 재물을 차지하고 시몬 경과 그의 손자들을 포함한 귀중한 인질 십여 명을 사로잡았다. 성에 살던 평민들도 인질이 되었고, 그중에는 알리스 리버스라는 이름의 유모가 있었다.

이 여인은 누구였을까? 문쿤은 그녀가 묘약과 주술 따위를 다루는 하녀였다고 전한다. 유스터스 성사는 그녀가 숲의 마녀라고 주장했다. 머시룸에 따르면 그녀는 처녀의 피로 목욕하여 젊음을 유지한 사악한 요녀였다. 이름을 보면 사생아였던 듯하나, 부모가 누군지는 거의 알려진 바가 없다. 문쿤과 유스터스는 그녀가 라이오넬 스트롱 공이 철없는 청년이었을 때 얻은 딸이라고 했는데, 사실이라면 그녀는 하윈(뼈를 부수는 자)과 라리스(곤봉발) 형제의 서출 누이가 된다. 하지만 머시룸은 그녀는 나이가 훨씬 더 많아서 두 형제의 유모였거나 심지어는 그들의 부친까지도 돌보았을 것이라고 고집했다.

알리스 리버스는 임신할 때마다 전부 사산했지만, 젖만은 매우 풍부해서 하렌홀의 다른 여인들이 낳은 수많은 아기에게 젖을 먹였다. 그녀는 정녕 악마들과 동침한 마녀였고, 그들에게 받은 지식에 대한 대가로 사산아를 낳았던 것일까? 아니면 유스터스가 믿은 것처럼 그저 생각이 단순한 헤픈 여자, 독과 묘약으로 남자들의 몸과 마음을 그녀에게 종속시킨 탕녀였을까?

드래곤들의 춤 당시 그녀가 최소 마흔 살이었음은 알려진 사실이다. 머시룸은 그녀가 그것보다 훨씬 더 나이가 많았다고 했다. 다들 그녀가 나이보다 젊어 보였다고 입을 모으는데, 단순히 우연이었는지 흑마술을 사용한 결과였는지는 지금도 논쟁이 되고 있다. 그녀의 능력이 무엇이었든 간에, 다에몬 타르가르옌에게는 통하지 않았는지 왕자가 하렌홀을 점령하는 동안의 기록에는 이 주술사라는 여인에 관한 것이 거의 없다.

검은 하렌의 본성이었던 성을 신속히 무혈점령한 것은 라에니라 여왕과 흑색파에게 엄청난 쾌거였다. 이 승리는 다에몬 왕자의 무위와 핏빛 웜 카락세스의 강력함을 확인시켜 주었고, 웨스테로스의 심장부에 여왕의 지지자들이 결집할 수 있는 거점을 마련했다. 트라이던트 유역에는 라에니라를 지지하는 이들이 많았다. 다에몬 왕자가 동원령을 내리자, 선왕이 애지중지한 '왕국의 기쁨'을, 어릴 적 리버랜드를 순행하며 사랑스러운 미소로 모든 사람의 마음을 사로잡았던 그녀를 여전히 기억하는 강 인근의 기사와 병사와 농부가 호응했다. 수백 수천 명이 검대를 차고 갑옷을 걸치거나 쇠스랑이나 괭이에 조잡한 나무 방패를 들고는 비세리스의 어린 딸을 위해 싸우고자 하렌홀로 발걸음을 옮겼다.

더 잃을 것이 많은 트라이던트의 영주들은 그렇게 즉각 행동하지는 않았지만, 곧 그들도 여왕의 편에 서기 시작했다. 트윈스에서는 한때 라에니라에게 구혼했고 지금은 막강한 기사로 성장한 '멍청한' 프레이, 포레스트 프레이 경이 말을 달려 찾아왔다. 공주로부터 징표를 받고자 결투를 벌였다가 패한 적이 있는 샘웰 블랙우드 공도 레이븐트리에 그녀의 깃발을 올렸다. (그 결투의 승자였던 아모스 브라켄 경은 브라켄 가문이 아에곤에 대한 지지를 표명할 때 부친의 뜻을 따랐다.) 메이든풀의 무튼, 핑크메이든성의 파이퍼, 해로웨이의 루트, 대리의 대리, 시가드의 말리스터, 나그네의 쉼터의 밴스 가문 모두 라에니라를 지지한다고 선언했다. (아트란타의 밴스 가문은 다르게 선택하고 젊은 왕에게 충성을 맹세했다.) 머리가 희끗희끗한 핑크메이든의 영주, 피터 파이퍼가 한 말은 많은 이의 공감을 샀다. "난 그분께 내 검을 맹세했다. 난 이제 늙었지만, 내가 한 말을 잊을 정도로 늙지는 않았고 아직 내게는 검이 있구나."

트라이던트의 지배자 그로버 툴리는 AC 101년의 대협의회에서 비세리스 왕자를 지지할 때 이미 고령이었고, 기력이 쇠잔한 지금도 여전히 뜻을 굽히지 않았다. AC 101년에 남성 후계자의 계승권을 지지했고 여러 해가 지나서도 견해가 바뀌지 않았던 것이다. 그로버 공은 리버런이 젊은 아에곤 왕을 위해 싸워야 한다고 주장했으나, 그의 뜻은 왕국에 전해지지 않았다. 노영주는 몸져누웠고 리버런의 학사가 살날이 얼마 남지 않았다고 단언한 까닭이었다. "우리가 조부님과 같이 죽을 이유는 없지 않은가." 그의 손자 엘모 툴리 경이 언명했다. 그는 아들들에게 리버런은 드래곤의 화염을 막을 방도가 없고 이 내전은 양측 다 드래곤을 타고 싸울 것이라고 이야기했다. 그리하여 임종을 앞둔 그로버 공이 격노하여 호통치는 동안, 리버런은 성문을 걸어 잠그고 성벽을 단단히 방비하면서 침묵을 지켰다.

한편, 자캐리스가 어머니를 위해 아린 협곡의 지지를 얻고자 어린 드래곤 버맥스를 타고 날아간 동쪽에서는 전혀 다른 양상이 펼쳐졌다. '협곡의 처녀' 제인 아린 여영주는 서른다섯 살로, 왕자보다 스무 살 연상이었다. 한 번도 결혼하지 않은 제인은 세 살 때 부친과 오라비들이 산맥에서 돌까마귀족의 손에 죽은 이후로 내내 협곡을 지배해왔다.

머시룸은 이 유명한 처녀가 사실은 남자를 게걸스럽게 탐하는 신분 좋은 창부에 불과했고, 자캐리스 왕자에게 혀로 자기를 절정에 이르게 한다면 협곡의 충성을 맹세하겠다고 제안했다는 음담패설을 늘어놓았다. 유스터스 성사는 당시 널리 퍼졌던 제인 아린이 여인들과 은밀한 관계를 선호한다는 풍문을 늘어놓고는 사실이 아니라고 적었다. 이 부분만큼은 문쿤 대학사의 《실록》에 감사해야 하는데, 오직 그만이 이어리의 침실이 아닌 대전에서 일어난 일에 집중했기 때문이다.

"내 친척들은 날 세 번이나 내치려고 했다." 제인 여영주가 자캐리스 왕자에게 말했다. "내 사촌 아놀드 경은 여자들은 통치하기에는 너무 무르다고 버릇처럼 말했지. 그래서 하늘 감옥에 가두었는데, 그가 지금도 같은 생

각인지 궁금하다면 가서 물어보려무나. 다에몬 왕자가 첫 아내를 박대한
건 시 실이야……. 하지만 네 어머니의 형편없는 남자 취향은 차치하고, 그
분은 우리의 적법한 여왕이고 모계로는 나와 같은 아린가의 혈통이기도
해. 이 남자들의 세상에서 우리 여자들이 뭉쳐야 마땅하지. 그러니 협곡과
협곡의 기사는 여왕 전하의 편에 서겠다……. 우리 측 요청 하나를 받아
준다면." 왕자가 그것이 무엇이냐고 묻자 그녀가 대답했다. "드래곤. 난 군대
는 두렵지 않아. 셀 수 없이 많은 이들이 덤볐지만 모두 피의 관문에서 박
살 났고, 이어리는 난공불락인 성으로 유명하지. 하지만 넌 옛적 '정복 전
쟁' 시절 비세니아 왕비가 그랬던 것처럼 하늘에서 내려왔고, 난 무력하게
아무것도 하지 못했어. 무력한 기분은 질색이야. 그러니 내게 드래곤 기수
들을 보내다오."

왕자가 그 요청을 수락하자, 제인 여영주는 수하들과 함께 그의 앞에 무
릎을 꿇고 검을 바치겠다고 맹세했다.

그 후 자캐리스는 다시 하늘로 날아올라 핑거스와 바이트만을 가로지
르며 북쪽으로 향했다. 시스터턴에 잠시 내려앉은 왕자는 보렐 공과 선덜
랜드 공의 충성 서약과 함께 세 자매 군도의 지지를 약속 받았으며, 다음
으로 화이트하버로 날아가 '인어의 궁'에서 데스몬드 맨덜리 공을 만났다.

그는 더 기민한 협상가였다. "화이트하버는 자네 모친이 처한 곤경을 잘
아네." 맨덜리가 말했다. "내 선조께서도 적들에게 내몰려 마땅히 누려야
할 권리를 빼앗기고 이 차디찬 북부의 해안가로 쫓겨나셨으니. 오래전 늙
은 왕께서 방문하셨을 때, 그분은 우리 가문의 억울한 사연을 언급하시고
잘못된 것을 바로잡겠다고 약속하셨지. 그에 대한 맹세로 전하께서는 따님
인 비세라 공주를 내 증조부께 시집보내어 두 가문을 하나로 결합하자는
제의를 하셨으나, 공주가 요절하면서 약속은 잊히고 말았네."

자캐리스 왕자는 그가 무엇을 요구하는지 이해했다. 왕자는 화이트하버

를 떠나기 전, 전쟁이 끝난 후 맨덜리 공의 막내딸과 그의 동생 조프리가 혼인한다는 협정을 맺고 서명했다.

마지막으로 자캐리스는 버맥스를 타고 윈터펠로 가서 강대한 젊은 영주, 크레간 스타크와 마주했다.

세월이 흐른 뒤 크레간 스타크는 '북부의 노인'으로 불리게 되지만, 자캐리스 왕자가 찾아온 AC 129년 당시에는 아직 스물한 살에 불과한 청년이었다. AC 121년, 크레간은 부친 리콘 공이 사망하자 열세 살의 나이에 영주의 자리에 올랐다. 그가 성년에 이르기까지 숙부 베나드가 섭정으로서 북부를 다스렸으나, AC 124년에 크레간이 열여섯 살이 된 다음에도 권력을 내놓으려 하지 않았다. 부친의 동생은 제한된 권력만을 허락했고, 젊은 영주가 이를 불쾌히 여기면서 숙질의 관계는 점점 악화했다. AC 126년, 크레간 스타크는 마침내 들고일어나 베나드와 그의 세 아들을 감옥에 가두고 북부의 통치권을 손에 넣었다. 그리고 얼마 후 오랜 소꿉친구 아라 노리 영애와 결혼하였으나, 그녀는 AC 128년에 아들을 낳다가 죽고 말았다. 크레간은 아버지의 이름을 따서 아들을 리콘이라고 이름 지었다.

드래곤스톤의 왕자가 윈터펠에 도착한 건 가을이 거의 막바지에 이르렀을 때였다. 땅에는 눈이 수북하게 쌓이고 북쪽에서 시린 바람이 세차게 불었다. 스타크 공은 다가오는 겨울에 대비하여 월동 준비를 하던 중이었지만, 자캐리스를 따뜻하게 맞이했다. 버맥스가 눈과 얼음과 추위를 질색하며 성질을 부린 탓에 왕자는 북부인들 사이에 오래 머무르지 못했다고 하나, 그 짧은 방문은 여러 기이한 이야기를 자아냈다.

문쿤의 《실록》에 따르면 크레간과 자캐리스는 서로를 마음에 들어 했다. 윈터펠의 영주가 어린 왕자에게서 10년 전에 죽은 남동생을 떠올렸기 때문이었다. 그들은 함께 술을 마시고 사냥을 나가고 훈련을 하고 피로 의형제의 맹세를 했다. 왕자가 윈터펠에 머무르는 동안 거의 내내 크레간 공이 그릇된 신들을 버리고 일곱 신을 믿도록 설득했다고 적은 유스터스 성사의 기록보다는 더 신빙성이 있는 내용이다.

그러나 이런 사료들이 빠뜨린 이야기를 보려면 머시룸의 회고록을 살펴야 하고, 그는 이번에도 우리를 실망시키지 않는다. 머시룸은 여기서 그가 '늑대 소녀'라는 별명을 붙인 어린 처녀, 사라 스노우를 소개한다. 자캐리스 왕자는 고(故) 리콘 스타크 공의 이 사생아 딸에게 홀딱 반한 나머지 동침하기에 이른다. 성을 방문한 손님이 서출 여동생의 처녀를 빼앗았다는 것을 알게 된 크레간 공은 매우 분노하지만, 왕자가 자신을 아내로 삼았다는 사라 스노우의 이야기를 듣고 분노를 가라앉힌다. 그들이 윈터펠의 신의 숲에 있는 심장 나무 앞에서 혼인 서약을 했고, 그제야 그녀는 왕자에게 몸을 허락하고 눈밭 속에서 털가죽으로 몸을 둘둘 감싼 채 옛 신들이 보는 앞에서 첫날밤을 보냈다는 것이었다.

흥미로운 이야기임은 분명하다. 그러나 머시룸의 다른 이야기들과 마찬가지로 역사적인 사실보다는 어릿광대의 열띤 상상력이 주를 이룬다. 자캐리스 벨라리온은 네 살이었을 때 당시 두 살이었던 사촌 바엘라와 정혼한 사이였다. 그의 성품에 대해 알려진 모든 것을 검토해볼 때, 왕자가 지저분하고 반은 야인에 가까운 어느 북부 서출 소녀의 확실하지도 않은 정조를 지켜주고자 엄숙한 맹세를 깼을 것 같지는 않다. 설령 사라 스노우가 실존 인물이었고 드래곤스톤의 왕자가 그녀와 유희를 즐겼다고 하더라도, 그건 다른 왕자들이 과거에도 한 일이고 앞으로도 할 만한 일일 뿐, 그 때문에 결혼을 운운하는 건 가당치 않다.

(머시룸은 버맥스가 알 한 무더기를 윈터펠에 남겼다고도 했는데, 이 또한 어이없는 주장이다. 살아 있는 드래곤의 성별을 확인하는 일은 거의 불가능한 것이 사실이나, 다른 사료에서 버맥스가 알을 하나라도 낳았다는 언급이 없는 까닭에 버맥스를 수컷으로 추정할 수밖에 없다. 드래곤은 "불

꽃처럼 변덕스러워" 필요에 따라 성을 전환한다는 바스 성사의 추측은 너무 터무니없어 고려할 필요도 없다.)

우리가 아는 건 다음과 같다. 크레간 스타크와 자캐리스 벨라리온은 합의에 도달하여 조약을 체결했고, 문쿤 대학사는 《실록》에서 이를 '얼음과 불의 맹약'이라고 일컬었다. 그리고 그런 조약이 대개 그렇듯이, 역시 혼사로 매듭지을 것이었다. 크레간 공의 아들 리콘은 한 살이었다. 자캐리스는 아직 혼인하지 않았고 아이도 없었지만, 그의 모친이 철왕좌에 오르면 그도 후계를 볼 것이 당연했다. 맹약의 조건에 따라 왕자의 장녀는 일곱 살에 북부로 보내져 크레간 공의 후계자와 결혼할 나이에 이르기까지 윈터펠에서 자라게 되었다.

이로써 드래곤스톤의 왕자가 다시 드래곤을 타고 쌀쌀한 가을 하늘로 날아올랐을 때, 그는 어머니를 위해 세 강력한 대영주와 그들 휘하에 있는 모든 가문의 지지를 얻어내는 데 성공했다. 자캐리스 왕자는 아직 열다섯 살이 되려면 반년이 남은 상태였지만 자신이 장성한 남자이며 철왕좌의 후계자가 될 만한 재목임을 증명했다.

그의 아우의 '더 짧고 안전한' 비행도 좋게 끝났더라면, 수많은 참사와 슬픔을 피할 수 있었을지도 모르리라.

스톰스엔드에서 루케리스 벨라리온에게 일어난 비극은 계획된 것이 아니었음은 모든 사료가 일치하는 바이다. 드래곤들의 춤에서 벌어진 첫 전투는 깃펜과 큰까마귀들로 싸웠고, 협박과 약속과 칙명과 감언이설이 남발되었다. 녹색 회의에서 비스버리 공이 살해당한 사실은 아직 널리 알려지지 않았고, 사람들은 대부분 그가 어느 지하감옥에 갇혀 고초를 겪고 있으리라고 여겼다. 궁중에서 몇몇 익숙한 얼굴이 사라졌지만 성문 위에 머리가 내걸리지도 않았기에, 많은 이들이 여전히 이 계승 문제가 평화롭게 해결될 것이라는 희망을 품었다.

하지만 '이방인'은 다른 계획이 있었음이 분명하다. 그가 끔찍한 수작을 부리지 않았다면 두 왕자가 스톰스엔드에서 마주치는 불운이 어찌 가능했겠는가. 루케리스 벨라리온을 태운 드래곤 아락스가 몰려오는 폭풍을 앞질러 성 마당에 무사히 내려앉았을 때는 아에몬드 타르가르옌이 먼저 도착한 다음이었다.

보로스 바라테온은 그의 부친과는 성격이 매우 다른 남자였다. "보어문드 공은 단단하고 강하며 흔들리지 않은 바위였다"라고 유스터스 성사는 적었다. "그에 반해 보로스 공은 이쪽으로 불다 저쪽으로 휘몰아치는 바람과 같았다." 아에몬드 왕제는 처음 길을 떠날 때 어떤 대접을 받을지 불안해했으나, 스톰스엔드는 연회와 사냥과 마상 창시합으로 그를 환대했다.

보로스 공은 왕자의 구혼에 매우 적극적으로 반응했다. "내겐 딸이 넷이 있지." 그가 왕제에게 말했다. "아무나 하나 골라보게. 캐스가 가장 나이가 많으니 제일 먼저 초경을 치르겠지만, 더 예쁜 건 플로리스라네. 그리고 똑똑한 아내를 바란다면, 마리스를 고를 수도 있겠지."

영주는 아에몬드에게 라에니라가 너무 오랫동안 바라테온 가문의 지지를 당연시했다고 말했다. "그래, 라에니스 공주가 나와 일가친척인 건 사실이네. 내가 알지도 못하는 어떤 고모할머님이 공주의 부친과 결혼하셨다지. 하지만 두 분 다 돌아가셨고, 라에니라는……. 그 아이는 라에니스가 아니지 않은가." 보로스 공은 자기가 여자들을 탐탁지 않게 여기는 게 아니라며 말을 이었다. 딸들을 매우 사랑하며 그 아이들이 얼마나 소중한 존재인지 모른다고……, 하지만 아들이 있었다면…… 신들이 언제고 그의 피를 이은 아들을 점지해준다면, 스톰스엔드는 딸들이 아니라 아들이 물려받을 것이라고. "철왕좌라고 다를 이유가 있는가?" 그리고 바라테온가가 왕실과의 결혼을 앞둔 지금…… 라에니라에게는 가망이 없었다. 스톰스엔드를 잃었다는 사실을 알면 그녀도 깨달을 것이고, 보로스가 직접 그녀에게 남동생에게 고개를 숙이는 것이 최선이라고 말할 생각이었다. 그의 딸들도 계집아이들이 종종 그러듯 서로 싸우고는 했지만, 그가 언제나 화해시켰으니…….

아에몬드 왕제가 누구를 선택했는지는 기록에 남아 있지 않지만(머시룸은 왕자가 "소녀들의 꿀 같은 입술 맛을 보기 위해" 네 딸과 전부 입을 맞추었다고 전한다), 마리스는 아니었다. 문쿤은 왕자와 보로스 공이 혼사 일정과 지참금을 두고 실랑이를 벌이던 아침에 루케리스 벨라리온이 나타났다고 적었다. 바가르가 제일 먼저 그의 도착을 감지했다. 드래곤이 깨어나며 내지른 포효가 '듀란의 저항'(스톰스엔드의 또 다른 이름)의 토대를 뒤흔들자, 거대한 외벽 위로 흉벽을 따라 걷던 수비병들이 기겁하며 창을 움켜쥐었다. 아락스조차도 포효를 듣고 겁에 질렸던 터라, 루크가 마구 채찍질을 한 다음에야 비로소 성에 내려앉았다고 한다.

머시룸은 동녘에서 번개가 번쩍이고 폭우가 쏟아질 때 어머니의 친서를 움켜쥔 루케리스가 드래곤의 등에서 뛰어내렸다고 묘사했다. 왕자는 바가르의 존재가 무엇을 의미하는지 알았을 것이 분명하고 그러니 '둥근 홀'에 들어가 보로스 공과 그의 네 딸, 성사와 학사, 40여 명의 기사와 위병과 하인이 보는 앞에서 아에몬드 타르가르옌과 마주쳤을 때도 놀라지 않았을 것이다. (그 만남을 목격한 이들 중에는 도르네 변경에 있는 스톤헬름 영주의 차남 바이런 스완이 있었는데, 이후 '춤'에서 그만의 작은 역할을 수행한다.) 여기서만큼은 문쿤 대학사나 머시룸 또는 유스터스 성사에게 의존하지 않아도 된다. 당시 그 셋 중 누구도 스톰스엔드에 있지 않았지만, 다른 목격자들이 많아서 증언이 넘쳐난다.

"이 처량한 녀석을 보십시오, 공." 아에몬드 왕제가 소리쳤다. "꼬마 루크 스트롱, 사생아 녀석이 왔습니다." 그가 루크에게 말했다. "좀 젖었구나, 사생아 놈아. 밖에 비가 오는 거냐, 아니면 겁에 질려서 바지에 지린 거냐?"

루케리스 벨라리온은 그를 무시하고 바라테온 공만 바라보며 말했다. "보로스 공. 제 어머니, 여왕 전하의 친서를 가지고 왔습니다."

"드래곤스톤의 창녀를 말하는 거겠지." 아에몬드 왕제가 앞으로 성큼 걸어오며 루케리스의 손에서 편지를 잡아채려 했으나, 보로스 공이 호통치며 명령하자 기사들이 나서서 둘을 떼어놓았다. 그중 한 명이 단상으로 올라가 고대 폭풍 왕의 옥좌에 앉은 영주에게 라에니라의 편지를 바쳤다.

그때 보로스 바라테온의 기분이 어떠했을지는 아무도 알 수 없다. 목격자들의 증언은 제각각 현저하게 달랐다. 어떤 이는 그가 마치 다른 여자와 침대에 있는 모습을 아내에게 들킨 남자처럼 얼굴이 붉게 상기되고 겸연쩍은 표정을 지었다고 말했다. 또 어떤 이는 보로스가 왕과 여왕 둘 다 그의 도움을 바란다는 사실에 들뜨고 득의만면한 모습이었다고 단언했다. 머시룸(그곳에 있지 않았다)은 영주가 술에 취한 상태였다고 주장했고, 유스터스 성사(그도 그곳에 있지 않았다)는 그가 겁에 질렸다고 적었다.

그러나 보로스 공이 무슨 말을 하고 어떤 행동을 했는지는 모든 목격담이 일치한다. 글을 모르는 영주는 여왕의 편지를 학사에게 건넸고, 학사는 봉인을 뜯고 서신의 내용을 영주의 귀에 속삭였다. 보로스 공이 눈살을 찌푸렸다. 그는 수염을 쓰다듬고 루케리스 벨라리온을 쏘아보며 말했다. "그래서 내가 네 어머니 말대로 한다면 넌 내 딸 중 누구와 결혼하겠느냐, 아이야?" 그가 네 소녀를 향해 손짓했다. "하나 골라보거라."

루케리스 왕자는 얼굴을 붉혔다. "전 마음대로 결혼할 수 없습니다, 공. 이미 제 사촌 라에나와 정혼한 사이라서요."

"그러면 그렇지." 보로스 공이 말했다. "돌아가거라, 꼬마야. 가서 네 어미에게 스톰스엔드의 영주는 네년이 휘파람만 불면 달려와서 적을 물어뜯는 개가 아니라고 고하여라." 루케리스 왕자는 그 말을 듣고 등을 돌려 둥근 홀을 떠나려 했다.

그러나 아에몬드 왕제가 검을 뽑고 말했다. "멈춰라, 스트롱 놈아. 가기전에 내게 진 빚부터 갚아야지." 그러고는 안대를 잡아 뜯어 바닥에 내동댕이치며 가려져 있던 사파이어를 드러냈다. "그때처럼 단검을 갖고 있군그래. 네 눈알을 하나 파내면 순순히 보내주마. 하나면 돼. 네놈을 장님으로만들지는 않겠다."

루케리스 왕자는 어머니에게 한 약속을 떠올렸다. "너와 싸우지 않을 거야. 난 여기에 사절로 왔지, 기사로 온 게 아니야."

"비겁한 반역자로 온 거겠지." 아에몬드 왕제가 대답했다. "눈을 못 주겠으면 목숨을 내놔라, 스트롱 놈아."

그러자 불편한 기색이 역력한 보로스 공이 투덜거렸다. "여기선 안 된다. 그는 사절로 오지 않았느냐. 내 지붕 아래서 피를 흘려서는 안 된다." 그리하여 위병들이 둘 사이를 가로막고 선 다음, 루케리스 벨라리온을 둥근 홀에서 데리고 나가 그가 돌아오기를 기다리는 드래곤 아락스가 빗속에 웅크리고 앉아 있는 성의 안마당으로 안내했다.

마리스만 아니었다면 그렇게 끝났을 터였다. 보로스 공의 차녀이며 자매중 외모가 떨어지는 편이었던 그녀는 자기보다 다른 자매들을 더 좋아하는 아에몬드 왕제에게 앙심을 품었다. "저 소년이 가져간 게 당신 눈 한쪽이 아니라 불알 한쪽이었던가요?" 마리스가 꿀처럼 달콤한 말투로 왕자에게 물었다. "당신이 저 말고 다른 자매를 선택해서 참 다행이에요. 전 제 남편이 있을 게 다 있는 사람이면 해서요."

얼굴이 분노로 일그러진 아에몬드 타르가르옌은 다시 한번 보로스 공을돌아보며 그의 허락을 구했다. 스톰스엔드의 영주는 어깨를 으쓱이고 대답했다. "내 지붕 아래가 아니라면 자네가 무얼 하든 내가 무슨 말을 하겠나." 그 말과 함께 기사들이 옆으로 물러서자, 아에몬드 왕제는 문밖으로 달려나갔다.

바깥에는 폭풍이 휘몰아치고 있었다. 성에 천둥이 울려 퍼지고 비가 앞이 안 보일 정도로 쏟아졌으며, 이따금 거대한 청백색 번개가 내려치며 세상을 대낮처럼 환하게 비추었다. 드래곤에게도 날기에 좋은 날씨가 아니었던지라, 아에몬드가 바가르에 올라타고 뒤쫓아 갔을 때 아락스는 공중에 떠 있기도 힘겨워하던 중이었다. 하늘이 잠잠했다면 더 어리고 날쌘 아락스를 탄 루케리스 왕자가 추격을 따돌렸을지도 모른다. 그러나 그날은 머시룸의 표현대로라면 "아에몬드 왕제의 속내처럼 새카맸기에", 루크는 십브레이커만 상공에서 따라잡히고 말았다. 성벽 위에 있던 파수병들은 멀리서 번쩍이는 화염 줄기를 봤고, 천둥소리를 뚫고 전해진 외마디 비명을 들었다. 그리고 번개가 내려치는 가운데 두 짐승이 한 덩어리로 얽혔다. 바가르는 아락스보다 몸집이 다섯 배는 크고 수많은 전투에서 살아남은 괴물이었다. 싸움이라 부를 만한 것이 벌어졌다면, 분명 오래가지 못했으리라.

갈가리 찢긴 아락스는 폭풍이 몰아치는 만(灣)의 물속에 삼켜졌다. 드래곤의 머리와 목은 사흘 후 스톰스엔드의 절벽 아래로 떠밀려 왔고, 덕분에 게와 갈매기가 잔치를 벌였다. 머시룸은 루케리스 왕자의 시신도 같이 떠밀려 왔고 아에몬드 왕제가 두 눈알을 파낸 뒤 해초 위에 얹어 마리스 영애에게 선물로 주었다고 주장했지만, 다소 과한 감이 있다. 어떤 이들은 바가르가 아락스의 등에서 루케리스를 낚아채 통째로 삼켰다고 했다. 왕자가 추락에서 살아남아 해변으로 무사히 헤엄쳐 왔지만, 기억을 모두 잃고 평생을 소박한 어부로 살았다는 주장도 있었다.

《실록》은 그런 이야기들을 당연히 전부 낭설로 치부한다. 문쿤은 루케리스 벨라리온이 그의 드래곤과 함께 죽었다고 주장했고, 이는 분명 사실이다. 왕자는 열세 살이었으며, 시신은 발견되지 않았다. 그리고 그의 죽음과 함께 큰까마귀와 사절과 결혼 동맹으로 싸우는 전쟁은 막을 내렸고, 불과 피의 전쟁이 본격적으로 시작되었다.

아에몬드 타르가르엔……, 이때부터 적들에게 '친족살해자' 아에몬드라고 불린 그는 아에곤을 위해 스톰스엔드의 지지를 얻고 본인은 라에니라 여왕의 영원한 원한을 산 채 킹스랜딩으로 돌아왔다. 그가 혹시 영웅 대접을 예상했다면 실망했을 것이다. 알리센트 왕대비는 아들이 한 일을 듣고 창백하게 질린 얼굴로 외쳤다. "어머니, 저희 모두에게 자비를 베푸소서." 오토 경도 기뻐하지 않았다. "넌 한쪽 눈만 잃지 않았더냐"라고 그가 말했다고 한다. "그런데 어찌 그렇게 눈뜬장님처럼 행동했단 말이냐?" 그러나 왕은 그들의 우려에 공감하지 않았다. 아에곤 2세는 아에몬드 왕제를 위해 성대한 환영 만찬을 열고 아우를 "드래곤의 진정한 혈통"이라고 칭송하며 그가 "시작을 잘해줬다"라고 선언했다.

드래곤스톤에서는 라에니라 여왕이 루크가 죽었다는 소식을 듣고 쓰러졌다. 루크의 동생 조프리(제이스는 북쪽에서 임무 중이었다)는 아에몬드 왕제와 보로스 공에게 처절한 복수를 맹세했다. 소년은 바다뱀과 라에니스 공주가 만류하지 않았더라면 바로 그의 드래곤에 올라탈 기세였다. (머시룸은 왕자를 만류하는 데 자기도 거들었다고 주장했다.) 흑색 회의가 모여 어떻게 보복할지 논할 때, 하렌홀에서 큰까마귀가 도착했다. 다에몬 왕자는 이렇게 적었다. "눈에는 눈, 아들에는 아들. 루케리스의 원수를 갚을 것이다."

다에몬 타르가르엔이 소싯적에 '도성의 왕자'로 불렸으며, 플리바텀의 모든 소매치기와 창녀와 도박꾼이 그의 얼굴과 웃음에 익숙했다는 사실을 잊어서는 안 된다. 왕자는 여전히 킹스랜딩의 빈민가에 친구들이 있었고, 황금 망토 중에도 그를 따르는 자들이 남아 있었다. 아에곤 왕도 수관도 왕대비도 몰랐지만 궁중에도, 심지어는 녹색 회의에도 그의 조력자가 있었다. 그리고 또 한 명의 중개자가, 레드킵 왕궁의 그늘 아래 득실거리는 술집과 쥐 싸움장을 다에몬 못지않게 잘 알며 도시의 어두운 곳들을 자유자

재로 넘나드는, 다에몬이 신뢰해 마지않는 특별한 친구가 있었다. 왕자는 이 하얀 이방인에게 비밀리에 연락하여 잔혹한 복수에 착수했다.

다에몬 왕자의 중개자는 플리바텀의 매음굴에서 적절한 도구들을 찾아냈다. 한 명은 도시 경비대의 전직 부사관으로, 술에 취해 난동을 부리다가 창녀를 때려죽인 일로 황금 망토를 잃은 난폭한 거한이었다. 다른 한 명은 레드컵의 쥐잡이꾼이었다. 이들의 본명은 역사에서 잊혔고, 대신 '블러드'와 '치즈'로 기억된다(기억되지 않았으면 좋으련만!).

"치즈는 레드컵을 자신의 성기 모양보다 더 잘 알았다"라고 머시룸은 전한다. 그 쥐잡이꾼은 잔혹 왕 마에고르가 짓게 한 숨은 문과 비밀 지하 통로를 그가 잡고 다닌 쥐들 못지않게 샅샅이 꿰고 있었다. 치즈는 어느 잊힌 통로를 이용해 경비병들에게 들키지 않고 블러드를 왕성의 심장부로 이끌었다. 그들의 목표가 왕이었다고 주장하는 이들도 있지만, 아에곤은 어디를 가든 킹스가드의 호위를 받았고 치즈조차도 마에고르 성채의 출입로는 마른 해자와 무시무시한 쇠말뚝 위에 놓인 도개교밖에 알지 못했다.

수관의 탑은 방비가 덜했다. 두 남자는 탑의 문 앞에 배치된 창병들 몰래 벽을 기어올라 갔다. 오토 경의 방은 그들의 관심사가 아니었다. 대신 그들은 한 층 아래에 있는 그의 딸의 방으로 숨어들었다. 비세리스 왕이 죽고 난 뒤 아들 아에곤이 왕비와 함께 마에고르 성채로 옮겨 가자, 알리센트 왕대비가 그곳을 거처로 삼았다. 방 안에 들어가서는 치즈가 왕대비를 묶고 재갈을 물리는 동안 블러드가 침실 시녀를 목 졸라 죽였다. 그 후 침입자들은 방 안에서 기다렸다. 매일 밤 헬라에나 왕비가 자기 전 아이들을 데리고 아이들의 할머니를 보러 온다는 것을 알았기 때문이다.

성에 어스름이 내려앉을 무렵, 어떤 위험이 도사리는지 까마득히 모르는 왕비가 세 아이와 함께 탑에 들어섰다. 재해리스와 재해이라는 여섯 살, 마엘로르는 두 살이었다. 헬라에나가 막내아들의 작은 손을 쥐고 방에 들어오며 어머니의 이름을 불렀다. 블러드가 문에 빗장을 걸고 왕비의 호위병을 베어 죽이는 동안 치즈가 나엘로르를 낚아챘다. "비명을 지르면 전부 죽는다." 블러드가 왕비에게 말했다. 헬라에나 왕비는 침착하게 대응했다고 전한다. "그대들은 누구인가?" 그녀가 두 남자에게 물었다. "빚 수금업자입니다요." 치즈가 대답했다. "눈에는 눈, 아들에는 아들이죠. 공평하게 하나만 원합니다. 다른 고귀하신 분들은 머리카락 한 올도 건드리지 않을 겁니다. 어느 애를 잃고 싶습니까요, 왕비 전하?"

그가 한 말의 의미를 깨달은 헬라에나 왕비는 자기를 대신 죽이라고 애원했다. "아내는 아들이 아니잖아." 블러드가 말했다. "아들이어야만 한다." 치즈는 왕비에게 블러드가 지루해져서 어린 딸을 강간하기 전에 빨리 고르라고 경고했다. "어서 고르시지요. 아니면 전부 죽여버릴 겁니다." 헬라에나는 무릎을 꿇고 흐느끼며 마엘로르, 막내아들의 이름을 말했다. 아이가 너무 어려 상황을 이해하지 못하리라 생각했을지도, 큰아들 재해리스가 아에곤 왕의 장자이자 다음 철왕좌에 오를 후계자이기 때문이었을지도 모른다. "들었니, 꼬마야?" 치즈가 마엘로르에게 속삭였다. "네 엄마가 네가 죽기를 바란다네." 그리고 그가 블러드를 보며 씩 웃자, 거구의 검사는 단칼에 재해리스 왕자의 목을 쳐버렸다. 왕비가 비명을 지르기 시작했다.

기묘하게도, 쥐잡이꾼과 도살자는 자신들이 한 말을 지켰다. 그들은 헬라에나 왕비와 남은 아이들을 해치지 않고 단지 왕자의 머리만을 들고 도망쳤다. 추적의 고함이 울려 퍼졌지만, 치즈는 경비병들이 모르는 비밀 통로들을 알았던 터라 암살자들은 무사히 탈출할 수 있었다. 이틀 후, 안장에 매단 자루 안에 재해리스 왕자의 머리를 숨긴 채 킹스랜딩을 빠져나가려던 블러드가 신들의 문에서 사로잡혔다. 블러드는 고문 끝에 머리를 하렌홀로 갖고 가서 다에몬 왕자로부터 포상을 받으려 했다고 실토했다. 그는 또한 자기를 고용했다는 창녀의 용모를 직고했다. 나이가 들고 외국인의 억양으로 말했으며, 망토와 두건을 걸치고 피부가 매우 하얀 여자였다. 다른 창부들은 그녀를 미저리라고 불렀다.

블러드는 13일간 고통에 시달린 다음에야 죽음이 허락되었다. 알리센트 왕대비는 그의 처자식의 피로 자신이 목욕할 수 있게 곤봉발 라리스에게 블러드의 본명을 알아내라고 명했지만, 실제로 그녀가 피로 목욕했는지는 사료에 언급되어 있지 않다. 루터 라젠트 경과 황금 망토들이 비단 거리를 이 잡듯 뒤지고 킹스랜딩에 있는 모든 창녀를 발가벗겨 조사했으나, 치즈 나 '하얀 벌레'의 흔적은 찾지 못했다. 비통과 분노에 잠긴 국왕 아에곤 2세 는 도시 내의 모든 쥐잡이꾼을 끌어내 교수형에 처하라는 왕명을 내렸고, 그렇게 실행되었다. (오토 하이타워 경은 쥐잡이꾼들을 대신해 고양이 백 마리를 레드킵에 풀어놓았다.)

블러드와 치즈가 목숨을 살려주었지만, 헬라에나 왕비는 그 참혹했던 저녁 이후 살아 있다고 할 수가 없었다. 그녀는 식음을 전폐하고 씻지도 않 은 채 처소에만 틀어박혔으며, 자신이 죽이라고 한 아들 마엘로르를 차마 똑바로 바라보지 못했다. 왕은 어쩔 수 없이 아들을 왕비에게서 떼어내 어 머니 알리센트 왕대비에게 자식처럼 키워달라고 맡겼다. 그 후 아에곤과 그의 아내는 동침하지 않았으며, 헬라에나 왕비가 점점 더 깊이 광기에 빠 져가는 동안 왕은 분노하고 술을 마시고 또 분노했다.

드래곤들의 죽음
붉은 드래곤과 황금 드래곤

    드래곤들의 춤은 스톰랜드에서 루케리스 벨라리온이 죽고 레드킵 안에서 재해리스 왕자가 그의 어머니가 보는 앞에서 살해당한 뒤 새로운 국면에 접어들었다. 흑색파와 녹색파 모두 피의 복수를 부르짖었다. 왕국 전역에서 영주들이 휘하 가문들을 소집하여 군대를 모으고 진군을 시작했다.

    리버랜드에서는 레이븐트리에서 라에니라의 깃발*을 들고 출진한 습격대가 브라켄 가문의 영지를 침범하여 작물을 태우고 양과 소를 몰아냈으며, 마을을 약탈하고 보이는 성소마다 훼손하였다(블랙우드 가문은 넥 이남에서 아직도 옛 신을 섬기는 몇 안 되는 가문 중 하나였다).

    브라켄 가문이 병력을 모아 반격에 나서자, 샘웰 블랙우드 공은 오히려 기습을 감행하여 어느 강변의 방앗간 아래에 진을 친 브라켄군을 덮쳤다.

---

* 처음에는 철왕좌의 계승권을 주장하는 양측 모두 검은색 배경에 붉은색 삼두룡이 있는 타르가르엔 왕가의 깃발을 들었으나, AC 129년 말에 이르러서는 아군과 적군을 구별하기 위해 아에곤과 라에니라 둘 다 변형된 깃발을 사용했다. 왕은 깃발에서 드래곤의 색깔을 붉은색에서 자신의 드래곤 선파이어를 나타내는 금색으로 바꾸었고, 여왕은 타르가르엔 문장을 네 등분하여 어머니의 가문인 아린 가문과 첫 남편의 가문인 벨라리온 가문의 문장도 포함하였다.

그 후 벌어진 전투 중 방앗간은 불에 탔고, 불길에 벌겋게 비친 병사들이 수 시간 동안 싸우고 죽어갔다. 스톤헤지에서 병대를 이끌고 온 아모스 브라켄 경은 결투 끝에 블랙우드 공을 쓰러뜨렸지만, 어디선가 영목 화살이 날아와 투구의 눈구멍 사이를 파고들어 머리 깊숙이 박히는 바람에 목숨을 잃고 말았다. 그 화살을 쏜 장본인이 샘웰 공의 열여섯 살 된 여동생이자 이후 '검은 알리'라고 불리는 알리산느라는 설이 있으나, 그것이 사실인지 아니면 가문의 비사에 불과한지는 확인할 수 없다.

'불타는 방앗간 전투'로 명명된 이 전투에서 양측은 극심한 손실을 겪었다. 그리고 마침내 브라켄군이 무너지자 아모스 경의 서출 이복형제 레일론 리버스 경이 패잔병을 이끌고 그들의 영지로 도주하였으나, 스톤헤지가 이미 함락된 다음이었다. 브라켄 가문의 병력 대부분이 출진한 틈을 타 카락세스를 탄 다에몬 왕자가 대리, 루트, 파이퍼, 프레이 가문 등의 강병으로 이루어진 군대를 이끌고 성을 기습했던 것이다. 험프리 브라켄 공과 그의 남은 자녀들 그리고 세 번째 부인과 천출 정부까지 모두 사로잡았다. 그들의 안전을 염려한 레일론 경은 왕자에게 항복했다. 그렇게 브라켄 가문이 패하여 무너지자, 리버랜드에서 아에곤 왕을 지지하던 잔존 세력도 사기를 잃고 무기를 내려놓았다.

이 와중에 녹색 회의가 아무것도 안 하고 있던 것은 아니었다. 오토 하이타워 경 또한 영주들을 회유하고 용병을 고용했으며, 킹스랜딩의 방비를 강화하고 다른 동맹을 맺을 기회를 타진하는 등 부지런하게 움직였다. 오르월 대학사의 화평 제안이 거절당하자, 수관은 노력을 배가하여 윈터펠과 이어리, 리버런, 화이트하버, 걸타운, 비터브리지, 페어섬을 비롯하여 성과 아성 수십여 곳으로 큰까마귀를 날렸다. 기수들이 도성과 근접한 성으로 밤새 말을 달려 영주들에게 궁으로 와서 아에곤 왕에게 충성을 맹세하라는 소환령을 전했다. 오토 경은 예전에 징검돌 군도에서 다에몬 왕자와 전쟁을 치른 도르네의 대공 쿼렌 마르텔과도 접촉했으나, 쿼렌 대공은 그의 제의를 일축했다. 그가 말했다. "도르네는 이미 드래곤들과 춤을 춘 적이 있다오. 차라리 전갈과 한 침대를 쓰고 말겠소."

그 와중에 오토 경은 왕의 신임을 잃고 있었다. 왕이 그의 노력을 나태함으로, 신중함을 비겁함으로 오해했다. 유스터스 성사는 아에곤이 수관의 탑에 들어가서 또 다른 편지를 쓰고 있는 오토 경을 보고는 잉크병을 쳐서 외조부의 무릎 위에 잉크를 쏟아버린 뒤, "왕좌는 검으로 쟁취하는 것이지, 깃펜 따위로 얻을 수 있는 게 아닙니다. 피를 흘려야 합니다, 잉크가 아니라"라고 빈정거렸다는 일화를 전한다.

하렌홀이 다에몬 왕자에게 함락당한 사건은 왕에게 엄청난 충격을 주었다고 문쿤은 말한다. 그 전까지만 해도 아에곤 2세는 이복 누이에게 가망이 없다고 여겼었다. 하렌홀의 함락으로 왕은 처음으로 불안을 느꼈다. 불타는 방앗간과 스톤헤지에서의 연이은 패배는 추가적인 타격이었고, 왕은 현 상황이 생각보다 훨씬 위험하다는 사실을 깨닫게 되었다. 녹색파의 지지 기반이 가장 강하다고 믿었던 리치에서 큰까마귀들이 돌아오자 그의 근심은 더욱더 깊어졌다. 하이타워 가문과 올드타운은 아에곤 왕을 굳건히 지지했고, 아버섬 역시 왕의 편이었다. 그러나 그 외 남부 지역에서는 스리타워스의 코스테인 공, 업랜드의 멀런도어 공, 혼힐의 탈리 공, 골든그로브의 로완 공, 그레이실드의 그림 공 같은 영주들이 라에니라를 지지하고 나섰다.

반역자 중 가장 큰 목소리를 낸 이는 라이만 공의 후계자, 앨런 비스버리 경이었다. 사람들은 전 재무관이 지하감옥에 갇혀 있다고 믿었고, 앨런 경은 조부의 석방을 요구했다. 그러한 휘하 가문들의 저항에 직면하자, 하이가든의 수호성주, 집사 그리고 어린 아들을 대신하여 섭정을 맡은 티렐 공의 어머니는 돌연 아에곤 왕에 대한 지지를 재고하고 티렐 가문은 이 내전에 개입하지 않기로 결정했다. 아에곤 왕은 두려움을 잊고자 독한 술에 의존하기 시작했다고 유스터스 성사는 전한다. 오토 경은 조카인 오르문드 하이타워 공에게 서신을 보내 올드타운의 무력으로 리치 각지에서 발생한 반란을 제압해달라고 간청했다.

아린 협곡, 화이트하버, 윈터펠에서도 비보가 뒤따랐다. 블랙우드가와 다른 강의 영주들이 하렌홀로, 다에몬 왕자의 깃발 아래로 모여들었다. 바다뱀의 함대는 블랙워터만을 봉쇄했고, 아침마다 상인들이 아에곤 왕에게 하소연했다. 왕은 그저 와인만 들이켤 뿐, 그들의 항의에 아무런 답변을 하지 못했다. "뭐라도 하란 말입니다." 그는 대신 오토 경을 다그쳤다.

수관은 이미 진행 중인 것이 있다며 왕을 안심시켰다. 바로 벨라리온의 봉쇄를 깨부술 계획을 세웠다는 것이었다. 라에니라의 계승권을 뒷받침하는 주축의 하나인 그녀의 부군, 다에몬 왕자는 그녀의 가장 큰 약점 중 하나이기도 했다. 왕자는 많은 모험을 겪으면서 친구보다 적을 더 많이 만들었다. 그러한 적 중 첫 번째라고 할 수 있는 오토 하이타워 경은 협해 너머에 있는 왕자의 또 다른 적, 세 딸의 왕국에 손을 내밀었다.

왕립 함대만으로는 걸릿 수역을 틀어막은 바다뱀의 포위망을 뚫기에 부족했고, 아에곤 왕이 파이크의 돌턴 그레이조이를 회유하려 했으나 아직 강철 군도는 철왕좌를 지지하지 않았다. 그러나 티로시, 리스, 미르의 연합 함대라면 벨라리온가를 상대하고도 넘칠 것이었다. 오토 경은 마지스터들에게 서신을 보내 걸릿 수역에서 바다뱀의 함대를 몰아내고 무역로를 다시 개방한다면 킹스랜딩의 독점 무역권을 보장하겠다고 제안했다. 거기에 보태어 징검돌 군도마저 '세 딸'에 이양하겠다고 약속했는데, 정작 철왕좌는 한 번도 그 섬들에 대한 지배권을 주장한 적이 없었다.

하지만 삼두정은 재빨리 행동한 역사가 없었다. 진정한 왕이 없는 이 삼두(三頭) '왕국'에서는 '최고 평의회'가 모든 중요한 결정을 내렸다. 각 자유도시에서 11명씩 보낸 마지스터들이 평의회를 구성했고, 이들은 각자 자신의 지혜와 기민함과 중요성을 뽐내는 동시에 소속 도시의 이익을 챙기는 데 혈안이 되어 있었다. 50년 후 세 딸의 왕국의 역사를 집대성한 그레이던 대학사는 그들을 "각자 다른 방향으로 달리려는 말 33마리"로 묘사했다. 시기가 중요한 전쟁, 화평, 동맹 같은 문제조차도 끝없는 논쟁거리일 뿐이었다. 게다가 오토 경의 사절이 도착했을 때 최고 평의회는 휴회 중이었다.

젊은 왕은 그런 기다림이 마음에 들지 않았다. 아에곤 2세는 마침내 외조부의 계속된 변명에 인내심이 바다나고 말았다. 알리센트 왕대비가 오토 경을 옹호했지만, 왕은 어머니의 애원을 무시했다. 오토 경을 알현실로 불러들인 왕은 그의 목에서 수관의 목걸이를 잡아 뜯고 크리스톤 콜 경에게 던졌다. "나의 새로운 손은 강철 주먹이다." 그가 큰소리쳤다. "편지 따위나 쓰는 짓거리는 이제 끝이다."

크리스톤 경은 자신의 패기를 증명하는 데 지체하지 않았다. "전하께서 마치 비렁뱅이처럼 영주들의 지지를 구걸하셔서는 안 됩니다." 그가 아에곤에게 말했다. "전하는 웨스테로스의 적법한 왕이시며, 이를 부인하는 자들은 반역자입니다. 이제 그런 자들이 반역의 대가를 치를 시간이 되었습니다."

가장 먼저 대가를 치른 이들은 레드킵 지하감옥에서 고초를 겪던 영주들이었다. 과거에 라에니라 공주의 계승권을 지키겠다고 맹세한 그들은 여전히 아에곤 왕에게 무릎을 꿇기를 거부했다. 영주들은 한 명씩 왕의 집행관이 도끼를 들고 기다리는 성의 마당으로 끌려 나왔다. 각각 왕에게 충성을 맹세할 마지막 기회를 받았고, 오직 버터웰 공, 스토크워스 공, 로스비 공만이 그 제의를 받아들였다. 목숨보다 맹세를 더 귀중히 여긴 헤이포드 공, 메리웨더 공, 하트 공, 버클러 공, 카스웰 공, 펠 여영주는 차례로 목이 잘렸고, 지주기사 8명, 하인과 시종 40여 명도 함께 처형되었다. 그들의 목은 말뚝에 박혀 도성의 여러 성문 위에 효수되었다.

아에곤 왕은 또한 블러드와 치즈에게 살해당한 아들의 복수를 원했다. 직접 드래곤을 타고 드래곤스톤성을 공습하여 이복 누이와 그녀의 "사생아들들"을 사로잡거나 죽이고자 했으나, 녹색 회의 전원이 나서서 만류했다. 크리스톤 콜 경이 다른 방법을 제시했다. 참칭 여왕이 은밀함과 배신으로 재해리스 왕자를 죽였으니, 그들도 같은 수법을 써야 한다는 말이었다. "공주에게 당한 대로 똑같이 피로 갚아줄 것입니다." 그가 왕에게 말했다. 킹스가드 기사단장이 왕의 복수를 실행할 도구로 선택한 이는 그의 결의 형제, 아릭 카길 경이었다.

비세리스 왕 시절에 드래곤스톤을 자주 방문한 아릭 경은 타르가르옌 왕가의 오래된 본성을 속속들이 알고 있었다. 드래곤스톤은 식량을 바다에 의존하였으므로, 여전히 수많은 어부가 블랙워터만의 바닷물을 오갔다. 카길 경을 성 밑 어촌에 보내는 건 일도 아니었고, 기사가 섬에 상륙한 다음에 여왕을 찾아가는 것도 어렵지 않을 터였다. 그리고 아릭 경과 그의 형제 에릭 경은 모든 생김새가 똑같은 쌍둥이였다. 머시룸과 유스터스 성사 모두 킹스가드 동료들조차도 형제를 구별하지 못했다고 단언했다. 크리스톤 경은 일단 아릭 경이 갑옷과 하얀 망토를 걸치면 경비병들이 그를 쌍둥이 형제로 착각할 것이 분명하니, 그가 드래곤스톤에서 자유로이 움직일 수 있으리라고 봤다.

아릭 경은 이 임무를 기꺼운 마음으로 수락하지 않았다. 떠나던 날, 괴로웠던 기사는 밤에 배를 타기 전에 레드킵의 성소에 들러 위에 계신 어머니에게 용서를 빌었다고 유스터스 성사는 전한다. 그러나 킹스가드로서 왕과 단장에게 복종을 맹세했던 그가 명예를 지키려면 소금기로 얼룩진 소박한 어부 차림을 하고 드래곤스톤으로 향할 수밖에 없었다.

아릭 경이 맡은 임무의 진정한 목적이 무엇이었는지는 아직도 의견이 분분하다. 문쿤 대학사는 카길이 라에니라를 암살하여 반란을 단칼에 끝내라는 명령을 받았다고 적었으나, 머시룸은 그녀의 아들들이 목표였다고 고집한다. 아에곤 2세는 살해당한 아들의 피를 그의 사생아 조카들, 자캐리스 '스트롱'과 조프리 '스트롱'의 피로 씻기를 바랐다는 주장이다.

아무런 방해 없이 섬에 도착한 아릭 경은 갑옷과 하얀 망토를 걸쳐 쌍둥이 형제 에릭 경을 가장하였고, 크리스톤 콜이 예상한 대로 순탄하게 성 안에 진입했다. 그러나 신들은 그가 드래곤스톤성의 깊은 곳에서 왕가의 처소로 향할 때 에릭 경과 마주치게 하였고, 에릭 경은 쌍둥이 형제의 존재가 무엇을 뜻하는지 바로 깨달았다. 가수들은 이때 에릭 경이 "사랑한다, 형제여"라는 말과 함께 검을 뽑았고, 아릭 경도 "마찬가지다, 형제여"라고 대답하고 검을 뽑았다고 노래한다.

문쿤 대학사는 쌍둥이 형제가 한 시간 가까이 혈투를 벌였다고 전한다. 강철과 강철이 부딪치며 내는 소리에 궁중 사람들 대부분이 잠에서 깼지만, 구경꾼 중 아무도 쌍둥이를 분간할 수 없어서 다들 그저 멍하니 서서 지켜볼 수밖에 없었다. 결국 서로 치명상을 입힌 아릭 경과 에릭 경은 서로의 품에 안겨 눈물로 뺨을 적시며 죽음을 맞이했다.

머시룸의 기록은 더 짧고 저속하며 훨씬 끔찍하다. 어릿광대는 형제의 결투가 순식간에 끝났다고 전한다. 형제의 우애를 확인하는 말도 없었다. 카길 형제는 서로 반역자라고 매도하며 달려들었다. 나선계단의 더 높은 곳에 서 있던 에릭 경이 먼저 치명적인 공격을 날렸다. 그가 맹렬하게 내려친 검에 형제의 오른팔이 어깻죽지에서 거의 떨어져 나가다시피 했으나, 아릭 경이 쓰러지면서 상대방의 하얀 망토를 낚아채 끌어당기고는 단검을 배에 깊숙이 찔러 넣었다. 경비병들이 도착했을 때 아릭 경은 이미 죽었으나, 에릭 경은 나흘 후 배에 입은 중상으로 죽을 때까지 극심한 고통에 비명을 지르고 반역자 형제에게 저주를 퍼부었다고 한다.

이러니 가수와 이야기꾼이 문쿤의 이야기를 더 선호하는 것은 당연하다고 볼 수 있다. 학사와 다른 학자들은 누구의 기록이 더 그럴듯한지 각자 판단을 내려야 할 것이다. 유스터스 성사는 이 사건과 관련하여 단지 카길 쌍둥이가 서로 죽고 죽였다고만 적었고, 여기서도 그 정도로 해두겠다.

한편, 킹스랜딩에서는 아에곤 왕의 첩보관 곤봉발 라리스 스트롱이 드래곤스톤에 모여서 라에니라 여왕의 대관식에 참석하고 흑색 회의에 참여한 영주들의 목록을 작성했다. 셀티가르 공과 벨라리온 공은 본성이 섬에 있어 해상 전력이 없는 아에곤 2세의 분노가 닿을 길이 없었다. 그러나 영지가 본토에 있는 흑색 영주들은 그런 보호를 누릴 수 없었다.

크리스톤 경은 왕가의 기사 백 명과 중장병 500명 그리고 그 숫자의 세 배에 달하는 노련한 용병들을 이끌고 최근 여왕에게 충성을 바친 죄를 뉘우친 바 있는 로스비 공과 스토크워스 공의 영지로 가서 병사를 바침으로써 충성을 입증하라고 명령했다. 그렇게 병력을 늘린 콜의 군대는 성벽에 둘러싸인 항구도시, 더스큰데일을 급습했다. 도시는 약탈당하고 항구의 선박들은 불탔으며, 다클린 공은 목이 잘렸다. 그의 가문기사와 수비병들은 아에곤 왕에게 검을 맹세하거나 주군과 같은 최후를 맞이하는 선택이 주어졌다. 대부분 전자를 택했다.

크리스톤 경의 다음 목표는 룩스레스트였다. 적의 진군을 미리 경고받은 스탠턴 공은 성문을 걸어 잠그고 침략군에 저항했다. 영주는 성벽 뒤에서 그의 밭과 숲과 촌락이 불타고 양과 소와 평민이 학살당하는 참극을 지켜보았다. 성안에 비축한 식량이 바닥나기 시작하자, 그는 드래곤스톤으로 큰까마귀를 보내 구원군을 요청했다.

새가 도착했을 때, 라에니라와 흑색 영주들은 에릭 경의 죽음을 애도하고 "찬탈자 아에곤"의 가장 최근 공격에 대한 대응안을 논의하고 있었다.

여왕은 본인(또는 아들들)에 대한 암살 시도에 충격을 받았지만, 여전히 킹스랜딩을 공격하기를 주저했다. 문쿤(그가 동시대가 아닌 수십 년 후에 글을 적었음을 명심해야 한다)은 그녀가 친족 살해를 크게 두려워했기 때문이라고 전한다. 잔혹 왕 마에고르도 친조카 아에곤을 살해한 뒤 저주를 받고 결국 그가 훔친 옥좌에서 피를 흘리며 죽지 않았던가. 유스터스 성사는 라에니라가 어머니로서 남은 아들들의 목숨을 위험에 빠뜨리는 것을 원치 않았기 때문이라고 적었다. 하지만 이러한 회의들이 열리는 자리에 있었던 인물은 셋 중 머시룸이 유일했고, 그 어릿광대는 라에니라가 아직도 아들 루케리스의 죽음을 비통해하였기에 전쟁 회의에도 참석하지 않고 지휘권을 바다뱀과 그의 아내 라에니스 공주에게 넘겼다고 주장했다.

여기서는 머시룸의 기록이 제일 신빙성이 있어 보이는데, 스탠턴 공이 구원 요청을 보낸 지 아흐레 만에 바다 너머에서 가죽 날갯소리가 들려오더니 드래곤 멜레이스가 룩스레스트 상공에 나타났기 때문이다. 드래곤은 온몸을 감싼 새빨간 비늘 때문에 '붉은 여왕'이라고 불렸다. 날개의 피막은 분홍색이었고, 볏과 뿔과 발톱은 구리처럼 번쩍였다. 그리고 드래곤의 등에는 햇빛에 찬란하게 빛나는 강철과 구리 갑옷으로 무장한 '여왕이 되지 못한 여왕', 라에니스 타르가르옌이 타고 있었다.

크리스톤 콜 경은 당황하지 않았다. 아에곤의 수관은 이 상황을 예상하고 오히려 노리고 있었다. 북소리로 명령이 울려 퍼지자, 장궁병과 노궁병 모두 앞으로 달려 나오며 하늘을 화살로 가득 메웠다. 위로 향한 전갈석궁들이 과거 도르네에서 메락세스를 떨어뜨렸던 쇠살을 쏘아 올렸다. 화살 스무 발 정도가 멜레이스에 적중했으나, 오히려 드래곤의 화를 돋우고 말았다. 멜레이스가 몰아치듯 내려오며 좌우로 화염을 내뿜었다. 군마의 털과 가죽과 마구가 화염에 휩싸이고 기사들이 안장에 앉은 채로 불타올랐다. 병사들은 창을 내던지고 사방으로 흩어져 달아났다. 일부는 방패 뒤에

숨으려 했지만, 참나무도 쇠도 드래곤의 화염을 견디지 못했다. 연기와 불길이 솟아오르는 가운데 크리스톤 경은 백마 위에 앉아 "기수를 노려라"라고 호령했다. 콧구멍에서 연기가 소용돌이치듯 피어오르고 입에는 화염의 혓바닥에 휩싸인 채 발버둥 치는 수말을 문 멜레이스가 포효했다.

그때 응답하는 포효가 들렸다. 두 날개 달린 형체가 또 나타났다. '황금의 선파이어'를 탄 왕과 바가르를 탄 그의 동생 아에몬드였다. 크리스톤 콜이 놓은 덫에 라에니스가 걸려들었고, 이제 덫의 이빨이 조여들었다.

라에니스 공주는 도망치지 않았다. 그녀는 오히려 환성을 지르며 채찍질을 하여 멜레이스가 적들을 돌아보게 했다. 상대가 바가르 혼자였다면 붉은 여왕이 이길 수 있었을지도 모른다. 그러나 바가르와 선파이어의 협공은 확실한 파멸을 뜻했다. 드래곤들이 전장 위 천여 피트 상공에서 격돌하자 불덩어리들이 생겨나고 작렬하며 눈부신 빛을 발했고, 훗날 사람들은 그날 하늘이 수많은 태양으로 가득했다고 입을 모았다. 순간 멜레이스의 붉은 턱이 선파이어의 금빛 목을 물었으나, 바로 바가르가 위에서 덮쳤다. 세 짐승이 함께 빙빙 돌며 땅으로 곤두박질쳤다. 드래곤들이 땅에 충돌했을 때 그 충격이 얼마나 셌던지 5리나 떨어진 룩스레스트의 흉벽이 흔들리며 돌덩이가 떨어져 내렸다.

드래곤들이 추락한 지점 근처에 있던 이들은 살아남지 못했다. 더 멀리 떨어진 곳에 있던 이들은 화염과 연기 때문에 아무것도 볼 수 없었다. 불길이 잦아든 건 몇 시간이나 지난 다음이었다. 그 잿더미 속에서 아무런 상처 없이 일어난 건 바가르뿐이었다. 멜레이스는 땅에 충돌할 때 즉사하고 사체가 산산조각으로 흩어졌다. 아름다운 황금빛 짐승 선파이어는 한쪽 날개가 거의 반이나 찢겨 나갔고, 그를 탔던 왕은 갈비뼈와 엉덩이뼈가 부러지고 몸의 절반이 화상으로 뒤덮였다. 가장 처참한 건 왕의 왼팔이었는데, 드래곤의 화염이 너무나 뜨거웠던 나머지 갑옷이 녹아 살과 엉겨 붙고 말았다.

이후 라에니스 타르가르엔으로 추정되는 시신이 그녀 드래곤의 사체 옆에서 발견되었는데, 너무 새카맣게 타서 아무도 그녀인지 확신하지 못했다. 조슬린 바라테온과 아에몬 타르가르엔 왕세자의 사랑받는 딸이자 코를리스 벨라리온의 충실한 아내였고, 어머니이자 할머니였던 '여왕이 되지 못한 여왕'은 두려움을 모르는 삶을 살았으며 피와 화염 속에서 생을 마감했다. 그녀의 나이 55세였다.

그날 전투에서 기사와 종자와 병사 800명 또한 전사했다. 그리고 얼마 후 아에몬드 왕제와 크리스톤 콜 경이 룩스레스트를 점령하고 수비대를 처형했을 때, 백 명이 더 목숨을 잃었다. 스탠턴 공의 머리는 킹스랜딩으로 보내져 '옛 문' 위에 효수되었다. 그러나 군중을 충격에 빠뜨리고 침묵에 잠기게 한 것은 수레에 실려 도성을 가로지른 드래곤 멜레이스의 머리였다. 그후 알리센트 왕대비가 성문을 닫고 빗장을 걸라고 명령하기 전까지 수천 명이 킹스랜딩을 떠났다고 유스터스 성사는 전한다.

국왕 아에곤 2세는 목숨을 건졌으나 화상으로 끔찍한 고통에 시달려 혹자는 그 본인이 죽기를 바랐다고 말한다. 부상의 심각성을 감추기 위해 사방을 가린 가마로 킹스랜딩까지 실려 온 왕은 그해 내내 병상에서 일어나지 못했다. 성사들이 기도하고 학사들이 약과 양귀비즙으로 치료했지만, 아에곤은 열 시간 중 아홉 시간은 잠을 잤고, 잠깐 깨어날 때도 약간의 음식만 먹고는 다시 잠들었다. 왕의 어머니인 왕대비와 수관 크리스톤 콜 경외에는 아무도 그의 휴식을 방해할 수 없었다. 그의 아내 헬라에나는 여전히 비탄과 광기에 빠져 왕을 살피려고 하지도 않았다.

왕의 드래곤 선파이어는 너무 크고 무거워 옮길 수 없었고 다친 날개로 날 수도 없었기에, 룩스레스트의 들판에 남아 마치 거대한 황금빛 웜처럼 잿더미 속을 기어 다녔다. 초기에는 불탄 사체들을 먹으면서 지냈는데, 그

것들을 다 먹어치우자 크리스톤 경이 드래곤을 지키라고 남긴 병사들이 송아지와 양을 갖다주었다.

"전하께서 쾌차하여 다시 왕관을 쓰실 때까지 저하께서 왕국을 다스려야 합니다." 국왕의 손이 아에몬드 왕제에게 말했다. 크리스톤 경은 두 번 권할 필요도 없었다고 유스터스는 적었다. 그리하여 애꾸눈 친족살해자 아에몬드가 정복자 아에곤의 루비 철관을 쓰게 되었다. "형보다는 내게 훨씬 더 잘 어울리는데"라고 왕제가 말했다고 한다. 그러나 아에몬드는 왕을 자칭하지 않았고, 단지 호국공과 섭정 왕제의 칭호로 만족했다. 크리스톤 콜 경은 수관의 직위를 유지했다.

한편, 자캐리스 벨라리온이 북부로 날아가서 심은 씨앗들이 열매를 맺기 시작했다. 화이트하버와 윈터펠, 시스터턴과 걸타운과 달의 관문에 군대가 집결했다. 그 병력이 하렌홀에 모이는 중인 다에몬 왕자와 강의 영주들의 군대와 합류한다면, 킹스랜딩의 강력한 성벽도 견디지 못할 수 있다고 크리스톤 경이 신임 섭정 왕제에게 경고했다.

남쪽에서 올라오는 소식도 불길하기 그지없었다. 오르문드 하이타워 공은 숙부의 간청에 따라 기사 천 명, 궁수 천 명, 중장병 3000명 그리고 수를 헤아릴 수 없는 종군자, 용병, 자유기수와 그 외 어중이떠중이를 이끌고 올드타운에서 진군하였으나, 오히려 앨런 비스버리 경과 앨런 탈리 공의 기습을 받았다. 두 앨런은 거느린 병력이 훨씬 적었음에도 진지를 습격하고 정찰병들을 살해하고 진군로에 불을 지르는 등, 밤낮으로 하이타워 공을 괴롭혔다. 더 남쪽에서는 스리타워스에서 출진한 코스테인 공이 하이타워군의 치중대를 급습했다. 엎친 데 덮친 격으로 오르문드 공은 골든그로브의 영주 타데우스 로완이 자신의 병력에 못지않은 대군을 이끌고 맨더 강으로 남하하는 중이라는 보고를 접했다. 이에 그는 킹스랜딩의 지원 없이는 더 진군할 수 없다고 판단했다. "우린 드래곤이 필요합니다." 그가 적었다.

전사로서 자신의 무예와 드래곤 바가르의 강력함으로 자신감이 넘쳤던 아에몬드는 적과의 전투를 마다하지 않았다. "드래곤스톤에 있는 창녀는 위협이 아니다." 그가 말했다. "로완과 리치의 다른 반역자들도 마찬가지고. 진짜 위협은 내 숙부다. 다에몬만 죽으면 우리 누이의 깃발을 휘날리는 멍청이들은 자기들 성으로 도망쳐 우릴 귀찮게 하지 않을 것이다."

블랙워터만 동쪽에서는 라에니라 여왕도 힘겨운 상황에 처해 있었다. 임신과 출산과 사산으로 쇠약해진 그녀에게 아들 루케리스의 죽음은 치명적인 타격이었다. 라에니스 공주가 전사했다는 소식이 드래곤스톤에 닿자, 아내의 죽음에 대한 책임을 묻는 벨라리온 공과 여왕 사이에 성난 언쟁이 벌어졌다. "너여야 했다." 바다뱀이 여왕에게 고함쳤다. "스탠턴이 구원을 요청한 건 너였잖아. 그걸 넌 내 아내에게 미루고 네 아들들이 따라가려는 것도 막았어!" 제이스와 조프 왕자가 각자 드래곤을 타고 라에니스 공주와 함께 룩스레스트로 가고 싶어 한 것은 성의 모든 이가 아는 사실이었다.

"오직 나만이 전하의 근심을 덜어드릴 수 있었어." 머시룸이 《증언》에서 주장했다. "그 암울했던 시간에, 난 광대의 지팡이와 뾰족한 모자를 내려놓고 여왕님의 조언자가 되어 그분께 내 모든 지혜와 연민을 나눠드렸지. 아무도 모르는 사이에 한 명의 어릿광대가 그들을 지배했던 거야. 알록달록한 옷을 걸친 보이지 않는 왕이."

그처럼 작은 사내가 하기에는 거창한 주장이었고, 다른 사서에도 언급되지 않고 사실과도 상당히 달랐다. 여왕은 전혀 혼자가 아니었다. 아직 아들이 넷이나 남아 있었다. 여왕은 아들들을 "내게 힘과 위안을 주는 존재들"이라고 불렀다. 다에몬 왕자와의 사이에 낳은 작은 아에곤과 비세리스는 각각 아홉 살과 일곱 살이었고, 조프리 왕자도 열한 살에 불과했으나…… 드래곤스톤의 왕자 자캐리스는 열다섯 살이 되기 직전이었다.

AC 129년 말, 전면으로 부상한 이는 바로 제이스였다. 그는 협곡의 처녀와 한 약속을 고려히여 조프리에게 티라세스를 타고 걸타운으로 날아가라는 명령을 내렸다. 문쿤은 제이스의 결정에 동생을 안전한 후방으로 보내려는 의도가 가장 큰 영향을 미쳤을 것으로 추측했다. 전장에서 무예를 입증하고자 했던 조프리는 이 결정에 반발했다. 아에곤 왕의 드래곤들로부터 협곡을 지키기 위해 가는 것이라는 이유를 들은 다음에야 동생은 마지못해 명령을 받아들였다. 다에몬 왕자가 래나 벨라리온과 낳은 열세 살 딸 라에나가 그와 동행했다. 태어난 도시의 이름을 따서 '펜토스의 라에나'로 불린 그녀는 몇 년 전에 그녀의 새끼 드래곤이 죽어 드래곤 기수가 아니었으나, 협곡으로 드래곤알 세 개를 가져가 매일 밤 부화하기를 기도했다.

라에나 영애의 쌍둥이 자매 바엘라는 드래곤스톤에 남았다. 오래전에 자캐리스 왕자와 정혼한 바엘라는 왕자의 곁을 떠나기를 거부하며 자기도 드래곤을 타고 싸우겠다고 고집했다. 그러나 그녀의 드래곤 문댄서는 그녀를 태우기에는 너무 작았다. 바엘라는 또한 제이스와 바로 결혼하겠다고 선언했지만, 결혼식은 열리지 않았다. 문쿤은 왕자가 전쟁이 끝날 때까지 결혼할 마음이 없었다고 적었고, 머시룸은 자캐리스가 이미 윈터펠의 신비한 서출 소녀, 사라 스노우와 혼인하였다고 주장했다.

드래곤스톤의 왕자는 각각 아홉 살과 일곱 살인 어린 이부동생, 작은 아에곤과 비세리스의 안위에도 신경을 썼다. 동생들의 아버지인 다에몬 왕자가 자유도시 펜토스에서 많은 친구를 사귀었던 터라, 자캐리스는 협해 너머의 펜토스 왕자(王者)에게 연락하여 라에니라가 철왕좌를 차지할 때까지 두 소년을 보호하겠다는 약조를 얻어냈다. AC 129년이 저물 무렵, 어린 왕자들은 외돛 상선 자유분방호에 올라 에소스로 떠났다. 아에곤은 스톰클라우드와 함께, 비세리스는 알을 꼭 움켜쥔 채였다. 바다뱀은 그들이 무사히 펜토스에 도착하도록 군선 일곱 척을 호위로 딸려 보냈다.

자캐리스 왕자는 곧 조수의 군주를 여왕의 손에 임명하여 진영에 복귀시켰다. 왕자와 코를리스 공은 함께 킹스랜딩 공격 계획을 세우기 시작했다.

선파이어가 룩스레스트 부근에서 다쳐 날지 못하고 테사리온은 다에론 왕제와 함께 올드타운에 있었으므로, 킹스랜딩을 방어하는 성체 드래곤은 두 마리밖에 없었다. 게다가 드림파이어의 기수 헬라에나 왕비는 매일 어둠 속에서 눈물을 흘리며 시간을 보냈기에, 위협이 되지 않을 것이 분명했다. 그러면 남은 것은 바가르뿐이었다. 생존하는 그 어떤 드래곤도 바가르의 덩치나 흉포함에 맞설 수 없었으나, 제이스는 만약 버맥스와 시락스와 카락세스가 킹스랜딩에 쳐들어간다면, 그 "늙은 쌍년"도 버티지 못하리라 판단했다.

머시룸은 그렇게 확신하지 못했다. "셋이 하나보다 많기야 하지요"라고 난쟁이는 자기가 드래곤스톤의 왕자에게 말했다고 주장한다. "하지만 넷은 셋보다 많고, 여섯이 넷보다 많다는 건 '바보(fool, 어릿광대의 동음어)'조차도 안답니다." 제이스가 스톰클라우드는 한 번도 누굴 등에 태워본 적이 없고 문댄서는 새끼에 불과하며 티락세스는 조프리 왕자와 함께 먼 협곡에 있다는 사실을 지적하며 머시룸에게 어디서 더 드래곤을 구할 것이냐고 다그치자, 난쟁이는 웃으며 다음과 같이 말했다고 한다. "이불 밑이든 장작더미 속이든, 타르가르옌 나리들께서 은색 씨를 뿌린 곳에 있지 않겠습니까."

아에나르 타르가르옌 공이 발리리아에서 드래곤들을 이끌고 당도한 이래, 타르가르옌 가문은 200년 넘게 드래곤스톤을 다스렸다. 남매 또는 사촌끼리 혼인하는 것이 그들의 오랜 전통이었으나, 젊음의 혈기를 주체하지 못한 가문의 사내들이 드래곤몬트 밑에 있는 마을의 농부 또는 어부 같은 영지민들의 딸이나 심지어는 아내들과 밀회를 나누는 일이 빈번했다. 선한 왕비 알리산느가 들었다면 충격에 빠졌겠지만, 재해리스 왕의 통치 전까지만 해도 칠왕국에서 드래곤스톤만큼 고대의 특권인 초야권이 자주 행사된 곳은 없었을 것이다.

알리산느 왕비가 여인들의 모임에서 배웠듯이 초야권은 왕국 전역에서 큰 원성을 샀으나, 타르가르옌을 인간보다는 신에 더 가까운 존재로 여기는 드래곤스톤에서는 그런 반발이 없었다. 결혼 첫날밤 그런 '축복'을 받은 신부들은 부러움의 대상이었고, 그 결합에서 태어난 아이들을 다른 아이들보다 더 귀히 여겼다. 드래곤스톤의 영주들이 곧잘 황금과 비단과 땅 등 호화로운 선물을 어미에게 내리며 탄생을 축하했기 때문이다. 이 행복한 사생아들은 '드래곤의 씨에서 태어난 이'로 불리다가 점차 간단하게 '씨'로 알려지게 되었다. 초야권이 금지된 다음에도 일부 타르가르옌 사내들은 계속하여 여관 주인의 딸이나 어부의 아내와 즐겼고, 덕분에 드래곤스톤은 씨들과 씨의 자손들이 많았다.

자캐리스 왕자가 어릿광대의 권유에 따라 찾아 나선 건 바로 그런 자들이었다. 왕자는 누구든 드래곤을 길들이는 데 성공하면 영지와 재물을 내리고 기사로 서임하겠다고 맹세했다. 뿐만 아니라 그 아들들은 귀족이 되고 딸들은 영주들과 결혼하며, 성공한 본인은 드래곤스톤의 왕자 옆에서 참칭왕 아에곤 타르가르옌 2세와 그를 지지하는 역도들과 맞서 싸우는 영예를 누린다는 것이었다.

왕자의 부름에 응한 사람들이 전부 씨였던 것은 아니었다. 씨의 아들은 커녕 손자도 아닌 자들도 지원했다. 여왕의 가문기사 20여 명이 드래곤 기수가 되겠다며 나섰고 그중에는 퀸스가드의 기사단장 스테폰 다클린 경도 있었으며, 설거지꾼, 선원, 병사, 배우 그리고 하녀 두 명도 나섰다. 이후 뒤따른 업적과 비극을 문쿤은 '씨의 파종'이라 일컬었다(이 방법을 생각해낸 사람이 머시룸이 아니라 자캐리스라고 언급하기도 했다). 다른 이들은 '붉은 파종'을 더 선호했다.

그런 드래곤 기수 도전자 중 가장 안 어울렸던 이는 머시룸 본인이었다. 그는 《증언》에서 주인이 없는 드래곤 중 가장 온순하다고 여겨진 늙은 실 버윙에 올라타려던 시도를 길고 자세하게 적어놓았다. 난쟁이가 한 이야기 중 제법 재미있는 축에 속하는 그 무용담은 머시룸이 바지 엉덩이에 불이 붙은 채 드래곤스톤 안마당에서 방방 뛰다가 불을 끄려고 우물 안에 뛰어 들어 익사할 뻔한 소동과 함께 끝을 맺는다. 믿기 어려운 이야기임은 분명 하나, 참혹한 분위기를 조금이나마 밝게 하는 순간이다.

드래곤들은 말이 아니다. 인간을 쉽게 등에 태우지 않고 성이 나거나 위 협을 느끼면 공격을 서슴지 않는다. 문쿤의 《실록》에 따르면 '파종' 중 열 여섯 명이 목숨을 잃었다고 한다. 그리고 화상을 입거나 불구가 된 이들은 그 세 배에 달했다. 스테폰 다클린은 드래곤 시스모크를 타려다가 불타 죽 었다. 고르몬 매시 공도 버미토르에 접근하다가 같은 최후를 맞이했다. 머 리카락과 눈동자의 색깔을 내세워 자신이 잔혹 왕 마에고르 왕의 서자라 고 주장한 실버 데니스라는 남자는 십스틸러에게 한쪽 팔이 뜯겨 나갔다. 그의 아들들이 허둥대며 아비의 상처를 지혈하려던 와중에, 카니발이 내 려와 십스틸러를 쫓아내고는 아비와 아들들을 전부 잡아먹어 버렸다.

그래도 시스모크와 버미토르와 실버윙은 인간에게 익숙했고 더 관용적 이었다. 이미 사람을 태운 적이 있었으므로, 새로운 기수도 더 쉽게 받아들 였다. '늙은 왕'의 드래곤이었던 버미토르는 어떤 대장장이의 서자인 휴 해 머(Hammer, 망치) 또는 '단단한' 휴라는 거한에게 목을 숙였고, 선한 왕비 알리산느가 사랑했던 실버윙에는 머리카락이 하얀 병사, (머리 색깔 때문 에) '백색의' 울프 또는 (술버릇 때문에) 주정뱅이 울프라고 불리던 자가 올 라탔다. 그리고 한때 라에노르 벨라리온을 태운 시스모크는 열다섯 살 소 년인 헐(Hull, 드리프트마크섬의 마을)의 아담에게 등을 내주었는데, 그의 출생 신분은 오늘날까지도 역사가들 사이에 의견이 분분하다.

아담과 그의 한 살 어린 동생 알린은 어느 조선공의 예쁘고 어린 딸이었던 마릴다라는 여인에게서 태어났다. 아버지의 조선소에서 익히 보였던 소녀는 "작고 날쌔며 언제나 거치적거렸기" 때문에 이름보다는 '생쥐'라는 별명으로 더 잘 알려져 있었다. 그녀가 AC 114년에 아담을 낳았을 때는 아직 열여섯의 어린 나이였고, 이듬해인 AC 115년에 알린을 낳았을 때는 막 열여덟 살이 된 다음이었다. 어머니처럼 작고 날쌨던 헐의 사생아 형제는 둘 다 머리카락은 은색에 눈동자는 보라색이었으며, 할아버지의 조선소에서 자라다시피 하고 여덟 살이 채 되기도 전에 배의 사환으로 일하면서 "그들의 피에 바다 소금이 있음"을 증명했다. 아담이 열 살, 알린이 아홉 살이었을 때, 할아버지가 세상을 떠나자 그들의 어머니가 조선소를 물려받았다. 그녀는 조선소를 팔고 그 돈으로 외돛 무역선을 한 척 사서 '생쥐'호로 이름 짓고는 선장이 되어 직접 항행에 나섰다. 기민한 무역상이자 대담한 선장으로서 수완을 발휘한 헐의 마릴다는 AC 130년에 이르러서는 선박 일곱 척을 보유했고, 사생아 아들들은 언제나 이 배나 저 배를 타며 일했다.

누구든 아담과 알린을 본 이들은 형제가 드래곤의 씨라는 사실을 의심하지 않았지만, 그들의 어머니는 생부의 이름을 밝히기를 단호히 거부했다. 자캐리스 왕자가 새로운 드래곤 기수를 찾는다고 선언하자, 그제야 마릴다는 침묵을 깨고 아들 형제가 고(故) 라에노르 벨라리온 경의 사생아라고 주장했다.

소년들이 그와 닮은 것은 사실이었고, 라에노르 경이 헐의 조선소에 왕왕 들렀다고도 알려져 있었다. 그런데도 드래곤스톤과 드리프트마크의 많은 사람이 마릴다의 주장을 미심쩍어했는데, 라에노르 벨라리온이 여자에게 무관심했던 기억이 아직도 생생한 까닭이었다. 그러나 아무도 그녀의 말이 거짓이라고 감히 반박하지 못했다. 라에노르의 부친인 코를리스 공이 직접 파종을 위해 소년들을 자캐리스 왕자에게 데려왔기 때문이었다. 자식들을 먼저 잃고 조카들과 사촌들에게 배신당해서였는지는 몰라도, 바다뱀은 새로이 찾은 손자들을 적극적으로 받아들이는 듯했다. 그리고 헐의 아담이 라에노르 경의 드래곤이었던 시스모크를 타는 데 성공하자, 그의 어머니가 한 말이 사실로 입증된 것처럼 보였다.

그러므로 문쿤 대학사와 유스터스 성사 둘 다 라에노르 경을 소년들의 생부로 단정한 것은 놀랍지 않다. 하나, 머시룸은 으레 그랬듯 이의를 품었다. 어릿광대는 《증언》에서 "작은 생쥐들"의 아버지가 바다뱀의 아들이 아닌 바다뱀 본인이라는 주장을 제기했다. 머시룸은 코를리스 공이 라에노르 경과는 성적 취향이 달랐고, 아들이 헐의 조선소들을 이따끔 방문했다면 코를리스 공에게는 그곳이 두 번째 집이나 마찬가지였음을 지적했다. 그의 부인 라에니스 공주는 다른 많은 타르가르옌처럼 성정이 불같았고, 남편이 그녀 나이의 반밖에 안 되는 조선공의 딸에 불과한 소녀로부터 사생아를 얻었다는 사실을 절대 반기지 않았을 것이 분명했다. 그러므로 영주는 알린이 태어나자 신중하게 "생쥐와의 조선소 밀회"를 끝내고 그녀에게 아들들을 성으로부터 멀리 떼어놓으라고 명하였다. 라에니스 공주가 죽은 다음에야 코를리스 공이 안심하고 사생아들을 불러들였다는 주장이었다.

적어도 이 경우는 성사와 학사의 이야기보다 어릿광대의 이야기가 더 그럴듯해 보인다. 라에니라 여왕의 궁중에 있던 이들 상당수도 같은 의문을 품었을 것이 틀림없다. 단지 생각만 하고 입에 담지 않았을 뿐. 헐의 아담이 시스모크를 타고 날아다님으로써 자격을 증명하고 얼마 지나지 않아, 코를리스 공은 라에니라 여왕에게 아담 형제의 서출 신분을 말소해달라는 탄원을 하기에 이르렀다. 자캐리스 왕자가 그 요청에 목소리를 보태자 여왕이 허락했나. 그리하여 드래곤의 씨이지 시생아였던 헐의 아담은 드리프트마크의 후계자 아담 벨라리온이 되었다.

그러나 붉은 파종은 거기서 끝나지 않았다. 더 심한 일들이, 칠왕국에 끔찍한 결과를 가져올 일들이 아직도 기다리고 있었다.

드래곤스톤의 세 야생 드래곤은 기존에 기수가 있었던 드래곤들보다 더 길들이기 어려웠지만, 시도는 마찬가지로 이루어졌다. 늙은 왕이 젊었을 적에 부화한 십스틸러는 특히 못생긴 "진흙 같은 갈색" 드래곤으로, 양고기에 맛이 들려 드리프트마크에서 웬드워터강까지 날아다니며 목동들의 양 떼를 덮쳤다. 방해하지 않으면 목동들을 해치는 일은 드물었지만, 이따금 양치기 개를 잡아먹는 일은 있었다. 그레이고스트는 드래곤몬트 동쪽 등성이의 높은 지점에 있는 분기공(화산가스를 분출하는 구멍)에 둥지를 틀었고, 물고기를 좋아해 협해를 낮게 날며 사냥감을 낚아채는 광경을 종종 볼 수 있었다. 아침 안개처럼 옅은 회백색 드래곤이었고, 인간을 꺼려 한 번에 몇 년씩 자취를 감추고는 했다.

야생 드래곤 중 가장 나이가 많고 거대한 드래곤은 카니발이었는데, 드래곤 사체를 먹을 뿐 아니라 드래곤스톤의 부화장에 내려와 갓 태어난 새끼와 알을 먹어 치워서 붙은 이름이었다. 새카만 몸과 악의를 품은 듯한 초록색 눈을 가진 이 드래곤을 두고 어떤 평민들은 타르가르옌이 오기 전부터 이미 카니발이 드래곤스톤에 둥지를 틀고 살았다고 이야기했다. (문쿤 대학사와 바스 성사는 그 주장을 믿기 어려워했고, 나도 마찬가지다.) 드래곤을 길들이고자 한 자들이 카니발을 올라타려고 수차례 시도한 결과, 카니발의 둥지는 그들의 뼈로 가득했다.

드래곤의 씨 중에는 카니발을 귀찮게 할 정도로 어리석은 이가 없었다 (그 정도로 어리석었던 이들은 살아 돌아오지 못했다). 몇몇은 그레이고스트의 행방을 쫓았지만, 아무도 그 은밀한 드래곤을 찾을 수 없었다. 십스틸러는 더 찾기 쉬웠으나, 여전히 흉포하고 까다로운 짐승이라 성에 사는 드래곤 셋이 죽인 것보다 더 많은 씨를 죽였다. 그 드래곤을 길들이고자 도전한 사람 중 하나가 헐의 알린이었다(그레이고스트를 찾아 나섰다가 허탕을 친 다음이었다). 그러나 십스틸러는 그를 거부했다. 알린이 망토에 불이 붙은 채 드래곤의 둥지에서 휘청대며 빠져나왔을 때, 그의 목숨을 살린 건 형의 재빠른 행동이었다. 시스모크가 야생 드래곤을 내쫓는 동안 아담이 자신의 망토로 두들겨서 불을 껐다. 알린 벨라리온은 그때 등과 다리에 얻은 흉터를 긴 여생 동안 갖고 살았지만, 목숨을 건졌으니 운이 좋았다고 여겼다. 반면 십스틸러의 등에 타려 한 다른 많은 씨와 도전자는 드래곤의 배에 들어가고 말았다.

결국 갈색 드래곤을 길들인 건 어느 열여섯 살 "작은 갈색 소녀"의 영리함과 끈기였다. 소녀는 매일 아침 갓 도살한 양을 드래곤에게 갖다주었고,

끝에 가서는 십스틸러가 그녀를 받아들이고 기다리기에 이르렀다. 문쿤은 이 예상치 못한 드래곤 기수의 이름이 네틀스였다고 적었다. 머시룸은 그 소녀가 네티라는 이름의 사생아였고, 어느 부둣가 창녀의 딸이었다고 전한다. 이름이 무엇이었든지, 그녀는 검은 머리와 갈색 눈과 갈색 피부를 가진 야위고 입이 거칠고 두려움을 모르는 소녀였으며, 십스틸러의 처음이자 마지막 기수였다.

자캐리스 왕자는 그렇게 목표한 바를 달성했다. 수많은 죽음과 고통을 낳고 많은 과부와 죽을 때까지 온몸에 화상 흉터를 지니고 살 남자들을 남겼지만, 네 명의 새로운 드래곤 기수를 찾은 것이다. AC 129년이 저물 무렵, 왕자는 도성으로 날아갈 준비를 시작했다. 그가 고른 공격 날짜는 새해의 첫 보름날이었다.

그러나 인간의 계획은 신들에게 노리개에 지나지 않는다. 제이스가 계획을 세우던 바로 그때, 동쪽에서 새로운 위협이 다가오고 있었다. 오토 하이타워의 책략이 드디어 결실을 보았다. 티로시에서 회동한 삼두정의 최고 평의회는 그의 동맹 제안을 수락했다. '세 딸'의 깃발을 휘날리는 군선 90척이 징검돌 군도에서 쏟아져 나와 걸릿 수역을 향해 노를 저었다. 그리고 신들의 얄궂은 장난이었는지는 몰라도, 두 타르가르옌 왕자를 태운 펜토스 외돛 상선 자유분방호가 그들의 입속으로 직행하고 만 것이다.

외돛 상선을 호위하던 배들은 침몰하거나 노획되었고, 자유분방호도 나포되었다. 아에곤 왕자가 그의 드래곤 스톰클라우드의 목에 필사적으로 매달려 드래곤스톤에 도착한 다음에야 사람들은 무슨 일이 일어났는지 알게 되었다. 소년은 공포로 새파랗게 질린 얼굴이었고, 사시나무 떨듯 몸을 떨고 오줌 냄새를 풍겼다고 머시룸은 전한다. 아직 아홉 살에 불과했던 왕자는 그때까지 날아본 적이 없었고, 그 후로 다시는 하늘을 날지 않았다. 자유분방호에서 도망칠 때 끔찍한 공격을 당한 스톰클라우드가 배에 수십 발의 화살이 박히고 목은 전갈석궁 화살에 꿰뚫린 몰골로 섬에 도착했던 것이다. 드래곤은 상처에서 연기가 피어오르는 뜨거운 검은 피를 뿜어내며 쉭쉭거리다가 한 시간이 채 지나기 전에 숨이 끊겼다.

아에곤의 동생 비세리스 왕자는 상선에서 탈출할 방법이 없었다. 그 영리했던 소년은 드래곤알을 숨기고 소금기로 얼룩진 넝마를 걸치고는 배의 사환인 척했으나, 진짜 사환 중 한 명이 배신하는 바람에 포로로 잡히고 말았다. 그들이 손에 넣은 것이 무엇인지 가장 먼저 깨달은 자는 한 티로시 선장이었으나, 곧 함대의 제독인 리스의 샤라코 로하르에게 빼앗겼다고 문쿤은 적었다.

리스인 제독은 함대를 두 갈래로 나누어 양면 공격을 감행했다. 한 갈래는 드래곤스톤의 남쪽으로 우회하여 걸릿 수역에 진입하고, 다른 갈래는 북쪽으로 진입했다. 아에곤의 정복 후 130년째 되는 해의 초닷샛날 아침, 양군이 격돌했다. 샤라코의 군선이 떠오르는 태양을 뒤에 두고 달려들었다. 눈부신 햇살에 가린 군선들은 벨라리온 공의 갤리선들이 미처 알아차리기 전에 선체를 들이받거나 밧줄과 갈고리를 던져 기어올랐다. 남쪽 함대는 드래곤스톤을 무시하고 대신 드리프트마크의 해안을 공략, 스파이스타운에 병력을 상륙시키고 화공선(火攻船)을 항구로 들여보내 그들을 요격하기 위해 나오는 배들을 불태웠다. 오전 나절쯤 이르렀을 때는 스파이스타운이 불타오르는 가운데 미르와 티로시 병사들이 하이타이드 성문을 두들기고 있었다.

자캐리스 왕자가 버맥스를 타고 리스 갤리선 함대의 전열을 급습하자, 창과 화살이 그를 향해 무수히 날아왔다. 삼두정의 선원들은 징검돌 군도에서 다에몬 왕자와 싸우면서 드래곤을 상대해본 적이 있는 자들이었다. 자신들이 지닌 무기로 드래곤의 화염에 맞서고자 각오한 그들의 용기는 누구도 흠잡을 수 없으리라. "기수를 죽이면 드래곤은 떠날 것이다"라고 선장들과 지휘관들이 그들에게 일렀다. 군선 한 척에서 불길이 치솟고, 다른 배가 그 뒤를 이었다. 그런데노 자유도시의 병사들은 멈추지 않고 싸웠다. 그러나 누군가의 고함에 시선을 올린 이들이 본 것은 날개 달린 형체 여럿이 드래곤몬트를 빙 돌아 그들을 향해 날아오는 광경이었다.

드래곤 한 마리를 상대하는 것과 다섯 마리를 상대하는 것은 전혀 다른 이야기였다. 실버윙, 십스틸러, 시스모크, 버미토르가 덮쳐오는 모습에 삼두정의 병사들은 전의를 잃었다. 갤리선들이 한 척 한 척 뱃머리를 돌리자 함대의 전열이 무너졌다. 드래곤들은 벼락처럼 내리꽂히며 파란색과 주황색과 붉은색과 황금색의 찬란한 불덩어리를 토해냈다. 배들이 잇달아 폭발하여 산산이 조각나거나 화염에 휩싸였다. 온몸에 불이 붙은 사내들이 비명을 지르며 바닷속으로 뛰어들었다. 물 위로 검은 연기 기둥들이 높게 피어올랐다. 모든 것이 끝난 듯했다……. 모든 것이 끝났으나……

드래곤이 어떻게 그리고 왜 떨어졌는지 이후 여러 상반된 이야기가 전한다. 어떤 이들은 한 노궁병이 쏜 쇠살이 드래곤의 눈을 꿰뚫었다고 이야기하는데, 이는 옛적 도르네에서 메락세스가 최후를 맞이한 방식과 너무 비슷한 감이 있다. 또 다른 이야기에서는 버맥스가 함대를 가로지르며 급강하할 때, 한 미르 갤리선의 망대에 올라가 있던 선원이 갈고리를 던졌다고 한다. 갈고리의 갈래 하나가 두 비늘 사이에 걸렸고, 드래곤의 상당한 속도에 힘입어 몸에 깊숙이 파고들었다. 선원이 갈고리의 쇠사슬을 돛대에 칭칭 감아놓았던 터라, 갤리선의 무게와 버맥스가 날갯짓하는 힘이 더해지면서 드래곤의 배가 길고 들쭉날쭉하게 찢겼다. 드래곤이 분노하며 내지른 새된 비명은 전장의 소음을 뚫고 멀리 스파이스타운에서도 들렸다. 비행이 갑작스럽고도 격렬하게 중단된 버맥스는 연기를 내뿜으며 비명과 함께 추락했고, 물속에서 허우적거렸다. 생존자들은 드래곤이 다시 날아오르려고 발버둥을 쳤지만, 불타는 갤리선에 처박히고 말았다고 증언했다. 선체가 쪼개지며 돛대가 쓰러졌고, 드래곤은 몸부림치다가 밧줄에 몸이 엉켰다. 배가 한쪽으로 기울어져 침몰하자 버맥스도 같이 가라앉았다.

자캐리스 벨라리온은 드래곤에서 뛰어내려 연기를 내뿜는 잔해 하나에 무사히 매달렸으나, 가장 근접한 미르 군선의 노궁병들이 그에게 화살을 날리기 시작했다. 한 발 그리고 또 한 발, 화살이 왕자의 몸에 박혔다. 더 많은 미르인들이 노궁을 들고 그를 겨누었다. 마침내 화살이 그의 목을 꿰뚫자 바다는 제이스를 삼켰다.

치열한 전투가 드래곤스톤의 북쪽과 남쪽에서 밤늦게까지 계속된 '걸릿 해전'은 역사상 가장 피비린내 나는 해전 중 하나로 손꼽힌다. 샤라코 로하르가 징검돌 군도에서 이끌고 온 미르, 리스, 티로시의 연합 함대 90척 중 28척만이 퇴각했고, 이 중 세 척을 제외하고는 전부 리스의 군선이었다. 이후 미르와 티로시의 과부들은 제독이 그들의 함대만 죽음으로 몰아넣고 자신의 함대는 뒤에 대기시켰다고 비난했다. 이때 생긴 불화는 2년 후 세 자유도시가 내분을 일으킨 '딸들의 전쟁'으로 이어지면서 삼두정이 해체된 계기가 되었다. 그러나 그 이야기는 여기서 다룰 범위가 아니다.

침략군은 드래곤스톤을 우회했다. 분명 공격하기에는 타르가르옌의 옛 요새가 너무 막강하다고 여겼으리라. 드리프트마크에는 악랄한 손해를 끼쳤다. 스파이스타운은 잔혹하게 약탈당했고, 학살당한 남녀노소의 시신이 거리에 버려져 갈매기와 쥐와 까마귀 밥이 되었으며, 건물은 모조리 불탔다. 그 마을은 재건되지 않았다. 하이타이드성도 전소되었다. 바다뱀이 동방에서 가져온 보물들이 전부 불타버렸고, 불길을 피해 도망치던 하인들은 침략자들에게 몰살당했다. 벨라리온 함대는 전력의 3분의 1을 상실하고 수천 명이 죽었다. 그러나 그 어떤 손실보다 더 뼈아팠던 것은 드래곤스톤의 왕자이자 철왕좌의 후계자였던 자캐리스 벨라리온의 죽음이었다.

라에니라의 막내아들도 잃은 듯했다. 전투의 혼란 속에서 생존자 중 아무도 비세리스 왕자가 어느 배에 탔는지 확신하지 못했다. 양측 전부 왕자가 익사했거나 불타 죽었거나 살해당했으리라고 추측했다. 그의 형 작은 아에곤은 도망쳐 살아남았지만, 소년은 삶에서 모든 기쁨을 잃었다. 그는 어린 동생을 적들에게 내버려둔 채 스톰클라우드에 홀로 올라탄 자신을 영영 용서하지 못했다. 그리고 누군가 바다뱀에게 승리를 축하한다고 했을 때, 노인은 "이게 승리라면, 다시는 이기고 싶지 않네"라고 대답했다고 역사는 기록한다.

머시룸은 그날 밤 드래곤스톤에서는 두 남자가 성 아래 연기가 자욱한 술집에서 학살을 기뻐하며 축배를 들었다고 전한다. 각각 버미토르와 실버윙을 타고 참전한 드래곤 기수 휴 해머와 백색의 울프였고, 무사히 귀환하여 무용담을 늘어놓았다. "이젠 우리도 진정한 기사가 되었군." 단단한 휴가 큰소리쳤다. 그러자 울프가 웃음을 터뜨리며 덧붙였다. "기사 따위. 영주가 되고도 남지."

네틀스는 그들의 자축에 동참하지 않았다. 소녀도 다른 기수들과 함께 드래곤을 타고 날며 그들 못지않게 용감하게 싸우고 적을 죽이고 불태웠지만, 드래곤스톤으로 돌아왔을 때 연기로 검게 그을린 그녀의 얼굴에는 눈물이 흥건했다. 그리고 과거에 헐의 아담으로 불린 아담 벨라리온은 전투 후 바다뱀과 독대했다. 그들이 무슨 대화를 나누었는지는 머시룸조차도 전할 말이 없었다.

보름 후, 리치에서는 오르문드 하이타워가 두 군대 사이에 끼는 곤경에 처했다. 골든그로브의 영주 타데우스 로완과 비터브리지의 서자 톰 플라워스가 북동쪽에서 강력한 기사 전력으로 압박했고, 앨런 비스버리 경과 앨런 탈리 공과 오웬 코스테인 공이 연합하여 올드타운으로 후퇴하는 길을 막았다. 허니와인강 기슭에서 포위당한 하이타워 공은 적들이 앞뒤로 동시에 공격하자 그의 전열이 무너지는 광경을 보았다. 패배가 눈앞에 닥친 듯했다……. 그러나 그때, 전장에 그림자가 드리우며 강철과 강철이 부딪치는 소리를 압도하는 무시무시한 포효가 머리 위에서 울려 퍼졌다. 드래곤 한 마리가 도달한 것이었다.

그 드래곤은 암청색과 구릿빛의 '푸른 여왕', 테사리온이었다. 그리고 그 등에는 알리센트 왕대비의 세 아들 중 막내이자 오르문드 공의 종자이며 한때 자캐리스 왕자의 젖형제였던 다정하고 상냥한 열다섯 살 소년, 다에론 타르가르옌이 타고 있었다.

다에론 왕제와 그의 드래곤이 도착하자 전세가 뒤집혔다. 이제는 오르문드 공의 병사들이 적들에게 욕을 퍼부으며 공세를 취했고, 여왕군은 도망치기에 바빴다. 날이 저물 즈음, 로완 공은 패잔병과 함께 북쪽으로 패주하였으며 톰 플라워스는 갈대 사이에 불탄 시체가 되어 쓰러져 있었다. 두 앨런은 포로로 사로잡혔고, 코스테인 공은 '대담한' 존 록스턴의 검은 장검 '고아제조기'에 입은 중상으로 죽어갔다. 늑대들과 큰까마귀들이 전사자들의 시체로 포식할 때, 오르문드 하이타워는 다에론 왕제를 위해 들소 고기와 독한 와인으로 만찬을 열었다. 그리고 그의 유서 깊은 발리리아 장검 '경계(Vigilance)'로 왕자를 기사로 서임하며 '과감한' 다에론 경이라는 별명을 붙여주었다. 이에 왕제는 겸손하게 대답했다. "그렇게 칭찬해주셔서 고맙습니다만, 승리의 공은 테사리온의 것입니다."

드래곤스톤에서는 허니와인에서의 참패가 알려지자 흑색 회의에 절망과 패배감이 감돌았다. 바르 에몬 공은 그들이 아에곤 2세에게 무릎을 꿇을 시간이 온 것 같다는 발언을 하기까지 했다. 하지만 여왕은 그의 말을 일축했다. 사람의 속마음을 아는 건 신들뿐이고, 여인들은 기묘함으로 가득하다. 한 아들을 잃고 비탄에 빠졌던 라에니라 타르가르옌은 두 번째로 아들을 잃고는 새로운 힘을 찾은 듯했다. 제이스의 죽음은 그녀를 더욱더 굳세게 하여 그녀의 공포를 불사르고 분노와 증오만을 남겼다. 여전히 이복동생보다 드래곤이 더 많은 여왕은 어떤 대가를 치르든 그 드래곤들을 쓰기로 마음을 굳혔다. 그녀는 아에곤과 그를 지지하는 모든 사에게 불과 죽음을 내리고, 철왕좌에서 아에곤을 몰아내든 몰아내려고 시도하다가 죽든 할 것이라고 흑색 회의에서 말했다.

만(灣)의 반대편, 병상에 있는 아에곤을 대신하여 왕국을 다스리는 아에몬드 타르가르엔의 가슴속에도 비슷한 결심이 뿌리를 내렸다. 애꾸눈 아에몬드는 이복 누이 라에니라를 업신여기고 숙부 다에몬 왕자와 그가 하렌홀에 모은 대군을 더 큰 위협으로 보았다. 왕제는 휘하 가문과 녹색 회의를 소집하여 숙부를 공격하고 반기를 든 강의 영주들을 벌하겠다고 선언했다.

그는 리버랜드를 동서 양쪽에서 침공하여 트라이던트의 영주들을 두 전선에서 동시에 싸우게 한다는 계획을 제안했다. 서부 구릉지에서 제이슨 라니스터가 중장기사 천 기와 그 수의 일곱 배에 달하는 궁수와 중장병으로 이루어진 강력한 대군을 결집한 상황이었다. 그가 고지대에서 내려와 불과 검으로 레드포크를 건너는 동안, 크리스톤 콜 경이 바가르를 탄 아에몬드 왕제와 함께 킹스랜딩에서 출정하고, 두 군대가 하렌홀에 모여 그 사이에 갇힌 "트라이던트의 반역자들"을 박살 낼 것이었다. 그리고 숙부가 어쩔 수 없이 성 밖으로 나오면, 바가르가 카락세스를 압도할 것이고 아에몬드 왕제는 다에몬 왕자의 머리를 들고 도성으로 개선한다는 계획이었다.

녹색 회의 전부가 왕제의 대담한 전략을 반긴 것은 아니었다. 아에몬드는 수관 크리스톤 콜 경과 타일런드 라니스터 경의 지지를 받았으나, 오르월 대학사는 출정하기 전에 스톰스엔드로 전갈을 보내 바라테온 가문의 병력을 지원받으라고 조언했고, 쇠막대 재스퍼 와일드 공은 "드래곤 한 마리보다는 두 마리가 나으니" 남부에서 하이타워 공과 다에론 왕제를 불러들여야 한다고 주장했다. 왕대비도 신중론을 펼치며 아에곤과 그의 드래곤 황금의 선파이어가 회복할 때까지 기다려서 함께 공격하라고 충고했다.

그러나 아에몬드 왕제는 그때까지 기다릴 생각이 없었다. 그는 형제들이나 그들의 드래곤이 필요 없다고 단언했다. 아에곤은 부상이 너무 심했고, 다에론은 너무 어렸다. 물론 카락세스가 난폭하고 교활하며 수많은 전투를 거친 무시무시한 짐승이기는 하지만, 바가르는 더 나이가 많고 사나우며 덩치가 두 배는 컸다. 유스터스 성사는 '친족살해자'가 승리의 공을 독차지할 마음이었다고 전한다. 형제든 누구든, 영광을 나눌 마음이 전혀 없었던 것이다.

더구나 아에곤 2세가 자리에서 일어나 검을 다시 들 때까지 섭정으로서 왕국을 통치하는 이는 다름 아닌 아에몬드였으므로, 아무도 그를 막지 못했다. 왕제는 보름도 안 되어 그가 장담한 대로 병력 4000명의 선두에 서서 신들의 문을 빠져나갔다. "16일간 하렌홀로 진군한다." 그가 선언했다. "17일째 날에, 우린 검은 하렌의 홀 안에서 성대한 연회를 열고 내 창에 걸린 숙부의 머리가 그 광경을 구경하리라." 그리고 왕국의 반대편에서는 그의 명을 받든 캐스털리록의 영주 제이슨 라니스터의 대군이 서부 구릉지에서 쏟아져 내려와 레드포크와 리버랜드의 심장부를 전력을 다해 침공했다. 트라이던트의 영주들은 돌아가 그를 상대할 수밖에 없었다.

다에몬 타르가르옌은 한가히 기다리다가 성벽 안에 갇힌 신세가 되기에는, 설령 그것이 하렌홀의 거대하고 육중한 성벽이라도, 너무 나이가 많고 노련한 전사였다. 왕자는 아직도 킹스랜딩에 친구들이 있었고, 아에몬드가 출정하기도 전에 이미 조카의 계획을 전달받았다. 아에몬드와 크리스톤 콜 경이 킹스랜딩을 떠났다는 소식을 듣고 오랫동안 그 순간을 기다려왔던 다에몬 왕자는 껄껄 웃고는 "드디어"라고 말했다고 한다. 하렌홀의 뒤틀린 탑에서 큰까마귀 한 무리가 날아올랐다.

레드포크에서는 제이슨 라니스터 공이 핑크메이든의 노영주 피터 파이퍼 공과 나그네의 쉼터의 영주 트리스탄 밴스와 맞섰다. 서부인들이 수적으로는 우세했지만, 강의 영주들은 근방의 지형에 익숙했다. 라니스터군은 세 번 강을 건너려다 세 번 모두 격퇴당했고, 마지막 시도에서 제이슨 공이 롱리프의 페이트라는 반백의 종자에게 치명상을 입었다. (이후 파이퍼 공이 직접 그를 기사로 서임하고 '사자살해자 롱리프'라는 별명을 내려주었다.) 그러나 라니스터군은 네 번째 공격으로 여울을 점령하는 데 성공했다. 이번에는 밴스 공이 서부군의 지휘를 맡은 아드리안 타벡 경의 손에 목숨을 잃었다. 타벡은 손수 뽑은 기사 백 명과 함께 무거운 갑옷을 벗고 전장의 상류 지점으로 헤엄쳐 올라간 다음, 길게 우회하여 밴스 공의 후방을 덮쳤다. 강의 영주들의 전열이 무너지고 서부군 수천 명이 레드포크를 헤엄쳐 건넜다.

한편, 사경을 헤매던 제이슨 공과 그의 봉신들이 모르는 사이에 파이크의 돌턴 그레이조이가 강철 군도의 장선 함대를 이끌고 라니스터 영지의 해안가를 습격했다. 철왕좌를 노리는 계승권자 양측의 구애를 받았던 붉은 크라켄이 마침내 결정을 내린 것이다. 강철인들은 조한나 부인이 성문을 잠근 캐스털리록을 쳐들어갈 생각은 하지도 못했지만, 대신 항구에 있던 배의 4분의 3을 노획하고 나머지는 가라앉혔으며, 라니스포트의 성벽을 기어올라 도시를 약탈했다. 이때 그들이 노략질한 재물은 셀 수조차 없었고, 납치당한 여자와 소녀 600명 중에는 제이슨 공이 총애하던 정부와 사생 딸들도 있었다.

왕국의 다른 곳에서는 왈리스 무튼 공이 기사 백 명을 이끌고 메이든풀에서 나와 야인에 가까운 크랙클로포인트의 크래브 가문과 브룬 가문 그리고 클로섬의 셀티가르 가문의 병력에 합세했다. 그들은 소나무 숲과 안개가 자욱한 언덕을 신속하게 가로질러 룩스레스트의 수비대를 기습했다. 성을 탈환한 무튼 영주는 부하 중 가장 용감한 이들을 이끌고 성의 서쪽,

재로 덮인 들판에 있는 드래곤 선파이어의 숨을 끊으러 갔다.

　드래곤을 잡으러 간 이들은 별 힘을 들이지 않고 드래곤을 지키고 먹이를 주고 보살피기 위해 남겨진 경계병들을 쫓아냈지만, 선파이어는 그들이 예상했던 것보다 훨씬 더 강력했다. 드래곤은 원래 지상에서 몸을 잘 못 놀리는 동물인 데다, 거대한 황금 드래곤은 날개가 찢겨 하늘로 날아오를 수도 없었다. 공격자들은 짐승이 빈사 상태에 처했으리라고 예상했었다. 그러나 드래곤은 자고 있었고, 검들이 부딪치는 소리와 말 달리는 소리에 곧 깨고는 첫 창 공격이 날아오자 분노했다. 양 뼈 무더기 속에서 진흙으로 끈적끈적한 몸을 비틀던 선파이어는 마치 거대한 뱀처럼 똬리를 틀며 몸부림쳤고, 공격자들에게 꼬리를 휘두르고 황금빛 화염을 토해내며 날아오르려고 안간힘을 썼다. 드래곤은 세 번 떠올랐다가 세 번 모두 다시 땅으로 떨어졌다. 무튼의 병사들이 달려들어 검과 창과 도끼로 공격하며 깊은 상

처를 여럿 입혔으나, 공격은 오히려 드래곤의 분노를 더 키우기만 했다. 죽은 자가 60명에 이르자 생존자들은 포기하고 달아났다.

그때 죽은 이들 중에 메이든풀의 영주 왈리스 무튼도 있었다. 보름 후 그의 동생 맨프리드가 시신을 찾았을 때는 녹아버린 갑옷 안에 구더기가 들끓는 검게 탄 살점밖에 남아 있지 않았다고 한다. 그러나 맨프리드 공은 용감한 사내들의 시신과 불타고 부풀어 오른 말의 사체 백여 구가 널브러진 재의 들판 어디에서도 아에곤 왕의 드래곤을 보지 못했다. 선파이어는 자취를 감추었다. 드래곤이 어딘가로 기어갔다면 남았어야 할 자국도 보이지 않았다. 황금의 선파이어가 다시 날아오른 것처럼 보였지만, 어디로 갔는지 살아 있는 자들은 알지 못했다.

한편, 다에몬 타르가르옌 왕자는 그의 드래곤 카라세스를 타고 급히 남쪽으로 향했다. 왕자는 크리스톤 경의 진군로와 멀리 떨어진 신의 눈 호수의 서쪽 호반으로 날아 적의 눈을 피했고, 블랙워터강을 건넌 뒤 동쪽으로 방향을 돌려 킹스랜딩까지 강을 따라 내려갔다. 그리고 드래곤스톤에서는 빛나는 검은 미늘 갑옷을 걸친 라에니라 타르가르옌이 시락스에 올라타고 폭풍우가 쏟아지는 블랙워터만의 하늘을 날았다. 도성의 높은 상공에서 만난 여왕과 그녀의 부군은 아에곤의 높은 언덕 위를 선회했다.

그들의 모습은 도성의 거리에 있던 시민들을 공포에 빠뜨렸다. 그토록 두려워한 침공이 드디어 개시되었음을 바로 알아차린 까닭이었다. 아에몬드 왕제와 크리스톤 경은 하렌홀 점령을 위해 출정할 때 킹스랜딩의 거의 모든 병력을 데려갔고, 친족살해자가 그 무시무시한 짐승 바가르까지 타고 간 터라 여왕의 드래곤들에 맞설 드래곤은 드림파이어와 소수의 어린 새끼 드래곤밖에 남아 있지 않았다. 어린 드래곤들은 누구를 태운 적이 없었고 드림파이어의 기수 헬라에나 왕비는 제정신이 아니었기에, 도성에는 드래곤이 없는 것과 다름이 없었다.

평민 수천 명이 아이들과 재산을 등에 이고 성문을 빠져나가 근교로 피신했다. 다른 이들은 오두막 아래 어둡고 축축한 구덩이와 굴을 파고 도성이 불타는 동안 숨어 있으려 했다(문쿤 대학사는 킹스랜딩 밑에 존재하는 숨겨진 통로와 지하실 대다수가 이때 생겼다고 전한다). 플리바텀에서는 폭동이 일어났다. 바다뱀 함대의 돛이 블랙워터만 동쪽에서 나타나 강으로 향해 오자 도성 내 모든 성소의 종이 울리기 시작했고, 폭도들이 거리를 휩쓸며 가는 곳마다 약탈해댔다. 황금 망토들이 질서와 치안을 회복할 때까지 수십 명이 사망했다.

호국공과 수관 둘 다 도성에 없고 아에곤 왕은 화상을 입고 병상에 누워 양귀비즙에 취한 상황이라, 도성의 방어는 왕대비가 책임져야 했다. 알리센트 왕대비는 수완을 발휘해 왕궁과 도성을 봉쇄하고 황금 망토들을 성벽에 배치했으며, 날쌘 말을 탄 전령들을 급파하여 아에몬드 왕제를 찾아서 데려오도록 했다.

그녀는 또한 오르월 대학사에게 큰까마귀를 날려 "모든 충성스러운 영주"가 와서 진정한 왕을 지키도록 소집하라고 지시했다. 그러나 오르월이 서둘러 거처로 돌아갔을 때, 황금 망토 네 명이 그를 기다리고 있었다. 한 명이 그의 입을 막는 동안 다른 자들이 그를 구타하고 밧줄로 묶었다. 대학사는 머리에 자루가 쓰인 채 검은 감옥으로 끌려갔다.

알리센트 왕대비의 전령들 또한 성문에서 황금 망토들에게 붙잡혀 구속되었다. 왕대비가 모르는 사이에 아에곤 왕에 대한 충심으로 발탁된 일곱 성문의 지구대장 일곱 명은 카락세스가 레드킵 상공에 나타났을 때 감금되거나 살해당했다. 도시 경비대의 일반 대원들은 예전에 그들을 지휘한 '도성의 왕자' 다에몬 타르가르옌에게 여전히 충성을 바쳤기 때문이다.

알리센트 왕대비의 동생이며 황금 망토의 이인자였던 그웨인 하이타워 경은 경종을 울리러 마구간으로 급히 달려가다가 붙잡혀 무장해제를 당하고 상관 루터 라젠트 앞으로 끌려갔다. 하이타워가 그를 변절자(turn-cloak)라고 비난하자, 루터 경이 웃음을 터뜨렸다. "다에몬 님이 우리에게 이 망토(cloak)를 주셨다. 그리고 망토를 어떻게 돌리든(turn), 여전히 황금색이야." 라젠트는 그 말과 함께 검을 그웨인 경의 배에 찔러 넣고는 대원들에게 모든 성문을 열어 바다뱀의 함대에서 쏟아져 나오는 병사들을 도성에 들이라고 명령했다.

킹스랜딩은 막강하다던 성벽이 유명무실하게 하루도 안 되어 함락되었다. 강의 문 앞에서 짧지만 격렬한 전투가 벌어졌다. 하이타워 기사 열셋과 중장병 백여 명이 도시 안팎에서 공격하는 황금 망토들을 상대로 거의 여덟 시간을 버텼지만, 라에니라의 병사들이 다른 여섯 문을 통해 아무런 방해 없이 쏟아져 들어오면서 그들의 영웅적인 무용은 헛수고가 되고 말았다. 여왕의 적들은 하늘에 있는 여왕의 드래곤들을 보고 전의를 잃었고, 아에곤 왕에게 충성하던 이들은 숨거나 도망치거나 여왕에게 무릎을 꿇었다.

드래곤들이 차례로 땅으로 내려왔다. 십스틸러는 비세니아 언덕 꼭대기에, 실버윙과 버미토르는 라에니스 언덕의 드래곤핏 바깥에 내려앉았다. 다에몬 왕자는 레드킵 왕궁의 탑들을 선회하다가 카락세스를 바깥마당에 안착시켰다. 왕자는 수비대가 해를 끼치지 않을 것을 확인한 다음에야 시락스를 탄 그의 아내이자 여왕에게 내려오라는 신호를 보냈다. 아담 벨라리온은 공중에 남아 시스모크를 타고 성벽 주변을 날았고, 드래곤의 넓은 가죽 날개가 퍼덕거리는 소리는 아래 있는 자들에게 반항은 화염으로 제압될 것이라는 경고를 보냈다.

저항이 쓸모없다는 사실을 깨달은 알리센트 왕대비는 그녀의 아버지 오토 하이타워 경, 타일런드 라니스터 경, 쇠막대 재스퍼 와일드 공(라리스 스트롱 공은 그들과 함께하지 않았다. 첩보관은 용케 어디론가 사라졌다)

과 함께 마에고르 성채에서 모습을 드러냈다. 이후 벌어진 일을 목격한 유스터스 성사는 알리센트 왕대비가 의붓딸과 협상을 시도했다고 전한다. "옛날 늙은 왕께서 하신 것처럼 우리도 함께 대협의회를 열어보자꾸나." 왕대비가 말했다. "그리고 계승 문제를 전국의 영주들에게 맡기도록 하자." 그러나 라에니라 여왕은 코웃음을 치며 그 제안을 거절했다. "날 머시룸으로 여기는 건가요? 그 대협의회가 어떤 결정을 내릴지 우리 둘 다 알잖아요." 그러고는 계모에게 항복할 것인지, 불에 탈 것인지 선택을 강요했다.

고개를 떨구며 패배를 인정한 알리센트 왕대비는 왕궁의 열쇠를 바치고 그녀의 기사들과 병사들에게 검을 내려놓으라고 명령했다. "도성은 네 것이다, 공주"라고 그녀가 말했다고 한다. "하지만 오래가지는 못할 거야. 고양이가 없으면 쥐들이 놀기 마련이지만, 내 아들 아에몬드가 곧 불과 피와 함께 돌아올 테니."

라에니라의 병사들은 여왕의 경쟁자의 아내인 미쳐버린 헬라에나 왕비를 그녀의 침실에서 발견했다. 그러나 왕의 침소 문을 부수고 들어가서 본 것은 "텅 빈 왕의 침대와 꽉 찬 왕의 요강"이었다. 아에곤 2세는 달아났다. 그의 아이들, 여섯 살 난 재해이라 공주와 두 살 난 마엘로르 왕자도 킹스가드 기사 윌리스 펠과 리카드 쏜과 함께 행방이 묘연했다. 왕대비조차도 그들이 어디로 갔는지 모르는 기색이었고, 루터 라젠트는 성문으로 아무도 빠져나가지 않았다고 맹세했다.

하지만 철왕좌를 빼돌릴 방도는 없었다. 라에니라 여왕도 부왕의 왕좌를 차지하기 전에 잘 생각이 없었다. 그리하여 알현실 안에 횟불이 켜졌고, 여왕은 철 계단을 올라가 그녀 전에 비세리스 왕, 그 전에는 늙은 왕, 마에고르, 아에니스 그리고 정복자 아에곤이 옛적에 앉았던 왕좌에 앉았다. 여전히 갑옷을 걸친 채 근엄한 얼굴로 높은 자리에 앉은 여왕 앞에 레드컵에 있는 모든 남녀가 불려 나왔다. 그들은 무릎을 꿇은 채 용서를 빌고, 그녀

를 여왕으로 섬기면서 목숨과 검과 명예를 바치겠다고 맹세했다.

유스터스 성사는 그 의식이 그날 밤 내내 계속되었다고 전한다. 동이 트고도 한참이 지나서야 라에니라 타르가르옌은 자리에서 일어나 계단을 내려왔다. "그리고 그녀의 부군 다에몬 왕자가 그녀를 대전에서 데리고 나갈 때, 여왕의 다리와 왼 손바닥이 칼에 베인 모습을 볼 수 있었다"라고 유스터스는 적었다. "그녀가 지나갈 때 핏방울이 바닥에 떨어졌고, 현명한 이들은 서로 쳐다보았지만 아무도 감히 진실을 입 밖에 내지 않았다. 철왕좌는 그녀를 거부했고, 그녀가 그 자리에 앉을 날은 얼마 되지 않으리라."

드래곤들의 죽음
라에니라의 승리

킹스랜딩이 라에니라 타르가르옌과 그녀의 드래곤들에게 함락당할 때, 아에몬드 왕제와 크리스톤 콜 경은 하렌홀로 진군했고 아드리안 타벡이 지휘하는 라니스터군도 거침없이 동진 중이었다.

서부인들은 에이콘홀에서 잠시 저항을 마주했다. 조세스 스몰우드 공이 성에서 나와 파이퍼 공의 패잔병에 가세하였으나, 그 후 벌어진 전투에서 파이퍼가 죽고(그가 아끼던 손자의 머리가 창대에 걸려 있는 광경을 보고 심장이 터져 쓰러졌다고 머시룸이 전한다) 스몰우드는 성안으로 후퇴하였다. 사흘 후, 해리 페니 경이라는 방랑기사의 지휘 아래 전열을 가다듬은 리버랜드 병사들과 두 번째 전투가 이어졌다. 이 뜻밖의 영웅은 아드리안 타벡을 쓰러뜨리고 자신도 전사했다. 라니스터군은 또다시 승리하고 퇴각하는 리버랜드 병사들을 학살했다. 늙은 험프리 레포드 공이 서부군을 지휘해 하렌홀로 진군을 재개했는데, 그는 부상이 너무 심하여 가마에 탄 채 지시를 내려야 했다.

레포드 공은 곧 더 강력한 적과 맞닥뜨리리라고 예상하지 못했다. 라에니라 여왕의 네 등분된 깃발을 휘날리는 사나운 북부인 2000명이 북쪽에서 그들을 향해 남하 중이었던 것이다. 그들의 선두에서 말을 달린 배로턴의 영주 로데릭 더스틴은 흰머리가 성성한 고령의 전사라 다들 그를 '폐허의 로디'라고 불렀다. 그의 병사들은 하나같이 낡은 갑옷과 다 해진 가죽을 걸친 반백의 노인들이었고, 전원이 노련한 전사이며 기병이었다. 그들은 자신을 '겨울 늑대들'이라고 불렀다. "우린 드래곤 여왕을 위해 죽으러 왔소이다." 트윈스에 도착했을 때, 말을 달려 마중 나온 사비타 프레이 부인에게 로데릭 공이 한 말이다.

한편, 대부분 보병과 긴 치중대로 이루어진 아에몬드의 군대는 폭풍우를 맞으며 진창길을 느릿느릿 나아가고 있었다. 호반에서 크리스톤 콜 경의 선봉대가 오스왈드 워드 경과 대리 공, 루트 공과 짧지만 격렬한 전투를 벌여 승리를 했고 그 외에는 다른 저항을 접하지 않았다. 그들은 행군을 시작한 지 19일 만에 하렌홀에 도착했으나…… 성문은 활짝 열려 있었고 다에몬 왕자와 그의 부하들이 모두 떠난 지 오래였다.

아에몬드 왕제는 숙부가 카락세스로 공격할지도 모른다는 생각에 행군 내내 바가르를 본대와 함께 이동시켰다. 콜이 도착한 다음 날 하렌홀에 도달한 왕제는 그날 밤 대승을 자축하는 만찬을 열었고, 다에몬과 "강의 잡놈들"이 자신의 분노를 피해 달아난 것이라고 큰소리쳤다. 그러니 킹스랜딩 함락 소식이 전해졌을 때 왕제가 지독하게 우롱당했다고 느꼈을 만도 하다. 그의 분노는 무시무시했다.

첫 희생자는 시몬 스트롱 경이었다. 아에몬드 왕제는 그의 가문을 싫어했고, 하렌홀의 늙은 수호성주가 반역자라서 다에몬 타르가르옌에게 그렇게 빨리 항복했다고 확신했다. 시몬 경은 자신이 왕가의 참된 충복이라며 무죄를 주장했고, 자신의 종손(從孫)이 하렌홀의 영주이자 아에곤 왕의 첩보관 라리스 스트롱이라며 섭정 왕제에게 호소했다. 그러나 그의 부정은 도리어 아에몬드의 의심을 자극하는 역효과를 낳았다. 왕제는 곤봉발 역시 반역자라고 단정했다. 그렇지 않고서야 킹스랜딩이 가장 취약한 순간이 언제인지 다에몬과 라에니라가 어떻게 알았겠는가? 소협의회에 앉은 누군가가 그들에게 알린 것이 틀림없었다……. 게다가 곤봉발은 '뼈를 부수는 자'의 아우였으니, 라에니라가 낳은 사생아들의 숙부이기도 했다.

아에몬드는 시몬 경에게 검을 내주라고 명령했다. "그대가 한 말이 진실인지 신들께 묻겠다. 만약 죄가 없다면, '전사'께서 그대에게 날 이길 만한 힘을 내려주시겠지." 이후 벌어진 결투는 일방적이었다고 모두 입을 모았다. 왕제는 노인을 도륙하고 시체를 바가르에게 먹였다. 시몬 경의 손자들도 무사하지 못했다. 스트롱 가문의 피가 흐르는 남자는 나이를 막론하고 한 명씩 끌려 나와 죽임을 당했고, 그들의 머리를 쌓은 더미는 높이가 거의 1미터에 이르렀다.

최초인의 피를 이은 명예로운 전사들의 유서 깊은 가문이었던 스트롱은 그렇게 하렌홀의 안마당에서 비참한 최후를 맞았다. 스트롱가의 적손은 아무도 살아남지 못했고 서출도 한 명을 제외하고 마찬가지였으나…… 목숨을 건진 자는 기이하게도 알리스 리버스였다. 유모는 아에몬드보다 나이가 두 배나 많았지만(머시룸을 믿자면 세 배였다), 왕제는 하렌홀을 점령한 직후 자기 또래의 예쁜 처녀들을 포함해 성에 있던 다른 모든 여인을 마다하고 그녀를 전리품으로 삼고는 침대로 들였다.

하렌홀의 서쪽에서는 라니스터군이 꿋꿋이 진군을 계속하며 리버랜드에서 전투를 이어갔다. 늙고 노쇠한 지휘관 레포드 공 때문에 행군은 기어가다시피 했는데, 신의 눈 호수의 서쪽 호반에 이르렀을 때 새로운 대군이 그들의 길을 가로막았다.

폐허의 로디와 겨울 늑대들은 크로싱의 영주 포레스트 프레이와 '레이븐트리의 궁수'로 알려진 붉은 롭 리버스와 합류했다. 북부인은 2000여 명에 달했고 프레이는 기사 200명과 그 세 배의 보병대를 이끌었으며, 리버스는 궁수 300명을 데리고 참전했다. 레포드 공이 전방에 있는 이 적들을 상대하려고 멈추자마자 남쪽에서 또 다른 적들이 나타났다. 사자살해자 롱리프와 이전 전투에서 살아남은 패잔병들이 가세한 비글스톤 공, 체임버스 공, 페린 공의 병력이었다.

앞뒤로 적을 둔 레포드는 후방을 공격당할 것을 염려하여 어느 쪽으로도 진공하기를 주저했다. 대신 그는 호수를 뒤에 두는 배수진을 치고 하렌홀에 있는 아에몬드 왕제에게 큰까마귀를 보내 원군을 요청했다. 새 십여 마리가 하늘을 날았지만, 단 한 마리도 왕제에게 닿지 못했다. 웨스테로스 최고의 궁수로 불리던 붉은 롭 리버스가 모조리 쏘아서 떨어뜨렸기 때문이다.

다음 날, 가리볼드 그레이 경, 존 찰턴 공 그리고 레이븐트리의 열한 살 난 신임 영주 벤지콧 블랙우드가 더 많은 리버랜드 병사를 이끌고 나타났다. 그들의 도착으로 병력이 늘어난 여왕군은 공격할 시간이 되었다고 동의했다. "드래곤들이 오기 전에 저 사자들을 끝내야 하오." 폐허의 로디가 말했다.

이튿날, 떠오르는 태양과 함께 드래곤들의 춤에서 가장 처절했던 지상 전투의 막이 올랐다. 시타델의 역사서들은 이를 '호반 전투'로 명명하였지만, 그때 살아남은 이들은 언제나 '물고기밥'이라고 불렀다.

삼면에서 공격당한 서부인들은 한 걸음 한 걸음 신의 눈 호수 속으로 떠밀렸다. 수백 명이 갈대밭에서 싸우다 죽고 수백 명이 도망치다가 물에 빠져 죽었다. 해 질 녘이 되었을 때는 2000명이 죽었고, 그중에는 프레이 공, 레포드 공, 비글스톤 공, 찰턴 공, 스위프트 공, 레인 공, 클라렌트 크레이크홀 경, 라니스포트의 서자 에모리 힐 경 같은 주요 인사도 포함되었다. 라니스터군은 궤멸되고 학살당했지만, 리버랜드군도 끔찍한 대가를 치렀고 레이븐트리의 어린 소년 영주 벤 블랙우드는 높게 쌓인 시체를 보고 눈물

을 흘렸다. 가장 처참한 피해를 당한 건 북부인들이었다. 공격의 선봉을 맡기를 자처하고 나선 겨울 늑대들은 라니스터의 창병진에 다섯 차례 돌격했고, 그 결과 더스틴 공과 함께 남부로 내려온 병사 3분의 2 이상이 죽거나 다쳤다.

왕국의 다른 지역에서도 전투가 계속되었으나, 신의 눈 호반에서 벌어진 격전보다 규모가 크지는 않았다. 리치에서는 하이타워 공과 그의 대자 '과감한' 다에론 왕제가 푸른 여왕 테사리온을 앞세워 연전연승을 거두고 골든그로브의 로완 가문과 올드오크의 오크하트 가문 그리고 방패 군도 영주들의 항복을 받아냈다. 보로스 바라테온 공은 휘하 가문을 소집하여 스톰스엔드에 거의 6000명에 달하는 병력을 모았으나, 킹스랜딩으로 진군하겠다는 공언과는 달리 남쪽 산맥으로 군대를 이끌었다. 영주는 도르네인의 스톰랜드 침략을 핑계로 자신의 결정을 정당화했지만, 그가 마음을 바꾼 건 후방의 도르네인들이 아니라 전방의 드래곤들 때문이었다고 수군거리는 이들이 많았다. 일몰해에서는 붉은 크라켄의 장선이 페어섬을 덮쳤고, 성에 틀어박힌 파먼 공이 무력하게 구원 요청을 보내는 동안 섬을 한쪽 끝에서 다른 쪽 끝까지 휩쓸며 노략질을 벌였다.

하렌홀에서는 아에몬드 타르가르옌과 크리스톤 콜이 여왕에게 반격할 최선의 방법을 논의했다. 검은 하렌의 본성은 기습으로 함락하기에는 너무 군건했고 강의 영주들은 바가르를 두려워하여 감히 공성을 할 엄두를 내지도 못했지만, 왕의 군대는 군량과 말먹이가 떨어지고 굶주림과 질병으로 병사와 군마를 잃고 있었다. 성의 거대한 성벽 위에서 시야가 닿는 곳에는 검게 그을린 들판과 불타버린 마을밖에 없었으며, 그 너머로 식량을 구하러 보낸 병사들은 돌아오지 않았다. 크리스톤 경은 아에곤의 지지 세력이 가장 강성한 남부로 철수하기를 권유했지만, 왕제는 "반역자들에게서 도망치는 건 겁쟁이나 하는 짓이오"라며 거부했다. 킹스랜딩과 철왕좌를 잃은 것에 격분했던 호국공은 '물고기밥' 소식이 하렌홀에 닿았을 때 소식을 전한 종자를 목 졸라 죽일 뻔했다. 소년은 왕제의 잠자리 상대 알리스 리버스의 만류 덕분에 긴신히 목숨을 긴졌다. 아에몬드 왕제는 즉시 킹스랜딩을 공격하기를 원했다. 여왕의 드래곤들은 바가르에게 대적할 수 없다는 것이 그의 주장이었다.

크리스톤 경은 어리석은 생각이라며 반박했다. "하나로 여섯을 상대하는 건 멍청이나 할 싸움입니다, 저하." 그가 단언했다. 그는 다시 한번 하이타워 공과 합류하기를 권유했다. 그러면 동생 다에론과 다에론의 드래곤과 재회할 수 있었다. 아에곤 왕도 라에니라의 손아귀에서 벗어났으니 선파이어를 되찾으면 동생들을 찾아올 것이 분명했다. 그리고 도성에 남은 친구들이 손을 써서 헬라에나 왕비를 탈출시킨다면, 그녀도 드림파이어와 함께 전투에 참여할 수 있을 것이었다. 드래곤 넷에 그중 하나가 바가르라면, 여섯을 상대로 이길 수 있을지도 몰랐다.

아에몬드 왕제는 그 "겁쟁이의 방법"을 고려조차 하지 않았다. 형의 섭정으로서 그는 수관에게 복종을 요구할 수 있었지만, 그러지 않았다. 문쿤은 왕제가 자기보다 나이가 많은 수관을 존중했기 때문이라고 적었지만, 머시룸은 유모 알리스 리버스가 미약을 사용하여 두 남자를 홀린 탓에 그들이 그녀를 두고 경쟁하는 연적이 되었다고 주장했다. 유스터스 성사는 난쟁이의 주장에 일부 동조했지만, 리버스에게 홀린 건 아에몬드뿐이었고 왕제는 도저히 그녀를 떠날 수 없는 지경에 이르렀다고 전한다.

이유가 무엇이었든, 크리스톤 경과 아에몬드 왕제는 갈라지기로 결단을 내렸다. 콜은 군대를 이끌고 남하하여 오르문드 하이타워와 다에론 왕제와 합류할 테지만, 섭정 왕제는 동행하지 않기로 했다. 왕제는 대신 공중에서 반역자들에게 불벼락을 내리며 그만의 전쟁을 할 생각이었다. 그러다가 "쌍년 여왕"이 드래곤을 한두 마리 보내면 바가르가 박살을 낼 터였다. "그년은 감히 드래곤을 전부 보내지 못할 거요." 아에몬드가 주장했다. "그러면 킹스랜딩이 무방비가 될 테니까. 위험을 무릅쓰고 시락스나 마지막 남은 아들놈을 보내지도 않겠지. 라에니라는 여왕을 자칭하지만, 결국 여자의 몸에 여자의 나약한 심장과 어미의 두려움을 가졌을 뿐이오."

그렇게 킹메이커(Kingmaker(국왕 옹립자), 크리스톤 콜의 별명)와 친족살해자가 갈라서서 각자 다른 길을 가는 동안, 라에니라 타르가르옌은 레드킵에서 친구들에게 상을 내리고 이복동생을 섬긴 자들에게 가혹한 처벌을 내리는 데 열중했다. 황금 망토의 대장 루터 라젠트 경은 귀족에 봉해졌다. 로렌트 마브랜드 경은 퀸스가드 기사단장에 취임하여 그와 함께 여왕을 섬길 출중한 기사 여섯 명을 찾는 임무를 받았다. 오르월 대학사는 지하감옥에 갇혔으며, 여왕은 시타델에 서신을 보내 그녀의 "충신" 제라디스가 이제부터 "유일하고 진정한 대학사"라고 통보했다. 오르월을 집어삼킨 지하감옥에서 살아서 풀려난 흑색 영주들과 기사들은 영지와 직위와 명예로 보상받았다.

"아에곤 2세를 자칭하는 찬탈자"와 그의 딸 재해이라와 아들 마엘로르, "거짓 기사" 윌리스 펠과 리카드 쏜과 곤봉발 라리스 스트롱을 생포하는 데 일조하는 정보에 거액의 현상금이 내걸렸다. 그럼에도 원하는 결과를 얻지 못하자, 여왕은 '심문 기사단'으로 이름 붙인 사냥조를 내보내 그녀에게서 도망친 "반역자와 악당"을 찾고 그들을 도운 자들을 처벌하게 했다.

알리센트 왕대비는 손목과 발목에 황금빛 사슬로 족쇄가 채워졌으나, 그녀의 의붓딸은 "한때 당신을 사랑하셨던 아버지를 봐서"라며 목숨을 끊지는 않았다. 왕대비의 부친에게는 그런 자비가 없었다. 수관으로서 세 명의 왕을 섬긴 오토 하이타워 경은 반역자 중 가장 먼저 참수되었다. 그다음에는 '쇠막대'가 처형장으로 끌려갔고, 그는 그 와중에도 법에 따라 왕의 아들이 딸보다 우선한다고 주장했다. 타일런드 라니스터 경은 왕실의 재물을 조금이라도 회수하고자 심문관들에게 보내졌다.

흑색파였다가 지하감옥을 피하고자 녹색파로 돌아섰던 로스비 공과 스토크워스 공은 다시 흑색파로 돌아오려 했으나, 여왕은 신의 없는 친구들은 적보다 못하다고 선언하며 그들을 처형하기 전에 "거짓을 내뱉는 혓바닥"을 뽑아내게 했다. 그러나 그들의 죽음은 그녀에게 골치 아픈 계승 문제를 남겼는데, 우연하게도 '신의 없는 친구' 둘 다 딸이 하나씩 있었기 때문이었다. 로스비의 딸은 열두 살의 소녀, 스토크워스의 딸은 여섯 살 난 어린아이였다. 다에몬 왕자는 전자를 대장장이의 아들 단단한 휴(자기를 휴 해머로 부르는 것을 좋아했다), 후자를 주정뱅이 울프(이제는 단순히 울프 화이트였다)와 맺어주어 그들의 영지를 흑색파 소유로 유지하는 동시에 '씨'들이 전장에서 보인 활약에 적절한 포상을 내리자고 제안했다.

그러나 여왕의 손은 두 영애에게 남동생이 있다는 이유로 반대했다. 바다뱀은 철왕좌에 대한 라에니라의 계승권은 선왕이 직접 그녀를 후계자로 책봉하였으므로 특별한 경우라고 주장했다. 로스비 공과 스토크워스 공은 딸을 후계자로 지정한 적이 없었다. 딸을 위해 아들의 상속권을 빼앗는 건 지난 수백 년간 인정된 법과 전례를 뒤엎는 처사이며, 웨스테로스 곳곳에 이처럼 누나를 제치고 작위를 계승한 영주 수십 명의 정당성에 의문을 제기하는 결과를 초래할 것이었다.

문쿤은 《실록》에서 여왕이 그런 영주들의 지지를 잃을 것을 두려워하여 다에몬 왕자 대신 코를리스 공의 손을 들어주었다고 단언했다. 로스비와 스토크워스의 영지와 성과 재산은 처형당한 영주들의 아들들에게 내려졌으며, 휴 해머와 울프 화이트는 각각 기사 서임을 받고 드리프트마크섬의 작은 영지를 하사받았다.

머시룸은 해머가 비단 거리에 있는 창관에서 한 어린 처녀의 첫날밤을 두고 여왕의 가문기사 한 명과 다투다가 때려죽이는 것으로 자신의 기사 서임을 자축했고, 화이트는 술에 취해 황금 박차 외에는 아무것도 걸치지 않은 알몸으로 말을 타고 플리바텀의 골목을 달렸다고 전한다. 물론 이런 이야기는 머시룸이 즐겨 하는 것이고 진위를 가려낼 수는 없으나⋯⋯ 곧 킹스랜딩 주민들이 여왕의 새로이 서임된 두 기사를 경멸하게 된 것은 의심할 여지가 없는 사실이다.

그리고 믿기 어렵게도 그들보다 더 미움을 받은 이가 있었으니, 바로 여왕이 재정대신과 재무관으로 임명한 그녀의 오랜 충신, 클로섬의 영주 바티모스 셀티가르였다. 셀티가르 공은 그 자리에 어울리는 인사였다. 굳건하고 변함없이 여왕을 지지해왔으며, 가차 없고 강직한 데다 수완이 남다른 인물이라고 평가되었고, 게다가 거부이기도 했다. 재정 마련이 시급했던 라에니라에게는 꼭 필요한 인물이었다. 비세리스 왕의 승하 당시 왕가는 황금이 넘쳤으나, 아에곤 2세가 왕좌를 차지할 때 국고 역시 장악했고 그의 재무관이었던 타일런드 라니스터가 선왕의 재산 중 4분의 3을 "안전한 보관"을 위해 다른 곳으로 빼돌렸다. 아에곤 왕은 킹스랜딩에 남은 재산을 한 푼도 남김없이 써버리고 도성을 점령한 그의 이복 누이에게는 텅 빈 금고만을 남겨주었다. 비세리스의 나머지 재산은 올드타운의 하이타워 가문과 캐스털리록의 라니스터 가문 그리고 브라보스 강철은행에 위탁된 상태라 여왕의 손에 닿지 않았다.

셀티가르 공은 즉시 문제를 바로잡고자 나섰다. 그런 과정에서 선조 에드웰 공이 재해리스 1세의 섭정 기간 중 제정했던 세금들을 재도입하고 다른 갖가지 부담금을 추가로 징수했다. 와인과 맥주에 대한 세금은 두 배, 항만세는 세 배로 인상했다. 도성 내 모든 점주는 장사하려면 책정된 세금을 내야 했다. 여관 주인들은 여관에 있는 침대 하나당 수사슴 은화 한 개가 부과되었다. 한때 '공기의 영주'가 매겼던 출입세가 부활하여 세 배로 적용되었다. 토지세가 신설되어 저택에 사는 부유한 상인이든 오두막에 사는 비렁뱅이든 그들이 사용하는 토지 면적에 따른 세금을 내야 했다. "창녀들조차도 안전하지 않겠군." 평민들이 서로 이야기했다. "다음은 보지세일 거고, 그다음은 꼬리세일 게 분명해. 쥐들도 낼 건 내고 살아야지."

사실 셸티가르 공의 과도한 세금에 가장 큰 타격을 받은 이들은 도매상과 무역상이었다. 벨라리온 함대가 걸릿 수역을 봉쇄하자 많은 선박이 올 데갈 데없이 킹스랜딩에 갇혔다. 여왕의 신임 재무관은 그런 상선들의 출항을 허하기 전에 무거운 세금을 지웠다. 몇몇 선장은 이미 모든 의무적인 세금을 냈다며 서류를 증거로 제시하기까지 했지만, 셸티가르 공은 그들의 항의를 묵살했다. "찬탈자에게 돈을 낸 건 반역에 가담했다는 증거밖에 되지 않아." 그가 말했다. "우리의 자애로운 여왕 전하께 바쳐야 하는 금액이 줄어들 이유가 없다." 돈을 내지 않거나 그럴 능력이 없는 이들은 배와 화물을 몰수당했다.

처형마저도 수입원이 되었다. 셸티가르는 앞으로 반역자와 살인범은 드래곤핏 안에서 참수한 뒤 시체를 여왕의 드래곤에게 먹일 것이라는 칙령을 발포했다. 누구든 자유로이 와서 악한 자들이 어떤 최후를 맞이하는지 구경할 수 있으나, 다만 정문에서 입장료로 동전 세 닢을 내야 했다.

그렇게 라에니라 여왕은 재정을 복구했지만 무거운 대가를 치렀다. 아에곤이나 그의 동생 아에몬드는 도성에서 그다지 인기가 좋은 편이 아니었던 터라, 많은 킹스랜딩 주민이 여왕의 귀환을 반겼었다……. 그러나 사랑과 증오는 한 동전의 양면과 같아서, 도시 성문 위에 매일같이 새로운 머리가 말뚝에 박혀 내걸리고 세금이 과도하게 늘어나자 그 동전은 뒤집혔다. 세인들은 한때 '왕국의 기쁨'이라며 칭송받았던 소녀가 욕심 많고 복수심에 미친 여자로 자라났으며 예전 그 어떤 왕에 못지않게 잔인하다고 말했다. 어느 재치 있는 자가 라에니라에게 '젖통이 달린 마에고르 왕'이라는 별명을 붙였고, 그 후 백 년간 '마에고르의 젖통이'는 킹스랜딩 주민 사이에서 욕설로 흔하게 사용되었다.

도성과 왕궁과 옥좌가 모두 그녀의 손에 들어오고 무려 여섯 마리나 되는 드래곤이 수호하자, 라에니라는 안심하고 아들들을 불러들였다. 드래곤스톤에서 배 십여 척이 여왕의 시녀들과 그녀의 "친애하는 어릿광대" 머시룸 그리고 그녀의 아들 작은 아에곤을 싣고 출항했다. 라에니라는 아들을 자신의 시동으로 삼아 항상 가까운 곳에 있게 했다. 걸타운에서 출항한 또 다른 선단이 여왕이 라에노르 벨라리온과의 사이에 낳은 삼 형제 중 마지막 남은 아들인 조프리 왕자와 그의 드래곤 티락세스를 데리고 왔다. (다에몬 왕자의 딸 라에나는 아린 여영주의 대녀로서 협곡에 남았고, 그녀의 쌍둥이 자매이자 드래곤 기수인 바엘라는 드리프트마크와 드래곤스톤을 왕래하며 지냈다.) 여왕은 조프리를 정식으로 드래곤스톤의 왕자이자 철왕좌의 후계자로 책봉하는 호화로운 축하연을 계획하기 시작했다.

심지어는 '하얀 벌레'도 궁에 들어왔다. 리스 출신 창녀 미사리아는 그늘에서 나와 레드킵으로 거처를 옮겼다. 이제 '미저리 부인'이라고 알려진 여인은 공식적으로 여왕의 소협의회에 참석하지는 않았지만, 이름만 아닐 뿐 첩보관으로 활동하며 킹스랜딩의 모든 사창가와 술집과 급식소에 눈과 귀를 두었고, 귀족들의 홀과 침실도 예외가 아니었다. 여러 해가 지나며 그토록 유연하고 늘씬했던 몸매도 굵게 변했으나, 다에몬 왕자는 여전히 그녀에게 흠뻑 빠져 매일 밤 그녀를 찾았다……. 그리고 라에니라 왕비도 그 관계를 허락한 모양이었다. "다에몬도 원하는 곳에서 욕구를 풀어야지"라고 그녀가 말했다고 한다. "우리도 마찬가지고." (유스터스 성사는 여왕이 주로 달콤한 별미와 케이크와 장어 파이 등으로 욕구를 풀었고, 킹스랜딩에서 머무는 동안 나날이 뚱뚱해졌다며 다소 날카롭게 지적했다.)

완전한 승리를 만끽하던 라에니라 타르가르옌은 그녀에게 남은 날이 얼마 없음을 상상도 하지 못했다. 그러나 그녀가 철왕좌에 앉을 때마다 잔인

한 칼날들에 손과 팔과 다리를 베이며 새로이 피를 흘리는 모습은 모두가 알아볼 수 있는 징조였다. 유스터스 성사는 여왕의 몰락이 맨더강 북쪽 기슭의 비터브리지 마을에 있는 '돼지머리'라는 여관에서 시작했다고 주장한다. 마을은 한 오래된 돌다리에서 이름을 따왔고, 여관은 그 돌다리 근처에 있었다.

오르문드 하이타워가 남서쪽으로 300리가량 떨어진 롱테이블성을 포위하면서, 비터브리지는 다가오는 군대를 피해 도망친 사람들로 가득했다. 남편이 여왕에 대한 충성을 포기하지 않은 죄로 킹스랜딩에서 아에곤 2세에게 목이 잘려 과부가 된 카스웰 부인은 성문을 닫고 피신처를 찾아온 서임받은 기사나 귀족조차도 성안으로 들이기를 거부했다. 밤에는 강의 남쪽에서 패잔병들이 취사를 위해 지핀 모닥불의 빛이 숲 사이로 가물거렸으며, 마을 성소에서는 부상병 수백 명을 돌보았다. 모든 여관이 손님들로 미어터졌고, 여관이라기보다는 형편없는 돼지우리에 가까운 돼지머리마저도 마찬가지였다. 그래서 한 손에는 지팡이, 등에는 작은 사내아이를 업은 남자가 북쪽에서 도착했을 때 여관 주인은 방이 없다고 했으나…… 그때 여행자가 전낭에서 수사슴 은화 한 닢을 꺼냈다. 그러자 여관 주인은 여행자가 마구간을 청소한다면 그곳에서 아들과 함께 하룻밤 지내는 것을 허락하겠다고 제의했다. 여행자는 제의를 수락하고 짐과 망토를 한쪽에 내려놓고는 삽과 갈퀴를 들고 말들 사이로 가서 일을 시작했다.

여관 주인과 집주인 같은 부류의 탐욕은 잘 알려진 바이다. 돼지머리의 주인은 벤 버터케이크스라는 무뢰한이었고, 그는 수사슴 은화가 더 있지 않을까 궁금해했다. 여행자가 땀을 흘리자 버터케이크스는 그가 타는 목을 축일 수 있게 맥주를 한잔 권했다. 사내는 호의를 받아들이고 여관 주인을 따라 돼지머리의 휴게실로 따라 들어갔고, 여관 주인이 '슬라이'라고만 알려진 마구간지기를 시켜 그의 짐을 뒤져서 은화를 찾아보게 한 사실은 꿈도 꾸지 못했다. 슬라이는 짐 속에서 돈을 찾지는 못했지만, 그와 비교할 수 없이 값진 다른 것을 찾았다. 눈처럼 하얀 새틴으로 테두리를 두른 묵직한 흰색의 고급 양털 망토로 감싼, 은빛 무늬가 소용돌이치는 연두색 드래곤알이었다. 여행자의 '아들'은 다름 아닌 국왕 아에곤 2세의 어린 아들 마엘로르 타르가르옌이었고 여행자는 왕자의 수호기사인 킹스가드 리카드 쏜 경이었던 것이다.

벤 버터케이크스는 그가 부린 잔꾀로 어떤 기쁨도 얻지 못했다. 망토와 알을 손에 든 슬라이가 휴게실로 뛰어들어 오며 자기가 무엇을 발견했는지 고함치자, 여행자는 술잔에 남은 술을 여관 주인의 얼굴에 뿌리고 검집에서 뽑은 장검으로 버터케이크스를 목부터 사타구니까지 베어버렸다. 술꾼 몇몇이 검과 단검을 뽑아 들었지만, 아무도 기사가 아니었던 터라 리카드 경이 베어 넘기고 길을 뚫었다. 그는 도난당한 보물을 포기하고 '아들'을 품에 안은 다음, 마구간으로 달아나 말 한 마리를 훔쳐 여관에서 탈출했다. 기사는 안간힘을 다해 오래된 돌다리와 맨더강 남쪽을 향해 말을 달렸다. 그는 먼 길을 왔고, 300리만 더 가면 롱테이블성을 포위하고 성벽 아래 진을 친 하이타워 공에게 안전하게 피신할 수 있음을 분명 알았을 것이다.

아아, 그러나 그에게 300리는 3만 리와 다를 바 없었으니, 맨더강을 가로지르는 길은 막혔고 비터브리지는 라에니라 여왕의 것인 까닭이었다. 추격을 알리는 고함과 함께 다른 이들이 말에 올라타고 "살인, 반역, 살인"을 외치며 리카드 쏜의 뒤를 쫓았다.

다리의 입구를 지키던 병사들은 고함을 듣고 리카드 경에게 멈추라고 외쳤다. 그는 대신 병사들을 짓밟고 돌파하려고 했다. 한 병사가 말의 고삐를 붙잡자 쏜은 병사의 팔을 어깨에서 잘라버리고 계속 말을 달렸다. 그러나 남쪽 기슭에도 경비병들이 있었고, 벽처럼 늘어서서 그에게 맞섰다. 양쪽에서 몰려온 적병들이 벌겋게 달아오른 얼굴로 고함치며 칼과 도끼를 휘

두르고 장창으로 찔러댔다. 쏜은 훔친 말을 이리저리 움직이고 빙빙 돌며 포위를 빠져나갈 길을 찾았고, 마엘로르 왕자는 비명을 지르며 기사의 몸에 매달렸다.

결국 그를 쓰러뜨린 건 노궁이었다. 화살 한 발이 팔에 박히고, 다음 화살이 그의 목을 꿰뚫었다. 리카드 경은 안장에서 굴러떨어져 다리 위에서 죽었고, 그가 남긴 마지막 말은 입에서 부글거리며 흘러내리는 피에 막혀 들리지 않았다. 기사는 윌로우 파운드스톤(Pound-Stone)이라는 세탁부 여인이 그의 품에서 흐느끼는 왕자를 낚아챌 때까지, 죽어서도 그가 지키겠다고 맹세한 소년을 놓지 않았다.

기사를 죽이고 소년을 손에 넣은 군중은 정작 무엇을 해야 할지 몰랐다. 몇몇은 라에니라 여왕이 왕자의 압송에 큰 포상을 내걸었다는 사실을 떠올렸지만, 킹스랜딩은 너무 멀었다. 하이타워 공의 군대는 훨씬 더 가까웠다. 그가 더 후한 상을 내릴지도 모를 일이었다. 누가 소년이 죽든 살든 포상이 똑같으냐고 묻자, 윌로우 파운드스톤이 마엘로르를 더 힘껏 안고는 아무도 그녀의 새 아들을 해치지 못한다고 말했다. (머시룸은 파운드스톤이 몸무게가 30스톤(약 190킬로그램)에 달하는 괴물이었고, 저능하고 반은 미쳤으며 강에서 세탁물을 두들기며(pound) 빨아서 그 이름으로 불렸다고 전한다.) 그때 슬라이가 주인의 피를 흠뻑 뒤집어쓴 몰골로 사람들을 밀치고 앞으로 나서서 알을 찾은 이가 자기였으니 왕자도 그의 것이라고 소리쳤다. 리카드 쏜 경을 쏘아 죽인 노궁병도 그의 몫을 주장했다. 그들은 그렇게 기사의 시신 위에서 서로 밀치고 고함치며 실랑이를 벌였다.

당시 다리 위에 워낙 많은 사람이 있던 터라, 마엘로르 타르가르옌에게 벌어진 일에 관해 증언이 다양한 것도 당연하다. 머시룸은 윌로우 파운드스톤이 엄청난 힘으로 소년을 껴안은 나머지 소년이 등이 꺾이며 압사했다고 전한다. 유스터스 성사는 윌로우를 언급도 하지 않았다. 그의 기록에 따르면, 마을의 푸줏간 주인이 큰 식칼로 왕자를 여섯 토막 내 그를 두고 다투던 이들이 한 토막씩 가질 수 있게 했다고 한다. 문쿤 대학사의 《실록》에서는 소년이 군중에게 사지가 찢겼다고 했고, 누구의 이름도 언급되지 않았다.

우리가 아는 확실한 사실은 카스웰 부인과 그녀의 기사들이 나타나 군중을 쫓아냈을 때, 왕자가 이미 죽은 몸이었다는 것이다. 머시룸은 왕자의 시신을 본 부인이 창백하게 질린 얼굴로 "우리 모두 신들께 천벌을 받을 것이다"라고 말했다고 전한다. 그녀는 마구간지기 슬라이와 윌로우 파운드스톤을 다리 중간에 목매달라고 명했고, 여관에서 리카드 경이 훔친 말의 주인도 쏜의 탈출을 도왔다는 억울한 의심을 받고 같이 목매달렸다. 카스웰 부인은 리카드 경의 시신을 그의 하얀 망토로 감싸 마엘로르 왕자의 머리와 함께 킹스랜딩으로 보냈다. 드래곤알은 하이타워 공의 화를 달래려는 생각에 롱테이블을 포위한 그의 진지로 보냈다.

여왕을 좋아했던 머시룸은 철왕좌에 앉은 라에니라 앞에 마엘로르의 작은 머리가 놓이자 그녀가 울었다고 전한다. 그녀에게 우호적이지 않았던 유스터스 성사는 여왕이 미소를 짓더니 "그 아이도 드래곤의 혈통이었으니" 머리를 불태우라고 명령했다고 적었다. 소년의 죽음은 공표되지 않았지만, 왕자가 죽었다는 소식이 도성 곳곳으로 퍼졌다. 그리고 곧 다른 소문도 파다했는데, 라에니라 여왕이 왕자의 머리를 요강에 담아 그의 어머니 헬라에나 왕비에게 갖다주었다는 이야기였다. 전혀 근거 없는 말이었지만, 곧 킹스랜딩에 있는 모든 사람의 입에 오르내렸다. 머시룸은 이를 곤봉발의 수작으로 단정했다. "은밀한 소문을 모으는 자는 퍼뜨리는 것도 잘하잖아."

도성의 성벽 너머로 칠왕국 전역에서 전투가 계속되었다. 페어캐슬이 돌턴 그레이조이의 손에 떨어지면서 강철인들에 맞선 페어섬의 마지막 저항도 막을 내렸다. 붉은 크라켄은 파먼 공의 딸 중 넷을 소금 아내로 삼고 다섯째("못생긴 딸")를 동생 베론에게 넘겼다. 파먼과 그의 아들들은 몸무게에 딜하는 은을 몸값으로 치른 캐스털리록으로 보내졌다. 리치에서는 메리웨더 부인이 롱테이블의 성문을 열어 오르문드 하이타워 공에게 항복했고, 하이타워 공은 약속대로 그녀와 그녀의 사람들을 해치지 않은 대신 성에 있는 모든 재물과 식량을 탈탈 털어 그의 수천 병사를 먹이고 진지를 철수한 뒤 비터브리지로 진군했다.

성벽 위로 모습을 드러낸 카스웰 부인이 메리웨더 부인과 같은 항복 조건을 요구하자, 하이타워는 다에론 왕제가 대신 답변하도록 했다. "그대는 그대가 내 조카 마엘로르에게 한 그대로 돌려받을 겁니다." 부인은 비터브리지가 약탈당하는 광경을 그저 바라볼 수밖에 없었다. 돼지머리 여관이 제일 먼저 불타올랐다. 여관, 길드 건물, 창고, 유력자와 빈민의 집 모두 드래곤의 화염이 집어삼켰다. 부상자 수백 명이 안에서 신음하던 성소마저도 불길을 피하지 못했다. 오직 맨더강을 건너는 데 필요한 다리만이 무사했다. 마을 주민들은 저항하거나 도망치려다가 검에 맞아 죽거나 강으로 내몰려 물에 빠져 죽었다.

성벽 위에서 그 참극을 물끄러미 바라보던 카스웰 부인은 성문을 열라고 지시했다. "어떤 성도 드래곤 앞에서는 버틸 수 없지 않느냐." 그녀가 수비대에게 말했다. 앞으로 말을 달려 나온 하이타워 공은 그녀가 올가미를 목에 걸고 문루 위에 선 모습을 보았다. 카스웰 부인은 "제발 제 아이들에게 자비를 베풀어주세요"라고 애원하고는 뛰어내려 스스로 목매달아 죽었다. 부인의 죽음이 오르문드 공의 마음을 움직였는지, 그녀의 어린 아들딸들은 목숨을 건졌고 쇠사슬로 묶인 채 올드타운으로 끌려갔다. 성의 수비대는 그런 자비 없이 전원 처형당했다.

리버랜드에서는 하렌홀을 버린 크리스톤 콜 경이 신의 눈 호수의 서쪽 호반을 따라 3600명의 병사(전사, 질병, 탈영 등으로 킹스랜딩에서 출발했을 때보다 병력이 줄었다)를 이끌고 남하했다. 아에몬드 왕제는 이미 바가르를 타고 떠난 다음이었다.

텅 빈 성은 사흘 만에 사비타 프레이 부인이 내려와 냉큼 점령했다. 그 안에는 유모이자 마녀라고 알려졌으며 아에몬드 왕제가 하렌홀에 머무르는 동안 침대 시중을 들던 여인인 알리스 리버스만이 있었다. 그녀는 왕제의 아이를 가졌다고 주장했다. "내 안에는 드래곤의 사생아가 있어." 신의 숲 속에서 벌거벗은 알리스가 한 손을 부풀어 오른 배에 얹고는 말했다. "아이의 불길이 내 자궁을 핥는 것이 느껴져."

아에몬드 타르가르옌이 지핀 불길은 그녀의 아기뿐만이 아니었다. 더는 성이나 군대에 얽매이지 않게 된 애꾸눈 왕제는 어디든 마음껏 날아갈 수 있었다. 과거에 정복자 아에곤과 누이들이 드래곤의 화염으로 싸운 것처럼, 바가르가 가을 하늘에서 몇 번이고 내려와 강의 영주들의 땅과 마을과 성을 폐허로 만들었다. 왕제의 분노를 처음으로 겪은 건 대리 가문이었다. 한창 추수 중이던 농민들은 작물과 함께 불타거나 혼비백산하여 달아났고, 대리성은 화염 폭풍에 휩싸였다. 대리 부인과 어린 자식들은 성채 밑의 지하실에 숨어 목숨을 건졌으나, 영주인 남편과 후계자 아들은 흉벽 위에서 맹약검사와 궁수 40여 명과 함께 분사했다. 사흘 후에는 해로웨이 마을이 잿더미가 되어 연기를 내뿜었다. 로드스밀, 블랙버클, 버클, 클레이풀, 스윈포드, 스파이더우드…… 바가르의 분노가 차례로 쏟아지며 리버랜드의 거의 모든 곳이 활활 타오르는 듯했다.

크리스톤 콜 경도 불길과 마주쳤다. 병사들을 닦달하여 리버랜드를 가로지르며 남하하던 그의 앞뒤로 연기가 피어올랐다. 그가 발견한 마을은 모조리 불에 타고 텅 비어 있었다. 강의 영주들이 그의 진군로를 따라 미리 불을 질러놓았기에, 그의 병대는 며칠 전만 해도 생생히 살아 있던 수림 대신 죽은 나무로 가득한 숲 사이를 이동했다. 개울과 연못과 마을 우물마다 죽음의 흔적을, 부풀어 오르고 악취를 풍기는 마소와 인간의 사체를 발견했다. 정찰병들은 다른 곳에서 갑옷을 입은 시신들이 썩어가는 옷가지를 걸치고 나무 아래 앉아 기괴한 만찬을 흉내 내는 듯한 섬뜩한 광경과 마주쳤다. 그 만찬의 하객들은 녹슨 투구 밑으로 해골이 이를 드러내며 웃고 퍼렇게 썩은 살점이 뼈에서 벗겨져 나간 '물고기밥'의 전사자들이었다.

하렌홀을 떠난 지 나흘이 지나자 공격이 시작되었다. 나무 사이에 숨은 궁수들이 장궁으로 척후병과 낙오병들을 제거했다. 병사들이 죽었다. 병사들이 후위에서 뒤처지고 다시는 보이지 않았다. 병사들이 방패와 창을 내팽개치고 도망쳐 숲속으로 사라졌다. 병사들이 적들에게 넘어갔다. 크로스드엘름스라는 마을의 공유지에서 섬뜩한 만찬이 또다시 발견되었다. 그런 광경에 익숙해진 크리스톤 경의 척후병들은 얼굴을 찌푸리고 썩어가는 시체들을 무시한 채 계속 앞으로 나아갔으나, 별안간 시체들이 벌떡 일어나 그들을 덮쳤다. 그것이 함정이었음을 알아차렸을 때는 이미 십여 명이 죽은 다음이었다. 계략을 꾸민 장본인은 밴스 공 휘하의 미르 출신 용병이자 한때 배우였던 검은 트롬보라는 자로 훗날 알려졌다.

이 모두 전초전이었을 뿐이고, 그동안 트라이던트의 영주들은 병력을 모으고 있었다. 호수를 뒤로하고 육로로 블랙워터강을 향하던 크리스톤 경은 어느 바위 능선에서 그를 기다리는 적과 맞부딪쳤다. 말 탄 중장기사 300명, 같은 수의 장궁병, 궁수 3000명, 누더기를 걸친 리버랜드 창병 3000명, 도끼와 쇠메와 가시 박힌 철퇴와 낡은 철검을 휘두르는 북부인 수백 명이었다. 라에니라 여왕의 깃발이 그들의 머리 위에서 휘날렸다. "저들은 누군가요?" 적들이 나타났을 때 여왕의 깃발 외에는 자신들의 문장을 드러내지 않았기에, 한 종자가 물었다.

"우리의 죽음이다." 크리스톤 콜 경이 대답했다. 적들은 생기 넘치고 보급도 더 좋으며 군마와 무장 모두 우월하고 고지대에 포진한 반면, 그의 부하들은 지치고 병약하며 사기도 땅에 떨어진 까닭이었다.

아에곤 왕의 수관은 화평 깃발을 들고 적들과 대화를 나누고자 앞으로 말을 달렸다. 그러자 능선에서 세 명이 내려와 그를 맞이했다. 그들의 우두머리는 찌그러진 경번갑을 걸친 가리볼드 그레이 경이었다. 제이슨 라니스터를 참살한 사자살해자, 롱리프의 페이트와 '물고기밥'에서 얻은 상처가 선명한 폐허의 로디가 동행했다. "내가 깃발을 내리고 항복한다면, 우리 목숨을 보장해주겠소?" 크리스톤 경이 세 사내에게 물었다.

"먼저 죽은 이들에게 약속한 게 있소만." 가리볼드 경이 대꾸했다. "그들을 위해 반역자들의 뼈로 성소를 지어주겠다고 했지. 하지만 아직 뼈가 턱없이 부족해서 말이오……."

크리스톤 경이 대답했다. "여기서 전투가 벌어진다면 그대들의 병사도 많이 죽을 거요." 그 말에 북부인 로데릭 더스틴이 너털웃음을 터뜨리며 말했다. "그게 우리가 온 이유라네. 겨울이 왔네. 이제 떠날 시간이란 말이지. 검을 들고 죽는 것보다 더 나은 게 뭐가 있겠나?"

크리스톤 경이 검집에서 장검을 뽑으며 말했다. "원하는 대로. 여기서 우리 넷이 시작할 수 있겠군. 나 홀로 그대들 셋을 상대로. 이 정도면 싸우기에 충분하겠소?"

그러나 사자살해자 롱리프가 말했다. "셋을 더 추가하겠어." 그러자 능선 위에서 붉은 롭 리버스와 부하 궁수 두 명이 장궁을 들어 올렸다. 화살 세 개가 날아와 콜의 배와 목과 가슴에 박혔다. "네가 얼마나 용감하게 죽었는지 따위를 노래하는 일은 없을 거다, 킹메이커. 너 때문에 죽은 사람이 수만 명이야." 롱리프가 시체에 대고 일갈했다.

그 후 벌어진 전투는 이 내전에서 가장 일방적인 전투 중 하나였다. 로데릭 공이 전투 뿔나팔을 불어 돌격을 명령하자 여왕의 병사들이 소리를 지르며 능선을 달려 내려왔고, 그 선두에는 텁수룩한 북부의 말을 탄 겨울

늘대들과 무장한 전투마를 탄 기사들이 있었다. 크리스톤 경이 죽어 땅에 쓰러지자, 하렌홀에서 그를 따라온 병사들은 전의를 잃었다. 그들은 방패를 옆으로 내던지고 앞다퉈 도망쳤다. 적들이 그들을 뒤쫓으며 수백 명씩 베어 넘겼다. 이후 가리볼드 경은 "오늘 우리가 한 건 전투가 아니라 도살이었다"라고 말했다고 한다. 머시룸은 보고를 듣고 그 전투에 '도살자의 무도회'라는 이름을 붙였고, 쭉 그렇게 알려졌다.

드래곤들의 춤 도중 있었던 특이한 사건 하나가 이 무렵에 벌어졌다. 전설에 따르면, 영웅 시대에 드래곤 우락스를 쓰러뜨린 거울 방패 세르윈은 표면이 너무도 매끈하여 드래곤이 반사된 제 모습만 볼 수 있었던 방패 뒤에 웅크려 숨었다고 한다. 영웅은 이 점을 이용하여 살금살금 다가가 창으로 드래곤의 눈을 찔러 죽이고 지금까지도 전하는 이름을 얻었다. 스톤헬름 영주의 차남이었던 바이런 스완 경이 그 이야기를 들어보았으리라는 건 의심할 여지가 없다. 그는 창과 은을 입힌 강철 방패를 들고 종자만을 대동한 채 세르윈이 했던 것처럼 드래곤을 죽이려고 나섰다.

여기서 이야기가 엇갈리는데, 문쿤은 스완이 아에몬드 왕제의 습격을 끝내고자 바가르를 죽이려고 했다고 적었으나, 명심할 것은 문쿤이 대부분 오르월 대학사의 기록을 참고하였고 이 일이 일어났을 때 오르월은 지하감옥에 갇혀 있었다는 사실이다. 레드킵에서 여왕의 곁에 있었던 머시룸은 바이런 경이 다가간 드래곤이 라에니라의 시락스였다고 전한다. 유스타스 성사는 그가 집필한 연대기에 이 사건을 전혀 언급하지 않았지만, 수년 후 한 편지에 그 드래곤 사냥꾼이 선파이어를 죽이고자 했다고 적었다……. 하지만 그가 착각했음이 분명하니, 당시에는 선파이어의 행방이 알려지지 않았기 때문이다. 세 사료 모두 거울 방패 세르윈에게 영원한 명성을 안겨준 계책이 바이런 스완 경에게는 죽음만을 가져다주었다는 데 일치한다. 어느 드래곤을 죽이려 했든지, 그 드래곤은 기사가 다가오는 기

척을 느끼고 화염을 내뿜어 거울 방패를 녹이고 그 뒤에 웅크린 남자를 구워버렸다. 바이런 경은 비명을 지르다 죽었다고 한다.

AC 130년 처녀의 날, 올드타운의 시타델은 흰 큰까마귀 300마리를 날려 겨울이 왔음을 알렸으나 머시룸과 유스터스 성사 둘 다 이때가 라에니라 타르가르옌 여왕에게는 한여름과 같았다고 전한다. 킹스랜딩 주민들의 민심을 잃었지만, 도성과 왕관은 그녀의 것이었다. 협해 너머에서는 삼두정이 내분을 일으키기 시작했다. 바다는 벨라리온 가문의 것이었다. 눈이 내려 달의 산맥으로 통하는 산길이 봉쇄됐으나, 협곡의 처녀는 배편으로 병사를 보내 여왕의 군대에 가세하게 함으로써 약속을 지켰다. 다른 선단이 맨덜리 공의 아들 메드릭과 토르헨이 이끄는 화이트하버의 전사들을 싣고 왔다. 모든 방면에서 라에니라 여왕의 힘이 불어나는 동안 아에곤 왕의 힘은 줄어들었다.

그러나 제압되지 않은 적이 남아 있는 한 전쟁에서 승리했다고 볼 수는 없는 법이다. 킹메이커 크리스톤 콜 경은 타도되었지만, 왕국 어딘가에 그가 만든 왕 아에곤 2세가 여전히 자유의 몸으로 살아 있었다. 아에곤의 딸 재해이라도 잡지 않았다. 녹색 회의에서 제일 난해하고 교활한 인사인 곤봉발 라리스 스트롱도 자취를 감추었다. 스톰스엔드는 아직도 여왕의 친구가 아닌 보로스 바라테온 공이 지배하고 있었다. 라니스터 가문도 라에니라의 적에 포함되었으나, 제이슨 공이 죽고 서부의 정예 대부분이 물고기밥에서 전사하거나 뿔뿔이 흩어진 데다 붉은 크라켄이 페어섬과 서부 해안을 침략하면서 캐스털리록은 극심한 혼란에 빠져 있었다.

아에몬드 왕제는 트라이던트에서 공포의 상징이 되었다. 하늘에서 내려와 리버랜드에 불벼락과 죽음을 내리고 사라진 뒤, 바로 다음 날에 500리 떨어진 곳을 덮쳤다. 바가르의 화염은 올드윌로와 화이트윌로를 잿더미로 만들고 호그홀에는 검게 탄 돌 더미만 남겼다. 메리다운델에서는 주민

30명과 양 300마리가 드래곤의 불에 타 죽었다. 그 후 친족살해자는 돌연히 하렌홀로 돌아가 성안의 모든 목조 건물을 불태웠다. 기사 6명과 중장병 40여 명이 드래곤을 죽이려다 전사했고, 사비타 프레이 부인은 뒷간에 숨어 간신히 목숨을 부지했다. 그녀는 곧 트윈스로 달아났지만…… 귀중한 인질이었던 마녀, 알리스 리버스가 아에몬드 왕제를 따라 탈출했다. 이러한 공격에 관한 소문이 퍼지자, 다른 영주들은 두려움에 찬 눈으로 하늘을 올려다보며 다음은 누구일지 근심했다. 메이든풀의 무튼 공, 더스큰데일의 다클린 부인, 레이븐트리의 블랙우드 공이 여왕에게 급보를 전해 여왕의 드래곤들로 그들의 영지를 지켜달라고 애걸했다.

하지만 라에니라의 왕권에 가장 큰 위협은 애꾸눈 아에몬드가 아니라 그의 동생 '과감한' 다에론 왕제와 오르문드 하이타워 공이 이끄는 거대한 남부군이었다.

맨더강을 건넌 하이타워군은 킹스랜딩을 향해 느릿느릿 진군했고, 도중 맞닥뜨리는 모든 여왕군을 격파하고 영주들에게 무릎을 꿇도록 강요한 뒤 그들의 병력을 징발했다. 다에론 왕제는 테사리온을 타고 본대의 앞을 날았고, 오르문드 공에게 적의 움직임을 알리며 매우 유용한 정찰병 역할을 했다. 여왕의 병사들은 대부분 '푸른 여왕'의 날개가 보이면 바로 꽁무니를 뺐다. 문쿤 대학사는 강의 상류로 진군한 남부의 대군이 그 숫자가 2만을 넘었고, 열 중 하나가 말을 탄 기사였다고 기록했다.

이 모든 위협을 인식한 라에니라 여왕의 늙은 수관, 코를리스 벨라리온 공은 여왕에게 대화할 시간이 왔다고 아뢰었다. 그는 바라테온, 하이타워, 라니스터 공에게 무릎을 꿇고 충성을 맹세한 뒤 철왕좌에 인질을 바친다면 사면하겠다는 제안을 보내라고 여왕에게 권유했다. 또한 알리센트 왕대비와 헬라에나 왕비를 종단에 맡겨 그들이 기도와 명상으로 여생을 보내게끔 하자고 제안했다. 헬라에나의 딸 재해이라는 그가 대녀로 맡아서 키우고, 나이가 차면 작은 아에곤 왕자와 결혼시켜 둘로 나뉜 타르가르옌 가문을 다시 하나로 합치자고도 했다. "그렇다면 내 이복 남동생들은?" 바다뱀이 그의 구상을 밝히자, 여왕이 다그쳤다. "거짓 왕 아에곤과 친족살해자 아에몬드는 어떻게 되는 것이오? 내 왕좌를 훔치고 아들들을 죽인 그놈들도 용서하란 말이오?"

"살려서 장벽으로 보내십시오." 코를리스 공이 대답했다. "검은 옷을 입고 평생을 성스러운 맹세에 묶인 밤의 경비대원으로 살게 하십시오."

"맹세파기자들에게 맹세가 무슨 의미가 있단 말이오?" 라에니라가 닦달했다. "놈들이 내 왕좌를 강탈할 때 그들이 한 맹세는 전혀 소용이 없지 않았소?"

다에몬 왕자도 여왕의 염려에 동의했다. 그는 반역자들에게 사면을 내리는 건 새로운 반란의 씨앗을 뿌리는 짓에 불과하다고 주장했다. "전쟁은 '왕의 문' 위에 역도들의 머리가 말뚝에 박혀 내걸리기 전까지는 끝나지 않을 것이오." 어딘가 숨어 있을 아에곤 2세는 시간이 지나면 찾아내겠지만, 아에몬드와 다에론과는 전쟁을 치러야 마땅했다. 라니스터와 바라테온 가문도 멸족하고 그들의 영지와 성을 충성을 증명한 이들에게 내려야 했다. 그렇게 스톰스엔드는 울프 화이트에게, 캐스털리록은 단단한 휴 해머에게 하사하자는 것이 왕자의 제안이었다. 바다뱀은 그 말을 듣고 기겁했다. "우리가 그토록 유서 깊은 명문가 두 곳을 파멸시키는 잔인한 짓을 한다면, 웨스테로스의 귀족 대부분이 우리에게 반기를 들 것이외다."

부군과 수관 중 누구의 손을 들지는 여왕의 몫이었다. 라에니라는 중도의 길을 선택했다. 그녀는 스톰스엔드와 캐스털리록에 공정한 조건과 사면을 제의하기로 하였으나…… 먼저 전장에 남아 있는 찬탈자의 두 아우를 쓰러뜨린 다음에 사절을 보낼 것이었다. "그 둘이 죽으면 나머지는 무릎을 꿇겠지. 그들의 드래곤도 참살하여 머리를 알현실의 벽에 걸어놓겠다. 후세에도 사람들이 그것을 보게 하여 반역의 대가가 무엇인지 알게 할지어다."

물론 킹스랜딩의 방비가 소홀해지는 일은 없어야 했다. 라에니라 왕비와 시락스는 신변의 위험을 감수해서는 안 되는 그녀의 아들 아에곤과 조프리와 함께 도성에 남기로 했다. 아직 열세 살이 채 안 된 조프리는 전사로서 무예를 증명할 기회를 갈망했으나, 공격을 당하면 티락세스가 레드킵을 지키는 어머니를 도와야 한다는 말에 진지하게 그리하겠다고 맹세했다. 바다뱀의 후계자 아담 벨라리온도 시스모크와 함께 도성에 남을 것이었다. 드래곤 세 마리라면 킹스랜딩 수비에 충분할 테니, 나머지는 전장으로 향했다.

다에몬 왕자가 몸소 카락세스를 타고 트라이던트로 향하고 소녀 네틀스와 십스틸러가 동행하여 함께 아에몬드 왕제와 바가르를 찾아서 제거할 것이었다. 울프 화이트와 단단한 휴 해머는 킹스랜딩에서 남서쪽으로 500리 거리에 있는, 하이타워 공과 도성 사이에 남은 마지막 여왕파 요새, 텀블턴으로 날아가 마을과 성의 수비를 돕고 다에론 왕제와 테사리온을 죽이기로 했다. 코를리스 공은 왕제를 사로잡아 인질로 삼는 게 어떻겠느냐고 제의했다. 그러나 라에니라 여왕은 뜻을 굽히지 않았다. "그 녀석이 언제까지 소년으로 남겠소? 어른이 되면 언제고 내 아들들에게 복수하려 할 것이오."

그 계획에 관한 이야기가 왕대비의 귀에 닿자 그녀는 공포에 질렸다. 아들들의 목숨을 염려한 알리센트 왕대비는 철왕좌 앞으로 가 무릎을 꿇고 화평을 애원했다. 이때 '사슬에 묶인 왕대비'는 왕국을 나누는 방안을 제시했다. 라에니라는 킹스랜딩과 국왕령, 북부, 아린 협곡, 트라이던트가 흐르는 모든 영지 그리고 섬들을 가지고, 아에곤 2세는 스톰랜드와 서부, 리치를 차지하고 올드타운에서 통치한다는 것이었다.

라에니라는 계모의 제안을 비웃으며 퇴짜를 놓았다. "당신의 아들들이 신의를 지켰다면 지금 내 궁중의 요직에 앉았을 수도 있었어." 여왕이 언명했다. "하지만 놈들은 내 권리를 강탈하려 했고, 그놈들 때문에 내 착한 아들들이 죽었지."

"다들 사생아였고, 싸우다가 죽지 않았느냐." 알리센트가 대답했다. "내 손자들은 아무런 죄도 없는 데도 잔혹하게 살해당했다. 얼마나 더 많은 사람이 죽어야 네 복수에 대한 갈증을 가라앉힐 수 있겠느냐?"

왕대비의 말은 라에니라의 분노를 더욱더 키웠을 뿐이었다. "거짓말은 더 용납하지 않겠다." 그녀가 경고했다. "사생아를 또 언급하면 그 혀를 뽑아버리겠다." 유스터스 성사가 그렇게 기록했고, 문쿤도 《실록》에서 같은 내용을 전한다.

여기서 머시룸의 이야기는 또다시 상반된다. 난쟁이를 믿자면 라에니라

는 단순한 협박에 그친 게 아니라, 그 자리에서 계모의 혀를 뽑으라고 명령했다. 다만 미저리 부인의 말에 여왕이 멈추었다고 어릿광대는 주장하는데, '하얀 벌레'는 더 잔인한 처벌을 제안했다고 한다. 아에곤 왕의 아내와 어머니는 쇠사슬에 묶여 어느 매음굴로 보내졌고, 그들을 원하는 아무 남자에게나 팔렸다는 것이다. 화대는 비쌌다. 알리센트 왕대비는 드래곤 금화 한 닢, 더 젊고 아름다운 헬라에나 왕비는 금화 세 닢이었다. 그런데도 왕비를 품는 대가로는 저렴하다고 생각한 이가 도성에 많았다고 머시룸은 전한다. "임신할 때까지 그곳에 놔두도록 하지요"라고 미저리 부인이 말했다고 한다. "툭하면 사생아가 어쩌고 하니, 각자 사생아를 하나씩 낳게 하는 겁니다."

남자의 정욕과 여자의 잔인함은 반박할 수 없는 사실이나, 여기서는 머시룸을 신뢰할 수 없다. 물론 그러한 이야기가 킹스랜딩의 술집과 급식소에서 돌았다는 건 의심할 여지가 없지만, 아마 그 시작은 나중에 아에곤 2세 자신의 잔혹한 처사를 정당화하고자 했을 때였을 것이다. 난쟁이는 사건들이 일어난 지 수십 년이 지난 다음에나 구술하였으니, 잘못 기억하였을 수도 있다는 점을 명심해야 한다. 그러니 '사창가의 왕비들'에 대해서는 이만 각설하고, 전장으로 떠난 드래곤들을 살펴보도록 하겠다. 카락세스와 십스틸러는 북쪽으로, 버미토르와 실버윙은 남서쪽으로 향했다.

거대한 맨더강의 원류에 자리잡은 텀블턴은 번창하는 시장 마을이자 푸틀리 가문의 본성이었다. 마을을 굽어보는 성은 튼튼하긴 해도 작고 수비대가 40명밖에 되지 않았지만, 비터브리지와 롱테이블 그리고 더 남쪽에서 올라온 병력 수천 명이 합류했다. 강의 영주들이 이끄는 강병이 도착하며 군세는 더욱 불어났고, 그들의 결의도 확고해졌다. '도살자의 무도회'에서 승리를 거둔 가리볼드 그레이 경과 크리스톤 콜 경의 머리를 창대에 매단 사자살해자 롱리프, 붉은 롭 리버스와 궁수들, 마지막까지 살아남은 겨울 늑대들 그리고 블랙워터강 주변에 영지가 있는 지주기사와 군소 영주들도 도착했는데, 그중 유명 인사로는 요어의 모스랜더와 미들턴의 가릭 홀, '대담한' 메렐 경과 오웨인 버니 공 등이 있었다.

《실록》에는 텀블턴에 모인 라에니라 여왕의 병사들이 9000명에 달했다고 기록되어 있다. 사가(史家)에 따라 그 숫자는 최대 1만 2000명에서 최소 6000명으로 달라지는데, 확실한 것은 여왕의 군대가 하이타워 공의 군대보다 수적으로 매우 열세했다는 것이다. 그러니 텀블턴의 방어자들은 버미토르와 실버윙과 그들을 탄 기수들의 도착을 무척 반겼을 것이다. 어떤 참혹한 일들이 기다리는지는 상상조차 하지 못하고.

'텀블턴의 배반'으로 알려진 사건이 어떻게, 언제 그리고 왜 벌어졌는지는 아직도 큰 논쟁거리로 남아 있고, 모든 진실이 알려지는 날은 아마 오지 않을 것이다. 하이타워 공의 군대를 피해 마을로 쏟아져 들어온 피난민 일부가 미리 수비군 사이에 침투하기 위해 보내진 하이타워 병사들이었던 것으로 보인다. 강의 영주들이 남하할 때 합류한 블랙워터 귀족 중 두 명—오웨인 버니 공과 로저 콘 경—은 아에곤 2세를 비밀리에 지지하던 자들이었음이 확실하다. 그러나 그들의 배신은 울프 화이트 경과 휴 해머 경이 그때 변심하지 않았더라면 별 영향을 미치지 못했을 것이다.

우리가 그 둘에 관해 아는 내용은 대부분 머시룸에게서 비롯되었다. 난쟁이는 두 드래곤 기수의 천박함을 설명하는 데 말을 아끼지 않았고, 전자는 주정뱅이, 후자는 짐승이라고 불렀다. 머시룸은 둘 다 비겁자였다고 전한다. 두 사내가 햇살에 번쩍이는 창끝이 수십 리에 걸쳐 이어지는 오르문드 공의 대군을 보고 맞서 싸우기보다 전향하기로 마음먹었다는 것이다. 그러나 드리프트마크에서는 둘 다 비처럼 쏟아지는 창과 화살에도 두려워하지 않고 싸웠다. 테사리온을 상대하기가 꺼려졌을 수도 있다. 걸릿 해전에서는 모든 드래곤이 같은 편이 아니었던가. 이 역시 그럴듯한 설이나…… 버미토르와 실버윙 모두 다에론 왕제의 드래곤보다 나이가 많고 덩치가 큰 드래곤이어서, 전투를 벌였다면 이겼을 가능성이 높았다.

다른 이들은 화이트와 해머의 배신은 비겁함이 아니라 탐욕이 이유였다고 말한다. 그들은 명예에 별 의미를 두지 않았고, 단지 부와 권력을 탐냈다. 걸릿 해전과 킹스랜딩 함락 이후 기사 작위를 받기는 했으나, 영주가 되기를 열망했던 그들은 라에니라 여왕이 하사한 작은 봉토를 하찮게 여겼다. 로스비 공과 스토크워스 공이 처형되었을 때 죽은 영주들의 딸들과의 혼사를 통해 화이트와 해머에게 영지와 성을 내리는 방안이 검토되었으나, 여왕은 역도의 아들들이 상속하는 것을 허락하였다. 그 후 그들 앞에 대롱대롱 내밀었던 스톰스엔드와 캐스털리록마저도 은혜를 모르는 여왕은 주기를 거부하지 않았던가.

그들은 아에곤 2세가 철왕좌를 되찾는 데 거든다면 더 후한 대접을 받으리라고 기대한 것이 분명했다. 곤봉발 라리스나 그의 수하를 통해 어떤 은밀한 제안을 받았을지도 모르지만, 이는 입증되지 않았고 입증할 수도 없는 설이다. 둘 다 글을 읽거나 쓰지 못했으므로, 무엇이 '두 배신자'(역사는 그렇게 기록한다)로 하여금 그런 짓을 하게 했는지는 알 길이 없다.

그러나 텀블턴 전투에 대해서는 알려진 바가 많다. 가리볼드 그레이 경이 지휘하는 여왕군 6000명이 전장에서 하이타워 공의 군과 맞섰다. 그들은 한동안 용감하게 싸웠지만, 오르문드 공의 궁수대가 소나기처럼 퍼부은 화살에 전열이 얇아진 뒤 중기병들의 우레 같은 돌격에 와르르 무너졌고, 살아남은 이들은 마을 성벽을 향해 허겁지겁 달아났다. 붉은 롭 리버스와 그의 궁수들이 성벽 위에서 장궁으로 후퇴하는 병력을 엄호했다.

생존자들이 대부분 마을 안으로 들어오자, 폐허의 로디와 겨울 늑대들이 뒷문으로 빠져나와 무시무시한 북부의 전투 함성을 지르며 공격자의 좌측을 덮쳤다. 그 후 벌어진 혼란 속에서 북부인들은 열 배가 넘는 적들을 돌파하고 아에곤 왕의 황금 드래곤 깃발과 올드타운과 하이타워의 깃발 아래서 군마 위에 앉아 있던 오르문드 하이타워 공 앞에 이르렀다.

가수들은 로데릭 공이 머리끝부터 발끝까지 피에 젖었고 방패는 산산이 조각났으며 투구도 깨졌지만, 전투에 취한 나머지 온몸을 뒤덮은 상처를 느끼지 못하는 듯한 모습으로 달려들었다고 노래한다. 오르문드 공의 사촌 브린던 하이타워 경이 주군과 북부인 사이를 가로막고 긴 도끼를 맹렬하게 휘둘러 로데릭이 방패를 든 팔을 어깨에서 잘라냈으나…… 사나운 배로턴의 영주는 전투를 계속하여 쓰러지기 전에 브린던 경과 오르문드 공을 참살했다. 하이타워 공의 깃발이 쓰러지자 주민들은 환호하며 전세가 뒤집혔다고 생각했다. 들판 멀리 나타난 테사리온의 모습에도 당황하지 않았으니, 그들에게 드래곤이 두 마리가 있음을 알기 때문이었다. 그러나 하늘로 솟아오른 버미토르와 실버윙이 텀블턴에 화염을 내뿜자, 그들의 환호는 비명으로 바뀌었다.

'불의 들판'의 축소판이었다고, 문쿤 대학사는 적었다.

텀블턴의 상점, 집, 성소, 주민 전부 화염에 휩싸였다. 사람들이 불타며 문루와 흉벽에서 떨어지거나, 비명을 지르고 마치 수많은 살아 있는 횃불처럼 활활 타오르며 거리에서 허우적거렸다. 성벽 밖에서는 다에론 왕제가 테사리온으로 적을 덮쳤다. 롱리프의 페이트는 낙마한 뒤 짓밟혀 죽었고, 가리볼드 그레이 경은 노궁 화살을 맞은 다음 드래곤의 화염에 삼켜졌다. '두 배신자'는 마을 양 끝을 오가며 화염의 채찍을 휘둘렀다.

로저 콘 경과 그의 부하들은 그때 본색을 드러내며 마을 성문을 지키는 병사들을 베어 죽이고 문을 활짝 열어 공격자들을 안으로 들였다. 오웨인 버니 공도 성안에서 행동을 개시해 창으로 '대담한' 메렐 경의 등을 찔렀다.

그 후 벌어진 약탈은 웨스테로스의 역사에서 손꼽히는 참사였다. 그토

록 번창한 시장 마을이었던 텀블턴은 잿더미와 불씨만 남았다. 수천 명이
불타 죽고 그에 못지않은 숫자가 강을 헤엄치려다가 물에 빠져 죽었다. 훗
날 어떤 이들은 차라리 그들이 운이 좋았다고 말했다. 생존자에게는 어떠
한 자비도 베풀어지지 않았기 때문이다. 푸틀리 공의 병사들은 검을 내던
지고 항복했으나, 결박당한 뒤 목이 잘렸다. 불길에서 살아남은 마을 여자
들은 예닐곱 살밖에 안 되는 어린 소녀까지도 수없이 강간당했다. 노인들
과 소년들이 학살당하는 동안, 드래곤들은 그들이 태워 죽인 비틀리고 연
기 나는 시체들을 먹어치웠다. 텀블턴은 다시는 예전 성세를 회복하지 못
했다. 이후 푸틀리 가문이 폐허 위에 또 마을을 세웠지만, 그 '새로운 마을'

은 평민들이 땅 자체가 귀신 들렸다고 꺼린 탓에 예전 규모의 10분의 1에도 미치지 못했다.

그곳에서 북쪽으로 1600리가량 떨어진 지점에서는 다른 드래곤들이 트라이던트의 하늘을 날았다. 다에몬 타르가르옌 왕자와 작은 갈색 소녀 네틀스가 애꾸눈 아에몬드를 찾아다녔지만, 아무런 성과가 없었다. 그들은 바가르가 언제 마을을 덮칠지 두려움에 떨던 맨프리드 무튼 공의 초청으로 메이든풀에서 머물렀다. 아에몬드 왕제는 대신 달의 산맥 기슭의 작은 언덕에 있는 스토니헤드를 공격했다. 그린포크의 스위트윌로와 레드포크의 샐리댄스도 공격을 당했다. 보우샷브리지를 잿더미로 만들고 올드페리와 크론스밀을 불태웠으며, 베체스터의 수녀원을 파괴했다. 바가르는 결코 한곳에 오래 머무르지 않고 언제나 사냥꾼들이 오기 전에 하늘로 사라졌다. 생존자들도 드래곤이 어느 쪽으로 향했는지 확실하게 말하는 경우가 드물었다.

새벽마다 카락세스와 십스틸러는 메이든풀에서 날아올라 리버랜드의 상공 높은 곳에서 점점 넓게 선회하며 아래 어딘가에서 바가르를 발견하기를 바랐지만, 매번 날이 저물면 아무런 소득도 없이 돌아왔다. 《메이든풀 향토지》에 따르면 무튼 공은 드래곤 기수들이 따로 나서서 두 배 넓은 공간을 수색하는 건 어떠냐는 대담한 제안을 했으나, 다에몬 왕자가 거부했다. 왕자는 영주에게 바가르가 정복자 아에곤과 누이들과 함께 웨스테로스로 온 세 드래곤 중 마지막 남은 드래곤임을 상기시켰다. 백 년 전보다는 느리지만, 옛적 '검은 공포'에 거의 필적할 정도로 거대하게 자라나 있었다. 바가르의 화염은 돌을 녹일 만큼 뜨거웠고, 카락세스나 십스틸러도 그 흉포함을 당해낼 수 없었다. 오직 협공으로만 바가르를 격퇴할 수 있다는 것이었다. 그래서 왕자는 밤이나 낮이나, 하늘에서나 성에서나, 소녀 네틀스를 곁에 두었다.

하지만 바가르에 대한 두려움이 다에몬 왕자가 네틀스와 붙어 있던 유일한 이유였을까? 머시룸은 아니라고 한다. 난쟁이의 이야기에 따르면, 다에몬 타르가르옌은 그 작은 갈색 사생아 소녀와 사랑에 빠졌고 그녀와 동침했다.

어릿광대의 증언을 얼마나 믿을 수 있을까? 네틀스는 열일곱, 다에몬 왕자는 마흔아홉이었지만, 어린 처녀가 연상의 남자에게 얼마나 치명적인지는 자명하다. 다에몬 타르가르옌이 여왕에게 충실한 부군이 아니었던 것도 잘 알려진 사실이다. 이런 일에 관해서는 대개 말을 아끼는 유스터스 성사도 왕자가 궁에 있을 때는 밤마다 미사리아 부인에게 들렀다고 적었다. 게다가 여왕의 승인도 있었다고 한다. 또한 그가 젊었을 때는 플리바텀 공이 특히 처녀를 선호한다는 것을 킹스랜딩의 모든 포주가 알았던 터라, 새로 들어온 소녀 중 가장 어리고 예쁘며 순수한 아이를 그를 위해 따로 남겨둘 정도였다.

네틀스가 어렸던 것은 분명하나(왕자가 소싯적 타락시킨 소녀들보다는 어리지 않았겠지만), 그녀가 정말 처녀였을지는 의심이 간다. 스파이스타운과 헐의 거리에서 집도 없고 어미는 물론 돈 한 푼 없이 자라왔으니, 초경을 치른 지 얼마 지나지 않아(혹은 그 전이라도) 자신의 첫날밤을 은화 반 닢이나 빵 껍데기 따위를 받고 팔았을 가능성이 매우 높다. 그리고 네틀스가 십스틸러를 길들이고자 먹였던 그 양들……. 그녀가 어떤 목동에게 치마를 들쳐 올리는 것 외에 그 많은 양을 달리 구할 도리가 있었을까? 더구나 네티는 예쁘다고 할 수도 없었다. 문쿤은 《실록》에 "말라빠진 갈색 드래곤을 탄 말라빠진 갈색 소녀"라고 적었다(문쿤이 직접 그녀를 본 적은 한 번도 없었다). 유스터스 성사는 소녀의 이가 고르지 않았고, 코는 예전에 도둑질에 대한 처벌로 베인 흉터가 있었다고 전한다. 아무리 봐도 왕자가 정부로 삼을 만한 상대는 아니었다.

이를 《머시룸의 증언》과 무튼 공의 학사가 집필한 《메이든풀 향토지》가 반박한다. 노렌 학사는 "다에몬 왕자와 그의 사생아 소녀"가 매일 아침과 저녁을 함께 먹었고 둘의 침실이 붙어 있었으며, 왕자가 "갈색 소녀를 마치 친딸처럼 애지중지했다"고 기술했다. 그는 그녀에게 "기본예절"과 옷을 입는 법과 앉아서 머리를 빗는 법을 가르쳤고, "상아 손잡이 빗, 은을 입힌 거울, 새틴 자락이 달린 짙은 갈색 벨벳 망토, 버터처럼 보드라운 승마화"와 같은 선물을 주었다고 한다. 노렌은 왕자가 소녀에게 씻는 법도 가르쳤다고 전했고, 목욕물을 대령하던 하녀들은 왕자가 곧잘 소녀와 목욕통에 같이 들어갔다고 증언했다. "그녀의 등에 비누질하거나 드래곤 냄새가 묻은 머리를 감겨주었지요. 둘 다 태어날 때처럼 발가벗은 몸이었고요."

이 중 아무것도 다에몬 타르가르옌이 그 사생아 소녀와 동침했다는 증거가 되지는 않으나, 그 후 벌어진 일들을 고려하면 머시룸의 이야기 중에서 그나마 믿을 만한 이야기라고 볼 수밖에 없다. 그러나 그 드래곤 기수들이 밤을 어떻게 보냈든지, 확실한 사실은 그들이 매일 하늘을 샅샅이 뒤지며 아에몬드 왕제와 바가르를 찾아다녔으나 허탕만 쳤다는 것이다. 그러니 여기서 잠시 시선을 돌려 블랙워터만 너머를 살펴보도록 하겠다.

이 무렵 상태가 무척 안 좋은 '네사리아'라는 이름의 외돛 상선이 수리와 보급을 위해 드래곤스톤성 아래의 포구에 느릿느릿 들어왔다. 펜토스에서 볼란티스로 돌아가던 중 폭풍에 휩쓸려 항로를 이탈했다는 사연이었는데, 볼란티스 선원들은 바다에서 으레 겪는 위험에 대한 이야기에 기묘한 부분을 추가했다. 서쪽으로 향하던 네사리아호 앞에 석양을 뒤로한 드래곤몬트의 거대한 모습이 드러났을 때, 선원들은 두 드래곤이 싸우는 광경을 목격했다. 드래곤들의 포효는 연기 나는 산 동쪽 등성이의 깎아지른 듯한 검은 절벽에 메아리쳤다고 한다. 그 이야기는 부둣가의 모든 선술집과 여관과 매음굴로 퍼져나가 반복되고 윤색되었고, 곧 드래곤스톤에서 모르는 이가 없게 되었다.

볼란티스의 사람들에게 드래곤은 경이로운 존재였다. 두 드래곤이 싸우는 장면은 네사리아호의 선원들이 절대 잊지 못할 광경이었다. 드래곤스톤에서 나고 자라 그 짐승들과 함께 살아온 이들에게도 선원들의 이야기는 흥미를 일으켰다. 이튿날 아침, 드래곤몬트의 반대편으로 배를 저어간 어부들이 돌아와 산기슭에서 불타고 부서진 드래곤의 사체를 보았다고 전했다. 날개와 비늘의 색깔로 보아 사체는 그레이고스트였다. 드래곤은 두 동강이 났고, 갈가리 찢긴 채 일부가 먹힌 모습이었다.

여왕이 드래곤스톤을 떠날 때 수호성주로 임명한 쾌활하고 뚱뚱하기로 유명한 기사, 로버트 퀸스 경은 곧바로 카니발을 범인으로 지목했다. 카니발은 과거에 이렇게까지 흉포한 적은 드물었지만 자기보다 작은 드래곤들을 공격한 사례가 있었기에, 대부분 수호성주의 말이 맞는다고 여겼다. 어부 중 일부는 카니발이 다음으로는 자신들을 공격할까 두려워하고 퀸스에게 기사들을 둥지로 보내 드래곤을 죽이라고 간청했지만, 수호성주는 거절했다. "우리가 녀석을 건드리지 않으면, 카니발도 우릴 건드리지 않을 것이다." 그가 단언했다. 수호성주는 확실히 하기 위해, 패해서 죽은 드래곤의 사체가 있는 드래곤몬트의 동쪽 등성이 아래 바다에서 조업하는 것을 금지했다.

그의 조치는 다에몬 왕자가 첫 부인인 래나 벨라리온과 낳은 활발한 딸, 바엘라 타르가르옌의 성에 차지 않았다. 바엘라는 제멋대로에 고집이 센, 숙녀보다는 소년 같은 열네 살 말괄량이였고, 부친을 쏙 빼닮은 딸이었다. 마르고 키도 작았지만, 그녀는 겁이 없었고 춤과 매사냥과 승마를 위해 살았다. 어릴 적에는 연무장에서 종자들과 몸싸움을 벌여 자주 혼났지만, 최근에는 그들과 입맞춤 놀이를 즐기는 모습이었다. 여왕의 궁중이 킹스랜딩으로 떠난 지 얼마 되지 않아(바엘라 영애는 드래곤스톤에 남았다), 한 설

거지꾼 소년이 바엘라의 조끼 사이에 손을 넣는 광경을 들키고 말았다. 격노한 로버트 경이 소년을 처형대로 보내 죄지은 손을 자르려고 했으나, 바엘라가 눈물을 흘리며 빈 덕에 간신히 처벌을 피할 수 있었다.

"이 아이는 남자를 너무 좋아합니다." 그 사건이 있고 나서 수호성주가 바엘라의 아버지, 다에몬 왕자에게 서신을 보냈다. "그러니 어서 혼인하지 않으면 어느 비천한 자에게 순결을 잃을지도 모릅니다." 하지만 바엘라 영애는 남자보다 하늘을 나는 것을 더 좋아했다. 반년 전 처음 그녀의 드래곤 문댄서를 타고 하늘을 난 이후로 바엘라는 매일매일 하늘을 날았고, 드래곤스톤 곳곳을 누비고 바다를 건너 드리프트마크에 다녀오기도 했다.

모험이라면 언제라도 환영인 그녀는 이제 산의 반대편에서 일어난 일의 진실을 직접 알아보겠다고 나섰다. 소녀는 로버트 경에게 카니발이 무섭지 않다고 말했다. 문댄서가 더 어리고 빠르므로, 여차하더라도 손쉽게 도망칠 수 있다는 이유였다. 하지만 수호성주는 그녀가 그렇게 위험을 무릅쓰는 것 자체를 금했다. 수비대는 바엘라 영애가 성을 빠져나가지 못하도록 막으라는 엄명을 받았다. 그날 밤 수호성주의 명을 어기고 나가려다가 잡힌 영애는 성이 난 채 그녀의 방 안에 갇히는 신세가 되었다.

충분히 이해할 만한 처사였으나, 그 후 일어난 일들을 돌이켜보면 차라리 바엘라 영애가 가보도록 허락했어야 했다. 그랬다면 그때 섬을 빙 돌아가던 한 낚싯배를 발견했을지도 모른다. 그 배에는 '수염 꼬인' 톰이라는 늙은 어부와 그의 아들 '혀 꼬인' 톰 그리고 스파이스타운이 파괴된 후 집을 잃었다는 드리프트마크 출신 '사촌' 두 명이 타고 있었다. 술은 잘 마시지만 그물은 서툴게 다루는 아들 톰은 볼란티스 선원들에게 술을 사주며 드래곤들이 싸운 이야기를 듣는 데 상당한 시간을 보냈다. "회색과 황금색이었지, 햇빛에 비쳐 번쩍거리고." 그중 한 명이 한 말이었다……. 그리고 이제, 두 톰은 로버트 경의 금지령을 어기면서 '사촌'들이 사건의 범인을 쫓을 수 있도록 죽은 드래곤의 불타고 부서진 사체가 널브러진 바위 해변으로 데려가는 중이었다.

그동안 블랙워터만 서쪽 해안에서는 텀블턴의 전투와 배신에 대한 소식이 킹스랜딩에 닿았다. 알리센트 왕대비는 그 소식을 듣고 웃었다고 전한다. "이제 저들은 뿌린 만큼 거둘 것이야." 그녀가 장담했다. 철왕좌에 앉은 라에니라 여왕은 얼굴이 창백하게 질렸고, 즉시 도성의 성문을 걸어 잠그라고 하명했다. 그때부터 아무도 킹스랜딩에 들어오거나 떠나지 못했다. "변절자들이 내 도시 안으로 몰래 들어와 반도들에게 문을 열어주는 일은 없을 것이다." 여왕이 선포했다. 오르문드 공의 군대는 내일이나 모레라도 성벽을 에워쌀 수 있었고, 드래곤을 탄 배신자들은 그보다 일찍 도착할지도 몰랐다.

그 전망에 조프리 왕자는 오히려 흥분했다. "놈들이 오라고 해." 어린 나이의 치기와 죽은 형들을 위한 복수심에 휩싸인 소년이 큰소리쳤다. "내가 티락세스를 타고 상대해주겠어." 그의 어머니는 그 말을 듣고 기겁했다. "안된다. 넌 아직 싸우기에는 너무 어려." 하지만 그녀는 흑색 회의가 다가오는 적을 어떻게 처리할지 토의하는 자리에 아들을 참석하게 했다.

킹스랜딩에는 드래곤 여섯 마리가 남았으나, 레드킵 성벽 안쪽에 있는 드래곤은 여왕의 암컷 드래곤 시락스가 유일했다. 바깥마당의 마구간을 비워 시락스가 지내게 했고, 무거운 쇠사슬로 땅에 매어놓았다. 사슬은 드래곤이 마구간에서 마당까지 움직일 수 있을 정도로 길었지만, 기수 없이 나는 것을 방지했다. 시락스는 사슬에 익숙해진 지 오래였고, 너무 잘 먹어 사냥을 하지 않은 지도 수년이었다.

다른 드래곤들은 드래곤핏에 머물렀다. 육중한 반구형 지붕 아래로 라에니스 언덕을 깎아 만든 거대한 지하 공동 40개가 큰 원을 이루었다. 두꺼운 철문들이 인간이 만든 이 동굴들의 양 끝을 막았고, 안쪽 문은 중앙

구덩이의 모래밭으로, 바깥 문은 언덕 비탈로 이어졌다. 카락세스, 버미토르, 실버윙, 십스틸러가 전장으로 날아가기 전 그곳에 둥지를 틀었었다. 이제 남은 드래곤은 조프리 왕자의 티락세스, 아담 벨라리온의 흐린 잿빛 드래곤 시스모크, 재해이라 공주(도망침)와 그녀의 쌍둥이 형제 재해리스 왕자(사망)의 어린 드래곤 모르굴과 슈리코스…… 그리고 헬라에나 왕비가 아낀 드림파이어까지 다섯 마리였다. 예전부터 필요할 때 즉시 도성의 수비에 임할 수 있도록 적어도 드래곤 기수 한 명이 으레 드래곤핏에서 지내고는 했다. 라에니라가 아들들을 곁에 두기를 원했기에, 그 의무는 아담 벨라리온의 몫이 되었다.

그런데 흑색 회의에서 아담 경의 충성심에 의문을 표하기 시작했다. 드래곤의 씨 울프 화이트와 휴 해머가 적에게 넘어갔다……. 과연 그들만이 배신자일까? 헐의 아담과 네틀스는 어떠한가? 그들 역시 서출로 태어났는데, 그들을 믿어도 되는가?

바티모스 셀티가르 공은 아니라고 생각했다. "사생아들은 본디 간악합니다. 천성이 그런 자들이지요. 적출이 충성을 지킬 때 서출은 쉽게 배신을 하는 법입니다." 그는 여왕에게 남은 두 비천한 드래곤 기수도 그들의 드래곤과 함께 적에게 넘어가기 전에 즉시 사로잡으라고 권유했다. 도시 경비대장 루터 라젠트 경과 퀸스가드 기사단장 로렌트 마브랜드 경을 비롯한 다른 이들도 그 의견에 찬성했다. 화이트하버에서 온 두 형제, 무시무시한 기사 메드릭 맨덜리 경과 그의 영민하고 뚱뚱한 동생 토르헨 경도 그들을 믿지 말라고 충고했다. "위험을 무릅쓸 필요는 없지요." 토르헨 경이 말했다. "적에게 드래곤 두 마리가 더 가세한다면, 우린 끝장입니다."

오직 코를리스 공과 제라디스 대학사만이 드래곤의 씨들을 옹호했다. 대학사는 네틀스와 아담 경이 불충하다는 증거가 없으며, 어떤 판단을 내리기 전에 먼저 합당한 증거를 찾는 것이 현명한 처사라고 말했다. 코를리스 공은 더 나아가 아담 경과 그의 아우 알린은 "참된 벨라리온"이며 드리프트마크를 이어받을 자격이 있는 훌륭한 후계자라고 주장했다. 그리고 네틀스가 지저분하고 추하기는 해도 걸릿 해전에서 용감하게 싸웠음을 상기시켰다. "두 배신자도 그랬습니다"라고 셀티가르 공이 반박했다.

수관의 격렬한 항의와 대학사의 냉정한 반론 전부 헛수고였다. 여왕은 의심하기 시작했다. "여왕은 너무 많은 이에게 너무 많이 배신당한 터라, 누구에 대한 믿음이든 버리기를 서슴지 않았다"라고 유스터스 성사는 적었다. "이제 그녀는 배신에 놀라지 않았다. 가장 사랑하는 이들에게서도 배신을 예상하는 지경에 이르렀던 것이다."

그 말이 사실인지도 모른다. 그러나 라에니라 여왕은 곧바로 행동하는 대신, 이름만 아닐 뿐 그녀의 첩보관이나 마찬가지였던 전직 창녀 겸 무희, 미사리아를 불러들였다. 피부가 우유처럼 새하얀 미저리 부인이 두건이 달리고 피처럼 붉은 비단으로 안을 댄 검정 벨벳 겉옷을 입고 협의회 앞에 섰다. 여왕은 공손히 고개를 숙인 그녀에게 아담 경과 네틀스가 배신할 것 같은지 그녀의 생각을 물어보았다. '하얀 벌레'는 고개를 들어 올리고 부드러운 음성으로 말했다. "그 소녀는 이미 전하를 배신하였습니다. 바로 지금도 전하의 부군과 같은 침대를 쓰고, 곧 그분의 사생아를 배 속에 품을 것입니다."

그때 라에니라 여왕이 격분했다고 유스터스 성사는 적었다. 여왕은 얼음처럼 차가운 목소리로 루터 라젠트 경에게 황금 망토 스무 명을 데리고 드래곤핏으로 가서 아담 벨라리온 경을 체포하라고 명령했다. "엄중히 심문하여 그가 진실한 자인지 거짓된 자인지, 추호도 의심할 여지가 없도록 확인할 것이다." 네틀스에 관해서는, "마녀의 기질이 있는 평범한 계집아이다"라고 선언했다. "내 왕자님이 그런 비천한 것과 누울 리가 없지. 그 아이에게 드래곤의 피는 단 한 방울도 섞이지 않았다는 건 그 아이를 한 번 보는 것만으로도 알 수 있다. 주술을 써서 드래곤을 꾄 것이고, 같은 방법으로 내 남편도 홀린 것이 틀림없다." 여왕은 그 아이에게 빠져 있는 한, 다에몬 왕자도 믿을 수 없다고 말을 이었다. 그리하여 그녀는 메이든풀에 즉시 지시를 보내되, 무튼 공에게만 전달하라고 명령했다. "식사할 때나 침대에 누워 있을 때 덮쳐서 목을 베게 하라. 그렇게 해야만 내 왕자님이 풀려날 것이니."

그렇게 배신은 더 많은 배신을 낳았고, 결국 여왕이 파멸한 원인이 되었다. 여왕이 내린 영장을 든 루터 라젠트 경이 황금 망토들을 이끌고 라에니스 언덕으로 말을 타고 올라갔을 때, 그들 위로 드래곤핏의 문들이 활짝 열렸다. 시스모크가 연한 회색 날개를 펼치고 콧구멍에서 연기를 뿜으며 하늘로 날아올랐다. 누군가 아담 벨라리온 경에게 미리 경고를 보내 탈출하게 한 것이었다. 목적을 이루지 못한 루터 경은 화를 내며 즉시 레드킵으로 귀환했고, 수관의 탑을 박차고 들어가 늙은 코를리스 공을 격하게 붙들며 반역자라고 비난했다. 노인도 부인하지 않았다. 그는 결박당하고 두들겨 맞으면서도 끝내 입을 열지 않았고, 지하감옥으로 끌려간 뒤 검은 감옥 속에 던져져 재판과 처형을 기다리게 되었다.

여왕은 바다뱀과 함께 드래곤의 씨들을 옹호한 제라디스 대학사도 의심했다. 제라디스는 코를리스 공의 배반에 전혀 관여하지 않았다고 항변했다. 라에니라는 그가 오랫동안 자신에게 충성을 바친 것을 고려하여 지하감옥에 가두지는 않았지만, 대학사를 소협의회에서 해임하고 즉시 드래곤스톤으로 돌려보내도록 조치했다. "난 그대가 내 앞에 대고 거짓을 고할 것이라고는 생각하지 않아." 그녀가 제라디스에게 말했다. "하지만 내가 완전히 믿지 못하는 이들을 내 주변에 둘 수는 없어. 그리고 이제는 그대를 볼 때마다 그 네틀스 계집에 대해 주절거리던 모습만 떠오를 뿐이야."

그 와중에 도성에는 텀블턴의 학살에 관한 소문이 파다하게 퍼져 사람들을 공포에 빠트렸다. 시민들은 다음은 킹스랜딩이라고, 드래곤이 드래곤과 싸우고 이번에야말로 도성이 불탈 것이라고 떠들었다. 다가오는 적을 두려워한 시민 수백 명이 달아나려 했으나, 성문에서 황금 망토들에게 제지당해 발걸음을 되돌렸다. 도성 안에 갇힌 이들 중 일부는 불바다가 될 것을 우려하며 깊은 지하실로 피신했고, 어떤 이들은 기도하거나 술에 취하거나 여인네들의 다리 사이에서 쾌락을 찾는 데 열중했다. 밤이 되면 도성의 선술집과 매음굴과 성소는 서로 끔찍한 이야기를 나누며 위안을 찾거나 현실에서 도피하려는 남녀들로 미어터졌다.

　그 어두웠던 시기에 신발 수선 광장에 한 떠돌이 수사가 나타났다. 맨발

에 털이 섞인 거친 셔츠와 허름한 천 바지를 걸쳤고, 더럽고 씻지 않아 시궁창 냄새를 풍기는 허수아비처럼 여윈 사내였다. 목에는 가죽끈으로 맨 동냥 그릇이 걸려 있었다. 과거에 도둑이었던지, 오른손이 있어야 할 자리에는 다 해진 가죽으로 감싼 뭉툭한 손목만 있었다. 문쿤 대학사는 그가 '가난한 동료'였을 수도 있다고 추측했다. 그 단체는 옛적에 금지되었지만, 여전히 칠왕국의 수많은 샛길에 '별'들이 떠돌았다. 그가 어디 출신인지는 알려진 바가 없다. 이름조차도 역사 속에 사라졌다. 그의 설교를 들었던 이들과 훗날 그의 악명을 글로 남긴 사람들은 수사를 단지 '양치기'라고 불렀다. 머시룸은 그자가 무덤에서 갓 일어난 시체처럼 창백하고 악취를 풍겼다며 '죽은 양치기'라는 이름을 붙여주었다.

그가 누구였고 어디에서 왔든지, 그 외손의 양치기는 마치 독살스러운 정령처럼 나타나 청중 앞에서 라에니라 여왕에게 파멸과 몰락의 저주를 퍼부었다. 수사는 겁이 없던 만큼 지칠 줄도 몰랐고, 그의 성난 목소리가 밤을 지나 이튿날까지도 신발 수선 광장에서 쩌렁쩌렁 울려 퍼졌다.

양치기는 드래곤들이 사리에 어긋나는 짐승들이며, "오라비가 누이와 눕고 어미가 아들과 동침하며, 사내들이 악마를 타고 전쟁하는 동안 계집들이 개에게 다리를 벌리는 악의 구렁텅이" 발리리아의 사악한 주술이 일곱 지옥에서 불러온 악마들이라고 선언했다. 타르가르옌은 '파멸'을 피해 바다를 건너 드래곤스톤으로 도망쳤지만, "신들은 조롱을 용납하지 않기에" 이제 두 번째 파멸이 코앞에 다가왔다. "거짓된 왕과 갈보 여왕은 그들이 이룬 모든 것과 함께 쓰러질 것이며, 그들의 마수(魔獸)들은 지상에서 죽어 없어질지어다"라고 양치기가 우레 같은 목소리로 호통쳤다. 그들과 함께하는 자들도 모두 죽을 것이고, 킹스랜딩에서 드래곤들과 그것들의 주인들까지 모조리 없애야만 웨스테로스가 발리리아의 운명을 피할 수 있다는 말이었다.

시간이 지날수록 그의 앞에 사람들이 모여들었다. 열 명이 스무 명이 되었다가 백 명으로 늘어났으며, 동이 틀 무렵에는 수천 명의 인파가 광장에 몰려 서로 밀고 밀리며 수사의 목소리를 들으려고 애썼다. 많은 이가 횃불을 들었고, 밤이 되자 불의 고리가 양치기를 에워쌌다. 고함을 질러 그의 입을 막으려 한 이들은 군중에게 구타당했다. 창으로 위협하며 광장의 인파를 해산하려 한 황금 망토 40명은 도리어 쫓겨났다.

남서쪽으로 600리 떨어진 텀블턴은 다른 형태의 혼돈이 지배했다. 킹스 랜딩이 공포에 질렸던 그때, 그들이 두려워한 적들은 도성을 향해 한 걸음도 내딛지 못한 처지였다. 아에곤 왕의 충성파는 지도자를 잃고 분열과 갈등과 의심에 시달리고 있었다. 오르문드 하이타워가 죽고 그의 사촌이자 올드타운 최강의 기사였던 브린던 경도 전사했다. 하이타워 공의 아들들은 수만 리 먼 곳에 있는 데다 꼬마들에 불과했다. 그리고 오르문드 공이 과감한 다에론이라는 별명을 지어주고 용맹을 칭송한 다에론 타르가르옌 역시 아직 소년일 뿐이었다. 알리센트 왕대비의 막내아들로서, 형들의 그늘에서 자란 왕제는 명령을 내리는 것보다는 따르는 데 더 익숙했다. 군에 남은 하이타워 가문의 인물 중 가장 연장자는 오르문드 공의 다른 사촌이며 그때까지 치중대만을 맡아온 호버트 경이었다. "느린 만큼이나 퉁퉁한" 호버트 하이타워는 예순 평생을 살며 이름을 한 번도 떨치지 못했지만, 이제 알리센트 왕대비와의 혈연관계를 내세워 군대의 지휘권을 맡고자 했다.

언윈 피크 공, '대담한' 존 록스턴 경, 오웨인 버니 공도 앞으로 나섰다. 피크 공은 수많은 유명한 전사를 낳은 유구한 혈통의 자손이었고, 기사 백기와 중장병 900명이 휘하에 있었다. 존 록스턴은 그가 소유한 검은 발리리아 강철검 '고아제조기'만큼이나 음험한 성질로 두려움을 사는 자였다. '배신자' 오웨인 공은 그의 기지 덕분에 텀블턴을 점령했고 오직 그만이 킹스랜딩을 함락할 수 있다고 고집했다. 그러나 지휘권을 주장하고 나선 이

중 그 누구도 일반 병사들의 피에 대한 갈망과 탐욕을 막을 만한 힘이나 명성을 가진 자가 없었다. 그들이 우선권을 운운하고 전리품을 두고 다툴 때, 그들의 병사들은 약탈과 강간과 파괴의 아수라장에서 마음껏 난동을 부렸다.

그때 자행된 참혹한 일들은 부정할 수 없는 사실이다. 칠왕국의 역사상 '배반' 이후 텀블턴처럼 오래 또는 그만큼 잔인하거나 야만스럽게 약탈을 당한 마을이나 도시는 손에 꼽을 정도다. 강력한 영주의 통제가 없을 때는 선량한 이들도 짐승으로 변할 수 있다. 텀블턴이 바로 그러했다. 술 취한 병사들이 몰려다니며 거리의 모든 민가와 상점을 약탈하고, 막으려는 사람들을 살해했다. 여자들은 모두 그들의 정욕에 희생되었고, 심지어는 노파와 어린 계집아이도 안전하지 못했다. 부자들은 죽을 때까지 고문당하며 황금과 보석을 숨긴 곳을 실토해야 했다. 어머니의 품에서 낚아챈 아기들을 창끝에 꿰었다. 독실한 여자 성사들이 발가벗겨진 채 거리에서 쫓기다가 사내 수백 명에게 겁탈당했고, 침묵의 자매들도 마찬가지였다. 죽은 자들도 편히 쉴 수 없었다. 시신들은 예를 갖추어 매장되지 않고 아무렇게나 버려져 까마귀와 들개의 먹이가 되었다.

유스터스 성사와 문쿤 대학사 둘 다 다에론 왕제가 그 참혹한 광경을 역겨워하며 호버트 하이타워 경에게 멈추게 하라고 명령했지만, 단지 호버트 경의 무능력을 입증하는 데 그쳤다고 서술했다. 평민들은 그들의 영주들이 이끄는 데로 따르는 법이건만, 오르문드 공의 자리를 탐한 이들은 탐욕과 피에 대한 갈망과 자만심에 휘둘렸다. 텀블턴 영주의 아름다운 부인 샤리스 푸틀리에게 반한 대담한 존 록스턴은 그녀를 자신의 '전리품'으로 삼았다. 그녀의 남편이 항의하자, 존 경은 고아제조기로 그를 거의 두 동강 내고 "이 칼은 과부도 만드는 칼이다"라고 말하며, 흐느끼는 샤리스 부인의 옷을 찢어발겼다. 이틀 후, 전쟁 회의에서 피크 공과 버니 공이 격렬한 언쟁을 벌였고, 끝내는 피크가 단검을 버니의 눈에 쑤셔 넣었다. 그는 "한번 배신자는 영원토록 배신자다"라고 내뱉었고, 다에론 왕제와 호버트 경은 공포에 질려 바라볼 뿐이었다.

그러나 최악의 범죄는 '두 배신자', 천출 드래곤 기수들인 휴 해머와 울프 화이트가 저질렀다. 울프 경은 항상 만취한 상태로 "술과 여자에 빠져 살았다". 머시룸은 그가 매일 밤 처녀 셋을 겁탈하고, 자신을 기쁘게 하지 못하면 드래곤에게 먹이로 던져주었다고 전한다. 라에니라 여왕이 그에게 내린 기사 작위는 충분하지 않았다. 다에론 왕제가 비터브리지의 영주로 임명했을 때도 성에 차지 않았다. 화이트는 더 큰 보상을 염두에 두었던 것이다. 그는 다름 아닌 하이가든을 원했고, '춤'에서 티렐 가문이 한 것이 없으니 역죄로 다스려야 한다고 나섰다.

울프 경의 야심은 동료 배신자 휴 해머의 야망에 비하면 소박한 편이었다. 평범한 대장장이의 아들인 해머는 강철봉을 고리처럼 구부릴 정도로 엄청난 완력을 지닌 거구의 남자였다. 전쟁에 관해서는 문외한에 가까웠지만, 덩치와 괴력만으로도 무시무시한 상대가 될 만했다. 그는 전투 망치를 무기로 애용하며 강력하고 치명적인 타격을 가했다. 전장에서는 한때 '늙은 왕'이 탔고 웨스테로스에 있는 모든 드래곤 중 바가르를 제외하면 가장 나이가 많고 거대한 버미토르를 타고 날았다.

이 모든 이유로 해머 공(이렇게 자칭하였다)은 왕위를 꿈꾸기 시작했다. "왕이 될 수 있는데 왜 영주 따위에 머무를까?" 그가 주위에 몰려들기 시작한 사람들에게 말했다. 그리고 진지에서는 "망치(hammer, 해머)가 드래곤 위에 떨어지면, 새로운 왕이 일어서고 누구도 그의 앞을 막지 못하리라"라는 고대의 예언이 돌기 시작했다. 그 말이 어디에서 비롯되었는지는 아직도 수수께끼로 남아 있으나(글을 읽거나 쓰지 못하는 해머는 아니었다), 어쨌든 며칠 만에 텀블턴에 있는 모든 사람의 귀에 들어갔다.

두 배신자는 다에몬 왕제를 도와 킹스랜딩을 침공하는 데 열의를 보이지 않았다. 그들에게는 대군과 드래곤 세 마리가 있었지만, 여왕도 드래곤이 셋 있었고(그들이 아는 바로는 그랬다) 다에몬 왕자와 네틀스가 돌아가면 다섯이 되었다. 피크 공은 바라테온 공이 스톰스엔드에서 병력을 이끌고 올라올 때까지 기다리기를 선호했고, 호버트 경은 리치로 퇴각하여 빠르게 줄어드는 군량을 보충하기를 바랐다. 아무도 날이 지날수록 그들의 군대가 마치 아침 이슬 사라지듯 줄어드는 것에 신경 쓰지 않는 듯했다. 병사들은 그들이 들고 갈 수 있는 모든 노획물을 갖고 탈영하여 추수가 기다리는 고향으로 향했다.

먼 북쪽에서는 꽃게만을 굽어보는 성안에 있는 영주가 자신이 칼날 위를 미끄러져 내려가는 중이라는 사실을 깨달았다. 킹스랜딩에서 온 큰까마귀가 메이든풀의 영주 맨프리드 무튼 공에게 여왕의 지시를 전했다. 대역죄를 범했다는 판결을 받은 사생아 소녀 네틀스의 목을 여왕에게 바쳐야 한다는 것이었다. "내 남편, 타르가르옌 왕가의 다에몬 왕자께는 어떤 해도 끼쳐서는 아니 된다." 여왕이 명령했다. "일이 끝나면 그분을 내게 보내도록. 우리는 그분이 급히 필요하다."

《메이든풀 향토지》의 관리자 노렌 학사는 영주가 여왕의 편지를 읽고 너무 놀란 나머지 말문이 막혔다고 전한다. 영주는 와인을 세 잔 마신 다음에야 간신히 입을 열 수 있었다. 무튼 공은 바로 그의 호위대장, 남동생, 대전사 플로리안 그레이스틸 경을 소집하고 학사도 자리에 남으라고 지시했다. 사람들이 모두 모이자, 영주는 그들에게 편지를 읽어주고 조언을 요청했다.

"쉬운 일이로군요." 호위대장이 입을 열었다. "왕자가 소녀 옆에서 자기는 하지만, 그도 늙었습니다. 설령 방해한다고 하더라도 병사 셋이라면 제압할 수 있겠지요. 하지만 혹시 모르니 여섯을 데리고 가겠습니다. 오늘 밤 당장 거행하기를 바라십니까, 영주님?"

"여섯이든 육십이든, 그는 여전히 다에몬 타르가르옌이오." 무튼 공의 아우가 반대했다. "저녁에 마시는 와인에 수면제를 넣는 게 더 현명한 처사일 거요. 깨어난 다음에 소녀의 죽음을 알게 합시다."

"그 소녀가 얼마나 심한 반역죄를 저질렀든지, 아직 어린아이에 불과합니다." 반백의 근엄한 노기사 플로리안 경이 말했다. "'늙은 왕'이었다면, 명예를 아는 그 누구에게도 이런 요청을 하지 않았을 겁니다."

"지금은 엄혹한 시절이네." 무튼 공이 말했다. "그리고 여왕은 내게 엄혹한 선택을 강요하였지. 그 소녀는 내 지붕 아래에서 묵는 손님 아닌가. 내가 명령을 따르면 메이든풀은 영원히 저주받겠지. 거절한다면 우리 모두 역적으로 몰려 파멸할 것이고."

그러자 그의 아우가 대답했다. "어떤 선택을 하든 끝장날지도 몰라. 왕자는 그 갈색 아이를 매우 아끼고, 드래곤도 가까이 있으니. 현명한 영주라면 둘 다 죽여서 분노한 왕자가 메이든풀을 불태우는 불상사를 막을 거야."

"여왕은 왕자를 해치는 일을 금했네." 무튼 공이 그들에게 상기시켰다. "그리고 침대에서 자는 손님 두 명을 살해하는 건 한 명을 살해하는 것보다 두 배는 더 더러운 짓이고. 나도 두 배로 저주받겠지." 그리고 영주는 한숨을 내쉬며 말했다. "차라리 이 편지를 아예 읽지 않았다면 좋았으련만."

그러자 노렌 학사가 입을 열었다. "읽지 않으셨을 수도 있겠지요."

그 후 어떤 말이 오갔는지는 《메이든풀 향토지》에 적혀 있지 않다. 우리가 아는 것은 그날 저녁, 스물두 살의 젊은 학사가 저녁 식사를 하는 다에몬 왕자와 네틀스를 찾아가 여왕의 편지를 보여줬다는 사실이다. "성과 없는 긴 하루의 비행을 마치고 돌아온 그들은 내가 들어갔을 때 삶은 소고기와 사탕무로 간소한 식사를 하며 나지막하게 이야기를 나누고 있었다. 왕자는 날 정중하게 환영했지만, 난 편지를 읽는 그의 눈에서 기꺼움이 사라지고 대신 슬픔이 감당하기에는 너무 무거운 짐처럼 내려앉는 모습을 보았다. 소녀가 편지의 내용이 무엇이냐고 묻자, 그는 '여왕의 말, 창녀의 짓거리란다'라고 대답했다. 왕자는 검을 뽑아 들고는 무튼 공의 병사들이 그들을 잡으려고 문밖에서 기다리는지 물었다. 그때 난 나 자신을 포기하며 '저 혼자 왔습니다'라고 대답하고 영주님을 비롯해 메이든풀의 누구도 양피지에 뭐라고 적혔는지 모른다는 거짓말을 했다. '죄송합니다, 왕자 저하.' 내가 용서를 구했다. '제가 한 학사의 맹세를 깨뜨리고 말았습니다.' 다에몬 왕자가 검을 집어넣으며 대답했다. '그대는 나쁜 학사지만, 선한 사람이로군.' 그 후 왕자는 나를 내보내며 '내일까지 이 일을 영주나 그 누구에게도 알리지 말라'라고 명령했다."

왕자와 사생아 소녀가 무튼 공의 지붕 아래서 마지막 밤을 어떻게 보냈는지는 기록으로 남아 있지 않다. 동이 틀 무렵 그들은 함께 마당에 나타났고, 다에몬 왕자는 네틀스가 십스틸러에 안장을 얹는 것을 마지막으로 거들었다. 네틀스는 아침마다 날기 전에 드래곤에게 먹이를 주는 습관이 있었다. 드래곤들은 배가 차면 기수의 뜻을 더 순순히 따르기 때문이었다. 그날 아침 그녀는 메이든풀에서 가장 큰 검은 숫양을 구해 직접 목을 베고는 십스틸러에게 먹였다. 노렌 학사는 네틀스가 드래곤에 오를 때 그녀의 가죽옷은 피로 얼룩지고 "그녀의 뺨은 눈물로 얼룩졌다"고 기록했다. 남자와 소녀는 아무런 작별 인사를 나누지 않았다. 그러나 십스틸러가 갈색 가죽 날개를 퍼덕이며 새벽하늘에 날아오를 때, 카락세스가 머리를 들고 새된 비명을 질렀고 종퀼의 탑에 달린 모든 창문이 산산이 깨졌다. 마을 위 높은 상공으로 올라간 네틀스는 드래곤을 꽃게만 쪽으로 돌린 뒤 아침 안개 속으로 사라졌고, 그 후 다시는 왕궁에도 그 어떤 성에도 모습을 드러내지 않았다.

다에몬 타르가르옌은 안으로 돌아가 무튼 공과 아침 식사를 같이 했다.

"이번이 그대가 날 보는 마지막일 거요." 그가 영주에게 말했다. "그대의 환대에 감사하오. 이제 내가 하렌홀로 향한다고 영지에 널리 피뜨려주시오. 내 조카 아에몬드가 날 상대할 용기가 있다면, 그곳에서 내가 홀로 기다릴 것이라고."

그리하여 다에몬 왕자는 마지막으로 메이든풀을 뒤로했다. 그가 떠나자 노렌 학사가 영주에게 다가가 말했다. "제 목에서 사슬 목걸이를 빼내 제 손을 묶으십시오. 절 여왕에게 보내셔야 합니다. 반역자에게 경고하고 도망치는 것을 방조했으니, 이제 저도 반역자입니다." 무튼 공은 거절했다. "목걸이는 그대로 걸고 있게. 여기 있는 우리 모두 반역자이니까." 그리고 그날 밤, 메이든풀의 성문 위에서 휘날리던 라에니라 여왕의 네 등분된 깃발이 내려가고, 아에곤 2세의 황금 드래곤이 대신 게양되었다.

다에몬 왕자가 하늘에서 내려와 하렌홀을 점령했을 때, 검게 탄 탑들과 폐허만 남은 성채 위에는 어떤 깃발도 펄럭이지 않았다. 성의 깊은 저장실과 지하실에 무단으로 머무르던 몇몇 유랑자는 카락세스의 날갯소리를 듣고는 바로 달아났다. 그들이 모두 사라진 뒤, 다에몬 타르가르옌은 하렌의 본성의 휑뎅그렁한 대전을 홀로 거닐었다. 옆에는 그의 드래곤밖에 없었다. 매일 땅거미가 질 때, 왕자는 신의 숲에 있는 심장 나무에 칼질하여 또 하루가 지나감을 기록했다. 오늘날에도 그 영목에서 열세 개의 표식을 볼 수 있다. 깊고 짙은 오래된 상처이지만, 다에몬이 머문 시기 이후 하렌홀을 다스린 영주들은 봄이 되면 그 상처들이 새로이 피를 흘린다고 말했다.

왕자가 기다린 지 열나흘째 날, 지나가는 어떤 구름보다도 새카만 그림자가 성을 뒤덮었다. 신의 숲에 있던 새들이 전부 겁을 먹고 하늘로 날아올랐고, 뜨거운 바람이 뜰에 떨어진 낙엽을 휩쓸었다. 드디어 바가르가 황금 무늬로 장식한 칠흑 같은 갑옷을 걸친 애꾸눈 왕제 아에몬드 타르가르옌을 등에 태우고 도착한 것이었다.

그는 혼자가 아니었다. 알리스 리버스가 긴 검은 머리를 휘날리며 만삭의 몸으로 그와 함께 날아왔다. 아에몬드 왕제는 하렌홀의 탑을 두 번 선회한 뒤, 바깥마당에 카락세스로부터 백여 미터 떨어진 곳에 바가르를 내려앉게 했다. 드래곤들은 서로 악의 어린 눈으로 노려보았다. 카락세스가 홰치며 쉬익 하는 소리를 냈고, 이빨 사이로 화염을 널름거렸다.

왕제는 그의 여자가 바가르의 등에서 내려오는 것을 도운 뒤, 돌아서서 숙부를 마주했다. "숙부님, 우리를 찾으셨다고 들었습니다."

"찾은 건 너뿐이었다만." 다에몬이 말했다. "내가 여기 있는지 누가 알려주었느냐?"

"내 아가씨가." 아에몬드가 대답했다. "어느 해 질 녘, 산속 연못가에서 저녁을 지으려고 피운 모닥불 속에서 나의 알리스가 당신이 먹구름 속에 있는 모습을 보았습니다. 홀로 오다니, 어리석군요."

"혼자가 아니었다면 네가 왔겠느냐." 다에몬이 대꾸했다.

"어쨌든 이곳에 오셨고 나도 왔군요. 당신은 너무 오래 살았습니다, 숙부님."

"그것만은 나도 동의한다." 다에몬이 대답했다. 그리고 늙은 왕자는 카락세스에게 목을 내리게 한 다음에 뻣뻣하게 등 위로 올라갔다. 그동안 젊은 왕제는 연인에게 입을 맞추고는 날렵하게 바가르의 위로 뛰어올랐고, 혁대와 안장 사이에 달린 작은 고리 네 개를 꼼꼼히 잠갔다. 다에몬은 고리를 풀린 채로 두었다. 카락세스가 다시 쉬익 하는 소리를 내며 불길을 내뿜자, 바가르가 포효로 응답했다. 두 드래곤은 한 몸인 양 동시에 하늘로 솟아올랐다.

다에몬 왕자는 강철 촉이 달린 채찍을 내려치며 카락세스를 몰아 재빨리 뭉게구름 속으로 사라졌다. 나이도 더 많고 몸집도 훨씬 큰 바가르는 몸놀림이 느리고 둔중한 터라, 천천히 점점 넓게 원을 그리며 신의 눈 호수의 상공으로 날아올랐다. 늦은 시간이라 해가 서물기 직전이었고, 잔잔한 호수의 표면이 마치 매끄러운 구리판처럼 반짝거렸다. 밑에서 알리스 리버스가 하렌홀의 불탄 왕의 탑에서 지켜보는 동안, 바가르는 카락세스를 찾아 하늘 높이 솟구쳤다.

공격은 벼락처럼 내리쳤다. 눈부신 석양에 가려진 카락세스가 아에몬드 왕제의 사각을 덮쳤고, 바가르에게 내리꽂힐 때 내지른 날카로운 비명은 50리 밖에서도 들렸다고 한다. '핏빛 웜'은 무시무시한 힘으로 더 나이 든 드래곤의 몸통을 들이받았다. 피처럼 새빨간 하늘을 배경으로 두 거무스레한 드래곤이 서로 움켜잡은 채 상대를 할퀴었고, 그들이 지른 포효가 신의 눈 전체에 메아리쳤다. 드래곤들의 화염이 얼마나 밝았던지, 아래 있던 어부들이 구름에도 불이 붙었는지 걱정할 정도였다. 단단히 뒤엉킨 드래곤들이 호수를 향해 곤두박질쳤다. 핏빛 웜이 바가르의 목을 물었고 검은 이빨이 더 큰 드래곤의 살 속으로 깊이 파고들었다. 바가르의 발톱에 배가 갈리고 이빨에 한쪽 날개가 찢어지는 와중에도 카락세스는 더 깊숙이 이빨을 박아 넣고는 상처를 당기고 흔들었다. 밑에서는 호수가 끔찍한 속도로 그들을 향해 달려들었다.

전하는 이야기에 따르면, 그때 다에몬 타르가르옌이 한쪽 다리를 들어 안장 너머로 옮기고는 상대의 드래곤으로 훌쩍 뛰어넘어 갔다고 한다. 손에 비세니아 왕비의 애검, '검은 자매'를 들고 있었다. 애꾸눈 아에몬드가 공포에 질린 눈으로 올려다보며 자기를 안장에 구속한 고리를 더듬을 때, 다에몬이 조카의 투구를 홱 벗기고는 보석을 박은 눈에 검을 찔러 넣었다. 얼마나 세게 찔렀는지 검 끝이 젊은 왕자의 목덜미로 튀어나왔다. 그 직후, 드래곤들이 호수를 강타하며 거대한 물기둥이 불탄 왕의 탑만큼이나 높게 치솟았다.

그 광경을 목격한 어부들은 사람이든 드래곤이든 그런 충격에서 살아남

을 수는 없으리라고 말했다. 그리고 아무도 살아남지 못했다. 즉사를 면한 카락세스만 간신히 육지로 기어올라 왔다. 호수 물이 연기를 뿜어내는 가운데 내장이 흘러나오고 한쪽 날개가 찢겨 나간 몰골로 안간힘을 다해 호숫가로 몸을 끌어 올린 핏빛 웜은 하렌홀의 성벽 밑에서 숨이 끊어졌다. 바가르의 사체는 호수 바닥으로 가라앉았고, 목에 뚫린 상처에서 뜨거운 피가 흘러나오며 드래곤이 마지막으로 누운 곳 위로 물이 끓어올랐다. 몇 년 후, 드래곤들의 춤이 끝난 뒤 호수를 뒤져 드래곤의 시체를 찾았을 때, 갑옷을 걸친 아에몬드 왕제의 유골은 여전히 안장에 고리로 매여 있었고 검은 자매가 손잡이까지 그의 눈구멍에 박혀 있었다.

다에몬 왕자도 죽었다는 사실은 의심의 여지가 없다. 유해는 발견되지 않았지만, 그 호수의 기이한 흐름에 휩쓸렸거나 배고픈 물고기들의 밥이 되었을 수도 있다. 가수들은 추락에서 살아남은 늙은 왕자가 네틀스를 찾아가 그녀의 곁에서 여생을 보냈다고 이야기한다. 노래의 소재로는 매력적이지만, 진실한 역사로는 볼 수 없는 이야기다. 머시룸조차도 그 이야기를 믿지 않았고, 우리도 그래야 하리라.

AC 130년 다섯째 달의 스무이튿날, 신의 눈 상공에서 드래곤들이 춤을 추고 죽었다. 다에몬 타르가르옌은 49세, 아에몬드 왕제는 막 20세가 지난 나이였다. '검은 공포' 발레리온 사후 타르가르옌 왕가의 드래곤 중 가장 강력한 드래곤이었던 바가르는 태어난 지 181년 만에 죽었다. 아에곤의 정복 시절부터 생존한 마지막 생명체는 그렇게 황혼과 어스름이 검은 하렌의 저주받은 성을 집어삼킬 때 세상을 떠났다. 그러나 당시 그곳에 있던 목격자는 소수에 불과했기에, 다에몬 왕자의 마지막 전투가 널리 알려진 것은 시간이 좀 더 흐른 다음이었다.

드래곤들의 죽음
라에니라의 몰락

다시 킹스랜딩으로 돌아와, 라에니라 여왕은 새로운 배신을 겪을 때마다 더욱더 고립되었다. 변절자로 의심된 아담 벨라리온은 심문을 받기 전에 도망쳤다. '하얀 벌레'는 그의 도주가 유죄를 입증한다고 속삭였다. 셀티가르 공도 동의하며 혼외 자식에 새로운 징벌적 세금을 과하는 것을 제안했다. 그러한 세금은 국고를 보충함은 물론, 왕국에 있는 수많은 사생아를 줄이는 데 효과가 있으리라는 주장이었다.

그러나 여왕은 재정보다 더 급한 문제에 직면했다. 아담 벨라리온의 체포를 지시하면서 그녀는 드래곤 한 마리와 기수뿐만 아니라 자신의 수관마저도 잃고 말았다. 철왕좌를 수복하고자 드래곤스톤에서 출항한 군대의 절반 이상이 벨라리온 가문에 충성을 맹세한 병사들이었다. 코를리스 공이 레드킵 아래 지하감옥에 갇혔다는 사실이 알려지자, 병사들이 수백 명씩 여왕을 떠나기 시작했다. 일부는 신발 수선 광장으로 가서 양치기를 에워싼 인파에 합류했고, 어떤 이들은 드리프트마크로 돌아가고자 뒷문으로 빠져나가거나 성벽을 넘었다. 그렇다고 남은 이들을 신뢰할 수 있는 것도 아니었다. 이는 바다뱀의 수하 중 데니스 우드라이트 경과 토론 트루 경이란 자들이 주군을 구하려고 지하감옥으로 쳐들어가면서 증명되었다. 그들의 계획은 토론 경과 잠자리를 같이한 창녀가 미저리 부인에게 밀고하면서 들통났고, 두 기사는 사로잡혀 교수형에 처해졌다.

이튿날 새벽, 기사들은 올가미가 목을 죄어오자 레드킵의 성벽에 발길질하고 몸부림을 치다가 죽었다. 그날 해가 지고 얼마 지나지 않아 또 다른 참극이 여왕의 궁중을 덮쳤다. 아에곤 2세의 누이이자 아내이자 왕비이며 그의 자식들을 낳은 헬라에나 타르가르옌이 마에고르 성채의 창문에서 몸을 던져 마른 해자 안에 줄지어 있는 쇠말뚝에 꿰여 죽은 것이다. 그녀는 스물한 살에 불과했다.

반년 동안 포로 생활을 하던 아에곤의 왕비가 하필이면 그날 밤 목숨을 끊은 이유는 무엇이었을까? 머시룸은 헬라에나가 밤낮으로 창녀와 다름없이 몸이 팔린 끝에 임신했기 때문이라고 주장했는데, 이 해명은 그가 늘 어놓은 '사창가의 왕비들'에 관한 이야기처럼 전혀 신빙성이 없다. 문쿤 대학사는 왕비가 토론 경과 데니스 경의 죽음을 보고 그 참혹함에 경악하여 자살하기에 이르렀다고 믿었다. 하지만 두 남자가 그녀의 침소를 감시한 간수가 아닌 이상 헬라에나가 그들을 알 길이 없었고, 애초에 왕비가 그들이 교수형을 당한 광경을 목격했다는 증거가 없다. 유스터스 성사는 '하얀 벌레' 미사리아 부인이 그날 밤에 헬라에나에게 가서 왕비의 아들 마엘로르가 얼마나 처참하게 죽었는지 자세하게 알렸다고 전하는데, 단순한 악의가 아니고서야 미저리가 무슨 연유로 그런 짓을 했을는지는 헤아리기 어렵다.

학사들이 그러한 주장들의 진위를 따질 수 있겠으나…… 그 운명의 밤, 킹스랜딩의 거리와 골목과 여관과 매음굴과 급식소와 심지어는 성스러운 성소에서도 더 음험한 이야기가 돌았다. 사람들은 헬라에나 왕비가 그녀의 아들들처럼 살해당했다고 수군거렸다. 곧 다에론 왕제와 드래곤들이 성문에 도착하면 라에니라의 지배도 끝날 터였다. 여왕은 나이 어린 이복 자매가 자신의 몰락에 기뻐하는 꼴을 용납할 수 없었기에, 루터 라젠트 경을 보내 그 크고 거친 손으로 헬라에나를 붙잡고 창문 아래 있는 말뚝들을 향해 내던지게 했다는 이야기였다.

이 독살스러운 비방(비방이 확실했다)은 누가 지어냈을까? 문쿤 대학사는 수천 명 앞에서 그 범죄와 여왕을 동시에 비난한 양치기를 지목했다. 하지만 그가 거짓을 지어냈을까, 아니면 다른 이에게 들은 이야기를 단지 되풀이한 것일까? 머시룸은 후자라고 믿었다. 그렇게 지독한 중상을 퍼뜨릴 자는 라리스 스트롱밖에 없다고 난쟁이는 주장했다. 곤봉발은 곧 알려지듯 애초에 킹스랜딩을 떠나지 않고 그림자 속으로 스머들어 계속하여 음모를 꾸미고 은밀한 소문을 지어냈다는 것이었다.

헬라에나가 살해당했을까? 그럴지도 모른다……. 하지만 라에니라 여왕이 사주했다고 보기는 어렵다. 헬라에나 타르가르옌은 실의에 빠져 여왕에게 아무런 위협이 되지 않았다. 그 둘 사이에 어떤 대단한 적대감이 존재했다는 기록도 없다. 라에니라가 누군가를 죽이고자 했다면, 말뚝 위에 떨어져 죽을 사람은 알리센트 왕대비가 아니었을까? 더구나 헬라에나 왕비가 죽은 시각에 그녀를 죽였다고 알려진 루터 라젠트 경은 신들의 문 부근의 병영에서 황금 망토 300명과 함께 식사 중이었다는 증거가 넘친다.

그런데도 헬라에나 왕비가 '살해당했다'는 소문은 곧 킹스랜딩 주민 대부분의 입에 오르내렸다. 그 낭설이 그렇게 빨리 퍼지고 사람들이 믿었다는 것 자체가 도성의 민심이 한때 그들이 사랑했던 여왕에게서 철저히 돌아섰음을 시사한다. 사람들은 라에니라를 증오했고, 헬라에나를 사랑했다. 도성의 주민들은 블러드와 치즈의 손에 잔인하게 살해당한 재해리스 왕자와 비터브리지에서 처참하게 죽은 마엘로르 왕자도 잊지 않았다. 그나마 헬라에나의 죽음은 자비롭게도 순식간에 끝났다. 말뚝 하나가 그녀의 목을 꿰뚫자 왕비는 신음 한번 내지 않고 즉사했다. 그녀가 사망한 순간, 도성의 반대편에 있는 라에니스 언덕의 정상에서 그녀의 드래곤 드림파이어가 갑자기 일어나 울부짖으며 드래곤핏을 뒤흔들었고, 자신을 묶은 사슬 중 두 개를 끊기까지 했다. 딸의 죽음을 전해 들은 알리센트 왕대비는 입고 있던 옷을 갈기갈기 찢고 적(라에니라)에게 지독한 저주를 퍼부었다.

그날 밤 킹스랜딩이 봉기하며 피비린내 나는 폭동이 일어났다.

폭동은 플리바텀의 골목과 샛길에서 시작되었다. 술집, 쥐 싸움장, 급식소 등에서 성나고 술에 취하고 겁에 질린 남녀 수백 명이 쏟아져 나왔다. 폭도들은 도성 전체로 퍼져나가며 죽은 왕자들과 그들의 살해당한 어머니를 위한 정의를 외쳤다. 수레와 마차가 뒤집히고 상점이 약탈당했으며, 민가도 약탈당하고 불타올랐다. 소요를 가라앉히려고 나선 황금 망토들은 에워싸여 피투성이가 되도록 구타당했다. 신분의 고하를 막론하고 누구도 무사하지 못했다. 귀족들은 쓰레기 세례를 맞고 기사들은 안장에서 끌려 내려갔다. 달라 데딩스 영애는 오라비 다보스가 그녀를 겁탈하려는 술 취한 말구종 셋을 막아서다 눈에 칼침을 맞는 것을 보았다. 배로 돌아가지 못한 선원들이 강의 문을 공격하여 도시 경비대와 격렬한 전투를 벌였다. 루터 라젠트 경과 창병 400명이 간신히 그들을 물리쳤다. 그러나 성문이 박살 났고 백 명이 넘는 이들이 죽거나 죽어가는 채로 주변에 쓰러졌으며, 그중 4분의 1은 황금 망토였다.

바티모스 셀티가르 공은 아무도 구하러 오지 않았다. 벽으로 둘러싼 그의 저택을 지킨 건 위병 여섯 명과 급히 무기를 든 하인 몇 명이 전부였는데, 폭도들이 벽을 넘어오자 그 어정쩡한 수비병들은 무기를 내던지고 달아나거나 오히려 공격자들에게 가담했다. 열다섯 살 소년 아토르 셀티가르가 한 손에 검을 들고 현관에서 아우성치며 달려드는 군중을 잠시나마 막았다. 그러나 하녀 한 명이 배신하여 뒷문으로 폭도들을 들였고, 용감한 소년은 등 뒤에서 창에 찔려 죽고 말았다. 바티모스 공도 죽을힘을 다해 싸우며 마구간까지 갔지만, 말들이 모두 죽거나 도난당한 다음이었다. 원망의 대상이었던 여왕의 재무관은 사로잡힌 뒤 기둥에 묶여 재산을 어디에 숨겼는지 전부 털어놓을 때까지 고문당했다. 그러다 와트라는 무두장이가 영주는 "좆세"를 내지 않았으니 벌금으로 남근을 바쳐야 한다고 선언했다.

신발 수선 광장에서는 폭동 소리가 사방에서 들려왔다. 양치기는 그 분노를 만끽하며 자기가 예언한 종말의 날이 닥쳤다고 공언했고, "착한 여동생의 피로 창녀의 입술을 붉게 물들이고 철왕좌에 앉아 피를 흘리는 이 괴이한 여왕"에게 신들이 천벌을 내릴 것이라고 소리쳤다. 군중 속에 있던 한 여자 성사가 그더러 도성을 구해달라고 외치자, 양치기가 대답했다. "오직 '어머니'의 자비만이 그대들을 구할 수 있으나, 그대들의 오만과 욕정과 탐욕이 '어머니'를 도성에서 몰아냈다. 이제 '이방인'이 오고 있다. 불타오르는 눈의 검은 말을 타고 와, 손에 든 화염 채찍으로 악마들과 그들을 섬기는 자들로 가득한 이 악의 구렁텅이를 정화할 것이다. 들리는가? 불타는 말발굽의 울림을? 그가 온다! 그가 온다!"

군중이 함께 울부짖었다. "그가 온다! 그가 온다!" 횃불 천 개가 연기로 자욱한 누런 빛으로 광장을 채우고 있었다. 곧 고함 소리가 잦아들고 밤거리에서 쇠발굽이 자갈길을 달리는 소리가 점점 크게 울렸다. "'이방인'은 하나가 아니라 오백이었다"라고 머시룸은《증언》에 남겼다.

도시 경비대가 강력한 전력을 갖추고 도착했다. 검은 고리 갑옷과 강철 모자, 기다란 황금 망토를 걸치고 소검, 창, 가시 박힌 곤봉으로 무장한 대원이 500명이었다. 그들은 광장 남측에서 정렬하고 창과 방패의 벽을 세웠다. 그들의 선두에는 마갑을 걸친 군마를 타고 손에 장검을 든 루터 라젠트 경이 있었다. 단지 그의 모습을 본 것만으로도 수백 명이 샛길과 골목과 옆길로 빠져나갔다. 루터 경이 황금 망토들에게 전진을 명령하자 수백

명이 더 달아났다.

하지만 아직 만 명이 남아 있었다. 사람들은 너무 빽빽하게 몰려 있어 도망치고 싶어도 옴짝달싹 못 하고 밀리고 짓밟혔다. 어떤 이들은 서로 팔을 끼고 고함과 저주를 외치며, 북소리에 맞춰 그들에게 다가오는 창들을 향해 뛰쳐나갔다. "비켜라, 이 머저리들아." 루터 경이 양치기의 양들에게 호통쳤다. "집에 가라. 너희를 해칠 생각은 없다. 그러니 집으로 꺼져. 우리가 원하는 건 양치기뿐이다."

혹자는 처음으로 죽은 사람이 한 제빵사라고 말했다. 그는 창끝이 몸을 파고들자 놀라며 헉 신음 소리를 냈고, 자기 앞치마가 빨갛게 물드는 광경을 보았다고 한다. 어떤 이들은 루터 경이 탄 군마에게 밟혀 죽은 여아가 첫 희생자라고 주장했다. 인파 속에서 돌이 날아와 창병 한 명의 이마를 가격했다. 고함과 욕설이 들리고 지붕 위에서 막대기와 돌과 요강이 빗발처럼 쏟아졌으며, 광장 반대편에서 어느 궁수가 화살을 쏘기 시작했다. 누군가가 횃불로 경비대원을 찌르자 순식간에 그의 황금 망토가 불타올랐다.

신발 수선 광장 저쪽 편에서는 추종자들이 양치기를 둘러싼 채 빠져나갔다. "멈춰라!" 루터 경이 고함쳤다. "놈을 잡아라! 멈춰라!" 그가 말에 박차를 가해 군중 사이로 길을 뚫자, 황금 망토들이 창을 버리고 검과 곤봉을 뽑아 들고는 뒤를 따랐다. 양치기의 신봉자들이 비명을 지르고 땅을 구르며 달려갔다. 몸에 지닌 단도나 단검, 쇠메나 몽둥이, 부러진 창이나 녹슨 검 같은 무기를 꺼내는 이들도 있었다.

황금 망토들은 젊고 힘이 세며, 잘 훈련되고 무기와 갑옷도 훌륭한 거한들이었다. 대원들은 방패 벽을 쌓고 굳건히 20미터 이상 전진하면서 군중사이로 피투성이 길을 냈고, 그들 주변은 죽거나 죽어가는 이들로 가득했다. 하지만 경비대는 500명에 불과했고 양치기의 말을 들으려 광장에 모인 사람은 만 명이었다. 경비대원 한 명이 쓰러지고 또 한 명이 쓰러지자, 대열에 생긴 틈으로 평민들이 비집고 들어가기 시작했다. 양치기의 양 떼는 저주를 퍼부으면서 칼과 돌과 심지어는 이로도 공격하며 도시 경비대를 덮쳤다. 그들은 경비대의 측면을 돌아 대열의 후방을 공격했고, 지붕과 난간에서는 타일이 쏟아졌다.

전투는 폭동으로, 학살로 변했다. 포위당한 황금 망토들은 무기를 휘두를 공간도 없이 완전히 갇힌 채 짓밟혔다. 대원 상당수가 자기 검에 찔려 죽었다. 갈가리 찢기거나, 발에 차여 죽거나, 밟혀 죽거나, 괭이와 큰 식칼에 토막 나 죽은 대원들도 있었다. 무시무시한 루터 라젠트 경조차도 살육을 피하지 못했다. 손아귀에 있던 검을 빼앗긴 라젠트는 안장에서 끌려 내려간 뒤 칼에 배를 찔렸고, 누군가에게 커다란 돌로 맞아 죽었다. 루터 경의 투구와 머리가 워낙 심하게 으스러진 나머지 이튿날 시체를 수거할 수레들이 왔을 때 오직 시신의 거대한 덩치로만 그를 알아볼 수 있었다고 한다.

그 길었던 밤, 유스터스 성사는 양치기가 도성의 절반을 휘어잡았고 마구잡이로 생겨난 괴상한 귀족들과 왕들이 나머지를 두고 다투었다고 전한다. 셀티가르 공의 머리와 피투성이 성기를 휘두르고 모든 세금을 폐지한다고 소리치며 백마를 타고 거리를 내달린 무두장이 와트 주변으로 수백 명이 모여들었다. 비단 거리에서는 어느 매음굴의 창녀들이 가에몬이라는 옅은 머리의 네 살배기 소년을 사라진 아에곤 2세의 사생아라며 그들의 왕으로 옹립했다. 이에 질세라 '벼룩' 퍼킨 경이라는 방랑기사가 자신의 종자인 열여섯 살 애송이 트리스탄을 고(故) 비세리스 왕의 서자라고 선언하며 왕관을 씌워주었다. 기사는 누구든 기사로 만들 수 있기에 퍼킨 경은 트리스탄의 누더기 깃발 아래로 모인 모든 용병, 도둑, 백정의 아들에게 기사 작위를 수여하기 시작했고, 성인 남자와 소년 수백 명이 몰려들어 트리스탄에게 충성을 맹세했다.

새벽녘에 이르러 도성은 곳곳에서 불길이 타오르고 신발 수선 광장은 시체로 뒤덮였으며, 무법자들이 플리바텀에서 몰려다니며 상점과 민가를 마음대로 들어가고 선량한 사람들을 보이는 족족 괴롭혔다. 살아남은 황금 망토들은 병영으로 후퇴했고, 시궁창 기사들과 광대 왕들과 미친 예언자들이 거리를 지배했다. 그중 최악의 부류는 그들이 닮은 바퀴벌레처럼 해가 뜨기 전에야 어두운 은신처와 지하실로 기어들어 가 술을 깨려 잠을 자거나, 약탈물을 나누거나, 손에서 피를 씻어냈다. 옛 문과 드래곤 문 부근의 황금 망토들은 각각의 지구대장 발론 버치 경과 '언청이' 가스 경의 지휘하에 기습에 나섰고, 정오 무렵에 라에니스 언덕 북쪽과 동쪽 거리의 치안을 어느 정도 회복했다. 메드릭 맨덜리 경도 화이트하버 병사 백여 명을 이끌고 아에곤의 높은 언덕 북동쪽과 무쇠 문 사이의 치안을 안정시켰다.

킹스랜딩의 나머지 구역은 여전히 혼돈에 빠져 있었다. 북부인들을 이끌고 갈고리 길(the Hook, 강의 문과 아에곤의 높은 언덕을 잇는 길고 굽은 길)을 내려간 토르헨 맨덜리 경을 맞이한 건 생선 장수 광장과 강변길을 장악한 퍼킨 경의 시궁창 기사들이었다. 강의 문에는 트리스탄 '왕'의 누더기 깃발이 흉벽 위에서 휘날렸고, 지구대장과 부사관 세 명의 시체가 문루에 걸려 있었다. 진흙 발(Mudfoot, 강의 문에 주둔하는 도시 경비대의 별명)의 잔여 병력은 퍼킨 경에게 투항했다. 토르헨 경은 레드킵으로 퇴각하던 중 끌고 간 병력의 4분의 1을 잃었다……. 하지만 기사들과 중장병 백 명을 데리고 플리바텀으로 갔던 로렌트 마브랜드 경보다는 피해가 적었다. 열여섯만이 생환했고, 퀸스가드의 단장 로렌트 경도 돌아오지 못했다.

해가 질 무렵, 라에니라 타르가르옌은 사방에서 적들에게 포위당하고 그녀의 왕위가 무너졌다는 사실을 깨달았다. "여왕님은 로렌트 경이 어떻게 죽었는지 듣고 눈물을 흘렸어"라고 머시룸은 증언한다. "하지만 메이든풀이 변절하고 네틀스가 도망친 데다 사랑하는 부군마저 그녀를 배신했다는 소식에는 분노했지. 미사리아 부인이 곧 다가올 어둠이, 오늘 밤이 어젯 밤보다 더 끔찍할 것이라고 경고하자 몸을 덜덜 떨었고. 새벽쯤에는 알현 실에서 신하 백여 명이 여왕님을 모셨지만, 한 명씩 한 명씩 슬그머니 사라 지거나 밖으로 내보내져 결국에는 왕자들과 나만 남았더군. '내 충직한 머 시룸.' 전하가 나를 불렀어. '사내들이 다들 너처럼 진실하다면 좋으련만. 널 수관으로 임명해야 하나 싶구나.' 내가 차라리 그녀의 부군이 되고 싶다고 대답하니까, 여왕님은 웃음을 터뜨렸어. 정말 아름다운 소리였지. 그녀가 웃는 소리를 들어서 기분이 좋았어."

문쿤의 《실록》은 여왕의 웃음은 언급하지 않고, 다만 여왕이 분노하다가 절망하다가 다시 분노하기를 되풀이했으며, 철왕좌를 다급하게 움켜쥔 끝 에 해 질 무렵에는 양손이 온통 피투성이였다고 전한다. 그녀는 옛 문의 지 구대장 발론 버치 경에게 황금 망토의 지휘를 맡기고 윈터펠과 이어리에 큰까마귀를 보내 추가 지원을 요청했다. 메이든풀의 무튼가의 사권을 박탈 하는 칙령을 작성하라고 명하고 젊은 글렌던 구드 경을 퀸스가드 기사단 장으로 임명했다(아직 스무 살에 불과하고 하얀 검이 된 지 한 달도 안 되 었으나, 구드는 그날 폴리바텀에서 벌어진 전투에서 자신을 증명했다. 폭도 들이 훼손하지 못하도록 로렌트 경의 시신을 가져온 것도 그였다).

어릿광대 머시룸은 유스터스 성사가 '최후의 날'에 관해 남긴 기록이나 문쿤의 《실록》에 등장하지 않으나, 두 사료 모두 여왕의 아들들을 언급한 다. 작은 아에곤은 언제나 모친 곁에 있었지만, 좀처럼 입을 열지 않았다. 열세 살 난 조프리 왕자는 종자의 갑옷을 입고 여왕에게 그가 드래곤핏으 로 말달려 가서 티락세스에 오르게 해달라고 간청했다. "형들처럼 저도 어 머니를 위해 싸우고 싶어요. 제가 형들처럼 용감하단 것을 증명하게 해주 세요." 하지만 아들의 말은 오히려 라에니라의 결심을 더욱 굳힐 뿐이었다. "둘 다 용감했고, 둘 다 죽었지. 내 사랑하는 아이들." 그리고 여왕은 다시금 왕자가 성을 나가는 것을 금했다.

해가 지자 킹스랜딩의 해충들이 쥐 싸움장과 은신처와 지하실에서 다시 한번 기어 나왔고, 전날 밤보다 훨씬 수가 불어났다.

비세니아 언덕에서는 창녀 한 부대가 '연한 머리' 가에몬(도성에서 쓰는 속어로는 '보지 왕')에게 검을 맹세하는 사내들에게 무상으로 몸을 허락했다. 강의 문에서는 퍼킨 경이 훔친 식량으로 시궁창 기사들에게 만찬을 베푼 뒤 강변으로 데려가 부두와 창고와 출항하지 않은 선박을 약탈했다. 그 와중에 무두장이 와트는 아우성치는 무뢰배를 이끌고 신들의 문을 공격했다. 킹스랜딩은 거대한 성벽과 튼튼한 탑들을 자랑했지만, 도성 외부의 공격을 격퇴하고자 설계된 터라 내부의 공격에는 취약했다. 더구나 신들의 문을 수비하는 병력은 지구대장과 대원 3분의 1이 신발 수선 광장에서 루터 라젠트 경과 함께 죽는 바람에 특히 약해진 상태였다. 대부분 부상병이었던 잔존 병력은 삽시간에 제압되었다. 셀티가르 공의 썩어가는 머리를 따라 성문에서 쏟아져 나온 와트의 추종자들이 왕의 가도에 줄지어 섰다……. 그러나 이제 그들이 어디로 향할지는 와트 본인도 모르는 모양이었다.

한 시간이 채 지나기 전에 왕의 문과 사자 문도 활짝 열렸다. 전자의 황금 망토들은 도주했고, 후자의 사자들(사자 문에 주둔하는 도시 경비대의 별명)은 군중에 가세했다. 킹스랜딩의 일곱 성문 중 세 개가 라에니라의 적들에게 열린 것이다.

그러나 여왕의 통치에 가장 거대한 위협은 도성 내에 도사리고 있었다. 밤이 되자 양치기가 다시 나타나 신발 수선 광장에서 설교를 재개했다. 전날 밤 충돌에서 죽은 자들의 시신은 낮에 치워 갔으나, 그 전에 시신의 옷과 돈과 다른 귀중품을 챙기고 몇몇의 머리통도 잘라갔다고 전한다. 외손의 선지자가 레드컵에 있는 "추악한 여왕"에게 새된 목소리로 저주를 퍼부을 때, 잘린 머리통 백 개가 긴 창과 뾰족하게 깎은 장대에 매달린 채 대롱거리며 그를 올려다보았다. 유스터스 성사는 그곳에 모인 군중이 전날 밤보다 두 배 더 많고 세 배 더 겁에 질려 있었다고 전한다. 양치기의 '양들'은 그들이 그토록 경멸하는 여왕과 다를 바 없이 공포에 질린 눈으로 하늘을 쳐다보며 밤이 가기 전 아에곤 왕의 드래곤들이 군대를 바로 뒤에 달고 모습을 드러내지는 않을까 두려워했다. 여왕이 자신들을 지켜주리라는 믿음을 버린 군중은 양치기에게 구원을 갈구했다.

그러나 선지자가 대답했다. "드래곤들이 오면 그대들의 육신은 불타고 터져 재로 변할 것이다. 그대들의 아내는 화염으로 된 옷을 걸친 채 춤추고, 불길 아래서 벌거벗고 음란한 모습으로 불에 타며 비명을 지를 것이다. 그리고 그대들은 어린 자식들이 울다가 눈알이 녹아 얼굴 위에 젤리처럼 흘러내리고, 분홍색 살점이 검게 탄 채 뼈에서 바삭거리며 떨어지는 모습을 볼 것이다. 이방인이 온다. 죄지은 우리를 채찍질하기 위해 그가 온다, 그가 온다! 눈물이 드래곤의 화염을 끌 수 없듯이, 어떤 기도도 그의 분노를 가라앉힐 수 없으리라. 오직 피만이 할 수 있다. 그대들의 피, 내 피, 저것들의 피가." 그리고 그는 손이 있을 자리에 뭉툭한 손목만 남은 오른팔을 들어 자신의 뒤에 있는 라에니스 언덕을, 별빛 아래 새카맣게 서 있는 드래곤핏을 가리켰다. "저 위에 악마들이 살고 있다. 불과 피, 피와 불. 이곳은 저것들의 도시다. 이곳을 그대들의 도시로 삼으려면, 먼저 저것들을 없애야 한다. 그대들의 죄를 씻으려면, 먼저 드래곤의 피로 목욕해야 한다. 오직 피만이 지옥의 불을 끌 수 있는 까닭이다!"

만 명의 목구멍에서 함성이 터져 나왔다. "죽여라! 저것들을 죽여라!" 그리고 마치 만 개의 다리가 달린 거대한 괴수처럼, 양들은 서로를 밀치며 횃불을 흔들고 검과 칼과 다른 조잡한 무기를 꺼내 휘두르며 드래곤핏을 향해 거리와 골목을 걷고 달렸다. 어떤 이들은 생각이 바뀌어 집으로 돌아갔지만, 한 명이 빠질 때마다 세 명이 새로이 나타나 드래곤 사냥에 합류했다. 그들이 라에니스 언덕에 도착할 즈음에는 숫자가 두 배로 불어났다.

멀리 떨어진 아에곤의 높은 언덕 위에 있는 마에고르 성채의 지붕에서 머시룸은 여왕과 왕자들과 궁중 인사들과 함께 공격이 펼쳐지는 광경을 지켜보았다. 하늘은 새카맣고 구름으로 흐린 밤이었으나, 셀 수 없이 많은 횃불이 타올라 "마치 하늘에서 별들이 내려와 드래곤핏을 공격하러 가는 것만 같았다"고 어릿광대는 전한다.

여왕은 양치기의 흉포한 양 떼가 움직인다는 소식을 접하자마자 옛 문의 발론 경과 드래곤 문의 가스 경에게 전령을 보내 양 떼를 해산하고 양치기를 생포할 것이며 왕가의 드래곤을 보호하라고 명령했다……. 그러나 도성이 극심한 혼란에 빠진 상황이라, 전령들이 무사히 도달하리라는 확신이 없었다. 설령 도달하여도 명령을 수행하기에는 남아 있는 충직한 황금 망토가 너무 적었다. "블랙워터의 물줄기를 멈추라는 것과 진배없었거든." 머시룸은 전한다. 조프리 왕자가 왕가와 화이트하버의 기사들과 함께 출진하는 것을 허락해달라고 애원했으나, 여왕은 여전히 거부했다. "놈들이 저 언덕을 점령한다면, 다음은 여기다." 그녀가 말했다. "병력을 모두 끌어모아 왕성을 지켜야 해."

"놈들이 드래곤들을 죽일 거예요." 조프리 왕자가 울분에 찬 목소리로 말했다.

"드래곤들이 놈들을 죽일 수도 있지." 그의 어머니가 냉정하게 대답했다. "다 타버리라지. 왕국은 저런 놈들이 필요 없다."

"어머니, 저들이 티락세스를 죽이면 어떡해요?" 어린 왕자가 물었다.

여왕은 그런 일이 벌어지리라고 믿지 않았다. "저놈들은 해충이야. 주정 뱅이와 멍청이와 밑바닥에 사는 쥐새끼들이지. 드래곤의 화염을 한번 맛보면 바로 도망갈 거다."

그때 어릿광대 머시룸이 입을 열었다. "주정뱅이일지도 모르지만, 술 취한 사람은 겁이 없지요. 놈들이 멍청이인 것은 맞습니다만, 멍청이도 왕을 죽일 수 있다지요. 쥐들도 천 마리가 모이면 곰을 잡을 수 있고요. 플리바텀에서 본 적이 있습니다요." 이번에는 라에니라 여왕이 웃지 않았다. 여왕은 어릿광대에게 혀를 잃고 싶지 않으면 입을 닥치라고 명하고는 다시 난간으로 몸을 돌렸다. 《증언》에 따르면 조프리 왕자가 몰래 빠져나가는 모습을 본 건 머시룸뿐이었으나…… 그는 입을 다물라는 명령을 받지 않았던가.

지붕에서 구경하던 이들은 시락스가 포효하는 소리를 듣고 나서야 왕자가 사라졌음을 깨달았다. 그리고 그때는 너무 늦었다. "안 돼." 여왕이 말했다. "내가 금했거늘, 내가 금했거늘―" 하지만 그녀의 말이 끝나기도 전에 마당에서 날아오른 그녀의 드래곤은 아주 잠깐 성 흉벽에 발을 디뎠다가 밤하늘로 몸을 던졌다. 등에는 한 손에 검을 든 여왕의 아들을 매달고 있었다. "쫓아가." 라에니라가 외쳤다. "너희 모두, 어른이든 애든 전부! 당장 말을, 말을 타고 저 아이를 따라가라. 가서 데려와, 데려오란 말이다. 저 아이는 몰라. 내 아들, 내 사랑스러운 아들……."

그날 밤, 레드킵에서 일곱 명이 말에 올라 도성의 광기 속으로 내려갔다. 문쿤은 그들이 여왕에게 복종해야 하는 의무를 수행한 명예로운 남자들이었다고 적었다. 유스터스 성사는 그들이 여왕의 모성애에 감동한 것이라고 서술했다. 머시룸은 그들이 후한 포상에 눈이 멀어 "자신들이 죽을 수도 있다는 건 생각도 못 한" 멍청한 얼간이들이었다고 평했다. 이번만은 부분적으로나마 우리에게 기록을 남긴 세 사가(史家) 모두가 옳았다고 볼 수 있다.

성사와 학사와 어릿광대는 같은 이름을 댄다. '출진한 일곱'은 화이트하버의 후계자 메드릭 맨덜리 경, 퀸스가드 기사 로레스 랜스데일 경과 해롤드 다크 경, 철 타격자로 불린 '갈대의' 하몬 경, 도르네 출신 망명 기사 자일스 이론우드 경, 유명한 발리리아 장검 '애통'의 주인 윌람 로이스 경 그리고 퀸스가드 기사단장 글렌던 구드 경이었다. 그 외 종자 여섯, 황금 망토 여덟, 중장병 스무 명이 일곱 대전사와 함께 말을 달렸으나, 안타깝게도 그들의 이름은 전하지 않는다.

수많은 가수가 '일곱의 출진'을 노래했고, 킹스랜딩이 불타며 플리바텀의 골목에 피가 넘쳐흐르던 와중에 그들이 도성을 가로지르며 겪은 위험에 관한 수많은 무용담이 전한다. 그런 노래 중 몇몇은 진실을 포함하기도 하나, 그런 이야기는 우리가 다룰 범위에 포함되지 않는다. 조프리 왕자의 마지막 비행도 노래가 되었다. 어떤 가수는 변소에서조차 영광을 찾으니, 진실을 이야기하려면 어릿광대가 필요하다고 머시룸은 말한다. 왕자의 용기는 의심할 여지가 없으나, 그가 한 행동은 어리석은 짓이었다.

드래곤과 드래곤 기수 사이에 어떤 교감이 있는지 우리는 이해하지 못한다. 현자들이 수백 년간 고심해도 풀지 못한 난제다. 다만 드래곤은 말과는 달라서 아무나 안장을 얹고 타지 못한다는 건 잘 알려진 사실이다. 시락스는 여왕의 드래곤이었고, 다른 기수를 태워본 적이 없었다. 조프리 왕자의 모습과 냄새에 익숙했기에 왕자가 쇠사슬을 만지작거릴 때도 별다른 반응을 보이지 않았으나, 거대한 노란색 암컷 드래곤은 왕자가 자신을 올라타기를 전혀 바라지 않았다. 왕자는 제지당하기 전에 서둘러 떠날 생각에 안장이나 채찍도 없이 시락스의 등으로 뛰어올랐다. 아마 시락스를 타고 전투를 치르거나 드래곤핏으로 날아가 그의 드래곤 티락세스를 타려던 의도였을 것이다. 혹은 그곳에 있는 다른 드래곤들을 풀어주려 했을 수도 있다.

조프리는 라에니스 언덕까지 가지 못했다. 공중에 뜬 시락스는 낯선 기수를 떨어뜨리려고 왕자 아래서 몸을 비틀었다. 그리고 밑에서 양치기의 피에 젖은 양들이 날린 돌과 창과 화살이 드래곤의 화를 돋우었다. 플리바텀 200피트 상공에서 조프리 왕자는 드래곤의 등에서 미끄러져 지상으로 추락했다.

추락한 왕자는 다섯 골목이 만나는 부근에서 피투성이 최후를 맞았다. 그는 먼저 가파른 지붕에 충돌하여 구른 뒤 박살 난 타일과 함께 십여 미터를 더 떨어졌다. 왕자는 추락하면서 등뼈가 부러지고 깨진 석판 조각들이 칼날처럼 그에게 쏟아졌으며, 손에서 놓친 장검이 그의 배를 관통했다고 한다. 아직도 플리바텀에서는 죽어가는 왕자를 품에 안고 위로했다는 양초집 딸 로빈의 이야기를 들을 수 있는데, 사실보다는 전설에 가까운 내용이다. 조프리는 숨을 거두는 순간 "어머니, 절 용서해주세요"라고 말했다고 한다. 소년이 그의 어머니인 여왕에게 사과했는지, 아니면 '위에 계신 어머니'에게 기도했는지는 아직도 의견이 분분하다.

그리하여 드래곤스톤의 왕자이자 철왕좌의 후계자였으며, 라에니라 여왕이 라에노르 벨라리온과 낳은 마지막 아들…… 또는 하윈 스트롱 경과 낳은 마지막 사생아, 조프리 벨라리온이 세상을 떠났다.

군중이 소년의 시신을 덮친 건 얼마 지나지 않아서였다. 실제로 있었는지 불분명한 양초집 딸 로빈은 바로 쫓겨났다. 약탈자들은 왕자의 발에서 장화를 벗기고 배에서 검을 뽑아낸 다음에 화려하고 피에 젖은 옷을 벗겨냈다. 더 흉악한 무리는 왕자의 몸을 잡아 찢기 시작했다. 왕자가 손가락에 낀 반지를 탐한 거리의 쓰레기들이 양손을 잘라냈고 왕자의 오른쪽 발목도 잘렸다. 어느 백정의 도제가 머리를 차지하려고 목에 칼질할 때 '출진한 일곱'이 천둥 같은 말굽 소리와 함께 나타났다. 그 악취 나는 플리바텀의 진창에서 조프리 왕자의 몸을 두고 피비린내 나는 혈투가 벌어졌다.

여왕의 기사들은 종국에 소년의 발을 제외한 남은 시신을 회수하는 데 성공했지만, 일곱 중 셋이 전사했다. 도르네인 자일스 이론우드 경은 말에

서 끌려 내려간 뒤 곤봉에 맞아 죽었고, 윌람 로이스 경은 지붕 위에서 뛰어내려 그를 덮친 자에게 목숨을 잃었다(그의 유명한 검 '애통'은 이때 사라진 뒤 다시는 발견되지 않았다). 가장 처참한 최후를 맞은 이는 뒤에서 햇불을 든 자에게 공격당해 긴 하얀 망토에 불이 붙은 글렌던 구드 경이었다. 등에서 불길이 치솟자 겁에 질린 그의 말이 앞다리를 들어 올리면서 주인을 땅에 떨어뜨렸고, 군중이 달려들어 그의 사지를 찢어발겼다. 고작 스무 살에 불과했던 글렌던 경은 퀸스가드 기사단장에 오른 지 하루도 채 되지 않았었다.

플리바텀의 골목에서 피가 흘러내리던 그때, 라에니스 언덕 정상의 드래곤핏에서도 격렬한 싸움이 벌어졌다.

머시룸은 틀리지 않았다. 굶주린 쥐는 숫자만 충분하면 황소도, 곰도, 사자도 쓰러뜨린다. 황소나 곰이 아무리 많은 쥐를 죽여도 다른 쥐들이 거대한 짐승의 다리를 물어뜯고 배에 달라붙고 등 뒤를 기어오른다. 그날 밤도 그러했다. 양치기의 쥐들은 창과 긴 도끼와 가시 박힌 몽둥이와 그 외 장궁과 노궁을 포함한 수십 가지 잡다한 무기로 무장하고 있었다.

드래곤 문에 주둔한 황금 망토들은 여왕의 명령에 따라 언덕을 방어하고자 출진했지만, 폭도들을 뚫는 데 실패하자 병영에 복귀했다. 옛 문으로 보낸 전령들은 아예 도착하지도 못했다. 드래곤핏에는 드래곤지기라는 경비 병력이 있었지만, 그 긍지 높은 전사들은 77명밖에 없었고 그날 밤에 경비를 선 인원은 50명도 되지 않았다. 그들의 칼이 수많은 습격자의 피를 뿌렸으나, 중과부적이었다. 양치기의 양 떼가 여러 문(청동과 철로 만든 거대한 정문은 부수기에 너무 단단했지만, 그 외에도 작은 문 스무 개가 있었다)을 박살 내고 창문을 넘어 들어오자 드래곤지기들은 저항 끝에 학살당했다.

습격자들은 드래곤들이 자는 틈을 노렸을지도 모르지만, 공격 중 발생한 요란한 소리 때문에 요원한 바람이 되어버렸다. 훗날 살아남은 이들은 그곳에서 고함과 비명이 난무했고 비릿한 피 냄새가 코를 찔렀으며, 참나무와 쇠로 만든 문들이 조잡한 공성추와 셀 수 없는 도끼질 아래 굉음을 내며 산산이 조각났다고 이야기했다. "그렇게 많은 사람이 자기를 태울 화장 불로 달려들어 간 건 거의 전례가 없는 일이었다. 하지만 광기가 그들을 지배하고 있었다"라고 문쿤 대학사가 적었다. 드래곤핏에는 드래곤 네 마리가 머물렀고, 습격자들의 첫 무리가 모래밭으로 쏟아져 들어올 즈음에는 네 마리 모두 잠에서 깨어나 성이 잔뜩 난 상태였다.

그날 밤 드래곤핏의 거대한 반구형 지붕 아래서 얼마나 많은 사람이 죽었는지는 사료들의 기록이 일치하지 않는다. 그러나 그게 200명이든 2000명이든 간에, 죽은 사람 한 명마다 열 명이 화상을 입고 살아남았다.

벽과 천정에 가로막히고 무거운 쇠사슬에 매인 채 건물 안에 갇힌 드래곤들은 날아오르지도 못하고 날개를 이용해 공격을 피하거나 위에서 적들을 덮칠 수도 없었다. 대신 그들은 뿔과 발톱과 이빨로 싸우며, 마치 플리바텀의 쥐 싸움장에 있는 황소처럼 이리저리 몸을 돌렸다……. 그리고 그 황소들은 불을 뿜었다. 유스터스 성사는 이렇게 적었다. "드래곤핏은 활활 타오르며 검게 탄 뼈에서 살점이 떨어져 내리는 사람들이 비명을 지르고 연기 사이로 비틀거리는 불지옥으로 변했다. 하지만 한 사람이 죽을 때마다 열 명이 더 나타나 드래곤들이 죽어야 한다고 외쳤다. 그리고 한 마리씩 한 마리씩, 드래곤들이 죽어갔다."

처음으로 죽은 드래곤은 '나무꾼' 홉이라는 자에게 쓰러진 슈리코스였다. 드래곤의 목 위로 뛰어오른 홉은 슈리코스가 포효하고 몸을 비틀며 그를 떨구려는 와중에 도끼로 머리를 내리쳤다. 홉은 두 다리로 드래곤의 목을 조른 채 도끼로 일곱 번을 강타했고, 한 번 내리칠 때마다 일곱 신 중하나의 이름을 외쳤다. 유스터스의 기록이 맞는다면 슈리코스를 죽인 건 그가 '이방인'을 외치며 내리친, 드래곤의 비늘과 뼈를 부수고 뇌까지 가른 일곱 번째 일격이었다.

모르굴은 '불타는 기사'에게 죽었다고 기록되었다. 기사는 중갑을 걸친 거한이었고, 드래곤이 내뿜는 불길 속으로 거침없이 뛰어들어 화염이 강철 갑옷을 녹이고 자신의 몸을 불사르는 중에도 손에 든 창으로 짐승의 눈을 연달아 찔렀다.

조프리 왕자의 티락세스는 둥지로 물러난 뒤 그에게 달려드는 드래곤 사냥꾼들을 불로 구워버렸고, 곧 시체가 쌓여 둥지 입구가 막혀버렸다. 그러나 드래곤핏 내의 인조 동굴들은 입구가 두 개가 있어서 앞문은 모래밭으로, 뒷문은 언덕 비탈로 통했다. 양치기가 몸소 추종자들을 지휘하여 뒷문을 부수자, 검과 창과 도끼로 무장한 수백 명이 고래고래 고함을 지르며 연기를 헤치고 달려들어 갔다. 티락세스가 뒤로 돌아서려 하자 쇠사슬이 그물처럼 엉키며 드래곤의 움직임을 치명적으로 제한했다. 이후 남자 대여섯 명(그리고 여자 한 명)이 서로 자기가 드래곤에게 마지막 일격을 가했다고 주장하고 나섰다(그의 주인처럼 티락세스 역시 죽은 다음에도 수모를 겪었다. 양치기의 추종자들이 날개 피막을 잘라내고 마구 길게 찢어 드래곤 가죽 망토를 지어 입은 것이다).

드래곤핏에 있던 네 드래곤 중 마지막 드래곤은 호락호락하게 죽어주지 않았다. 야사에서는 헬라에나 왕비가 죽었을 때 드림파이어가 자신을 묶은 쇠사슬 두 개를 끊었다고 했다. 이제 드래곤은 남은 사슬마저 부수고 벽에서 지지대까지 뽑아내면서 모든 구속물을 제거한 다음, 자신에게 달려오는 군중을 덮쳐 이빨과 발톱으로 사지를 찢어발기고 불길까지 맹렬히 토해냈다. 사람들이 계속하여 다가오자 드림파이어는 공중으로 날아올랐고, 드래곤핏의 거대한 동굴 같은 내부를 선회하며 아래에 있는 인간들을 휩쓸었다. 티락세스, 슈리코스, 모르굴 모두 수십 명 넘게 죽였으나, 드림파이어 홀로 그 셋을 합친 것보다 더 많은 인간을 죽였다.

드림파이어의 화염 앞에서 수백 명이 달아났지만, 술에 취했거나 미쳤거나 '전사'의 용기가 깃든 수백 명이 금세 그들을 대신해 공격에 나섰다. 반구형 천정의 꼭대기로 날아올라도 궁수와 노궁병의 사정거리에 들었기에, 드림파이어가 어디를 가든 화살들이 날아왔다. 워낙 가까운 거리에서 쏜 터라 몇몇 화살은 드래곤의 비늘을 뚫기까지 했다. 드래곤이 땅에 내려앉을 때마다 군중이 몰려들어 공격하여 다시 공중으로 쫓아냈다. 드림파이어는 두 차례 드래곤핏의 거대한 청동 문을 향해 날아갔지만, 문은 굳게 닫혀 있었고 빽빽한 창들이 앞길을 가로막았다.

도망길이 막히자 드림파이어는 공격을 재개하여 자신을 괴롭히는 자들을 학살했다. 모래밭이 새카맣게 탄 시체로 뒤덮이고 실내는 연기와 살 타

는 냄새로 가득했지만, 여전히 화살과 창이 날아들었다. 마지막 순간은 한 노궁 화살이 드래곤의 눈에 상처를 낸 다음에 찾아왔다. 한쪽 눈이 멀고 십여 곳에 자잘한 상처를 입어 성이 날 대로 난 드림파이어는 날개를 펴고 거대한 반구형 천정으로 솟아올라 열린 하늘로 탈출하려는 마지막 시도를 감행했다. 이미 수차례의 드래곤 화염에 약해진 지붕은 드래곤이 충돌하자 그 충격에 금이 갔다. 잠시 후 지붕의 절반이 무너져 내리며 수 톤의 돌덩이와 잔해가 드래곤과 드래곤 사냥꾼들을 모조리 깔아뭉개고 말았다.

드래곤핏 습격은 그렇게 막을 내렸다. 타르가르엔 왕가의 드래곤 넷이 죽고 습격자들도 참혹한 대가를 치렀다. 그런데도 양치기는 기뻐하지 않았으니, 아직도 여왕의 드래곤이 자유롭게 살아 있는 까닭이었다. 그리고 드래곤핏 내부의 살육에서 살아남은 이들이 불타고 피투성이가 된 몰골로 연기 나는 폐허에서 휘청거리며 빠져나올 때, 시락스가 하늘에서 내려와 그들을 덮쳤다.

마에고르 성채의 지붕에서 라에니라 여왕과 함께 지켜보던 사람 중에는 머시룸도 있었다. "수천 명이 내지르는 비명과 고함이 드래곤의 포효와 섞여 도성에 메아리쳤지"라고 그는 전한다. "라에니스 언덕 꼭대기에서 노란 불의 왕관을 쓴 드래곤핏은 마치 솟아오르는 태양처럼 환하게 타올랐어. 여왕님조차도 눈물 젖은 뺨으로 그 광경을 보며 몸을 떨었지. 그렇게 소름끼치면서도 장엄한 광경은 본 적이 없어."

난쟁이는 여왕과 함께 지붕 위에 있던 신하들 다수가 곧 불길이 도성 전역으로 퍼져나가 아에곤의 높은 언덕 위에 있는 레드킵마저도 집어삼킬 것이라는 공포에 질려 달아났다고 전한다. 어떤 이들은 왕성 내 성소로 가서 구원을 기도했다. 라에니라는 그녀에게 남은 마지막 아들, 작은 아에곤을 품에 꽉 끌어안았다. 여왕은 계속 그렇게 아들을 안고 있었다……. 시락스마저 쓰러진 그 끔찍한 순간까지.

쇠사슬에서 풀려나고 기수도 안 태운 시락스는 언제든 그 수라장을 떠날 수 있었다. 하늘은 시락스의 것이었다. 레드킵으로 돌아오거나 아예 도성을 떠나 드래곤스톤으로 날아갈 수도 있었다. 소음과 불길, 죽어가는 드래곤의 포효와 울부짖음 혹은 살 타는 냄새가 시락스를 라에니스 언덕으로 이끌었을까? 우리는 알 길이 없다. 아무도 자기를 해할 수 없는 하늘에서 불벼락을 내리는 대신 굳이 양치기의 폭도들이 모인 지상으로 내려와 이빨과 발톱으로 공격하며 수십 명을 잡아먹은 이유도 이해할 수 없듯이. 우린 그저 머시룸과 유스터스 성사와 문쿤 대학사가 남긴 기록대로 그때 일어난 일을 전할 뿐이다.

여왕의 드래곤의 죽음에 관해서는 여러 상충하는 이야기가 존재한다. 문쿤은 나무꾼 홉과 그의 도끼를 주역을 꼽지만, 이는 거의 오판이 확실하다. 한 사람이 하룻밤 사이에 드래곤 두 마리를 같은 방법으로 죽이는 게 가능하다는 말인가? 혹자는 어느 이름 없는 "피에 젖은 거한"이 창을 들고 드래곤핏의 부서진 지붕에서 드래곤의 등으로 뛰어내렸다고 말한다. 어떤 이들은 워릭 위튼 경이라는 기사가 발리리아 강철검(아마 '애통'이었을 것이다)으로 시락스의 날개 한쪽을 잘라냈다고 이야기한다. 후일 빈이라는 이름의 노궁병이 자기가 드래곤을 죽였다고 주장하며 여러 술집과 선술집에서 자랑하기를 멈추지 않았는데, 결국 여왕파였던 자가 듣다 못해 그의 나불거리는 혓바닥을 잘라버렸다.

아마 그렇게 언급된 이들 전부(홉을 제외하고) 이 드래곤의 죽음에 나름 한몫했을 수도 있다. 그러나 킹스랜딩에서 가장 많이 들린 이야기에서는 양치기 본인이 드래곤 사냥꾼으로 활약했다. 그 이야기에 따르면, 사람들이 다 도망갈 때 외손의 선지자만이 홀로 남아 날뛰는 짐승에게 용감하게 맞섰다. 그는 일곱 신에게 구원을 요청했고, '전사'가 키가 9미터가 넘은 거체로 직접 강림했다. '전사'가 연기로 이루어진 새카만 검을 휘두르자 칼날이 강철로 변하면서 시락스의 머리를 단칼에 잘라냈다. 유스터스 성사도 그 암흑의 나날에 관해 적은 기록에 같은 내용을 언급했고, 그 후 오랫동안 가수들이 그 이야기를 노래했다.

자신의 드래곤과 아들을 동시에 잃은 라에니라 타르가르옌은 창백하게 질린 채 슬픔에 겨워 했다고 머시룸은 전한다. 수하들이 상의하는 동안 여왕은 어릿광대만 데리고 침소에 틀어박혔다. 다들 킹스랜딩은 끝장났으니 도성을 포기해야 한다고 뜻을 모았다. 여왕은 이튿날 새벽에 떠나야 한다는 권유를 마지못해 받아들였다. 진흙 문(강의 문의 다른 이름)이 적의 손에 떨어지고 강변의 모든 선박이 불타거나 침몰하였던 터라, 라에니라의 작은 일행은 드래곤 문으로 몰래 빠져나와 해안선을 따라 더스큰데일로 향했다. 여왕은 두 맨덜리 형제와 살아남은 퀸스가드 기사 넷, 발론 버치 경과 황금 망토 스물, 여왕의 시녀 넷과 마지막 남은 아들 작은 아에곤과 함께 말을 달렸다.

머시룸과 다른 궁중 인사들은 도성에 남았고, 그중에는 미저리 부인과 유스터스 성사도 포함되었다. 드래곤 문을 지키는 황금 망토의 지구대장, 언청이 가스 경은 왕성을 방어하는 임무를 맡았으나 전혀 내키지 않아 했다. 여왕이 떠난 지 반나절이 채 지나기 전에 벼룩 퍼킨 경과 시궁창 기사들이 성문 앞에 나타나 항복하라고 외쳤다. 적의 수가 열 배에 달했지만, 여왕의 수비대가 의지가 있었다면 저항할 법도 했다. 그러나 가스 경은 라에니라의 깃발을 내리고 성문을 열고는 적의 자비를 믿기로 선택했다.

하지만 '벼룩'에게는 자비가 없었다. 언청이 가스는 퍼킨 경의 앞으로 끌려와 참수당했다. 가스와 함께 여왕에게 충성하던 기사 스무 명도 목이 잘렸고, 그중에는 '출진한 일곱'의 하나였던 '철 타격자' 갈대의 하몬 경도 포함되었다. 리스 출신 첩보관 미사리아 부인도 여자라는 이유로 화를 피하는 일은 없었다. 도주하려다 사로잡힌 '하얀 벌레'는 발가벗겨진 채 레드킵에서 신들의 문까지 걸어가는 동안 채찍질을 당했다. 퍼킨 경은 그녀가 성문에 도달할 때까지 살아 있다면 죽이지 않고 풀어주겠다고 약속했다. 그녀는 절반 정도밖에 가지 못했고, 등에서 하얀 피부가 거의 전부 뜯겨 나간 채 자갈길 위에 쓰러져 죽었다.

유스터스 성사도 목숨을 염려했다. "오직 어머니의 자비만이 날 구하였다"라고 그는 적었으나, 퍼킨 경이 종단의 반감을 사지 않으려 한 것이 더 큰 이유였을 것이다. '벼룩'은 또한 왕성 아래 지하감옥에 갇힌 죄수들을 모두 풀어주었다. 전 대학사 오르월과 바다뱀 코를리스 벨라리온 공이 그렇게 풀려났다. 둘은 다음 날 퍼킨 경의 꺽다리 종자 트리스탄이 철왕좌에 오르는 모습을 참관했다. 하이타워 가문의 알리센트 왕대비도 그 자리에 있었다. 퍼킨 경의 부하들은 검은 감옥에서 아직도 생을 부지하던 아에곤 왕의 전 재무관, 타일런드 라니스터 경도 찾아냈으나…… 라에니라의 심문관들이 그를 장님으로 만들고 손톱과 발톱을 뽑아냈으며, 귀를 도려내고 남근도 잘라버린 후였다.

아에곤 왕의 첩보관이었던 곤봉발 라리스 스트롱은 훨씬 편안하게 지낸 모습이었다. 하렌홀의 영주는 온전한 모습으로 그가 숨었던 곳에서 나타났다. 무덤에서 일어난 사람인 양, 그는 마치 한 번도 떠난 적이 없다는 듯이 아무렇지 않게 레드킵의 대전으로 걸어 들어와 벼룩 퍼킨 경의 따뜻한 환영을 받고 새로운 '왕' 옆의 상석에 가서 앉았다.

여왕의 도주는 킹스랜딩에 평화를 가져오지 않았다. "세 왕이 각각 언덕을 하나씩 차지하고 도성을 다스렸으나, 그들의 불운한 백성에게는 법도, 정의도, 보호도 없었다"라고 《실록》은 서술한다. "누구의 집도, 어떤 처녀의 순결도 안전하지 않았다." 이 혼란은 한 달 넘게 지속되었다.

이 기간을 기술하는 학사를 비롯한 학자들은 대개 문쿤을 따라 '세 왕의 달'('광기의 달'을 선호하는 학자들도 있다)이라고 부르나, 이는 부적절한 이름이다. 양치기는 한 번도 왕을 참칭하지 않았고 그저 일곱 신의 평범한 아들이기를 자처했다. 그러나 그가 드래곤핏의 폐허에서 수만 명을 지배한 것은 부인할 수 없는 사실이다.

추종자들이 죽인 다섯 드래곤의 머리는 기둥 위에 박혔고, 매일 밤 양치기는 그것들 사이에 나타나 군중에게 설교했다. 드래곤들이 죽어 불타 죽을 위협이 사라지자, 선지자의 분노는 상류층과 부유한 자들에게 향했다. 그는 오직 가난하고 미천한 자들만이 신들의 전당을 볼 것이며, 오만하고 탐욕스러운 귀족과 기사와 부자는 지옥으로 떨어지리라고 일갈했다. "비단과 새틴 옷을 벗고 그대들의 나신을 거친 천 옷으로 가릴지어다." 그가 추종자들에게 말했다. "신발을 벗고 아버지께서 우릴 만드신 대로 맨발로 세상을 밟아야 할 것이다." 수천 명이 그 말을 따랐다. 그러나 따르지 않은 사람도 수천 명이었고, 매일 밤 선지자의 설교를 들으러 오는 인파는 계속 줄어들었다.

자매들의 거리 반대편에는 '연한 머리' 가에몬의 기이한 왕국이 비세니아 언덕 위에서 피어났다. 이 네 살배기 서자 왕의 궁중은 창녀와 배우와 도둑으로 이루어졌고, 무뢰한과 용병과 주정뱅이 무리가 그의 '통치'를 수호했다. 아이 왕이 본성으로 삼은 '입맞춤의 집'에서 계속하여 칙령이 내려왔고, 하나같이 터무니없는 명령이었다. 가에몬은 앞으로 여성이 남성과 동등한 상속권을 가지고, 가뭄이 들면 빈민에게 빵과 맥주를 내릴 것이며, 전쟁에서 불구가 된 자는 불구가 되었을 당시 섬기던 영주가 도맡아 숙식을 제공해야 한다고 선언했다. 가에몬은 또한 아내를 때린 남편은 아내가 무슨 짓을 하여 매를 벌었든지 간에 그도 맞아야 한다고 선포했다. 머시룸의 말을 믿자면 이러한 칙명들은 어린 왕의 생모인 에시의 애인으로 알려진 도르네인 창녀, 실베나 샌드가 관여한 것이 거의 확실했다.

퍼킨 경의 꼬나풀 트리스탄이 철왕좌에 앉은 아에곤의 높은 언덕 위에서도 왕명이 내려왔으나, 가에몬의 것과는 성격이 매우 달랐다. 종자 왕은 먼저 라에니라 여왕의 악명 높은 세금들을 폐지하고 국고의 돈을 부하들에게 나눠주었다. 그다음에는 전반적인 부채 탕감을 지시하고 시궁창 기사 60여 명에게 귀족 작위를 내려주었으며, 가에몬 '왕'이 굶주린 이들에게 약속한 무상 빵과 맥주에 대응하여 빈민에게 왕의 숲에서 토끼와 사슴을 사냥할 권리를 허락했다(엘크와 멧돼지 사냥은 금지였다). 그 와중에 벼룩 퍼킨 경은 살아남은 황금 망토 수십 명을 트리스탄 휘하로 끌어들였다. 그 병력으로 '벼룩'은 드래곤 문, 왕의 문, 사자 문을 차례로 점거하면서 도성의 일곱 성문 중 네 개와 성벽의 탑 중 반수 이상을 장악하게 되었다.

여왕의 도주 직후 도성의 세 '왕' 중 가장 강력했던 이는 양치기였으나, 밤이 지날수록 그를 따르는 추종자의 숫자가 줄어들었다. "도성의 시민들은 마치 악몽에서 깨어난 듯했다"라고 유스터스 성사는 적었다. "그리고 방탕한 광란의 밤을 보낸 다음 날 술이 깨고 정신을 차린 죄인들처럼, 자괴감에 빠진 군중은 서로에게 얼굴을 감추고 모든 것을 잊기를 바라며 흩어졌다." 드래곤들은 죽고 여왕도 도망쳤으나, 철왕좌는 철왕좌인지라 평민들은 배고프고 무서울 때마다 레드킵 왕성을 올려다보았다. 그렇게 라에니스 언덕에서 양치기의 영향력이 시들해질 때, 아에곤의 높은 언덕에서 군림하는 트리스탄 트루파이어(그렇게 자칭하기 시작했다) 왕의 권세는 점점 커졌다.

한편 텀블턴에서도 많은 일이 벌어지고 있었으니, 이제 그곳으로 시선을 돌리고자 한다. 킹스랜딩의 소요 소식이 다에론 왕제의 군대에 전해지자, 젊은 영주들은 즉시 도성으로 진군하기를 바랐다. 존 록스턴 경, 로저 콘 경 그리고 언윈 피크 공이 그중 주된 인사들이었다. 그러나 호버트 하이타워 경은 신중하길 조언했고, '두 배신자'는 그들의 요구가 관철될 때까지 어떤 공격에도 참여하기를 거부했다. 이미 언급했듯이 울프 화이트는 하이가

든의 거성과 그에 딸린 모든 영지와 수입을 바랐고, 휴 해머는 직접 왕위에 오르기를 원했다.

이러한 내부 알력은 하렌홀에서 아에몬드 타르가르옌이 죽었다는 소식이 뒤늦게 텀블턴에 전해지자 절정에 이르렀다. 이복 누이 라에니라가 킹스랜딩을 빼앗은 이후 아무도 아에곤 2세를 보거나 관련 소식을 듣지 못했고, 많은 이가 여왕이 몰래 그를 죽이고 친족살해자라는 오명을 피하고자 시신을 숨겼을 수도 있다고 우려했다. 그의 동생 아에몬드마저 전사하자, 녹색파는 왕과 지도자를 모두 잃은 꼴이 되었다. 다음으로 계승 서열이 높은 이는 다에론 왕제였다. 피크 공은 소년을 즉시 드래곤스톤의 왕자로 추대해야 한다고 주장했다. 반면 아에곤 2세가 죽었다고 믿는 자들은 그를 바로 왕으로 옹립하고자 했다.

'두 배신자'도 왕이 필요하다고 여겼으나, 다에몬 타르가르옌은 그들이 원하는 왕이 아니었다. "우릴 이끌어야 할 사람은 강한 남자여야 한다, 새파란 소년이 아니라." 단단한 휴 해머가 선언했다. "그러니 왕좌는 내 것이 되어야 마땅하다." 대담한 존 록스턴이 무슨 권리로 왕을 자칭하는지 다그쳐 묻자, 해머 공이 대답했다. "정복자와 똑같은 권리다. 내겐 드래곤이 있다." 실제로 바가르가 마침내 죽은 이후, 웨스테로스에서 가장 나이가 많고 몸집이 큰 드래곤은 한때 늙은 왕이 탔으며 이제는 서자 단단한 휴의 드래곤인 버미토르였다. 버미토르는 다에론 왕제의 암컷 드래곤 테사리온보다 세 배는 컸다. 그 둘을 본 사람이라면 누구라도 버미토르가 훨씬 더 무시무시한 짐승임을 인정할 수밖에 없었다.

해머의 야심은 그렇게 비천한 태생이 품기에는 터무니없었지만, 그 서자의 몸에 타르가르옌 피가 흐른다는 건 부인할 수 없는 사실이었다. 본인이 전장에서 무위를 증명하기도 했고, 자신을 따르는 이들에게 더없이 후하게 베풀어 마치 시체에 파리가 꼬이는 것처럼 사람들을 끌어들였다. 그렇게 모인 자들은 최악의 부류였다. 용병과 강도기사 따위의 어중이떠중이었고, 몸에 더러운 피가 흐르고 태생도 불분명하며 전투 그 자체를 즐기고 강탈과 노략질을 위해 사는 족속이었다. 그중 많은 수가 '망치가 드래곤을 부수리라'는 예언을 들었고, 이를 단단한 휴의 승리가 예정되어 있다는 뜻으로 받아들였다.

올드타운과 리치의 영주들과 기사들은 이 '배신자'의 오만한 주장을 불쾌하게 여겼다. 그중에서도 가장 분노한 다에론 타르가르옌 왕제는 와인이 담긴 잔을 단단한 휴의 얼굴에 던지기까지 했다. 화이트 공은 그저 좋은 와인을 낭비했다며 어깨를 으쓱였지만, 해머 공은 "어린 꼬마들은 어른들이 말할 때 더 예의를 갖춰야 하는 법이지. 네 아비가 네게 매를 아꼈나 보군. 내가 그 매를 대신 들지 않게 조심해라"라고 말했다. 함께 자리를 뜬 '두 배신자'는 해머의 대관식을 계획하기 시작했다. 다음 날, 단단한 휴는 검은 철로 만든 왕관을 쓰고 나타나 다에론 왕제와 그를 따르는 적출 영주들과 기사들의 분노를 샀다.

그중 로저 콘 경이 대담하게 해머의 머리에서 왕관을 쳐서 떨어뜨렸다. "왕관이 왕을 만드는 게 아니다." 그가 말했다. "넌 머리에 편자나 써라, 대장장이." 어리석은 행동이었다. 휴 공은 심기가 불편해졌다. 대장장이의 서자는 부하들에게 명령하여 로저 경을 무릎 꿇리고는 편자를 하나도 아니고 세 개나 기사의 머리에 못 박았다. 콘의 친구들이 막으려고 나서자, 단검과 검이 번쩍이며 세 명이 죽고 십여 명이 상처를 입었다.

다에론 왕제를 따르는 영주들로서는 도저히 인내할 수 없는 폭거였다. 언윈 피크 공과 다소 주저하던 호버트 하이타워는 다른 영주와 지주기사 열한 명을 텀블턴에 있는 한 여관의 지하실로 불러 비밀리에 회의를 열고 오만한 천출 드래곤 기수들을 어떻게 다스릴지 의논했다. 모인 이들은 취해 있을 때가 잦고 무위를 떨친 적도 없는 화이트를 처리하는 일은 어렵지 않을 것이라는 데 동의했다. 해머는 훨씬 더 위협적이었다. 최근 들어 그에게 잘 보이려는 아첨꾼과 종군 매춘부와 용병들에게 밤낮으로 둘러싸여 있는 까닭이었다. 피크 공은 화이트를 죽이고 해머를 살려두는 것은 별 도움이 안 된다고 지적했다. 반드시 단단한 휴가 먼저 죽어야 했다. '피투성이 마름쇠'라는 간판이 달린 여관 아래서 영주들은 이 일을 어떻게 도모할지 장시간 동안 시끄럽게 언쟁을 벌였다.

"인간이야 누구든 죽여도 된다." 호버트 하이타워 경이 언명했다. "하지만 드래곤은 어찌한단 말인가?" 타일러 노크로스 경은 킹스랜딩에 사달이 났으니, 철왕좌를 탈환하는 데는 테사리온만으로도 충분할 것이라고 말했다. 이에 피크 공은 버미토르와 실버윙도 함께한다면 승리가 훨씬 더 확실할 것이라고 반박했다. 마크 앰브로즈는 도성을 점령하고 승전을 확정 지은 다음에 화이트와 해머를 처단하자고 주장했으나, 리차드 로덴이 명예롭지 않은 처사라며 반대했다. "함께 피를 흘려달라고 부탁한 다음에 죽일 수는 없는 일입니다." 대담한 존 록스턴이 논쟁의 종지부를 찍었다. "사생아 놈들을 당장 죽입시다. 그 후에 우리 중 가장 용감한 이가 드래곤을 타고 전투에 나서게 하십시다." 그 용감한 이가 록스턴 자신을 뜻한다는 것을 그 지하실에서 모르는 이가 없었다.

다에론 왕제는 회의에 참석하지 않았지만, '마름쇠'(음모에 가담한 이들이 이후 불린 이름이다)들은 왕제의 동의와 승인 없이 일을 진행하기를 꺼렸다. 사이더홀의 영주 오웬 포소웨이가 야음을 틈타 왕제에게 가서 깨운 뒤 지하실로 데려오자, 음모자들이 계획을 설명했다. 한때 온화했던 왕제는 언원 피크 공이 단단한 휴 해머와 울프 화이트의 사형을 위한 영장을 바치자 망설이기는커녕 기뻐하며 자신의 인장을 찍었다.

인간은 음모를 꾸미고 계획을 세우고 계략을 짜지만, 기도 역시 해야 한다. 인간이 세운 그 어떤 계획도 천상의 신들이 부린 변덕 앞에서는 버티지 못하지 않았던가. 이틀 후, 마름쇠들이 거사를 실행하려 한 바로 그날, 텀블턴은 한밤중에 비명과 고함에 깨어났다. 마을 성벽 밖에 있는 진지가 불타올랐다. 중장기사 대열이 북쪽과 서쪽에서 들이닥쳐 학살을 벌였다. 구름에서 화살이 빗발치고 무시무시하고 사나운 드래곤이 위에서 덮쳤다.

그렇게 제2차 텀블턴 전투의 막이 올랐다.

드래곤은 시스모크였다. 시스모크의 기수 아담 벨라리온 경은 모든 사생아가 변절자가 아님을 증명하겠다고 결심했다. '두 배신자'가 저지른 반역이 그를 더럽혔으니, 그들에게서 텀블턴을 탈환하는 것보다 더 확실한 증명이 어디 있을까? 가수들은 아담 경이 킹스랜딩에서 신의 눈 호수로 날아가 성스러운 얼굴섬에 내려앉아 녹색인들의 조언을 들었다고 노래한다. 학자는 오직 사실에 의존해야 하고, 우리가 아는 사실은 아담 경이 여기저기 빠르게 날아 여왕에게 충성하는 대귀족과 군소 영주의 성을 방문하여 군대를 모았다는 것이다.

트라이던트 강물이 흐르는 대지에는 이미 수많은 전투와 교전이 벌어졌고, 피의 대가를 치르지 않은 성채나 촌락은 찾아보기 어려웠다. 그러나 아담 벨라리온은 끈질기고 결연하고 언변이 좋았으며, 강의 영주들도 텀블턴에서 벌어진 참사를 아주 잘 알고 있었다. 아담 경이 텀블턴을 공략할 준비가 되었을 즈음에는 거의 4000명에 달하는 병사가 그의 뒤를 따랐다.

레이븐트리의 열두 살 영주 벤지콧 블랙우드가 나섰고, 트윈스의 여주인이자 남편을 잃은 사비타 프레이가 친정인 바이프렌 가문의 아버지와 형제들과 함께 출진했다. 스탠튼 파이퍼와 조세스 스몰우드, 데릭 대리, 라이오넬 데딩스 같은 영주들은 가을에 치른 전투에서 극심한 피해를 당했음에도 늙은이와 새파란 소년을 긁어모아 새로운 군대를 일으켰다. 나그네의 쉼터의 젊은 영주 휴고 밴스도 그의 병력 300명과 검은 트롬보의 미르 용병들을 이끌고 왔다.

가장 주목할 만한 점은 툴리 가문의 참전이었다. 시스모크가 리버런에 도착하자, 그때까지 망설이던 엘모 툴리 경이 병상에 있는 그의 조부 그로 버 공의 반대를 물리치고 드디어 여왕을 위해 휘하 가문을 소집했다. "안마 당에 드래곤이 내려앉으니 의구심이 단번에 해소되더군"이라고 엘모 경이 말했다는 후문이다.

텀블턴 성벽 주변에 주둔한 대군은 공격자들보다 수적으로 우세했으나, 너무 오랫동안 한곳에 머물러 있었다. 기강이 해이해졌고(병사들은 너도 나도 술에 취했고 질병도 돌았다고 문쿤 대학사는 전한다) 오르문드 하이 타워 공 사후 지도자가 없었으며, 그의 빈자리를 차지하려는 귀족들 사이 의 알력이 끊이지 않았다. 그들은 내분과 경쟁에 몰두한 나머지 진정한 적 이 누군지 거의 잊고 있었다. 아담 경의 야습에 그들은 속수무책으로 당했 다. 다에론 왕제의 군대는 적이 덤벼들 때까지 전투가 시작된지도 몰랐다. 병사들은 비틀거리며 천막에서 나오다가, 말에 안장을 얹다가, 낑낑대며 갑 옷을 입고 검대를 차다가 죽임을 당했다.

가장 파괴적이었던 건 드래곤이었다. 시스모크는 몇 번이고 내리 덮치며 화염을 내뿜었다. 곧 천막 수백 개가 불길에 휩싸였고, 호버트 하이타워 경 과 언원 피크 공과 다에론 왕제의 호화로운 비단 막사들마저도 불타올랐 다. 텀블턴 마을도 화를 피하지 못했다. 첫 전투에서 살아남은 상점과 민가 와 성소가 드래곤의 화염에 삼켜졌다.

공격이 시작될 때 다에론 타르가르옌은 자신의 천막에서 자고 있었다. 울프 화이트는 그가 마음대로 차지한 '음탕한 오소리'라는 텀블턴 내부의 여관에서 밤새 술을 마시고 잠을 자던 중이었다. 단단한 휴 해머도 마을 성벽 안쪽에 있었는데, 첫 전투에서 전사한 어떤 기사의 과부와 같은 침대 에 있었다. 세 드래곤은 모두 마을 밖 진지 너머의 들판에 있었다.

만취하여 곯아떨어진 울프 화이트를 깨우려는 시도가 여러 번 있었지만, 전부 헛수고였다. 그는 그저 식탁 밑으로 굴러 들어간 뒤 전투 내내 코를 골고 잤다는 오명만 남겼다. 단단한 휴 해머는 반응이 빨랐다. 그는 옷도 제대로 입지 못한 채 계단을 뛰어내려 와 밖으로 나오며 망치와 갑옷과 말을 가져오라고 외쳤다. 말을 달려 버미토르를 타러 갈 생각이었던 것이다. 그의 부하들은 시스모크가 마구간에 불을 질렀음에도 급히 명령을 따랐다. 하지만 푸틀리 공의 과부와 푸틀리 공의 침소를 차지한 존 록스턴 공이 이미 빈터에 나와 있었다.

단단한 휴를 본 록스턴은 기회가 왔다고 생각하며 말을 걸었다. "해머 공, 조의를 표하네." 해머가 성난 얼굴로 돌아보았다. "무슨 조의?" 그가 다그쳐 물었다. "자네가 전투 중에 죽었으니 말이야." 대담한 존이 대답하면서 고아제조기를 뽑아 해머의 배에 깊숙이 찌른 뒤, 서자의 몸을 사타구니부터 목젖까지 갈라버렸다.

단단한 휴의 부하 십여 명이 달려오다가 그가 죽는 광경을 보았다. 고아제조기 같은 발리리아 강철검도 상대가 열 명일 때는 별로 도움이 되지 않는다. 그럼에도 대담한 존 록스턴은 쓰러지기 전에 세 명을 베었다. 전하는 이야기로는 그의 발이 하필이면 휴 해머에게서 흘러나온 창자를 밟고 미끄러지는 바람에 죽었다는데, 너무 완벽하게 얄궂은 일이라 진실로 보기 어렵다.

다에몬 타르가르옌 왕제의 죽음을 두고 세 개의 엇갈리는 설명이 있다. 제일 널리 알려진 주장은 잠옷에 불이 붙은 채 비틀거리며 막사에서 나온 왕제에게 미르 용병 검은 트롬보가 못 박힌 모닝스타를 휘둘러 얼굴을 박살 내 죽였다는 설이다. 물론 검은 트롬보가 선호한 이야기였고, 본인이 직접 여기저기 널리 퍼뜨렸다. 두 번째 설도 거의 비슷한데, 다만 왕제를 죽인 무기가 모닝스타가 아니라 검이었으며 죽인 자도 검은 트롬보가 아니라 아마 자기가 누구를 죽였는지도 몰랐을 어떤 이름 모를 병사였다는 것이다.

세 번째 주장은 '과감한' 다에론이라고 불렸던 용감한 소년이 아예 밖으로 나오지도 못하고 막사가 불타며 무너졌을 때 깔려 죽었다는 이야기다. 이 것이 문쿤의 《실록》이 선호하는 설이고, 우리도 마찬가지다.*

하늘 위에서 아담 벨라리온은 적이 궤멸되는 전황을 볼 수 있었다. 적의 드래곤 기수 셋 중 둘이 죽었으나, 그가 알았을 리가 없다. 하지만 적의 드래곤들은 똑똑히 볼 수 있었다. 드래곤들은 사슬에 묶이지 않은 채 마을 성벽 너머에서 자유로이 날고 사냥할 수 있게 방목되어 있었다. 실버윙과 버미토르는 텀블턴의 남쪽 들판에서 곧잘 함께 똬리를 틀었고, 테사리온은 마을 서쪽에 자리한 진지에 있는 다에론 왕제의 막사에서 백 미터도 떨어지지 않은 곳에서 자고 먹었다.

드래곤은 불과 피의 짐승이고, 주변에서 전투가 벌어지자 셋 다 잠에서 깨어났다. 노궁병 한 명이 실버윙에게 화살을 날리고 검과 창과 도끼로 무장한 말 탄 기사 40여 명이 아직 잠에서 덜 깬 채 땅에 있는 버미토르를 잡으려고 달려들었다. 그들은 어리석음의 대가를 목숨으로 치렀다. 들판의 다른 곳에서 테사리온이 새된 소리를 지르고 화염을 내뱉으며 하늘로 날아오르자, 아담 벨라리온이 시스모크를 몰고 가서 맞었다.

드래곤의 비늘은 거의(완전히는 아니다) 화염에 영향을 받지 않고, 그 밑에 있는 더 취약한 살과 근육 조직을 보호한다. 드래곤이 나이를 먹을수록 비늘도 더 두껍고 단단해지면서 더욱더 치밀하게 보호하고, 화염 역시 더 뜨겁고 강력해진다(갓 태어난 새끼의 화염은 밀짚에 불을 붙이는 정도지만, 전성기 시절 발레리온이나 바가르의 화염은 강철과 돌을 녹일 만큼 뜨

---

* 그가 어떻게 죽었든지, 국왕 비세리스 1세와 알리센트 왕비의 막내아들인 다에론 타르가르엔이 제2차 텀블턴 전투에서 사망한 것만은 분명하다. 아에곤 3세 시절 그의 이름을 쓰며 왕자를 자칭했던 자들은 모조리 협잡꾼으로 확실하게 밝혀졌다.

거웠고 실제로도 녹였다). 그러므로 두 드래곤이 생사 결전을 벌일 때는 주로 화염보다는 다른 무기를 썼다. 쇠처럼 까맣고 검처럼 길며 면도날처럼 날카로운 발톱, 기사의 강철 판금 갑옷을 씹어서 우그러뜨릴 수 있는 강력한 턱, 채찍처럼 휘둘러 마차를 산산조각 내고 육중한 군마의 등뼈를 부수며 사람을 50피트 상공까지 날려버리는 꼬리까지.

테사리온과 시스모크의 전투는 다른 양상을 보였다.

역사는 아에곤 2세와 그의 이복 누이 라에니라 사이에 일어난 내분을 드래곤들의 춤이라고 부르지만, 드래곤들이 진정으로 춤을 춘 건 텀블턴이 유일했다. 둘 다 젊었던 테사리온과 시스모크는 나이 든 드래곤들보다 공중에서 더 민첩하게 움직였다. 몇 번이고 서로 상대를 향해 돌진하다가 충돌할 찰나에 둘 중 하나가 방향을 틀기를 거듭했다. 독수리처럼 솟아오르다가 매처럼 내리꽂히고 서로 빙글빙글 돌며 딱딱거리고 포효하고 화염을 내뿜으면서도 결코 가까이 다가가지 않았다. 한번은 '푸른 여왕'이 구름 속으로 사라졌다가 바로 다시 나타나 시스모크의 후방을 덮치며 암청색 화염을 뿜어 상대의 꼬리를 그슬었다. 그사이 시스모크는 옆으로 돌고 비스듬히 날고 원을 그렸다. 한순간은 상대의 밑에 있다가 순식간에 공중에서 몸을 비틀어 상대의 꼬리를 잡았다. 텀블턴의 지붕들 위에서 수백 명이 올려다보는 가운데 두 드래곤은 점점 더 높이 날아올랐다. 구경하던 사람 중 한 명은 훗날 테사리온과 시스모크가 나는 모습은 전투라기보다는 교미 비행처럼 보였다고 말했다. 실제로 그러했을지도 모른다.

두 드래곤의 춤은 버미토르가 포효하며 하늘로 날아오르자 끝났다.

나이가 백 살에 가깝고 두 젊은 드래곤을 합친 만큼이나 거대한 구릿빛 드래곤은 넓은 황갈색 날개를 펼치고 분노에 휩싸여 날아올랐다. 몸에 난 상처 십여 곳에서 연기와 함께 피가 흘러내렸다. 기수가 없어서 적과 아군을 구분하지 못하는 드래곤은 분노를 모두에게 쏟아내며 좌우로 화염을 뽑고 누구든 감히 자기에게 창을 던지는 인간이 있으면 사납게 공격했다. 앞에 있던 한 기사가 도망치려 했으나 버미토르가 물어서 통째로 낚아챘고, 그 와중에 기사가 탔던 말은 계속 달려나갔다. 낮은 언덕에 앉아 있던 파이퍼 공과 데딩스 공도 '청동 분노'의 눈에 띄어 종자, 하인, 맹약위사와 함께 전부 불타 죽었다.

그 직후, 시스모크가 버미토르를 덮쳤다.

그날 전장에 있던 네 드래곤 중 오로지 시스모크만이 기수가 있었다. 아담 벨라리온 경은 '두 배신자'와 그들의 드래곤을 처단하여 자신의 충심을 증명하고자 그곳에 왔고, 마침 밑에서 그 드래곤 중 한 마리가 그와 함께 전투에 뛰어든 이들을 공격하고 있었다. 시스모크가 더 나이 많은 버미토르의 상대가 아님을 알았음에도 아담 경이 달려든 건 분명 아군을 지켜야 한다는 의무감 때문이었으리라.

그건 춤이 아니라 필사적인 싸움이었다. 버미토르는 전장에서 20피트도 채 되지 않는 낮은 높이에서 날고 있던 터라, 시스모크가 위에서 몸통을 들이받자 새된 비명을 지르며 진창에 내동댕이쳐졌다. 두 드래곤이 서로 물어뜯으며 나뒹굴자 주변에 있던 남자들과 소년들이 공포에 질려 도망치거나 깔려 죽었다. 드래곤들은 꼬리를 휘두르고 날개를 퍼덕였으나, 몸이 너무 뒤엉켜 옴짝달싹하지 못했다. 벤지콧 블랙우드는 말을 탄 채 50미터 떨어진 곳에서 혈투를 지켜보았다. 오랜 세월이 지난 뒤 블랙우드 공은 문쿤 대학사에게 버미토르의 크기와 무게는 시스모크가 상대하기에 벅찼다고 말했다. 구릿빛 드래곤이 은회색 드래곤을 찢어발길 것이 분명했다고……. 그때 테사리온이 하늘에서 떨어져 내려 싸움에 끼어들지 않았다면 말이다.

누가 드래곤의 마음을 알 수 있을까? 단지 피에 대한 갈망이 푸른 여왕으로 하여금 공격하게 한 것이었을까? 암컷 드래곤이 어느 한쪽을 도우러

온 것이었을까? 그렇다면, 어느 쪽을? 혹자는 드래곤과 기수의 교감이 깊고도 깊어 드래곤도 주인의 사랑과 증오를 공유한다고 주장한다. 하지만 그곳에서 누가 아군이고 누가 적군이었을까? 기수 없는 드래곤이 친구와 적을 구별할 수 있는가?

그러한 질문들의 답이 무엇인지는 결코 알 수 없을 것이다. 역사가 알려주는 것은 단지 제2차 텀블턴 전투 중 드래곤 세 마리가 진흙과 피와 연기 속에서 서로 싸웠다는 사실이다. 버미토르가 물어뜯어 목이 뽑힌 시스모크가 제일 먼저 죽었다. 구릿빛 드래곤은 전리품을 문 채 날아오르려 했지만, 너덜너덜해진 날개는 짐승을 들어 올리지 못했다. 그 직후 버미토르는 쓰러져 숨이 끊겼다. 푸른 여왕 테사리온은 해 질 녘까지 살아남았다. 드래곤은 세 번 하늘로 솟아오르려 했고 세 번 모두 실패했다. 늦은 오후에 이르러 드래곤이 고통스러워하는 기색을 보이자, 블랙우드 공은 수하 중 가장 뛰어난 궁수인 빌리 벌리라는 장궁병을 불렀다. 벌리는 백여 미터 떨어진 곳(죽어가는 드래곤의 화염이 닿지 않는 거리였다)에 자리를 잡고 땅에 힘없이 쓰러진 드래곤의 눈을 겨누고 화살 세 발을 쏘았다.

땅거미가 질 무렵, 전투가 끝났다. 강의 영주들은 병사를 백 명도 잃지 않고 올드타운과 리치의 병사를 천 명 이상 베었지만, 마을을 점령하는 데 실패한 탓에 제2차 텀블턴 전투에서 완승을 하였다고 볼 수는 없었다. 텀블턴의 성벽은 여전히 군건했고, 국왕군이 마을 내로 후퇴하고 성문을 걸어 잠그자 공성병기도, 드래곤도 없던 여왕군은 마을을 공략할 방도가 없었다. 하지만 그들은 흐트러지고 혼란에 빠진 적을 상대로 엄청난 학살을 벌였고, 천막을 불태우고 마차와 말먹이와 군량을 대부분 탈취하거나 태워버렸다. 게다가 적 군마의 4분의 3을 노획하고 왕제를 베었으며, 왕의 드래곤 중 두 마리를 죽이기까지 했다.

달이 뜨자 강의 영주들은 전장을 까마귀들에게 맡기고 언덕으로 물러

났다. 그중 한 명이었던 어린 벤 블랙우드가 죽은 드래곤 옆에서 찾은 아담 벨라리온 경의 으스러진 시신을 수습했다. 아담 경의 유골은 레이븐트리홀에서 8년을 머물렀고, AC 138년에 그의 아우 알린이 드리프트마크로 가져가 그가 태어난 마을인 헐에 묻었다. 그의 묘비에 새겨진 비문은 단 한 단어, '충신(LOYAL)'이었다. 해마와 생쥐를 본뜬 조각들이 정교하게 새긴 글자를 받쳤다.

전투 다음 날 아침, 마을 성벽에서 밖을 내다본 텀블턴 점령군은 적들이 사라졌음을 깨달았다. 마을 주변에는 시체들이 가득 널려 있었고, 그중에는 드래곤 세 마리의 널브러진 사체도 보였다. 살아남은 건 옛적 '선한 왕비'의 드래곤이었던 실버윙이었다. 실버윙은 살육이 시작될 때 바로 하늘로 날아올랐고, 지상의 불길에서 상승하는 열풍을 타고 전장의 상공을 몇 시간이나 선회했다. 날이 어둑해진 다음에야 드래곤은 땅에 내려와 죽은 사촌들 옆에 발을 내디뎠다. 훗날 가수들은 실버윙이 마치 버미토르를 다시 날게 하려는 듯 세 번이나 코로 버미토르의 날개를 들어 올렸다고 노래했지만, 아마 꾸며낸 이야기일 것이다. 해가 뜰 무렵, 실버윙은 무기력하게 들판을 배회하며 불에 탄 말과 인간과 황소의 사체를 먹었다.

마름쇠는 열세 명 중 여덟 명이 죽었고, 오웬 포소웨이 공, 마크 앰브로즈, 대담한 존 록스턴이 거기 포함되었다. 목에 화살을 맞은 리차드 로덴은 다음 날 죽었다. 음모자들은 호버트 하이타워 경과 언윈 피크 공을 비롯해 네 명이 살아남았다. 단단한 휴 해머가 죽으면서 왕위를 꿈꾸던 그의 야망도 사라졌지만, 여전히 두 번째 '배신자'가 남아 있었다. 술에 취해 자다가 깨어난 울프 화이트는 자신이 마지막 남은 드래곤을 소유한 마지막 드래곤 기수가 되었음을 깨달았다.

"해머가 죽고 당신들의 꼬마도 죽었다지." 그가 피크 공에게 말했다고 한다. "이제 남은 건 나뿐이고." 피크 공이 그의 의중을 묻자 화이트가 대답했다. "당신들이 원했듯이 진격하자고. 당신들은 도성을 가지고, 난 그 빌어먹을 옥좌를 가지는 거지. 어때?"

다음 날 아침, 호버트 하이타워 경이 킹스랜딩 공략의 세부사항을 논의하고자 그를 찾아갔다. 호버트 경은 선물로 도르네산 레드(붉은 와인) 한 통과 아버 골드 한 통을 가져갔다. '주정뱅이' 울프는 싫어하는 와인이 없었지만, 특히 달콤한 술을 즐긴다고 알려져 있었다. 호버트 경은 울프 공이 아버 골드를 들이켜는 동안 자기는 시큼한 레드를 홀짝이기를 바랐을 것이다. 하지만 화이트는 하이타워의 행동 —진땀을 흘리고 말도 더듬는 데다 너무 들뜬 모습이었다고, 그들의 시중을 들었던 종자가 후일 증언했다— 을 수상하게 여겼다. 의심이 든 울프는 호버트 경에게 도르네산 레드는 나중에 마시고 아버 골드를 나눠 마시자고 고집했다.

역사는 호버트 하이타워 경에게 거의 좋은 말을 하지 않으나, 그의 죽음만큼은 아무도 나무랄 수 없으리라. 그는 동료 마름쇠들을 배신하는 대신, 종자더러 잔을 채우게 하고 들이켜고는 또 따르게 했다. 하이타워가 술을 마시는 모습을 본 주정뱅이 울프는 이름에 걸맞게 단숨에 석 잔을 비우고 하품을 하기 시작했다. 와인에 탄 독은 순한 종류였다. 울프 공이 다시는 깨어나지 못할 잠에 빠지자, 호버트 경이 휘청거리며 자리에서 일어나 술을 토하려 했지만, 너무 늦고 말았다. 그의 심장은 한 시간이 지나기 전에 뛰기를 멈추었다. 머시룸은 이렇게 평한다. "아무도 호버트 경의 검을 두려워하지 않았지. 하지만 그가 건넨 와인 잔은 발리리아 강철검보다 치명적이었어."

이후 언윈 피크 공은 누구든 실버윙을 차지하는 귀족 출신 기사에게 드래곤 금화 천 닢을 포상으로 내걸었다. 세 명이 앞으로 나섰다. 첫 번째 도전자의 팔이 뜯기고 두 번째가 불타 죽자, 세 번째는 생각을 바꾸었다. 그즈음 다에론 왕제와 오르문드 하이타워 공이 올드타운에서부터 이끌었고 이제는 피크 공이 지휘를 맡은 대군의 남은 병력은 와해하고 있었다. 탈영병이 수십 명씩 각자 들고 갈 수 있는 만큼의 약탈물을 갖고 텀블턴에서 달아났던 것이다. 결국 패배를 인정한 언윈 피크 공은 휘하 영주들과 부사관들을 소집하고 퇴각을 명령했다.

헐의 아담으로 태어났으며 변절자라는 혐의를 받았던 아담 벨라리온 경은 자신의 목숨을 대가로 바쳐 여왕의 적으로부터 킹스랜딩을 구해냈다. 그러나 정작 여왕은 그의 무용을 전혀 알지 못했다. 라에니라는 킹스랜딩에서 도주한 이후 갖은 어려움을 겪었다. 굳게 닫힌 로스비 성문은 여왕 앞에서 열리지 않았다. 그녀의 칙명으로 상속권을 남동생에게 빼앗긴 젊은 영애의 명령에 따른 것이었다. 어린 스토크워스 공의 수호성주는 여왕의 일행에게 단 하룻밤의 체류를 허락했다. "그들이 전하를 쫓아올 것입니다." 그가 여왕에게 경고했다. "그리고 제겐 그들을 막을 힘이 없습니다." 그녀를 따라온 황금 망토 중 절반이 길에서 도망쳤고, 하룻밤은 야영하던 중 패잔병 무리에게 습격을 당했다. 기사들이 적을 격퇴하기는 했으나, 발론 버치 경이 화살에 쓰러지고 젊은 퀸스가드 기사 라이오넬 벤틀리 경이 머리에 투구가 깨지는 상처를 입고 횡설수설하다가 이튿날 죽었다. 여왕은 계속하여 더스큰데일로 향했다.

다클린 가문은 예전부터 라에니라의 가장 굳건한 충신 중 하나였으나, 그 충성을 위해 값비싼 대가를 치렀다. 군터 다클린 공은 여왕을 섬기다가 죽었고, 그의 숙부 스테폰도 마찬가지였다. 더스큰데일 자체도 크리스톤 콜 경에게 약탈당했다. 군터 공의 과부가 성문 앞에 나타난 여왕 일행을 반기지 않은 것은 당연한 일이었다. 메레디스 부인이 여왕에게 성문을 열어준 건 오직 해롤드 다크 경의 중재 때문이었고(다크는 다클린의 먼 친척이고, 해롤드 경은 한때 고(故) 스테폰 경의 종자였다), 그나마도 여왕이 오래 머무르지 않겠다는 조건이 있었다.

항구를 내려다보는 던포트성 안에 무사히 들어간 라에니라는 다클린 부인의 학사에게 지시하여 드래곤스톤에 있는 제라디스 대학사에게 큰까마귀를 날려 그녀를 섬으로 데려갈 배를 보내도록 요청했다. 큰까마귀 세 마리가 날았다고 그 도시의 향토지에 기록되어 있으나…… 며칠이 지나도 배는 오지 않았다. 드래곤스톤의 제라디스로부터 답신조차 없어서 여왕은 더욱 분노했다. 그녀는 다시 한번 대학사의 충성심을 의심하기 시작했다.

다른 곳에서는 그나마 나은 소식이 전해졌다. 윈터펠의 크레간 스타크는 여건이 되는 대로 시급하게 남부로 출정할 것이나, "내 땅은 광활하고 겨울이 목전인 까닭에 마지막 추수를 마치지 않으면 눈이 내릴 때 굶주릴 수밖에 없습니다"라며 군대를 모으는 데 시간이 걸릴 것이라는 서신을 보냈다. 북부의 영주는 여왕에게 "겨울 늑대들보다 젊고 더 사나운" 병사 만 명을 약속했다. 협곡의 처녀도 그녀의 겨울성인 달의 관문에서 편지를 보내 원조를 약속했다. 다만 눈이 내려 산길이 모두 막혔기에, 기사단을 배로 보내야 했다. 여영주는 만약 벨라리온 가문이 배를 걸타운으로 보내준다면, 즉시 군대를 더스큰데일로 파견하겠다고 적었다. 아니면 브라보스와 펜토스에서 배를 빌려야 하고, 그러려면 자금이 필요하다는 것이었다.

라에니라 여왕은 자금도, 배도 없었다. 그녀는 코를리스 공을 지하감옥에 보낼 때 함대를 잃었고, 생명의 위험을 느껴 킹스랜딩에서 도주할 때는 동전 한 푼 챙기지 않았다. 절망과 공포에 빠진 여왕은 울면서 더스큰데일의 성벽 위를 걸었다. 나날이 늙고 초췌해졌고, 잠을 자지 못했으며 음식도 마다했다. 또한 마지막 남은 아들인 아에곤 왕자와 한순간도 떨어져 있기를 거부했다. 소년은 밤낮으로 그녀의 곁에 "작고 흐린 그림자"처럼 붙어 다녔다.

메레디스 부인이 여왕에게 너무 오래 머물렀다고 대놓고 말하자, 라에니라는 어쩔 수 없이 왕관을 팔아 브라보스 상선 '비올란데'의 뱃삯을 마련했다. 해롤드 다크 경은 여왕이 협곡으로 가서 아린 여영주에게 의탁하기를 권유했고 메드릭 맨덜리 경은 자신과 동생 토르헨 경과 함께 화이트하버로 가자고 설득했지만, 여왕은 둘 다 거부했다. 그녀는 꿋꿋하게 드래곤스톤으로 돌아가기를 고집했다. 그곳에서 드래곤알을 구할 것이라고 여왕은 수하들에게 말했다. 다른 드래곤을 얻지 못하면 모든 건 끝장이라고.

강풍에 휩쓸린 비올란데호는 여왕이 바란 것보다 드리프트마크 해안으로 더 가까이 밀려갔다. 그들이 탄 배가 세 번이나 바다뱀의 군선을 지나쳤으나, 라에니라는 눈에 띄지 않도록 몸을 숨겼다. 어느 저녁, 브라보스 상선은 마침내 드래곤몬트 밑에 있는 포구에 들어섰다. 여왕은 더스큰데일을 떠나기 전에 큰까마귀를 보내 그녀가 간다는 것을 알렸고, 아들 아에곤과 시녀들과 세 퀸스가드 기사와 배에서 내리니 마중을 나온 무리가 있었다 (킹스랜딩에서 그녀를 따라온 황금 망토들은 더스큰데일에 남았으며, 맨덜리 형제는 비올란데호에서 내리지 않고 화이트하버로 향할 것이었다).

여왕 일행이 상륙했을 때 비가 내리고 있었고, 포구에는 사람 얼굴 하나 보이지 않았다. 부둣가의 창관조차도 불이 꺼지고 텅 빈 듯한 모습이었지만, 여왕은 신경 쓰지 않았다. 몸과 마음이 아프고 연이은 배신으로 낙심한 라에니라 타르가르옌은 오직 그녀의 성으로 돌아가기를 바랄 뿐이었다. 자신과 아들이 안전하게 지낼 수 있을 그곳으로. 여왕은 곧 마지막이자 가장 참혹한 배신을 겪으리라고는 꿈도 꾸지 못했다.

그녀를 마중 나온 자들은 라에니라가 킹스랜딩을 침공할 때 섬에 남긴 사람 중 한 명인 알프레드 브룸 경이 이끄는 정병 40명이었다. 늙은 왕 시절 드래곤스톤의 수비대에 합류한 브룸은 드래곤스톤에 있는 기사 중 제일 연배가 높았다. 그러므로 그는 라에니라가 철왕좌를 수복하러 떠날 때 자기가 수호성주에 임명되리라 예상했으나…… 성격이 무뚝뚝하고 심술 궂어 정이나 신뢰를 품을 만한 인물이 아니었기에, 여왕은 그 대신 더 사근사근한 로버트 퀸스 경을 선택했다고 머시룸은 전한다. 라에니라가 왜 로버트 경이 나오지 않았냐고 묻자, 알프레드 경은 "우리 뚱뚱한 친구"는 성에서 보게 될 것이라고 대답했다.

그 말대로 여왕은 곧 퀸스를 보았다. 그러나 그의 시신은 형체를 알아볼 수 없을 정도로 새카맣게 탄 상태였다. 오직 엄청나게 비대했던 그 체구만으로 누군지 알아차렸을 뿐이었다. 문루의 흉벽에는 그의 시신 옆으로 드래곤스톤의 집사, 수비대장, 훈련대장의 시신이 걸려 있었고…… 제라디스 대학사의 머리와 상체도 걸려 있었다. 갈비뼈 아래의 몸은 어디로 갔는지 사라졌고, 대학사의 찢어진 배 속에서 내장이 마치 검게 탄 뱀 무리처럼 대롱거렸다.

시신들을 올려다보는 여왕의 뺨에서 핏기가 사라졌다. 그 광경이 무엇을 뜻하는지 제일 먼저 알아차린 이는 어린 아에곤 왕자였다. "어머니, 도망치세요!"라고 그가 외쳤지만, 너무 늦고 말았다.

알프레드 경의 병사들이 여왕의 호위대를 덮쳤다. 해롤드 다크 경은 미처 검집에서 검을 뽑기도 전에 도끼에 머리가 박살 났고, 아드리안 레드포트 경은 뒤에서 찌른 창에 등이 꿰뚫렸다. 오직 로레스 랜스데일 경만이 재빨리 움직여 여왕을 지켰고, 덤벼드는 적병 두 명을 베고 자신도 쓰러졌다. 그렇게 마지막 퀸스가드 기사가 죽음을 맞이했다. 아에곤 왕자가 해롤드 경의 검을 움켜쥐자, 알프레드 경이 비웃듯 검을 쳐서 옆으로 날려버렸다.

소년과 여왕과 시녀들은 창끝에 떠밀려 드래곤스톤의 성문을 지나 안마당에 들어섰다. 그곳에서 (먼 훗날 머시룸의 인상적인 묘사에 따르면) 그들은 "한 죽은 남자와 죽어가는 드래곤"과 대면하게 되었다.

선파이어의 비늘은 여전히 햇빛 아래서 금박처럼 빛났지만, 안뜰의 검은 발리리아 돌바닥에 널브러진 드래곤은, 한때 웨스테로스의 하늘을 난 드래곤 중 가장 아름답다고 칭송받았던 드래곤은, 한눈에 봐도 온전한 몰골이 아니었다. 멜레이스가 거의 뜯어내다시피 한 한쪽 날개는 기괴한 방향으로 뒤틀려 있었고, 등에 보이는 더 최근에 생긴 상처는 드래곤이 움직일 때마다 연기를 뿜고 피를 흘렸다. 여왕 일행이 처음 보았을 때 선파이어는 똬리를 틀고 있었다. 짐승이 깨어나 머리를 들자, 목 주변에 다른 드래곤이 살점을 뭉텅 뜯어낸 거대한 상처가 보였다. 배에는 비늘이 떨어진 곳마다 딱지가 덮였고, 오른쪽 눈이 있어야 할 자리에는 검은 피가 굳은 텅 빈 구멍만이 남아 있었다.

라에니라도 그랬을 테지만 어떻게 이런 일이 벌어졌는지 묻지 않을 수 없다.

지금 우리는 여왕이 몰랐던 많은 사실을 알고 있다. 이에 대해서는 문쿤 대학사에게 감사해야 하는데, 오르월 대학사의 증언을 주로 참고한 그의 저서 《실록》이 어떻게 아에곤 2세가 드래곤스톤에 왔는지 밝혔기 때문이다.

여왕의 드래곤들이 킹스랜딩 상공에 처음 나타났을 때 왕과 그의 아이들을 도성에서 빼낸 건 다름 아닌 곤봉발 라리스 스트롱 공이었다. 성문으로 나가면 눈에 띄고 기억에 남을 수도 있으니, 라리스 공은 그만 알던 잔혹 왕 마에고르의 비밀 통로로 그들을 피신시켰다.

라리스 공은 또한 한 명이 잡혀도 다른 이들은 안전하도록 그들을 나누어 내보냈다. 리카드 쏜 경은 두 살배기 왕자 마엘로르를 하이타워 공에게 데려가도록 명령받았다. 사랑스럽고 단순한 여섯 살 난 여아 재해이라 공주는 그녀를 스톰스엔드까지 무사히 데려가겠다고 맹세한 윌리스 펠 경에게 맡겨졌다. 이후 사로잡혀도 상대의 행방을 누설하지 못하도록 두 기사가 서로 어디를 향하는지 알지 못하게 했다.

그리고 왕이 화려한 옷을 버리고 소금기에 전 어부의 망토를 걸친 채, 드래곤스톤에 친척이 있는 어느 서출 기사의 작은 어선에 실은 대구 더미 속에 숨었다는 건 라리스만이 아는 사실이었다. 곤봉발은 라에니라가 왕이 사라진 것을 알면 반드시 추적자를 보낼 것이라고 예상했다. 하지만 배는 파도에 아무런 흔적도 남기지 않으며, 웬만한 추적자는 설마 왕이 이복 누이의 섬에 있다고, 그녀의 성이 드리운 그늘 속에 몸을 숨겼으리라고 생각하지 못할 것이었다. 이 모든 것은 오르월 대학사가 스트롱 공에게 직접 들었다고 문쿤은 전한다.

선파이어가 드래곤스톤으로 돌아오지 않았더라면, 아에곤은 계속 그렇게 묵직한 망토 아래 화상 흉터를 감추고 술로 고통을 달래며 숨어서 지냈을지도 모른다. 드래곤이 무엇에 끌려 드래곤몬트로 왔는지는 많은 이가 궁금해한 질문이다. 상처를 입고 부러진 날개가 아직 낫지 않은 드래곤이 자기가 부화한 연기 나는 산으로 회귀한 것은 어떤 원초적인 본능에 끌려서였을까? 아니면 먼 거리와 거친 바다로 가로막혔음에도 아에곤 왕이 섬에 있다는 것을 감지하고 자신의 기수를 찾아 날아왔던 것일까? 유스터스 성사는 선파이어가 아에곤의 절실한 필요를 느꼈던 것이라고 주장하기까지 한다. 하지만 누가 감히 드래곤의 마음을 헤아린다고 할 수 있을까?

왈리스 무튼 공의 공격이 실패로 끝나고 선파이어가 룩스레스트 바깥에 있는 재와 뼈의 들판에서 달아난 뒤, 역사는 반년 넘게 이 드래곤의 행적을 놓쳤다(크래브가와 브룬가의 홀에서 들리는 몇몇 이야기에 따르면 드래곤은 한동안 크랙클로포인트 부근의 어두운 소나무 숲과 동굴에서 지낸 듯하다). 찢어진 날개가 회복되어 다시 날 수는 있었지만, 반듯하게 아물지 않은 탓에 여전히 힘이 약했다. 선파이어는 이제 높게 솟아오르지도, 오래 날지도 못했고 짧은 거리를 비행하는 것도 힘겨워했다. 어릿광대 머시룸은 잔인하게도, 독수리처럼 하늘을 가로지르는 다른 드래곤들과는 달리 선파이어는 "언덕에서 언덕으로 푸드덕거리며 깡충깡충 뛰어다니고 불을 내뿜는 거대한 황금빛 닭"이 되어버렸다고 묘사했다.

그런데도 그 "불을 내뿜는 닭"은 블랙워터만의 바다를 건넜다……. 네사리아호의 선원들이 봤던 그레이고스트를 공격한 드래곤이 바로 선파이어였다. 로버트 퀸스 경은 카니발에게 책임을 돌렸지만…… 하는 말보다 듣는 말이 더 많은 말더듬이 '혀 꼬인' 톰은 맥주로 볼란티스인들을 구슬렸고, 선원들이 공격한 드래곤의 비늘이 금빛이었다고 언급할 때마다 기억해 두었다. 카니발은 그도 잘 알았듯이 숯처럼 새카만 드래곤이었다. 그리하여 두 톰과 그들의 '사촌들'(절반만 진실이었는데, 그중 그들과 피가 섞인 자는 마스턴 경으로, '수염 꼬인' 톰의 누이가 그녀의 순결을 가져간 기사와의 사이에 낳은 사생아였다)은 작은 배를 타고 그레이고스트를 죽인 드래곤을 찾으러 나섰던 것이다.

화상 입은 왕과 불구가 된 드래곤은 서로에게서 새로운 목적을 발견했다. 아에곤은 매일 새벽에 드래곤몬트의 황량한 동쪽 비탈에 숨은 둥지에서 나와 룩스레스트에서 난 이후 처음으로 다시 하늘을 날았다. 그동안 두 톰과 그들의 사촌 마스턴 워터스는 섬의 반대편으로 되돌아가 성을 점령하는 데 도와줄 사람들을 찾아다녔다. 라에니라 여왕의 오랜 본성이자 요새였던 드래곤스톤에도 그 이유가 타당하든 타당하지 않든 여왕을 싫어하는 자가 많았다. '파종'이나 걸릿 해전에서 형제나 아들 또는 아비를 잃고 비탄에 빠진 자들도 있었고 약탈이나 승진을 욕심낸 자들도 있는가 하면, 딸보다 아들이 우선이라고 믿고 아에곤의 왕위를 지지한 사람들도 있었다.

여왕은 수하 중 정예들을 킹스랜딩으로 데려갔다. 섬에 있고 바다뱀의 함대와 높은 발리리아 성벽으로 보호받는 드래곤스톤은 난공불락의 성으로 여겨졌기에, 여왕은 대부분 늙은이나 어린애 또는 절름발이나 둔하거나 불구인 자, 회복 중인 부상병, 충성심을 믿을 수 없거나 겁쟁이로 보이는 자 등등 별다른 쓸모가 없는 사내들로 이루어진 소수의 수비대를 남겼다. 그리고 그들을 지휘할 대장으로 유능하지만 늙고 뚱뚱해진 로버트 퀸스 경을 임명했다.

퀸스가 여왕의 변함없는 충신이었다는 데는 이견이 없지만, 그의 부하 중에는 충성심이 덜하고 옛적에 부당한 처우를 실제로 받았거나 받았다고 생각하여 불만과 원한을 품은 자들이 있었다. 그중 가장 두드러진 자가 알프레드 브룸 경이었다. 브룸은 아에곤 2세가 왕좌를 되찾으면 영주의 작위와 땅과 황금을 받는 조건으로 적극적으로 여왕을 배신했다. 오랫동안 수비대에서 근무한 그는 왕의 부하들에게 드래곤스톤의 강점과 약점은 물론, 수비병 중 누구를 매수하거나 설득할 수 있고 누구를 반드시 죽이거나 감금해야 하는지도 샅샅이 알려주었다.

드래곤스톤 함락은 한 시간도 채 걸리지 않았다. 브룸에게 넘어간 수비병들이 유령의 시간에 후문 한 곳을 열어 마스턴 워터스 경과 혀 꼬인 톰과 그들의 병사들을 몰래 성안으로 들였다. 한 무리가 무기고를 점령하고 또 다른 무리가 드래곤스톤의 충직한 병사들과 훈련대장을 감금하는 동안, 마스턴 경은 까마귀 방에 있던 제라디스 대학사를 덮쳐 큰까마귀로 공격 소식을 알리는 것을 막았다. 알프레드 경 본인은 병사들을 이끌고 수호성주의 방으로 쳐들어가 로버트 퀸스 경을 급습했다. 퀸스가 침대에서 일어나려고 낑낑댈 때, 브룸이 그의 거대한 허연 배에 창을 찔러 넣었다. 두 남자를 잘 알았던 머시룸은 알프레드 경이 로버트 경을 싫어하고 질시했다고 전한다. 브룸이 워낙 창을 세게 찔러 창끝이 로버트 경의 등 뒤로 나와 깃털 침대와 밀짚 요를 뚫고 바닥까지 닿았다는 것을 보면 그 말이 사실인 듯하다.

계획 중 단 한 부분이 예측에서 벗어났다. 혀 꼬인 톰과 무뢰한들이 바엘라 영애를 사로잡으려고 그녀의 침실 문을 부쉈을 때, 소녀는 창문으로 빠져나간 뒤 지붕 위를 기고 벽을 내려가며 재빨리 안마당까지 이동했다. 왕의 수하들은 병사들을 보내 성의 드래곤들이 지내는 마구간을 점거했으나, 드래곤스톤에서 자라난 바엘라는 그들이 모르는 길을 속속들이 알고 있었다. 추격자들이 따라잡았을 때, 그녀는 이미 문댄서의 쇠사슬을 풀고 등에 안장까지 채운 다음이었다.

선파이어를 타고 드래곤몬트의 연기 나는 봉우리를 넘어온 국왕 아에곤 2세는 서서히 하강하면서 여왕의 부하들이 죽거나 잡힌 가운데 그의 수하들이 점령한 성에 당당하게 입성하기를 기대했다. 그러나 다에몬 왕자와 래나 부인의 딸이며 부친만큼이나 용맹한 바엘라 타르가르옌이 땅에서 날아올라 그를 맞이했다.

문댄서는 몸이 연한 녹색이고 뿔과 볏과 날개뼈는 진줏빛이 나는 어린 드래곤이었다. 커다란 날개를 제외하면 동체는 군마 정도 크기였고, 무게는 그보다 덜 나갔지만 매우 빨랐다. 그에 비해 선파이어는 훨씬 더 컸으나, 한쪽 날개가 기형이라 나는 것을 힘겨워했고 그레이고스트와 싸우다가 새로이 생긴 부상도 있었다.

두 드래곤은 여명이 밝기 전 어스름 속에서 격돌했고, 상공에서 어두운 형체들이 화염으로 밤하늘을 밝혔다. 문댄서는 선파이어의 불길과 이빨을 피하고 움켜쥐려는 발톱 아래로 잽싸게 도망쳤다. 그러다가 위에서부터 덮쳐 더 큰 드래곤을 할퀴어 등에 기다랗고 연기 나는 상처를 남기고 부상당한 날개를 찢어발겼다. 밑에서 지켜보던 구경꾼들은 선파이어가 술에 취한 것처럼 휘청거리며 공중에 떠 있으려고 발버둥 치는 동안, 문댄서가 되돌아와 불을 뿜으며 달려들었다고 이야기했다. 선파이어는 황금빛 화염을 내뿜으며 반격했는데, 그 빛이 너무도 강렬하여 마당을 마치 또 다른 태양처럼 비췄다. 불길에 눈을 정통으로 맞은 문댄서는 순간 눈이 멀었을 터이나, 멈추지 않고 선파이어에게 날아들었다. 날개와 발톱이 충돌하고 뒤엉키며 두 드래곤이 떨어져 내렸고, 문댄서가 선파이어의 목을 연달아 공격하여 살점을 뭉텅뭉텅 뜯어내는 동안 더 나이 많은 드래곤은 어린 드래곤의 아랫배에 발톱을 박아 넣었다. 화염과 연기에 휩싸이고 눈까지 멀고 전신에서 피를 흘리면서도 문댄서는 필사적으로 날개를 퍼덕거리며 상대에게서 벗어나려 했지만, 그 몸부림은 추락을 약간 늦추는 데 그치고 말았다.

안마당의 구경꾼들은 드래곤들이 싸우는 채로 그대로 단단한 돌바닥에 충돌하자 혼비백산하며 흩어졌다. 지상에서 문댄서의 재빠른 몸놀림은 선파이어의 크기와 무게 앞에 무력했다. 곧 쓰러진 녹색 드래곤은 다시 움직이지 않았다. 황금 드래곤은 승리의 포효를 지르며 다시 일어나려 했으나, 상처에서 뜨거운 피를 콸콸 흘리며 땅으로 무너져 내렸다.

드래곤들이 아직 지상에서 20피트 높이에 있을 때 안장에서 뛰어내린 아에곤 왕은 두 다리가 산산이 조각났다. 바엘라 영애는 끝까지 문댄서와 함께했다. 소녀는 불에 타고 만신창이가 된 몸으로 기어코 안장의 고리를 풀고 기어 나와 단말마의 고통 속에 똬리를 트는 그녀의 드래곤으로부터 벗어났다. 알프레드 브룸이 그녀를 죽이려고 검을 뽑았으나 마스턴 워터스가 검을 낚아챘다. 혀 꼬인 톰이 그녀를 안고 학사에게 데려갔다.

그렇게 아에곤 2세는 선대로부터 내려오는 타르가르옌 왕가의 본성을 차지하였으나, 그가 치른 대가는 끔찍했다. 선파이어는 다시 날지 못할 것이었다. 드래곤은 자신이 쓰러진 마당에 남아 문댄서의 사체를 먹어치웠고, 나중에는 수비대가 도살한 양을 먹었다. 그리고 아에곤 2세는 여생을 극심한 고통에 시달렸다. 그런데도 제라디스 대학사가 권유한 양귀비즙을 거부한 건 감탄할 만하다. "다시는 그것에 의존하지 않을 것이다." 그가 말했다. "그리고 난 네가 준비한 약 따위를 마실 정도로 멍청하지도 않아. 넌 내 누이의 심복이 아니더냐."

왕의 명령에 따라 제라디스는 라에니라 공주가 오르월 대학사의 목에서 뜯어내 그에게 주었던 사슬 목걸이로 교수형에 처해졌다. 그는 격하게 떨어져 목뼈가 부러지며 즉사하는 대신, 숨을 헐떡이고 발버둥 치면서 느리게 질식했다. 제라디스는 세 번이나 죽기 직전 내려졌다가 숨을 돌리자마자 또다시 끌어 올려졌다. 그런 다음에는 배가 갈린 채 선파이어 앞에 내걸려 산 채로 다리와 내장을 먹혔다. 왕은 "내 사랑하는 누이가 오면 맞이하도록" 대학사의 시신을 일부 남기라고 지시했다.

얼마 후, 부러진 다리에 부목을 대고 천으로 묶은 왕이 돌북 탑의 거대한 본관에 누워 있을 때, 라에니라 여왕이 더스큰데일에서 보낸 큰까마귀들이 도착하기 시작했다. 이후 이복 누이가 비올란데호를 타고 온다는 소식을 접한 아에곤은 알프레드 브룸에게 그녀의 귀향을 기념할 "적절한 환영식"을 준비하라고 지시했다.

지금 우리는 이 모든 사실을 알지만, 그때 섬에 발을 디딘 여왕은 아무것도 모른 채 동생의 함정으로 들어갔던 것이다.

여왕에게 호의를 품지 않았던 유스터스 성사는 만신창이가 된 황금의 선파이어를 보고 라에니라가 웃음을 터뜨렸다고 전한다. "이건 누가 한 짓이냐? 그에게 고맙다고 해야겠군." 여왕을 무척 사랑한 머시룸은 다르게 이야기한다. 그에 따르면 라에니라는 "어찌 이런 지경에 이르게 되었느냐?"라고 말했다고 한다. 두 기록은 그다음 말한 사람이 왕이었다는 데에서 일치한다. "누나." 그가 위의 난간에서 불렀다. 왕은 걷기는커녕 일어설 수도 없었기에, 다른 이들이 의자째로 옮겨놓았다. 룩스레스트에서 허리가 박살난 이래 아에곤은 등이 굽고 뒤틀렸으며, 한때 잘생겼던 얼굴은 양귀비즙 사용으로 부어오른 데다 화상 흉터가 몸의 절반을 뒤덮었다. 그런데도 동생을 한눈에 알아본 라에니라가 말했다. "사랑하는 동생아. 네가 죽었기를 바랐는데."

"내가 먼저 갈 수는 없지." 아에곤이 대답했다. "누나가 나이가 더 많잖아."

"그걸 기억하고 있다니, 기쁘네." 라에니라가 응답했다. "상황을 보아하니 우리가 네 포로가 된 것 같은데…… 이게 오래갈 거라고 생각하지는 마. 내게 충성하는 영주들이 곧 찾으러 올 테니까."

"놈들이 일곱 지옥이라도 뒤진다면 모르지." 부하들이 라에니라를 아들로부터 떼어낼 때 왕이 대꾸했다. 혹자는 그녀의 팔을 붙든 건 알프레드 브룸 경이었다고 하고, 수염 꼬인 톰과 혀 꼬인 톰 부자를 지목하는 이들도 있다. 아에곤 왕에게 용기를 인정받아 킹스가드로 임명된 마스턴 경도 하얀 망토를 걸치고 그 광경을 지켜보았다.

워터스도, 그곳에 있던 다른 기사나 영주 그 누구도 아에곤 2세가 이복 누이를 드래곤 앞으로 끌고 가게 할 때 한마디도 항의하지 않았다. 선파이어는 브룸이 단검으로 여왕의 젖가슴을 살짝 찌르기 전까지는 앞에 놓인 제물에 관심을 두지 않았다고 한다. 피 냄새는 드래곤의 흥미를 일으켰고, 여왕에게 킁킁거리더니 돌연 화염을 토해냈다. 너무 갑작스러웠던 탓에 알프레드 경이 급히 옆으로 몸을 피했는데도 망토에 불이 붙었다. 라에니라 타르가르옌은 그 찰나에 하늘을 올려다보며 이복동생에게 마지막 저주를 퍼부었고, 선파이어의 턱이 닫히며 그녀의 팔과 어깨를 뜯어 먹었다.

유스터스 성사는 황금 드래곤이 여왕을 단 여섯 입에 먹어치우고 왼쪽 정강이 아랫부분만 "이방인의 몫"으로 남겨놓았다고 전한다. 라에니라의 시녀 중 가장 어리고 여렸던 엘린다 매시는 그 참극을 보다 못해 자신의 눈알을 파냈고, 여왕의 아들 작은 아에곤은 공포에 질려 한 발자국도 움직이지 못했다고 한다. '왕국의 기쁨'이자 '반년 여왕'이었던 라에니라 타르가르옌은 아에곤의 정복 후 130년째 되는 해 열 번째 달의 스무이튿날에 눈물로 얼룩진 삶을 마감했다. 향년 33세였다.

알프레드 브룸 경은 아에곤 왕자도 죽이자고 주장했지만, 아에곤 왕이 허락하지 않았다. 그는 아직 열 살인 소년이 인질로서 가치가 있을 것이라

고 언명했다. 그의 이복 누이는 죽었으나 왕이 다시 철왕좌에 오르기 전에 먼저 처리해야 할 적들이 곳곳에 남아 있었다. 그리하여 아에곤 왕자는 목과 손목과 발목에 쇠고랑을 찬 채 드래곤스톤의 지하감옥에 갇혔다. 죽은 여왕의 시녀들은 명문가 출신이라 바다 드래곤 탑에 유폐되어 몸값이 지급되기를 기다렸다.

"숨어 지내는 시간은 끝났다." 국왕 아에곤 2세가 선언했다. "전국으로 큰 까마귀를 날려 찬탈왕이 죽었고, 이제 진정한 왕이 돌아와 부왕의 왕좌를 되찾을 것이라고 알리거라."

드래곤들의 죽음
아에곤 2세의 짧고 슬펐던 재위

"숨어 지내는 시간은 끝났다." 드래곤스톤에서 국왕 아에곤 2세가 선파이어에게 누이를 먹인 뒤 선언했다. "전국으로 큰까마귀를 날려 참칭왕이 죽었고, 이제 진정한 왕이 돌아와 부왕의 왕좌를 되찾을 것이라고 알리거라."

그러나 진정한 왕도 때로는 어떤 것은 선포하기는 쉽지만 이루기는 어렵다는 것을 알게 된다. 아에곤 2세는 달이 차고 기운 뒤 또 찬 다음에야 드래곤스톤을 떠날 수 있었다.

그와 킹스랜딩 사이에는 드리프트마크섬과 블랙워터만과 그 바다를 배회하는 벨라리온 군선 수십 척이 있었다. 바다뱀이 킹스랜딩에서 트리스탄 트루파이어의 '귀빈'으로 지내고 아담 경이 텀블턴에서 전사한 지금, 벨라리온 함대는 아담의 동생이며 조선공의 딸 '생쥐'의 작은아들인 열다섯 살 소년, 알린이 지휘했다. 그가 적일까, 아군일까? 그의 형은 여왕을 위해 싸우다 죽었으나, 그 여왕은 그들의 가주를 감옥에 집어넣었고 자신도 죽어버렸다. 헐의 알린이 드래곤스톤으로 와서 충성을 맹세한다면 벨라리온 가문이 과거에 저지른 모든 죄를 사면하겠다는 서신을 매단 큰까마귀들이 드리프트마크로 날아갔지만…… 긍정적인 답변이 도착하기 전에 아에곤 2세가 나포를 무릅쓰고 배로 만을 건너는 선 어리석은 짓일 터였다.

그렇다고 왕이 배를 타고 킹스랜딩으로 가고 싶어 한 것도 아니었다. 이 복 누이가 죽고 며칠 동안 왕은 선파이어가 회복해 다시 날 힘을 되찾으리라는 희망에 매달렸다. 하지만 드래곤은 나날이 약해지는 듯했고, 곧 목의 상처에서 악취가 풍기기 시작했다. 드래곤이 내쉬는 연기조차도 역한 냄새가 났고, 끝내는 먹이도 마다했다.

AC 130년 열두 번째 달의 아흐렛날, 한때 아에곤 왕의 영광이었던 아름다운 황금빛 드래곤은 그가 추락한 드래곤스톤의 바깥마당에서 숨이 끊겼다. 왕은 눈물을 흘리며 그의 사촌 바엘라 영애를 지하감옥에서 끌어내 처형하라는 명령을 내렸다. 소녀의 머리가 처형대 위에 놓인 다음에야 왕은 결정을 후회했는데, 그의 학사가 소녀의 모친이 바다뱀의 친딸임을 상기시켰기 때문이다. 또다시 큰까마귀가 드리프트마크로 날았고, 이번에는 협박을 전했다. 헐의 알린이 보름 내로 그의 정당한 군주를 찾아와 신하의 예를 갖추지 않는다면, 그의 사촌 바엘라 영애가 목을 잃을 것이라는 내용이었다.

한편, 블랙워터만의 서쪽 기슭에서는 킹스랜딩 성벽 밖에 군대가 도착하면서 '세 왕의 달'이 갑작스럽게 끝을 맞이했다. 반년 넘게 도성은 오르문드 하이타워의 대군이 언제 쳐들어올지 몰라 두려움에 떨었다. 그러나 마침내 도달한 적군은 올드타운에서부터 비터브리지와 텀블턴을 거쳐서 오지 않고 스톰스엔드에서 왕의 가도를 타고 올라왔다. 여왕이 죽었다는 소식을 접한 보로스 바라테온이 새로이 임신한 아내와 네 딸을 뒤에 남기고 기사 600명과 보병 4000명을 이끌고 왕의 숲을 가로질러 북상한 것이다.

블랙워터 급류 너머로 바라테온군의 선봉대가 나타나자, 양치기는 추종자들에게 서둘러 강으로 가서 보로스 공의 도강을 막으라고 명령했다. 그러나 한때 수만 명에게 설교했던 이 거지에게 모이는 이들은 이제 수백에 불과했고, 그의 말에 복종하는 사람은 더욱 적었다. 아에곤의 높은 언덕에서는 이제 트리스탄 트루파이어 왕을 자칭하는 종자가 라리스 스트롱과 벼룩 퍼킨 경과 함께 흉벽 위에 서서 점점 숫자가 불어나는 스톰랜드 군대를 바라보았다. "우린 저런 대군에 맞설 병력이 없습니다, 전하." 라리스 공이 소년에게 아뢰었다. "하지만 검이 실패해도 말은 성공할 수 있지요. 절 보내주시면 협상을 시도해보겠습니다." 그리하여 '곤봉발'은 휴전 깃발을 들고 강을 건넜고, 오르월 대학사와 알리센트 왕대비가 동행했다.

스톰스엔드 영주는 왕의 숲 언저리에 세운 막사에서 그들을 맞이했다. 주변에서는 병사들이 도강에 필요한 뗏목을 지을 나무를 베고 있었다. 그곳에서 알리센트 왕대비는 그녀의 아들 아에곤과 딸 헬라에나 사이에서 태어난 아이 중 유일하게 살아남은 손녀, 재해이라가 킹스가드 기사 윌리스 펠 경의 호위로 무사히 스톰스엔드에 도착했다는 반가운 소식을 듣고 기쁨의 눈물을 흘렸다.

배신과 혼약이 뒤를 이었고, 오르월 대학사가 증인으로 참석한 가운데 보로스 공, 라리스 공, 알리센트 왕대비가 합의를 봤다. 곤봉발은 참칭왕 트리스탄을 제외한 이들 전부 대역, 반란, 강도, 살인, 강간 등 모든 죄를 사면받는다는 조건으로 퍼킨 경과 시궁창 기사들이 아에곤 2세가 철왕좌를 수복하도록 스톰랜드군에 가세할 것이라고 약속했다. 알리센트 왕대비는 그녀의 아들 아에곤 왕이 보로스 공의 장녀 카산드라 영애를 새로운 왕비로 맞이하는 데 동의했다. 영주의 다른 딸 플로리스 영애는 라리스 스트롱과 혼약을 맺기로 하였다.

벨라리온 함대 문제는 꽤 길게 논의되었다. "반드시 바다뱀을 끌어들여야 하오." 바라테온 공이 말했다고 한다. "그 노인이 어린 아내를 들일 생각이 있는지 모르겠군. 난 아직 혼처를 정하지 않은 딸이 둘 남아 있소."

"그는 골수까지 반역자네." 알리센트 왕대비가 말했다. "그만 아니었다면 라에니라는 결코 킹스랜딩을 함락할 수 없었어. 내 아들인 선하도 잊지 않았을 걸세. 난 그의 죽음을 바라네."

"어차피 오래지 않아 죽을 사람입니다." 라리스 스트롱 공이 대답했다. "이제 그와 화해하고 써먹을 수 있을 만큼 써먹는 겁니다. 모든 일이 무사히 정리되고 벨라리온 가문이 더 필요하지 않게 되면, 그때 우리가 '이방인'을 거들 수도 있잖습니까."

그렇게 매우 비열한 합의가 이루어졌다. 사절들은 킹스랜딩으로 귀환했고, 뒤를 따라 스톰랜드군이 아무 충돌 없이 블랙워터 급류를 건넜다. 보로스 공을 맞이한 건 방치된 성벽과 무방비로 놓인 성문 그리고 시체 외에는 텅 빈 거리와 광장이었다. 그는 기수와 가문위사들과 함께 아에곤의 높은 언덕을 오르다가 문루 흉벽에서 종자 트리스탄의 누더기 깃발이 내려가고 국왕 아에곤 2세의 황금빛 드래곤 깃발이 그 자리를 대신하는 광경을 보았다. 레드킵에서 모습을 드러낸 알리센트 왕대비와 벼룩 퍼킨 경이 나란히 서서 영주를 환영했다. "참칭왕은 어딨소이까?" 보로스 공이 바깥마당에서 말에서 내리며 물었다. "생포하여 사슬을 채웠습니다." 퍼킨 경이 대답했다.

변경 지역에서 도르네인들과 수많은 교전을 벌인 노련한 전사이며 최근에 새로운 독수리 왕도 성공적으로 토벌한 보로스 공은 킹스랜딩의 질서를 회복하는 데 지체하지 않았다. 레드킵에서 조용한 축하연을 벌인 다음 날, 그는 '보지 왕' 연한 머리 가에몬이 점거한 비세니아 언덕을 공격했다. 중장기사들이 세 방향에서 언덕을 오르며 어린 왕을 지키고자 나선 부랑배, 용병, 주정뱅이를 짓밟고 나머지를 내쫓았다. 바로 이틀 전에 다섯 번째 생일을 맞은 어린 국왕은 사슬에 묶여 말 등에 얹힌 채 울면서 레드킵으로 끌려갔다. 말 옆에는 그의 어머니가 도르네 여인 실베나 샌드의 손을 꼭

잡고 걸어갔고, 창녀, 마녀, 소매치기, 좀도둑, 주정뱅이 등 연한 머리 '궁중'의 잔당이 긴 행렬을 이루며 뒤를 따랐다.

다음 날 밤은 양치기의 차례였다. 창녀들과 그들의 어린 왕이 당한 일을 본 선지자는 "맨발 군대"를 드래곤핏에 불러 모으고 "피와 쇠"로 라에니스 언덕을 사수하라는 명령을 내렸다. 그러나 양치기의 별은 이미 땅에 떨어진 지 오래였다. 그의 부름에 응답한 자는 300명도 안 되었고, 그나마도 대부분 공격이 시작되자마자 도망쳤다. 보로스 공은 휘하의 기사들을 이끌고 서쪽에서 언덕을 올랐고, 퍼킨 경과 시궁창 기사들이 플리바텀 쪽에서 더 가파른 남쪽 비탈을 올랐다. 몇 안 되는 방어자들을 뚫고 드래곤핏의 폐허에 도달한 그들은 썩어 문드러진 드래곤 머리 사이에 서서 횃불에 빙 둘러싸인 채 아직도 멸망과 파괴를 부르짖는 선지자를 발견했다. 양치기는 군마 위에 있는 보로스 공을 보고 뭉툭한 손목으로 가리키며 저주했다. "올해가 가기 전에 우린 지옥에서 만날 것이다." 탁발 수사가 선언했다. 연한 머리 가에몬처럼, 그도 생포되어 사슬에 묶인 채 레드킵으로 끌려갔다.

그리하여 킹스랜딩은 나름 평화를 되찾았다. 알리센트 왕대비는 그녀의 아들 "우리의 진정한 왕, 아에곤 2세"의 이름으로 도성에 통행금지령을 선포하여 해가 진 후 사람들이 거리로 나오는 것을 금했다. 도시 경비대는 벼룩 퍼킨 경의 지휘 아래 재건되어 통금을 시행했고, 보로스 공의 스톰랜드 병사들이 성문과 성벽에 배치되었다. 세 언덕에서 끌려 내려간 가짜 '왕'들은 진정한 왕이 귀환할 때까지 지하감옥에 갇혀 고초를 겪었다. 하지만 그 귀환은 드리프트마크의 벨라리온가에 달려 있었다. 레드킵 성벽 안에서 알리센트 왕대비와 라리스 스트롱 공은 바다뱀에게 그가 아에곤 2세를 왕으로 인정하여 무릎을 꿇고 드리프트마크의 병력과 군선을 바친다면, 자유와 대역죄에 대한 완전한 사면 그리고 왕의 소협의회 자리를 주겠다고 제의했다. 그러나 노인은 예상외로 완고했다. "내 무릎은 늙고 뻣뻣하여 쉽게 굽지 않는다오"라고 말한 코를리스 공은 자신의 조건을 내밀었다. 그는 자신뿐만 아니라 라에니라 여왕을 위해 싸운 모든 이의 사면을 바랐고, 주가로 작은 아에곤과 재해이라 공주를 혼인시켜 둘 다 아에곤 왕의 후계자로 선포하기를 요구했다. "왕국은 갈기갈기 찢겼소." 그가 말했다. "반드시 봉합하여야 할 것이오." 그는 보로스 공의 딸들에게는 흥미를 갖지 않았고, 바엘라 영애가 즉시 풀려나기를 원했다.

알리센트 왕대비는 벨라리온 공의 '오만', 특히 라에니라 여왕의 아들 아에곤을 자기 아들 아에곤의 후계자로 책봉하라는 요구에 격분했다고 문쿤은 전한다. '춤' 내전 동안 아들 삼 형제 중 둘과 유일한 딸을 잃은 그녀는 적의 아들이 하나라도 살아남는다는 생각을 견딜 수 없었다. 왕대비는 성을 내며 코를리스 공에게 자신이 라에니라에게 화평을 두 차례나 제의했지만, 두 번 다 라에니라가 비웃으며 거절했음을 일깨웠다. 그녀의 노여움을 가라앉힌 이는 곤봉발 라리스 공이었다. 라리스 공은 왕대비에게 그들이 바라테온 공의 천막에서 논의한 내용을 상기시키고 바다뱀의 제안을 받아들이도록 설득했다.

다음 날, 바다뱀 코를리스 벨라리온 공은 철왕좌의 계단 아랫부분에 앉아 아들을 대리하는 알리센트 왕대비 앞에 무릎을 꿇고 왕에게 자신과 가문의 충성을 맹세했다. 신과 인간이 보는 앞에서 왕대비는 벨라리온 공과 그의 가문을 사면하고 그를 다시 제독 겸 해군관에 임명하며 소협의회 자리를 돌려주었다. 큰까마귀들이 드리프트마크와 드래곤스톤으로 날아가 합의 내용을 알렸다. 하마터면 늦을 뻔했는데, 어린 알린 벨라리온이 드래곤스톤을 침공할 함대를 모으고 국왕 아에곤 2세는 다시 그의 사촌 바엘라의 목을 칠 준비를 하던 중이었기 때문이다.

AC 130년이 저물어갈 즈음, 국왕 아에곤 2세가 드디어 킹스랜딩에 돌아왔다. 마스턴 워터스 경, 알프레드 브룸 경, 두 톰 그리고 바엘라 타르가르옌 영애(풀어주면 왕을 공격할 염려가 있어 여전히 사슬에 묶인 채였다)가 동행했다. 그들은 벨라리온 전투 갤리선 열두 척의 호위를 받으며 헐의 마릴다가 소유하고 선장을 맡은 낡고 오래된 외돛 무역선 '생쥐'를 타고 바다를 건넜다. 머시룸의 말을 믿자면, 그 배는 의도적으로 선택된 것이었다. "알린 공은 왕을 '아에단 공의 영광'이나 '아침결'이나 심지어는 '스파이스타운 소녀' 같은 배에 태워 보낼 수도 있었지만, 왕이 생쥐처럼 도성으로 기어드는 꼴을 보이기를 바랐어"라고 난쟁이는 전한다. "알린 공은 발칙한 소년이었거든. 왕을 좋아하지도 않았고."

왕의 귀환은 의기양양한 개선과는 거리가 멀었다. 여전히 걷지 못했던 왕은 닫힌 가마를 타고 강의 문으로 입성했고, 텅 빈 거리와 버려진 민가와 약탈당한 상점을 지나치고 침묵하는 도성을 가로질러 아에곤의 높은 언덕 위에 있는 레드킵까지 실려 갔다. 왕좌를 되찾은 왕은 철왕좌의 가파르고 좁은 계단도 오를 수 없었다. 그래서 복귀한 왕은 왕좌 밑에 나무를 깎아 만든 의자를 놓고 방석을 깔고 앉아 정무를 보았고, 담요로 뒤틀리고 부러진 다리를 가렸다.

왕은 극심한 통증에 시달리면서도 침소로 물러나거나 드림와인 또는 양귀비즙에 의존하지 않았다. 대신 그는 바로 '광기의 달' 동안 킹스랜딩을 지배한 세 "하루살이 왕"의 처벌에 착수했다. 종자가 제일 먼저 그의 분노에 직면하였고, 대역죄로 사형을 선고받았다. 용감한 소년이었던 트리스탄은 처음 철왕좌 앞에 끌려 나왔을 때 반항적인 모습을 보였으나, 왕의 옆에 선 벼룩 퍼킨 경을 보고 낙담하였다고 머시룸은 전한다. 그럼에도 소년은 무죄를 주장하거나 자비를 구걸하지 않았고, 다만 죽기 전에 기사로 만들어달라고 요청했다. 아에곤 왕은 이를 허락했고, 마스턴 워터스 경이 소년(그와 같은 사생아였다)을 트리스탄 파이어 경(소년이 이름으로 삼은 '트루파이어(Truefyre, 진정한 불)'는 주제넘다고 여겨졌다)으로 서임한 뒤 알프레드 브룸 경이 정복자 아에곤의 보검 블랙파이어로 그의 목을 베었다.

'보지 왕' 연한 머리 가에몬은 더 관대한 처분을 받았다. 이제 다섯 살이 된 소년은 어린 나이를 이유로 용서받고 왕실의 대자가 되었다. 그의 짧은 재위 동안 에셀린 부인을 자칭했던 소년의 어미 에시는 고문 끝에 가에몬의 생부가 그녀가 주장했듯 아에곤이 아니라 어떤 리스 무역선의 은발 머리 노잡이였다고 자백했다. 태생이 비천하여 검으로 처형당할 자격이 없던 에시와 도르네인 창녀 실베나 샌드는 레드킵의 흉벽에 목이 매달려 죽었다. 그 둘과 함께 가에몬 '왕'의 궁중이었던 도둑, 주정뱅이, 배우, 거지, 창녀, 포주 등 잡배 27명도 교수형에 처해졌다.

마지막으로 국왕 아에곤 2세는 양치기에게 시선을 돌렸다. 판결을 위해 철왕좌 앞으로 끌려 나온 선지자는 죄를 회개하거나 반역죄를 인정하지 않았고, 대신 뭉툭한 손목으로 왕을 가리키며 "올해가 가기 전에 우린 지옥에서 만날 것이다"라고, 그가 보로스 공에게 사로잡힐 때 한 말을 되풀이했다. 그 불손함의 처벌로 아에곤은 양치기의 혀를 뜨겁게 달군 집게로 뽑은 다음, 그와 그의 "반역적 추종자들"에게 화형을 선고했다.

그해 마지막 날, 양치기를 가장 열렬하게 추종한 "맨발의 양들" 241명은 온몸에 역청을 뒤집어쓰고 신발 수선 광장에서부터 동쪽으로 드래곤핏까지 이어지는 넓은 자갈길을 따라 세워진 기둥에 사슬로 묶였다. 도성의 성소에서 종을 울리며 묵은해가 가고 새해가 밝았음을 알릴 때, 국왕 아에곤 2세는 가마를 타고 길을 나아갔고(그 후 그 길은 '언덕 거리' 대신 '양치기의 길'로 불리게 되었다) 양쪽에서 말을 탄 기사들이 횃불로 기둥에 묶인 '양'들에게 불을 붙여 왕의 앞길을 밝혔다. 왕은 그렇게 언덕 정상까지 올라가 다섯 드래곤의 머리 사이에 묶인 양치기 앞에 이르렀다. 아에곤 왕은 킹스가드 기사 두 명의 부축을 받으며 가마에서 일어나 선지자가 묶인 기둥까지 비틀거리며 간 다음, 손수 그에게 불을 붙였다.

"참칭왕 라에니라는 이제 없고 그녀의 드래곤들도 죽었으며 광대 왕들도 모두 쓰러졌지만, 여전히 왕국에는 평화가 돌아오지 않았다"라고 얼마 후 유스터스 성사가 적었다. 이복 누이를 죽이고 그녀의 유일하게 살아남은 아들도 궁중에 포로로 잡아놨으니, 아에곤 2세는 그를 반대하는 잔존 세력이 차츰 사라지기를 바랐을지도 모른다. 실제로 왕이 벨라리온 공의 조언대로 여왕의 명분을 옹호한 영주들과 기사들에게 전면 사면을 내렸다면 그렇게 되었을 수도 있다.

애석하게도 왕은 용서를 베풀 마음이 없었다. 모친 알리센트 왕대비의 부추김에 아에곤 2세는 자신을 배신하고 쫓아낸 자들에게 복수하기로 작정했다. 그는 국왕령부터 시작하여 휘하의 병사들과 보로스 바라테온의 스톰랜드군을 로스비, 스토크워스, 더스큰데일을 비롯한 근처의 성채와 촌락으로 보냈다. 집사와 수호성주들로부터 전갈을 받은 영주들은 재빨리 라에니라의 네 등분 깃발을 내리고 아에곤의 황금 드래곤 깃발을 대신 내걸었음에도 사슬에 묶인 채 킹스랜딩으로 끌려가 왕에게 신하의 예를 갖추어야 했다. 게다가 막대한 몸값을 내고 왕가에 적절한 볼모를 보낸다고 동의할 때까지 풀려나지도 못했다.

그 출정은 오히려 죽은 여왕의 수하들이 왕에게 품은 반감을 굳히게 한 중대한 실수였다. 곧 윈터펠, 배로턴, 화이트하버에서 대군이 집결 중이라는 소식이 킹스랜딩에 닿았다. 리버랜드에서는 투병 중이던 고령의 그로버 툴리 공이 죽자(머시룸 말로는 제2차 텀블턴 전투에서 그의 가문이 정당한 왕에 대적했다는 말을 듣고 뇌졸중으로 사망했다고 한다) 마침내 리버런의 영주가 된 그의 손자 엘모가 다시금 트라이던트의 영주들에게 소집령을 내려 로스비, 스토크워스, 다클린 공의 전철을 피하려고 했다. 아직 열세 살이지만 이미 노련한 전사인 레이븐트리의 벤지콧 블랙우드, 그의 용감무쌍한 고모 '검은 알리'와 그녀의 궁수 300명, 트윈스의 무자비하고 욕심 많은 여주인 사비타 프레이 부인, 나그네의 쉼터의 휴고 밴스 공, 시가드의 조라 말리스터 공, 대리의 롤란드 대리 공이 그에게 모여들었고, 심지어는 그때까지 아에곤 왕을 지지했던 스톤헤지의 영주 험프리 브라켄마저도 가세했다.

그보다 더 심각한 소식은 협곡에서 도착했다. 제인 아린 여영주는 기사 1500명과 중장병 8000명을 모았고, 군대를 킹스랜딩으로 수송할 선단을 마련하고자 브라보스로 사절을 보냈다. 그들과 함께 드래곤도 한 마리 올 것이었다. 용감한 바엘라의 쌍둥이 자매, 라에나 타르가르엔 영애는 협곡으로 갈 때 드래곤알을 하나 가져갔었다. 그 알이 부화하여 라에나가 '모닝'이라고 이름 붙인 검은 뿔과 깃이 달린 분홍색 새끼 드래곤이 태어났던 것이다.

등에 타고 전장으로 갈 수 있을 정도로 모닝이 성장하려면 여러 해가 지나야 할 테지만, 어쨌든 드래곤의 탄생 소식은 녹색 회의가 크게 우려할 만한 사안이었다. 알리센트 왕대비는 만약 반란군이 드래곤을 과시할 때 왕당파가 그리하지 못한다면, 평민들은 적들에게 더 명분이 있는 것처럼 여길 수 있다고 지적했다. "나도 드래곤이 필요하군." 그 말을 전해 듣고 아에곤 2세가 중얼거렸다.

웨스테로스에는 라에나 영애의 새끼 드래곤 외에 살아 있는 드래곤이 세 마리밖에 남지 않은 상태였다. 십스틸러는 소녀 네틀스와 함께 자취를 감추었는데, 크랙클로포인트나 달의 산맥 어딘가에 있으리라고 추정되었다. 카니발은 여전히 드래곤몬트의 동쪽 비탈에서 출몰했다. 실버윙에 관한 마지막 보고는 드래곤이 황폐화된 텀블턴을 떠나 리치로 향했고, 붉은 호수 중앙에 있는 작은 바위섬에 둥지를 틀었다는 것이었다.

보로스 바라테온은 알리산느 왕비의 암컷 드래곤이 두 번째 기수를 받아들였던 점을 지적했다. "세 번째 기수를 못 받아들일 이유가 없지 않소이까? 실버윙을 얻으면 전하의 왕권은 안전할 것이외다." 그러나 아에곤 2세는 아직 드래곤에 올라 날기는커녕 걷거나 일어서지도 못했다. 게다가 왕은 반역자와 반란군과 패잔병들이 득실거리는 지역들을 가로지르며 붉은 호수까지 먼 길을 갈 기력도 없었다.

보로스의 답은 해답이 아닌 게 명백했다. "실버윙은 아니오." 왕이 선언했다. "난 새로운 선파이어를 원해. 전보다 더 위풍당당하고 용맹한 드래곤을." 그리하여 큰까마귀들이 타르가르옌 드래곤의 알들이 지하 공동과 저장실에 보관되어 있는 드래곤스톤으로 날았다. 너무 오래되어 돌덩이로 변한 알도 있었다. 성의 학사는 그중 가장 될성부른 알 일곱 개(신들을 기리는 뜻에서)를 골라 킹스랜딩으로 보냈다. 아에곤 왕은 알들을 자기 처소에 두었지만, 드래곤은 한 마리도 태어나지 않았다. 머시룸은 왕이 "거대한 보라색과 황금색 알"을 하루 밤낮으로 깔고 앉아 부화시키려 했지만, "알은 보라색과 황금색 똥인 것처럼 아무런 일도 벌어지지 않았다"라고 전한다.

지하감옥에서 풀려나와 다시 직위를 상징하는 사슬 목걸이를 건 오르윌 대학사는 공포와 의심이 레드킵 내부마저 지배한 그 혼란스러웠던 시기에 재건된 녹색 회의의 속사정이 어떠하였는지 매우 자세하게 묘사한다. 그 어느 때보다도 시급하게 단결이 필요했던 그 시기에, 국왕 아에곤 2세의 측근 인사들은 도리어 깊게 분열되어 그들 앞에 몰려드는 폭풍에 어떻게 대처할지 뜻을 모으지 못했다.

바다뱀은 화해와 사면과 평화를 지지했다.

보로스 바라테온은 그 주장을 나약하다고 비웃었다. 그는 전장에서 반역자들을 격퇴하겠다고 왕과 회의 앞에서 호언장담했다. 필요한 건 병사뿐이니, 캐스털리록과 올드타운에 즉시 새로운 군사를 일으키라는 명령을 보내라고 촉구했다.

눈먼 재무관 타일런드 라니스터는 리스나 티로시로 직접 배를 타고 가서 용병단을 한 개 이상 고용하겠다고 제안했다(라에니라 여왕이 도성과 국고를 강탈하기 전에 타일런드 라니스터 경이 왕실 재산의 4분의 3을 각각 캐스털리록, 올드타운, 브라보스 강철은행에 안전하게 맡긴 터라, 아에곤 2세는 재정이 부족하지 않았다).

벨라리온 공은 그런 방안을 헛된 짓으로 여겼다. "우리에겐 그럴 시간이 없소. 올드타운과 캐스털리록의 권력은 어린아이들의 손에 있단 말이오. 그쪽에서는 어떤 도움도 받지 못할 거요. 최고의 용병단들은 이미 리스나 미르 또는 티로시에 계약으로 묶여 있소. 설령 타일런드 경이 어떻게 계약에서 빼낸다고 하더라도, 제시간 안에 여기로 데려오지 못할 거요. 내 배들이 아린가의 침공은 막을 수 있겠지만, 북부인과 트라이던트의 영주들은 누가 상대하겠소? 그들은 이미 진군을 시작하였소. 우리는 타협해야 하오. 전하께서 그들의 모든 죄와 반역을 사면하고, 라에니라의 아에곤을 후계자로 선포하는 동시에 즉각 재해이라 공주와의 혼인을 거행하셔야 하오. 그것만이 유일한 길이오."

하지만 노인의 호소는 무시당했다. 알리센트 왕대비는 마지못해 손녀와 라에니라의 아들의 혼약에 동의했으나, 왕의 허락 없이 내린 결정이었다. 아에곤 2세는 생각이 달랐다. 그는 "철왕좌에 오를 자격이 있는 튼튼한 아들들을 얻을 것이다"라며 즉시 카산드라 바라테온과 혼인하기를 바랐다. 또한 아에곤 왕자가 그의 딸과 결혼하는 것도 허락하지 않았다. 조카가 아들을 낳아 훗날 계승 문제를 일으키는 것을 염려한 까닭이었다. "녀석이 검은 옷을 입고 장벽에서 평생을 보낸다면 허락하겠다." 왕이 선언했다. "아니면 남근을 포기하고 내시로서 날 섬겨도 된다. 선택은 녀석의 것이나, 어쨌든 자손을 남겨서는 안 된다. 내 누이의 혈통은 끝나야 한다."

그조차도 너무 관대하다고 여긴 타일런드 라니스터 경은 작은 아에곤 왕자를 당장 처형하라며 목소리를 높였다. "그 소년은 숨을 쉬는 한 위협으로 남을 것입니다." 라니스터가 언명했다. "그의 목을 자르면 저 반역자들은 여왕도 왕도 왕자도 없게 됩니다. 그가 빨리 죽어야 이 반란도 빨리 종식될 것입니다." 그의 말과 왕의 발언을 듣고 벨라리온 공은 기겁했다. 연로한 바다뱀은 "벼락을 칠 듯 분노했으며", 왕과 회의에 "멍청이에 거짓말쟁이에 맹세파기자놈들이로다"라고 호통치고는 회의실을 박차고 나갔다.

보로스 바라테온이 왕에게 노인의 머리를 가져오겠다고 건의하고 아에곤 2세가 거의 승낙할 찰나, 라리스 스트롱 공이 입을 열었다. 그는 바다뱀의 후계자인 어린 알린 벨라리온이 여전히 그들의 손이 닿지 않는 드리프트마크에 도사리고 있음을 지적했다.

"늙은 뱀을 죽이면 어린 뱀을 잃을 것입니다." 곤봉발이 말했다. "그 훌륭하고 빠른 군선들도 함께 말이지요." 그는 대신 코를리스 공과 즉시 화해하여 벨라리온 가문이 계속 함께하도록 해야 한다고 말했다. "그의 말대로 혼약을 허락하십시오, 전하." 라리스가 왕에게 권유했다. "혼약은 결혼식이 아닙니다. 작은 아에곤도 후계자로 책봉하십시오. 왕자는 왕이 아닙니다. 역사를 돌이켜 왕위에 오르기 전에 죽은 후계자가 얼마나 많은지 세어보십시오. 드리프트마크는 적들을 쳐부수고 전하께서 기세가 충만할 때 처리해도 늦지 않습니다. 그날은 아직 오지 않았습니다. 우린 때를 기다리면서 그의 비위를 맞춰야 합니다."

오르윌은 라리스 공이 그렇게 말했다고 문쿤을 통해 우리에게 전한다. 유스터스 성사나 어릿광대 머시룸은 회의실에 있지 않았다. 그럼에도 머시룸은 한마디할 기회를 놓치지 않았다. "역사상 곤봉발만큼이나 교활한 사내가 있었던가? 아, 어릿광대였다면 정말 대성했을 인재였는데. 그의 입에서는 말이 마치 벌집에서 떨어지는 꿀처럼 줄줄 흘러나왔고, 독이 그렇게 달콤했던 적도 없었어."

곤봉발 라리스 스트롱이라는 수수께끼는 여러 세대에 걸쳐 역사학도들

을 괴롭혔고, 여기서 풀어낼 수 있는 것도 아니다. 그가 진심으로 충성한 건 누구였을까? 그는 대체 무엇을 원했던가? 그는 드래곤들의 춤 내내 요리조리 교묘하게 이편에 섰다 저편에 섰다 하고 사라졌다 나타났다 하며 계속 살아남았다. 그의 말과 행동은 어디까지가 계략이었고 어디까지가 진실이었을까? 그는 단지 순풍에 몸을 맡겼던 것일까, 아니면 처음부터 어디로 향할지 알았던 것일까? 질문이야 수없이 던질 수 있지만, 대답해줄 사람은 없다. 스트롱 가문의 마지막 자손은 비밀을 지켰다.

그가 음흉하고 은밀한 자임은 알려진 바이지만, 필요할 때는 합리적이고 유쾌하기도 했다. 그의 언변은 왕과 회의를 설득했다. 알리센트 왕대비가 오간 말이 있는데 어떻게 코를리스 공을 회유하겠냐고 이의를 제기하자, 스트롱 공이 대답했다. "그 일은 제게 맡겨두시지요, 전하. 코를리스 공은 아마 제 말을 들을 것입니다."

그리고 실제로 그러했다. 당시에는 아무도 몰랐지만, 곤봉발은 회의가 해산하자마자 바다뱀을 찾아가 왕이 그의 모든 요구를 들어주고서는 전쟁이 끝나면 그를 살해할 것이라고 낱낱이 고해바쳤다. 그리고 노인이 피의 복수를 외치며 검을 들고 뛰쳐나가려고 하자, 라리스 공이 부드러운 말과 미소로 진정시켰다. "더 좋은 방법이 있습니다." 그가 참으라고 조언하며 말했다. 라리스 공은 그렇게 기만과 배신의 그물을 엮으며 양쪽을 이간질했다.

주변에서 음모와 역음모가 판치고 사방에서 적들이 죄어왔지만, 아에곤 2세는 전혀 알아차리지 못했다. 왕은 온전한 몸이 아니었다. 그는 룩스레스트에서 입은 화상으로 전신의 절반이 흉터로 뒤덮였다. 머시룸은 그 상처로 왕이 발기 불능이 되었다고도 전한다. 게다가 걷지도 못했다. 드래곤스톤에서 선파이어의 등에서 뛰어내렸을 때, 오른쪽 다리 두 군데가 골절되었고 왼쪽 다리는 뼈가 산산조각이 났다. 오른쪽 다리는 잘 아물었다고 오르윌 대학사가 기록했다. 왼쪽은 아니었다. 그 다리는 근육이 위축되고 무릎이 굳어 거의 뼈만 남을 정도로 살이 빠졌고, 너무 심하게 뒤틀려서 오르윌은 아예 다리를 잘라버리는 것이 더 나으리라 생각했다. 하지만 왕은 그러기를 거부했다. 그는 대신 어디를 갈 때마다 가마를 타고 다녔다. 거의 막바지에 이르러서야 기력을 어느 정도 회복한 왕은 목발을 짚고 왼쪽 다리를 끌며 걸어 다녔다.

죽기 전 반년 동안 끊임없이 통증에 시달린 아에곤은 오직 곧 있을 결혼식을 떠올릴 때만 즐거움을 느끼는 듯했다. 어릿광대들의 재주조차 그를 웃게 하지 못했다고 그 광대들의 으뜸이었던 머시룸이 전했고, 다만 "전하는 내 재담에 왕왕 웃음을 지었고, 날 옆에 가까이 두어 우울함을 달래고 옷 입는 것을 돕게 했지"라고 덧붙였다. 난쟁이에 따르면 아에곤은 화상을 입은 후 더는 교합을 할 수 있는 몸이 아니었음에도 여전히 성욕을 느졌고, 수하들이 하녀나 궁중의 여인과 관계할 때 곧잘 휘장 뒤에서 지켜보았다. 그 일을 주로 맡은 이는 혀 꼬인 톰이었는데, 때로는 가문기사들이 그 불명예스러운 역할을 맡았고 머시룸 본인도 강요하에 세 번 잠자리를 가졌다. 그리고 그럴 때마다 왕은 자괴감을 이기지 못하고 눈물을 흘렸고, 유스터스 성사를 불러 용서를 구했다고 어릿광대는 전한다. (유스터스는 아에곤의 마지막 나날을 기록한 부분에 이런 내용을 전혀 언급하지 않았다.)

이 시기에 국왕 아에곤 2세는 또한 드래곤핏 복구와 재건을 명령하고 동생 아에몬드와 다에론의 석상 제작을 의뢰했으며(브라보스의 거상보다 더 크게 만들고 전신을 금박으로 덮으라고 지시했다), "하루살이 왕" 트리스탄 트루파이어와 연한 머리 가에몬이 공표한 모든 칙명과 포고문을 불태우는 공개 화형식을 열었다.

그동안 그의 적들은 진군 중이었다. 윈터펠의 영주 크레간 스타크가 대군(유스터스 성사는 "텁수룩한 가죽을 걸치고 짐승처럼 울부짖는 야만인 2만 명"이라고 적었으나, 문쿤은 《실록》에서 그 수를 8000명으로 축소했다)을 이끌고 넥을 거쳐 남하했고, 협곡의 처녀도 걸타운에서 군대를 출항시켰다. 레오윈 코브레이 공과 그의 아우이자 유명한 발리리아 장검 고독한 숙녀의 주인인 코윈 경이 지휘하는 만 명의 대부대였다.

그러나 가장 즉각적인 위협은 트라이던트의 군대였다. 엘모 툴리가 휘하 가문을 소집하자 6000명에 가까운 병력이 모였다. 애석하게도 엘모 공 본인은 행군 중 안 좋은 물을 마시고 병사했다. 리버런의 영주에 오른 지 49일 만에 일어난 일이었다. 영주의 자리는 사납고 고집 세며 전사로서 자신을 증명하기를 간절히 바라던 그의 장남, 커밋 툴리 경에게 넘어갔다. 왕의 가도를 타고 내려가던 리버랜드군이 킹스랜딩으로부터 엿새 거리에 이르렀을 때, 보로스 바라테온 공이 그들을 막고자 스톰랜드군과 스토크워스, 로스비, 헤이포드, 더스큰데일에서 징발한 병력 그리고 플리바텀의 유곽에서 긁어모은 뒤 급히 창과 투박한 쇠투구로 무장시킨 사내와 소년 2000여 명을 이끌고 출진했다.

두 군대는 도성에서 이틀 거리에 있는, 왕의 가도가 숲과 낮은 언덕 사이를 지나는 지점에서 격돌했다. 며칠간 큰비가 내려 잔디는 젖고 땅은 축축한 진흙투성이였다. 척후들로부터 리버랜드군의 지휘관들이 소년과 여자라는 말을 들은 보로스 공은 승리를 자신했다. 그가 적을 발견했을 때는 거의 해가 지기 직전이었으나, 그는 즉시 공격을 명령했다. 빽빽하게 늘어선 창과 방패의 벽이 전방을 가로막고 우측 언덕이 궁수들로 가득했음에도 아랑곳하지 않았다. 보로스 공이 쐐기 대형으로 돌진하는 기사단의 선두에서 말을 달리며, 죽은 여왕의 네 등분 깃발 옆으로 리버런의 은빛 송어가 파랗고 붉은 깃발에 떠 있는 적진의 심장을 향해 우레같이 돌격했다. 그 뒤로 보병대가 아에곤 왕의 황금 드래곤을 펄럭이며 전진했다.

시타델은 그 후 벌어진 충돌을 '왕의 가도 전투'로 명명했다. 그때 참전한 이들은 '진흙 난장판'이라고 불렀다. 어떤 이름으로 불리든, 드래곤들의 춤 내전의 마지막 전투는 일방적으로 진행되었다. 언덕 위의 장궁병들이 쏜 화살에 돌격하는 보로스 공의 기사들이 탄 군마들이 쓰러지면서 무수한 기수가 낙마하는 바람에, 방패 벽까지 다다른 병력은 절반에도 미치지 못했다. 가까스로 도달한 기병들도 흐트러져 쐐기 대형이 부서진 채 물컹한 진창에서 미끄러지는 말 위에서 고군분투했다. 스톰랜드군이 창과 검과 긴 도끼로 엄청난 공격을 퍼부었지만, 강의 영주들은 꿋꿋이 버텼고 계속하여 새로운 병사들이 전사자들의 자리를 채웠다. 바라테온 공의 보병이 난전에 가세하자 방패 벽이 흔들리고 뒤로 물러나며 마치 무너질 것처럼 보였지만, 그때 가도 좌측의 숲에서 함성과 함께 리버랜드군 수백 명이 쏟아져 나왔다. 그들의 선두에 선 광분한 소년 벤지콧 블랙우드는 이날 '피투성이 '벤'이라는 별명을 얻었고, 남은 긴 생애 동안 그 이름으로 불리게 되었다.

살육의 한가운데 있던 보로스 공은 여전히 말을 탄 상태였다. 패색이 짙어지자 그는 종자에게 전투 뿔나팔을 불라고 지시하여 예비대에 전진 신호를 보냈다. 그러나 뿔나팔 소리를 들은 로스비, 스토크워스, 헤이포드의 병사들은 왕의 황금 드래곤 깃발을 내던지고 미동도 하지 않았고 킹스랜딩의 잡병들은 거위 떼처럼 사방으로 달아났으며, 더스큰데일의 기사들은 적의 편으로 넘어가 스톰랜드군의 후방을 덮쳤다. 전투는 순식간에 학살로 변했고, 아에곤 왕의 마지막 군대는 궤멸당했다.

보로스 바라테온은 끝까지 싸우다가 죽었다. 검은 알리와 그녀의 궁수들이 퍼부은 화살에 군마가 쓰러지자 낙마한 그는 전투를 계속하여 수많은 중장병과 기사 십여 명 그리고 말리스터 공과 대리 공을 베었다. 커밋 툴리가 다가갔을 때, 보로스 공은 맨머리(투구가 찌그러져 벗어버렸다)였고 상처 수십여 곳에서 피를 흘리며 간신히 서 있는 게 전부였다. "항복하시오, 기사여." 리버런의 영주가 스톰스엔드의 영주에게 외쳤다. "오늘 승리는 우리의 것이오." 바라테온 공은 욕설을 내뱉으며 대답했다. "네놈들의 사슬에 묶이느니 지옥에서 춤추기를 택하겠다." 그리고 바로 달려들었으나…… 커밋 공이 휘두른 모닝스타의 못 박힌 철구에 얼굴을 정통으로 맞고 피와 뼈와 뇌수를 흩뿌리며 머리가 박살 났다. 스톰스엔드의 영주는 손에 검을 쥔 채 왕의 가도 옆의 진창 속에서 죽었다.*

---

* 얄궂게도 보로스 공이 죽은 지 이레 후, 스톰스엔드에서 그의 아내는 그가 그토록 오랫동안 염원한 아들이자 후계자를 낳았다. 영주는 전장으로 떠나기 전에 만약 아들이 태어나면 이름을 국왕에게 경의를 표하는 뜻에서 아에곤이라고 지으라고 지시했다. 하지만 남편의 전사 소식을 들은 바라테온 부인은 대신 그녀 부친의 이름을 따서 아들을 올리버로 이름 지었다.

큰까마귀들이 전투 소식을 레드킵에 전하자, 녹색 회의가 급히 소집되었다. 바다뱀의 경고는 모조리 실현되었다. 캐스털리록, 하이가든, 올드타운 모두 군사를 일으키라는 왕의 요구에 바로 답하지 않고 늑장을 부렸다. 그나마 온 답변도 약속 대신 변명과 핑계만 가득했다. 라니스터가는 붉은 크라켄과 전쟁 중이라고, 하이타워가는 병사를 너무 많이 잃었고 유능한 지휘관도 없다고 해명했다. 어린 티렐 공의 모친은 아들을 섬기는 봉신들의 충심이 의심된다며, "전 한낱 여자에 불과한지라, 감히 군대를 이끌고 전쟁에 임하기에는 적합하지 않습니다"라는 회신을 보냈다. 타일런드 라니스터 경, 마스턴 워터스 경 그리고 줄리언 웜우드 경이 펜토스, 티로시, 미르에서 용병을 구하고자 협해 너머로 파견되었으나, 아직 아무도 돌아오지 않은 상태였다.

국왕 아에곤 2세의 수하 모두 곧 왕이 적들 앞에 벌거벗은 채로 설 것을 알았다. 피투성이 벤 블랙우드, 커밋 툴리, 사비타 프레이와 그들과 함께 승전을 누린 전우들은 도성을 향한 진군을 재개할 준비를 했고, 그들 뒤로 불과 며칠 사이 거리에 크레간 스타크 공과 그의 북부군이 오고 있었다. 게다가 아린군을 실은 브라보스 함대가 걸타운을 떠나 걸릿 수역으로 접근 중이었으며, 그들 앞을 가로막는 건 오로지 어린 알린 벨라리온뿐이었다……. 그리고 드리프트마크의 충성심은 믿을 수 없었다.

"전하." 한때 위풍당당했던 녹색 회의의 잔당이 모인 앞에서 바다뱀이 말했다. "항복하셔야 합니다. 도성은 또 다른 약탈을 버틸 수 없습니다. 전하의 백성을 지키시고 전하 자신도 지키십시오. 아에곤 왕자에게 왕위를 물려주고 퇴위하신다면, 전하가 검은 옷을 입고 장벽에서 여생을 명예롭게 보내는 것을 허락할 것입니다."

"녀석이 그럴까?" 아에곤 왕이 물었다. 문쿤은 그가 기대하는 목소리였다고 전한다.

그의 어머니는 그런 기대를 품지 않았다. "네가 그 아이의 이미를 네 드래곤에게 먹이지 않았니." 그녀가 아들에게 상기시켰다. "그 애는 그 광경을 전부 보았고."

왕이 다급하게 어머니를 돌아보았다. "그럼 제가 어떻게 해야 하는데요?"

"인질이 있지 않으냐." 왕대비가 대답했다. "아에곤의 귀 한쪽을 잘라 툴리 공에게 보내거라. 1킬로미터 더 진군할 때마다 다른 부위를 잃을 것이라고 경고해."

"알았어요." 아에곤 2세가 말했다. "좋습니다. 그렇게 하지요." 왕은 드래곤스톤에서 그를 충직하게 섬긴 알프레드 브룸 경을 불렀다. "가서 처리하여라, 기사." 기사가 명을 받고 자리를 떠날 때, 왕이 코를리스 벨라리온을 돌아보았다. "귀공의 서자에게 용감하게 싸우라고 전하시오. 만약 그가 실패하여 브라보스 배가 하나라도 걸릿 수역을 통과한다면, 그대가 그리 애지중지하는 바엘라 영애도 몸 일부를 잃을 것이니."

바다뱀은 애원이나 욕 또는 협박도 하지 않았다. 그는 굳은 얼굴로 고개를 끄덕이고는 자리에서 일어나 나갔다. 머시룸은 그가 나가면서 곤봉발과 시선을 교환했다고 주장하지만, 이 어릿광대는 그 자리에 없었고 코를리스 벨라리온처럼 노련한 사내가 그런 순간에 그렇게 허술하게 행동했으리라고는 상상하기 어렵다.

아에곤의 운명은 이미 결정 났지만, 정작 본인은 아직 깨닫지 못했다. 그들 사이에 있던 변절자들이 바라테온 공이 왕의 가도에서 패했다는 소식을 듣자마자 손을 쓰기 시작했던 것이다.

알프레드 브룸 경이 아에곤 왕자를 가둔 마에고르 성채의 도개교를 건널 때, 벼룩 퍼킨 경과 시궁창 기사 여섯이 그의 앞을 가로막았다. "왕의 이름으로 옆으로 물러서라." 브룸이 요구했다.

"이제 왕이 바뀌었잖소." 퍼킨 경이 대꾸했다. 그는 알프레드 경의 어깨에

한 손을 올리고는…… 강하게 밀어서 도개교 아래로 떨어뜨렸고, 브룸은 밑에 있는 쇠말뚝에 박혀 이틀 동안 몸부림치고 꿈틀거리다가 죽었다.

같은 시간에 바엘라 타르가르옌 영애는 곤봉발 라리스 공이 보낸 부하들에 의해 안전한 곳으로 옮겨졌다. 혀 꼬인 톰은 마구간에서 나오다가 성의 마당에서 기습을 당해 바로 목이 잘렸다. "녀석은 늘 그랬던 것처럼 죽을 때도 말을 더듬었다지"라고 머시룸은 전한다. 그의 아비 수염 꼬인 톰은 왕성에 없었으나, 장어 골목의 한 선술집에서 찾아냈다. 톰이 "난 그냥 맥주를 마시러 온 어부일 뿐이네"라고 항의하자, 그를 잡은 이들이 그를 맥주통에 빠뜨려 죽였다.

이 모든 일은 매우 깔끔하고 신속하고 조용하게 해치워진 까닭에 킹스랜딩의 주민들은 레드킵 성벽 안에서 무슨 일이 벌어지는지 전혀 알지 못했다. 왕성 내부에서도 아무런 경종이 울리지 않았다. 암살의 표적이 된자들은 죽었고, 나머지 궁중 사람들은 아무것도 모른 채 평온하게 일상 업무를 보았다. 유스터스 성사는 24명이 죽었다고 적었고, 문쿤의 《실록》에서는 21명이었다고 전한다. 머시룸은 왕의 비대한 시식 시종 어밋이란 자가 살해되는 것을 목격했고 자신은 밀가루 통에 숨어 목숨을 부지했다고 주장한다. 그는 다음 날 밤에 통에서 나왔다며 다음과 같이 말한다. "머리부터 발끝까지 하얗게 밀가루를 뒤집어썼거든. 날 처음 본 하녀는 날 나의 유령으로 착각하더라고." (이건 꾸며낸 이야기처럼 들린다. 그들이 무슨 이유로 어릿광대를 죽이려 했단 말인가?)

알리센트 왕대비는 거처로 돌아가다가 나선계단에서 체포되었다. 왕대비를 사로잡은 자들은 벨라리온 가문의 해마를 수놓은 더블릿을 입었고, 그녀의 두 호위병은 죽었으나 그녀와 시녀들은 건드리지 않았다. '사슬에 묶인 왕대비'는 다시금 사슬에 묶여 지하감옥에 갇힌 채 새로운 왕의 처분을 기다리게 되었다. 이미 그때는 그녀의 마지막 남은 아들이 죽은 다음이었다.

회의가 끝나고 국왕 아에곤 2세는 힘센 종자 두 명에게 들려 마당으로 내려갔다. 그곳에는 늘 그랬듯이 가마가 기다리고 있었다. 한쪽 다리가 비쩍 말라 목발을 짚어도 계단을 오르내리기 힘들었다. 호위를 맡은 킹스가드 기사 자일스 벨그레이브 경은 왕을 부축해 가마에 태울 때 그가 유난히 피곤해 보였고 "창백한 잿빛에 축 늘어진" 얼굴이었지만, 침소 대신 왕성의 성소로 가자고 지시했다고 훗날 증언했다. "최후가 멀지 않았음을 느꼈던 것일까." 유스터스 성사는 그렇게 적었다. "기도를 올리며 자신이 저지른 죄의 용서를 빌고 싶었을지도 모른다."

차가운 바람이 불었다. 가마가 출발할 때 왕은 휘장을 가려 한기를 막았다. 가마 안에는 늘 그렇듯 아에곤이 좋아하는 달콤한 아버 레드가 든 술병이 있었다. 가마가 마당을 가로지를 때 왕은 작은 잔에 술을 따랐다.

자일스 경과 가마꾼들은 성소에 도착하고 휘장이 걷히지 않을 때까지도 무엇이 잘못되었는지 눈치채지 못했다. "도착하였습니다, 전하." 기사가 아뢰었다. 아무런 답변 없이 침묵이 계속되었다. 두 번 세 번 아뢰어도 답이 없자 자일스 벨그레이브 경은 휘장을 열어젖혔고 방석에 앉은 채 죽은 왕을 발견했다. "입술에 피가 있었습니다." 기사가 말했다. "그 외에는 그냥 주무신다고 봐도 무방할 모습이었습니다."

지금도 학사와 평민 할 것 없이 어떤 독이 쓰였는지, 누가 왕의 와인에 독을 탔는지 논쟁이 끊이지 않는다. (혹자는 오직 자일스 경만이 독을 탈 수 있었다고 주장하지만, 왕의 목숨을 수호하겠다고 맹세한 킹스가드 기사가 왕을 죽였다는 것은 상상도 할 수 없는 일이다. 머시룸이 살해당하는 광경을 봤다는 왕의 시식 시종 어밋이 더 그럴듯한 용의자처럼 보인다.) 누구의 손이 그 아버 레드에 독을 탔는지는 영원히 밝혀지지 않을 것이나, 그 행위를 사주한 자가 라리스 스트롱이리라는 점에는 의심의 여지가 없다.

그리하여 국왕 비세리스 타르가르옌 1세와 하이타워 가문의 알리센트 왕비의 장자였던 타르가르옌 왕가의 아에곤 2세는 사망했고, 그의 재위는 씁쓸했던 만큼 짧았다. 그는 24년을 살았으며 2년간 왕위를 지켰다.

이틀 후, 툴리 공의 선봉대가 킹스랜딩의 성벽 밖에 나타나자 코를리스 벨라리온이 침울한 아에곤 왕자와 함께 말을 타고 나가 그들을 맞이했다. "왕이 승하하였소." 바다뱀이 엄숙하게 알렸다. "국왕 만세."

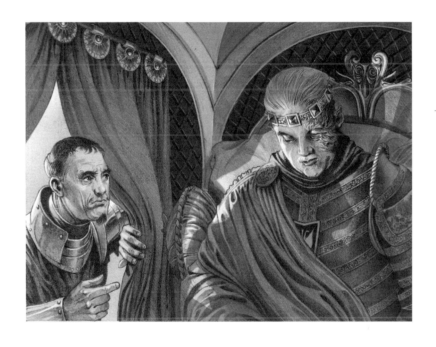

그리고 블랙워터만을 가로질러 걸릿 수역에서는 레오윈 코브레이 공이 브라보스 외돛 상선의 뱃머리에 서서 그의 앞에 늘어선 벨라리온 군선들이 아에곤 2세의 황금 드래곤 깃발을 내리고 '춤' 내전이 발발하기 전까지

모든 타르가르옌 왕이 휘날렸던 아에곤 1세의 붉은 드래곤 깃발을 올리는 광경을 지켜보았다.

전쟁이 끝났다(그러나 그 뒤에 찾아온 평화는 진정한 평화와는 거리가 멀었다).

아에곤의 정복 후 131년째 되는 해 일곱째 달의 이렛날, 성스러운 신들의 날로 여겨진 그날에 올드타운의 최고성사가 라에니라 여왕이 그녀의 숙부 다에몬 왕자와의 사이에 낳은 장자, 작은 아에곤 왕자와 헬라에나 왕비가 그녀의 오라비 국왕 아에곤 2세와의 사이에 낳은 딸, 재해이라 공주의 혼인 서약을 읊음으로써, 둘로 나뉘어 반목하던 타르가르옌 왕가를 결합하고 두 해에 걸쳐 자행된 배신과 살육을 종식했다.

드래곤들의 춤은 막을 내렸고, 국왕 아에곤 3세의 우울한 재위가 시작되었다.

종전 후
늑대의 시간

칠왕국의 백성들은 국왕 아에곤 타르가르옌 3세를 이따금이나마 떠올릴 때 그를 '비운의 아에곤', '불행한 아에곤' 또는 (가장 흔히) '드래곤의 파멸'이라고 부른다. 전부 적절한 표현이다. 왕의 재위 중 상당 기간 그를 섬긴 문쿤 대학사는 그를 '부서진 왕'으로 불렀는데, 이는 더욱더 잘 어울린다. 평생을 비탄과 우울함에 빠져 살았으며 말을 거의 하지 않고 한 것도 거의 없는 이 군주는 역사상 철왕좌에 오른 왕 중 가장 불가사의한 인물이었다.

라에니라 타르가르옌의 넷째 아들이자 라에니라가 그녀의 숙부이며 둘째 남편인 다에몬 타르가르옌 왕자와의 사이에 낳은 장자였던 아에곤은 AC 131년에 철왕좌에 올라 AC 157년에 폐병으로 죽을 때까지 26년간 통치했다. 그는 두 번 아내를 맞이하여 다섯 자녀(아들 둘과 딸 셋)를 두었으나, 결혼 생활이나 자식들로부터 기쁨을 얻지 못한 듯했다. 사실 그는 특이할 정도로 음울한 남자였다. 사냥이나 매사냥을 하지 않고 말도 단지 이동할 때만 탔으며, 술도 안 마시고 음식에도 전혀 관심이 없어 항상 누군가가 식사할 시간임을 알려줘야 했다. 마상 대회를 여는 것을 허락하였지만 직

접 참가하지 않고 관람도 하지 않았다. 성인이 된 다음에는 주로 검은색의 수수한 옷을 입었으며, 왕으로서 입어야 할 벨벳과 새틴 의복 아래로 털이 섞인 거친 천 셔츠를 받쳐 입었다고 알려졌다.

그러나 이는 여러 해가 지나고 아에곤 3세가 성년이 되어 직접 칠왕국을 다스리기 시작한 다음의 일이다. AC 131년에 즉위했을 때, 아에곤은 나이에 비해 키가 크고 "머리카락은 너무나 옅어 하얀색에 가까운 은발이었고 보랏빛 눈동자는 짙다 못해 검은색이나 다름없는" 열 살의 소년이었다. 소년일 때도 아에곤은 미소를 잘 짓지 않고 드물게 웃었으며, 필요할 때는 우아하고 정중했지만 그의 내면에는 절대 사라지지 않은 어떤 어둠이 있었다고 머시룸은 전한다.

소년 왕이 왕위에 올랐을 때 그가 처한 상황은 상서로움과 거리가 멀었다. 왕의 가도 전투에서 아에곤 2세의 마지막 군대를 격파한 강의 영주들은 전투를 각오하고 킹스랜딩으로 진군했다. 그러나 그들을 맞이한 건 적병이 아니라 화평 깃발을 든 코를리스 벨라리온 공과 아에곤 왕자였다. "왕이 승하하였소. 국왕 만세"라고 코를리스 공은 말하며 도성을 그들의 자비에 맡겼다.

그때나 지금이나, 강의 영주들은 까다롭고 다투기를 좋아하는 자들이다. 리버런의 영주 커밋 툴리가 그들의 주군이자 명목상 군대의 지휘관이었으나…… 당시 그는 고작 열아홉 살밖에 안 된, 북부인들의 표현을 빌리자면 "여름풀처럼 새파란 애송이"에 불과했다. 그의 동생 오스카는 '진흙 난장판'에서 적 세 명을 베고 전장에서 기사 서임을 받았는데, 형보다 더 새파랗고 차남들이 흔히 그렇듯 민감한 자존심덩어리였다.

툴리 가문은 웨스테로스의 대가문 중 특이한 축에 속했다. 정복자 아에곤이 그들을 트라이던트의 지배자에 임명하였지만, 아직도 여러 면에서 대다수의 휘하 가문보다 뒤처졌다. 브라켄, 블랙우드, 밴스는 물론 신흥 가문인 트윈스의 프레이마저도 그들보다 더 넓은 영지를 다스리고 더 많은 병력을 운용할 수 있었다. 시가드의 말리스터는 더 유서 깊은 혈통을 자랑하고 메이든풀의 무튼은 훨씬 더 부유하며, 저주받고 불탄 폐허로 전락한 하렌홀은 여전히 리버런보다 더 강력한 성이었고 열 배는 더 거대했다. 툴리 가문의 역사는 두 무능한 선대 영주를 거치면서 더 변변찮아졌으나, 이제 신들은 툴리가의 젊은 세대가 주목받을 기회를 주었다. 커밋 공은 다스리는 자로서, 오스카 경은 전사로서, 두 당당한 젊은이는 능력을 증명하기를 원했다.

트라이던트의 강가에서 킹스랜딩의 성문까지 툴리 형제와 함께 말을 달린 이 중에는 그들보다도 어린 레이븐트리의 영주 벤지콧 블랙우드가 있었다. 부하들이 이제 '피투성이 벤'이라고 부르는 소년은 나이가 열셋에 불과했다. 같은 또래의 귀족 소년들은 아직 종자로서 주인의 말을 보살피고 갑옷에서 녹을 닦아낼 터였다. 그는 불타는 방앗간 전투에서 부친인 샘웰 블랙우드 공이 아모스 브라켄 경에게 죽자 어린 나이에 영주 자리를 이어받았다. 어린 나이였음에도 소년 영주는 더 나이 많은 남자들에게 권한을 위임하기를 거부했다. '물고기밥'에서 그가 수많은 시신을 보고 눈물을 흘렸다는 이야기는 유명하지만, 이후 전투를 피하기는커녕 오히려 적극적으로 찾아 나섰다. 그의 병사들은 크리스톤 콜의 징발대를 족족 사냥하여 콜을 하렌홀에서 몰아내는 데 일조했고, 제2차 텀블턴 전투에서는 그가 중군을 지휘했으며, '진흙 난장판'에서는 숲에서 측면 공격을 이끌어 바라테온 공의 스톰랜드군을 무너뜨리고 전투에서 승리하는 데 큰 역할을 하였다. 궁중 옷차림을 한 벤지콧 공은 나이에 비해 키는 크지만 마른 몸과 세심한 표정을 지닌 내성적이고 자신을 내세우지 않는 소년이었지만, 경번갑을 걸친 '피투성이 벤'은 보통 사람이 평생 동안 접하는 것보다 더 많은 전장을 단 열세 살의 나이에 이미 섭렵한, 전혀 다른 사람이었다.

AC 131년의 그날, 코를리스 벨라리온이 신들의 문 밖에서 대면한 리버랜드군 인사 중에는 다른 영주들과 유명한 기사들도 있었고 모두 피투성이 벤 블랙우드와 툴리 형제보다 나이도 많고 일부는 더 현명하기도 했으나, 웬일인지 '진흙 난장판' 이후 그 세 젊은이가 확고한 지도자들로 떠올랐다. 전우애로 뭉친 세 명이 항상 붙어 다니자, 그들의 부하들은 세 명을 함께 묶어 '청년들'이라고 일컫기 시작했다.

그들의 지지자 중에는 두 명의 여걸이 있었다. 죽은 샘웰 블랙우드 공의 여동생이자 피투성이 벤의 고모인 '검은 알리' 알리산느 블랙우드와 포레스트 프레이 공의 과부이자 그의 후계자를 낳은 트윈스의 여주인 사비타 프레이가 그들이다. 머시룸은 사비타를 두고 "외모도 매섭고 말도 매서운 바이프렌 가문의 성질 더러운 여자였지. 춤보다는 말타기를 좋아하고, 비단 대신 갑옷을 입고 남자들을 죽이고 여자들과 입맞춤을 즐기는 여자였어"라고 평했다.

'청년들'은 코를리스 벨라리온 공을 그의 명성으로만 알았지만, 그 명성은 실로 어마어마했다. 이들은 킹스랜딩에 당도하면 도성을 포위하거나 강습하여 함락해야 한다고 예상했던 터라, 싸우지도 않고 무혈입성하고 아에곤 2세가 죽었다는 소식까지 접하자 놀라워하면서도 기뻐했다(벤지콧 블랙우드와 그의 고모가 왕이 독살이라는 비열하고 불명예스러운 죽음을 당했다는 말에 우려를 표하기는 했다). 왕의 죽음이 알려지자 들판에서 병사들이 기뻐하며 함성을 질렀고, 트라이던트의 영주와 동맹들이 한 명씩 앞으로 나와 아에곤 왕자에게 무릎을 꿇고 그를 왕으로 맞이했다.

강의 영주들이 입성하여 도성 내에서 행진하자, 평민들이 지붕과 난간 위에서 환호하고 어여쁜 처녀들이 종종 달려 나와 구원자들에게 키스를 퍼부었다(머시룸은 그것이 전부 라리스 스트롱이 손을 쓴 광대놀음이었다고 말한다). 거리에 늘어선 황금 망토들은 '청년들'이 지나갈 때 창을 내리며 경의를 표했다. '청년들'은 레드킵 안에서 철왕좌 아래 놓인 관대 위에 눕힌 왕의 시신과 그 옆에서 우는 왕의 어머니 알리센트 왕대비를 보았다. 아에곤의 궁중 신하 중 그때까지 남은 곤봉발 라리스 스트롱 공, 오르월 대학사, 벼룩 퍼킨 경, 머시룸, 유스터스 성사, 자일스 벨그레이브 경과 다른 킹스가드 기사 넷 그리고 그 외 군소 귀족과 가문기사 등도 대전 안에 모여 있었다. 오르월이 그들을 대표하여 강의 영주들을 구원자라며 환영했다.

국왕령과 협해에서도 죽은 왕을 지지했던 자들의 항복이 이어졌다. 브라보스 선단은 아린 여영주가 협곡에서 보낸 군대의 절반을 레오윈 코브레이 공과 함께 더스큰데일에 내려주었고, 남은 절반은 그의 동생 코윈 코브레이 경과 함께 메이든풀에 내려주었다. 두 도시는 연회와 꽃으로 아린군을 환영했다. 스토크워스와 로스비도 피 한 방울 안 보고 함락되어 아에곤 2세의 황금 드래곤 깃발을 내리고 아에곤 3세의 붉은 드래곤 깃발을 내걸었다. 반면 드래곤스톤의 수비대는 성문을 걸어 잠그고 완강한 저항에 나섰다. 그들은 두 번의 밤과 세 번의 낮을 버텼다. 세 번째 밤, 성의 말구종, 요리사, 하인 들이 무기를 들고 반란을 일으켜 잠을 자던 왕당파들을 상당수 죽이고 나머지를 사슬로 묶어 어린 알린 벨라리온에게 갖다 바쳤다.

유스터스 성사는 "기이한 행복감"이 킹스랜딩을 사로잡았다고 전한다. 머시룸은 간단하게 "도성의 절반이 취해버렸어"라고 표현했다. 국왕 아에곤 2세의 시신은 그의 재위 동안 있었던 모든 병폐와 증오도 태우기를 바라는 염원과 함께 화장되었다. 수천 명이 아에곤의 높은 언덕에 올라 곧 평화가 돌아온다는 아에곤 왕자의 선포를 들었다. 소년 왕의 성대한 대관식과 재해이라 공주와의 결혼식이 계획되었다. 레드킵에서 큰까마귀들이 구름처럼 날아올라 올드타운, 리치, 캐스털리록, 스톰스엔드에 남은 독살된 왕의 지지자들에게 킹스랜딩으로 와서 새로운 왕에게 신하의 예를 갖추라는 소집령을 전했다. 또한 그들에게 안전 통행과 전면 사면을 약속했다. 왕국의 새로운 통치자들은 알리센트 왕대비의 처분을 두고 의견이 갈렸을 뿐, 다른 사안은 합의를 이루고 좋은 유대 관계를 유지했으나…… 이는 보름을 넘기지 못했다.

문쿤 대학사는 《실록》에서 이 기간을 '거짓 새벽'이라고 명명했다. 황홀한 시간이었음은 분명하나 오래가지는 못하였으니, 크레간 스타크 공이 북부군을 이끌고 킹스랜딩에 도착하자 유희가 끝나고 행복한 계획들도 무너져 내린 까닭이었다. 윈터펠의 영주는 스물세 살로 레이븐트리와 리버런의 귀족 청년들과 몇 살 차이 나지 않았다……. 그러나 아직 소년인 셋과는 달리 스타크는 완숙한 남자라는 것을 그들이 함께 있는 모습을 본 모든 이가 느꼈다. 머시룸은 그가 있을 때 '청년들'이 위축되었다고 전한다. "북부의 늑대가 어슬렁거리며 방 안에 들어올 때마다 피투성이 벤은 자기 나이가 고작 열셋이란 걸 기억했지. 툴리 공과 그의 동생은 자기들 머리카락만큼이나 얼굴이 벌겋게 돼서 말을 더듬거리면서 허세를 부렸고."

킹스랜딩은 강의 영주와 그들의 군대를 연회와 꽃과 찬양으로 마중했다. 북부인들에게는 달랐다. 일단 수가 더 많았다. '청년들'이 이끈 군대의 두 배나 되고 무시무시한 명성을 떨치는 자들의 대군이었다. 미늘 셔츠와 텁수룩한 모피를 걸치고 빽빽하게 얽힌 수염으로 얼굴을 가린 그들은 마치 갑옷을 입은 수많은 곰처럼 으스대며 도성을 행진했다고 머시룸은 전한다. 킹스랜딩이 북부인에 관해 아는 건 정중하고 고상하며 옷차림도 훌륭하고 절도가 있으며 '경건한' 남자들이었던 메드릭 맨덜리 경과 그의 아우 토르헨 경으로부터 배운 것이 대부분이었다. 윈터펠 사내들은 진정한 신들조차 섬기지 않는다고 유스터스 성사가 진저리를 치며 기록했다. 그들은 일곱 신을 멸시하고 축일을 무시했으며, 경전을 비웃고 남녀 성사에게 경의를 표하지도 않으며 나무를 숭배했다.

2년 전, 크레간 스타크는 자캐리스 왕자에게 약속한 것이 있었다. 이제 그는 제이스와 여왕이 죽었음에도 그 약속을 지키고자 찾아왔다. "북부는 기억합니다." 아에곤 왕자, 코를리스 공 그리고 '청년들'이 환영 인사를 건네자 스타크 공이 한 말이다. "귀공은 너무 늦게 왔네." 바다뱀이 그에게 말했다. "전쟁은 끝났고, 왕도 죽었어." 당시 그 자리에 있었던 유스터스 성사는 "윈터펠의 영주가 늙은 조수의 군주를 겨울 폭풍처럼 차가운 잿빛 눈으로 쳐다보며 '누구의 손과 누구의 지시로 끝난 것인지 궁금하군요'라고 말했다. 야만인들이 피와 전투를 찾아왔음을, 곧 우리 모두 비통해하며 알게 되었다"라고 전한다.

선량한 성사는 틀리지 않았다. 크레간은 이 전쟁을 시작한 건 다른 이들이나, 끝내는 건 자신이라고 말했다고 한다. 그는 계속 남하하여 아에곤 2세를 철왕좌에 앉히고 그를 위해 싸운 녹색파의 잔당을 섬멸할 생각이었다. 먼저 스톰스엔드를 파괴하고 리치를 가로질러 올드타운을 침공할 것이었다. 하이타워 가문을 쓰러뜨린 다음에는 늑대들을 이끌고 일몰해 해안을 따라 북진하여 캐스털리록을 침략한다는 구상이었다.

"대담한 계획이로군요." 스타크 공의 말을 듣고 오르월 대학사가 신중하게 대답했다. 머시룸은 "미친 짓"이라고 했지만, "드래곤 아에곤이 웨스테로스를 정복한다고 했을 때도 다들 그가 미쳤다고 떠들었었지"라고 덧붙였다. 커밋 툴리가 스톰스엔드, 올드타운, 캐스털리록이 스타크의 윈터펠보다 (튼튼하면 튼튼했지) 약하지 않으며 (함락 자체가 가능할지도 모르거니와) 쉽게 함락할 수 없으리라고 지적하자 어린 벤 블랙우드도 거들며 말했다. "귀공의 병사 대부분이 죽을 겁니다, 스타크 공." 그러자 잿빛 눈을 지닌 윈터펠의 늑대가 대답했다. "내 병사들은 진군을 시작한 날부터 죽은 몸이었다, 꼬마야."

앞서 왔던 겨울 늑대들처럼, 크레간 스타크 공과 함께 남부로 온 병사들은 대부분 다시 고향을 보리라고 기대하지 않았다. 넥 위로는 이미 눈이 깊게 쌓이고 찬 바람이 거세게 불었다. 북부 전역의 아성과 성채와 촌락에서 귀족과 평민 모두 얼굴이 새겨진 신목(神木)에 이 겨울이 짧기를 빌었다. 어려운 나날에는 식솔이 적으면 더 견디기 수월한 까닭에, 북부에서는 옛적부터 첫눈이 내리면 노인, 작은아들, 미혼자 그리고 자식이나 정해진 거처 또는 희망을 잃은 이들이 난롯가와 집을 떠나는 풍습이 있었다. 친족들이라도 살아남아 다음 봄을 볼 기회를 주기 위한 희생이었다. 그 겨울 군대의 병사들에게 승리는 부차적인 목표에 불과했다. 그들은 영광과 모험과 약탈 그리고 무엇보다도 가치 있는 죽음을 위해 참전한 것이었다.

조수의 군주 코를리스 벨라리온은 다시금 평화와 용서와 화해를 호소해야 했다. "너무 오랫동안 살육이 계속되었네." 노인이 말했다. "라에니라와 아에곤이 죽지 않았는가. 그들의 분쟁도 함께 묻도록 하세. 귀공이 공격하겠다고 한 스톰스엔드, 올드타운, 캐스털리록의 주인들은 전부 전장에서 죽은 지 오래라네. 지금 그 자리에 앉은 건 어린 소년과 젖먹이이고, 우리에게 전혀 위협이 되지 않네. 명예로운 조건을 제시한다면 무릎을 꿇을 게야."

그러나 스타크 공은 아에곤 2세와 알리센트 왕대비가 그랬던 것처럼 그런 제안을 내키지 않아 했다. "소년은 세월이 흐르면 남자가 되는 법." 그가 대꾸했다. "그리고 젖먹이는 어미의 증오가 담긴 젖을 먹고 자라날 겁니다. 지금 그 적들을 처단하지 않으면, 20년 후 그 아기들이 장성하여 아비의 검을 들고 복수하러 찾아올 때 우리 중 아직 무덤에 들어가지 않은 이들은 오늘의 어리석음을 후회하겠지요."

벨라리온 공은 흔들리지 않았다. "아에곤 왕도 똑같은 말을 하다가 죽었네. 그가 우리의 조언에 귀를 기울이고 적들에게 평화와 사면을 제의했다면, 오늘 여기에서 우리와 함께했을 것이네."

"그게 당신이 왕을 독살한 이유입니까?" 윈터펠의 영주가 물었다. 크레간 스타크는 바다뱀과 아무런 은원이 없었지만, 코를리스 공이 여왕의 손으로서 라에니라를 섬기다가 역모를 꾸민 혐의로 하옥되었고, 이후 아에곤 2세에 의해 풀려나서 협의회 자리를 차지했지만…… 그가 독살에 관여한 의혹이 있다는 사실을 알고 있었다. "당신이 바다뱀이라고 불리는 이유가 있군요." 스타크 공이 말을 이었다. "요리조리 잘도 빠져나가지만, 송곳니만큼은 독을 품었지. 아에곤은 맹세파기자에 친족살해자에 찬탈자였지만, 그래도 어쨌든 왕이었습니다. 그가 당신의 비겁한 조언을 듣지 않자, 당신은 비겁한 자답게 독이라는 수치스러운 수작으로 그를 제거했지요……. 그리고 이제는 그 대가를 치를 시간입니다."

그때 스타크의 부하들이 회의실로 쳐들어와 문의 위병들을 제압하고 늙은 바다뱀을 의자에서 끌어내리고는 지하감옥으로 끌고 갔다. 곧 곤봉발 라리스 스트롱, 오르월 대학사, 벼룩 퍼킨 경, 유스터스 성사를 비롯해 신분의 고하를 막론하고 스타크가 불신한 인사 50여 명이 뒤따라 하옥되었다. 머시룸은 말한다. "나도 다시 밀가루 통으로 들어가야 할지 고민했거든. 그런데 다행스럽게도 늑대의 눈에 들기에는 난 너무 잔챙이였던 모양이야."

표면적으로는 크레간 공의 동맹이었던 '청년들'도 그의 분노를 피하지 못했다. "꽃과 연회와 달콤한 구슬림 따위에 넘어가다니, 네놈들은 강보에 싸인 애새끼인가?" 스타크가 질책했다. "누가 전쟁이 끝났다고 말하더냐? 곤봉발이? 뱀이? 왜? 그들이 원해서? 네놈들이 진창에서 자그마한 승전을 거둬서? 전쟁은 패자가 무릎을 꿇을 때나 끝나는 것이지, 그 전에 끝나지 않는다. 올드타운이 항복했는가? 캐스털리록이 왕실의 황금을 반환했나? 너희는 왕자를 왕의 딸과 혼인시키겠다고 말하지만, 정작 그 아이는 네놈들의 손이 닿지 않는 스톰스엔드에 머무른다. 그렇게 공주가 자유로이 미혼으로 있는 동안 바라테온의 과부가 그 아이를 아에곤의 후계자로 추대하고 여왕으로 옹립한다면 누가 막을 수 있겠느냐?”

툴리 공이 스톰랜드인들은 패했고 다시 군대를 일으킬 여력이 없다고 항의하자, 크레간 공은 아에곤 2세가 사절 세 명을 협해 너머로 보낸 사실을 상기시켰다. “내일이라도 그중 하나가 용병 수천 명과 함께 돌아올 수 있다.” 북부인은 라에니라 여왕도 킹스랜딩을 점령한 뒤 승리했다고 믿었고, 아에곤 2세 역시 누이를 드래곤에게 먹이고는 전쟁을 끝냈다고 생각하지 않았느냐고 말했다. 여왕이 죽은 다음에도 여왕파는 남았고, 그 때문에 “아에곤은 뼈와 재로 전락했다”고.

‘청년들’은 압도당했다. 스타크 공의 기세에 눌려 굴복한 그들은 북부군이 스톰스엔드로 진군할 때 가세하기로 동의했다. 문쿤은 그들이 늑대 영주가 옳다고 믿고 적극적으로 나섰다고 전한다. 그가 《실록》에 적길, “그들은 승리에 도취하여 더 많은 승리를 원했다. 젊은이들이 꿈꾸는 명성은 오직 전장에서만 쟁취할 수 있기에, 그들은 더 큰 영광에 굶주렸다”라고 하였다. 머시룸은 더 냉소적인 시선으로 바라보며 어린 영주들이 그저 크레간 스타크를 몹시 두려워했을 뿐이라고 주장했다.

어쨌든 결과는 같았다. “도성을 손에 넣은 그는 무소불위의 권력을 휘두를 수 있었다”라고 유스터스 성사는 전한다. “북부의 영주는 검을 뽑거나 화살 한 발 쏘지 않고 도성을 차지했다. 국왕파든 여왕파든, 스톰랜드인이든 해마든, 강의 영주든 시궁창 기사든, 귀족부터 평민 병사들까지 모두 마치 그를 섬기기 위해 태어난 듯 그의 뜻을 따랐다.”

엿새 동안 킹스랜딩은 칼날 위에 선 듯 불안에 떨었다. 플리바텀의 급식소와 술집에서 사람들은 곤봉발, 바다뱀, 벼룩 그리고 왕대비가 얼마나 더 오래 목숨을 건사할지 돈을 걸었다. 소문들이 줄줄이 도성을 휩쓸었다. 혹자는 스타크 공이 아에곤 왕자를 윈터펠로 데려가 자신의 딸 중 한 명과 혼인시킬 계획이라고 말했고(이때 크레간 스타크는 적출 딸이 없었으므로 명백한 거짓이다), 어떤 이들은 그가 소년을 죽이고 본인이 재해이라 공주와 결혼하고 철왕좌를 차지하려 들 것이라고 주장했다. 성사들은 북부인들이 도성의 성소들을 불태우고 킹스랜딩에 다시 옛 신 숭배를 강요할 것이라며 거품을 물었다. 윈터펠의 영주에게는 야인 아내가 있다고도 했고, 그가 적들을 늑대들이 우글거리는 구덩이 안에 던져 잡아먹히는 광경을 구경했다고 수군거리는 자들도 있었다.

희열과 흥분이 사라지고 다시금 공포가 도성의 거리를 지배했다. 양치기의 재림이라고 주장하는 자가 빈민가에 나타나 신을 모르는 북부인들의 파멸을 부르짖었다. 그는 첫 양치기와는 전혀 닮지 않았지만(일단 두 손이 다 있었다), 수백 명이 몰려들어 그의 말에 귀를 기울였다. 비단 거리에 있는 어떤 창관에서 툴리 공의 부하와 스타크 공의 부하가 한 창녀를 두고 다투자 그들의 친구와 전우까지 뛰어들어 피 튀기는 난전을 벌인 끝에 창관이 불타버렸다. 도성의 뒷골목에서는 귀족들도 무사하지 않았다. 스타크 공의 봉신인 혼우드 공의 작은아들이 플리바텀에서 동행 둘과 술을 마시며 떠들다가 실종되었다. 그들은 다시 발견되지 않았고, 머시룸의 말대로라면 잡탕죽의 재료가 되었을지도 모른다.

얼마 후 레오윈 코브레이가 메이든풀을 떠나 킹스랜딩으로 향한다는 소식이 도성에 전해졌다. 무튼 공, 브룬 공, 레니퍼 크래브 경이 동행했으며, 레오윈의 동생 코윈 코브레이 경도 같은 시기에 더스큰데일을 떠나 행군 도중 형에게 합류할 예정이었다. 전대 영주 바티모스의 아들이자 후계자인 클레멘트 셀티가르와 룩스레스트 영주의 과부 스탠턴 부인이 코윈 경과 함께 말을 달렸다. 드래곤스톤에서는 섬을 점령한 알린 벨라리온이 코를리스 공의 석방을 요구했고(사실이었다), 노인이 해를 입는다면 함대로 킹스랜딩을 공격하겠다고 협박했다(반만 사실이었다). 그 외에 라니스터군과 하이타워군이 진격 중이라거나 마스턴 워터스 경이 리스와 볼란티스에서 모은 용병 만 명을 이끌고 상륙했다는 소문이 돌았다(전혀 사실이 아니었다). 그리고 협곡의 처녀가 걸타운에서 배를 탔고, 라에나 타르가르옌 영애와 그녀의 드래곤이 함께했다(사실이었다).

군대가 진군하고 병사들이 검을 가는 동안, 크레간 스타크 공은 레드킵 안에 앉아 국왕 아에곤 2세의 독살을 조사하는 동시에 죽은 왕의 남은 지지자들을 공략할 전략을 세웠다. 그동안 아에곤 왕자는 마에고르 성채에 갇혔고, 그의 곁에는 연한 머리 가에몬밖에 없었다. 어째서 자유롭게 돌아다닐 수 없는지 왕자가 묻자, 크레간 공은 "이 도시는 독사의 소굴이기 때문입니다"라고 대답했다. "이 궁중에도 권력을 위해서라면 저하의 숙부가 당한 것처럼 눈 깜짝할 새에 저하를 살해할 거짓말쟁이와 변절자와 독살

가가 가득합니다." 아에곤이 코를리스 공과 라리스 공과 퍼킨 경은 친구라고 항의하자, 윈터펠의 영주는 왕에게 믿지 못할 친구는 그 어떤 적보다도 위험하다고 대답하고는 바다뱀, 곤봉발, 벼룩이 왕자를 구한 이유는 단지 그를 이용하려고, 그의 이름으로 왕국을 지배하기 위해서라고 덧붙였다.

수백 년이 지난 지금 역사를 돌이켜 보는 우리는 그때 '춤'이 이미 끝났다고 단정할 수 있지만, 당시 종전 직후 이어진 음험하고 위험했던 시절에 살던 사람들은 그렇게 확신할 수가 없었다. 유스터스 성사와 오르윌 대학사는 지하감옥에서 고초를 겪고 있었기에(이때 오르윌이 쓰기 시작한 자백서가 바로 문쿤이 집대성한 대작《실록》의 기반이 되었다), 궁중 연대기와 조칙에 없는 내용은 머시룸에게 의존할 수밖에 없다. "대영주들은 2년 넘게 더 전쟁을 해댔을 거야"라고 어릿광대는 《증언》에서 장담한다. "평화를 가져온 건 여인들이었어. 검은 알리, 협곡의 처녀, 세 과부, 드래곤 쌍둥이. 그녀들이 살육을 멈췄던 거야. 그것도 검이나 독 따위가 아니라, 큰까마귀, 대화, 입맞춤으로 말이야."

'거짓 새벽' 동안 코를리스 벨라리온 공이 바람에 뿌린 씨앗들이 뿌리를 내리고 달콤한 결실을 보았다. 큰까마귀들이 한 마리씩 돌아와 노인의 평화안에 대한 답변을 전했다.

제일 먼저 회답한 건 캐스틸리록이었다. 제이슨 라니스터 공은 전사할 때 자식 여섯을 뒤에 남겼다. 딸 다섯과 아들 하나였는데, 외아들인 로레온이 네 살에 불과하여 서부의 통치는 제이슨 공의 과부 조한나 부인과 그녀의 부친인 크래그의 영주 롤란드 웨스털링에게 맡겨졌다. 붉은 크라켄의 장선이 여전히 해안을 위협하는 중이라, 라니스터가는 철왕좌를 둘러싼 분쟁을 재개하는 것보다 케이스의 방어와 페어섬의 탈환이 더 큰 문제였다. 조한나 부인은 바다뱀이 내건 조건을 전부 수용하며 대관식이 열릴 때 직접 킹스랜딩으로 가서 새로운 왕에게 신하의 예를 갖춤은 물론, 시녀로서 새로운 왕비를 모실 딸 두 명(앞으로의 충성을 보장할 볼모이기도 했다)을 레드킵으로 데려가겠다고 약속했다. 그녀는 또한 타일런드 라니스터의 사면을 조건으로 타일런드 경이 서부에서 보관하게 한 왕실의 재산도 반환하겠다고 동의했다. 그녀의 요청은 단지 철왕좌가 "그레이조이 공에게 명령하여 페어섬을 원래 주인들에게 돌려주고, 그가 납치한 여자들 모두, 아니면 적어도 귀족 태생의 여인들이라도 풀어준 다음 그의 군도로 물러나게 해주십시오"였다.

왕의 가도 전투에서 살아남은 병사들은 거의 대부분 스톰스엔드로 돌아갔다. 그들은 굶주리고 지치고 상처를 입은 채로 홀로 또는 작은 무리를 지어 고향으로 돌아갔으며, 보로스 바라테온 공의 과부 엘렌다 부인은 그들이 전의를 상실했음을 한눈에 알아차렸다. 그녀는 품 안에서 젖을 빠는 갓 태어난 아들이자 바라테온 가문의 미래인 올리버를 위험에 빠뜨릴 마음도 없었다. 그녀의 장녀 카산드라 영애는 왕비가 되지 못한다는 말을 듣고 슬피 울었다고 하지만, 엘렌다 부인 역시 조건에 합의했다. 그녀는 최근 해산한 탓에 기력이 쇠하여 직접 도성으로 가서 대관식에 참석하지는 못하지만, 대신 아버지를 보내 신하의 예를 표하고 딸 셋을 볼모로 보내겠다고 답신에 적었다. 월리스 펠 경과 그의 "소중한 피보호자", 국왕 아에곤 2세의 아직까지 생존하는 유일한 자식이며 새로운 왕의 예비 신부인 여덟 살 난 재해이라 공주가 동행할 것이었다.

마지막으로 회답한 건 올드타운이었다. 국왕 아에곤 2세를 지지한 대가문 중 가장 부유한 하이타워 가문은 어떤 면에서 여전히 제일 위험한 상대였다. 올드타운의 거리에서 이른 시일 내에 다시 대군을 일으킬 수 있는 데다, 이미 보유한 군선에 가까운 친척인 아버지의 레드와인 가문의 군선까지 가세하면 상당한 전력의 함대까지 갖출 수 있었다. 게다가 왕실의 황금 4분의 1이 아직도 하이타워성 지하 깊은 곳의 금고에 보관 중이었고, 언제든 새로운 동맹을 맺거나 용병단을 고용할 자금으로 사용할 수 있었다. 올드타운은 전쟁을 재개할 힘이 충분했다. 부족한 건 의지뿐이었다.

'춤'은 수년 전 첫 아내를 산고로 잃은 오르문드 공이 두 번째 아내를 맞이하고 얼마 되지 않아 발발했다. 그가 텀블턴에서 죽자, 영주의 땅과 작위는 성인의 문턱에 이른 열다섯 살 장남 라이오넬이 이어받았다. 차남인 마틴은 아버에서 레드와인 공의 종자로 있었고, 셋째는 하이가든에서 대자로 자라며 티렐 공의 친구이자 그의 모친의 시동 노릇을 하고 있었다. 삼형제 모두 오르문드 공이 첫 아내와 낳은 자식들이었다. 벨라리온 공의 서신이 라이오넬 하이타워에게 전해졌을 때, 어린 영주는 학사의 손에서 양피지를 낚아챈 뒤 갈기갈기 찢어발기며 바다뱀의 피로 답장을 쓰겠다고 맹세했다고 한다.

그러나 선대 영주의 젊은 과부는 다른 생각을 품었다. 사만다 부인은 혼힐의 도널드 탈리 공과 골든그로브의 제인 로완의 딸이었고, 두 가문은 '춤' 도중 여왕을 위해 무기를 들었다. 괄괄하고 불같은 성격에 의지도 강한 이 미녀는 결코 올드타운과 하이타워가의 안주인 자리를 내놓을 마음이 없었다. 라이오넬은 그녀보다 두 살밖에 어리지 않았고, (머시룸 말로는) 그녀가 처음 그의 부친과 혼인하고자 올드타운에 왔을 때부터 그녀에게 반했다. 그때까지 소년의 접근을 거부해왔던 샘 부인(그 후 오랫동안 그렇게 불렸다)은 의붓아들에게 몸을 허락하고 혼인도 약속하였으나…… 평화협약을 맺어야 한다는 조건을 내밀었다. "또 남편을 잃으면 나도 슬픔으로 죽어버리고 말 테니까."

머시룸은 "소년은 차갑게 식어 땅속에 묻힌 죽은 아비와 따뜻한 몸으로 그의 품 안에 살아 있는 적극적인 여자 사이에서 선택해야 했던 거지. 그런데 그렇게 고귀하신 분치고는 의외로 합리적이더라고. 명예 대신 사랑을 골랐으니"라고 말한다. 연인에게 굴복한 라이오넬 하이타워는 왕실 황금의 반환을 포함한 코를리스 공의 모든 요구를 받아들였다(황금을 상당량 착복한 그의 사촌 마일스 하이타워 경이 그 결정에 크게 화를 냈다고 하나, 여기서 다룰 이야기는 아니다). 그리고 어린 영주는 부친의 과부와 결혼하겠다고 발표하면서 엄청난 파문을 일으켰다. 결국 당대의 최고성사가 그들의 혼인을 일종의 근친상간이라며 금하였으나, 그럼에도 두 젊은 연인을 떼어놓지는 못했다. 그 후 13년간 하이타워의 영주이자 올드타운의 방어자는 결혼하기를 거부하며 샘 부인을 애첩으로 삼고 여섯 자식을 보았고, 별빛 성소에 새로이 들어선 최고성사가 전임자의 결정을 파기한 다음에야 그녀를 정실로 맞이했다.*

이제 하이타워에서 시선을 돌려 다시 킹스랜딩으로 돌아가보도록 하겠다. 크레간 스타크는 그가 세운 모든 전쟁 계획이 세 과부에 의해 수포로 돌아갔음을 깨달았다. "다른 목소리도 들리기 시작했어. 더 상냥한 목소리들이 레드킵 성안에서 은은하게 울려 퍼졌지"라고 머시룸은 전한다. 협곡의 처녀가 드래곤을 어깨에 얹은 자신의 대녀 라에나 타르가르옌 영애를 데리고 걸타운에서 도착했다. 바로 전해에 도성 내 모든 드래곤을 도륙한 킹스랜딩 주민들이 드래곤을 보고 열광했다. 라에나 영애와 그녀의 쌍둥이 자매 바엘라가 하룻밤 사이에 도성의 사랑을 독차지했다. 스타크 공은 영애들을 아에곤 왕자와 마찬가지로 왕성 안에 가둘 수 없었고, 곧 통제도

---

* 여기까지는 머시룸이 남긴 내용이다. 문쿤은 《실록》에서 라이오넬 공이 마음을 바꾼 이유가 다른 데 있다고 보았다. 하이타워가는 부유하고 강대하지만 여전히 하이가든의 티렐 가문을 주군으로 모시는 휘하 가문이었고, 동생 가르문드가 그곳에 시동으로 있었다. 티렐가는 '춤'에 참전하지 않았으나(영주가 아직 강보에 싸인 아기였다), 마침내 잠에서 깨어나 라이오넬 공이 허락 없이 군대를 모으거나 전쟁을 일으키는 행위를 금지했다. 그가 불복한다면, 아우가 목숨으로 그 반항의 대가를 치를 것이었다……. 어떤 현자가 언젠가 말했듯이, 모든 대자는 볼모이기도 했으니. 적어도 문쿤 대학사의 주장은 그러했다.

할 수 없음을 알게 되었다. 자매가 "우리의 사랑하는 동생"을 보고 싶다고 요구하자, 아린 여영주가 지지를 보냈고 윈터펠의 늑대도 허락했다("다소 마지못한 기색"이었다고 머시룸은 전한다).*

거짓 새벽은 지나갔고 이제 '늑대의 시간'(문쿤 대학사가 붙인 이름이다)도 저물고 있었다. 정세와 도성 둘 다 크레간 스타크의 통제에서 벗어나는 중이었다. 킹스랜딩에 도착한 뒤 통치 협의회에 참석하기 시작한 레오윈 코브레이 공과 그의 아우는 아린 여영주와 '청년들'에게 목소리를 더했고, 윈터펠의 늑대는 회의에 참석한 모든 이와 자주 반목했다. 왕국 여기저기서 몇몇 왕당파가 아직도 아에곤 2세의 황금 드래곤을 휘날렸지만, 염려할 수준은 아니었다. 다들 '춤'이 끝났고 이제는 화해와 함께 왕국을 바로잡을 시간이라는 데 입을 모았다.

그러나 하나만큼은 크레간 공이 뜻을 굽히지 않았으니, 왕을 시해한 자들만큼은 반드시 처벌해야 한다는 것이었다. 아무리 아에곤 2세가 왕으로서 자격이 없었다고 하더라도 그를 시해한 것은 대역죄였고, 그 죄를 저지른 이들은 책임을 져야 마땅했다. 크레간이 얼마나 격렬하고 완강했던지, 다른 이들은 질려서 물러날 수밖에 없었다. "이건 당신이 책임져야 할 거요, 스타크." 커밋 툴리가 말했다. "난 이 일에 관여하기를 거부하지만, 리버런이 법의 심판을 가로막았다는 소리를 듣고 싶은 마음도 없소."

영주가 다른 영주를 처형할 권리는 없었으므로, 먼저 아에곤 왕자가 스타크 공을 국왕의 손으로 임명하여 그의 이름으로 권력을 행사할 전권을 주어야 했고, 그렇게 되었다. 다른 이들이 뒤로 물러서 있는 동안, 크레간

---

* 하지만 이복 남매의 만남은 쌍둥이가 바란 만큼 잘 풀리지 않았다. 라에나 영애의 드래곤 모닝을 보고 얼굴이 창백하게 질린 왕자는 북부인 위병들에게 "저 빌어먹을 짐승을 내 눈앞에서 치워버려"라고 명령했다.

공이 나머지를 모두 처리했다. 그는 철왕좌에 앉지 않고 그 밑에 간소한 긴 나무 의자를 깔고 앉았다. 국왕 아에곤 2세의 독살에 관여했다는 혐의를 받는 자들 한 명씩 그의 앞으로 끌려 나왔다.

유스터스 성사가 제일 먼저 검은 감옥에서 올라와 제일 먼저 석방되었다. 아무런 증거가 없었기 때문이다. 고문 중 곤봉발에게 독을 넘긴 사실을 자백한 오르월 대학사는 그렇게 운이 좋지 않았다. "공, 전 그것이 어디에 쓰일지 몰랐습니다." 오르월이 항변했다. "하지만 물어보지도 않았지. 알고 싶지도 않았을 테니까." 스타크 공이 대답했다. 대학사는 시해에 공모했다는 판결과 함께 사형을 선고받았다.

자일스 벨그레이브 경도 사형 목록에 올랐다. 그가 왕의 술잔에 직접 독을 타지 않았더라도, 그 일이 벌어지는 데 부주의했거나 의도적으로 방임한 죄였다. "그 어떤 킹스가드 기사도 모시는 왕이 살해당할 때 왕보다 늦게 죽어서는 안 된다." 스타크가 선언했다. 아에곤 왕 사망 당시 성에 있었던 벨그레이브의 결의 형제 셋도 공모 여부가 입증되지 않았음에도 유죄 판결을 받았다(당시 도성에 없었던 킹스가드 기사 세 명에게는 무죄가 선고되었다).

직급이 낮은 인사 22명도 아에곤 왕의 시해에 연루되었다. 그중에는 왕의 가마군과 의전관, 왕실 술 창고 관리인, 왕의 술병을 항상 가득 채워놓는 일을 맡은 하인 들이 포함되었다. 모두 사형 목록에 이름이 올랐다. 왕의 시식 시종 어밋을 베어 죽인 자들(머시룸이 직접 증언했다)과 혀 꼬인 톰을 살해하고 그의 아비를 맥주에 빠트려 죽인 자들도 마찬가지였다. 대부분 시궁창 기사였고, 도성의 소요 도중 벼룩 퍼킨 경이 마구잡이로 기사로 서임한 용병과 소속 없는 병사와 불량배였다. 그들은 한 명도 빠짐없이 전부 퍼킨 경의 명령을 따랐다고 주장했다.

벼룩의 죄에 대해서는 의심의 여지가 없었다. "한번 변절한 자는 영원한 변절자다." 크레간 공이 말했다. "넌 정당한 여왕에게 반기를 들어 이 도시에서 몰아내고는 죽음에 이르게 했다. 그러고는 대신 네 종자를 왕위에 올렸고, 네 쓸모없는 목숨을 부지하고자 그 녀석마저도 버리고 말았지. 왕국은 너 같은 놈이 없어야 더 나은 곳이 될 거다." 퍼킨 경이 그 죄들을 이미 사면받았다고 항의하자, 스타크 공이 대꾸했다. "난 사면한 적이 없다."

나선계단 위에서 왕대비를 붙잡은 자들은 벨라리온 가문의 해마 휘장을 단 자들이었고, 갇혀 있던 바엘라 타르가르옌 영애를 구출한 이들은 라리스 스트롱 공의 부하들이었다. 알리센트 왕대비에게 갔던 병사들은 그녀의 호위병을 살해한 죄로 사형을 선고받았다. 바엘라 영애를 구한 자들도 문 앞의 감시병들을 베어 죽이며 손에 피를 묻혔으나, 영애의 간청으로 목숨을 건질 수 있었다. "사람들 말대로 드래곤의 눈물도 크레간 스타크의 얼어붙은 마음을 녹일 수 없었지." 머시룸이 전한다. "하지만 바엘라 영애가 검을 뽑아 들고는 누구든 그녀를 구한 사람들을 해치려는 자는 손목을 자르겠다고 외치니까, 윈터펠의 늑대가 사람들 보는 앞에서 웃더라고. 그러고는 영애가 그 '개'들을 그렇게 아낀다면 데려가는 걸 허락하겠다고 말했어."

마지막으로 '늑대의 심판'(문쿤이 《실록》에서 이 재판에 붙인 이름이다)을 받은 건 음모의 핵심이라고 할 수 있는 두 대영주, 하렌홀의 영주인 곤봉발 라리스 스트롱과 드리프트마크의 주인이자 조수의 군주인 바다뱀 코를리스 벨라리온이었다.

벨라리온 공은 죄를 부인하지 않았다. "내가 한 일은 왕국을 위해서였네. 과거로 돌아가더라도 똑같이 했을 것이야. 광기를 끝내야 했으니." 스트롱 공은 그처럼 순순히 시인하지 않았다. 오르월 대학사가 독을 그에게 주었다고 증언하고 벼룩 퍼킨 경이 자기가 곤봉발의 부하였으며 전부 그의 명령에 따라 행동했다고 맹세했지만, 라리스 공은 혐의를 인정하지도 부인하지도 않았다. 스타크 공이 그에게 자신을 변호할 말이 없느냐고 묻자, 그는 단지 "언제고 늑대가 말로 설득된 적이 있었습니까?"라고만 답변했다. 그리하여 왕관을 쓰지 않은 왕의 수관, 크레간 스타크 공은 벨라리온 공과 스트롱 공의 살인, 국왕 시해, 대역죄 혐의에 유죄 선고를 내리고, 둘 다 목숨으로 대가를 치러야 한다고 선언했다.

라리스 스트롱은 언제나 자신만의 길을 따르며 속내를 드러내지 않고 배신을 밥 먹듯 해온 인물이었다. 유죄 판결이 내려진 후 그의 주변에는 아무도 없었고, 누구도 그를 변호하지 않았다. 코를리스 벨라리온은 정반대였다. 늙은 바다뱀은 친구도 많고 그를 흠모하는 사람도 많았다. '춤'에서 적대하여 싸우던 이들까지도 그를 옹호하고 나섰다. 늙은 영주에 대한 우의로 나선 자들도 있었지만 그의 어린 후계자 알린이 경애하는 할아버지(혹은 아버지)가 죽으면 무슨 짓을 저지를지 염려하여 나선 자들도 있었을 것이다. 스타크 공이 뜻을 굽히지 않자, 몇몇은 그 대신 미래의 왕, 아에곤 왕자에게 호소하는 방법을 택했다. 가장 앞장선 이들은 왕의 이복 누이 바엘라와 라에나였는데, 자매는 코를리스 공이 나서지 않았더라면 왕자가 귀 한쪽과 다른 부위도 잃었을지도 모른다고 상기시켰다. "말은 바람 소리에 불과하다지."《머시룸의 증언》에 적힌 내용이다. "하지만 거센 바람은 굳건한 참나무도 쓰러뜨릴 수 있고, 예쁜 여자아이들의 속삭임은 왕국의 운명도 바꿀 수 있는 법이야." 아에곤은 바다뱀을 살려주는 것은 물론, 그를 복권시켜 직위와 특권과 소협의회에 참석할 자격까지 돌려주겠다고 동의했다.

그러나 왕자는 열 살에 불과했고 아직 왕도 아니었다. 왕관도 쓰지 않고 기름 부음도 받지 않은 왕자의 칙명은 법적 효력이 없었다. 대관식을 치른 다음에도 열여섯 살이 될 때까지 섭정이나 섭정 협의회의 결정을 따라야 했다. 그러므로 스타크 공은 왕자의 지시를 무시하고 코를리스 벨라리온의 처형을 집행할 명분이 충분했다. 하나 그는 그리하지 않았고, 그 후 많은 학자가 수관의 결정을 흥미롭게 여겼다. 유스터스 성사는 "그날 밤 '어머니' 께서 수관의 마음을 움직여 자비를 베풀도록 하셨다"라고 주장하는데, 크 레간 공은 일곱 신을 숭배하지 않았다. 유스터스는 또한 북부인이 알린 벨 라리온의 해상 전력을 두려워하여 그를 도발하기를 꺼렸다고 덧붙였으나, 우리가 아는 스타크의 성격을 볼 때 매우 안 어울리는 처사가 아닐 수 없 다. 새로운 전쟁을 꺼리기는커녕, 때로는 오히려 바라는 듯한 모습이 아니 었던가.

윈터펠의 늑대가 보인 의외의 관대함을 가장 명료하게 설명한 건 머시룸 이었다. 어릿광대는 수관의 마음을 바꾼 건 왕자나 벨라리온 함대의 위협 또는 쌍둥이 자매의 간청이 아니라 블랙우드 가문의 알리산느 영애와 맺 은 거래였다고 주장한다.

"키가 크고 늘씬한 계집이었지." 난쟁이는 말한다. "채찍처럼 마르고 소년 처럼 가슴이 납작했지만, 다리가 길고 팔심이 셌어. 머리카락은 숱이 많은 검은 곱슬머리였는데, 풀면 허리 아래까지 흘러내렸지." 사냥꾼에 조마사였 고 비길 데 없이 뛰어난 궁사였던 '검은 알리'에게서 여성의 부드러움은 거 의 찾을 수 없었다. 사비타 프레이와 자주 어울리고 행군 중 같은 천막을 쓴 까닭에 사람들은 그녀가 사비타와 비슷한 부류라고 생각했다. 그러나 킹스랜딩에 도착한 뒤, 궁중과 협의회에 어린 조카 벤지콧을 수행하면서 크레간 스타크를 만난 그녀는 근엄한 북부인에게 호감을 느꼈다.

지난 3년간 홀아비였던 크레간 공도 같은 반응을 보였다. 검은 알리는 누구에게도 결코 사랑과 미의 여왕이 될 수 없었지만, 그녀의 대담무쌍함 과 뚝심과 음담패설을 꺼리지 않는 성격은 윈터펠 영주의 마음에 쏙 들었 고, 곧 궁 안팎에서 그녀와 보내는 시간이 잦아졌다. "그녀에게는 꽃향기가 아니라 나무를 태우는 향이 나더군." 스타크가 가장 가까운 벗이라고 알려진 커원 공에게 털어놓았다고 한다.

그래서 알리산느 영애가 찾아와 왕자의 칙명을 받아달라고 부탁하자, 그는 귀를 기울였다. "내가 왜 그리해야 합니까?" 영애의 간청을 듣고 스타크 공이 물었다고 한다.

"왕국을 위해서요." 그녀가 대답했다.

"반역자들이 죽는 게 왕국에 더 낫습니다." 그가 말했다.

"우리 왕자님의 명예를 위해서라도." 그녀가 말을 이었다.

"왕자는 아직 어립니다. 여기에 끼어들지 말아야 했지요. 벨라리온 때문에 왕자는 앞으로 영원토록 살인으로 왕위에 올랐다는 오명에 시달릴 겁니다."

"평화를 위해서." 알리산느 영애가 말했다. "알린 벨라리온이 복수를 원하면 분명 목숨을 잃을 수많은 사람을 위해서요."

"죽으려면 그보다 더 나쁜 방법도 많습니다. 겨울이 왔습니다, 영애."

"그럼 나를 위해서." 검은 알리가 말했다. "이 요청을 들어주면 다시는 다른 부탁을 하지 않을게요. 그리해주면 난 당신이 강한 만큼이나 현명하고, 용맹한 만큼 다정한 사람이란 것을 인정하겠어요. 이 청을 받아주면 난 당신이 내게 무엇을 원하든 내어줄 용의가 있어요."

머시룸은 크레간 공이 그 말을 듣고 얼굴을 찌푸렸다고 전한다. "내가 당신의 순결을 요구한다면 어쩔 겁니까, 영애?"

"내게 없는 건 줄 수가 없군요." 그녀가 대답했다. "열세 살 때 말을 타다가 안장 위에서 잃었으니까."

"당신 미래의 남편이 마땅히 취할 권리가 있는 선물을 말 따위에 낭비했다는 소리를 하는 자도 있을 겁니다."

"멍청이나 그런 소리를 하겠지요." 검은 알리가 대답했다. "그리고 그 말은 좋은 말이었어요. 내가 그동안 보아온 대부분의 남편들보다 훨씬 더."

크레간 공이 그녀의 대답에 즐거워하며 크게 웃음을 터뜨리고는 다시 입을 열었다. "그 점은 잘 기억하도록 하겠습니다, 영애. 알았습니다, 당신의 청을 들어주도록 하지요."

"그러면 무엇을 바라시나요?" 그녀가 물었다.

"단지 당신의 모든 것, 영원히." 윈터펠의 영주가 엄숙하게 말했다. "당신을 내 아내로 맞이하고자 하오."

"머리 대신 결혼이라." 검은 알리가 씩 웃으며 말했다……. 머시룸에 따르면 처음부터 그것이 그녀의 목적이었기 때문이다. "좋아요." 그리고 그렇게 되었다.

처형일 새벽은 우중충하고 습했다. 사형 선고를 받은 죄수들이 사슬에 묶인 채 지하감옥에서 레드킵의 바깥마당으로 끌려 나왔고, 아에곤 왕자와 궁중 인사들이 내려다보는 앞에서 무릎을 꿇었다.

유스터스 성사가 사형수들을 위한 기도를 선도하며 '어머니'에게 그들의 영혼에 자비를 내려달라고 간청할 때, 비가 내리기 시작했다. "비가 억수로 쏟아지는데 유스터스가 지겹게도 오래 중얼거리더라고. 죄수들이 목 잘려 죽기 전에 물에 빠져 죽을까 봐 다들 걱정했다니까"라고 머시룸은 전한다. 마침내 기도가 끝나자, 크레간 스타크 공이 가문의 자랑인 발리리아 대검 '얼음'을 뽑아 들었다. 형을 선고하는 사람이 검도 직접 휘둘러 처형의 책임이 오로지 선고자의 것이어야 한다는 북부의 야만적인 관습 때문이었다.

귀족 집행인이든 평민 집행인이든, 그 비 내리던 아침의 크레간 스타크보다 많은 처형을 앞두었던 사람은 거의 없었을 것이다. 그러나 처형은 순식간에 없는 일이 되어버렸다. 사형수들은 누가 먼저 죽을지 제비를 뽑았고, 벼룩 퍼킨 경이 첫 번째가 되었다. 크레간 공이 그 교활한 불한당에게 남길 유언이 없느냐고 묻자, 퍼킨 경은 검은 옷을 입기를 바란다고 외쳤다. 남부 영주라면 그의 요청을 수락할 수도 수락하지 않을 수도 있지만, 스타크는 북부 가문이었고 북부에서는 밤의 경비대에 필요한 자원을 매우 중요시했다.

크레간 공이 수하들을 시켜 벼룩을 일으켜 세우는 광경을 본 나머지 죄수들은 살길을 발견하고 너도나도 같은 요구를 했다. "녀석들이 전부 한꺼번에 외치기 시작했어." 머시룸이 전한다. "마치 주정뱅이들이 반만 기억나는 노래를 고래고래 합창하듯 말이야." 시궁창 기사와 중장병, 가마꾼, 하인, 의전관, 술 창고 관리인 들 그리고 킹스가드 하얀 기사 셋까지 모두 갑자기 장벽을 지키고 싶다는 깊은 갈망을 표명했다. 오르월 대학사마저도 다급한 합창에 합류했다. 밤의 경비대는 검을 든 사내뿐만 아니라 깃펜을 든 사내도 필요하므로, 그 역시 처형을 피했다.

그날 단 두 명이 목숨을 잃었다. 한 명은 킹스가드의 자일스 벨그레이브 경이었다. 그의 결의 형제들과는 달리, 자일스 경은 하얀 망토를 검은 망토로 바꿀 기회를 거부했다. "당신의 말은 틀리지 않았소, 스타크 공." 그의 차례가 왔을 때 자일스 경이 말했다. "킹스가드 기사는 자신이 모시는 왕보다 오래 살아서는 아니 되오." 크레간 공은 '얼음'을 휘둘러 단칼에 그의 목을 잘랐다.

그다음에 (그리고 마지막으로) 죽은 건 라리스 스트롱 공이었다. 검은 옷을 입겠냐는 질문에 그가 대답했다. "아닙니다. 갈 거면 더 따뜻한 지옥으로 가고 싶군요……. 하지만 마지막 부탁이 하나 있긴 합니다. 내가 죽으면 당신의 그 거대한 검으로 내 곤봉발을 잘라주십시오. 평생 이 발을 질질 끌고 다녔으니, 죽은 다음에나마 벗어나고 싶습니다." 스타크 공은 그 청을 들어주었다.

그렇게 최후의 스트롱이 죽었고, 긍지 높고 유서 깊은 집안이 멸문에 이르렀다. 라리스 공의 유해는 침묵의 자매회에 넘겨졌다. 수년 후, 그의 유골은 마침내 하렌홀에 안치되었다……. 그의 곤봉발만 빼고. 스타크 공은 발을 빈민가 묘지에 따로 묻으라고 명령했으나, 매장되기 전에 사라졌다. 머시룸은 발이 도난당해 어떤 주술사에게 팔린 뒤, 주술에 사용되었다고 주장한다. (플리바텀에서 잘린 조프리 왕자의 발에 관해서도 같은 소문이 전하는 까닭에 두 이야기의 진실성을 의심할 수밖에 없다. 모든 발이 사악한 힘을 품었다고 믿지 않는다면 말이다.)

라리스 스트롱 공과 자일스 벨그레이브 경의 머리는 레드킵 성문의 양옆에 효수되었다. 다른 죄수들은 다시 검은 감옥으로 돌아가 그들을 장벽으로 보낼 준비가 끝날 때까지 기다려야 했다. 국왕 아에곤 타르가르엔 2세의 비참했던 재위는 마침내 그렇게 종언을 고했다.

왕관을 쓰지 않은 왕의 수관으로서 크레간 스타크의 짧은 임기도 다음 날 그가 수관의 목걸이를 아에곤 왕자에게 반환하면서 끝을 맺었다. 그는 별문제 없이 오랫동안 수관으로 남거나 심지어는 어린 아에곤이 장성할 때까지 섭정의 자리를 차지할 수도 있었지만, 남부는 그의 관심 밖이었다. "북부에 눈이 내리고 있습니다." 그가 선언했다. "그리고 내가 있을 곳은 윈터펠입니다."

섭정기
두건을 쓴 수관

크레간 스타크는 수관을 사임하고 윈터펠로 돌아가겠다고 선언했지만, 남부를 떠나기 전에 해결해야 할 곤란한 문제가 있었다.

스타크 공이 남부로 이끌고 온 대군은 대부분 북부에서 원하지 않거나 필요하지 않은 남자들이었고, 그들의 귀환은 그들이 뒤에 남기고 온 사랑하는 이들에게 심한 곤경이나 심지어는 죽음을 가져올 수도 있었다. 야사(그리고 머시룸)에 따르면 알리산느 영애가 해답을 제시했다고 한다. 그녀는 트라이던트 유역의 땅이 과부들로 가득하다고 스타크 공에게 알려주었다. 대부분 어린 자식들이 있고 남편이 이 영주나 저 영주를 위해 싸우러 갔다가 전사한 여인들이었다. 겨울이 닥쳤으니 튼튼한 등과 적극적인 손을 가진 남정네는 많은 난롯가와 집에서 환영을 받을 것이라는 말이었다.

왕의 결혼식이 끝난 뒤 검은 알리와 그녀의 조카 벤지콧 공을 따라 리버랜드로 간 북부인은 천 명이 넘었다. "과부마다 늑대 한 마리라." 머시룸이 농담했다. "겨울에는 그녀의 침대를 덥혀줄 테지만, 봄이 오면 그녀의 뼈를 갉고 있을걸." 하지만 레이븐트리, 리버런, 스토니셉트, 트윈스, 페어마켓에서 열린 소위 '과부 시장'에서 수백 쌍의 혼사가 성사되었다. 혼인하기를 원치 않은 북부인들은 대신 크고 작은 가문의 영주들에게 위병이나 병사로서 충성을 맹세했다. 안타깝게도 몇몇은 무법자의 길에 들어 좋지 못한 끝을 맞이하기도 했지만, 알리산느 영애의 중매 제안은 대체로 큰 성공을 거뒀다. 재정착한 북부인들은 그들을 받아들인 강의 영주들, 특히 툴리와 블랙우드 가문의 세를 불렸을 뿐만 아니라, 넥 남쪽에서 옛 신들의 숭배가 부활하고 퍼지는 데 일조했다.

새로운 삶과 부를 찾아 협해 너머로 눈을 돌린 북부인들도 있었다. 스타크 공이 수관에서 물러나고 며칠 후, 리스로 용병을 구하러 떠났던 마스턴 워터스 경이 홀로 돌아왔다. 그는 과거의 죄를 사면받는 데 반색했고, 삼두정이 와해하였음을 보고했다. 전쟁을 목전에 두고 '세 딸'이 새로운 용병단이 생기는 대로 거액을 제시하며 마구잡이로 고용하던 중이어서 마스턴 경은 비용을 감당할 수 없었다. 크레간 공의 북부인들 상당수는 이것을 기회로 보았다. 협해 너머에 황금이 있는데 왜 겨울이 들이닥쳐 얼어 죽거나 굶어 죽을 것이 뻔한 고향으로 돌아간단 말인가? 그 결과로 새로운 용병단이 한 개도 아니고 두 개가 생겨났다. '미친 할' 할리스 혼우드와 플린트스핑거스의 서자 티모티 스노우가 지휘하는 '이리 떼'는 북부인들로만 이루어진 용병단이었고, 오스카 툴리 경이 자금을 대고 단장으로서 이끈 '폭풍파괴자' 용병단은 웨스테로스 전역에서 모인 자들로 구성됐다.

그러한 모험가들이 킹스랜딩을 떠날 준비를 하는 중에도 다른 이들이 아에곤 왕자의 대관식과 결혼식에 참석하고자 전국 곳곳에서 도착하고 있었다. 서부에서는 조한나 라니스터 부인과 그녀의 부친이자 크래그의 영주인 롤란드 웨스털링이 왔고, 남부에서는 라이오넬 공과 선친의 과부인 만만찮은 사만다 부인이 하이타워가의 인사 40여 명을 이끌고 도착했다. 이 무렵 그 둘은 결혼이 금지되었지만 열렬한 사이라는 소문이 파다했고, 엄청난 추문이었던 터라 최고성사는 그들과 동행하기를 거부하고 사흘 뒤 레드와인 공, 코스테인 공, 비스버리 공과 함께 도착했다.

보로스 공의 과부 엘렌다 부인은 젖먹이 아들과 함께 스톰스엔드에 남은 대신 딸들인 카산드라와 엘린과 플로리스를 보내 바라테온 가문을 대표하게 했다. (유스터스 성사는 차녀 마리스가 침묵의 자매회에 들어갔다고 전한다. 머시룸의 말로는 마리스 영애가 어머니에게 혀를 뽑힌 다음에 입회했다고 하는데, 그 끔찍한 묘사는 무시해도 무방할 것이다. 침묵의 자매들이 혀가 없다는 끈질긴 소문은 낭설에 불과하다. 수녀들을 침묵하게 하는 건 벌겋게 달군 집게가 아니라 신앙심이다.) 바라테온 부인의 아버지이자 나이트송의 영주이며 '변경의 방어자'인 로이스 카론이 손녀들을 도성까지 인솔한 다음에 보호자로서 함께 머물렀다.

알린 벨라리온도 육지에 올랐으며, 맨덜리 형제가 청록색 망토를 걸친 기사 백 명을 거느리고 화이트하버에서 다시 왔다. 협해 너머의 브라보스와 펜토스, '세 딸' 전부 그리고 볼란티스에서도 하객들이 도착했다. 여름 군도에서는 경이로울 정도로 화려한 깃털 망토를 걸친 키 큰 흑인 왕자 세 명이 방문했다. 곧 킹스랜딩의 모든 여관과 마구간이 꽉꽉 들어찼고, 성벽 바깥에는 성내에서 숙소를 구하지 못한 이들을 위한 천막과 막사가 쑥쑥 세워졌다. 머시룸은 많은 음주와 간음이 벌어졌다고 주장했고, 유스터스 성사는 많은 기도와 단식과 선한 행위를 보고했다. 도성의 여관 주인들은 한동안 대목을 만나 기뻐했고 플리바텀과 고급 창관이 즐비한 비단 거리의 창녀들도 좋아했지만, 일반 주민들은 소음과 냄새에 불평했다.

결혼식을 앞두고 강요된 유대감이 킹스랜딩에 절박하고 아슬아슬하게 감돌았다. 도성의 술집과 급식소에 빽빽하게 들어찬 사람들 상당수가 1년 전만 해도 전장에서 서로 적으로 싸웠던 까닭이다. "오직 피로만 피를 씻어낼 수 있다는 말대로라면, 그때 킹스랜딩은 씻지 않은 인간들로 가득했었지"라고 머시룸은 전한다. 하지만 거리에서 벌어진 싸움은 예상보다 적었고, 죽은 사람도 셋밖에 되지 않았다. 왕국의 영주들이 드디어 전쟁에 지친 것은 아니었을까.

드래곤핏이 여전히 대부분 폐허인 상태라, 아에곤 왕자와 재해이라 공주의 결혼식은 비세니아 언덕마루의 야외에서 거행됐다. 귀족들이 편안하게 앉아 아무런 방해 없이 볼 수 있도록 우뚝 솟은 관람석이 언덕 위에 설치됐다. 날은 싸늘하지만 화창했다고 유스터스 성사는 전한다. 아에곤의 정복 후 131년째 되는 해 일곱째 달의 이렛날, 더할 나위 없이 상서로운 날이었다. 올드타운의 최고성사가 직접 예식을 거행했고, 성하(聖下)가 왕자와 공주가 부부가 되었음을 선언하자 평민들이 귀청이 터질 듯한 함성을 질렀다. 수만 명이 거리에 늘어서 열린 가마를 타고 레드킵으로 향하는 아에곤과 재해이라에게 환호를 보냈고, 왕성에 도달한 왕자는 단순하고 아무런 장식이 달리지 않은 노란 금관을 쓰고 안달인과 로인인과 최초인의 왕이자 칠왕국의 주인인 타르가르옌 가문의 아에곤 3세로 즉위했다. 그의 어린 신부에게는 아에곤이 직접 관을 씌워주었다.

왕은 음울하지만 날씬한 얼굴과 체형, 은금발 머리와 보랏빛 눈동자를 지닌 출중한 외모의 미소년이었고, 왕비는 아름다운 여아였다. 그들의 결혼식은 드래곤핏에서 거행된 아에곤 2세의 대관식 이후 웨스테로스에서 열린 가장 성대한 행사였다. 부족한 건 드래곤이었다. 이 왕은 성벽 위를 선회하는 의기양양한 비행도, 왕성 마당에 위풍당당하게 내려앉는 모습도 보여주지 않았다. 그리고 더 주의 깊은 이들은 다른 부재도 알아차렸다. 재해이라의 할머니인 알리센트 하이타워 왕대비가 어디에서도 보이지 않던 것이다.

새로운 왕은 아직 열 살에 불과했으므로, 왕이 처음으로 한 일은 그를 보호하고 지켜줄 사람과 성년이 될 때까지 그를 대신하여 왕국을 다스릴 인사들을 지정하는 것이었다. 비세리스 왕 시절부터 킹스가드에 있던 기사

중에 유일하게 살아남은 윌리스 펠 경이 하얀 검의 기사단장에 오르고 마스턴 워터스 경이 그의 부관이 되었다. 두 남자는 녹색파로 간주되었기에, 남은 킹스가드 기사는 모두 흑색파로 채워졌다. 최근 미르에서 돌아온 타일런드 라니스터 경이 국왕의 손에, 레오윈 코브레이 공이 호국공에 임명되었다. 전자는 녹색파, 후자는 흑색파였다. 그들 위에는 섭정 협의회가 있었고, 협곡의 제인 아린 여영주, 드리프트마크의 코를리스 벨라리온 공, 크래그의 롤란드 웨스털링 공, 나이트송의 로이스 카론 공, 메이든풀의 맨프리드 무튼 공, 화이트하버의 토르헨 맨덜리 경 그리고 시타델이 오르윌 대학사의 후임으로 선택한 문쿤 대학사가 포함되었다.

(믿을 만한 자료에 따르면 크레간 스타크 공도 섭정의 자리를 제안받았으나 거절했다고 한다. 그 외 누락된 인물 중 눈에 띄는 이로는 커밋 툴리, 언윈 피크, 사비타 프레이, 타데우스 로완, 라이오넬 하이타워, 조한나 라니스터, 벤지콧 블랙우드 등이 있는데, 그중 협의회에서 제외되어 진정으로 분노한 사람은 피크 공뿐이었다고 유스터스 성사는 주장한다.)

유스터스 성사는 이 섭정 협의회를 쌍수를 들어 반겼다. "강인한 남자 여섯과 현명한 여인 한 명. 하늘에서 일곱 신이 모든 사람을 굽어살피듯, 지상에서 일곱 인간이 우리를 다스리게 되었다." 머시룸은 떨떠름한 입장이었다. "일곱 섭정이라니, 하나로 충분했을 것을." 그가 말했다. "불쌍한 우리 왕." 어릿광대의 염려와는 달리 사람들은 대부분 국왕 아에곤 3세의 재위가 희망적으로 시작했다고 평가했다.

AC 131년의 남은 기간은 웨스테로스의 대영주들이 한 명 한 명 킹스랜딩을 떠나 영지로 돌아간 이별의 시간이었다. 제일 먼저 도망친 이들 중에는 '세 과부'가 있었는데, 왕과 왕비의 벗이자 볼모로 남은 딸들과 아들과 형제들과 사촌들에게 눈물 어린 작별을 고하고 바로 도성을 떠났다. 크레간 스타크는 대관식이 끝나고 보름이 지나기 전에 인원이 상당히 줄어든 군대를 이끌고 왕의 가도를 따라 북부로 향했다. 사흘 후, 블랙우드 공과 알리산느 영애가 뒤따라오는 스타크의 북부인 천 명과 함께 레이븐트리로 출발했다. 라이오넬 공과 샘 부인이 하이타워 가솔과 함께 올드타운이 있는 남쪽으로 말을 달렸으며, 로완, 비스버리, 코스테인, 탈리, 레드와인 공도 인원을 합쳐 성하를 호위하며 역시 같은 목적지를 향한 여정에 올랐다. 커밋 공과 그의 기사들은 리버런으로 귀환했고, 그의 동생 오스카 경은 폭풍파괴자 용병단과 함께 배를 타고 티로시로 갔다가 분쟁 지역으로 향했다.

그러나 계획대로 떠나지 않은 한 명이 있었다. 메드릭 맨덜리 경은 장벽으로 가기로 한 죄수들을 그의 갤리선 '북극성'에 태워 화이트하버까지 호송하겠다고 동의했었다. 죄수들은 그곳에서 캐슬블랙까지 육로로 이동할 것이었다. 그러나 북극성호가 떠나는 날 아침, 죄수를 세어보니 한 사람이 모자랐다. 오르월 대학사가 검은 옷을 입기로 한 결정을 재고한 모양이었다. 그는 경비병 한 명을 매수하여 족쇄를 푼 뒤, 거지의 누더기로 갈아입고 도성의 유곽 속으로 자취를 감추었다. 오래 기다리고 싶지 않았던 맨덜리 경이 오르월을 풀어준 경비병으로 빈자리를 채운 다음에야 북극성호는 출항할 수 있었다.

AC 131년 말, 어떤 "우울한 평온함"이 킹스랜딩과 국왕령 일대에 내려앉았다고 유스터스 성사는 전한다. 아에곤 3세는 필요할 때 철왕좌에 앉았지만, 그 외에는 거의 눈에 띄지 않았다. 왕국의 수호는 호국공 레오윈 코브레이의 몫이었고, 따분한 일상적인 통치는 눈먼 수관 타일런드 라니스터의 몫이었다. 한때 죽은 쌍둥이 형 제이슨 공처럼 키 크고 멋진 금발의 미남이었던 타일런드 경은 여왕의 심문관들 때문에 지독하게 망가진 나머지, 궁중에 새로이 온 영애들이 그를 보고 기절하기도 했다. 수관은 그녀들을 배려하여 공식 행사에서는 비단 두건으로 머리를 가리기 시작했는데, 그다지 좋은 판단은 아니었다. 두건은 타일런드 경을 불길하게 보이게 했고, 오래 지나지 않아 킹스랜딩 주민들은 레드킵에 얼굴을 가린 사악한 주술사가 있다고 수군거렸다.

그러나 타일런드 경의 기지는 여전히 날카로웠다. 극심한 고초를 겪은 그가 분노를 품고 복수에 혈안이 될 만도 했으나, 전혀 그러지 않았다. 대신 수관은 기이한 망각을 주장하며 누가 흑색파였고 누가 녹색파였는지 기억하지 못한다고 우겼고, 자기를 심문관들에게 보낸 여왕의 아들에게 철저한 충성을 바쳤다. 타일런드 경은 순식간에 암묵적으로 레오윈 코브레이보다 우위를 차지했는데, 머시룸은 레오윈을 두고 다음과 같이 이야기한다. "목은 두껍고 머리는 우둔한 사내였던 건 둘째 치고, 그렇게 방귀를 크게 뀌는 사람은 본 적이 없어." 법에 따라 수관과 호국공 둘 다 섭정 협의회의 권위에 예속되었으나, 날이 지나고 한 달 두 달 시간이 흐르자 섭정들이 회의를 여는 횟수가 점점 줄어든 반면 두건을 쓴 눈먼 타일런드 라니스터는 지칠 줄 모르고 더 많은 권력을 끌어모았다.

그가 직면한 난관은 실로 어마어마했다. 웨스테로스에 겨울이 찾아와 무려 4년 동안 계속되었다. 칠왕국 역사에서 손꼽히게 춥고 혹독한 겨울이었다. 더구나 '춤' 도중 왕국의 무역은 무너졌고, 셀 수 없이 많은 마을과 도시와 성이 손상을 입거나 파괴되었으며, 도로와 숲에는 무법자와 패잔병 무리가 득실거렸다.

더 급한 문제는 새로운 왕과 화해하기를 거부한 왕대비였다. 마지막 남은 아들마저 살해당한 알리센트는 마음이 돌처럼 굳어버렸다. 섭정들은 아무도 그녀가 처형되기를 바라지 않았다. 몇몇은 동정심 때문에, 다른 이들은 그녀가 처형되면 전쟁의 불씨를 다시 지필까 염려해서였다. 그러나 그녀가 예전처럼 궁중 생활에 참여하게 놔둘 수는 없었다. 왕에게 욕설을 퍼붓거나 부주의한 근위병의 단검을 잡아챌 가능성이 농후한 까닭이었다. 어린 왕비와 시간을 보내는 것조차도 곤란했다. 마지막으로 함께 식사했을 때, 그녀는 재해이라에게 남편이 자는 동안 목을 베라고 말해 아이가 비명을 지르게 했다. 타일런드 경은 어쩔 수 없이 왕대비를 마에고르 성채에 있는 그녀의 처소에 유폐했다. 온화한 감금이기는 했으나, 어쨌든 감금한 사실은 바뀌지 않았다.

수관은 그 뒤를 이어 왕국 무역의 복구와 재건에 돌입했다. 그가 라에니라 여왕과 셀티가르 공이 제정한 세금들을 폐지하자 귀족과 평민 모두 기뻐했다. 왕실의 황금을 무사히 회수한 후, 타일런드 경은 '춤' 도중 자산이 파괴된 영주들에게 차관을 제공할 용도로 백만 드래곤 금화를 예비금으로 책정했다. (이 차관은 많은 영주에게 도움을 주었으나, 철왕좌와 브라보스 강철은행 사이가 벌어지는 계기가 되기도 했다.) 그는 또한 킹스랜딩과 라니스포트와 걸타운에 세 개의 거대한 요새형 곡창을 건설하고 그 곡창들을 충분히 채울 곡식을 구매할 것을 지시했다. (두 번째 칙령은 곡물 가격을 급상승시켜 밀과 옥수수와 보리 등 팔 곡물이 있는 도시와 영주의 구미에 맞았지만, 여관과 급식소 주인과 가난하고 굶주린 사람들의 분노를 일으켰다.)

수관은 아에곤 2세가 의뢰한 아에몬드 왕자와 다에론 왕자의 초대형 석상 제작을 중지시켰고(두 왕자의 머리가 조각된 다음이었다), 석공, 목공, 건축가 수백 명을 고용하여 드래곤핏의 보수와 복원에 착수했다. 킹스랜딩의 성문들도 그의 명령에 따라 보강하여 성벽 외부뿐만 아니라 내부의 공격에도 대비할 수 있게 하였다. 수관은 또한 왕실 재정으로 새로운 전투 갤리선 50척을 건조할 것이라고 발표했다. 그는 섭정들이 이유를 묻자 조선소에 일감을 제공하고 삼두정의 함대로부터 도성을 방어하기 위해서라고 답변했다……. 그러나 많은 사람이 타일런드 경의 진정한 목적은 드리프트마크의 벨라리온 가문에 대한 왕실의 의존도를 줄이는 것이라고 추측했다.

수관은 군선의 건조를 주문할 때 서부에서 계속되는 전쟁도 염두에 두었을지 모른다. 아에곤 3세의 즉위는 드래곤들의 춤으로 발생한 살육을 대부분 종식했지만, 어린 왕의 대관식이 칠왕국 전체에 평화를 가져왔다는 주장은 옳다고 볼 수 없다. 소년 왕의 재위 초기 3년간, 서부에서는 돌턴 그레이조이가 이끄는 강철인들의 노략질에 캐스털리록의 조한나 부인이 그녀의 아들인 어린 로레온 공의 이름으로 저항하면서 전투가 끊이지 않았다. 그 전쟁의 자세한 내용은 여기서 다룰 범위가 아니다(더 알고 싶다면 맨캐스터 최고학사의 저서 《바다의 악마들: 군도의 익사한 신의 자손들의 역사》에서 관련 장이 참고하기에 매우 훌륭하다). 다만 '춤' 도중 붉은 크라켄은 흑색파에게 중요한 동맹이었으나, 평화가 돌아온 뒤 봤을 때는 강철인들이 녹색파만큼이나 흑색파도 신경 쓰지 않았다는 것 정도만 얘기해두겠다.

돌턴 그레이조이는 강철 군도의 왕까지 자칭하지는 않았지만, 이 기간에 철왕좌가 내린 여러 칙령에도 거의 주의를 기울이지 않았다……. 왕이 어린 소년이고 그의 수관이 라니스터가의 인물이었기 때문일 수도 있다. 그레이조이는 습격을 중지하라는 명령을 받은 다음에도 멈추지 않았다. 강철인들이 납치한 여인들을 돌려보내라는 요구에 그는 "남자와 소금 아내의 관계를 끊을 수 있는 건 익사한 신뿐입니다"라고 대답했다. 페어섬을 전 주인들에게 반환하라는 명령에는 "그들이 바다 밑에서 다시 기어올라 온다면, 기꺼이 그들의 것이었던 섬을 돌려드리리다"라고 대꾸했다.

조한나 라니스터가 강철인들을 공격하기 위해 새로운 함대를 건조하려고 하자, 붉은 크라켄은 조선소를 습격하여 불태우고 여자 백 명을 더 끌고 갔다. 수관이 진노하여 질책하는 서신을 보내자, 돌턴 공은 "서부의 여자들은 겁쟁이 사자보다는 강철 사내가 더 좋은가 봅니다. 자기들이 바다로 뛰어들어 우리보고 데려가달라고 애원하는 것을 보면 말입니다"라고 답신했다.

웨스테로스를 가로질러 반대편의 협해에서도 전운이 감돌고 있었다. 삼두정이 걸럿에서 참패했을 때 함대를 지휘한 리스인 샤라코 로하르의 암살은 티로시, 리스, 미르 사이에서 들끓던 불화를 폭발시킨 불꽃이었고, 전화에 휩싸인 '세 딸'은 전면전에 돌입했다. 지금은 샤라코의 죽음이 치정 사건에서 비롯되었다는 주장이 정론으로 받아들여진다. 그 오만했던 제독이 '검은 백조'라는 고급 창녀를 두고 겨룬 경쟁자 중 한 명에게 살해당했다는 것이다. 그러나 당시에는 그의 죽음이 정치적 살인으로 여겨졌고, 미르가 사주했다는 의혹이 있었다. 리스와 미르가 전쟁을 시작하자, 티로시는 그 기회를 이용해 징검돌 군도의 지배권을 주장하고 나섰다.

그 주장에 힘을 싣고자 티로시의 집정관은 한때 다에몬 타르가르옌에 대항하는 삼두정의 군대를 이끈 이색적인 총사령관, 라칼리오 린둔을 투입했다. 라칼리오는 순식간에 군도를 휩쓸고 당시 협해의 왕을 처형했다……. 그리고 집정관과 티로시를 배신하고 직접 왕이 되었다. 그 후 벌어진 혼란스러운 사파전으로 말미암아 협해 남부의 무역이 봉쇄되면서 킹스랜딩, 더스큰데일, 메이든풀, 걸타운이 동방과 통상할 수 없게 되었다. 역시 피해를 입은 펜토스, 브라보스, 로라스는 킹스랜딩으로 사절을 보내 분쟁 중인 '딸'들과 라칼리오에 대항하는 대동맹에 철왕좌를 끌어들이려 했다. 타일런드 경은 그들을 호화롭게 접대했지만, 동맹 제안은 거절했다. "웨스테로스가 자유도시들의 끝없는 싸움에 휘말리는 건 중대한 실책일 것입니다." 그가 섭정 협의회에서 말했다.

운명적인 한 해였던 AC 131년은 칠왕국의 동쪽과 서쪽 바다가 전화에 휩싸이고 눈보라가 윈터펠과 북부를 덮치는 가운데 저물었다. 킹스랜딩의 분위기도 즐거움과는 거리가 멀었다. 도성의 백성들은 결혼식 이후 한 번

노 보습을 드러내지 않은 어린 왕과 왕비에게 환멸을 느끼기 시작했고, '두건을 쓴 수관'에 관한 소문이 파다했다. '부활한' 양치기는 황금 망토에게 잡혀 혀가 뽑혔으나, 다른 자들이 그를 대신해 나타나 국왕의 손은 금지된 주술을 사용하고 아기의 피를 마시며 "자신의 일그러진 얼굴을 신들과 인간에게 숨기는 괴물"이라고 부르짖었다.

레드킵 왕성 내에서도 왕과 왕비에 대해 수군거렸다. 왕의 결혼 생활은 시작부터 삐걱거렸다. 신부와 신랑 둘 다 어린아이였다. 아에곤 3세는 이제 열한 살, 재해이라는 여덟 살에 불과했다. 부부는 결혼식을 올린 뒤 공식 행사 외에는 거의 만나지 않았는데, 어린 왕비가 거처에서 나오기를 싫어해서 그런 자리도 매우 드물었다. "둘 다 어딘가 망가졌다." 문쿤 대학사가 콘클라베로 보낸 서신에서 단언했다. 소녀는 제 쌍둥이가 블러드와 치즈의 손에 살해당하는 광경을 목격했다. 왕은 형제 넷을 모두 잃었고, 숙부가 어머니를 드래곤에게 먹이는 모습을 지켜보아야 했다. "이 아이들은 정상이 아니다." 문쿤이 적었다. "즐거움을 모르고, 웃지도 않고 놀지도 않는다. 여아는 밤마다 침대에 실금하고, 이에 꾸중을 들으면 구슬프게 운다. 시녀들은 왕비가 네 살처럼 행동하는 여덟 살이라고 말한다. 결혼식 전날 밤 내가 여아의 우유에 단잠을 타지 않았더라면 예식 도중 쓰러졌을 거라고 확신한다."

왕에 대해서는 다음과 같이 적었다. "아에곤은 아내나 다른 소녀들에게 거의 관심을 보이지 않는다. 말을 타거나 사냥이나 마상 창시합을 하지 않고, 독서나 춤이나 노래 같은 정적인 활동을 즐기는 것도 아니다. 영민한 듯하나 먼저 대화를 시작하는 법이 없고, 누가 말을 걸어도 매우 짧고 퉁명스럽게 대답하여 말하는 행위 자체를 고통스러워한다는 생각이 들 정도다. 친구라고는 사생아 소년 연한 머리 가에몬뿐이고, 밤에 깨지 않고 푹 자는 경우가 드물다. 늑대의 시간이면 종종 창가에 서서 별을 올려다보지만, 라이만 최고학사의 저서 《하늘의 왕국》을 갖다주어도 아무런 흥미를 보이지 않았다. 아에곤은 좀처럼 미소를 짓지 않고 한 번도 소리 내어 웃은 적이 없다. 분노나 공포도 내색하지 않는데, 드래곤만은 예외여서 언급만 해도 격분한다. 오르월은 전하가 차분하고 침착하다고 묘사하고는 했으나, 난 소년의 내면이 죽었다고 하겠다. 그는 레드킵의 홀을 마치 유령처럼 거닌다. 형제들이여, 솔직하게 말하겠다. 난 우리의 왕도, 왕국도 심히 염려된다."

안타깝게도 그의 염려는 충분한 근거가 있었다. AC 131년도 끔찍했지만, 그다음 2년은 훨씬 더 지독했다.

새해는 전 대학사 오르월이 비단 거리 아래쪽 부근에 있는 '마더스(Mother's)'라는 창관에서 발견되면서 불길한 시작을 맞이했다. 머리카락과 수염을 자르고 목걸이도 버린 채 '늙은 윌'이라는 가명을 쓴 오르월은 창관을 쓸고 닦고 손님들에게 매독이 있는지 확인하고 달차(moon tea)와 탠지꽃과 페니로열 박하를 섞어 마더스의 '딸'들이 원하지 않는 아기를 지우는 약을 만들며 밥벌이를 했다. 그가 마더스에 있는 어린 소녀들에게 글을 가르치기 전까지는 아무도 그를 신경 쓰지 않았다. 그의 학생 한 명이 황금망토의 부사관에게 새로 배운 것을 자랑하자, 부사관이 이를 수상하게 여기고 노인을 데려가 심문했다. 진실은 곧 밝혀졌다.

밤의 경비대에서 탈영에 대한 처벌은 죽음이다. 오르월은 아직 맹세하지 않았지만, 사람들은 대부분 그를 맹세파기자로 간주했다. 배편으로 그를 장벽으로 보내는 것은 고려할 가치도 없었다. 섭정들은 스타크 공이 처음 선고했던 대로 그를 처형해야 한다는 데 동의했다. 타일런드 경은 그 결정을 반대하지 않았으나, 아직 왕의 집행관이 임명되지 않았고 눈먼 자신은 검을 휘두르기에 부적합하다고 지적했다. 수관은 그 이유를 핑계 삼아 "적절한 집행인을 찾을 때까지" 오르월을 대신 탑의 감방에 가두었다(감방이라고 하기에는 크고 통풍도 잘되고 너무 쾌적하다는 비판이 있었다). 유스터스 성사도, 머시룸도 속지 않았다. 오르월은 타일런드 경과 함께 아에곤 2세의 녹색 회의에 참석했었고, 그들이 함께한 추억과 오랜 우정이 수관의 결정에 영향을 미쳤음이 명백했다. 전 대학사는 자백서를 마저 작성하도록 깃펜과 잉크와 양피지까지 주어졌다. 그리하여 오르월은 거의 2년에 걸쳐 비세리스 1세와 아에곤 2세의 재위에 관하여 길고 자세하게 서술했고, 이는 훗날 그의 후임이 《실록》을 집필할 때 매우 유용한 자료로 사용되었다.

보름이 채 지나기 전에, 달의 산맥에서 야인 무리가 쏟아져 나와 아린 협곡을 습격하고 약탈한다는 급보가 킹스랜딩에 도달했다. 제인 아린 여영주는 그녀의 땅과 사람들을 지키기 위해 궁중을 떠나 배를 타고 걸타운으로 향했다. 도르네 변경에서도 불온한 움직임이 일고 있었다. 도르네의 새로운 지배자로 등극한 알리안드라 마르텔은 자신을 '새로운 니메리아'로 여기는 대담한 열일곱 살 소녀였고, 붉은 산맥 남쪽의 모든 젊은 귀족이 그녀의 총애를 얻고자 서로 경쟁했다. 그들의 침입에 대처하기 위해 카론 공도 킹스랜딩을 떠나 서둘러 도르네 변경의 나이트송으로 돌아갔다. 일곱 섭정은 그렇게 다섯이 되었다. 그중 가장 영향력이 큰 이는 명확히 바다뱀이었다. 그의 부와 경험과 동맹은 그를 동등한 이들 중 으뜸으로 만들었다. 게다가 그가 어린 왕이 신뢰하는 유일한 사람이라는 점은 시사하는 바가 컸다.

이 모든 이유로 AC 132년 셋째 달의 엿샛날, 조수의 군주 코를리스 벨라리온이 킹스랜딩의 레드킵 왕성에 있는 나선계단을 오르다가 쓰러지자 왕국은 치명적인 타격을 입었다. 문쿤 대학사가 다급히 달려왔을 때는 바다뱀이 이미 죽은 다음이었다. 79세의 나이에 세상을 떠난 그는 네 명의 왕과 한 명의 여왕을 섬기고 세상의 끝까지 항해하였다. 벨라리온 가문에 사상 최고의 부와 권력을 가져다주고 여왕이 될 뻔했던 공주와 결혼하여

드래곤 기수들을 낳았으며, 마을을 키우고 함대를 건설하고 난세에는 용맹을, 치세에는 지혜를 떨쳤다. 칠왕국은 다시는 7와 같은 남자를 볼 수 없으리라. 그의 죽음은 이미 너덜너덜한 칠왕국의 정세에 크나큰 구멍을 뚫어놓았다.

코를리스 공은 철왕좌 아래 이레 동안 안치되었다. 이후 그의 시신은 헐의 마릴다와 그녀의 아들 알린이 모는 '인어의 키스'호에 실려 드리프트마크로 돌아갔다. 그곳에서 낡디낡은 바다뱀호가 다시 한번 바다에 떴고, 코를리스 벨라리온은 자신에게 이름을 준 배와 함께 드래곤스톤 동쪽의 깊은 바다에 수장되었다. 선체가 침몰할 때 카니발이 마지막 인사를 하듯 거대한 검은 날개를 펼치고 그 위를 날았다는 이야기가 전한다. (감동적이지만 훗날 윤색된 미담일 것이다. 우리가 아는 카니발이라면 인사하기보다는 차라리 시신을 먹어치웠을 테니.)

과거에 비천한 헐의 알린이었던 알린 벨라리온은 바다뱀이 선택한 후계자였으나, 그의 승계에 반발이 없지는 않았다. 비세리스 왕 시절, 코를리스 공의 조카 바에몬드 벨라리온 경이 자신이 드리프트마크의 진정한 후계자라고 나선 사실을 기억할 것이다. 이 반란으로 그는 머리를 잃었으나, 부인과 아들들을 남겼다. 바에몬드 경은 바다뱀의 바로 아래 동생의 아들이었다. 또 다른 동생의 다섯 아들도 계승권을 주장했었다. 그들이 병들고 기력이 쇠잔한 비세리스에게 탄원하러 갔을 때, 그들은 왕의 딸이 낳은 아이들의 핏줄을 의심하는 중대한 실수를 저질렀다. 비세리스는 그들의 불손한 혀를 뽑아내게 했지만, 목은 남겨두었다. "침묵하는 다섯" 중 셋은 '춤' 도중 아에곤 2세를 위해 라에니라의 군세와 싸우다가 죽었다……. 하지만 둘은 살아남았고, 이제 바에몬드 경의 아들들과 함께 나서며 "생쥐를 어미로 둔 헐의 사생아"보다 자신들에게 드리프트마크를 계승할 더 정당한 권리가 있다고 고집했다.

바에몬드 경의 아들 다에미온과 다에론은 킹스랜딩으로 가서 섭정 협의회 앞에서 그들의 계승권을 주장했다. 수관과 섭정들이 주장을 기각하자 형제는 그 결정을 받아들이고 알린 공과 화해하는 현명한 선택을 하였고, 그의 함대에 배를 제공하는 조건으로 드리프트마크에 영지를 얻었다. 그들의 침묵하는 사촌들은 다른 방책을 취했다. "호소를 하고 싶어도 혀가 없어서 못 하니까, 말 대신 검으로 싸우기를 선택했지"라고 머시룸은 말한다. 그러나 어린 영주를 암살하려던 음모는 바다뱀의 유지와 그가 고른 후계자에게 충성하는 드리프트마크성의 병사들로 인해 틀어졌다. 말렌타인 경은 암살 시도 중 죽고, 그의 동생 로가르 경은 생포되어 사형을 선고받았으나 검은 옷을 입기로 하면서 목숨을 부지했다.

'생쥐'의 사생아 아들 알린 벨라리온은 마침내 정식으로 조수의 군주이자 드리프트마크의 주인이 되었고, 바다뱀이 앉았던 섭정 자리를 차지하고자 바로 킹스랜딩으로 떠났다. (이렇듯 소년 시절에도 알린 공은 언제나 대담무쌍했다.) 수관은 그에게 감사를 표하고 도로 돌려보냈는데, AC 132년에 알린 벨라리온은 열여섯 살에 불과했으니 이해할 만한 처사였다. 코를리스 공의 섭정 협의회 자리는 이미 더 나이가 많고 노련한 인사인 스타파이크와 던스턴버리와 화이트그로브의 영주, 언윈 피크에게 돌아갔다.

AC 132년에 타일런드 경에게는 더 시급한 사안이 있었다. 바로 계승 문제였다. 코를리스 공이 노쇠하기는 했지만, 그의 돌연한 죽음은 누구나 언제든 죽을 수 있다는, 건강하고 나이 어린 아에곤 3세도 마찬가지라는 사실을 엄중히 일깨워주었다. 전쟁, 질병, 사고…… 죽음은 여러 가지 방법으로 찾아올 수 있었고, 왕이 사망한다면 그 뒤를 누가 잇는다는 말인가?

"전하께서 후계자 없이 승하하신다면 우린 음악이 얼마나 마음에 안 들든 간에 다시 춤을 추게 될 것이오." 맨프리드 무튼 공이 동료 섭정들에게 경고했다. 재해이라 왕비의 계승권이 왕보다 못하지 않았고 일부는 그녀가 더 정당한 계승권자라고 여겼으나, 그 사랑스럽고 단순하며 겁에 질린 여아를 철왕좌에 올리는 건 미친 생각이라는 데 모두 뜻을 같이했다. 아에곤 3세 본인은 그 질문을 받았을 때 그의 시동 연한 머리 가에몬을 언급하며 소년이 "한때 왕이었다고" 섭정들에게 상기시켰으나, 역시 불가능한 제안이었다.

기실 왕국이 용납할 만한 상속자는 두 명밖에 없었다. 바로 다에몬 왕자와 첫 부인 래나 벨라리온의 딸이며 왕의 이복 누이인 바엘라 타르가르옌과 라에나 타르가르옌이었다. 자매는 이제 열여섯 살이 된 키 크고 늘씬한 은발 머리 소녀들이었고, 도성에서 많은 사랑을 받았다. 대관식 이후 아에곤 왕은 레드킵 밖을 나가는 일이 드물고 어린 왕비는 아예 거처에서 나오지 않았기에, 지난 한 해 동안 평민들이 본 타르가르옌 왕족은 라에나와 바엘라가 전부였다. 자매는 말을 타고 사냥을 나가거나 매사냥을 즐겼고, 빈민들에게 자선을 베풀고 킹스랜딩을 방문한 사절과 귀족을 수관과 함께 접견했으며, 연회(많이 열리지 않았다), 가면극, 무도회(아직 한 번도 열리지 않았다) 등의 주최자 역할을 했다.

그러나 이 둘에 대해서도 섭정 협의회는 난관과 분열을 겪었다. 레오윈 코브레이가 "라에나 영애는 훌륭한 여왕이 될 것이오"라고 말하자, 타일런드 경은 바엘라가 어머니의 자궁에서 먼저 나왔음을 지적했다. "바엘라는 너무 제멋대로입니다." 토르헨 맨덜리가 반박했다. "자기 자신조차 다스리지 못하는데 어떻게 왕국을 다스리겠습니까?" 윌리스 펠 경이 동의했다. "라에나여야 합니다. 그녀는 드래곤이 있고, 언니는 없지 않습니까." 코브레이 공이 "바엘라는 드래곤을 타고 날아다녔소. 라에나는 새끼 드래곤만 있을 뿐"이라고 대꾸하자, 롤란드 웨스털링 공이 응답했다. "바엘라의 드래곤이 선왕을 쓰러뜨렸잖소. 아직도 왕국에는 그 일을 잊지 않은 사람들이 많소. 그녀를 옹립한다면 오랜 상처를 다시 헤집는 꼴이 될 거요."

논쟁을 끝낸 사람은 문쿤 대학사였다. "여러분, 이 모두 소용없는 입씨름입니다. 둘 다 여자입니다. 그런 살육을 겪고도 배우지 못한 것입니까? 우린 101년의 대협의회에서 결정한 장자 상속제를 따라야 합니다. 남성 상속자가 여성 상속자보다 우선합니다." 하지만 타일런드 경이 "그런데 남성 상속자가 어디에 있답니까? 우리가 전부 죽여버리지 않았습니까?"라고 말하자, 문쿤은 말문이 막혀 이 문제를 더 알아보겠다고 얼버무릴 수밖에 없었다. 그리하여 중대한 계승 문제는 미결로 남았다.

이 모호함 때문에 쌍둥이 자매는 왕의 추정 후계자들과 친분을 쌓고 싶어 하는 구혼자와 벗과 측근과 그 외 알랑거리는 자들의 과다한 관심을 받았는데, 둘은 그러한 아첨꾼들을 대하는 방식이 서로 달랐다. 라에나가 궁중 생활의 중심인물 노릇을 즐긴 반면, 바엘라는 아첨에 대놓고 성을 내고 주변을 나방처럼 알짱거리는 구혼자들을 조롱하고 괴롭히는 데 재미를 붙인 듯했다.

어릴 때 이들은 떼어놓을 수 없었고 구별하는 것도 불가능했지만, 한번 떨어진 이후로는 각자의 경험에 따라 매우 다르게 성장했다. 협곡에서 라에나는 제인 여영주의 대녀로서 안락한 특권층의 삶을 누렸다. 하녀들이 머리카락을 빗겨주고 목욕물을 대령했으며, 가수들이 그녀의 미모를 예찬하는 노래를 짓고 기사들이 그녀의 총애를 얻고자 창을 들고 말을 달렸다. 킹스랜딩에서도 마찬가지여서 젊고 멋있는 귀족 수십 명이 라에나의 미소를 얻고자 서로 경쟁했고 화가들은 그녀를 그리게 해달라고 애원했으며, 도성의 가장 뛰어난 양재사들이 앞을 다투어 그녀의 드레스를 만드는 명예를 원했다. 그리고 라에나가 어디를 가든 어깨를 마치 목도리처럼 감싼 어린 드래곤 모닝이 함께했다.

바엘라가 드래곤스톤에서 보낸 시간은 훨씬 험난했고, 불과 피로 끝을 맺었다. 궁중에 올 무렵 바엘라는 왕국의 그 어떤 처녀 못지않게 제멋대로에 고집이 셌다. 라에나가 늘씬하고 우아했다면, 바엘라는 마르고 재빨랐다. 라에나는 춤추기를 좋아했고, 바엘라는 말타기를 좋아했으며…… 나는 것도 좋아했으나, 그녀의 드래곤이 죽었을 때 그 기쁨을 빼앗겼다. 그녀는 말을 탈 때 머리카락이 얼굴을 때리며 방해하지 않도록 은발 머리를 소년처럼 짧게 유지했다. 그녀는 수시로 시녀들 몰래 빠져나가 거리에서 모험을 즐겼다. 자매들의 거리에서 음주 경마 경기에 참여하고 달빛 아래서 블랙워터 급류(물살이 너무 세 힘 좋은 사내들도 헤엄치다가 익사한 사례가 부지기수인 곳이다)를 헤엄쳐 건넜으며, 황금 망토들과 함께 병영에서 술을 마시고 플리바텀의 쥐 싸움장에서 돈을 걸고 때로는 입은 옷도 판돈으로 걸고는 했다. 한번은 사흘 동안 사라진 적이 있었는데, 나중에 돌아온 다음에도 그동안 어디에 있었는지 밝히기를 거부했다.

더 심각한 문제는 바엘라가 부적절한 부류와 어울리기를 좋아한다는 것이었다. 영애는 마치 길 잃은 개를 집으로 데려오듯 사람들을 레드킵으로 데려와 성내 직책을 주거나 자신의 수행원으로 삼게 해달라고 떼썼다. 바엘라가 데려온 자들로는 젊고 반반한 곡예사, 그녀가 근육을 보고 감탄한 수습 대장장이, 다리가 없어서 불쌍하게 여긴 거지, 그녀가 진짜 주술사라고 믿었던 잔재주꾼, 어느 방랑기사의 볼품없는 종자가 있었고 심지어는 "나와 라에(라에나의 애칭)와 같아"라며 매음굴에서 어린 쌍둥이 자매를 데려오기도 했다. 한번은 어느 극단 전원을 데리고 나타난 적도 있었다. 바엘라의 신앙과 도덕 교육을 맡은 아마리스 성사는 그녀에게 좌절했고, 유스터스 성사마저도 제멋대로인 그녀의 행동을 다스리지 못하는 듯했다. "영애는 반드시 이른 시일 안에 혼인해야 합니다." 그가 수관에게 말했다. "그러지 않으면 영애가 타르가르옌 왕가를 망신시키고 남동생인 전하께도 누를 끼치지 않을까 염려됩니다."

타일런드 경은 성사의 조언이 일리 있다고 보았으나…… 위험한 방안이

기도 했다. 바엘라는 구혼자가 넘쳐났다. 그녀처럼 젊고 건강하고 부유하며 가장 고귀한 태생의 미녀와의 결혼을 마다할 귀족은 칠왕국 어디에도 없었다. 그러나 그녀의 남편은 왕좌와 매우 가까운 자리를 차지할 것이기에, 잘못된 선택은 심각한 결과를 낳을 수 있었다. 파렴치하거나 부패하거나 지나치게 야심이 큰 반려자는 끝없는 전쟁과 슬픔의 원인이 될 수도 있다. 섭정들은 바엘라의 부군이 될 만한 인사 스무 명가량을 검토했다. 툴리 공, 블랙우드 공, 하이타워 공(부친의 과부를 애인으로 삼았으나, 일단은 미혼이었다)이 물망에 올랐고, 그 외 돌턴 그레이조이(붉은 크라켄은 소금 아내가 백 명이나 있다고 큰소리쳤지만, 바위 아내는 거둔 적이 없었다), 도르네 여대공의 동생 그리고 심지어는 불한당 라칼리오 린둔 같은 가능성이 낮은 자들도 여럿 거론되었다. 모두 끝에 가서는 이런저런 이유로 부적절하다는 결론이 났다.

마침내 수관과 섭정 협의회는 바엘라 영애의 배우자로 골든그로브의 영주 타데우스 로완을 낙점했다. 로완은 신중한 선택임이 틀림없었다. 그는 두 번째 부인이 지난해 세상을 떠난 후 그녀를 대신할 적절한 젊은 처녀를 찾는 중이었다. 첫 부인에게서는 아들 둘, 두 번째 부인에게서는 아들 다섯을 얻은 터라 그의 생식력은 의심할 여지가 없었다. 딸이 한 명도 없으므로 바엘라는 성의 확고한 안주인이 될 것이었다. 또한 어린 아들 넷이 아직 성에 있었고, 여인의 손길이 필요했다. 로완 공의 자식이 모두 아들이라는 점이 크게 유리하게 작용하였다. 그가 바엘라 영애에게서도 아들을 얻는다면, 아에곤 3세는 확실한 후계자가 생기는 것이었다.

타데우스 공은 화통하고 다정하며 쾌활한 사내로 사람들이 좋아하고 존경하는 인물이었고, 애처가에 아들들에게 좋은 아버지였다. '춤' 중에는 라에니라 여왕을 위해 유능하고 용맹하게 싸웠다. 그는 자부심이 높되 오만하지 않고, 공정하되 앙심을 품지 않으며, 친구들에게 의리가 있고 종교

적 사안에 충실하지만 과도하게 독실하지 않았고, 야심이 지나치지도 않았다. 바엘라 영애가 왕위를 잇는다면 로완 공은 완벽한 부군으로서 그의 모든 힘과 지혜를 다해 돕는 한편, 그녀를 좌지우지하거나 왕좌를 찬탈하려 들지 않을 것이었다. 유스터스 성사는 섭정들이 심사숙고 끝에 도달한 결정에 매우 만족해했다고 전한다.

자신의 결혼 상대가 누군지 전해 들은 바엘라 타르가르옌은 그들의 기쁨에 동참하지 않았다. "로완 공은 나보다 마흔 살이나 연상이고, 돌처럼 번들거리는 대머리에다 뱃살은 나보다 더 무게가 나간단 말이에요." 그녀가 수관에게 했다는 말이다. 그러고는 "난 그 사람의 아들 둘이랑 잠자리도 같이 한걸요. 첫째하고 셋째였나. 둘이랑 한꺼번에 같이 잔 건 아니었고요, 그건 부도덕한 짓이니까"라고 덧붙였다. 그 말이 진실인지는 확인할 수 없다. 바엘라 영애는 이따금 일부러 상대방을 도발하기도 하였으니. 만약 그것이 목적이었다면 그녀는 성공했다. 수관은 영애를 방으로 돌려보내고 문밖에 위병을 세워 섭정들이 모일 때까지 그녀가 방 안에서 나오지 못하게 했다.

하지만 다음 날, 수관은 바엘라가 어떤 비밀스러운 방법으로 성에서 달아난 것을 알고 경악했다(이후 밝혀진 바로는 그녀는 창문으로 빠져나가 어느 세탁부와 옷을 바꿔 입은 뒤 정문으로 걸어 나갔다고 한다). 성이 떠들썩해졌을 때, 바엘라는 이미 고용한 어부의 배를 타고 블랙워터만의 반을 가로질러 드리프트마크로 향하고 있었다. 섬에 도착한 뒤에는 사촌인 조수의 군주를 만나 그녀의 모든 비애를 쏟아놓았다. 보름 후, 알린 벨라리온과 바엘라 타르가르옌은 드래곤스톤의 성소에서 결혼했다. 신부는 열여섯, 신랑은 거의 열일곱 살이었다.

섭정 중 여러 명이 격노하여 타일런드 경더러 최고성사에게 혼인 무효를 요청하라고 재촉했지만, 수관의 반응은 실소 어린 체념이었다. 그는 바엘라가 배우자로 선택한 인물보다는 그녀의 반항 자체를 추문으로 여기고 왕과 궁중이 이 혼인을 주선했다고 발표했다. "소년은 고귀한 혈통을 이었습니다." 그가 섭정들에게 장담했다. "그리고 그도 그의 형처럼 충성을 증명할 것임을 의심치 않습니다." 타데우스 로완에게는 '네 폭풍'이라 불리는 보로스 공의 네 딸 중 제일 아름답다고 널리 알려진 열네 살 소녀 플로리스 바라테온과의 혼약으로 상처 입은 자존심을 달래게 했다. 다소 경박하지만 상냥한 소녀인 그녀에게 폭풍은 어울리지 않는 별명이었는데, 2년 뒤 출산 도중 죽고 만다. 그리고 드래곤스톤에서 이루어진 결혼이야말로 폭풍 같은 것이었음이 세월이 흐른 훗날 밝혀지게 된다.

수관과 섭정 협의회에게 야밤에 블랙워터만을 건넌 바엘라 타르가르옌의 도피 행각은 그들이 품은 모든 의심을 확인시켜 주었다. "염려한 대로, 그녀는 제멋대로에 고집이 세고 음탕한 것으로 드러났습니다." 윌리스 펠 경이 침통한 목소리로 인정했다. "그리고 이제는 코를리스 공의 벼락출세한 서자와 맺어지고 말았군요. 부친은 뱀이고 모친은 생쥐인 자를…… 우리가 여왕의 부군으로 섬겨야 합니까?" 섭정들은 바엘라 타르가르옌이 아에곤 왕의 후계자가 되어서는 안 된다고 입을 모았다. "라에나 영애여야만 하오." 무튼이 선언했다. "혼인한 다음에 말이오."

이번에는 타일런드 경의 의견에 따라 소녀 본인도 논의에 참여했다. 언니가 무척 고집이 셌다면 라에나 영애는 무척 고분고분했다. 그녀는 왕과 섭정 협의회가 바라는 사람이라면 누구와도 당연히 혼인하겠다면서, "내게 아이들을 주지 못할 정도로 너무 나이가 많거나, 동침할 때 날 깔이 뭉갤 정도로 뚱뚱한 분이 아니었으면 좋겠어요. 상냥하고 다정하고 고결한 분이라면 저도 사랑할 수 있을 거예요"라고만 했다. 그녀에게 구혼한 귀족과 기사 중에 마음에 드는 사람이 있었는지 수관이 묻자, 영애는 아린 여영주의 대녀였던 시절 협곡에서 처음 만난 코윈 코브레이 경에게 "특히 호감을 느낀다고" 털어놓았다.

코윈 경은 이성적인 선택과는 거리가 멀었다. 그는 차남이었고 이전 결혼에서 두 딸이 있었다. 서른두 살의 남자로 새파란 청년도 아니었다. 그러나 코브레이가는 유서 깊고 고귀한 가문이었으며, 코윈 경은 작고한 그의 부친이 코브레이 가문의 발리리아 강철검 고독한 숙녀를 물려줄 정도로 혁혁한 무위를 떨친 기사였다. 그의 형 레오윈은 호국공이었다. 단지 그 사실만으로도 섭정들은 이의를 제기하기 어려웠을 것이다. 그리하여 혼사가 결정되었다. 신속한 약혼에 이어 보름 만에 결혼식이 서둘러 치러졌다. (수관은 더 긴 약혼 기간을 바랐으나, 섭정들은 바엘라가 벌써 임신했을지도 모르니 라에나가 빨리 혼인하는 것이 현명하다고 여겼다.)

AC 132년에 결혼한 왕국의 귀족 여식은 쌍둥이 자매만이 아니었다. 몇 달 후, 레이븐트리의 영주 벤지콧 블랙우드는 수행단을 이끌고 왕의 가도를 따라 윈터펠로 가서 그의 고모 알리산느와 크레간 스타크 공의 결혼식에 참석했다. 북부는 이미 겨울이 한창이었던 터라 여정이 예상보다 세 배는 더 길었다. 휘몰아치는 눈보라에 기수 절반이 말을 잃었고, 블랙우드 공의 짐마차는 무법자들에게 세 번이나 습격당하여 식량 대부분과 결혼 예물 전부를 약탈당했다. 하지만 결혼식은 성대했다고 한다. 검은 알리와 그녀의 늑대는 윈터펠의 얼어붙은 신의 숲에 있는 심장 나무 앞에서 혼인 서약을 했다. 이후 열린 피로연에서 크레간 공이 첫 부인에게서 얻은 네 살배기 아들 리콘이 새어머니를 위해 노래를 불렀다.

스톰스엔드의 과부 엘렌다 바라테온 부인도 같은 해 새 남편을 맞았다. 보로스 공이 죽고 올리버도 아직 젖먹이였던 터라, 도르네의 스톰랜드 침략이 더 잦아지고 왕의 숲에서는 산적들이 기승을 부렸다. 과부는 평화를 지키려면 든든한 남자의 존재가 필요하다고 느꼈다. 그녀는 그리핀스루스트 영주의 차남인 스테폰 코닝턴 경을 선택했다. 엘렌다 부인보다 스무 살 어렸지만, 코닝턴은 보로스 경의 독수리 왕 토벌 당시 무용을 입증했고 잘생긴 만큼이나 용맹하다고 알려진 남자였다.

다른 곳에서는 결혼보다 전쟁이 더 큰 관심사였다. 일몰해 곳곳에서 붉은 크라켄과 강철인들이 습격과 약탈을 계속했다. 브라보스와 펜토스와 로라스의 삼두 동맹과 티로시, 미르, 리스가 징검돌 군도와 분쟁 지역에서 전투를 벌였고, 라칼리오 린둔의 불량 왕국은 협해 밑부분을 틀어막았다. 킹스랜딩, 더스큰데일, 메이든풀, 걸타운에서 무역이 격감했다. 도매상과 무역상들이 울부짖으며 왕을 찾아갔으나…… 참고하는 사료에 따라 왕은 그들을 만나기를 거부했거나 만나는 것이 허락되지 않았다고 한다. 북부는 크레간 스타크와 휘하 가문들이 비축한 식량이 줄어들면서 기근의 망령이 떠돌았고, 밤의 경비대는 계속 빈도가 늘어나는 야인들의 습격을 격퇴해 나갔다.

그해 말, 지독한 전염병이 세 자매 군도를 휩쓸었다. '겨울 열병'이라 불린 그 질병은 시스터턴 인구의 절반을 죽였다. 살아남은 절반은 이벤 항구에서 온 포경선이 병을 가져왔다고 믿고 이벤인 선원을 모조리 잡아 죽이고 그들의 배를 불태웠다. 소용없는 일이었다. 전염병이 바이트만을 건너 화이트하버로 퍼지자, 성사의 기도와 학사의 물약도 병마 앞에서 무력했다. 데스몬드 맨덜리 공을 포함한 수천 명이 사망했다. 그의 훌륭한 아들이며 북부 최고의 기사인 메드릭 경도 부친이 사망한 뒤 나흘 만에 같은 병으로 목숨을 잃었다. 메드릭 경에게 후사가 없다는 사실은 재앙적인 결과를 낳았는데, 영주 작위를 이어받은 그의 동생 토르헨 경이 화이트하버를 다스리기 위해 섭정 협의회에서 물러나야 했던 것이다. 그리하여 일곱이었던 섭정은 넷만 남았다.

수많은 크고 작은 가문의 영주가 드래곤들의 춤 도중 사망한 까닭에 시타델은 이 시절에 '과부의 겨울'이라는 적절한 이름을 붙였다. 칠왕국의 역사에서 이때처럼 많은 여성이 죽은 남편이나 형제나 부친을 대신해 강보에 싼 갓난아기이거나 젖먹이인 아들을 위해 권력을 휘두른 시대는 전무후무했다. 그녀들의 이야기는 아벨론 최고학사의 대작 《여인들이 통치했을 때: 종전 후의 귀부인들》에 상당수 수록되어 있다. 아벨론은 과부 수백 명을 다루었지만, 우리는 몇몇에 국한할 수밖에 없다. 그런 여인 중 넷이 AC 132년 말과 133년 초 사이 왕국의 역사에 좋든 나쁘든 중대한 역할을 했다.

그중 가장 유명한 이는 캐스털리록의 과부이자 어린 아들 로레온 공을 위해 라니스터 가문의 영지를 다스린 조한나 부인이었다. 그녀는 죽은 남편의 쌍둥이 동생인 수관에게 약탈자들을 물리칠 원군을 수차례나 요청했지만, 아무런 도움을 받지 못했다. 영지민들을 지키기 위해 필사적이었던 그녀는 결국 남자의 갑옷을 걸치고 라니스포트와 캐스털리록의 병사들을 이끌고 적과 맞섰다. 케이스의 성벽 아래서 그녀가 강철인 십여 명을 베었다는 노래가 전하지만, 술에 취한 가수들의 상상으로 보아도 무방할 것이다(조한나는 검이 아니라 깃발을 들고 전장에 나섰다). 하지만 그녀의 용기에 사기가 오른 서부인들은 습격자들을 격파하고 케이스를 구했다. 그때 죽은 자 중에는 붉은 크라켄이 좋아한 숙부도 있었다.

텀블턴의 과부 샤리스 푸틀리 부인은 파괴된 마을 재건에 노력을 기울이며 다른 종류의 명성을 얻었다. 젖먹이 아들(제2차 텀블턴 전투가 끝나고 반년 후, 그녀는 기운찬 검은 머리의 아기를 낳고 죽은 남편의 적자라고 발표했으나, 아기의 친부는 '대담한' 존 록스턴일 가능성이 높다)의 이름으로 텀블턴을 다스린 샤리스 부인은 타다 남은 상점과 민가를 철거하고 마을 성벽을 새로 세웠으며, 시체를 묻고 군대가 진을 쳤던 들판에 밀과 보리와 순무를 심었다. 드래곤 시스모크와 버미토르의 머리도 수습하여 박제한 뒤 마을 광장에 전시하여 여행자들로부터 적잖은 수입을 올렸다(보는 데 동전 한 푼, 만지는 데 별 동화 한 닢이었다).

올드타운에서는 최고성사와 오르문드 공의 과부 샘 부인의 관계가 계속하여 악화됐다. 성하는 그녀에게 의붓아들과 동침하는 것을 멈추고 침묵의 자매가 되어 속죄하기를 분부했으나, 샘 부인은 무시했다. 당연히 분기탱천한 최고성사는 이 올드타운의 미망인을 파렴치한 간음녀라고 비난하며 그녀가 회개하고 용서를 빌 때까지 별빛 성소 내에 발을 디디는 것을 금했다. 그러자 사만다 부인은 군마를 타고 성하가 기도를 이끌고 있는 성소로 쳐들어갔다. 최고성사가 쳐들어온 목적을 묻자, 샘 부인은 그가 성소에 발을 디디는 것은 금했지만 말발굽은 언급하지 않았다고 대꾸했다. 그리고 그녀는 기사들에게 성소의 문에 빗장을 지르라고 명령했다. 성소가 그녀에게 문을 열지 않는다면, 다른 이들에게도 열지 못한다는 것이었다. 최고성사는 분노에 몸을 떨며 호통치고 "말을 탄 탕녀"에게 저주를 퍼부었으나, 끝내는 굴복하는 수밖에 없었다.

그 비범했던 여인 중 네 번째(여기에서는 마지막으로 언급될) 여인은 신의 눈 호숫가에 자리한 거대한 폐허 하렌홀의 뒤틀린 탑과 파괴된 내성에서 모습을 드러냈다. 다에몬 타르가르옌과 그의 조카 아에몬드의 마지막 비행 후 잊히고 사람들이 꺼리는 곳으로 전락한 검은 하렌의 저주받은 본성은 무법자와 강도기사와 패잔병이 소굴로 삼고 근처의 여행자, 어부, 농부를 약탈했다. 1년 전만 해도 그런 자들이 소수에 불과했으나 최근 들어 숫자가 부쩍 늘었고, 무시무시한 힘을 지닌 마녀 여왕이 그들을 지배한다는 소문이 돌았다. 그러한 이야기들이 킹스랜딩에 낳사, 타일런드 경은 성을 수복할 시간이 되었다고 마음먹었다. 킹스가드 기사 레지스 그로브스 경이 그 임무를 맡고 숙련병 50명과 함께 도성을 나섰다. 대리성에 이르렀을 때, 데이먼 대리 경이 비슷한 수의 병사를 이끌고 합류했다. 레지스 경은 경솔하게도 그 정도 병력이라면 몇 안 되는 무단 거주자들을 처리하기에 충분하다고 짐작했다.

그러나 하렌홀의 성벽 앞에 당도한 그는 성문이 닫혀 있고 무장한 사내 수백 명이 흉벽 위에 늘어선 광경을 보았다. 성안에는 최소 600명이 넘는 사람들이 있었고, 그중 3분의 1이 싸울 수 있는 장정이었다. 레지스 경이 그들의 주군과 대화하기를 요구하자, 한 여자가 곁에 어린아이를 데리고 나타났다. 하렌홀의 '마녀 여왕'은 다름 아닌 알리스 리버스였다. 아에몬드 타르가르옌 왕자의 포로였다가 연인이 된 천출 유모는 이제 그의 과부를 자처했다. 그녀는 기사에게 소년이 아에몬드의 아들이라고 알렸다. "그의 사생아라고?" 레지스 경이 말했다. "그분의 적자이자 후계자이다." 알리스 리버스가 내뱉었다. "그리고 웨스테로스의 진정한 왕이기도 하지." 그녀는 기사에게 "왕에게 무릎을 꿇고" 충성을 맹세하라고 명령했다. 레지스 경이 비웃으며 대꾸했다. "난 서자 따위에게 무릎을 꿇지 않아. 친족살해자와 젖소의 사생아 새끼에게는 더욱."

그다음 일어난 일에 관해서는 아직도 의견이 분분하다. 혹자는 알리스 리버스가 단지 손을 들어 올렸을 뿐인데 레지스 경이 머리를 움켜쥐고 비명을 지르기 시작하더니 곧 그의 머리가 피와 뇌수를 흩뿌리며 터져 나갔다고 말한다. 어떤 이들은 과부의 손짓은 신호였고, 흉벽에 있던 노궁병 한명이 화살을 날려 레지스 경의 눈을 꿰뚫은 것이라고 주장한다. 머시룸(당시 수천 리 떨어진 곳에 있었다)은 성벽 위에 무릿매질에 능한 자가 있었다고 추측했다. 부드러운 납으로 만든 공을 무릿매로 충분한 힘을 사용해 던지면, 그로브스의 부하들이 보고 주술이라고 생각한 폭발 효과를 낼 수 있다는 것이다.

사실이 무엇이든, 레지스 그로브스 경은 즉사했다. 그 직후, 하렌홀의 성문이 쾅 열리고 기수 한 무리가 고함지르며 뛰쳐나왔다. 뒤따른 혈전에서 왕의 병사들은 대패했다. 데이먼 대리 경은 좋은 말을 타고 좋은 갑옷을 걸친 데다 훈련도 잘 받은 덕택에 한 줌의 병사들과 간신히 도망칠 수 있었다. 마녀 여왕의 수하들은 밤새 그의 뒤를 쫓다가 아침이 된 다음에야 추격을 포기했다. 출정한 병사 백 명 중 대리성으로 살아 돌아온 자는 32명에 불과했다.

이튿날, 서른세 번째 병사가 돌아왔다. 다른 병사 십여 명과 함께 사로잡혔던 그는 동료들이 하나씩 고문당해 죽는 모습을 강제로 지켜보았고, 경고를 전하기 위해 풀려 나왔다. "그 여자가 말한 것을 전해야 하는데ㅡ" 그가 헐떡이며 말했다. "웃으면 안 됩니다. 과부가 나한테 저주를 걸었거든요. 여기서 한 명이라도 웃으면 내가 죽습니다." 데이먼 경이 아무도 그를 비웃지 않을 것이라고 안심시키자, 전령이 다시 입을 열었다. "그 여자는 무릎을 꿇을 요량이 아니라면 다시는 오지 말라고 말했습니다. 누구든 성에 가까이 오면 죽는다고. 그곳의 돌에는 힘이 있고, 과부가 그 힘을 깨웠습니다. 일곱 신이시여, 그 여자에게는 드래곤이 있습니다. 제 눈으로 보았어요."

전령의 이름도, 웃음을 터뜨린 자의 이름도 전하지 않는다. 그러나 대리공의 부하 중 누군가가 웃음을 터뜨렸다. 전령이 절망에 빠진 얼굴로 웃은 사내를 쳐다보더니 목을 움켜쥐고 헐떡거리기 시작했다. 숨을 쉬지 못한 전령은 삽시간에 숨이 끊겼다. 마치 어떤 여인이 그 자리에서 목을 조른 듯, 전령의 피부에 여자의 손가락 자국이 남았다고 한다.

킹스가드 기사의 죽음에 타일런드 경은 매우 근심스러워했다. 하지만 언윈 피크는 주술과 드래곤에 관한 데이먼 대리 경의 보고를 무시하고 레지스 그로브스와 병사들의 죽음을 무법자들의 책임으로 돌렸다. 다른 섭정들도 동의했다. 그 '평화로웠던' AC 132년이 저물 무렵, 섭정들은 무법자들을 하렌홀에서 몰아내려면 더 강한 병력이 필요하다는 결론을 내렸다. 그러나 타일런드 경이 그런 공략을 준비하거나 아에곤의 일곱에서 레지스 경의 빈자리를 채울 기사를 미처 떠올리기도 전에, 어떤 마녀 여왕보다도 치명적인 위협이 도성을 덮쳤다. AC 133년 초사흘날, 겨울 열병이 킹스랜딩에 도달했다.

시스터맨들이 믿은 대로 열병이 이브의 깊은 숲속에서 비롯되어 한 포경선을 통해 웨스테로스에 전파된 것이 사실이든 아니든, 역병이 항구에서 항구로 퍼지는 것만은 확실했다. 화이트하버, 걸타운, 메이든풀, 더스큰데일이 차례로 병마에 시달렸다. 브라보스도 심각한 피해를 입는 중이라는 보고가 들어왔다. 감염의 초기 증상은 추운 겨울날 시린 바람에 노출되어 달아오르는 사람의 뺨과 다를 바 없는 홍조였다. 그러나 미열로 시작하여 점점 뜨거워지는 고열이 뒤따랐다. 피를 뽑아도 소용이 없고, 마늘도 소용이 없었으며, 물약과 습포를 사용한 다양한 치료도 효과가 없었다. 이 병을 연구한 학사들은 병자를 눈과 얼음을 채운 욕조 안에 눕히면 열병의 진행을 늦출 수 있지만 완전히 멈추지는 못한다는 사실을 발견했다. 이틀째에 병자는 격렬하게 떨며 춥다고 하소연하지만, 정작 몸은 팔팔 끓는 것처럼 뜨거워졌다. 사흘째에는 망상 증세를 보이며 피땀이 났다. 나흘째에 병자는 죽거나 고열이 가라앉으며 회복하기 시작했다. 겨울 열병에 걸린 사람은 넷 중 한 명밖에 살아남지 못했다. 재해리스 1세 시절 오한병이 웨스테로스를 강타한 이래 그처럼 끔찍한 역병이 칠왕국에 닥친 것은 처음이었다.

킹스랜딩에서 죽음의 홍조가 조짐을 보인 것은 선원, 뱃사공, 생선 장수, 부두 일꾼, 하역부, 선창 주변의 창부 등 블랙워터 급류 강가에서 일하는 사람들 사이에서였다. 그런 이들 대부분이 병에 걸린 것을 자각하기도 전에 도성 내 모든 곳에서 부자와 빈자 가릴 것 없이 전염병을 퍼뜨렸다. 이 소식이 궁중에 닿자 문쿤 대학사는 직접 아픈 이들 몇몇을 찾아가 정말 겨울 열병인지 아니면 덜 심각한 질병인지 확인했다. 자신이 본 것에 놀란 문쿤은 성으로 돌아가지 않았다. 고열에 시달리는 창녀와 부두 일꾼 40명과 접촉한 터라 그도 전염되었을 위험이 있었기 때문이다. 그는 대신 조수를 통해 수관에게 긴급 서신을 전달했다. 타일런드 경은 즉시 황금 망토들에게 도성을 봉쇄하고 열병이 사그라들 때까지 아무도 들어오거나 나가지 못하게 막으라고 명령했다. 또한 역병으로부터 왕과 궁중을 보호하고자 레드킵의 거대한 성문도 걸어 잠갔다.

애석하게도 겨울 열병은 성문이나 경비병이나 성벽도 아랑곳하지 않았다. 열병은 남쪽으로 확산되면서 어느 정도 약해진 듯했지만, 그 후 며칠 만에 수만 명이 고열에 시달렸다. 그중 4분의 3이 죽었다. 문쿤 대학사는 운 좋게 살아남은 4분의 1에 속하여 회복했으나…… 킹스가드 기사단장 윌리스 펠 경이 결의 형제 두 명과 함께 병에 걸려 쓰러졌다. 호국공 레오윈 코브레이는 병에 걸린 후 거처로 물러나 향신료를 넣고 데운 와인을 마시며 자신을 치료하려 했다. 그는 정부와 하인 여러 명과 함께 죽었다. 재해이라 왕비의 시녀 중 두 명이 고열이 나서 죽었지만, 어린 왕비는 건강했다. 도시 경비대장도 죽었다. 아흐레 후, 그의 후임도 무덤에 따라 들어갔다. 섭정들도 안전하지 않았다. 웨스털링 공과 무튼 공 둘 다 병에 걸렸다. 무튼 공은 많이 쇠잔하기는 했지만 고열을 견뎌내고 살아남았다. 고령이었던 롤란드 웨스털링은 목숨을 잃었다.

한 명에게는 죽음이 차라리 자비였으리라. 국왕 비세리스 1세의 두 번째 부인이자 그의 아들 아에곤, 아에몬드, 다에론 그리고 딸 헬라에나의 어머니였던 하이타워 가문의 알리센트 왕대비는 웨스털링 공이 죽은 밤, 자신의 성사에게 죄를 고해한 뒤 마찬가지로 세상을 떠났다. 자식들을 모두 먼저 떠나보낸 그녀는 방에 유폐된 채 생애 마지막 해를 보냈고, 곁에는 성사와 식사를 가져다주는 하녀들과 문밖의 위병들밖에 없었다. 왕대비에게 책과 바늘과 실이 주어졌지만, 위병들은 그녀가 독서나 바느질보다는 우는 데 시간을 더 보냈다고 했다. 하루는 가지고 있던 옷을 전부 갈가리 찢어버렸다. 그해 말 무렵에는 혼잣말할 때가 잦았고 녹색을 매우 혐오하게 되었다.

죽기 전 마지막 나날에 왕대비는 제정신을 되찾은 듯한 모습이었다. "아들들을 보고 싶네." 그녀가 성사에게 말했다. "내 사랑스러운 딸 헬라에나도. 오…… 그리고 재해리스 전하도. 어릴 때처럼 그분께 책을 읽어드리고 싶어. 내 목소리가 아름답다고 말씀하시곤 했는데." (이상하게도 알리센트 왕대비는 숨을 거둘 무렵에 '늙은 왕'을 자주 언급했지만, 그녀의 남편 비세리스 왕은 한 번도 입에 담지 않았다고 한다.) 비가 내리던 어느 밤, '이방인'은 늑대의 시간에 그녀를 찾아왔다.

유스터스 성사는 이 모든 죽음을 충실하게 기록하면서 위대한 영주와 고귀한 귀부인의 심금 울리는 최후를 모조리 우리에게 전했다. 머시룸도 죽은 이들을 열거하지만, 살아남은 자들의 못난 짓에 더 많은 시간을 할애했다. 그중에는 예쁜 침실 하녀에게 자기가 열병에 걸려 "나흘 후면 죽을 텐데, 사랑을 알지 못하고 죽고 싶지는 않다"고 말하여 몸을 허락하게 설득한 어느 못생긴 종자가 있었다. 이 수법이 매우 성공적이어서 종자는 다른 여인 여섯 명에게도 써먹었는데…… 그가 죽지 않자 소문이 퍼지면서 들통나고 말았다. 머시룸은 자기가 음주 덕분에 살아남았다고 보았다. "술을 많이 마시면 내가 아픈 것도 모를 정도로 취할 거라고 생각했거든. 모르는 게 약이라잖아. 그걸 모르는 바보(fool, 어릿광대의 동음어)는 없다고."

그 암울했던 시기에 예상 밖의 두 영웅이 잠시 주목을 받았다. 한 명은 많은 학사가 열병에 걸려 쓰러지자 간수들이 풀어준 오르월이었다. 고령과 두려움과 오랜 감금 생활로 예전의 모습은 찾을 수 없었고 치료술이나 물약도 다른 학사들의 것에 비해 낫다고 할 수 없었으나, 그럼에도 오르월은 지칠 줄 모르고 일하여 살릴 사람은 살리고 죽을 사람은 고통을 덜어주었다.

다른 영웅은 모든 이를 경악에 빠뜨린 어린 왕이었다. 킹스가드 기사들은 기겁했으나, 아에곤은 병자들을 방문하여 몇 시간 동안이나 함께하며 손을 잡아주거나 차갑고 축축한 천으로 뜨겁게 달아오른 이마를 닦아주었다. 왕은 거의 입을 열지 않았지만, 병자들과 침묵을 나누고 그들이 살아온 삶을 털어놓거나 용서를 빌거나 자신들의 업적이나 선행 또는 자식을 자랑할 때 묵묵히 귀를 기울였다. 그가 방문한 이들은 대부분 죽었다. 그러나 살아남은 이들은 왕의 "치유의 손" 덕분에 목숨을 건졌다고 이야기했다.

많은 평민이 믿는 것처럼 정녕 왕의 손길에 어떤 마법이 있었다고 하더라도, 정작 가장 필요한 곳에서는 효과가 없었다. 아에곤 3세가 마지막으로 방문한 병자는 타일런드 라니스터 경이었다. 도성의 가장 암울한 시기 내내 타일런드 경은 수관의 탑에 틀어박혀 밤낮으로 '이방인'을 상대할 방법을 강구했다. 장님에 불구인 몸이었지만, 그는 탈진하긴 했어도 거의 끝

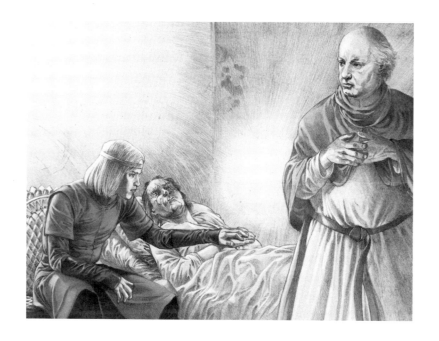

까지 건강했다……. 그러니 운명은 잔인했다. 최악의 시간이 지나고 겨울 열병 발병자가 거의 사라지다시피 한 어느 날 아침, 타일런드 경은 시종에게 창문을 닫으라고 지시했다. "안이 무척 춥군." 그가 말했다……. 하지만 난로에서는 불이 활활 타올랐고, 창문은 이미 닫혀 있었다.

수관은 그 후 급격히 병세가 악화되었다. 고열은 예의 나흘이 아닌 이틀 만에 그의 생명을 앗아 갔다. 그가 섬긴 소년 왕과 유스터스 성사가 임종을 지켰다. 수관이 마지막 숨을 내쉴 때 아에곤이 그의 손을 잡아주었다.

타일런드 라니스터 경은 사랑을 받은 적이 없었다. 라에니라 여왕 사후 그가 아에곤 2세에게 여왕의 아들 아에곤도 죽이라고 조언한 까닭에 일부 흑색파는 그를 싫어했다. 그런가 하면 아에곤 2세가 죽은 다음에도 남아서 아에곤 3세를 섬긴 사실에 그를 싫어한 녹색파도 있었다. 그는 간발의 차이로 어머니의 자궁에서 쌍둥이 형 제이슨보다 늦게 태어난 죄로 영주의 영예와 캐스털리록의 부를 얻는 대신 세상으로 나가 자신만의 자리를 일궈야 했다. 타일런드 경은 혼인하거나 자식을 본 적이 없었으므로, 그가 죽자 애도한 사람은 몇 명 되지 않았다. 훼손된 얼굴을 가리고자 베일을 덮어쓴 뒤로는 얼굴이 사악한 괴물 같다는 소문이 돌았다. '딸들의 전쟁'에 웨스테로스의 참전을 막고 서부에서 행패를 부리는 그레이조이군을 제지할 노력을 거의 하지 않았다는 이유로 그를 겁쟁이라고 부른 이들도 있었다. 타일런드 라니스터는 아에곤 2세의 재무관일 때 왕실의 황금 4분의 3을 킹스랜딩에서 빼돌림으로써 라에니라 여왕이 몰락하는 실마리를 제공했으나, 그 교활한 수로 말미암아 그는 눈과 귀와 건강을, 여왕은 왕좌와 목숨을 잃었다. 그러나 그가 수관으로서 라에니라의 아들을 유능하고 충직하게 섬겼음은 부인할 수 없는 사실이다.

섭정기
전쟁과 평화와 가축품평회

국왕 아에곤 3세는 아직 열세 살이 되지 않은 소년이었으나, 타일런드 라니스터 경의 사망 후 며칠간 나이를 뛰어넘는 성숙함을 보였다. 왕은 킹스가드의 이인자였던 마스턴 워터스 경을 건너뛰고, 로빈 매시 경과 로버트 다클린 경에게 하얀 망토를 하사한 뒤 매시 경을 기사단장으로 임명했다. 문쿤 대학사는 여전히 도성에서 겨울 열병 환자들을 돌보느라 부재 중이어서, 왕은 전 대학사 오르월에게 타데우스 로완 공을 도성으로 불러들이도록 지시했다. "로완 공을 나의 수관으로 삼겠다. 타일런드 경이 내 누이의 남편으로 낙점할 정도로 높이 평가했으니, 믿을 만한 사람일 테지." 왕은 바엘라도 궁중으로 돌아오기를 바랐다. "알린 공은 그의 조부가 그랬던 것처럼 제독이 될 것이다." 오르월이 국왕의 사면을 기대했는지는 모르지만, 어쨌든 서둘러 큰까마귀들을 날렸다.

그러나 아에곤 왕은 섭정 협의회와 상의를 하지 않고 행동했다. 킹스랜딩에 남은 섭정은 피크 공, 무튼 공 그리고 로버트 다클린 경의 지시하에 레드킵의 성문이 다시 열리자마자 왕성으로 복귀한 문쿤 대학사까지 단 세 명뿐이었다. 열병과의 전투를 치른 후 여전히 자리보전하며 쇠약해진 기력을 회복 중이던 무튼 공은 제인 아린 여영주와 로이스 카론 공이 협곡과 도르네 변경에서 귀환한 때까지 모든 결정을 유보하기를 바랐다. 하지만 그의 동료들은 반대했다. 피크 공은 전 섭정들이 킹스랜딩을 떠날 때 이미 협의회에 참석할 권리를 포기했다고 주장했다. 대학사의 지지를 받은 (훗날 문쿤은 이때 묵인한 것을 후회했다) 언윈 피크는 열두 살 난 소년은 그런 중대사를 결정할 분별력이 없다는 이유로 왕이 지시한 모든 임명과 결정을 취소했다.

마스턴 워터스가 킹스가드 기사단장으로 확정되었고, 그가 원하는 기사를 임명할 수 있도록 다클린과 매시는 하얀 망토를 반납하라는 명령을 받았다. 오르월 대학사는 다시 감방으로 돌아가 처형을 기다리는 신세가 되었다. 로완 공의 심기를 거스르는 것을 꺼린 섭정들은 그에게 협의회에 참석할 권리와 사법대신 및 법률관의 직위를 제시했다. 알린 벨라리온에게는 그러한 배려가 없었고, 애초에 그처럼 어리고 혈통도 불분명한 소년이 제독이 된다는 건 어불성설이었다. 그때까지 분리되어 있던 수관과 호국공의 직위는 통합되어 언윈 피크 공이 직접 그 자리에 올랐다.

머시룸은 국왕 아에곤 3세가 섭정들이 내린 결정을 시무룩한 표정으로 묵묵히 듣다가 매시와 다클린의 해임에 대해 항의할 때 딱 한 번 입을 열었다고 전한다. "킹스가드는 평생을 섬기는 자리가 아니오?" 소년이 말하자, 피크 공이 대답했다. "정식 절차를 거쳐 임명되었을 때만 그러합니다, 전하." 왕은 그 외의 칙령들을 "정중히" 받아들이고 "그대들이 알듯이 난 아직 어린 소년이고, 이런 사안에는 조언이 필요하오"라고 말하며 피크 공의 현명한 처사에 사의를 표했다고 유스터스 성사는 적었다. 솔직한 심정은 달랐을지 모르지만, 아에곤은 입 밖에 내지 않고 침묵과 방관으로 되돌아갔다.

남은 소년 시절 동안 국왕 아에곤 3세는 피크 공이 가져오는 문서에 서명하고 인장을 찍는 것 외에는 왕국의 통치에 거의 관여하지 않았다. 일부 공식 행사가 열릴 때 모습을 드러내 철왕좌에 앉고 사절들을 접견했지만, 그 외에는 레드킵 내부에서도 잘 보이지 않았고 성벽 밖으로는 아예 나가지 않았다.

여기서 잠시 멈춰 거의 3년간 사실상 칠왕국을 지배한 섭정공 겸 호국공이자 국왕의 손이었던 언윈 피크에게로 시선을 돌려보도록 하겠다.

그의 가문은 리치에서 가장 유서 깊은 명가 중 하나였고, 그 깊은 뿌리는 영웅 시대와 최초인까지 거슬러 올라간다. 그의 수많은 유명한 조상 중에는 '방패파괴자' 우라톤 경, '필경사' 메린 공, '황금 그릇' 이르마 여영주, '포위자' 바쿠엔 경, 큰 에디슨 공, 작은 에디슨 공, '복수자' 에머릭 공 같은 전설적인 인물들이 있었다. 리치가 웨스테로스에서 제일 부유하고 강력한 왕국이었던 시절, 많은 피크가의 인물이 하이가든에서 조언자로 활약했다. 맨덜리 가문이 가진 권력을 믿고 콧대를 세우자 그들을 격파하고 북부로 몰아낸 장본인이 바로 로리마르 피크였다. 국왕 퍼시온 가드너 3세는 그 공적을 치하하며 로리마르에게 맨덜리가의 본성이었던 던스턴버리와 주변 영지를 내렸다. 퍼시온 왕의 아들 그웨인이 로리마르 공의 딸을 신부로 삼으면서 '그린핸드' 이래 일곱 번째 피크가의 여인이 '리치 전역의 왕비' 자리에 올랐다. 수백 년간 피크 가문의 여식들은 레드와인, 로완, 코스테인, 오크하트, 오스그레이, 플로렌트 그리고 심지어는 하이타워 같은 대가문으로 시집갔다.

이 모든 건 드래곤들의 도래와 함께 끝나고 말았다. 아르멘 피크 공과 그의 아들들은 '불의 들판'에서 머른 왕과 왕자들과 함께 몰살당했다. 가드너 왕가의 대가 끊기자, 정복자 아에곤은 하이가든과 리치의 지배권을 전 왕실 집사 가문이었던 티렐에 하사했다. 티렐가는 피크가와 혈연이 없었으므로, 그들을 총애할 이유가 없었다. 이 위풍당당한 가문은 그렇게 서서히 내리막길에 접어들었다. 백 년 후, 피크가는 여전히 성 세 개를 보유하고 그다지 부유하지는 않지만 넓은 영지와 적잖은 인구를 자랑했으나, 더는 하이가든의 휘하 가문 중 으뜸 자리를 차지하지 않았다.

언윈 피크는 그것을 바로잡고 피크 가문이 과거에 누린 영광을 되찾기로 마음먹었다. AC 101년의 대협의회에서 대다수와 뜻을 같이했던 부친과 마찬가지로 그 역시 여자가 남자를 지배하는 것이 옳다고 믿지 않았다. 드래곤들의 춤에서 언윈 공은 아에곤 2세의 보위를 지키고자 검사와 창병 천 명을 이끌고 출진했고, 녹색파의 가장 용맹한 영주 중 한 명이었다. 오르문드 하이타워가 텀블턴에서 전사했을 때 언윈 공은 자신이 군대의 지휘를 맡는 것이 마땅하다고 생각했으나, 경쟁자들의 농간에 배제되고 말았다. 이를 결코 용서치 않은 그는 변절자 오웨인 버니를 찔러 죽이고 드래곤 기수 휴 해머와 울프 화이트의 암살을 획책했다. '마름쇠'의 으뜸이며(널리 알려진 사실은 아니었다) 세 명의 생존자 중 한 명인 언윈 공은 텀블턴에서 그가 결코 하찮게 볼 인물이 아님을 증명했다. 그리고 킹스랜딩에서도 또다시 증명할 것이었다.

마스턴 경을 킹스가드의 수좌에 올린 피크 공은 그에게 자신의 조카인 스타파이크의 아마우리 피크 경과 서출 형제 머빈 플라워스 경에게 하얀 망토를 수여하도록 강요했다. 도시 경비대는 텀블턴에서 죽은 마름쇠 중 한 명의 아들인 루카스 레이굿 경에게 맡겨졌다. 수관은 겨울 열병과 광기의 달에 죽어 나간 대원들을 보충한다는 명목으로 자신의 병사 500명에게 황금 망토를 내렸다.

피크 공은 천성이 사람을 불신했고, 텀블턴에서 벌어진 일들을 본(참여하기도 한) 이후 조금이라도 틈을 보이면 적들이 자신을 끌어내릴 것이라고 확신하게 되었다. 언제나 자신의 안전을 염두에 둔 피크 공은 오직 그에게만 (그리고 그가 아낌없이 베푼 황금에) 충성하는 용병 열 명을 개인 호위로 곁에 두었고, 곧 그들은 수관의 '손가락들'이라고 불렸다. 그들의 대장은 테사리오라는 이름의 볼란티스인 모험가였는데, 얼굴과 등에 노예병의 표식인 호랑이 무늬 문신이 새겨져 있었다. 사람들은 앞에서는 그를 '호랑이' 테사리오라고 불렀고, 그는 별명에 만족해했다. 그러나 뒤에서는 머시룸이 붙인 멸칭인 '엄지손가락' 테사리오라고 부르며 조롱했다.

신변의 안전을 확보한 신임 수관은 자신의 지지자와 친척과 지인을 불러들여 충성을 확신할 수 없는 궁중 인사들을 대체했다. 그의 과부 숙모 클라리스 오스그레이가 재해이라 왕비의 가솔을 맡아 하녀와 시종을 감독했다. 스타파이크의 훈련대장이었던 가레스 롱 경은 레드킵에서도 같은 직책을 부여받고 아에곤 왕의 기사 훈련을 책임졌다. 마름쇠 중에서 피크 공과 함께 살아남은 홀리홀의 영주 조지 그레이스포드와 리슬리글레이드의 기사 빅터 리슬리 경이 각각 수석 심문관과 왕의 집행관에 임명되었다.

수관은 유스터스 성사마저 파면하고 더 젊은 성사 버나드로 하여금 궁중의 정신적 요구에 응하고 왕의 신앙 및 도덕 교육을 지도하게 했다. 버나드 역시 수관의 증조부의 여동생으로부터 내려온 일가붙이였다. 해임된 유스터스 성사는 킹스랜딩을 떠나 그가 태어난 마을인 스토니셉트로 귀향한 뒤, 필생의 대작(다소 따분하기는 하지만)《국왕 비세리스 1세의 재위와 그 후 발발한 드래곤들의 춤》저술에 여생을 바쳤다. 서글프게도 버나드 성사는 궁중 한담을 적기보다는 성가(聖歌) 작곡을 더 선호했던 까닭에, 그가 남긴 기록은 역사가와 학자의 관심을 끌지 못한다(안타깝게도 성가 애호가들은 더 관심이 없다고 한다).

어린 왕은 이런 변화를 하나도 내키지 않아 했고, 특히 킹스가드에 불만이었다. 왕은 두 신임 기사를 좋아하거나 신뢰하지 않았고, 그의 어머니가 죽을 때 마스턴 워터스 경이 그 자리에 있었다는 사실도 잊지 않았다. 아에곤 왕은 수관의 손가락들, 특히 포만무례하고 입이 험한 그들의 대장, 엄

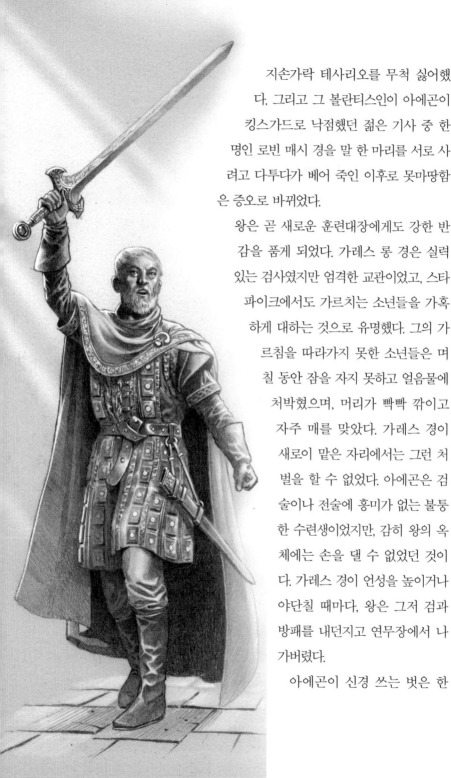

지손가락 테사리오를 무척 싫어했
다. 그리고 그 볼란티스인이 아에곤이
킹스가드로 낙점했던 젊은 기사 중 한
명인 로빈 매시 경을 말 한 마리를 서로 사
려고 다투다가 베어 죽인 이후로 못마땅함
은 증오로 바뀌었다.

왕은 곧 새로운 훈련대장에게도 강한 반
감을 품게 되었다. 가레스 롱 경은 실력
있는 검사였지만 엄격한 교관이었고, 스타
파이크에서도 가르치는 소년들을 가혹
하게 대하는 것으로 유명했다. 그의 가
르침을 따라가지 못한 소년들은 며
칠 동안 잠을 자지 못하고 얼음물에
처박혔으며, 머리가 빡빡 깎이고
자주 매를 맞았다. 가레스 경이
새로이 맡은 자리에서는 그런 처
벌을 할 수 없었다. 아에곤은 검
술이나 전술에 흥미가 없는 불퉁
한 수련생이었지만, 감히 왕의 옥
체에는 손을 댈 수 없었던 것이
다. 가레스 경이 언성을 높이거나
야단칠 때마다, 왕은 그저 검과
방패를 내던지고 연무장에서 나
가버렸다.

아에곤이 신경 쓰는 벗은 한

명밖에 없는 듯했다. 왕의 여섯 살 난 시동이자 시식 시종인 연한 머리 가에몬이 왕과 모든 식사를 함께할 뿐만 아니라 연무장에도 곧잘 동행한다는 사실을 가레스 경은 놓치지 않았다. 창녀의 사생아인 가에몬은 궁중에서 신분이 보잘것없었으므로, 가레스 경이 피크 공에게 소년을 왕의 매 맞는 아이로 삼아달라고 요청하자 수관은 기꺼이 받아들였다. 그 후 아에곤 왕이 무례하게 굴거나 게으르거나 반항적인 행동을 보일 때마다 그의 친구가 벌을 받았다. 가에몬의 피와 눈물은 가레스 롱이 했던 그 어떤 다그침보다 왕에게 깊이 와 닿았다. 얼마 지나지 않아 성의 연무장에서 왕이 훈련하는 모습을 지켜본 이들 모두 그의 실력이 부쩍 늘었다고 평했으나, 왕이 자신의 교관에게 품은 반감은 더욱더 깊어졌다.

장님에 불구였던 타일런드 라니스터는 언제나 왕을 존중하고 부드럽게 말하며 지시하기보다는 인도하는 태도를 보였다. 언윈 피크는 더 엄격한 수관이었다. 무뚝뚝하고 냉정했으며, 어린 국왕에게 거의 인내심을 보이지 않고 머시룸 말로는 "왕이라기보다는 부루퉁한 소년"으로 취급하였다고 한다. 그리고 왕을 왕국을 다스리는 일상적인 통치 행위에 참여시킬 노력도 하지 않았다. 아에곤 3세가 침묵과 고독과 음울한 방관에 빠지자, 수관은 대놓고 그를 무시하고 왕의 참석이 필요한 공식 행사에만 그를 찾았다.

맞든 틀렸든 타일런드 라니스터 경은 나약하고 무능한 동시에 왠지 사악하고 음모를 꾸미는 괴물 같은 수관이라는 인상이 있었다. 언윈 피크 공은 수관의 자리에 오르면서 자신의 힘과 강직함을 과시하고자 했다. "이 수관은 장님도 아니고 베일을 쓰지도 않고 불구도 아닌 사람이오." 그가 왕과 궁중 앞에서 말했다. "이 수관은 아직 칼도 휘두를 수 있소." 언윈 공은 그렇게 말하면서 장검을 검집에서 뽑고는 모든 이가 볼 수 있게 높이 들어 올렸다. 대전 내에서 수군거리는 소리가 퍼져나갔다. 수관이 든 검은 보통 검이 아닌 발리리아 강철검이었고, 대담한 존 록스턴이 텀블턴의 빈터에서 단단한 휴 해머의 부하들을 벨 때 마지막으로 보였던 고아제조기였다.

위에 계신 아버지의 축일은 판결을 내리기에 제일 적합한 날이라고 성사들은 가르친다. AC 133년, 신임 수관은 바로 그날 예전에 판결받은 자들의 형벌을 마침내 집행한다고 선포했다. 도성의 감옥은 미어터질 지경이었고, 레드컵 아래의 깊은 지하감옥도 거의 다 찬 상황이었다. 언윈 공은 감옥을 전부 텅 비웠다. 레드컵 성문 앞의 광장으로 죄수들이 줄지어 걸어 나오거나 끌려 나왔고, 그들이 벌을 받는 광경을 구경하려고 킹스랜딩 주민 수천 명이 몰려들었다. 침울한 어린 왕과 근엄한 수관이 흉벽 위에서 내려다보는 가운데, 왕의 집행관이 일을 시작했다. 검 한 자루로 처리하기에는 일이 너무 많았기에, 엄지손가락 테사리오와 그의 '손가락들'이 옆에서 보조했다.

그 광경을 목격한 머시룸은 이렇게 전한다. "수관이 놈들을 차라리 '파리 떼의 거리'에 있는 백정들에게 보냈으면 더 빨랐을 거야. 딱 백정의 일이었거든. 썰고 쪼개고." 도둑 40명이 손을 잃었다. 강간범 여덟이 거세당한 뒤 목에 성기를 걸고 벌거벗은 몸으로 강변으로 걸어가 장벽으로 향하는 배에 올랐다. 가난한 동료로 의심받는 자로서, 일곱 신이 타르가르옌 왕가의 근친상간을 벌하고자 겨울 열병을 보냈다고 설교한 자는 혀가 잘렸다. 매독 궤양으로 뒤덮인 창녀 두 명이 남자 수십 명에게 매독을 퍼뜨렸다는 죄로 이루 말할 수 없이 끔찍하게 난도질당했다. 주인의 것을 훔친 죄로 유죄판결을 받은 하인 여섯은 코가 베였고, 벽에 구멍을 뚫어 주인의 딸들의 벗은 모습을 훔쳐본 하인은 불경을 저지른 눈알이 뽑혔다.

다음은 살인범들 차례였다. 일곱 명이 끌려 나왔는데, 그중 한 명은 늙은 왕 시절부터 사라져도 아무도 찾지 않으리라고 판단한 손님들을 죽이고 소지품을 훔쳐온 여관 주인이었다. 다른 살인자들이 바로 교수형을 당한 것에 비해, 여관 주인은 양손이 잘리고 잘린 손이 눈앞에서 태워졌으며,

배가 갈린 채 올가미에 목이 매여 죽었다.

마지막은 죄수 중 가장 유명하고 군중이 기다려온 세 명이었다. 또 다른 '부활한 양치기'와 시스터턴에서 킹스랜딩으로 겨울 열병을 가져온 죄가 인정된 펜토스 상선의 선장 그리고 전 대학사이자 유죄판결을 받은 반역자이며 밤의 경비대 탈영병인 오르월이었다. 왕의 집행관 빅터 리슬리 경이 형을 집행했다. 펜토스인과 가짜 양치기는 그의 집행 도끼로 참수되었으나, 오르월 대학사는 그의 나이와 고귀한 태생과 오랜 근속을 고려하여 검으로 죽는 것이 허락되었다.

"아버지의 축연이 끝나고 성문 앞의 군중이 흩어지자, 국왕의 손은 만족한 표정을 지었다." 다음 날 스토니셉트로 떠난 유스터스 성사가 적었다. "평민들이 집이나 오두막으로 귀가하여 단식하며 기도하고 자신들의 죄에 대한 용서를 빌었다고 적고 싶지만, 이는 진실과 매우 거리가 멀다. 그들은 오히려 피를 보고 흥분하여 죄악의 소굴을 찾았고, 도성의 주점과 술집과 매음굴은 손님들로 미어터졌다. 인간의 본성은 그렇게 사악하다." 머시룸도 같은 말을 했지만, 그만의 방식으로 전했다. "난 누군가 처형당하는 광경을 볼 때마다 술과 여자를 찾아. 내가 아직 살아 있다는 사실을 느끼려고."

위에 계신 아버지의 축연 내내 문루의 흉벽 위에 서 있던 국왕 아에곤 3세는 단 한 번도 입을 열거나 밑에서 벌어지는 참극에서 시선을 돌리지 않았다. "왕은 마치 밀랍으로 만든 인형과도 같아 보였다"라고 유스터스 성사는 적었다. 문쿤 대학사도 그의 말에 동조했다. "전하는 의무에 따라 처형식을 참관했으나, 그곳에 있으면서도 왠시 널리 놓널어져 있는 듯한 모습이었다. 죄수 몇몇이 흉벽을 올려다보며 자비를 외쳤지만, 왕은 그들이 보이지도, 그들의 다급한 호소가 들리지도 않는 듯했다. 확실했다. 이 축연은 수관이 차린 것이었고, 즐긴 것도 수관이었다."

그해 중반에 접어들 무렵, 신임 수관은 왕궁과 도성과 왕 모두를 꽉 쥐고 있었다. 평민들은 잠잠하고 겨울 열병은 사그라들었으며, 재해이라 왕비는 거처에 숨어 나오지 않았고 아에곤 왕은 아침마다 연무장에서 훈련하고 밤에는 별을 올려다보았다. 그러나 킹스랜딩 성벽 밖으로는 지난 2년 동안 왕국을 괴롭힌 문제들이 더욱 심해졌다. 무역은 거의 끊기다시피 했고 서부에서는 전쟁이 계속되었으며, 북부는 기근과 열병에 시달리고 남부에서는 점점 대담해진 도르네인들이 기승을 부렸다. 철왕좌가 힘을 과시할 시간이 훨씬 지났다고 피크 공은 판단했다.

타일런드 경이 발주한 대형 군선 열 척 중 여덟 척이 완공되었기에, 수관은 먼저 협해의 무역을 재개하기로 마음먹었다. 그는 숙부인 게드먼드 피크 경에게 왕립 함대를 맡겼다. 도끼를 즐겨 써 거대도끼 게드먼드라고 불리던 게드먼드 경은 노련하고 명성에 걸맞은 기량을 갖춘 전사였으나, 배에 관한 지식이나 경험은 거의 없었다. 그래서 수관은 악명 높은 용병 선장인 네드 빈(덥수룩한 검은 수염 때문에 블랙빈(Blackbean, 검은 콩)이라고 불렀다)도 불러들여 거대도끼의 부관으로서 배와 항해에 관한 모든 일에 조언하도록 했다.

게드먼드 경과 블랙빈이 출항할 무렵 징검돌 군도의 상황은 혼돈 그 자체였다고 해도 지나치지 않았다. 라칼리오 린둔은 거의 모든 함선을 잃었으나, 여전히 군도에서 가장 큰 섬인 블러드스톤과 몇몇 작은 바위섬을 지배했다. 티로시가 그를 제압하기 직전에 리스와 미르가 화친을 맺고 연합하여 티로시를 침공하는 바람에 집정관은 군선과 병력을 불러들일 수밖에 없었다. 브라보스, 펜토스, 로라스의 삼두 동맹은 로라스가 빠지면서 머리한 개를 잃었지만, 그럼에도 펜토스 용병들이 징검돌 군도에서 라칼리오의 수중에 있지 않은 모든 섬을 점령하고 브라보스 함대가 섬들 사이의 바다를 장악했다.

언원 공은 웨스테로스가 브라보스를 상대로 해전을 벌여 이길 수 없다는 사실을 알았다. 수관은 자신의 목표가 불한당 라칼리오 린둔과 그의 해적 왕국을 끝장내고 블러드스톤에 입지를 굳혀 다시는 협해가 봉쇄되는 일이 없게 하는 것이라고 선언했다. 새로이 건조한 군선 여덟 척과 더 오래된 외돛배와 갤리선 20여 척으로 구성된 왕립 함대는 그 목표를 달성하기에 턱없이 부족했기에, 수관은 드리프트마크로 서신을 보내 조수의 군주에게 "자네 조부의 함대를 모아 내 훌륭한 숙부 게드먼드의 지휘에 맡겨서 해로를 다시 열 수 있도록 하게"라고 명령했다.

이는 알린 벨라리온과 예전의 바다뱀도 오랫동안 바라 마지않은 조치였지만, 젊은 영주는 서신을 읽은 뒤 성을 내며 언명했다. "함대는 이제 내 것이다. 그리고 게드먼드 '숙부'보다는 차라리 바엘라의 애완 원숭이가 함대를 지휘하는 데 더 적합할 거다." 하지만 그는 명령대로 전투 갤리선 60척, 장선 30척 그리고 백 척이 넘는 크고 작은 외돛배를 모아 킹스랜딩에서 빠져나오는 왕립 함대를 맞이했다. 대함대가 걸릿 수역을 가로지를 때, 게드먼드 경은 블랙빈을 알린 공의 기함 '라에니스 왕비'로 보내 "블랙빈의 풍부한 경험을 활용할 수 있도록" 벨라리온 함대의 지휘권을 블랙빈에게 넘기라는 서신을 전달했다. 알린 공은 그를 돌려보냈다. 그는 게드먼드 경에게 이렇게 적었다. "놈의 목을 매달 수도 있었으나, 좋은 밧줄을 콩(bean)에 낭비하기는 싫어서 말입니다."

겨울에는 협해에 강한 북풍이 곧잘 부는 터라, 함대는 남쪽으로 쾌속 항해를 계속했다. 타스를 지날 때 저녁별 브린데미어 공이 지휘하는 장선 십여 척이 노를 저어 와 함대에 합류했다. 그러나 영주가 가져온 소식은 달갑지 않았다. 브라보스의 바다군주, 티로시의 집정관, 라칼리오 린둔이 동맹을 맺었다는 것이었다. 그들은 공동으로 징검돌 군도를 다스리고 오직 브라보스나 티로시의 무역 허가증을 받은 배만이 근해를 통과할 수 있었다. "펜토스는 어찌 되었습니까?" 알린 공이 물었다. "배제되었다네." 저녁별이 대답했다. "파이를 넷보다는 셋으로 나눠야 조각이 더 크지 않겠나."

거대도끼 게드먼드(항해 내내 뱃멀미에 시달려서 선원들이 '퍼런 멀미쟁이' 게드먼드라는 별명을 붙였다)는 전쟁 중인 자유도시들이 결성한 새로운 연합을 수관에게 알려야 한다고 결정했다. 저녁별이 이미 킹스랜딩에 큰까마귀를 보낸 뒤라, 피크는 답신이 도착할 때까지 함대를 타스에 정박한다는 명령을 내렸다. "그러면 라칼리오를 기습할 방도가 사라지지 않습니까"라고 알린 벨라리온이 반대했으나, 게드먼드 경은 뜻을 굽히지 않았다. 두 지휘관은 서로 성을 내며 헤어졌다.

다음 날 아침에 해가 떴을 때, 게드먼드 경을 깨운 블랙빈은 조수의 군주가 떠났음을 알렸다. 벨라리온 함대가 모두 밤새 사라진 것이었다. 거대도끼 게드먼드는 코웃음을 쳤다. "드리프트마크로 꽁지 빠지게 도망쳤나 보군." 네드 빈도 동의하며 알린 공을 "겁에 질린 꼬마"라고 조롱했다.

그들은 완벽하게 헛짚었다. 알린 공은 함대를 이끌고 북쪽이 아닌 남쪽으로 향했다. 사흘 뒤, 거대도끼 게드먼드와 왕립 함대가 타스 연안에 머무르며 큰까마귀를 기다리던 동안 징검돌 군도의 바위와 시스택(sea stack, 암석이 파도에 침식되어 만들어진 굴뚝 형태의 지형)과 복잡하게 꼬인 수로 사이에서 전투가 시작되었다. 브라보스군은 당시 대제독과 선장 40여 명이 블러드스톤에서 라칼리오 린둔과 티로시의 사절들과 함께 연회에 참석하던 중이라 불시의 기습을 당했다. 브라보스 함대 절반이 닻을 내리거나 부두에 매인 상태에서 노획되거나 불타거나 침몰했고, 남은 배들은 돛을 올리고 도망치다가 궤멸당했다.

피를 전혀 흘리지 않은 것은 아니었다. 노 400개를 자랑하는 대형 브라보스 쾌속범선 '대저항'이 작은 벨라리온 군선 대여섯 척을 뿌리치고 외해로 나왔으나, 알린 공 본인이 돌진해왔다. 브라보스인들은 뒤늦게야 뱃머리를 돌리고 공격에 대비하려 했지만, 거대한 범선은 움직임이 너무 느렸고 라에니스 왕비호가 모든 노에서 하얀 거품을 일으키며 적선의 측면을 들이받았다.

훗날 어떤 이는 왕비호의 뱃머리가 "마치 거대한 참나무주먹"처럼 브라보스 거선의 옆구리를 파고들었다고 적었다. 노들이 수수깡처럼 쪼개지고 널빤지와 선체가 박살 났고, 돛대들이 쓰러지며 육중한 범선이 거의 두 동강이 났다. 알린 공이 노잡이들에게 외쳐 배를 뒤로 물리자 왕비호가 벌려놓은 상처 속으로 바닷물이 빨려 들어가며 대저항호는 순식간에 바닷속으로 가라앉았고, "배와 함께 바다군주의 부풀어 오른 자부심도 침몰했다".

알린 벨라리온의 완승이었다. 그는 징검돌 군도에서 배 세 척을 잃었지

만(애석하게도 그중 한 척은 알린의 사촌 다에몬이 선상이었던 '트루하트' 호였는데, 배가 침몰할 때 그도 사망했다) 적선을 30척 넘게 가라앉혔고 갤리선 여섯 척, 외돛배 열한 척, 포로 89명, 막대한 양의 식량, 음료, 무기, 군자금 그리고 바다군주의 동물원에 보내질 예정이었던 코끼리 한 마리를 노획했다. 이 모든 것을 웨스테로스로 가져온 조수의 군주는 앞으로 장수하면서 평생 불릴 별명, '참나무주먹(Oakenfist)'도 얻었다. 라에니스 왕비호를 몰아 블랙워터 급류를 거슬러 올라온 알린 공이 바다군주의 코끼리를 타고 강의 문으로 입성하자, 길가에 늘어선 시민 수만 명이 그의 이름을 연호하며 새로운 영웅을 보려고 아우성쳤다. 레드킵 성문에서는 국왕 아에곤 3세가 직접 나와 그를 환영했다.

그러나 성안으로 들어간 다음에는 이야기가 달랐다. 참나무주먹 알린이 알현실에 당도했을 때는 어린 왕이 어느새 자취를 감춘 다음이었다. 대신 언윈 피크 공이 철왕좌 위에서 쏘아보며 입을 열었다. "멍청한 놈, 이 세 번 저주받을 멍청한 놈아. 내가 할 수만 있었다면 네 빌어먹을 머리를 잘랐을 것을."

수관은 충분히 격노할 만했다. 군중이 참나무주먹에게 아무리 큰 환호를 보내더라도, 그들의 젊고 대담한 영웅이 감행한 무모한 공격이 왕국을 곤경에 빠뜨린 사실은 바뀌지 않았다. 벨라리온 공은 브라보스 군선 20여 척과 코끼리 한 마리를 탈취했지만, 블러드스톤을 비롯해 징검돌 군도의 섬들은 하나도 점령하지 않았다. 그러한 정복에 필요한 기사들과 병사들은 그가 타스 연안에 버려두고 온 왕립 함대의 대형 함선들에 남아 있었다. 피크 공의 목표는 라칼리오 린둔과 해적 왕국의 완전한 파멸이었으나, 이 전투 이후 라칼리오는 어느 때보다 강력한 위세를 떨치게 됐다. 수관은 아홉 자유도시 중 가장 부유하고 강력한 브라보스와의 전쟁을 결코 바라지 않았다. "그런데 바로 그게 귀공이 우리에게 준 것이다." 피크가 호통쳤다.

"넌 우리에게 전쟁을 가져온 거야."

"그리고 코끼리 한 마리도요." 알린 공이 얄밉게 대꾸했다. "코끼리를 잊으시면 안 되죠, 공."

그 대답에 피크 공이 손수 가려낸 부하들조차도 조심스레 킥킥거렸지만, 수관은 재미있어하지 않았다고 머시룸은 전한다. "그치는 즐겨 웃는 작자가 아니었거든. 그리고 비웃음의 대상이 되는 건 더욱 싫어했고."

웬만한 사람이라면 언윈 공의 적대감을 사는 것을 두려워했을 테지만, 참나무주먹 알린은 그러기에는 지닌 힘이 너무 강대했다. 성년이 된 지 얼마 되지 않았고 서자로 태어났지만, 그는 왕의 이복 누이와 결혼하고 강대한 벨라리온 가문의 부와 권세를 보유했으며, 최근에는 민중의 사랑까지도 획득했다. 언윈 피크가 제아무리 섭정공이라 하여도 징검돌 군도의 영웅을 해치고 무사하기를 바랄 정도로 미친 사람은 아니었다.

"모든 젊은이는 자기가 불사신일지도 모른다고 상상한다"라고 문쿤 대학사는 《실록》에 적었다. "그리고 젊은 전사가 황홀한 승리의 맛에 도취할 때마다, 그 상상은 확신으로 변한다. 그러나 젊은이의 패기는 노회한 자의 교활함을 당하지 못한다. 알린 공은 수관의 힐책을 비웃었지만, 곧 수관이 내리는 포상을 두려워하게 되었다."

문쿤의 서술은 정확했다. 알린 공이 의기양양하게 킹스랜딩으로 개선한 지 이레 후, 그는 레드킵에서 열린 성대한 예식에서 철왕좌에 앉은 국왕 아에곤 3세와 궁중 그리고 도성 주민 절반이 지켜보는 앞에서 공훈을 칭송받았다. 킹스가드 기사단장 마스턴 워터스 경이 그를 기사로 서임했다. 섭정공이자 수관인 언윈 피크가 제독의 황금 목걸이를 알린의 목에 걸어주고 승전을 기념하여 은으로 만든 작은 라에니스 왕비호 모형을 그에게 선사했다. 왕이 직접 그가 해군관으로서 소협의회에 참석할 요량이 있는지 묻자, 알린 공은 황송해하며 제의를 받아들였다.

"그렇게 수관의 손가락이 그의 복을 움켜쥔 셔야." 너시뭄은 전한다. "아에곤의 목소리로 언원이 명령을 내렸으니까." 어린 왕은 서부에 있는 그의 충성스러운 백성들이 오랫동안 강철 군도의 약탈자들로부터 고통을 받고 있다며, 신임 제독 말고 누가 일몰해에 평화를 가져올 수 있겠느냐고 물었다. 그리하여 그 자부심 높은 무모한 젊은이, 참나무주먹 알린은 함대를 이끌고 웨스테로스의 남단을 빙 돌아 페어섬을 탈환하고 돌턴 그레이조이 공과 강철인들의 악행을 끝내겠다고 동의할 수밖에 없었다.

교묘하게 놓은 덫이었다. 항해는 위험으로 가득하여 벨라리온 함대가 큰 피해를 볼 가능성이 높았다. 징검돌 군도는 적들로 득실거렸고, 기습을 두 번 당할 리가 만무했다. 그들을 지나면 도르네의 황량한 해안인데, 그곳에서 안전하고 우호적인 항구를 찾기는 어려울 터였다. 설령 일몰해에 도달한다고 하더라도 붉은 크라켄의 장선이 그를 기다릴 것이었다. 만약 강철인이 승리하면, 벨라리온 가문은 완전히 패망하고 피크 공도 다시는 참나무주먹이라 불리는 소년의 무례함을 감내하지 않아도 될 터였다. 만약 알린 공이 승리하면, 페어섬은 정당한 주인에게 돌아가고 서부는 잔인무도한 약탈에서 해방되며, 칠왕국의 영주들은 국왕 아에곤 3세와 그의 신임 수관에 저항하면 어떤 대가를 치를지 톡톡히 알게 될 것이었다.

조수의 군주는 국왕 아에곤 3세에게 코끼리를 선물로 바치고 킹스랜딩을 떠났다. 함대를 모으고 긴 여정에 필요한 물자를 싣고자 헐로 돌아온 그는 아내인 바엘라 부인에게 작별을 고했다. 바엘라는 입맞춤으로 그를 배웅하며 아이를 가졌다고 남편에게 밝혔다. "아들이라면 조부님을 따라서 코를리스라고 이름 지어." 알린 공이 그녀에게 일렀다. "언젠가 철왕좌에 앉을지도 모르지." 바엘라가 웃음을 터뜨리며 대답했다. "딸이면 내 어머니를 따라 래나라고 지을게. 언젠가 드래곤을 탈지도 모르지."

코를리스 벨라리온 공은 바다뱀호를 타고 아홉 번의 유명한 대항해를 완료했다. 참나무주먹 알린 공은 그가 '내 아가씨들'이라고 부르는 배 여섯 척을 타고 여섯 번의 항해를 마쳤다. 도르네를 우회하여 라니스포트로 향한 항행에서는 징검돌 군도에서 노획한 뒤 어린 아내의 이름을 따 '바엘라 부인'으로 새로이 이름 붙인 노가 200개 달린 브라보스 전투 갤리선을 몰았다.

혹자는 브라보스와의 전쟁이 코앞에 닥친 마당에 칠왕국 최강의 함대를 내보낸 피크 공의 결정을 의아하게 여길 것이다. 게드먼드 피크 경의 왕립 함대는 타스에서 걸릿 수역으로 이동하여 브라보스가 킹스랜딩에 보복할 것에 대비해 블랙워터만 입구를 지켰다. 그러나 협해를 접한 해안선에 자리한 다른 항구들과 도시들은 여전히 무방비 상태였기에, 수관은 바다 군주와 협상하고 코끼리를 반환하도록 동료 섭정 맨프리드 무튼 공을 브라보스로 급파했다. 다른 귀족 여섯 명이 동행했고, 기사 60명, 호위병, 시종, 서기, 성사와 가수 여섯 명이 일행에 포함되었으며…… 머시룸도 우울한 레드킵에서 탈출하여 "아직 웃는 법을 기억하는 사람들이 있는 곳을 찾아가려고" 와인 통 안에 숨어 함께 떠났다고 한다.

그때나 지금이나 브라보스 시민들은 실용적인 사람들이다. 도망 노예들의 후손이며 그 수가 천에 이르는 가짜 신을 섬기면서도, 그들의 도시에서 진심으로 숭배하는 건 오직 황금뿐이다. '백 개의 섬(the Hundred Isles, 자유 도시 브라보스를 이루는 백 개의 섬을 뜻한다)'에서는 자존심보다 이익이 더 의미가 있다. 브라보스에 도착한 무튼 공과 일행은 거상에 경탄한 뒤, 도시의 전설적인 병기창으로 안내받아 군선이 하루 만에 건조되는 광경을 관람했다. "우린 이미 그대들의 소년 제독이 훔치거나 가라앉힌 배를 전부 대체했소이다." 바다군주가 무튼 공에게 큰소리쳤다.

그렇게 브라보스의 무력을 과시하면서도 바다군주는 화친을 맺는 것에 적극적이었다. 그와 무튼 공이 평화조약을 두고 실랑이를 벌이는 동안, 폴라드 공과 크레시 공은 도시의 열쇠관리자와 마지스터, 사제와 대상인에게 아낌없이 뇌물을 뿌렸다. 결국 막대한 배상금을 대가로 브라보스는 벨라리온 공의 "부당한 위반 행위"를 용서하는 한편, 티로시와의 동맹을 파기하고 라칼리오 린둔과 모든 관계를 끊으며 징검돌 군도를 철왕좌에 양도하는 데 동의했다(당시 군도는 린둔과 펜토스의 수중에 있었으므로 바다군주는 사실상 그가 소유하지 않은 것을 판 셈이나, 브라보스에서는 흔한 일이었다).

브라보스에 간 사절단은 다른 면으로도 다사다난했다. 폴라드 공은 한 브라보스 고급 창녀에게 반해 웨스테로스로 돌아가지 않고 도시에 머무르기로 했으며, 허먼 롤링포드 경은 그가 입은 더블릿이 마음에 안 든다며 시비를 건 자객과 결투를 벌이다가 죽었다. 그리고 데니스 하트 경은 킹스랜딩에 있는 경쟁자를 암살하기 위해 '얼굴 없는 자'를 고용했다고 머시룸은 단언한다. 어릿광대 본인은 바다군주를 매우 즐겁게 하여 브라보스에 남아달라며 매우 후한 제안을 받았다고 한다. "그 제안에 혹한 건 사실이야. 웨스테로스에서는 웃지도 않는 왕에게 내 재능이 너무 낭비되었거든. 브라보스에서는 내 진가를 알아보고 좋아할 테지만…… 너무 좋아할 거라는 게 문제였지. 모든 고급 창녀가 날 원할 테고, 그러다가 내 거대한 물건에 기분이 상한 어떤 자객이 언제고 뾰족한 난쟁이 꼬챙이를 들고 와서 날 찌를 수도 있으니까 말이야. 그래서 머시룸은 레드킵으로 돌아왔지. 멍청한 짓이었지만, 어쩔 수가 없었어."

그리하여 무튼 경은 평화를 이룩하고 킹스랜딩으로 귀환했으나, 뼈아픈 대가를 치렀다. 바다군주가 요구한 거액의 배상금을 부담하느라 국고를 탕진한 피크 공은 브라보스 강철은행에서 차관을 들여와 빚을 갚는 데 써야 했으며, 그 차관을 갚고자 셀티가르 공이 신설하고 타일런드 라니스터 경이 폐지한 세금을 일부 부활시키면서 귀족과 상인의 분노를 일으키고 민심을 잃었다.

그해 후반기에도 재앙이 끊이지 않았다. 라에나 부인이 코브레이 공의 아이를 잉태했다는 소식이 전해지자 궁중은 기뻐했으나, 한 달 후 유산하면서 기쁨은 슬픔으로 변했다. 북부는 광범위한 기근에 신음했고, 겨울 열병이 배로턴에서 발생하면서 처음으로 내륙까지 깊이 퍼졌다. '음침한' 사일러스라는 습격자가 야인 3000명을 이끌고 장벽을 급습하여 퀸스게이트의 검은 형제들을 제압한 뒤 '선물'로 퍼져나갔다. 그들은 크레간 스타크 공이 윈터펠에서 출진하여 딥우드모트의 글로버, 산악지대의 플린트와 노리 가문 그리고 밤의 경비대 순찰자 백 명과 힘을 합쳐서 쫓은 끝에 섬멸되었다. 만 리 남쪽에서도 스테폰 코닝턴 경이 바람이 휘몰아치는 변경 지역을 가로지르며 소수의 도르네 습격자들을 쫓았다. 그러나 그는 앞에 무엇이 있는지 주의를 기울이지 않고 너무 빨리 앞서나가다가 외팔의 와일랜드 월의 매복에 빠졌고, 엘렌다 부인은 다시금 과부 신세가 되었다.

서부에서는 조한나 라니스터 부인이 케이스에서 거둔 승리의 여세를 몰아 다시 붉은 크라켄에게 타격을 주고자 했다. 그녀는 피스트파이어스의 성벽 아래서 어선과 외돛배를 긁어모아 만든 어중이떠중이 함대에 기사 백 명과 병사 3000명을 실은 뒤, 야음을 틈타 출항시켜 강철인들로부터 페어섬을 탈환하려 했다. 적에게 들키지 않고 섬의 남단에 병력을 상륙시킨다는 계획이었으나, 누군가의 밀고로 장선들이 이미 기다리고 있었다. 그 불운한 상륙 작전의 지휘관은 프레스터 공, 타벡 공, 어윈 라니스터 경이었다. 이후 돌턴 그레이조이는 그들의 머리를 캐스털리록으로 보내며 "내 숙부를 죽인 값이다. 하지만 사실 숙부는 식충이에 주정뱅이였기 때문에, 그가 없어진 것이 군도에 낫다"라고 했다.

그러나 이 모든 건 궁중과 왕에게 닥친 비극에 비하면 아무것도 아니었다. AC 133년 아홉째 달의 스무이튿날, 칠왕국의 왕비이자 국왕 아에곤

2세의 마지막 살아남은 자식인 재해이라 타르가르옌이 열 살의 나이에 사망했다. 어린 왕비는 어머니 헬라에나 왕비처럼 마에고르 성채의 창문에서 날카로운 쇠말뚝으로 가득한 마른 해자로 몸을 던졌다. 가슴과 배가 꿰뚫린 왕비는 반 시간 넘게 고통에 몸부림쳤고, 누군가 그녀의 몸을 들어 올려 말뚝에서 빼내자 바로 숨이 끊겼다.

킹스랜딩은 오직 킹스랜딩만이 할 수 있는 방법으로 왕비를 애도했다. 재해이라는 겁에 질린 아이였고, 왕비의 관을 쓴 날부터 레드킵 안에 숨어 모습을 드러내지 않았다. 그러나 도성의 백성들은 결혼식에서 작은 소녀가 얼마나 용감하고 아름다웠는지 기억했다. 그래서 그들은 눈물을 흘리며 울부짖고 입고 있던 옷을 찢었으며, 성소와 술집과 매음굴을 찾아가 어떻게든 위안을 찾으려 했다. 그리고 헬라에나 왕비가 같은 식으로 죽었을 때처럼, 온갖 소문이 파다하게 돌기 시작했다. 어린 왕비가 정말 스스로 목숨을 끊은 것일까? 레드킵 내에서도 추측이 난무했다.

잘 울고 머리도 둔한 편이었던 재해이라는 외로운 아이였지만, 그녀의 거처에서 시녀와 하녀, 새끼 고양이와 인형과 함께 지내는 생활에 만족한 듯했었다. 무엇이 그 아이를 그렇게 화나게 하거나 슬픔에 빠뜨려 창문에서 그 잔인한 쇠말뚝으로 뛰어내리게 한 것일까? 혹자는 왕비가 라에나 부인의 유산에 매우 낙심하여 살 의지를 잃었을 것이라고 주장했다. 더 냉소적인 이들은 바엘라 부인의 배 속에서 자라는 아기에 대한 시기심이 원인이었을 것이라고 반박했다. "왕 때문이었어"라고 수군거리는 자들도 있었다. "왕비는 왕을 진심으로 사랑했지만, 왕은 그녀에게 관심도 애정도 보이지 않고 심지어는 같은 방을 쓰지도 않았잖아."

그리고 물론 재해이라가 자살했다는 것을 믿지 않는 사람도 많았다. "살해당한 거야." 그들이 수군거렸다. "그녀의 어머니처럼." 하지만 그게 사실이라면, 살인자는 누구였을까?

용의자는 넘쳐난다. 전통에 따라 왕비의 거처 문 앞에는 언제나 킹스가드 기사 한 명이 서 있었다. 기사가 방 안으로 슬쩍 들어가 아이를 창문 밖으로 내던지는 것은 일도 아니었을 것이다. 그랬다면 왕이 직접 그 명령을 내렸을 터, 사람들은 눈물을 흘리고 울기만 하는 아내에게 지친 아에곤이 새로운 아내를 원한 것이 틀림없다고 말했다. 아니면 어머니를 살해한 왕의 딸에게 복수하기를 바란 것일 수도 있다. 소년은 무뚝뚝하고 음침한 데다, 누구도 그의 본성을 안다고 할 수 없었다. 이에 잔혹 왕 마에고르에 관한 이야기가 자유로이 입에 오르내렸다.

어떤 이들은 어린 왕비의 시녀 중 한 명인 카산드라 바라테온에게 책임을 돌렸다. '네 폭풍' 중 장녀인 카산드라 영애는 국왕 아에곤 2세의 생전 마지막 해에 잠시 그와 혼약을 맺은 적이 있었다(그 전에는 왕의 동생 애꾸눈 아에몬드의 정혼자가 될 뻔했다). 그녀를 험담한 자들은 영애가 거듭된 실망으로 앙심을 품었다고 말했다. 한때 스톰스엔드에서 부친의 후계자였던 그녀는 킹스랜딩에서 대수롭지 않은 인물이 되었고, 덜떨어진 울보 왕비를 돌봐야 하는 자신의 처지에 분해하며 모든 불행에 대한 책임을 왕비에게 돌렸다는 주장이었다.

왕비의 침실 하녀 중 재해이라의 인형 두 개와 진주 목걸이를 훔친 사실이 드러난 하녀도 의심을 받았다. 전해에 어린 왕비에게 수프를 쏟고 그 벌로 매를 맞은 소년 시종도 용의자로 지목되었다. 수석 심문관이 둘을 친히 심문하고 무죄를 선언했다(소년은 심문 도중 죽었고 하녀는 절도죄로 한 손을 잃었다). 일곱 신의 독실한 종들도 혐의를 피하지 못했다. 도성의 여자 성사 중 한 명이 머리가 둔한 여자는 머리가 둔한 아들을 낳으니, 어린 왕비는 절대 아이를 가져서는 안 된다고 말한 적이 있었다. 그녀 역시 황금 망토들에게 잡혀 지하감옥으로 사라졌다.

비탄은 사람을 미치게 한다. 지금 와서 돌이켜보면 여기서 언급한 이들

중 그 누구도 어린 왕비의 비극적인 죽음에 관여하지 않았다고 꽤 확실하게 단정할 수 있다. 만약 재해이라 타르가르옌이 정말로 살해되었다면(그랬다는 증거는 하나도 없다), 그것을 사주할 만한 인물은 단 한 명, 바로 섭정공이며 스타파이크와 던스턴버리와 화이트그로브의 영주이자 호국공 겸 수관인 언윈 피크밖에 없었다.

피크 공은 그의 선임(타일런드 라니스터)과 마찬가지로 계승 문제를 염려했다고 알려졌다. 아에곤 3세는 자식도, 생존하는 형제자매도 없었으며(적어도 그렇게 알려졌다), 눈이 있는 사람이라면 누구라도 왕이 어린 왕비로부터 후계자를 얻을 가능성이 희박하다는 것을 알 수 있었다. 왕이 후계자를 얻지 못하면 가장 가까운 피붙이는 쌍둥이 이복 누이들이었는데, 최근까지 여자가 철왕좌에 오르는 것을 막으려고 피를 흘리며 싸운 피크 공에게는 절대 용납할 수 없는 일이었다. 쌍둥이 중 한 명이 아들을 낳는다면 그 아이가 즉시 계승 서열 1순위가 될 것이었다……. 그러나 라에나 부인의 임신은 유산으로 끝났고, 남은 건 드리프트마크에 있는 바엘라 부인의 몸속에서 자라나는 아기뿐이었다. 언윈 공은 왕위가 "탕녀와 사생아의 새끼"에게 넘어갈지도 모른다는 생각을 견딜 수가 없었다.

왕이 친자식을 얻는다면 그 재앙을 피할 수 있을 것이나…… 그 전에 아에곤이 재혼할 수 있도록 재해이라를 제거해야 했다. 아이가 죽을 당시 피크 공은 도성 내 다른 곳에 있었으므로, 그녀를 창문 밖으로 던진 건 그가 아니었다……. 그러나 그날 밤 왕비의 거처 문밖에서 경비를 선 킹스가드 기사는 그의 이복동생인 머빈 플라워스였다.

그가 수관의 끄나풀이었을까? 앞으로 언급할 사건들을 고려하면 가능성은 충분하다. 서자로 태어난 머빈 경은 그다지 용감무쌍하지는 않지만 성실한 킹스가드 기사라는 평이 대부분이었다. 뛰어난 투사도 영웅도 아니지만, 장검을 잘 쓰는 노련한 병사였고 지시받은 대로 이행하는 충직한 남자였다. 그러나 보이는 것만이 전부는 아닌 법이고, 킹스랜딩에서는 특히 그러하다. 플라워스와 가까운 사람들은 그의 이면을 잘 알았다. 그와 술자리를 가진 적이 있다는 머시룸은 플라워스가 근무할 때가 아니면 음주를 즐겼다고 전한다. 금욕을 맹세했음에도 하얀 기사 탑에 있는 그의 방에서 잘 때 빼고는 혼자 잘 때가 드물었다. 외모는 못생긴 축이었지만 세탁부와 하녀를 끌어당기는 거친 매력이 있었고, 어떤 귀족 여성들과 잠자리를 가진 적이 있다고 취중에 자랑하기도 했다. 사생아들이 대부분 그렇듯 다혈질에 발끈하는 성격이었으며, 사소한 일에 모욕을 느끼는 인물이었다.

그러나 이런 점들이 플라워스가 자는 아이를 밖으로 내던져 참혹한 죽음에 이르게 한 괴물임을 시사하지는 않는다. 언제나 누구라도 나쁘게 생각할 준비가 되어 있는 머시룸조차도 그렇게 말한다. 어릿광대는 만약 머빈 경이 왕비를 죽였다면, 베개를 사용했을 것이라고 고집했는데…… 바로 그다음 훨씬 더 사악하고 그럴듯한 주장을 내놓았다. 난쟁이는 플라워스가 결코 왕비를 창밖으로 밀지 않았을 것이라면서도, 자신이 아는 다른 누군가가, 예를 들어 엄지손가락 테사리오나 다른 '손가락' 하나가 방에 들어가는 것을 막지도 않았을 거라고 말한다. 또한 그런 이들이 수관의 명을 받았다고 했다면 플라워스는 무슨 일 때문에 왕비를 보려는지 굳이 물어보지도 않았으리라는 주장이었다.

어릿광대의 주장은 그러하지만, 이 모든 건 공상에 불과하다는 점을 명심해야 한다. 재해이라 타르가르옌의 죽음에 관한 진실이 밝혀지는 날은 영영 오지 않을 것이다. 왕비는 어떤 치기 어린 화풀이로 목숨을 끊었을 수도 있다. 그러나 그녀가 정녕 살해당했다면, 위에 언급한 모든 근거가 가리키는 배후는 오직 언윈 피크 공뿐이다. 그럼에도 증거 없이는 수관을 지목할 수 없었을 것이다……. 그가 이후 보인 행동만 아니었더라면.

어린 왕비의 시신을 화장한 지 이레 후, 언윈 공은 문쿤 대학사, 버나드 성사와 킹스가드의 마스턴 워터스 경을 대동하고 슬퍼하는 왕을 방문했다. 그들은 왕에게 검은 상복을 벗고 "왕국을 위해" 재혼해야 한다고 알렸다. 게다가 새로운 왕비도 이미 정해졌다고 통보했다.

언윈 피크는 세 번 결혼하여 자식 일곱 명을 낳았는데, 그중 한 명만 살아남았다. 첫아들과 두 번째 부인이 낳은 두 딸 모두 젖먹이일 때 죽었다. 큰딸은 혼인할 때까지 생존했으나, 열두 살의 나이에 아기를 낳다가 세상을 떠났다. 둘째 아들은 아버에서 양육되어 레드와인 공을 시동과 종자로서 섬겼지만, 역시 열두 살에 배 사고로 죽었다. 언윈 공의 아들 중 스타파이크의 후계자였던 티투스 경만이 유일하게 장성하여 성인이 됐다. 그는 허니와인 전투에서 떨친 용맹으로 '대담한' 존 록스턴으로부터 기사 서임을 받았으나, 불과 엿새 후 정찰 중 마주친 패잔병 무리와 벌인 의미 없는 교전에서 전사하고 말았다. 수관에게 마지막 남은 자녀는 미리엘이라는 이름의 딸이었다.

미리엘 피크가 아에곤 3세의 새 왕비로 내정되었다. 수관은 그녀가 완벽한 선택이라고 선언했다. 왕과 같은 나이에 "예의 바르고 아름다운 소녀"였고, 왕국에서도 손꼽히는 고귀한 가문 출신이며 성사로부터 교육받아 글을 읽고 쓰는 것은 물론, 셈법에도 밝았다. 그녀의 모친도 아이를 잘 낳았으니, 미리엘이 왕에게 건강한 아들을 낳아주지 못하리라고 생각할 이유도 없었다.

"내가 그녀를 좋아하지 않는다면?" 아에곤 왕이 물었다. "전하가 좋아하실 필요는 없습니다." 피크 공이 대답했다. "그저 결혼하고 동침하여 아들을 낳으시면 됩니다." 그러고는 얄궂은 한마디를 덧붙였다. "전하께서는 순무를 좋아하지 않으시지만 주방장이 식사에 내놓으면 드시지요, 안 그렇습니까?" 아에곤 왕이 시무룩하게 고개를 끄덕였……. 그러나 늘 그렇듯이 이야기가 밖으로 새어나갔고, 곧 불운한 미리엘 영애는 칠왕국 전역에 '순무 아가씨'로 알려지게 되었다.

그녀가 순무 왕비가 되는 일은 없었다.

언윈 피크는 욕심이 지나쳤다. 타데우스 로완과 맨프리드 무튼은 수관이 그들과 상의하지 않은 것에 격분했다. 그러한 중대한 사안은 섭정 협의회에서 논해야 마땅했다. 아린 여영주도 협곡에서 날카롭게 힐난하는 서신을 보냈다. 커밋 툴리는 "뻔뻔한" 혼사라고 선언했다. 벤 블랙우드는 왕이 죽은 왕비를 적어도 반년은 애도해야 하는 것 아니냐며 그렇게 서두르는 이유에 의문을 표했다. 윈터펠의 크레간 스타크로부터 북부가 그 혼사를 탐탁잖게 여길 것이라는 짤막한 전갈이 도착했다. 문쿤 대학사마저도 흔들리기 시작했다. "미리엘 영애가 정말 사랑스러운 분이며 훌륭한 왕비의 재목이라는 것은 의심치 않습니다." 그가 수관에게 말했다. "그러나 우린 보여지는 것에도 신경을 써야 합니다, 공. 공과 함께 전하를 모시는 우리는 공께서 전하를 친아들처럼 사랑하고 언제나 전하와 왕국을 위해 일한다는 것을 알고 있으나, 그렇지 않은 다른 이들은 공께서 권력이나 피크 가문의 영광 같은…… 더 사사로운 이유로 딸을 왕비로 간택했다고 여길 수 있습니다."

우리의 지혜로운 어릿광대 머시룸은 어떤 문은 "뭐가 들어올지 모르니" 열지 않는 것이 좋다는 말을 남겼다. 피크는 딸을 위해 왕비의 문을 열었으나 다른 영주들도 딸이 있었고(누이에 조카에 사촌에 심지어는 과부가 된 어머니나 노처녀 고모도 있었다), 미처 그 문을 닫기 전에 모두 쏟아져 들어와 순무 아가씨보다는 자신의 피붙이가 왕에게 더 적절한 배우자가 될 것이라고 주장하고 나섰다.

왕비 후보로 제시된 모든 이름을 적기에는 우리에게 허락된 지면이 부족하나, 몇몇은 언급할 가치가 있다. 캐스털리록에서는 조한나 라니스터 부인이 강철인과의 전쟁을 잠시 제쳐놓고 수관에게 그녀의 딸 세렐과 티샤라가 고귀한 신분의 과년한 처녀라는 내용의 서신을 보냈다. 두 번 과부가 된 스톰스엔드의 엘렌다 바라테온 부인도 자신의 딸 카산드라와 엘린을 제안 했다. 그녀는 카산드라가 아에곤 2세와 혼약을 맺은 적이 있고 "왕비가 될 만반의 준비가 되어 있다"고 적었다. 큰까마귀가 화이트하버에서 가져온 토르헨 공의 서신은 과거에 드래곤과 인어가 맺었지만 "잔인한 운명이 깨 뜨린" 결혼 동맹을 언급하며, 아에곤 왕이 맨덜리의 여식을 아내로 삼아 이 를 바로잡는 것이 어떻겠냐고 제의했다. 텀블턴의 과부 샤리스 푸틀리는 뻔뻔하게도 본인을 배필감으로 내세웠다.

가장 대담하기 그지없는 서신의 주인은 올드타운의 활력 넘치는 사만다 부인이었다. 그녀는 친동생인 탈리 가문의 산사라가 "기상이 넘치고 강인 하며 시타델에 있는 학사 대부분보다 더 많은 책을 읽었습니다"라고 적은 뒤, 이어서 시누이인 하이타워 가문의 베타니를 언급하며 "빼어난 미모에 피부는 보드랍고 매끈한 데다 머리카락은 윤기가 흐르고 매우 다정하답니 다"라고 적고는, "다만 게으르고 조금 멍청하기도 해요. 그런데 어떤 남자 들은 그런 아내를 좋아한다고 하더군요"라고 덧붙였다. 그녀는 아에곤 왕 이 "한 명은 재해리스 왕의 알리산느 왕비처럼 함께 통치하고, 다른 한 명 은 같이 침대를 쓰며 자식을 낳도록" 둘 다 아내로 맞이하는 것도 방법이 라며 서신을 끝맺었다. 그리고 만약 "어떤 이해하기 어려운 이유로" 두 처녀 가 다 퇴짜 맞는 것에 대비하여 샘 부인은 하이타워, 레드와인, 탈리, 앰브 로즈, 플로렌트, 코브, 코스테인, 비스버리, 바너, 그림 가문의 처녀 31명의 이름을 여왕 후보로 친절히 첨부하기까지 했다. (머시룸은 부인이 다음과 같은 발칙한 추신도 적었다고 덧붙인다. "전하의 취향에 맞는다면 잘생긴 소년들도 추천해드릴 수 있는데, 아쉽게도 후계자를 얻으실 수는 없겠군 요." 그러나 다른 어떤 문헌도 그런 방자한 내용을 언급하지 않고, 부인이 보낸 서신은 소실되었다.)

그런 대대적인 반발 앞에서 언윈 공은 결정을 재고할 수밖에 없었다. 여전히 딸 미리엘을 왕과 혼인시키겠다고 작심하고 있었으나, 지지를 얻어야 하는 영주들을 되레 도발하지 않고 뜻을 이룰 방법이 필요했다. 결국 수관은 어쩔 수 없이 철왕좌에 올라가 다음과 같이 선포했다. "그 어떤 여인도 우리가 경애하는 재해리라를 전하의 마음에서 지울 수 없겠지만, 전하께서는 백성의 안위를 위해서라도 새로운 왕비를 맞이하셔야 한다. 이 영예를 얻고자 왕국의 수많은 아름다운 꽃이 앞을 다투어 나섰다. 아에곤 왕이 누구와 혼인하든 그 처녀는 재해리스의 알리산느요, 플로리안의 종퀼이 되리라. 간택된 여인은 왕의 옆에서 자고 왕의 자식을 낳을 것이며, 왕의 직무를 거들고 왕이 아플 때 보살피고 함께 늙어갈 것이다. 그러므로 이 선택은 왕 본인이 직접 하는 것이 타당하리라. 이번 처녀의 날, 킹스랜딩에서 비세리스 왕 시절 이후 본 적 없는 성대한 무도회가 열릴 것이다. 전하께서 자신의 삶과 사랑을 함께 나눌 가장 적합한 상대를 고르실 수 있도록, 칠왕국 각처에서 처녀들이 참석하여 자태를 뽐내기를 요청하는 바이다."

포고문이 발표되자 궁중과 도성은 굉장한 흥분에 휩싸였고, 흥분은 곧 전국으로 퍼져나갔다. 도르네 변경에서부터 장벽에 이르기까지 자상한 아버지들과 자부심 높은 어머니들이 그들의 과년한 딸을 바라보며 혹시 하고 희망을 품었고, 웨스테로스의 모든 귀족 영애가 몸을 단장하고 바느질을 하고 머리를 말며 "내가 어때서? 내가 왕비가 될 수도 있잖아"라고 생각하기 시작했다.

그러나 언윈 공은 철왕좌에 오르기 전에 이미 스타파이크로 큰까마귀를 보내 딸을 도성으로 불러들였다. 처녀의 날까지는 아직 석 달이 남았지만, 수관은 미리엘이 궁중에 미리 도착하여 왕과 친해지고 왕이 그녀에게 반하여 무도회가 열리는 밤 왕비로 간택되기를 바랐다.

여기까지는 알려진 사실이고, 다음은 풍문이다. 언윈 피크는 딸이 도착하기를 기다리던 와중에도 딸의 가장 유력한 경쟁자가 되리라고 판단한 아가씨들을 깎아내리고 음해하고 비난하고 평판을 더럽힐 여러 은밀한 음모와 수작을 부렸다고 한다. 카산드라 바라테온이 어린 왕비를 밀어서 죽였다는 설이 다시 돌았고, 몇몇 다른 처녀가 저질렀다는 비행에 관한 이야기가 진실이든 아니든 궁중에 파다하게 퍼졌다. 이사벨 스탠턴이 와인을 애호한다는 소문이 유포되고 엘리너 매시가 순결을 잃은 이야기가 사람들의 입에서 오르내렸다. 로자먼드 대리는 보디스(드레스의 상체 부문) 아래 유두 여섯 개를 숨긴다고 했고(그녀의 어머니가 개와 동침한 까닭이라는 주장이었다), 라이라 헤이포드는 질투에 미쳐 젖먹이 남동생을 베개로 질식시켜 죽였다는 비난을 받았다. 그리고 '세 명의 제인'(제인 스몰우드, 제인 무튼, 제인 메리웨더)은 종자의 옷을 입고 비단 거리에 늘어선 매음굴에 들러 셋 다 마치 소년처럼 그곳의 여자들과 입맞춤하고 애무를 즐긴다는 이야기가 들렸다.

그런 비방들은 전부 왕의 귀에 닿았는데, 일부는 머시룸의 입에서 나왔다. 어릿광대는 자기가 "두둑한" 대가를 받고 아에곤 3세에게 그 영애들을 비롯한 처녀들에 관한 악담을 전했다고 자백한다. 재해이라 왕비의 죽음 후 왕은 이 난쟁이를 가까이했다. 그의 재담이 왕의 침울함을 떨치는 못했지만, 연한 머리 가에몬이 즐거워했기에 아에곤은 곧잘 소년을 위해 어릿광대를 불러들였다. 머시룸은 《증언》에서 엄지손가락 테사리오가 그에게 "은과 강철"을 제시하며 선택을 강요했다고 말한다. "부끄럽지만 난 녀석더러 단검을 칼집에 넣으라고 하면서 그 묵직한 돈주머니를 잡아채고 말았어."

소문을 다 믿자면 언윈 공은 왕의 마음을 차지하고자 벌인 그만의 비밀스러운 전쟁에서 단지 말로만 싸우려고 하지 않았다. 무도회가 발표되고 얼마 지나지 않아 티샤라 라니스터는 어떤 말구종과 한 침대에 있는 모습이 발각되었다. 티샤라 영애는 청년이 허락도 없이 그녀의 창문으로 기어들었다고 주장했지만, 문쿤 대학사의 진찰 결과 영애의 처녀막이 찢어진 사실이 밝혀졌다. 루신다 펜로즈는 성에서 반나절 거리도 안 되는 블랙워터만 주변에서 매사냥을 하다가 무법자들에게 습격을 받았다. 그녀의 매가 죽고 말은 도난당했으며, 무법자 중 한 명이 그녀를 붙잡은 동안 또 한 명이 그녀의 코에 깊은 상처를 냈다. 예전에 가끔 어린 왕비와 인형 놀이를 했던 어여쁜 여덟 살 소녀 팔레나 스토크워스는 나선계단에서 굴러떨어져 다리가 부러졌고, 버클러 부인과 두 딸 모두 블랙워터강을 건너다 배가 침몰하면서 목숨을 잃었다. 어떤 이들은 "처녀의 날 저주"를 입에 담기 시작했으나, 권력이 움직이는 방식을 잘 아는 자들은 배후에서 조종하는 손이 있음을 깨닫고 입을 다물었다.

수관과 그의 수족들이 그런 비극적이고 불운한 사건들에 정말 손을 썼던 것일까, 아니면 그저 우연이었던 것일까? 진실이 무엇이든 결국에는 소용없는 짓이었다. 비세리스 왕 시절 이후 킹스랜딩에서는 무도회가 열린 적이 없었고, 이 무도회는 그 어떤 전례와도 다를 것이었다. 마상 대회가 열리면 아름다운 아가씨들과 고귀한 영애들이 '사랑과 미의 여왕'의 명예를 두고 다투지만, 그 명예는 고작 하룻밤이면 사라졌다. 아에곤 왕이 선택한 처녀는 누가 되든 평생 웨스테로스를 다스릴 것이었다. 칠왕국 곳곳의 아성과 성을 떠난 귀족 영애들이 킹스랜딩에 몰려들었다. 참가 인원을 줄이려는 생각에 피크 공은 참가 자격을 서른 살 이하의 귀속 여성으로 제한했다. 그럼에도 무도회 날 레드킵에 천 명이 넘는 묘령의 아가씨들이 들이닥쳤으니, 수관이 막기에는 너무 거대한 파도였다. 바다 너머에서도 여인들이 찾아왔다. 펜토스의 왕자는 딸을, 티로시의 집정관은 누이를 보냈으며, 유구한 가문의 여식들이 미르에서 도착했고, 심지어는 볼란티스에서도 배를 탄 이들이 있었다(그러나 안타깝게도 볼란티스 여인들은 항해 중 바실리스크 군도의 해적들에게 피랍되어 한 명도 킹스랜딩에 노달하시 못했다).

"처녀들은 하나같이 아름답기 그지없었어." 머시룸이 《증언》에서 전한다. "휘황찬란한 비단옷과 보석을 뽐내며 알현실에 들어선 아가씨들의 모습은 정말 눈이 부셨지. 그보다 더 아름다운 광경은 상상하기도 어려울 거야. 뭐, 전부 알몸으로 도착했다면 더 굉장했겠지만." (그런데 사실상 알몸으로 온 여인이 한 명 있었다. 어느 리스 마지스터의 딸 미르마도라 하엔은 자신의 눈동자와 같은 빛깔인 반투명한 청록색 비단 가운을 걸치고 안에는 보석으로 장식한 거들만 받쳐 입은 모습으로 나타났다. 그녀가 등장하자 마당에 모인 인파가 술렁이며 충격의 파문이 일었으나, 킹스가드가 가로막고 그녀가 노출이 덜한 가운으로 갈아입고 올 때까지 대전에 입장하는 것을 허락하지 않았다.)

그 젊은 처녀들은 분명 왕과 춤을 추고 재치와 기지로 왕을 매료하며 와인 잔을 사이에 두고 수줍은 시선을 교환하는 달콤한 꿈을 꾸었으리라. 그러나 춤도, 와인도, 재치가 넘치든 지루하든 대화할 기회도 없었다. 그 '무도회'는 일반적인 의미로 보자면 실상 무도회가 아니었다. 국왕 아에곤 3세는 검은색 옷을 입고 머리에는 금관을 쓰고 목에 금목걸이를 건 모습으로 철왕좌 위에 앉았고, 그 앞으로 영애들이 한 명씩 걸어 나왔다. 왕의 의전관이 각 후보의 이름과 혈통을 외칠 때 해당 처녀가 무릎을 약간 굽혀 절하면 왕은 고개를 끄덕여 답례했으며, 그러면 다음 처녀가 걸어 나올 차례였다. "열 번째 처녀가 걸어 나왔을 때 왕은 처음 본 다섯 명은 이미 까맣게 잊었을 거야." 머시룸이 전한다. "그녀들의 아비들은 딸을 대기열 뒤로 데려가서 다시 왕에게 보일 수도 있었지. 아마 좀 더 똑똑한 치들은 그리했을걸."

소수의 대담한 처녀들은 왕에게 말을 걸며 더 깊은 인상을 남기려고 애썼다. 엘린 바라테온은 왕에게 그녀의 가운이 마음에 드는지 물었다(그녀의 언니는 동생의 질문이 실제로는 "제 가슴이 마음에 드시나요?"였다고 퍼뜨렸는데, 이는 사실이 아니다). 알리사 로이스는 그날 왕을 만나기 위해 룬스톤에서 먼 길을 왔다고 말했다. 패트리샤 레드와인은 한술 더 떠 그녀의 일행이 아버에서 출발했고, 오는 도중에 무법자들의 공격을 세 번이나 물리쳤다고 떠벌렸다. "한 놈을 화살로 맞히기까지 했지요." 그녀가 자랑스레 큰소리쳤다. "그것도 엉덩이에다가요." 일곱 살 난 아냐 웨더왁스 영애는 왕에게 그녀의 말 이름이 트윙클후프고 무척 사랑한다고 말하고는 혹시 왕도 좋은 말이 있느냐고 물었다. ("전하께서는 말 백 마리를 갖고 계신다"라고 언원 공이 조급해하며 대답했다.) 다른 아가씨들은 왕에게 도성이나 왕궁이나 옷이 멋지다는 찬사를 건넸다. 북부의 드레드포트에서 온 바르바 볼턴이라는 처녀는 "절 집으로 돌려보내실 생각이시라면, 전하, 식량을 나눠주십시오. 눈이 깊숙하게 쌓였고 전하의 백성이 굶고 있습니다"라고 말했다.

가장 대담한 입담을 자랑한 처녀는 인사한 뒤 생글생글 웃으며 "전하, 거기서 내려와서 제게 입맞춤을 해주시는 건 어떤가요?"라고 말한 도르네의 샌드스톤에서 온 모리아 퀴가일이었다. 아에곤은 그녀에게 대꾸하지 않았다. 그는 아무에게도 대꾸하지 않았다. 그저 영애들이 한 말을 들었다고 고개를 끄덕일 뿐이었다. 그러면 마스턴 경과 킹스가드 기사들이 영애들을 안내하여 내보냈다.

그날 밤 내내 대전에는 곡이 연주되었지만, 이리저리 움직이는 발소리와 시끄러운 대화 그리고 이따금 희미하게 들려오는 흐느낌에 묻혀 거의 들리지 않았다. 레드킵의 휑뎅그렁한 알현실은 검은 하렌의 홀을 제외하면 웨스테로스에서 제일 큰 홀이었으나, 천 명이 넘는 아가씨들과 그녀들의 부모 형제, 호위병, 시종까지 들어오자 거의 움직일 수 없을 정도로 붐볐고, 밖에 차가운 겨울바람이 불었음에도 실내는 너무 더워서 숨이 막힐 지경이었다. 아름다운 처녀들의 이름과 혈통을 외치는 임무를 맡은 의전관은 목이 쉬는 바람에 도중에 교체되었다. 후보 중 네 명과 후보들의 어머니 십여 명과 아버지 몇 명 그리고 성사 한 명이 기절했다. 어느 뚱뚱한 영주는 쓰러져 죽고 말았다.

이후 머시룸은 그 무도회를 '처녀의 날 가축품평회'라고 일컬었다. 무도회가 열리기 전 가수들이 그토록 흥분했건만 정작 무도회가 열리자 노래할 만한 것이 없었고, 왕 본인도 처녀들의 행진이 끝없이 이어지자 좀이 쑤시는 듯했다. 머시룸은 이렇게 전한다. "모두 수관이 원했던 거야. 언원 공은 전하가 눈살을 찌푸리거나 옥좌에서 자세를 바꾸거나 지친 듯 고개를 끄덕일 때마다, 순무 아가씨가 간택될 가능성이 커진다고 생각했어."

미리엘 피크는 무도회가 열리기 거의 한 달 전에 킹스랜딩에 도착했고, 그녀의 부친은 딸이 매일 왕과 함께 어느 정도 시간을 보내도록 손을 썼다. 갈색 머리카락과 갈색 눈동자에 넓은 주근깨투성이 얼굴, 그리고 이가 고르지 않아 미소를 보일 때마다 부끄러워한 순무 아가씨는 나이가 열네 살로 아에곤보다 한 살 연상이었다. "빼어난 미녀라고는 할 수 없었어"라고 머시룸은 전한다. "하지만 신선하고 귀엽고 상냥했고, 전하도 별로 꺼리는 기색은 아니었지." 처녀의 날까지 보름 동안, 언원 공은 미리엘이 왕과 대여섯 번 저녁 식사를 같이 하도록 주선했다고 난쟁이는 말한다. 머시룸은 그 길고 서먹서먹한 시간에 분위기를 띄우고자 불려 갔는데, 아에곤 왕은 식사하는 동안 거의 입을 열지 않았다고 한다. "하지만 재해이라 왕비와 있을 때보다는 순무 아가씨와 있을 때 더 편해 보였어. 뭐, 어쨌든 그게 그거였는데, 적어도 그녀를 불쾌해하는 낌새는 아니었지. 무도회가 열리기 사흘 전, 왕은 그녀에게 어린 왕비의 인형을 하나 줬어. '이거.' 순무 아가씨에게 내밀며 말하더군. '가져도 됩니다.' 어리고 순수한 소녀가 듣기를 꿈꾸는 말은 아니었지만, 미리엘은 그 선물을 애정의 징표로 받아들였고 그녀의 아버지는 뛸 듯이 기뻐했지."

미리엘 영애는 무도회에서 그 인형을 마치 아기처럼 고이 안고 모습을 선보였다. 그녀는 맨 처음에 등장하지 않았고(그 영예는 펜토스 왕자의 딸에게 돌아갔다), 마지막도 아니었다(팹스섬 출신 지주기사의 딸 헨리에타 우드헐이었다). 그녀의 아버지는 처음 한 시간이 거의 지나갈 즈음에 딸이 왕 앞에 나서게 했는데, 딸에게 유리하게 자리를 배정했다는 비난을 피할 만큼은 뒤였지만 아에곤 왕이 아직 지칠 정도는 아닌 적절한 순서였다. 왕이 미리엘 영애의 이름을 부르며 화답하고 "와주셔서 감사합니다, 영애"라고 말한 다음, "인형을 마음에 들어 하는 것 같아 기쁘군요"라고 덧붙이기까지 했을 때, 그녀의 부친은 분명 그가 신중히 꾸민 모든 계략이 드디어 열매를 맺었다며 자신감을 얻었을 것이다.

그러나 언윈 피크의 모든 노력은 그가 그토록 계승을 막으려 했던 왕의 쌍둥이 이복 누이들에 의해 순식간에 수포로 돌아가고 말았다. 이제 등장하지 않은 영애가 열 명도 남지 않고 실내의 인파도 눈에 띄게 줄었을 때, 나팔 소리가 돌연 울려 퍼지며 바엘라 벨라리온과 라에나 코브레이의 도착을 알렸다. 알현실의 문이 활짝 열리고 차가운 겨울바람과 함께 다에몬 왕자의 딸들이 대전에 들어섰다. 바엘라 부인은 만삭의 몸이었고 유산을 겪은 라에나 부인은 파리하고 여위었지만, 그때처럼 둘이 똑같아 보인 적은 드물었다. 두 명 다 연한 검정 벨벳 가운을 입고 목에는 루비 목걸이를 걸었으며, 망토에는 타르가르옌 왕가의 삼두룡이 수놓여 있었다.

한 쌍의 칠흑 같은 돌격마를 탄 쌍둥이는 나란히 옥좌를 향해 말을 몰았다. 킹스가드의 마스턴 워터스 경이 앞을 가로막고 말에서 내리라고 요구하자, 바엘라 부인이 말채찍으로 뺨을 후려쳤다. "내게 명령할 수 있는 사람은 내 동생인 전하뿐이다. 넌 아니야." 그들은 철왕좌 앞에 도달하자 고삐를 잡아당겼다. 언윈 공이 앞으로 튀어나와 이게 무슨 짓이냐고 다그쳐 물었다. 쌍둥이는 그를 마치 시종 보듯 하며 무시했다. "동생아." 라에나 부인이 아에곤에게 말했다. "우리가 네 새로운 왕비를 데려왔는데, 마음에 든다면 좋겠구나."

그녀의 남편 코윈 코브레이 경이 소녀를 앞으로 데리고 나왔다. 대전 내에서 헉하고 놀라는 소리가 울려 퍼졌다. "벨라리온 가문의 대나에라 영애." 의전관이 약간 쉰 목소리로 호명했다. "벨라리온 가문의 애석하게 사망한 고(故) 다에론과 역시 사망한 하트 가문의 헤이즐 부인의 딸이자, 타르가르옌 왕가의 바엘라 부인과 조수의 군주이자 드리프트마크의 주인이며 제독인 벨라리온 가문의 참나무주먹 알린의 대녀입니다."

대나에라 벨라리온은 고아였다. 어머니는 겨울 열병으로 세상을 떠났고, 아버지는 징검돌 군도에서 트루하트호가 침몰할 때 전사했다. 다에론의 부친이 라에니라 여왕이 참수한 바에몬드 경이었으나, 다에론은 알린 공과 화해하고 그를 위해 싸우다가 죽었다. 그 처녀의 날, 순백의 비단 가운과 미르산 레이스와 진주를 걸치고 횃불에 비쳐 빛나는 긴 머리와 흥분으로 달아오른 얼굴로 왕 앞에 선 대나에라는 여섯 살에 지나지 않았음에도 숨이 멈출 정도로 아름다웠다. 해마의 자손들이 자주 그러하듯이, 대나에라도 옛 발리리아의 피를 진하게 이어받았다. 그녀의 머리카락은 금빛 결이 섞인 은발이었고 눈동자는 여름 바다처럼 파랬으며, 피부는 매끄럽고 겨울 눈처럼 새하얬다. "반짝거리더군." 머시룸이 전한다. "그리고 미소를 짓자 상단 관람석에 있던 가수들이 드디어 노래할 만한 아가씨가 나타났다며 기뻐했어." 대나에라의 미소는 그녀의 얼굴을 탈바꿈시켰다고 다들 입을 모았다. 귀여우면서도 동시에 대담하고 장난기가 넘쳤다. 그녀를 본 이들은 모두 "밝고 사랑스럽고 행복한 소녀. 어린 왕의 암울함을 완벽하게 해결할 치료제야"라고 생각했다.

아에곤 3세가 웃는 얼굴로 그녀의 미소에 답례하며 "와주셔서 감사합

니다, 영애. 매우 어여쁘시군요."라고 말했을 때, 언윈 피크 공조차도 게임이 끝났다는 것을 깨달았으리라. 마지막 남은 몇몇 처녀가 재빨리 차례대로 나왔지만, 왕이 행진을 끝내고 싶어 하는 모습이 너무도 뚜렷하여 불쌍한 헨리에타 우드헐은 인사할 때 이미 흐느끼고 있었다. 그녀가 안내를 받으며 나갈 때 아에곤 왕이 그의 어린 시동 연한 머리 가에몬을 불렀다. 결과를 선포할 명예는 시동의 몫이었다. "전하께서는 벨라리온 가문의 대나에라 영애와 혼인하실 것입니다!" 가에몬이 기뻐하며 소리쳤다.

자신이 놓은 덫에 걸린 언윈 피크 공은 가까스로 체통을 지키며 왕의 결정을 받아들일 수밖에 없었다. 그러나 다음 날 열린 소협의회에서는 분노를 표출했다. "그 부루퉁한 소년"은 갓 여섯 살 난 여아를 신부로 고르면서 혼사의 목적을 전부 망쳐버렸다. 여아와 동침하려면 여러 해를 기다려야 하고, 적통 후계자를 낳으려면 더 오랜 시간이 지나야 할 것이었다. 그때까지 계승 문제는 해결되지 않은 채 남을 터였다. 섭정의 최우선 의무는 왕을 치기 어린 행동으로부터 지키는 것이라고 그는 단언했다. "이런 어리석은 행동 말이오." 수관은 왕국을 위해서라도 왕이 "아이를 낳을 수 있는 적절한 나이의 처녀"와 혼인하도록 이 결정은 철회되어야 한다고 주장했다.

"그대의 딸 같은 처녀 말인가?" 로완 공이 물었다. "아니 되네." 다른 섭정들도 그의 편을 들지 않았다. 처음으로 협의회는 수관의 바람을 완강하게 거부했다. 결혼은 그대로 진행될 것이었다. 다음 날 약혼이 발표되었고, 실망한 처녀들이 수십 명씩 성문을 빠져나가 고향으로 향했다.

국왕 아에곤 3세는 아에곤의 정복 후 133년째 되는 해의 마지막 날에 대나에라 영애와 결혼식을 올렸다. 겨울 열병이 킹스랜딩의 인구 5분의 1을 앗아 간 터라 그날 거리에 늘어서서 국왕 부부를 축하한 인파는 아에곤과 재해이라를 위해 나왔던 인파보다 현저히 적었다. 그러나 매서운 바람과 소낙눈을 감수하고 나온 주민들은 수줍고 귀여운 미소를 짓고 볼이

빨갛게 상기된 채 행복하게 손을 흔드는 그들의 새로운 왕비를 보고 즐거워했다. 국왕의 가마 바로 뒤에서 말을 타고 따라가는 바엘라와 라에나 부인도 열광적인 환호를 받았다. 더 뒤에서 "죽음처럼 험악한 얼굴"로 따라가는 수관을 주목한 사람은 몇 명 되지 않았다.

섭정기

참나무주먹 알린의 항해

이제 한동안 킹스랜딩에서 벗어나 시간을 되돌려 일몰해로 떠난 바엘라 부인의 남편, 참나무주먹 알린의 장대한 원정을 이야기해보도록 하겠다.

벨라리온 함대가 "웨스테로스의 엉덩이"(알린 공은 곧잘 그렇게 불렀다)를 빙 돌며 겪은 고난과 영광은 그 자체만으로도 두툼한 책을 한 권 채울 수 있다. 항해의 상세한 내용을 원하는 이들에게는 가장 완전하고 권위 있는 자료로서 벤다무어 학사의 저서 《여섯 번의 항행: 참나무주먹 알린의 대항해》를 추천하며, 이 외에도 저속하고 신뢰성은 낮지만 나름 알린 공의 삶을 다채롭고 흥미진진하게 풀어놓은 《참나무처럼 단단한》과 《사생아로 태어나다》가 있다. 전자는 어릴 때 종자로서 알린 공을 섬기고 그에게 기사 서임을 받은 뒤 참나무주먹의 다섯 번째 항해 중 한쪽 다리를 잃은 러셀 스틸먼 경의 작품이다. 후자의 저자는 단지 '루'라고 알려진 여인인데, 성사였거나 아니었을 수도 있고, 알린 공의 정부였거나 아니었을 수도 있는 인물이다. 여기서는 아주 대략적인 설명 외에는 그 책들에 담긴 내용을 되풀이하지 않을 예정이다.

징검돌 군도로 돌아온 참나무주먹은 처음 왔을 때보다 훨씬 더 신중히 행동했다. 자유도시들 사이의 끊임없이 변화하는 동맹 관계와 교묘한 배신을 경계한 그는 어선과 상선을 가장한 척후를 먼저 보내 그들 앞에 무엇이 기다리는지 알아보게 했다. 척후들은 군도에서 전투가 대부분 멈췄으며, 위세를 회복한 라칼리오 린둔이 블러드스톤과 남쪽 섬들을 전부 장악했고 티로시 집정관이 고용한 펜토스 용병들이 북쪽과 동쪽의 바위섬들을 수중에 넣은 상황이라고 보고했다. 섬들 사이의 수로는 대부분 방책으로 봉쇄되었거나 알린 공의 습격으로 침몰한 선체로 막혔고, 아직 열려 있는 뱃길은 전부 린둔과 그의 부하들이 통제했다. 알린 공의 앞에 놓인 선택은 간단했다. '라칼리오 여왕'(집정관이 붙인 별명이었다)과 싸워 돌파하거나, 그와 협상하는 것이었다.

기이하고 비범한 모험가였던 라칼리오 린둔에 관한 공용어로 된 자료는 거의 없으나, 자유도시에서는 그의 삶을 주제로 두 차례의 학문적 연구가 진행되었고 수많은 노래와 시와 저속한 소설이 파생되었다. 그가 태어난 도시 티로시에서는 그의 이름이 오늘날까지도 귀족들에게는 저주를 받고 도둑과 해적과 창녀와 주정뱅이 같은 부류에게는 존경을 받는다.

린둔의 젊은 시절은 의외로 알려진 바가 적고, 우리가 사실이라고 믿는 대부분은 진실이 아니거나 모순된다. 그는 키가 2미터에 달하는 장신이었다 하며, 어깨가 한쪽으로 기울어 자세가 구부정하고 걸음걸이도 건들거렸다. 발리리아 방언 십여 개를 구사하여 귀족 태생을 시사하였으나, 상스러운 입버릇으로도 악명이 높아 빈민가 출신으로도 의심받기도 했다. 대다수 티로시인들과 마찬가지로 린둔두 곧잘 머리카락과 수염을 물들였다. 그가 좋아하는 색깔은 보라색이었고(브라보스와 관계가 있을 가능성을 암시한다), 그의 목격담 대부분이 종종 주황색 결이 섞인 기다란 보라색 곱슬머리를 언급한다. 또한 달콤한 향내를 좋아하여 라벤더나 장미수에 목욕했다.

라칼리오가 엄청난 야심가에 욕구도 대단한 남자였음은 분명하다. 그는 쉴 때는 대식가에 술고래였고, 전장에서는 악마였다. 어느 쪽 손으로든 검을 쓸 수 있었고, 때로는 양손에 검을 들고 싸우기도 했다. 그는 모든 곳의 모든 신을 숭배했다. 전투가 임박하면 뼈를 던져 어떤 신에게 제물을 바쳐서 달랠지 선택했다. 티로시가 노예의 도시였음에도, 그가 노예제를 싫어한 까닭에 과거에 노예였다는 추측이 있다. 부유할 때는(막대한 부를 수차례 얻고 잃었다) 눈에 들어오는 노예 여성이 있으면 직접 사서 입맞춤을 한 뒤 풀어주었다. 부하들에게 너그러워 약탈한 전리품을 말단과도 똑같이 나누었다. 티로시에서는 거지들에게 금화를 던져주는 버릇으로 유명했다. 누가 신발이든 에메랄드 반지든 부인이든 그의 것에 감탄하면 라칼리오는 그것을 그 사람에게 선물로 넘겨주고는 했다.

그는 열 명이 넘는 부인이 있었고 절대 손찌검을 하지 않았지만, 가끔 그녀들에게 자기를 때리라고 시킨 적은 있었다. 새끼 고양이를 좋아하면서도 고양이는 싫어했다. 임신한 여인은 사랑했지만 아이들은 혐오했다. 이따금 여장을 하고 창녀 노릇을 했는데, 큰 키와 굽은 등과 보라색 수염 때문에 여성적이라기보다는 기괴하게 보였다. 격렬한 전투 중에 갑자기 폭소를 터뜨릴 때도 있었다. 때로는 음탕한 노래를 불러젖히기도 했다.

라칼리오 린둔은 광인이었다. 그러나 부하들은 그를 사랑했고, 그를 위해 싸웠고, 그를 위해 죽었다. 그리고 몇 년 동안은 그를 왕으로 만들어주었다.

AC 133년 당시 징검돌 군도에서 라칼리오 '여왕'은 최대의 전성기를 누리고 있었다. 알린 벨라리온은 그를 쓰러뜨릴 수 있을지는 몰라도 그 대가로 전력의 반 이상을 잃을 것을 염려했다. 붉은 크라켄을 격퇴하려면 온전한 함대가 필요했기에 알린 공은 전투 대신 대화를 선택했다. 함대에서 바엘라 부인호만 끌고 나온 그는 협상 깃발을 내걸고 블러드스톤으로 가

서 그의 배들이 린둔이 통제하는 영해를 자유로이 통행할 권리를 얻고자
했다.

끝내는 원하는 바를 이루었지만, 라칼리오는 그를 블러드스톤에 넓게
자리 잡은 목조 요새에 보름이 넘도록 잡아두었다. 알린 공이 포로였는지
귀빈이었는지는 확실하지 않은데, 라칼리오가 바다처럼 변덕이 심한 탓에
알린 공 본인도 자기 처지를 아리송해했다. 하루는 참나무주먹을 친구와
전우라고 찬양하며 힘을 합쳐 티로시를 공격하자고 부추기고는, 다음 날에
는 그를 죽여야 할지 말지 뼈를 던졌다. 린둔은 알린 공에게 요새 뒤에 있
는 진흙 구덩이 안에서 야유하는 해적 수백 명이 보는 가운데 자기와 씨름
을 해야 한다고 우겼다. 부하 중 티로시의 첩자라고 혐의를 받은 자를 참
수한 라칼리오는 그 목을 알린 공에게 우정의 징표라며 선물로 주고는, 바
로 다음 날 알린마저도 집정관의 끄나풀이라며 추궁했다. 알린 공은 자신
의 무죄를 증명하기 위해 티로시 포로 세 명을 죽여야 했다. 그가 포로들
을 죽이자 '여왕'은 크게 기뻐하며 그날 밤 자신의 부인 두 명을 참나무주
먹의 침소로 들여보냈다. "그녀들에게 아들을 주거나." 라칼리오가 명령했
다. "난 그대처럼 용감하고 강한 아들을 원하네." 알린 공이 그가 시키는 대
로 했는지는 자료 내용이 일치하지 않는다.

결국 라칼리오는 벨라리온 함대의 통행을 허락하였으나 대가를 바랐다.
그는 배 세 척과 양가죽에 쓰고 피로 서명한 동맹 문서 그리고 한 번의 키
스를 원했다. 참나무주먹은 그의 함대에서 기장 상태가 나쁜 배 세 척과
양피지에 학사의 잉크로 적고 서명한 동맹 문서 그리고 '여왕'이 언제라도
드리프트마크를 방문하면 바엘라 부인이 키스해주겠다는 약속을 건넸다.
그것으로 충분했다. 함대는 무사히 징검돌 군도를 통과했다.

그러나 더 많은 고난이 그들을 기다렸다. 다음은 도르네였다. 선스피어
앞바다에 돌연 나타난 벨라리온 대함대를 본 도르네인들이 놀란 건 당연

한 일이있다. 하지만 해상 전력이 전혀 없는 그들은 알린 공의 등장을 침공보다는 방문으로 여기기로 했다. 도르네의 여대공 알리안드라 마르텔이 총신과 구혼자 십여 명을 거느리고 마중 나왔다. 최근에 열여덟 번째 생일을 맞은 '새로운 니메리아'는 브라보스의 콧대를 꺾은 대담한 제독이자 젊고 잘생기고 늠름한 '징검돌 군도의 영웅'을 무척 마음에 들어 했다고 한다. 알린 공은 함대를 보급할 신선한 물과 식량을 원했고, 알리안드라 여대공은 더 은밀한 만남을 갖기를 바랐다. 《사생아로 태어나다》에서는 알린 공이 그 요구에 응했다고 하고, 《참나무처럼 단단한》에서는 응하지 않았다고 한다. 확실한 사실은 도르네의 여대공이 노골적으로 그에게 추파를 던지자 그녀 휘하의 귀족들이 불쾌해했고, 그녀의 동생들인 카일과 코리안느가 성을 냈다는 것이다. 어쨌든 참나무주먹 공은 신선한 식수가 담긴 통들과 올드타운과 아버까지 가는 데 필요한 식량 그리고 도르네의 남부 해안에 도사리는 치명적인 소용돌이들의 위치를 표시한 해도를 받을 수 있었다.

그러나 벨라리온 공은 도르네 근해에서 첫 피해를 보았다. 함대가 솔트쇼어성(城) 서쪽의 건조지를 지날 때 갑작스러운 폭풍이 일어 배들이 흩어지며 두 척이 침몰했다. 더 서쪽인 브림스톤강 어귀에서 손상을 입은 갤리선 한 척이 식수를 구하고 수리를 하고자 정박했을 때, 산적들이 야음을 틈타 습격해 선원들을 학살하고 물자를 훔쳐서 달아났다.

하지만 참나무주먹 공은 그런 피해를 올드타운에서 넘치도록 보상받았다. 하이타워 꼭대기의 거대한 봉화가 바엘라 부인호와 함대를 속삭이는 소리만(灣)에서 항구까지 안내했고, 라이오넬 하이타워가 직접 항구로 내려와 그의 도시에 온 것을 환영했다. 라이오넬 공은 샘 부인을 정중하게 대하는 알린 공의 모습을 보고 호감을 품었고, 두 젊은이가 급격히 친목을 다지면서 흑색파와 녹색파 사이의 해묵은 원한을 완전히 해소하는 데 크게 기여했다. 하이타워는 올드타운이 함대에 군선 20척을 제공하고 그의 친우인 아버의 레드와인 공도 30척을 보낼 거라고 약속했다. 참나무주먹 공의 함대는 단숨에 전력이 크게 상승했다.

벨라리온 함대는 레드와인 공과 그가 약속한 갤리선들이 도착하기를 기다리며 속삭이는 소리만에서 오랫동안 머물렀다. 참나무주먹 알린은 하이타워의 극진한 대접을 받으며 올드타운의 오래된 골목길과 거리를 탐험했고, 시타델을 방문하여 며칠 동안 옛 해도를 살피고 군선 설계와 해전 전술과 관련한 먼지투성이 발리리아 논문들을 탐독했다. 별빛 성소에서는 최고성사가 그의 이마에 성유로 칠각별을 그려 축복하고 그에게 '전사'의 분노를 강철인과 그들의 익사한 신에게 내리라고 지시했다. 벨라리온 공이 아직 올드타운에 있을 때 재해이라 왕비의 죽음에 관한 소식이 도시에 닿았고, 며칠 후 왕이 미리엘 피크와 혼약을 맺었다는 소식이 뒤따랐다. 그 무렵 알린 공은 라이오넬 공만큼이나 샘 부인과도 친해졌는데, 샘 부인이 그

악명 높은 서신을 쓸 때 그가 옆에서 거들었는지는 여전히 추측으로만 남아 있다. 한편 그가 하이타워성에 머무르는 동안 드리프트마크에 있는 그의 아내에게 편지를 여러 번 보낸 것은 알려진 사실이다. 편지의 내용이 무엇이었는지는 알려진 바 없다.

AC 133년에 참나무주먹은 아직 젊었고, 젊은이들은 대개 참을성이 많지 않다. 그는 마침내 레드와인 공을 기다릴 만큼 기다렸다고 결단하고 출범 명령을 내렸다. 돛을 올리고 노를 내린 벨라리온 군선들은 올드타운 시민들의 환호를 받으며 한 척씩 속삭이는 소리만을 미끄러지듯 빠져나갔다. '바다사자'라는 별명을 지닌 반백의 뱃사람 레오 코스테인 경이 지휘하는 하이타워 가문의 전투 갤리선 20척이 그 뒤를 따랐다.

뒤틀린 탑들과 바람에 깎인 암석들이 파도 위에서 휘파람을 부는 블랙크라운의 노래하는 절벽에 이른 함대는 북쪽으로 뱃머리를 틀어 일몰해에 진입한 뒤, 반달론을 지나 서부 해안을 차근차근 올라갔다. 함대가 맨더강 어귀를 지날 때 방패 군도에서 보낸 갤리선들이 가세했다. 그레이실드와 사우스실드에서 세 척씩, 그린실드에서 네 척, 오큰실드에서 여섯 척이었다 (각각 회색 방패, 남쪽 방패, 녹색 방패, 참나무 방패란 뜻으로 방패 군도를 이루는 네 개 섬의 이름이다). 그러나 미처 더 북쪽으로 올라가기 전에 폭풍이 다시 함대를 덮쳤다. 배 한 척이 가라앉고 세 척이 심하게 파손되어 항해를 계속할 수 없었다. 벨라리온 공은 크레이크홀성(城) 부근에서 함대를 정비하였는데, 성의 여주인이 배를 타고 나와 그들을 맞이했다. 벨라리온 공은 그녀로부터 처녀의 날에 무도회가 열린다는 이야기를 처음으로 들었다.

그 소식은 페어섬에도 전해졌고, 돌턴 그레이조이 공은 누이 한 명을 보내 왕비 자리를 놓고 겨루게 할까 하는 생각을 했다고 한다. 그가 말했다. "철왕좌에 강철 처녀가 앉는다라. 이보다 더 적절할 수 있나?" 그러나 붉은 크라켄에게는 더 시급한 문제가 있었다. 오래전에 참나무주먹 알린이 온다는 기별을 받은 돌턴 공은 그를 상대하고자 전력을 모아놓은 상황이었다. 페어섬 남쪽 바다에 장선 수백 척이 집결했고, 피스트파이어스, 케이스, 라니스포트 근해에도 함대가 대기했다. 붉은 크라켄은 "그 애송이"를 바다 밑바닥에 있는 익사한 신의 궁으로 내려보낸 뒤, 참나무주먹이 온 길을 함대를 이끌고 거슬러 가 방패 군도에 깃발을 꽂고 올드타운과 선스피어를 약탈한 다음에 드리프트마크도 점령하겠다고 큰소리쳤다. (그레이조이는 알린 공보다 세 살밖에 많지 않았지만, "그 애송이" 외에는 다른 이름으로 부르지 않았다.) 강철 군도의 영주는 휘하의 선장들에게 바엘라 부인도 소금 아내로 삼을까 싶다며 웃음을 터뜨렸다. "그래, 난 소금 아내가 스물둘이나 있지만, 그중 은발머리는 하나도 없으니까."

역사는 왕과 여왕, 대귀족과 고결한 기사, 성스러운 성사와 현명한 학사들의 행적에 치중하므로, 그런 귀하고 강대한 사람들 사이에 평민들도 동시대를 살아갔다는 사실을 잊기가 쉽다. 그러나 때로는 고귀한 태생이나 부나 기지나 지혜나 무예를 갖추지 못한 평범한 남녀들이 들고일어나 어떤 단순한 행위나 은밀히 건넨 한마디로 왕국의 운명을 바꾸기도 한다. 그 운명적인 해였던 AC 133년에 페어섬에서 일어난 일도 그러했다.

돌턴 그레이조이 공은 그의 말대로 22명의 소금 아내가 있었다. 네 명은 파이크에 있었고, 그중 둘은 그의 자식을 낳았다. 다른 아내들은 그가 정복 도중 취한 서부 여인들이었는데, 고(故) 파먼 공의 두 딸과 케이스의 기사의 과부 그리고 심지어는 라니스터가의 여식도 한 명 포함했다(캐스털리 록의 라니스터가 아니라 라니스포트의 라니스터였다). 나머지는 우연히 그의 눈에 든 평범한 어부나 상인 또는 병사의 딸들이었고, 대부분 아비나 형제나 남편 또는 다른 남자 보호자들을 죽인 다음에 강제로 취한 여인들이었다. 그런 이들 중 테스라는 이름의 여인이 있었다. 우리가 그녀에 대해서 아는 건 이름뿐이다. 나이가 열셋이었을까, 서른이었을까? 예뻤을까, 평범했을까? 과부였을까, 처녀였을까? 그레이조이 공은 어디서 그녀를 찾았고, 그녀는 언제부터 소금 아내로 지냈던 것일까? 그녀는 그레이조이 공을 약탈자와 강간범으로 증오했을까, 아니면 너무도 사랑했던 나머지 질투로 미쳐버린 것이었을까?

우린 알지 못한다. 남은 기록들은 내용이 워낙 다르니 테스는 역사의 장에 영원한 수수께끼로 남으리라. 확실한 사실은 비 내리고 바람이 거칠게 불던 어느 밤, 장선이 아래 집결한 페어캐슬성에서 돌턴 공은 그녀의 몸을 취했고, 이후 잠이 들자 테스가 돌턴의 단검을 꺼내 그의 목을 길게 베고는 피투성이 알몸으로 성 밑의 굶주린 바다로 몸을 던졌다는 것이다.

그리하여 파이크의 붉은 크라켄은 인생 최대의 전투 직전 세상을 떠났다……. 그것도 적의 칼이 아니라 자신의 단검에, 자신의 아내 중 한 명의 손에 죽고 말았다.

이후 그가 이룬 정복 역시 오래 버티지 못했다. 붉은 크라켄이 죽었다는 소문이 퍼지자 선장들이 한 명씩 도망치면서 참나무주먹 알린을 상대하려고 모은 함대가 와해하기 시작했다. 돌턴 그레이조이는 바위 아내를 맞은 적이 없었기에, 그의 후계자라고는 파이크에 남겨둔 소금 아내들이 낳은 두 어린 아들과 하나같이 탐욕스럽고 야심이 큰 세 누이와 사촌 몇 명이 전부였다. 율법에 따라 해석좌(Seastone Chair)는 그의 소금 아들 중 장자인 토론이 계승하였으나, 소년은 아직 여섯 살에 불과했고 그의 어미는 소금 아내라 바위 아내처럼 섭정으로서 군도를 다스리기를 바랄 수 없었다. 권력 투쟁은 당연한 순서였고, 재빨리 군도로 뱃머리를 돌린 강철인 선장들 모두 알아차린 사실이었다.

한편, 페어섬의 주민들과 아직도 섬에 남아 있던 기사들이 봉기하면서 유혈극이 벌어졌다. 다른 강철인들이 도망치는 와중에도 뭉그적거리던 강철인들은 침대에서 자다가 끌려 나와 토막 나 죽거나 부두에서 습격당했고, 그들의 배는 벌 떼처럼 모여든 사람들에게 불태워졌다. 단 사흘 만에 약탈자 수백 명이 그들이 먹잇감에 해왔던 것처럼 갑작스럽고 잔인하며 피비린내 나는 죽음을 맞이했고, 오직 페어캐슬성만이 그들의 수중에 남았다. 붉은 크라켄의 측근과 전우들이 대부분이었던 성의 수비대는 교활한 알레스터 윈치와 난폭한 거인 군터 굿브러더의 지휘하에 꿋꿋이 버텼으나, 돌턴의 소금 과부 중 한 명이며 파면 공의 딸인 라이사를 두고 다툰 끝에 후자가 전자를 죽이면서 무너지고 말았다.

그리하여 마침내 알린 벨라리온이 강철인들로부터 서부를 구원하고자 도착했을 때는 정작 적들을 찾아볼 수 없었다. 페어섬은 해방되었고 장선들은 도망쳤으며, 전쟁도 끝났다. 바엘라 부인호가 라니스포트의 성벽 밑을 지나칠 때 도시의 종들이 낭랑하게 울리며 환영했다. 성문에서 뛰쳐나온 인파 수천 명이 해변에 늘어서서 환호성을 질렀다. 캐스털리록에서는 조한나 부인이 모습을 드러내 참나무주먹에게 황금으로 세공한 해마를 비롯한 여러 선물을 라니스터가 전하는 존경의 표시로 선사했다.

축제가 연일 이어졌다. 알린 공은 보급을 마치고 긴 귀향길에 오르고 싶은 마음이 간절했으나, 서부인들은 그가 떠나기를 바라지 않았다. 그들의 함대가 전멸한 상황이라, 누구든 붉은 크라켄의 후계자가 되는 자가 또 강철인들을 이끌고 쳐들어오면 속수무책으로 당할 것이 뻔했기 때문이다. 조한나 부인은 강철 군도 침공을 제안하기까지 했다. 침공에 필요한 창병과 검사를 얼마든지 제공할 테니, 벨라리온 공은 군도로 실어 나르기만 하면 된다는 것이었다. "군도의 사내란 사내는 모조리 죽이는 거예요." 부인이 공언했다. "놈들의 아내들과 자식들은 동방의 노예상에게 팔아버리고, 그 쓸모없는 바위섬들은 갈매기나 게가 차지하라지요."

참나무주먹은 그럴 마음이 전혀 없었지만, 조한나 부인과 서부인들을 달래고자 라니스터와 파면과 서부의 다른 가문들이 군선을 충분히 복구하여 강철인들의 재침을 막을 수 있을 때까지 라니스포트에 바다사자 레오 코스테인과 함대의 3분의 1이 주둔하는 것에 동의했다. 그리고 그는 다시 한번 돛을 올리고 남은 함대와 함께 왔던 길로 되돌아가는 여정에 올랐다.

함대의 귀환에 관해서는 별로 언급할 것이 없다. 맨더강 어귀에 이르렀을 때 드디어 서둘러 북상 중이던 레드와인 함대와 조우했으나, 바엘라 부인호에서 식사를 함께 한 후 그들도 아버로 뱃머리를 돌렸다. 벨라리온 공은 레드와인 공의 초청으로 아버에 잠시 들렀고, 올드타운에서는 더 오래 머무르며 라이오넬 하이타워 공과 샘 부인과 재회하여 우정을 다지고 시타델의 서기들과 학사들을 만나 원정 결과를 보고하였으며, 7대 길드의 수장들이 베푼 연회에 참석하고 최고성사로부터 또 축복을 받았다. 그다음은 다시금 메마르고 건조한 도르네 연안이었는데, 이번에는 동쪽을 향해 나아갔다. 알리안드라 여대공은 선스피어로 돌아온 참나무주먹을 보고 매우 기뻐하며 그가 겪은 모험을 하나도 빠짐없이 듣기를 고집하면서 동생들과 구혼자들의 원성을 샀다.

참나무주먹 공은 그녀로부터 도르네가 티로시와 리스와 함께 라칼리오 린둔에게 대항하는 동맹을 맺고 '딸들의 전쟁'에 참전한 것을 알게 되었다……. 그리고 선스피어에 있는 그녀의 궁에서 열린 처녀의 날 연회(킹스랜딩에서 처녀 천 명이 아에곤 3세 앞에 한 명씩 걸어 나온 바로 그날이었다)에 참석했을 때, 리스에서 알리안드라에게 보낸 사절 중 한 명인 드라젠코 로가레라는 자가 다가와 은밀히 이야기를 나누기를 요청했다. 궁금증이 생긴 알린 공은 그의 청을 수락했다. 두 남자가 마당에 들어서자 드라젠코가 알린 공에게 무척 가까이 몸을 기대어 왔고, 훗날 알린 공은 "그가 내게 입을 맞추려는 줄 알고 기겁했다"라고 말했다. 그는 대신 제독의 귀에 무언가를, 웨스테로스의 역사를 바꾸게 되는 비밀을 속삭였다. 다음 날, 벨라리온 공은 바엘라 부인호로 돌아와 돛을 올리고 출항을 명령했는데…… 목적지는 리스였다.

그가 리스로 향한 이유와 자유도시에서 겪은 일은 추후 밝히기로 하고, 다시 킹스랜딩으로 시선을 돌리도록 하겠다. 새해가 밝았을 때 레드킵은 희망과 기대로 들떴다. 대나에라 왕비는 전 왕비보다는 어리지만 더 행복한 아이였고, 그녀의 명랑한 성격은 왕의 침울함을 누그러뜨리는 데 큰 몫을 했다……. 적어도 한동안은 그러했다. 아에곤 3세는 예전보다 더 자주 궁중에 모습을 보였으며, 심지어는 왕성에서 세 번이나 나와 신부에게 도성을 구경시켜 주었다(그러나 라에나 부인의 어린 드래곤 모닝이 둥지를 튼 드래곤핏은 가기를 거부했다). 왕은 공부에 새로운 흥미가 생긴 듯했고, 왕비와 저녁 식사 때 종종 머시룸을 불러 흥을 돋우게 했다("왕비의 웃음소리는 이 어릿광대의 귀를 즐겁게 했고, 얼마나 사랑스러운지 왕이 미소를 머금기도 했지"). 레드킵의 밑상 훈련대장 가레스 롱조차도 왕의 변화를 느꼈다. 그가 수관에게 말했다. "예전보다 사생아 녀석을 매질할 일이 많이 줄었습니다. 소년이 힘이 부족하거나 몸놀림이 느린 적은 없었습니다. 이제는 드디어 쥐꼬리만 한 기술을 내보이더군요."

어린 왕이 세상에 갖기 시작한 관심은 왕국의 통치에까지 미쳤다. 아에곤 3세는 협의회에 참석하기 시작했다. 그가 입을 연 적은 드물었지만, 문쿤 대학사는 왕의 참석에 고무되었고, 무튼 공과 로완 공도 반기는 듯한 모습이었다. 하지만 킹스가드의 마스턴 워터스 경은 불편해했고, 피크 공은 책망으로 받아들였다. 아에곤이 질문할 때마다 수관은 성을 내며 회의 시간을 낭비하지 말라거나 그런 중대사는 어린아이가 이해할 만한 것이 아니라며 쏘아붙였다고 문쿤은 전한다. 놀랍지 않게도 왕은 곧 예전처럼 협의회에 불참하기 시작했다.

천성이 심술궂고 의심이 많으며 지나치게 자존심이 드센 언윈 피크는

AC 134년에 이르러 매우 심기가 불편해졌다. 처녀의 날 무도회는 치욕적인 실패였고, 왕이 그의 딸 미리엘 대신 대나에라를 선택한 것을 개인적인 모욕으로 받아들였다. 처음부터 바엘라 부인을 좋아하지 않았던 그는 이제 그녀의 자매인 라에나도 싫어할 이유가 생겼다. 두 자매가 자신을 적대한다고 확신했고, 버릇없고 반항적인 바엘라의 남편 참나무주먹이 사주한다고 의심했다. 자신에게 충성하는 이들에게 피크는 계승을 굳건히 하려는 그의 계획을 쌍둥이 자매가 일부러 악의적인 의도를 품고 망쳤다고 불평했다. 바엘라가 품은 아이가 다음 대에 철왕좌에 오르도록 왕이 여섯 살 난 아이를 아내로 삼게 했다는 것이었다.

"태어날 아이가 아들이라면, 전하는 결코 자식을 볼 때까지 살아남지 못할 것이네." 머시룸 앞에서 피크가 마스턴 워터스에게 했다는 말이다. 그리고 얼마 후 바엘라 벨라리온은 건강한 딸을 출산했다. 아기의 이름은 그녀의 어머니를 따라 래나로 지었다. 그러나 이조차도 수관을 오래 달래지는 못했으니, 보름이 채 지나기 전에 벨라리온 함대의 선발대가 수수께끼 같은 전언을 갖고 킹스랜딩에 도달했기 때문이었다. 참나무주먹이 그들을 먼저 보내고 자신은 "값을 헤아릴 수 없는 보물"을 확보하러 리스로 향했다는 내용이었다.

그 말은 피크 공의 의심에 불을 지폈다. 보물이라니? 벨라리온 공은 그것을 어떻게 '확보'한다는 것일까? 검으로? 브라보스와도 그랬듯 리스와도 전쟁을 시작할 작정인가? 수관은 무모하기 이를 데 없는 제독을 궁중에서 치우려고 웨스테로스의 반대편으로 보냈으나, 그가 이제 곧 "과분한 찬사를 흠뻑 받고" 아마 엄청난 부까지 얻어서 돌아올 터였다. (언윈 피크에게 재력은 언제나 뼈아픈 부분이었다. 그의 가문은 영지가 넓어 돌과 흙과 자부심은 넘쳐났지만, 고질적인 재정 부족에 시달렸다.) 수관은 평민들이 참나무주먹을 영웅으로 여긴다는 것을 알았다. 알린 공은 오만한 브라보스의 바다군주와 파이크의 붉은 크라켄을 격퇴한 장본인으로 칭송받지만, 수관 본인은 원망과 매도의 대상이었다. 레드킵 내에서도 섭정들이 피크 공을 수관 자리에서 해임하고 알린 벨라리온을 대신 임명하기를 바라는 이들이 많았다.

하지만 참나무주먹의 귀환은 몸으로 느낄 수 있을 정도로 강렬한 흥분과 기대를 일으켰기에, 수관은 그저 속을 끓일 수밖에 없었다. 블랙워터만에서 바엘라 부인호의 돛이 처음 모습을 드러내고 그 뒤로 나머지 벨라리온 함대가 아침 안개를 뚫고 등장하자, 킹스랜딩의 모든 종이 울리기 시작했다. 반년 전 라니스포트에서처럼 수천 명이 성벽 위에 빽빽이 모여 영웅에게 환호를 보냈고, 강의 문 밖으로 뛰쳐나와 바닷가에 늘어선 이들도 수천 명이었다. 그러나 왕이 "처남의 노고에 감사를 표하고자" 부두로 내려가기를 원하자, 수관은 왕이 벨라리온 공을 마중하는 건 적절치 않다며 제독이 레드킵으로 올라와 철왕좌 앞에 몸을 낮추는 게 마땅하다고 반대했다.

언원 공은 아에곤과 미리엘 피크의 혼약 때와 마찬가지로 이번에도 다른 섭정들에게 가로막혔다. 그의 격렬한 반대에도 불구하고 아에곤 왕과 대나에라 왕비는 가마를 타고 왕성에서 내려왔고, 바엘라 부인과 그녀의 갓 난 딸, 그녀의 자매 라에나 부인과 남편 코윈 코브레이, 문쿤 대학사, 버나드 성사, 섭정 맨프리드 무튼과 타데우스 로완, 킹스가드 기사단 그리고 부두에서 바엘라 부인호를 영접하기를 바라는 다른 많은 인사가 따라나섰다.

사료에 따르면 그날 아침은 화창하고 쌀쌀했다. 참나무주먹 알린 공은 수만 명의 눈앞에서 처음으로 그의 딸 래나를 보았다. 그가 부인과 입을 맞춘 뒤 그녀에게서 넘겨받은 아기를 모든 사람이 볼 수 있게 높이 들어 올리자, 우레 같은 함성이 터져 나왔다. 그는 딸을 아내의 품에 돌려주고 나서야 왕과 왕비 앞에서 무릎을 꿇었다. 대나에라 왕비가 어여쁘게 볼을 붉히고 약간 말을 더듬으며 그의 목에 사파이어가 박힌 묵직한 금목걸이를 걸어주었다. "귀― 귀공이 승리를 거둔 바다처럼 파래요." 그러자 국왕 아에곤 3세가 "그대가 무사하게 돌아와서 기쁘다, 형제여"라고 말하며 제독을 일으켜 세웠다.

머시룸은 참나무주먹이 일어나며 함박웃음을 지었다고 전한다. "전하." 그가 말했다. "전하께서는 제게 당신의 누나와 혼인하는 명예를 허락하셨고, 그 혼인으로 제가 당신의 형제가 된 것이 자랑스럽습니다. 하지만 전 결코 전하의 피로 이어진 형제는 될 수 없지요. 하지만 그런 분이 한 분 계십니다." 알린 공이 화려한 몸짓으로 그가 리스에서 가져온 보물을 불러냈다. 바엘라 부인호 안에서 젊고 피부가 하얀 빼어난 미녀가 왕과 비슷한 또래에 호화로운 의복을 입은 소년의 팔짱을 끼고 모습을 드러냈다. 소년의 얼굴은 수놓은 망토에 달린 두건에 가려 보이지 않았다.

언윈 피크 공은 더는 참을 수 없었다. "이자는 누구인가?" 그가 앞으로 밀고 나오며 다그쳤다. "넌 누구냐?" 소년이 두건을 뒤로 넘겼다. 그 아래로 드러난 은금발 머리카락이 햇살에 반짝이자, 국왕 아에곤 3세가 흐느끼기 시작하더니 소년에게 달려들어 힘껏 껴안았다. 참나무주먹의 '보물'은 걸럿 해전에서 사망한 것으로 추정되어 지난 5년간 행방불명이었던 라에니라 여왕과 다에몬 왕자의 막내아들이자 왕의 잃어버린 동생, 비세리스 타르가르옌이었다.

AC 129년, 라에니라 여왕이 가장 어린 두 아들을 펜토스로 피신시키고자 했으나 그들을 싣고 협해를 건너던 배가 삼두정의 함대와 맞닥뜨렸던 사실을 기억할 것이다. 아에곤 왕자는 자신의 드래곤 스톰클라우드를 타고 도망쳤지만, 비세리스 왕자는 사로잡혔다. 걸럿 해전이 곧 뒤따랐고, 전투가 끝나고 어린 왕자가 자취를 감추자 사망한 것으로 추정되었다. 아무

도 그가 어느 배에 탔는지조차 확실하게 알지 못했던 것이다.

　그날 걸릿 수역에서 수천 명이 유명을 달리했지만, 비세리스 타르가르옌은 그중 한 명이 아니었다. 어린 왕자가 탔던 배는 전투를 견뎌내고 간신히 리스로 회항했고, 비세리스는 삼두정의 대제독 샤라코 로하르의 포로가 되었다. 그러나 샤라코는 패전으로 위신을 잃으면서 곧 그를 몰락시키려는 신구(新舊) 정적들의 공세에 시달리게 되었다. 돈과 동맹이 시급해진 그는 비세리스를 그 몸무게만큼의 황금과 지지 약속을 대가로 리스 마지스터 중 한 명인 밤바로 바잔에게 팔아넘겼다. 이후 실각한 제독이 살해되자 '세 딸' 사이의 긴장과 경쟁이 표면으로 부상했고, 오랫동안 부글부글 끓던 분노가 폭력 사태로 번지며 일련의 살인 사건이 발생하자 도시들은 전쟁에 돌입했다. 그 후 일어난 혼란 속에서 마지스터 밤바로는 다른 리스인이나 타 도시의 경쟁자에게 비세리스를 빼앗길 것을 염려하여 당분간 소년을 숨겨야겠다고 신중하게 생각했다.

비세리스는 포로 생활을 하는 동안 융숭한 대접을 받았다. 밤바로의 저택을 떠날 수는 없었지만, 방이 여럿 있는 개인 거처에서 지내며 마지스터의 가족과 함께 식사했다. 개인 교사들로부터 언어, 문학, 수학, 역사, 음악을 배웠고, 심지어는 무술 교관 밑에서 검술도 배우며 곧 빼어난 재능을 보였다. 당시 밤바로의 의도는 드래곤들의 춤이 끝나기를 기다린 뒤, (라에니라의 승리로 마무리된다면) 몸값을 받고 비세리스 왕자를 그의 어머니에게 돌려보내거나 (아에곤 2세가 승리한다면) 왕자의 목을 그의 숙부에게 파는 것이었다고 널리 알려졌다(사실로 입증된 적은 없다).

그러나 딸들의 전쟁에서 리스가 연달아 참패하면서 그의 계획은 틀어지고 말았다. AC 132년, 밤바로 바잔은 분쟁 지역에서 티로시를 상대로 용병단을 이끌다가 급료 체불 문제로 용병들에게 살해당했다. 밤바로의 사후 그의 부채가 엄청나다는 사실이 밝혀지자, 채권자들이 그의 저택을 압류했다. 밤바로의 아내와 자식들은 노예로 팔려 갔고, 그의 가구, 옷가지, 서책 그리고 포로 왕자를 포함한 기타 귀중품은 리산드로 로가레라는 다른 귀족에게 넘어갔다.

리산드로는 '파멸' 전 발리리아까지 거슬러 올라가는 혈통을 이은 부강한 금융과 무역 가문의 수장이었다. 로가레 가문이 보유한 수많은 자산 중에 '향기의 정원'이라는 유명한 베갯집이 있었다. 비세리스 타르가르옌의 출중한 외모를 본 리산드로는 소년을 고급 남창으로 쓰는 것을 고려했다. 그러나 소년이 자신의 정체를 밝히자, 마지스터는 자신의 수중에 들어온 것이 왕자라는 사실을 깨닫고 재빨리 계획을 수정했다. 그는 왕자의 몸을 파는 대신 그의 막내딸이며 웨스테로스 역사에 '리스의 라라'로 이름을 남기는 라라 로가레와 혼인시켰다.

선스피어에서 알린 벨라리온과 드라젠코 로가레가 우연히 만난 일은 비세리스 왕제를 그의 형에게 돌려보낼 완벽한 기회를 제공했다. 하나, 팔 수 있는 대상을 선물로 주는 건 리스인에게 있을 수 없는 일이기에, 참나무주먹이 먼저 리스로 가서 리산드로 로가레와 협상해야 했다. "알린 공이 아니라 알린 공의 어머니가 그 협상 테이블에 앉았더라면 왕국에 더 나았을 걸"이라는 머시룸의 평가는 옳았다. 참나무주먹은 흥정에 능하지 않았다. 그는 왕제를 돌려받는 대가로 철왕좌가 십만 드래곤 금화를 몸값으로 지급하고, 백 년간 로가레 가문과 가문의 자산에 무력행사를 하지 않으며, 브라보스 강철은행에 예치한 금액을 리스의 로가레 은행에 신탁하고, 리산드로의 작은아들 세 명에게 영주 작위를 내리며…… 무엇보다도 어떤 이유로든 비세리스와 라라 로가레의 결혼을 무효로 하지 않겠다고 그의 명예를 걸고 맹세하는 데 동의했다. 알린 벨라리온 공은 그 조건을 전부 받아들이고 합의서에 서명하고 인장을 찍었다.

비세리스 왕제는 자유분방호에서 사로잡혔을 때 일곱 살이었다. AC 134년에 귀환했을 때는 열두 살이었다. 바엘라 부인호에서 그와 팔짱을 끼고 함께 내려온 젊고 아름다운 아내는 일곱 살 연상인 열아홉 살이었다. 비세리스는 왕보다 두 살 어렸지만, 어떤 면에서는 형보다 더 어른스러웠다. 아에곤 3세는 두 왕비에게 어떠한 성적 관심도 비치지 않는데(대나에라 왕비는 아직 어린아이라 이해할 만했다), 비세리스는 그의 귀환을 축하하는 연회에서 문쿤 대학사에게 자신은 이미 첫날밤을 치렀다고 자랑했다.

죽었다고 여긴 동생의 귀환은 아에곤 3세를 경이롭게 탈바꿈시켰다고 문쿤은 서술했다. 왕은 걸릿 해전이 벌어지기 직전 드래곤을 타고 자유분방호에서 탈출할 때 비세리스를 내버려두고 온 자신을 진정으로 용서한 적이 없었다. 그때 아홉 살에 불과했지만 대대로 용사와 영웅을 배출한 혈통인 아에곤은 선조들의 용감하고 대담한 무용담을 들으면서 자랐고, 그중 어린 동생을 죽게 내버려두고 전투에서 달아났다는 이야기는 어디에도 없었다. '부서진 왕'은 마음속 깊이 자신은 철왕좌에 앉을 자격이 없다고 느꼈던 것이다. 그는 동생도, 어머니도, 어린 왕비마저도 참혹한 죽음에서 구하지 못했다. 그러니 그가 어찌 왕국을 구할 생각을 할 수 있었으랴?

비세리스의 귀환은 왕의 외로움도 덜어주었다. 어린 시절 아에곤은 손위의 세 이부형제를 흠모했지만, 같은 침실을 쓰고 함께 공부하고 논 상대는 비세리스였다. "걸럿에서 동생이 죽었을 때, 왕의 일부도 같이 죽었다"라고 문쿤은 적었다. "아에곤이 연한 머리 가에몬에게 품은 애정은 잃은 동생의 자리를 채우고자 하는 염원에서 비롯되었음이 명백했다. 아에곤은 오직 비세리스가 그에게 돌아온 다음에야 다시 완전하게 살아 있는 것처럼 보였다." 비세리스 왕제는 예전 형제가 드래곤스톤에서 지낼 때처럼 항상 아에곤 왕과 함께했고, 연한 머리 가에몬은 버려지고 잊혔으며 대나에라 왕비조차도 방치되었다.

실종되었던 왕제의 귀환은 계승 논란도 해결했다. 왕의 동생인 비세리스는 반박의 여지가 없는 잠정 후계자로서 바엘라 벨라리온이나 라에나 코브레이가 낳을 자식은 물론 쌍둥이 자매 본인들보다도 계승 서열이 높았다. 아에곤 왕이 여섯 살 난 아이를 두 번째 부인으로 삼은 건 이제 그리 염려할 일이 아닌 듯했다. 비세리스 왕제는 빼어난 매력과 끝없는 활기를 지닌 생기 넘치고 호감이 가는 소년이었다. 형만큼 키가 크지도 힘이 세지도 잘생기지도 않았지만, 그를 만난 모든 사람은 왕제가 형보다 더 영특하고 흥미롭다는 인상을 받았다. 그리고 그의 아내 리스의 라라는 어린아이가 아니라 가임 연령의 젊고 아름다운 여성이었고, 곧 비세리스의 아이를 낳아 왕조를 굳건하게 할 가능성이 높았다.

이런 모든 이유로 왕과 궁중과 도성은 왕제의 귀환에 환호했고, 알린 벨라리온 공은 리스에 억류되어 있던 비세리스를 데려온 공로로 더욱더 큰 사랑을 받았다. 그러나 국왕의 손은 그들의 기쁨에 동참하지 않았다. 언윈 공은 왕제가 귀환하여 매우 기쁘다고 표명하면서도 참나무주먹이 치르기로 동의한 대가를 듣고 격노했다. 피크는 젊은 제독이 그처럼 "감당할 수 없는 조건"에 응할 권한이 없었다고, 철왕좌를 대변할 수 있는 건 어떤 "함대를 거느린 멍청이"가 아니라 오직 섭정들과 수관뿐이라고 주장했다.

수관이 그런 불만을 협의회에서 언급했을 때, 법과 전통은 그의 편에 있었다고 문쿤 대학사는 인정했다. 그러나 왕과 평민들은 생각이 달랐고, 알린 공이 맺은 합의를 철회하는 건 어리석음의 극치였을 것이다. 다른 섭정들도 동의했다. 그들은 참나무주먹에게 새로운 명예를 내리고 비세리스 왕제와 라라 부인의 결혼을 적법하다고 인정했으며, 그녀의 아버지에게 몸값을 10년에 나누어 지급하기로 의결하고 막대한 양의 황금을 브라보스에서 리스로 옮겼다.

언윈 피크 공은 이를 또 다른 치욕스러운 질책으로 받아들였다. 처녀의 날 가축품평회에서 왕이 그의 딸 미리엘을 거절하고 여아 대나에라를 선택한 직후에 당한 굴욕이라, 그의 드높은 자존심은 도저히 견딜 수가 없었다. 수관의 자리에서 물러나겠다고 협박하면 동료 섭정들이 그의 뜻에 굽히리라 생각했던 것일까. 섭정 협의회는 오히려 신속하게 그의 사임을 수용한 뒤, 화통하고 정직하며 존경받는 타데우스 로완 공을 그 자리에 임명했다.

언윈 피크는 스타파이크에 있는 본성으로 돌아가 자신이 당했다고 여긴 부당한 처사들을 곱씹었다. 그러나 피크 공의 숙모 클라리스 부인을 비롯해 숙부 거대도끼 게드먼드 피크, 가레스 롱, 빅터 리슬리, 루카스 레이굿, 조지 그레이스포드, 버나드 성사를 포함한 그가 임명한 여러 인사는 그를 따라가지 않고 왕궁에 남아 계속 같은 직무를 수행했다. 그의 서자 형제 머빈 플라워스 경과 조카 아마우리 피크 경도 킹스가드의 결의 형제는 평생 왕을 섬겨야 하는 까닭에 그대로 뒤에 남았다. 언윈 공은 왕에게 근위대가 있듯 수관도 호위병이 있어야 한다며, 테사리오와 '손가락들'마저도 후임에게 물려주었다.

리스의 봄과 섭정기의 끝

　그해가 저물 때까지 킹스랜딩은 평화로웠고, 단지 메이든풀의 영주이자 아에곤 왕의 초대 섭정 중 마지막까지 남아 있던 맨프리드 무튼의 사망이 유일한 흠이었다. 영주는 겨울 열병을 겪은 뒤 기력을 완전히 회복하지 못하고 나날이 쇠약해졌기에, 그의 죽음은 별다른 반향을 일으키지 않았다. 로완 공은 협의회에서 그의 빈자리를 메우고자 라에나 부인의 남편 코윈 코브레이 경을 불러들였다. 라에나의 자매 바엘라 부인은 알린 공과 함께 딸을 데리고 드리프트마크로 돌아갔다. 그 후 얼마 지나지 않아, 비세리스 왕제는 라라 부인이 임신했다는 소식을 알려 궁중을 열광하게 했다. 킹스랜딩의 모든 이가 기뻐했다.

　그러나 도성 밖에서는 AC 134년을 좋았던 해로 기억하지 않을 것이었다. 넥의 이북은 여전히 겨울의 차디찬 손아귀 안에 있었다. 배로턴에서는 굶주린 주민 수백 명이 성벽 아래로 모여들자 더스틴 공이 성문을 닫아버렸다. 화이트하버는 항구를 통해 남쪽에서 식량이 올라와 상황이 나았으나, 그 가격이 너무 치솟은 나머지 선량한 이들은 바다를 건너온 노예상에게 자신을 팔아 아내와 자식들을 먹였고 악한 이들은 아내와 자식들을 팔왔다. 윈터펠 성벽 아래의 겨울 마을에서조차 북부인들이 개와 말을 잡아먹는 지경에 이르렀다. 추위와 굶주림으로 밤의 경비대원 3분의 1이 사망했고, 장벽 동쪽의 얼어붙은 바다를 걸어 넘어오려는 야인 수천 명과 전투를 벌이다가 검은 형제 수백 명이 더 목숨을 잃었다.

강철 군도에서는 붉은 크라켄 사후 잔혹한 권력 투쟁이 뒤따랐다. 그의 세 누이와 그 남편들은 해석좌에 앉은 소년 토론을 사로잡고 토론의 어미를 처형했다. 그의 사촌들은 할로우와 블랙타이드의 영주들과 연합하여 토론의 이복동생 로드릭을 주군으로 내세웠으며, 그레이트윅의 유력자들은 자신을 검은 혈통(호어 가문)이라 주장하는 샘 솔트라는 자에게 결집했다.

그들이 피비린내 나는 삼파전을 벌이기 시작한 지 반년이 지났을 무렵, 레오 코스테인 경이 함대를 이끌고 침공하여 라니스터 창병과 검사 수천 명을 파이크, 그레이트윅, 할로우에 상륙시켰다. 참나무주먹 공은 강철인들을 향한 라니스터 가문의 복수전에 참여하기를 거부했으나, 늙은 바다사자는 조한나 부인이 강철 군도를 아들의 지배하에 복속시키면 그와 혼인하겠다고 약속하자 흔들렸는지 그녀의 간청을 승낙하였다. 그러나 이는 레오 경의 능력을 벗어나는 일이었다. 코스테인은 그레이트윅의 바위 구릉 지대에서 아서 굿브러더의 손에 쓰러졌으며, 그가 끌고 온 군선 중 4분의 3이 나포되거나 차가운 잿빛 바다 밑으로 가라앉았다.

비록 모든 강철인을 죽이겠다는 조한나 부인의 바람은 이뤄지지 않았으나, 전투가 끝날 무렵에는 누구도 라니스터 가문이 빚을 톡톡히 갚았다는 사실을 부인하지 못했다. 장선과 어선 수백 척이 불타고 수많은 민가와 마을도 잿더미가 되었다. 서부를 아수라장으로 만든 강철인들의 아내와 자식들은 보이는 족족 학살당했다. 그렇게 죽은 이들 중에는 붉은 크라켄의 친척 아홉 명과 세 누이 중 둘과 그 남편들, 올드윅의 드럼 공과 그레이트윅의 굿브러더 공, 할로우의 볼미크 공과 할로우 공, 로드스포트의 보틀리와 올드윅의 스톤하우스도 포함되었다. 그리고 라니스터군이 막대한 양의 비축 곡식과 소금에 절인 생선을 실어 가고 가져가지 못한 건 훼손한 까닭에 그해가 지나기 전 수천 명이 더 굶어 죽었다. 토론 그레이조이는 파이크성의 수비병들이 라니스터군의 침공을 격퇴하면서 해석좌를 지켰으나, 이복동생 로드릭은 생포되어 캐스털리록으로 끌려갔다. 조한나 부인은 소년을 거세한 뒤 아들의 어릿광대로 삼았다.

대륙의 반대쪽에서는 AC 134년 말에 계곡의 처녀 제인 아린 여영주가 기침 감기로 걸타운에서 병사하자 또 다른 계승 분쟁이 발발했다. 그녀는 걸타운 항만 내의 바위섬에 있는 마리스 수녀원에서 '절친한 벗' 제사민 레드포트의 품 안에 안긴 채 40세의 나이로 세상을 떠났다. 제인 공은 임종 직전 자신의 친척인 조프리 아린 경을 후계자로 임명하는 유언을 남겼다. 조프리 경은 지난 10년간 '피의 관문의 기사'로서 그녀를 충직하게 섬기고 야만스러운 산악 부족으로부터 협곡을 지켜온 인물이었다.

그러나 조프리 경은 그녀의 십촌 형제였다. 그보다 훨씬 더 가까운 친척으로는 제인 여영주의 사촌인 아놀드 아린 경이 있었는데, 그녀를 두 차례 내치려고 시도했었다. 두 번째 반란이 실패하고 감옥에 간 아놀드 경은 이어리의 하늘 감옥과 달의 관문 지하감옥에서 오랜 시간을 보낸 끝에 미쳐버렸으나…… 그의 아들 엘드릭 아린 경은 제정신에 기민한 야심가였고, 이제 부친의 권리를 주장하며 앞으로 나섰다. 협곡의 영주 상당수가 "죽어가던 여자의 변덕" 때문에 예부터 내려온 상속법을 무시할 수는 없다며 그의 깃발 아래로 모여들었다.

세 번째로 계승권을 주장하고 나선 이는 아린 가문의 방계인 걸타운 아린가의 가주, 이셈바드 아린이었다. 재해리스 왕 시절 분가한 걸타운 아린가는 상업 분야로 진출하여 큰 부를 쌓았다. 사람들이 이셈바드의 문장에 그려진 매가 금으로 만들어졌다고 농담하면서 곧 이셈바드는 '금빛 매'라고 불리게 되었다. 이셈바드는 그 재산으로 군소 영주들이 자기를 지지하도록 매수하고 협해 너머에서 고용한 용병들을 실어 왔다.

로완 공은 능력껏 그런 문제들을 해결하려고 했다. 라니스터 가문에 강철 군도에서 물러나라는 명령을 내리고 북부로 식량을 보냈으며, 아린가의 계승권자들이 섭정들 앞에서 문제를 논하도록 킹스랜딩으로 소집했지만, 그의 노력은 대부분 효과가 없었다. 라니스터와 아린은 그의 명령을 무시했고, 화이트하버에 도착한 식량은 기근을 해소하기에는 너무 부족했다. 사람들은 타데우스 로완과 그가 섬기는 소년을 좋아했지만, 두려워하지는 않았다. 그해가 저물 무렵, 왕국을 다스리는 건 섭정들이 아니라 리스의 환전상이라고 궁중에서 너도나도 수군거리기 시작했다.

궁중과 도성은 여전히 영민하고 늠름한 왕의 아우 비세리스를 사랑했으나, 그의 리스 출신 아내는 이야기가 달랐다. 라라 로가레는 남편과 함께 레드킵에 살기 시작한 다음에도 마음만은 여전히 리스의 귀부인이었다. 리스어(語) 외에 고급 발리리아어와 미르, 티로시, 볼란티스의 방언도 유창하게 구사한 라라 부인은 공용어는 배우려 하지 않고 항상 통역관을 통해 자신의 의사를 전달했다. 시녀와 하인도 모두 리스인이었다. 그녀가 걸친 드레스는 물론 속옷까지 전부 리스산이었고, 그녀의 부친이 매년 세 번 리스에서 최신 유행하는 옷가지를 배에 실어 보냈다. 부인은 그녀만의 호위병도 있었다. 그녀의 남동생 모레도가 지휘하는 리스인 검사들과 '그림자' 산도크라는 미린의 투기장 출신 벙어리 거인이 밤낮으로 그녀를 지켰다.

이 모두 라라 부인이 그녀의 신들마저도 계속 믿겠다고 고집하지 않았더라면 궁중과 왕국이 점차 받아들였을 법한 것들이었다. 그녀는 일곱 신이나 북부인의 옛 신들을 숭배하기를 거부했다. 그녀의 신앙심은 수많은 리스의 신 중 유방이 여섯 달린 고양이 여신 판테라, 낮에는 남성이고 밤에는 여성인 황혼의 인드로스, 하얀 어린아이 신 검(劍)의 비칼론, 얼굴 없는 '고통 부여자' 사가엘 같은 몇몇 신만을 위한 것이었다.

라라 부인의 시녀, 하인, 호위병은 특정 시간에 그녀와 함께 그런 기이하고 오래된 신들에게 재를 올렸다. 그녀의 거처에서 고양이들이 들락날락하는 광경이 자주 목격되자 사람들은 고양이들이 레드킵에서 일어나는 모든 일을 부인에게 부드럽게 야옹대며 알려주는 첩자라고 말하기 시작했다. 라라 본인이 고양이로 둔갑하여 도성의 빈민가와 지붕 위를 돌아다닌다는 말도 있었다. 곧 더 어두운 소문이 나돌았다. 인드로스의 사제들은 성교를 통해 남성에서 여성으로, 여성에서 남성으로 변할 수 있다는 이야기가 있었는데, 라라 부인이 곧잘 황혼의 난교에 참여하여 그 능력으로 남자가 된 뒤 비단 거리에 있는 매음굴을 방문한다는 소문이 파다하게 퍼졌다. 그리고 어린아이가 실종될 때마다 무지한 자들은 서로 쳐다보며 사가엘의 끝없는 피에 대한 갈증을 입방아에 올렸다.

리스의 라라보다 더 미움을 받은 이들은 그녀와 함께 킹스랜딩으로 온 세 남동생이었다. 모레도는 누이의 호위병을 지휘했고, 로토는 비세니아 언덕 꼭대기에 로가레 은행 분점의 개설에 착수했다. 막내인 로게리오는 강의 문 옆에 '인어'라는 호화로운 리스식 베갯집을 열고 여름 군도에서 가져온 앵무새와 소토리오스에서 잡아온 원숭이 그리고 전 세계에서 데려온 백여 명의 이국적인 소녀(와 소년)로 채워 넣었다. 다른 일반 창관들보다 열 배는 더 비쌌지만, 로게리오는 손님이 끊이지 않았다. 대귀족과 일반 상인 모두 '인어'의 조각된 채색 문 뒤에서 미녀와 신기한 것들을 찾을 수 있다고 입을 모았고, 어떤 이들은 실제 인어도 있다고 말했다. ('인어'의 무수한 경이에 관한 정보는 거의 전부 머시룸이 전한 것이다. 우리가 참고한 사가(史家) 중 이 베갯집을 수차례 방문하여 화려하게 단장한 방에서 온갖 쾌락을 누렸다고 고백한 건 난쟁이뿐이었다.)

바다 너머에서는 딸들의 전쟁이 드디어 막을 내렸다. 라칼리오 린둔은 남은 부하들과 함께 남쪽의 바실리스크 군도로 도주하였고, 리스와 티로시와 미르는 분쟁 지역을 분할하였으며, 도르네가 징검돌 군도를 거의 장악했다. 이 새로운 정국에서 가장 큰 피해를 본 측은 미르였고, 티로시의 집정관과 도르네의 여대공이 가장 큰 이익을 보았다. 리스에서는 유서 깊은 가문들이 멸문하고 수많은 고귀한 태생의 마지스터들이 실각하고 몰락하는 동안, 다른 이들이 위세를 떨치며 권력의 고삐를 움켜쥐었다. 그중 제일 대표적인 이들이 리산드로 로가레 그리고 도르네와의 동맹을 주도한 그의 아우 드라젠코였다. 드라젠코와 선스피어의 유대, 리산드로와 철왕좌의 관계로 로가레 가문은 사실상 리스의 왕자(王者)나 다를 바 없었다.

AC 134년 말, 어떤 이들은 그들이 곧 웨스테로스마저도 지배하리라는 염려를 표했다. 로가레 가문의 오만과 화려함과 권력은 킹스랜딩에서 화제였다. 세인들은 그들이 간계를 꾸몄다며 수군거리기 시작했다. 로토는 황금으로 사람들을 매수하고 로게리오는 향내 나는 육체로 유혹했으며 모레도는 검으로 위협하여 굴복시킨다. 그런데도 삼 형제는 라라 부인의 손안에 든 꼭두각시에 불과했고, 그녀와 기묘한 리스의 신들이 그들을 조종했다. 왕과 어린 왕비와 왕제는 아직 어려서 주변에 무슨 일이 일어나는지 깨닫지 못하고 그 와중에 킹스가드와 황금 망토와 심지어는 수관까지도 매수되어 변절했다는 것이었다.

적어도 그러한 내용의 소문이 돌았다. 그리고 그런 이야기들이 대개 그렇듯이, 어느 정도의 진실이 공포와 거짓에 섞여 있었다. 이 리스인들이 오만하고 탐욕스러운 야심가였다는 건 의심의 여지가 없다. 로토는 은행을, 로게리오는 창관을 사용하여 지지 세력을 만든다는 것도 두말할 나위 없는 사실이었다. 그러나 결국에는 그들도 아에곤 3세의 궁중에서 각자 나름대로 권력과 부를 추구하는 다른 귀족들과 크게 다를 바 없었다. 경쟁자들보다 승승장구했지만(적어도 한동안은), 이들도 영향력을 늘리려는 여러 파벌 중 하나일 뿐이었다. 라라 부인과 형제들이 웨스테로스 출신이었다면 세인들의 찬탄을 받으며 명성을 떨쳤으리라. 그러나 외국인인 데다 낯선 관습을 따르고 낯선 신들을 숭배한 까닭에 불신과 의심의 대상으로 전락하고 말았다.

문쿤은 이 시기를 '로가레 전성기'라고 칭하지만, 그 명칭은 올드타운의 시타델에 있는 학사와 최고학사들밖에 사용하지 않았다. 그 시대를 살아간 이들은 당시를 '리스의 봄'이라고 불렀다. 봄이 그 시절의 일부였기 때문이다. AC 135년 초기, 콘클라베는 올드타운에서 하얀 큰까마귀들을 전국으로 날려 칠왕국 역사상 손꼽을 만큼 길고 혹독했던 겨울이 끝났음을 알렸다.

봄은 언제나 희망과 부활과 회복의 계절이고, AC 135년의 봄도 마찬가지였다. 강철 군도의 전쟁은 마침내 끝났고, 윈터펠의 크레간 스타크 공은 브라보스 강철은행에서 막대한 차관을 들여와 굶주리는 평민들을 위해 식량과 종자를 샀다. 오직 협곡에서만 분란이 끊이지 않았다. 아린가의 계승권자들이 킹스랜딩으로 와서 섭정들에게 판결을 맡기라는 명령을 거부한 것에 격노한 타데우스 로완 공은 동료 섭정인 코윈 코브레이 경을 병사 천 명과 함께 걸타운으로 보내 왕의 평화를 회복하고 계승 문제를 해결케 했다.

한편, 킹스랜딩에는 오랫동안 누리지 못한 번영이 찾아왔고 여기에는 로가레 가문의 공이 지대했다. 로가레 은행이 예치된 모든 금액에 거액의 수익금을 지급하면서 점점 더 많은 귀족이 돈을 맡겼다. 무역도 번창했다. 블랙워터 강변의 부두에 빽빽이 정박한 티로시, 미르, 펜토스, 브라보스 그리고 특히 리스의 배들이 비단과 향신료, 미르산 레이스, 콰스의 비취, 소토리오스의 상아 등 세상 끝에서 가져온 수많은 기이하고 신기한 물품과 여태껏 칠왕국에서 거의 본 적이 없는 사치품들을 하역하였다.

다른 항구도시들도 호경기에 편승했다. 더스큰데일, 메이든풀, 걸타운, 화이트하버 그리고 남쪽의 올드타운에서 무역량이 증가했고, 일몰해를 접한 라니스포트조차도 호황을 누렸다. 드리프트마크에서는 헐이 부흥을 경험했다. 새로운 배 수십 척이 건조된 후 진수되었고 참나무주먹 공의 어머니가 그녀가 소유한 상단의 함선 수를 크게 늘리는 한편 항구를 내려다보는 위치에 으리으리한 저택을 짓기 시작했는데, 머시룸은 이를 '생쥐의 집'이라고 불렀다.

협해 너머에서는 리스도 스스로 '종신 수석 마지스터'의 자리에 오른 리산드로 로가레의 '벨벳 독재'하에 번영을 누렸다. 또한 그의 아우 드라젠코가 도르네의 여대공 알리안드라 마르텔과 결혼하여 대공의 부군이자 징검돌 군도의 영주에 임명되면서 로가레 가문의 전성기는 절정에 이르렀다. 사람들의 입에서 '위대한' 리산드로라는 호칭이 오르내리기 시작했다.

AC 135년 1분기에는 웨스테로스 칠왕국 전역에 엄청난 기쁨을 가져다준 두 번의 경사가 있었다. 그해 셋째 달 초사흗날, 잠에서 깬 킹스랜딩의 주민들은 암울했던 '춤' 내전 후 한 번도 보지 못한 광경을 목도했다. 드래곤이 도성의 하늘을 날고 있었다. 라에나 부인이 열아홉 살의 나이에 처음으로 그녀의 드래곤 모닝을 타고 날아오른 것이다. 첫날에 그녀는 단지 도성을 한 번 선회하고 드래곤핏으로 돌아갔지만, 날이 지날수록 대담해져더 멀리 비행했다.

그러나 라에나가 모닝을 레드킵 안에 내려앉게 한 건 단 한 번뿐이었다. 비세리스 왕제의 간곡한 권유에도 아랑곳없이 왕은 누이가 하늘을 나는 모습을 보러 나오지 않았다(하지만 대나에라 왕비는 모닝에게 흠뻑 빠진 나머지 그녀도 드래곤을 원했다고 한다). 얼마 후, 모닝은 라에나 부인을 태우고 블랙워터만을 건너 라에나가 "드래곤과 드래곤을 타는 자들을 더 환영하는 곳"이라고 말한 드래곤스톤으로 날아갔다.

그 후 보름이 채 지나기 전, 리스의 라라가 비세리스 왕제의 아들이자 첫 자식을 낳았다. 어머니는 스무 살, 아버지는 열세 살에 불과했다. 비세리스는 아들의 이름을 형을 따라 아에곤으로 지었고, 타르가르옌 왕가의 적통 자손과 관련해 자리 잡은 관습에 따라 드래곤알을 아들의 요람에 넣었다. 왕궁 성소에서 버나드 성사가 일곱 가지 성유로 아에곤에게 기름 부음을 하였으며, 도성의 모든 종이 울려 그의 탄생을 기념하였다. 왕국 곳곳에서 왕손의 탄생을 축하하는 선물이 도착했는데, 리스인 외숙부들이 아기에게 선사한 선물보다 호화로운 것은 없었다. 리스에서는 위대한 리산드로가 손자의 탄생을 축하하며 하루를 축제의 날로 선포했다.

그러나 그런 기쁨 속에서도 불만의 소리가 들리기 시작했다. 이 새로이 태어난 타르가르옌 왕손은 종단의 기름 부음을 받고 입교하였지만, 곧 도성에서는 왕자의 어머니가 아들을 그녀가 섬기는 신들에게도 축성받게 할 요량이라는 말이 사람들의 입에 오르내렸고, '인어'에서 음탕한 의식이 벌어진다거나 마에고르 성채에서 피의 제물을 바친다는 등 온갖 소문이 킹스랜딩의 거리에 전파되기 시작했다. 그렇게 말뿐인 논란으로 끝날 수도 있었으나, 곧 왕국과 왕가에 재앙이 꼬리에 꼬리를 물고 닥치자 평상시에 신들을 조롱했던 머시룸 같은 이조차도 일곱 신이 분노하여 타르가르옌과 칠왕국에 등을 돌린 것이 아닌지 의심하기 시작했다.

다가오는 암흑기의 첫 징조는 드리프트마크에서 나타났다. 래나 벨라리온이 태어났을 때 받은 드래곤알이 부화했으나, 그녀 부모의 자부심과 기쁨은 삽시간에 재로 변했다. 알에서 꿈틀거리며 기어 나온 드래곤은 날개 없는 웜이었고, 구더기처럼 하얗고 눈이 먼 괴물이었다. 짐승은 태어나자마자 요람 안에 있는 아기에게 덤벼들어 팔에서 살점을 한 뭉텅이 베어 물었다. 래나가 새된 울음을 터뜨릴 때 참나무주먹 공이 딸에게 들러붙은 '드래곤'을 떼어내고는 바닥에 내동댕이치고 검으로 산산조각 냈다.

괴물 같은 드래곤의 부화와 그 후 벌어진 끔찍한 일에 관한 소식을 아에곤 왕은 매우 심각하게 받아들였고, 곧 이를 두고 동생과 성난 말다툼을 벌였다. 비세리스 왕제에게는 아직도 드래곤알이 있었다. 한 번도 부화할 조짐을 보이지 않았지만, 왕제가 포로와 억류 생활 내내 간직한 큰 의미가 있는 알이었다. 아에곤이 왕궁 안에 드래곤알을 보관하는 것을 금한다는 명을 내리자, 비세리스는 극도로 분노했다. 그러나 왕의 뜻을 거스를 수는 없었다. 알은 드래곤스톤으로 보내졌고, 비세리스 왕제는 한 달 동안 아에곤 왕에게 말을 하지 않았다.

왕은 동생과 다투고 매우 낙심했지만, 그다음 벌어진 일은 그를 상실감과 비탄에 빠뜨렸다고 머시룸은 전한다. 아에곤 왕이 그의 개인 방에서 어린 왕비 대나에라와 친구 연한 머리 가에몬과 조용히 저녁 식사를 함께하며 머시룸이 부르는 술에 취한 곰에 대한 우스운 노래를 즐길 때, 사생아 소년이 갑자기 배가 아프다고 호소하기 시작했다. "어서 가서 문쿤 대학사를 데려오너라." 왕이 머시룸에게 명령했다. 어릿광대가 대학사를 데리고 돌아왔을 때는 가에몬은 쓰러졌고 대나에라 왕비도 "나도 배가 아파요"라며 신음하고 있었다.

가에몬은 오랫동안 아에곤 왕의 시식 시종 겸 시동이었고, 문쿤은 곧 그와 어린 왕비가 중독되었다고 단언했다. 대학사가 대나에라에게 먹인 독한 섬사약이 아마 그녀를 살렸을 것이다. 소녀는 밤새 주체할 수 없는 헛구역질과 함께 고통에 울부짖으며 몸부림친 끝에, 다음 날 침대에서 일어나지 못할 정도로 지치고 허약해졌지만 몸에서 독을 모두 몰아냈다. 그러나 연한 머리 가에몬에게는 너무 늦고 말았다. 소년은 한 시간 만에 숨이 끊겼다. 어느 매음굴에서 사생아로 태어난 '보지 왕'은 광기의 달에 한 언덕 위에서 잠시 그의 왕국을 다스리고 어미가 처형되는 광경을 지켜보았으며,

시동과 내 맞는 아이와 친구로서 이에곤 3세를 섬겼다. 그가 죽었을 때 나는 아홉 살 정도로 추정되었다.

이후 문쿤 대학사는 남은 저녁 식사를 쥐들에게 먹이고 사과 타르트가 껍질에 독이 든 채 구워진 사실을 밝혀냈다. 다행히도 왕은 단것을 별로 좋아하지 않았다(사실 그가 좋아하는 음식은 없었다). 킹스가드 기사들이 즉시 레드킵의 주방으로 내려가 요리사, 제빵사, 설거지꾼, 하녀 등 십여 명을 사로잡은 뒤, 수석 심문관 조지 그레이스포드에게 데려갔다. 고문 끝에 일곱 명이 왕을 독살하려 했다고 자백했으나…… 모두 하는 말이 달랐다. 어디서 독을 구했는지 일치하지 않고 아무도 어느 음식에 독이 들었는지 맞히지 못했기에, 로완 공은 그 자백서들이 "내 엉덩이도 못 닦을 것들"이라며 어쩔 수 없이 폐기했다. (수관은 독살 전부터 심기가 매우 불편한 상태였는데, 얼마 전 그의 어린 아내 플로리스 부인이 아기를 낳다가 죽는 비극을 겪은 까닭이었다.)

왕은 아우가 웨스테로스로 돌아온 이래 시동과 보내는 시간이 줄었지만, 그럼에도 연한 머리 가에몬의 죽음은 아에곤을 주체할 수 없는 슬픔에 빠뜨렸다. 그나마 사소하게 좋은 일이라면 왕이 아우와 화해했다는 것이었다. 고집스레 형과 말하기를 거부하던 비세리스는 마침내 입을 열어 왕을 위로하고 함께 왕비의 병상 옆에 앉아 시간을 보냈다. 그러나 그다지 고무적이지 않았다. 그 후 입을 다문 건 아에곤이었다. 예전처럼 침울함에 잠긴 왕은 궁중과 왕국에 모든 관심을 잃은 듯한 모습을 보였다.

다음 충격은 킹스랜딩에서 멀리 떨어진 아린 협곡에서 닥쳐왔다. 코윈 코브레이 경은 제인 공의 유언을 따라야 한다고 판결하고 조프리 아린 경을 이어리의 정당한 영주로 선포했다. 다른 계승권자들이 타협하지 않고 그의 판결을 인정하기를 거부하자, 코윈 경은 금빛 매와 그의 아들들을 하옥하고 엘드릭 아린을 처형했다. 그러나 엘드릭 경의 미친 아비 아놀드 경은 어떻게인지 빠져나가 어린 시절 종자로 지냈던 룬스톤으로 달아났다. 협곡에서 '청동 거인'이라고 불린 군터 로이스는 고집스러운 만큼 두려움도 모르는 노인이었다. 코윈 경이 아놀드 경을 잡아가려고 그의 영지에 나타나자, 군터 경은 오래된 청동 갑옷을 걸치고 말에 오른 뒤 코윈 경 앞에 나섰다. 서로 언성이 높아지고 욕설이 오가더니 협박까지 들렸다. 코브레이가 고독한 숙녀를 뽑자—로이스를 베려 했는지, 단지 협박하기 위함이었는지는 알 길이 없다—룬스톤의 흉벽 위에 있던 노궁병 한 명이 화살을 날려 그의 가슴을 꿰뚫었다.

왕의 섭정에 대한 공격은 왕 본인을 공격하는 것과 같은 역적 행위였다. 더구나 코윈 경은 하츠홈의 강대하고 호전적인 영주 쿠엔튼 코브레이의 숙부일 뿐 아니라, 드래곤 기수 라에나 부인이 사랑하는 남편이자 그녀의 쌍둥이 자매 바엘라 부인의 사돈이며 그에 따라 참나무주먹 알린의 인척이기도 했다. 그가 죽자 새로운 전쟁의 불길이 아린 협곡 전역에서 타올랐다. 코브레이, 헌터, 크레인, 레드포트 가문이 제인 여영주가 선택한 후계자 조프리 아린 경을 지지하며 결집했고, 룬스톤의 로이스 가문과 '미친 후계자' 아놀드 경에게는 템플턴, 톨렛, 콜드워터, 더튼 등의 가문과 핑거스와 세 자매 군도의 영주들이 가세했다. 걸타운과 그래프턴 가문은 꿋꿋이 감옥에 갇힌 금빛 매를 지지했다.

킹스랜딩은 이에 곧 대응했다. 로완 공이 협곡에 마지막으로 큰까마귀를 보내 미친 후계자와 금빛 매를 지지하는 영주들이 즉시 무기를 내려놓지 않으면 "철왕좌의 분노"가 뒤따를 것이라고 엄명한 것이다. 아무런 답신이 없자, 수관은 참나무주먹과 상의하여 무력으로 반란을 제압할 계획을 세웠다.

봄이 온 터라 달의 산맥을 관통하는 하늘 가도가 다시 길이 뚫렸으리라는 의견이 지배적이었다. 타데우스 공의 장남 로버트 로완 경이 지휘하는 병력 5000명이 왕의 가도를 따라 진군했다. 행군 도중 메이든풀, 대리, 헤이포드의 징집병이 합류했고, 트라이던트를 건넌 다음에는 프레이 가병 600명과 벤지콧 공이 손수 이끄는 블랙우드 병사 천 명이 가세하면서 9000명에 달하는 대군이 산맥에 진입하였다.

토벌군은 바다로도 출정했다. 수관은 선임의 숙부인 거대도끼 게드먼드 피크 경이 지휘하는 왕립 함대를 사용하는 대신 벨라리온 가문에 필요한 배를 요청했다. 참나무주먹이 직접 함대를 지휘하고 그의 아내 바엘라 부인은 드래곤스톤으로 가서 과부가 된 자매를 위로했다(라에나 부인이 모닝에 올라타 남편의 복수에 나서는 것을 막으려는 목적도 있었다).

로완 공은 알린 공이 협곡으로 싣고 갈 군대를 라라 부인의 동생 모레도 로가레가 지휘할 것이라고 발표했다. 모레도 공이 용감무쌍한 전사라는 사실은 누구도 반박할 수 없었다. 그는 장신의 키에 근엄한 얼굴, 백금발 머리카락과 이글거리는 파란 눈을 지녀 사람들이 옛 발리리아의 전사 그 자체라고 입을 모았고, 자신이 '진실'이라고 이름 붙인 발리리아 장검으로 무장한 자였다.

그러나 그의 무예와 상관없이 리스인의 임명은 극심한 반발을 일으켰다. 공용어가 유창한 그의 동생들 로게리오나 로토와는 달리 모레도는 공용어를 극히 제한적으로 구사했고, 리스인에게 웨스테로스 기사 부대의 지휘를 맡긴 것을 두고 많은 이가 의문을 품었다. 궁중에 있던 로완 공의 정적들은—대부분 언윈 피크가 임명한 이들이었다—재빨리 이것이 바로 지난 반년간 그들이 제기했던 의혹, 즉 타데우스 로완이 참나무주먹과 로가레 가문에 매수당했다는 증거라고 떠들었다.

그런 투덜거림은 협곡 토벌에 성공했다면 별문제가 되지 않았을지도 모른다. 그러나 토벌은 실패했다. 참나무주먹은 금빛 매가 고용한 용병 함대를 힘들지 않게 격파하고 걸타운의 항만을 장악했으나, 토벌군은 항구의 성벽을 강습할 때 수백 명이 전사하고 그 후 거주 지역에서 벌어진 전투에서 그 세 배에 달하는 병력을 잃었다. 모레도 로가레는 시가전 중 통역관을 잃은 뒤 부하들과 말이 안 통해 큰 어려움을 겪었다. 병사들은 그가 하달하는 명령을 알아듣지 못했고, 그는 그들의 보고를 이해하지 못했다. 토벌군은 혼란에 빠졌다.

한편, 협곡의 다른 끝에서는 하늘 가도가 예상보다 길이 많이 뚫리지 않은 것으로 드러났다. 로버트 로완 경의 군대는 눈이 깊게 쌓인 고지대의 고갯길을 거의 기어가다시피 하며 진군했고, 산맥의 야만스러운 원주민(수천 년 전 안달인에 의해 협곡에서 쫓겨난 최초인의 후손들이다)들이 수차례나 그들의 치중대를 습격했다. "털가죽을 뒤집어쓰고 돌도끼와 나무 몽둥이를 든 해골들이었어." 후일 벤 블랙우드가 말했다. "하지만 얼마나 굶주리고 필사적이었는지 우리가 죽이고 또 죽여도 습격을 멈추지 않았지." 곧 추위와 눈과 잦은 야습은 토벌군에 피해를 주기 시작했다.

아직 산맥 높은 곳에 있던 어느 밤, 모닥불 주변에 모여 웅크린 로버트 경과 그의 병사들에게 상상치도 못한 일이 벌어졌다. 고갯길에서 비탈 위로 동굴 입구가 하나 보이기에, 병사 십여 명이 기어올라 가 안에서 바람을 피할 수 있는지 알아보려 했다. 입구 주변에 흩어진 뼈를 보고 잠시 주저할 만도 했지만, 그들은 꿋꿋이 동굴 안으로 들어갔고…… 자고 있던 드래곤을 깨우고 말았다.

직후 벌어진 전투에서 열여섯 명이 사망하고 60여 명이 화상을 입었으며, 성이 난 갈색 드래곤은 "누더기를 걸친 여인을 등에 매단 채" 하늘을 날아올라 산중 더 깊은 곳으로 자취를 감추었다. 그것이 웨스테로스의 역사에 전하는 십스틸러와 기수 네틀스의 마지막 목격담이다. 그러나 산맥의 야인들은 여전히 어떤 길이나 촌락과도 멀리 떨어진 깊은 계곡에 살았던 '불 마녀'를 이야기한다. 산악 부족 중 가장 난폭한 부족이 그녀를 숭배했다고 이야기꾼들은 말한다. 부족의 젊은이들은 그녀에게 선물을 가져가는 것으로 용기를 입증했고, 둥지 안에서 드래곤 여인을 만났다는 증거로 화상을 입고 돌아와야 성인으로 인정받았다.

드래곤을 맞닥뜨린 일은 로버트 경의 토벌군이 겪은 마지막 위험이 아니었다. 그들이 마침내 피의 관문에 도달했을 때는 야인들의 기습이나 추위 또는 굶주림으로 병력의 3분의 1을 잃고 난 다음이었다. 전사자 중에는 부족민들이 토벌군을 겨냥해 산사태를 일으켰을 때 낙석에 깔려 죽은 로버트 로완 경도 있었다. 그가 죽자 피투성이 벤 블랙우드가 군의 지휘를 맡았다. 아직 성년이 되려면 반년이 남았지만, 그 무렵 블랙우드 공은 자신보다 나이가 네 배 많은 사람에 못지않게 전장 경험이 풍부했다. 협곡의 입구인 피의 관문에서 생존한 토벌군들은 음식과 온기와 환대를 받았다…….
그러나 피의 관문의 기사이자 제인 아린 여영주가 선택한 후계자인 조프리 아린 경은 산길을 넘어온 블랙우드의 병사들이 전투에 임할 상태가 아님을 즉시 알아차렸다. 전쟁에서 이기는 데 도움이 되기는커녕, 오히려 짐이 되고 만 것이다.

아린 협곡에서 전쟁이 계속되던 중, 남쪽으로 수만 리 떨어진 곳에서 리스의 봄은 또다시 치명적인 타격을 받았다. 위대한 리산드로와 그의 동생 드라젠코가 각각 리스와 선스피어에서 거의 동시에 최후를 맞이했다. 그들 사이에는 협해가 있었지만, 로가레 형제는 하루 간격으로 수상한 죽음을 당했다. 먼저 드라젠코가 베이컨 한 조각이 식도에 걸려 질식사했다. 리산드로는 향기의 정원에서 호화로운 너벅선을 타고 환궁하다가 배가 침몰해 익사했다. 몇몇 이들은 형제의 죽음이 불운한 사고라고 주장했지만, 대다수는 그들이 죽은 방식과 시기를 로가레 가문을 무너뜨리려는 모략의 증거로 여겼다. 세인들은 대부분 브라보스의 얼굴 없는 자들이 암살했다고 믿었다. 전 세계에서 그들보다 더 능숙하고 은밀한 자객은 어디에도 없었다.

하지만 정말로 얼굴 없는 자들의 소행이었다면, 과연 그들은 누구의 사주를 받았을까? 브라보스 강철은행, 티로시의 집정관, 라칼리오 린둔 그리고 위대한 리산드로의 벨벳 독재 치하를 못 견뎌 했다는 리스의 여러 대상인과 마지스터가 의심받았다. 혹자는 수석 마지스터의 아들들이 한 짓이라고 주장하기도 했다(그는 적출 아들 여섯과 딸 셋, 사생아 열여섯을 두었다). 그러나 형제는 워낙 교묘하게 제거된 터라, 그들의 죽음이 살인이었는지조차도 입증할 수 없었다.

리산드로가 리스를 지배할 때 휘두른 권력은 세습적인 직위에서 비롯되지 않았다. 게가 파 먹은 그의 시신이 바다에서 끌려 올라오기도 전에 옛 정적과 거짓 친구와 한때 동료였던 이들이 그의 뒤를 이으려고 싸우기 시작했다.

리스인 사이에서는 전쟁은 군대가 아니라 음모와 독으로 싸우는 것이라는 말이 있다. 피로 점철된 그해가 저물 때까지, 리스의 마지스터들과 대상인들은 목숨을 건 춤을 추며 거의 보름 간격으로 발흥과 몰락을 거듭했다. 몰락은 대부분 죽음을 뜻했다. 토레오 하엔은 그가 수석 마지스터의 자리에 오른 것을 자축하고자 벌인 연회에서 그의 부인, 정부, 딸들(그중 한 명은 처녀의 날 무도회에서 천 쪼가리 같은 가운을 입고 나타나 파문을 일으킨 장본인이었다), 형제자매, 지지자들과 함께 독살당했다. 실바리오 펜대리스는 무역의 신전에서 나오다가 눈에 칼이 박혔고, 그의 동생 페레노는 베갯집에서 노예 소녀에게 입으로 애무를 받다가 목이 졸려 죽었다. 모레오 다가레온 장관은 자신의 정예 호위병들에게 살해당했고, 판테라 여신의 열렬한 숭배자였던 마테노 오르티스는 그가 자랑하던 그림자삵의 우리가 알 수 없는 이유로 열린 어느 밤 짐승에게 물려 죽고 시신 일부가 먹히기까지 했다.

리산드로의 자식들은 부친의 직위를 물려받을 수 없었으나, 그의 궁전은 딸 리사라에게, 선두은 아들 드라코에게, 베갯집은 아들 프레도에게, 서고는 딸 마라에게 넘어갔다. 자식들 모두 로가레 은행의 부를 나눠 가졌다. 사생아들도 적출 아들딸보다 적기는 했지만 그들의 몫을 받았다. 은행의 실질 운영권은 리산드로의 장남 리사로에게 귀속되었으나…… "부친보다 두 배의 야심을 품었지만, 역량은 그의 반에도 못 미쳤다"라고 평가된 인물이었다.

리사로 로가레는 리스를 지배하기를 원했지만, 그의 아버지 리산드로처럼 수십 년에 걸쳐 천천히 부와 권력을 쌓아 올릴 교활함과 인내심이 없었다. 사방에서 경쟁자들이 죽어가자 리사로는 먼저 아스타포의 노예상으로부터 무결병(Unsullied, 결함이 없는 병사) 천 명을 사들여 자신의 안전을 확보했다. 그 거세병들은 세계 최강의 보병으로 명성을 떨치고 게다가 절대복종하도록 훈련받기에, 그들의 주인은 결코 반항이나 배신을 걱정할 필요가 없었다.

그런 호위병들로 신변을 보호한 리사로는 화려한 향락거리로 시민들의 마음을 사고 전례 없는 엄청난 뇌물로 마지스터들을 매수하여 장관직에 선출됐다. 그는 과도한 지출로 사재가 바닥을 드러내자, 은행에서 공금을 빼돌리기 시작했다. 훗날 리사로는 티로시나 미르와 짧은 전쟁을 벌여 승리를 거둘 의도였다고 밝혔다. 정복의 공은 장관인 자신에게 돌아올 것이고, 그 공이면 수석 마지스터의 자리에 오를 수 있을 터였다. 게다가 티로시와 미르를 약탈함으로써 그가 은행에서 유용한 자금을 갚고 리스 최고의 거부도 되고 말이다.

어리석은 계획이었고, 순식간에 무너져 내렸다. 야사에 따르면 브라보스 강철은행이 고용한 자들이 로가레 은행의 재정이 건전하지 않은 것 같다는 이야기를 퍼뜨렸다는데, 누가 시작했든 곧 그 소문은 온 리스에 파다하게 퍼졌다. 도시의 마지스터들과 대상인들이 그들이 예금한 금액을 돌려달라고 요구했다. 처음에는 소수였지만, 점차 늘어나면서 리사로의 금고에서 황금이 강물처럼 쏟아져 나왔고, 그 강은 얼마 지나지 않아 말라버렸다. 그때는 이미 리사로 본인도 사라진 다음이었다. 파산을 앞둔 그는 부인과 딸들과 궁전을 포기하고 침실 노예 셋, 하인 여섯, 무결병 백 명만을 데리고 리스에서 야반도주했다. 당연히 당황한 도시의 마지스터들은 즉시 로가레 은행을 압류했으나, 은행은 텅 빈 껍데기만 남은 상태였다.

로가레 가문의 몰락은 빠르고 처참했다. 리사로의 형제자매들은 은행의 도산에 전혀 관여하지 않았다고 주장했지만, 그들의 무죄를 믿는 이는 많지 않았다. 드라코 로가레는 갤리선 한 척을 끌고 볼란티스로 도망쳤고 그의 누이 마라는 남장을 하고 인드로스의 신전으로 피신했으나, 남은 형제자매들은 사생아까지도 사로잡혀 재판에 회부되었다. 리사라 로가레가 "전 아무것도 몰랐습니다"라고 항의하자, 마지스터 티가로 모라코스는 "그대는 알았어야 했다"라고 대답했고 군중이 그에 동의하여 함성을 내질렀다. 도시의 절반이 파산했다.

게다가 피해는 리스에 국한되지 않았다. 로가레 가문이 몰락했다는 소식이 웨스테로스에 닿자 귀족과 상인 모두 그들이 로가레 가문에 맡긴 돈이 증발했음을 깨달았다. 걸타운에서는 모레도 로가레가 재빨리 행동하여 지휘권을 참나무주먹 알린에게 넘기고 브라보스로 향하는 배에 올랐다. 로토 로가레는 킹스랜딩을 떠나려다가 루카스 레이굿 경과 황금 망토들에게 체포되었다. 그의 모든 서신과 장부는 물론, 비세니아 언덕 꼭대기의 금고에 있던 금화와 은화 모두 한 닢도 남김없이 압수되었다. 그동안 킹스가드의 마스턴 워터스 경은 결의 형제 두 명과 위병 50명과 함께 '인어'를 덮쳤다. 창관에 있던 손님 대부분 벌거벗은 채로 거리로 쫓겨났고(머시룸은 자신도 그중 한 명이었다고 고백했다), 로게리오 공은 창끝으로 위협

받으며 조롱하는 인파 사이로 끌려갔다. 레드컵에서 포주와 은행가 둘 다 수관의 탑에 감금되었다. 그들은 비세리스 왕제의 아내의 혈육이라는 이유로 일단 검은 감옥의 참혹함을 모면했다.

처음에 사람들 대부분은 수관이 그들의 체포를 명령했다고 짐작했다. 협곡에서 코윈 경이 사망했으니 섭정은 로완 공과 문쿤 대학사밖에 남지 않은 상황이었다. 그 오해는 몇 시간 가지 않았는데, 그날 저녁 로완 공 본인도 로가레 사내들과 함께 억류되었던 까닭이다. 수관의 호위병인 '손가락들'도 그를 지키려 들지 않았다. 머빈 플라워스 경이 수관을 구금하려고 회의실에 들이닥쳤을 때, 호랑이 테사리오는 부하들에게 옆으로 물러나라고 지시했다. 그나마 로완 공의 종자만이 저항했을 뿐이고 순식간에 제압당했다. "녀석은 건드리지 말게나." 그들은 타데우스 공의 청을 들어주었으나, 플라워스가 "킹스가드에게 검을 들어서는 안 된다는 가르침을 내려주마"라며 소년의 귀 한쪽을 잘라버렸다.

반역 혐의로 체포되어 재판에 회부될 자들은 그들이 전부가 아니었다. 로완 공의 사촌 셋과 조카 한 명 그리고 그를 섬기는 말구종, 하인, 수행 기사 40여 명이 영문도 모른 채 아무런 저항 없이 사로잡혔다. 그러나 아마우리 피크 경이 중장병 십여 명을 이끌고 마에고르 성채에 다가갔을 때, 그는 전투 도끼를 들고 도개교 위에 선 비세리스 타르가르옌을 발견했다. "꽤 무거운 도끼였고, 왕제는 팔다리가 가는 열세 살 소년이었지." 어릿광대 머시룸이 전한다. "사람들이 보기에 왕제가 도끼를 휘두르기는커녕 들지도 못할 것 같았어."

"경이 내 아내를 데려가려고 왔다면, 그냥 돌아서서 떠나기를 바란다." 어린 왕제가 말했다. "내가 여기 서 있는 동안에는 결코 지나가지 못할 테니."

아마우리 경은 왕제의 저항을 위협적이라기보다는 우습게 여겼다. "저하의 부인은 형제들의 반역죄와 관련하여 심문을 받으셔야 합니다." 그가 왕제에게 말했다.

"그녀를 원하는 것이 누구냐?" 왕제가 다그쳤다.

"국왕의 손입니다." 아마우리 경이 대답했다.

"로완 공이?" 비세리스가 물었다.

"로완 공은 직위에서 해임되었습니다. 신임 수관은 마스턴 워터스 경입니다."

그때 아에곤 3세가 성채의 문에서 걸어 나와 동생 곁에 섰다. "왕은 나다." 그가 그들에게 상기시켰다. "그리고 난 마스턴 경을 수관에 임명한 적이 없다."

아에곤이 개입하자 아마우리 경은 깜짝 놀랐다고 머시룸은 전한다. 그러나 그는 주저하다가 곧 입을 열었다. "전하께서는 아직 어리십니다. 성년이 되실 때까지는 충직한 대신들이 전하를 위해 선택을 해드릴 것입니다. 전하의 섭정들이 마스턴 경을 임명하였습니다."

"로완 공이 내 섭정이었다." 왕이 고집했다.

"이제는 아닙니다." 아마우리 경이 대답했다. "로완 공은 전하의 신뢰를 저버렸습니다. 그의 섭정은 끝났습니다."

"누구의 권한으로?" 아에곤이 물었다.

"국왕의 손입니다." 하얀 기사가 대답했다.

그러자 비세리스 왕제가 웃음을 터뜨리고는(아에곤 왕은 절대 웃지 않았다고 머시룸은 불평했다) 말했다. "수관은 섭정을 임명하고 섭정은 수관을 임명하지. 그렇게 돌고 돌면서 빙빙 춤을 추는데…… 어쨌든 경은 여기를 지나지 못하고 내 아내에게도 손을 대지 못할 것이다. 떠나지 않으면 내 약속하건대 그대들 모두 여기서 죽을 것이다."

아마우리 피크 경은 마침내 인내심을 잃었다. 열다섯과 열셋밖에 안 되는 두 소년, 게다가 손위 소년은 무기도 안 들었는데 그들에게 휘둘려 그냥 물러나는 건 있을 수 없는 일이었다. "여기까지입니다." 그가 외치고는 병사들에게 소년들을 옆으로 물리라고 명령했다. "함부로 다루지 말고 저분들이 우리 손에 다치시는 일이 없도록 하라."

"이제 벌어질 일은 오로지 경의 책임이다." 비세리스 왕제가 경고했다. 그는 도끼를 도개교의 나무판자 깊숙이 박아 넣고 재빨리 뒤로 물러난 뒤 다시 입을 열었다. "이 도끼를 넘어오는 자는 죽는다." 왕이 동생의 어깨를 잡고 성채 안으로 피신하자 한 그림자가 도개교 위에 발을 디뎠다.

라라 부인과 함께 리스에서 온 '그림자' 산도크는 마지스터 리산드로가 딸에게 준 선물이었다. 검은 피부와 검은 머리카락을 지닌 그는 키가 2미터를 훨씬 웃도는 거인이었다. 대개 검은색 비단 베일로 가리고 다니는 얼굴은 얇고 하얀 상흔으로 가득했으며, 입술과 혀가 잘려 말도 못 하고 생김새도 흉측했다. 전하는 이야기에 따르면 그는 미린의 죽음의 투기장에서 백 번의 승리를 거둔 자였다. 검이 박살 났을 때는 적의 목을 이로 물어뜯어 죽였고, 자기가 죽인 자들의 피를 마셨으며, 무기 하나 없이 투기장의 모래밭에서 찾은 돌멩이만으로 사자와 곰과 늑대와 와이번까지 죽였다는 사내였다.

물론 그런 이야기는 할수록 부풀려지기 마련이고, 어디까지가 진실이고 조금이라도 믿을 수 있는지는 알 길이 없다. 산도크는 글을 읽거나 쓰지 못했지만 음악을 좋아했고, 곧잘 라라 부인의 침소 안의 그늘진 곳에 앉아 그의 키만큼이나 높고 황금심장목(木)과 흑단으로 만든 기이한 현악기로 감미롭고 슬픈 선율을 연주했다고 머시룸은 전한다. "라라 부인은 우리 말을 단어 몇 개밖에 이해하지 못했지만, 그래도 난 그녀를 가끔 웃게 할 수 있었어." 어릿광대가 말했다. "하지만 그림자가 연주할 때는 항상 눈물을 흘리면서도 내 농담보다 더 좋아했어. 이상한 일이었지."

마에고르 성채의 성문 앞에서 아마우리 경의 위병들이 검과 창을 들고 달려들 때, 그림자 산도크는 다른 종류의 곡을 연주했다. 그날 밤 그가 선택한 악기는 야목(nightwood)으로 만든 커다란 검은 방패와 삶은 가죽 갑옷, 철 그리고 드래곤 뼈로 만든 자루가 달리고 횃불에 비친 검은 칼날에서 발리리아 강철 특유의 물결 무늬가 빛나는 거대한 곡검(칼날이 휜 검)이었다. 그의 적들이 고함치고 욕설을 퍼부으며 달려들었으나, 그림자는 강철검이 내는 소리 외에는 아무런 소리도 내지 않았다. 그는 고양이처럼 적들 사이를 누비며 검을 좌우로 위아래로 휘둘렀고, 모든 공격마다 적의 피를 뿌리고 상대가 철갑이 아닌 양피지를 두른 것처럼 갑옷을 갈랐다. 지붕 위에서 전투를 구경했다는 머시룸은 "그건 칼싸움보다는 농부가 곡물을 수확하는 광경 같았어. 칼을 휘두를 때마다 줄기가 넘어졌는데, 다만 그 줄기들은 비명을 지르고 욕을 하며 쓰러지는 살아 있는 사내들이었지"라고 증언한다. 아마우리 경의 부하들은 용기가 부족하지 않았고 몇몇은 죽기 전 상대를 가격하기도 했지만, 그림자는 끊임없이 움직이며 방패로 그들의 검을 막은 뒤 뒤로 밀어 그들을 굶주린 쇠말뚝이 기다리는 다리 밑으로 떨어뜨렸다.

아마우리 피크 경의 죽음은 킹스가드의 명예를 더럽히지 않았다는 사실을 언급하고자 한다. 피크가 검을 뽑아 들었을 때는 병사 세 명이 도개교 위에 죽어 널브러지고 두 명이 밑의 쇠말뚝에 꿰인 상황이었다. "그는 하얀 망토 아래로 하얀 미늘 갑옷을 걸쳤었지." 머시룸이 전한다. "하지만 투구는 앞이 열린 것이었고 방패도 가져오지 않았는데, 산도크는 그 대가를 치르게 했어." 어릿광대는 그림자가 춤을 추듯 움직였다고 말한다. 그는 아마우리 경에게 새로운 상처를 남길 때마다 남은 병사들을 한 명씩 죽이고 다시 하얀 기사를 상대했다. 그럼에도 피크는 용기를 잃지 않고 꿋꿋이 싸워나갔고, 끝에 이르러 찰나의 순간에 신들이 그에게 기회를 내렸다. 마지막으로 쓰러진 위병이 다리 아래로 떨어지기 전에 산도크의 검을 그의 손에서 잡아챘던 것이다. 무릎을 꿇고 있던 아마우리 경은 비틀거리며 일어나 무기를 잃은 상대를 향해 돌격했다.

산도크는 비세리스가 도개교 바닥에 박아 넣은 전투 도끼를 낚아채고는 아마우리 경의 머리를 강타하여 투구 장식부터 목가리개까지 기사의 머리와 투구를 통째로 쪼개버렸다. 시신이 아래 쇠말뚝으로 떨어지게 내버려둔 그림자는 도개교 위에 있던 시신과 죽어가던 자들을 모두 아래로 밀어버린 뒤 마에고르 성채 안으로 물러났다. 그 후 왕은 명을 내려 도개교를 올리고 쇠살문을 내린 뒤 성문을 걸어 잠그게 했다. '성안의 성'은 굳건했다.

그리고 그 상황은 18일 동안 계속되었다.

레드킵의 남은 구역은 마스턴 워터스 경과 킹스가드의 수중에 떨어졌고, 왕성 바깥에서는 루카스 레이굿 경과 황금 망토들이 킹스랜딩을 장악했다. 다음 날 아침, 두 명 다 성채 앞에 나타나 왕이 피신처에서 나오기를 요구했다. "저희가 전하를 해칠 것으로 생각하신다면 저흰 억울합니다." 산도크가 죽인 병사들의 시신이 해자에서 끌려 올라갈 때 마스턴 경이 말했다. "저희는 단지 거짓 친구와 반역자로부터 전하를 지키려고 했을 뿐입니다. 아마우리 경은 전하를 지키고 필요하면 목숨마저 바치겠다고 맹세했던 남자입니다. 저처럼 그도 전하께 충성을 바쳤습니다. 아마우리 경은 그런 짐승에게 그렇게 죽어서는 안 되었습니다."

아에곤 왕은 흔들리지 않았다. "산도크는 짐승이 아니다." 그가 흉벽 위에서 대답했다. "말을 할 수는 없지만 들을 수 있고 명령을 따르지. 난 아마우리 경에게 떠나라고 했지만, 그는 내 말을 듣지 않았다. 내 동생이 그에게 도끼 너머로 발을 디디면 무슨 일이 생길지 경고했다. 킹스가드의 맹세는 왕에 대한 복종도 포함한다고 생각했다만."

"저희가 왕에게 복종하겠다고 맹세한 건 사실입니다, 전하." 마스턴 경이 대답했다. "그리고 전하께서 성년에 이르시면 저와 제 형제들은 설령 전하께서 죽으라는 명을 내리셔도 따를 것입니다. 하지만 성년이 아니신 동안에는 저희는 왕의 목소리로 말하는 국왕의 손, 수관에게 복종한다는 맹세에 따라야 합니다."

"내 수관은 타데우스 공이다." 아에곤이 고집했다.

"타데우스 공은 전하의 나라를 리스에 팔아넘긴 죗값을 치러야 합니다. 그의 죄가 가려질 때까지 제가 수관으로서 전하를 섬길 것입니다." 마스턴 경은 검을 뽑고 한쪽 무릎을 꿇고는 말을 이었다. "제가 전하의 곁에 있는 한 아무도 전하를 해치지 못한다고 신과 인간이 보는 앞에서 이 검에 대고 맹세하겠습니다."

킹스가드 기사단장이 그런 말로 왕을 설득할 수 있으리라 생각했다면 완벽하게 헛짚은 것이었다. "드래곤이 내 어머니를 잡아먹을 때 내 옆에 그대가 서 있었지." 아에곤이 대답했다. "그냥 보고만 있더군. 난 저들이 내 아우의 아내를 죽이는 동안 그대가 그냥 보고만 있는 꼴을 용납하지 않을 것이다." 그 말을 마지막으로 왕은 흉벽에서 물러났고, 그날과 그다음 날과 다음다음 날 마스턴 워터스가 무슨 말을 해도 돌아오지 않았다.

나흘째 되는 날에는 문쿤 대학사가 마스턴 경과 함께 나타났다. "간청드리옵니다, 전하. 제발 이 치기 어린 행위를 멈추시고 저희가 보필할 수 있도록 성에서 나와주십시오." 아에곤 왕은 그를 내려다보며 침묵을 지켰으나, 그의 동생이 왕을 대신해 대학사에게 "큰까마귀 천 마리"를 날려 왕이 자신의 성안에 인질로 잡혀 있음을 왕국 전역에 알리라고 명령했다. 이에 대학사는 아무런 대꾸를 하지 않았고, 큰까마귀도 날리지 않았다.

그 후 며칠간 문쿤은 아에곤과 비세리스에게 거듭 모든 절차가 합법적이었다고 호소했고, 마스턴 경은 애원에서 협박으로, 협박에서 협상으로 태도를 바꿨으며, 버나드 성사까지 불려 나와 '노파'에게 왕이 지혜로운 길로 돌아오도록 빛을 밝혀달라고 큰 소리로 기도했지만, 모두 부질없는 짓이었다. 그러한 노력은 소녀 왕에게서 부루퉁하고 고집스러운 침묵 외에 별다른 반응을 일으키는 데 실패했다. 왕은 단 한 번 훈련대장 가레스 롱 경이 이제 그만 뜻을 굽히시라고 설득할 때 성을 냈다. "그래서 내가 말을 듣지 않겠다면 경은 누굴 벌할 것인가?" 아에곤 왕이 그에게 소리쳤다. "불쌍한 가에몬의 뼈에 매질해도 더는 피를 흘리지 못할 것이다."

그 대치 상황 중 많은 사람이 신임 수관과 그를 따르는 자들이 보인 인내심을 두고 의아해했다. 마스턴 경은 레드킵 내에만 병사 수백 명이 있었고, 루카스 레이굿 경의 황금 망토는 그 수가 2000명이 넘었다. 마에고르 성채는 분명 강력한 보루였으나, 수비 병력이 거의 없었다. 라라 부인과 함께 웨스테로스로 온 리스인 호위병들은 부인의 동생 모레도가 협곡으로 출정할 때 대부분 따라가 그림자 산도크 외에 여섯밖에 남지 않았다. 로완 공의 수하 몇 명이 성문이 닫히기 전에 마에고르 성채 안에 들어갔지만, 그들이나 왕의 수행원 중 기사나 종자 또는 병사는 한 명도 없었다. (성채 안에 있던 킹스가드 기사 레이나드 러스킨 경은 왕의 저항 초기에 리스인 호위병들에게 제압당해 상처를 입고 포로가 되었다.) 머시룸은 대나에라 왕비의 시녀들이 갑옷을 입고 창을 들어 아에곤 왕의 수비병이 더 많은 것처럼 가장했다고 전하지만, 마스턴 경과 그의 수하들이 그런 책략에 속았을지 의문이고 설령 속았더라도 금방 들통났을 것이 분명하다.

따라서 이 질문을 할 수밖에 없다. 어찌하여 마스턴 워터스는 그냥 성채를 공격하여 함락하지 않았는가? 병력이라면 충분히 있었다. 산도크와 다른 리스인 호위병들에게 몇 명을 잃을 테지만, 끝에 가서는 그림자도 버티지 못했을 것이다. 무력을 쓴다면 순식간에 결판을 지을 수 있었음에도 수관은 공격을 감행하지 않고 계속하여 대화로 '비밀 공성'(훗날 이 대치 상황에 붙은 이름이다)을 끝내려 했다.

혹자는 마스턴 경이 주저한 이유가 그가 단순히 겁쟁이라서, 리스인 거인 산도크의 검에 맞서기가 두려워서였다고 말할 것이다. 그랬을 가능성은 희박하다. 성을 공격할 조짐이 보이면 마에고르 성채의 수비병들이(일부에서는 왕 본인이, 다른 이야기에서는 그의 동생이) 포로로 사로잡은 킹스가드 기사의 목을 매달겠다고 협박했기 때문이라는 설도 가끔 제기되는데, 머시룸은 그것을 "비열한 거짓말"로 취급한다.

가장 그럴듯한 해명은 가장 단순한 해명이기도 하다. 학사들은 대부분 마스턴 워터스가 위대한 기사도, 선량한 인간도 아니었다는 데 의견을 같이한다. 그는 서자로 태어났지만 기사 서임을 받고 국왕 아에곤 2세 휘하에서 그럭저럭 적당한 위치에까지 올랐다. 드래곤스톤의 어떤 어부들과 친척 관계가 아니었다면, 마스턴의 출세는 거기서 멈췄을 것이고 라에니라의 전성기 시절 라리스 스트롱이 그보다 뛰어난 기사 백 명 대신 그에게 왕을 숨기도록 맡기지도 않았을 것이다. 그 후 여러 해가 지나는 동안 워터스는 출세를 거듭하여 자신보다 태생도 고귀하고 명성도 훨씬 높은 기사들을 제치고 킹스가드 기사단장에 오르기까지 했다. 국왕의 손으로서 그는 아에곤 3세가 성년이 될 때까지 왕국에서 가장 큰 권력을 지닌 사람이 될 것이었다. 그러나 자신이 한 맹세와 서자라는 불명예에 짓눌린 워터스는 그 직전의 고비에서 주저했다. 그가 지키겠다고 맹세한 왕을 공격하라고 명령하여 그가 걸친 하얀 망토에 오욕을 남기는 것을 꺼린 마스턴 경은 사다리와 쇠갈고리와 강습을 마다하고 계속하여 이성적인 대화를 통한 설득을 시도했다(성채 내 식량이 얼마 남지 않았으므로, 그들이 굶주리기를 기다렸을 수도 있다).

비밀 공성의 12일째 날, 타데우스 로완이 쇠사슬에 묶인 채 끌려 나와 그의 죄를 고백했다.

버나드 성사가 로완 공의 혐의를 열거했다. 그는 황금과 여자(머시룸의 말로는 어릴수록 더 좋은 '인어'의 이국적인 여인들이었다)를 뇌물로 받았고, 모레도 로가레를 협곡으로 보내 아놀드 아린 경의 정당한 상속권을 박탈하려 했다. 참나무주먹과 작당하여 수관이었던 언윈 피크를 몰아냈으며, 리스의 로가레 은행의 횡령에 가담하여 수많은 "선량하고 충성스러운 웨스테로스의 고귀하고 지체 높은" 이들의 재산을 탕진하고 궁핍하게 했다. 또한 "명백히 능력이 부족한" 자기 아들에게 군대의 지휘를 맡겨 달의 산맥에서 수천 명이 떼죽음을 당하는 참사를 빚었다.

그중에서도 최악은 그가 로가레 삼 형제와 공모하여 아에곤 왕과 왕비를 독살한 뒤 비세리스 왕제를 철왕좌에 앉히고 리스의 라라를 왕비로 만들려고 했다는 혐의였다. "그때 사용한 독은 리스의 눈물이라는 것이었습니다"라고 버나드가 주장했고, 문쿤 대학사가 사실임을 확인해주었다. "일곱 신께서는 전하를 살려주셨지만—" 버나드가 마저 말했다. "로완 공의 사악한 음모가 전하의 어린 친구 가에몬의 생명을 앗아 간 것입니다."

성사가 열거를 마치자 마스

턴 워터스 경이 "로완 공은 이 모든 죄를 실토했습니다"라고 말하며 수석 심문관 조지 그레이스포드에게 손짓하여 죄수를 앞으로 데려오게 했다. 발목에는 묵직한 족쇄를 차고 얼굴은 알아볼 수 없을 정도로 붓고 멍으로 뒤덮인 타데우스 공은 처음에는 가만히 있다가 그레이스포드 공이 단검으로 살짝 찌르자 탁한 목소리로 말했다. "마스턴 경의 말은 사실입니다, 전하. 전 모든 죄를 인정합니다. 로토는 독살을 감행하는 대가로 드래곤 금화 5만 닢, 비세리스가 왕위에 오르면 다시 5만 닢을 주겠다고 약속했습니다. 독을 제게 준 사람은 로게리오였습니다." 로완 공은 말을 하다가 종종 멈추고 발음도 불분명하여, 흉벽 위에 있던 사람 중 일부는 머시룸이 로완 공의 이가 전부 뽑힌 점을 언급하기 전에는 그가 술에 취했다고 생각했다.

국왕 아에곤 3세는 로완 공의 자백을 듣고 말을 잃었다. 소년은 그 자리에 서서 하염없이 내려다볼 뿐이었고, 그의 절망 어린 얼굴을 본 머시룸은 왕이 흉벽에서 아래 쇠말뚝으로 뛰어내려 먼저 떠난 첫 왕비를 따라가려는 것은 아닌지 걱정했다.

왕 대신 비세리스 왕제가 반박했다. "그렇다면 내 아내, 라라 부인은 어떠한가?" 그가 아래로 소리쳤다. "그녀도 이 음모에 관여했는가?" 로완 공이 느리게 고개를 끄덕였다. "그렇습니다." 그가 대답했다. "그럼 나는?" 왕제가 물었다. "예, 저하도 마찬가지입니다." 그가 멍하니 대답했……. 그러자 마스턴 워터스는 놀란 듯한 표정을 지었고 조지 그레이스포드 공은 매우 화가 난 모습이었다. "그럼 타르트에 독을 넣은 건 연한 머리 가에몬 본인이었겠군." 비세리스가 매끄럽게 말을 이어나갔다. "저하의 말씀이 맞습니다." 타데우스 로완이 중얼거렸다. 그러자 왕제는 그의 형을 돌아보며 "가에몬은 우리처럼 아무런 죄도 없었어"라고 말했고, 난쟁이 머시룸이 아래로 외쳤다. "로완 공, 비세리스 왕을 독살한 것도 당신이었습니까?" 그 질문에 전수관이 고개를 끄덕이며 대답했다. "그렇습니다, 공. 제 죄를 인정합니다."

왕의 얼굴이 굳어졌다. "마스턴 경." 그가 말했다. "그 남자는 내 수관이고, 반역죄와 무관하다. 여기서 반역자는 그에게 고문을 가하여 이런 거짓된 자백을 받아낸 자들이다. 그대가 왕을 경애한다면 당장 수석 심문관을 체포하라. 거부한다면 그대 역시 거짓된 자일 것이다." 왕의 목소리가 성의 안마당에 울려 퍼졌고, 그 순간만큼은 부서진 소년 아에곤 3세도 당당한 왕처럼 보였다.

오늘날까지도 어떤 이들은 마스턴 워터스 경이 꼬나풀에 불과했고 그보다 더 교묘한 자에게 속고 이용당한 단순하고 정직한 기사였다고 주장하는가 하면, 처음부터 음모에 가담해놓고 상황이 불리해지자 동료들을 배신한 것이라고 반박하는 자들도 있다.

진위가 무엇이든, 마스턴 경은 왕의 명령을 따랐다. 그레이스포드 경은 킹스가드에게 잡혀 그날 아침까지만 해도 그가 왕처럼 지배했던 지하감옥으로 끌려갔다. 로완 공은 사슬에서 풀려나고 그의 기사와 하인도 모두 지하감옥에서 나와 햇빛을 보았다.

수석 심문관을 고문할 필요는 없었다. 그는 고문 기구들을 보자마자 음모에 가담한 자들의 이름을 실토했다. 그가 분 이름 중에는 이미 죽은 킹스가드 기사 아마우리 피크 경과 머빈 플라워스 경, 호랑이 테사리오, 버나드 성사, 가레스 롱 경, 빅터 리슬리 경 그리고 루카스 레이굿 경과 도성의 지구대장 일곱 명 중 여섯이 포함되었고, 심지어는 왕비의 시녀 세 명도 있었다.

모두 순순히 항복하지는 않았다. 병사들이 루카스 레이굿을 잡으러 간 신들의 문에서 짧지만 격렬한 전투가 벌어진 끝에 아홉 명이 사망하고 레이굿도 죽었다. 혐의를 받은 지구대장 중 세 명이 잡히기 전에 부하 십여 명과 함께 도망쳤다. 호랑이 테사리오도 도주를 선택했지만, 강의 문 부근의 부둣가 선술집에서 이벤 포경선의 선장과 이벤 항구로 가는 뱃삯을 흥정하다가 체포되었다.

마스턴 경은 직접 머빈 플라워스를 찾아갔다. "우린 둘 다 서자이고, 같은 결의 형제이기도 하니"라고 그가 레이나드 러스킨 경에게 말했다고 한다. 그레이스포드의 고발을 전해 들은 머빈 경은 "그럼 내 무기를 원하겠군요"라고 말하고는 장검을 뽑아 자루를 마스턴 워터스에게 건넸다. 그러나 마스턴 경이 검을 잡았을 때, 머빈 경은 그의 손목을 붙잡고는 다른 손으로 단검을 꺼내 워터스의 배를 찔렀다. 마구간으로 도주한 플라워스는 그의 돌격마에 안장을 올리던 중 술에 취한 병사 한 명과 어린 마구간지기 두 명에게 발각되었다. 서출 기사는 그들을 모두 죽이는 데 성공했으나, 소란을 듣고 달려온 다른 이들에게 제압되어 그가 더럽힌 하얀 망토를 걸친채 맞아 죽었다.

플라워스의 상관 마스턴 워터스 경도 곧 뒤를 따랐다. 하얀 기사 탑에서 자신이 흘린 피 웅덩이 속에서 발견된 그는 문쿤 대학사에게 실려 갔고, 그를 살펴본 문쿤은 치명상이라고 말했다. 문쿤이 최선을 다해 그의 상처를 꿰매고 양귀비즙을 먹였으나, 워터스는 그날 밤 사망하고 말았다.

그레이스포드 공은 마스턴 경도 가담자 중 한 명으로 지목하고 "그 빌어먹을 변절자"가 처음부터 함께 일을 꾸몄다고 주장했으나, 워터스는 이의를 제기할 처지가 아니었다. 다른 공모자들은 검은 감옥에 갇혀 재판이 열릴 때까지 기다려야 했다. 어떤 이들은 무죄를 부르짖었고, 또 어떤 이들은 마스턴 경처럼 진심으로 타데우스 로완과 리스인들이 반역자들이라고 믿고 행동했을 뿐이라고 주장했다. 그러나 그중 몇몇은 더 솔직했다. 가레스 롱 경은 아에곤 3세가 철왕좌에 앉기는커녕 검도 제대로 못 잡는 약골이라고 큰 소리로 열변을 토했다. 버나드 성사는 종단의 교리를 근거로 들며 칠왕국에는 리스인과 그들의 괴상한 외국 신들이 있을 자리가 없다는 반론을 펼쳤다. 그는 라라 부인이 남동생들과 함께 죽음으로써 비세리스가 제대로 된 웨스테로스인 왕비를 얻게 하는 것이 목표였다고 밝혔다.

제일 솔직한 공모자는 엄지손가락 테사리오였다. 그는 황금과 여자와 복수를 위해 음모에 가담했다고 말했다. 로게리오 로가레는 테사리오가 창녀 한 명을 때렸다는 이유로 그가 '인어'에 출입하는 것을 금했기에, 테사리오는 그 창관과 로게리오의 남근을 대가로 요구했고 그대로 약속받았다. 그러나 누가 그런 약속을 했는지 심문관들이 묻자 그는 아무 대답 없이 씩 웃기만 했다……. 고문이 시작되자 그 웃음은 곧 일그러지고 비명으로 변했다. 그가 처음으로 밝힌 이름은 마스턴 워터스였으나, 이어진 심문에서 조지 그레이스포드 그리고 더 나중에는 머빈 플라워스의 이름을 댔다. 머시룸은 '호랑이'가 네 번째 이름, 아마도 진짜 배후의 이름을 실토하기 직전에 숨이 끊겼다고 전한다.

마치 구름처럼 레드킵 주변을 맴돌았지만 결코 언급되지 않은 이름이 있었다. 《머시룸의 증언》에서 어릿광대는 당시 거의 누구도 감히 거론하지 못한 사실을 대놓고 말한다. 분명 먼 곳에서 다른 공모자들을 지배하며 끄나풀처럼 부린 주모자가 있었으리라는 말이었다. 머시룸은 그를 "그림자 속의 선수"라고 불렀다. "그레이스포드는 잔인하지만 똑똑하지 않았고, 롱은 용감하지만 교활함이 부족했어. 리슬리는 주정뱅이에 버나드는 신앙심만 깊은 멍청이였고, 엄지손가락은 리스인들보다 더 지독한 볼란티스 놈이었지. 여자들은 여자들일 뿐이고 킹스가드 기사들은 명령을 내리는 것보다는 복종하는 데 더 익숙하잖아. 루카스 레이굿은 황금 망토를 걸친 채 거들먹거리며 술을 마시고 싸우고 계집질하는 데는 누구 못지않게 능했지만, 음모를 꾸밀 인물은 아니었어. 그리고 그들 전부 한 남자와 연관이 있었지. 스타파이크의 영주, 던스턴버리의 영주, 화이트그로브의 영주이자 한때 국왕의 손이었던 언윈 피크."

왕을 시해하려는 음모가 발각되었을 때 다른 이들도 분명 같은 의심을 하였을 것이다. 반역자 중 여럿은 전 수관과 혈연관계였고, 나머지는 그가 임명한 자들이었다. 게다가 피크는 예전에 '피투성이 마름쇠'의 간판 아래서 두 드래곤 기수를 살해할 음모를 꾸민 전적도 있었다. 그러나 피크는 비밀 공성 내내 스타파이크에 머물렀고 그의 ㄲ나풀로 간주된 자들 아무도 그의 이름을 입에 담지 않았기에, 피크의 개입은 그때나 지금이나 입증되지 않은 채로 남아 있다.

레드킵에 들어찬 불신의 공기가 워낙 짙었던 나머지 아에곤 3세는 비세리스가 로완 공의 거짓 자백을 간파한 다음에도 엿새 동안 마에고르 성채에서 나오지 않았다. 왕은 문쿤 대학사가 충직한 영주 40여 명을 킹스랜딩으로 소집하는 큰까마귀 떼를 날리는 모습을 본 다음에야 도개교를 다시 내리는 것을 허락하였다. 성채 내의 식량이 바닥을 드러낸 지 오래라 대나에라 왕비는 밤에 잘 때마다 울었고, 시녀 두 명은 너무 굶주리고 쇠약해진 탓에 해자를 건널 때 부축을 받아야 했다.

왕이 성채를 나설 무렵, 그레이스포드 공은 연루된 자들의 이름을 모두 털어놓았고 반역자들은 일부 달아나긴 했지만 대다수가 사로잡혔으며, 마스턴 워터스와 머빈 플라워스와 루카스 레이굿은 죽은 상황이었다. 얼마 후 타데우스 로완이 수관의 탑으로 돌아갔지만, 그가 국왕의 손으로서 직무를 수행할 상태가 아니라는 사실은 누구나 알 수 있었다. 지하감옥에서 로완 공에게 가해진 행위는 그를 망가뜨렸다. 어떤 때는 예전처럼 쾌활한 노익장의 모습을 보이다가 갑자기 주체할 수 없이 눈물을 흘리기 시작했다. 영리한 만큼 잔인할 때도 있었던 머시룸은 노인을 말도 안 되는 혐의로 몰아붙여 더욱더 어처구니없는 자백을 끌어내고는 했다. "어느 밤 그에게 발리리아의 파멸을 일으켰다는 자백을 하게 한 것이 기억나." 난쟁이가 《증언》에 남긴 말이다. "궁중은 박장대소하며 좋아했지만, 지금 와서 돌이켜보면 차마 할 짓이 아니었어. 부ㄲ러워서 얼굴이 다 빨개지는군."

한 달 후, 로완 공에게 별다른 차도가 보이지 않자 문쿤 대학사는 왕에게 그를 해임하라고 설득했다. 로완은 그의 본성이 있는 골든그로브로 떠나며 건강을 회복하는 대로 꼭 킹스랜딩으로 돌아오겠다고 약속했지만, 두 아들과 함께 귀향하던 도중 병사했다. 왕국은 통치가 필요했고 아에곤은 아직 성년에 이르지 않은 터라, 그해가 저물 때까지 대학사가 섭정과 수관을 겸했다. 그러나 목걸이를 걸고 조언자로서 보필하겠다고 맹세한 학사이기에, 문쿤은 대귀족과 서임받은 기사들에게 판결을 내리는 건 그가 할 일이 아니라고 느꼈고, 반역자로 잡힌 이들은 새로운 수관이 임명될 때까지 지하감옥에서 옥고를 치렀다.

묵은해가 저물고 새해가 밝을 무렵, 왕의 소집에 응한 영주들이 차례차례 킹스랜딩에 도착했다. 큰까마귀들이 열심히 날아다닌 덕택이었다. AC 136년에 있었던 영주들의 회동은 공식적인 대협의회로 인정되지 않았지만, AC 101년에 '늙은 왕'이 하렌홀로 전국의 영주들을 소집한 이래 가장 많은 웨스테로스 귀족이 한곳에 모인 집회였다. 곧 킹스랜딩이 미어터질 정도로 사람들이 몰려들자 도성의 여관 주인과 창녀와 상인은 환호성을 질렀다.

회의에 참석한 귀족들은 대부분 국왕령, 리버랜드, 스톰랜드…… 그리고 협곡에서 도착했다. 참나무주먹 공과 피투성이 벤 블랙우드가 마침내 금빛 매, 미친 후계자, 청동 거인과 그들의 모든 지지자를 제압하고 조프리 아린을 주군으로 인정하도록 하는 데 성공한 것이었다(군터 로이스, 쿠엔튼 코브레이, 이셈바드 아린이 알린 공과 함께 조프리 아린 공의 일행으로 협의회에 참석했다). 조한나 라니스터는 사촌 한 명과 봉신 셋을 보내 서부를 대변하게 했고, 토르헨 맨덜리는 기사와 친척 40명과 함께 화이트하버에서 배를 타고 왔으며, 라이오넬 하이타워와 샘 부인은 무려 600명에 달하는 수행단을 이끌고 올드타운에서 올라왔다. 그러나 가장 많은 인원을 대동한 이는 가병 천 명과 용병 500명을 거느리고 나타난 언윈 피크 공이었다. ("뭐가 그렇게 두려웠을까?" 머시룸이 비아냥댔다.)

텅 빈 철왕좌가 드리운 그림자 밑에서(아에곤 왕은 협의회에 참석하기를 거부했다), 영주들은 왕이 성년에 이를 때까지 나라를 다스릴 섭정들을 발탁하려고 했다. 그들은 보름 넘게 회의를 하였으나 처음 회의를 시작할 때처럼 합의는 요원해 보였다. 왕의 강력한 통제가 없는 상황에서 일부 영주는 해묵은 원한을 들추었고, 완전히 봉합하지 못한 '춤'의 상처에서 다시 피가 흐르기 시작했다. 강대한 이들은 적이 너무 많았고, 군소 영주들은 가난하거나 약하다는 이유로 업신여김을 당했다. 결국 합의가 불가능하다고 판단한 문쿤 대학사는 제비를 뽑아 세 섭정을 고르는 방법을 제안했다. 비세리스 왕제가 동의하자, 영주들은 문쿤의 제안을 받아들였다. 제비로 윌리엄 스택스피어, 마크 메리웨더, 로렌트 그랜디슨이 뽑혔는데, 다들 적이 없는 만큼 특출하지도 않은 인물이었다.

국왕의 손 선출은 더 중요한 사안으로 도성에 모인 영주들은 신임 섭정들에게 맡기기를 원하지 않았다. 리치 출신 귀족 상당수는 언윈 피크를 다시 수관으로 임명하기를 촉구했으나, 비세리스 왕제가 입을 열어 그의 형은 더 젊고 "궁중을 반역자들로 채울 것 같지 않은" 인사를 원한다고 선언하자 그런 주장은 쏙 들어갔다. 알린 벨라리온의 이름이 거론되었으나, 너무 어리다는 이유로 거부당했다. 커밋 툴리와 벤지콧 블랙우드도 같은 이유로 퇴짜를 맞았다. 대신 영주들은 화이트하버의 영주 토르헨 맨덜리를 지목했다. 영주들 대다수는 그가 누군지 잘 몰랐으나, 같은 이유로 그는 넥의 남쪽에 적이 없었다(원한을 잊지 않는 언윈 피크는 예외였을 수도 있다).

"좋소, 내가 하겠소이다." 토르헨 공이 말했다. "다만 리스 도둑놈들과 놈들의 망할 은행을 상대하려면 돈 계산에 밝은 사람이 필요하오." 그러자 참나무주먹이 자리에서 일어나 협곡의 금빛 매, 이셈바드 아린을 추천했다. 피크 공과 그의 지지자들을 달래는 뜻에서 거대도끼 게드먼드 피크가 제독 겸 해군관에 임명되었다(참나무주먹은 화를 내기보다는 실소하고 "게드먼드 경은 배를 사기를 좋아하고 난 배를 타기를 좋아하니"라며 좋은 임명이라고 말했다고 한다). 레이나드 러스킨 경이 킹스가드 기사단장이 되었고, 아드리안 쏜 경이 황금 망토들을 지휘하게 되었다. 사자 문 지구대장이었던 쏜은 루카스 레이굿의 일곱 지구대장 중 유일하게 음모에 연루되지 않은 자였다.

회의는 그렇게 마무리되었다. 남은 건 아에곤 3세의 인장뿐이었고, 왕은 다음 날 아침 아무런 이의 없이 인장을 찍은 뒤 다시 그의 호화롭고 고독한 처소로 물러났다.

신임 수관은 즉시 왕국의 통치에 착수했다. 그의 첫 업무는 연한 머리 가에몬을 독살하고 왕에 대한 역모를 꾸민 자들을 재판하여 판결을 내리는 막중한 일이었다. 그레이스포드 공이 이름을 밝힌 이들이 엄중한 심문을 받고 다른 자들의 이름을 실토하면서 무려 마흔두 명이 혐의를 받았다. 그중 열여섯은 달아나고 여덟은 죽은 다음이라, 열여덟 명이 재판을 기다렸다. 왕의 매우 집요한 심문관들 덕분에 이미 열세 명이 각기 어느 정도 역모에 관여했음을 자백했다. 다섯 명은 로완 공이 역적이라고 진심으로 믿었기에 리스인들로부터 왕을 지키고자 음모에 가담했다며 계속하여 무죄를 주장했다.

재판은 33일간 계속되었다. 비세리스 왕제가 내내 참관했고, 둘째 아이를 임신하고 배가 불러오는 라라 부인과 아들 아에곤 그리고 아들의 유모도 종종 그와 함께했다. 아에곤 왕은 단 세 번, 가레스 롱과 조지 그레이스포드와 버나드 성사에게 선고가 내려진 날에만 참석했다. 나머지 사람들에는 관심을 보이지 않았고 어떤 판결을 받았는지 묻지도 않았다. 대나에라 왕비는 한 번도 참관하지 않았다.

가레스 경과 그레이스포드 공은 둘 다 사형을 선고받았지만, 검은 옷을 입는 것을 선택했다. 맨덜리 공은 그들을 다음 화이트하버로 향하는 배에 태운 뒤 그곳에서 장벽으로 보내라는 명령을 내렸다. 최고성사가 서신을 보내 버나드 성사가 "기도와 참회와 선행으로 속죄할 수 있도록" 관대한 처분을 부탁했기에, 맨덜리는 그에게 참형을 선고하지 않았다. 대신 버나드는 거세당한 뒤 잘린 성기를 목에 건 채 맨발로 킹스랜딩에서 올드타운까지 걸어가는 형벌을 받았다. "그가 살아남는다면 성하께서 마음대로 하셔도 괜찮다"라고 수관은 선언했다. (버나드는 목숨을 부지했고, 침묵의 맹세를 한 뒤 별빛 성소에서 경전을 옮겨 쓰는 필경사로서 여생을 보냈다.)

역모 혐의로 사로잡힌 황금 망토들(여럿이 도주했다)은 가레스 경과 그레이스포드 공과 마찬가지로 죽음 대신 검은 옷을 선택했다. '손가락들' 중 생존한 이들도 같은 선택을 하였으나, 전직 왕의 집행관 빅터 리슬리 경은 "신과 인간이 보는 앞에서 내 몸으로 무죄를 입증할 수 있도록" 서임받은 기사의 권리인 결투 재판을 요구했다. 리슬리를 공모자라고 가장 먼저 실토한 가레스 롱 경이 절차에 따라 재판정으로 다시 끌려와 그를 상대했다. "자넨 언제나 지독한 멍청이였어, 빅터." 가레스 경이 장검을 받고는 말했다. 전 집행관을 순식간에 처리한 전 훈련대장은 미소를 머금고 알현실 뒤쪽에 서 있는 죄수들을 돌아보며 물었다. "또 없나?"

가장 곤혹스러웠던 혐의자들은 모두 고귀한 태생이며 왕비의 시녀였던 세 여성이었다. 루신다 펜로즈(처녀의 날 무도회가 열리기 전 매사냥을 나갔다가 습격을 당한 아가씨다)는 대나에라가 죽기를 바랐다고 시인했다. "제 코가 다치지만 않았어도 제가 그 애의 시중을 드는 게 아니라 그 애가 제 시중을 들었을 거예요. 이제 난 그 애 때문에 시집도 못 갈 거예요." 카산드라 바라테온은 머빈 플라워스 경과 자주 정을 통한 사실을 자백하고 이따금 머빈 경이 요구하면 호랑이 테사리오와도 동침하였다고 털어놓았는데, "그가 제게 부탁할 때만이었어요"라고 변명했다. 윌리엄 스택스피어가 그녀가 아마 볼란티스인이 약속받았다는 대가의 일부였을 것으로 추정하자, 카산드라 영애는 눈물을 터뜨렸다. 그러나 그녀의 자백은 프리셀라 호그 영애의 자백에 비하면 아무것도 아니었다. 호그 영애는 뭔가 딱하고 단순한 열네 살 소녀였는데, 뚱뚱하고 키가 작으며 외모도 평범했던 그녀는 리스의 라라가 죽으면 비세리스 왕제가 자기와 결혼하리라는 망상을 품었다. "그분은 저를 볼 때마다 미소를 지으셨어요." 그녀가 재판정에서 말했다. "그리고 한번은 계단에서 저를 지나치실 때 어깨가 제 가슴을 스친 적도 있었고요."

맨덜리 공과 문쿤 대학사와 섭정들은 세 여성을 자세히 추궁하였다. 머시룸의 주장에 따르면 그때까지 이름이 언급되지 않은 네 번째 여성, 바로 언윈 피크 공의 과부 숙모인 클라리스 오스그레이 부인의 이름을 이끌어 낼 의도였을 수도 있다고 한다. 클라리스 부인은 재해이라 왕비 때와 마찬가지로 대나에라 왕비의 모든 하녀와 시녀와 시종을 감독했고, 죄를 자백한 공모자 대부분과 친분이 있었다(머시룸은 클라리스와 조지 그레이스포드가 연인 사이였고, 그녀가 고문 장면을 보며 대단히 흥분하였던 터라 종종 지하감옥에 내려가 수석 심문관의 일을 도왔다고 전한다). 만일 그녀가 관여했다면 언윈 피크도 관여했을 가능성이 높았다. 그러나 유도 신문은 아무 소용이 없었고, 결국 토르헨 공이 대놓고 클라리스 부인도 연루되었느냐고 물었으나 세 영애는 그저 고개를 저을 뿐이었다.

세 여인이 음모에 참여했다는 사실은 의심의 여지가 없었으나, 그들의 역할은 비교적 사소했다. 그러한 점과 여성임을 고려하여 맨덜리 공과 섭정들은 자비를 베풀기로 했다. 루신다 펜로즈와 프리셀라 호그는 코를 자르는 형을 선고받았으나, 종단에 귀의하고 맹세를 지키는 한 집행이 유예되었다.

카산드라 바라테온은 고귀한 신분 덕분에 같은 형벌을 면했다. 어찌 되었든 보로스 공의 장녀에 현 스톰스엔드 영주의 손위 누이였으며, 한때는 국왕 아에곤 2세와 혼약까지 맺지 않았던가. 건강이 좋지 않아 재판에 참석하지 못한 그녀의 어머니 엘렌다 부인은 아들의 봉신 세 명을 보내 스톰스엔드를 대변하도록 했다. 그들(과 역시 영지와 성이 스톰랜드에 있는 그랜디슨 공)을 통하여 카산드라 영애는 래스곶에 있는 '진흙과 나무뿌리'로 지은 성에서 손바닥만 한 외딴 영지를 다스리는 월터 브라운힐 경이라는 기사와 혼인하는 것으로 마무리되었다. 세 명의 아내와 사별한 월터 경은 전 아내들과의 사이에 자녀 열여섯을 보았고, 그중 열셋이 살아 있었다. 엘렌다 부인은 카산드라 영애가 그 아이들을 돌보고 월터 경과 새로 아들딸까지 낳아서 기른다면 다시는 역모 따위에 신경 쓸 여유가 없으리라고 생각했다. (그리고 그녀의 판단은 옳았다.)

그리하여 마지막 남은 역모 재판까지 끝났으나, 레드킵 밑의 지하감옥은 완전히 비워지지 않았다. 라라 부인의 동생들인 로토와 로게리오의 처분이 남았던 것이다. 그들은 대역죄와 살인, 음모 등의 혐의는 무죄였지만, 여전히 사기와 절도 혐의가 남아 있었다. 로가레 은행의 도산으로 리스는 물론 웨스테로스에서도 수천 명이 파산했다. 형제는 혼인을 통해 타르가르옌 왕가의 인척이 되었으나 본인들은 왕이나 왕자가 아니었고, 그들의 귀족 작위 역시 허울에 불과했으므로, 재판을 통해 처벌해야 한다고 맨덜리 공과 문쿤 대학사는 뜻을 같이했다.

이 사안에 관련하여 칠왕국은 자유도시 리스에 비해 한참 뒤처져 있었다. 로가레 은행이 무너지면서 위대한 리산드로가 일으켜 세운 가문은 완벽하게 몰락했다. 그가 딸 리사라에게 물려준 궁전을 비롯해 다른 자식들에게 남긴 저택과 세간 모조리 압류되었다. 드라코 로가레의 무역선 중 가문의 파멸을 전해 들은 일부는 재빨리 볼란티스로 항로를 틀었으나, 그렇게 도피시킨 배 한 척당 아홉 척을 화물과 함께 잃었고, 로가레 가문 소유의 부두와 창고도 몰수당했다. 리사라는 황금과 보석과 가운을, 마라는 장서를 빼앗겼다. 프레도 로가레는 향기의 정원을 매각하려던 중 마지스터들에게 압류당했다. 그의 노예는 물론 그의 적출과 서출 형제들의 노예도 모두 팔려 나갔다. 그것으로도 은행 도산 후 남은 빚을 10분의 1도 갚지 못하자, 로가레 형제 본인들과 자식들이 노예로 팔려 갔다. 프레도와 리사로의 딸들은 어렸을 때 뛰놀던 향기의 정원으로 곧 돌아갔으나, 이번에는 주인이 아닌 침실 노예로 전락한 처지였다.

가문을 멸망으로 몰아넣은 장본인 리사로 로가레 역시 무사하지 못했다. 그와 거세병들은 로인강 유역의 도시 볼론테리스에서 강을 건널 배를 기다리다가 사로잡혔다. 무결병들은 마지막 한 명까지 충성을 바쳐 싸웠다……. 그러나 당시 리사로에게는 스무 명밖에 남지 않았고(리스에서 도망칠 때 백 명을 데려왔지만, 여정 중 대부분 팔아버렸다), 부둣가에서 포위당해 혼란에 빠진 채 혈전을 벌이다가 죽어갔다. 생포된 리사로는 강 하류의 볼란티스로 보내졌고, 도시의 통치자들인 삼두(三頭)는 리사로의 동생 드라코에게 몸값을 받고 형을 풀어주겠다고 제안했다. 드라코는 제안을 거부하고 도리어 형을 리스로 파는 것을 추천했다. 그리하여 리사로 로가레는 어느 볼란티스 노예선 안에 쇠사슬로 노에 묶인 채 리스로 돌려보내졌다.

재판 중 그가 빼돌린 막대한 금을 어디에 다 썼는지 묻자, 리사로는 웃음을 터뜨리더니 좌중의 몇몇 마지스터를 가리키고 "저자와 저자와 저자와 저자에게 뇌물을 바치는 데 썼소"라며 입막음을 당할 때까지 십여 명을 지목했다. 그러나 소용없었다. 그가 매수했던 자들도 다른 이들처럼 리사로의 유죄에 표를 던졌다(리스의 마지스터들은 명예보다 탐욕을 우선시한다는 소문대로 리사로에게서 받은 뇌물도 내놓지 않았다).

리사로는 무역의 신전 앞의 기둥에 알몸으로 묶여 피해자들로부터 그들이 입은 피해에 따라 계산된 횟수만큼 채찍질을 당하는 형을 선고받았다. 그리고 그렇게 집행되었다. 채찍을 휘두른 사람 중에는 리사로의 여동생 리사라와 남동생 프레도도 있었다고 기록에 남았고, 그가 언제 죽을지 내기를 건 리스인들도 있었다고 한다. 리사로는 채찍질을 당한 첫날, 일곱 시간 만에 사망했다. 그의 유골은 기둥에 묶인 그대로 3년간 방치되었고, 이후 그의 동생 모레도가 끌어 내려 가문의 지하묘소에 안치하였다.

적어도 이 사건에 관련해서는 리스의 사법 행위가 칠왕국의 그것보다 훨씬 잔인했다. 로가레 은행의 도산으로 대귀족과 평범한 상인 할 것 없이 수많은 이가 빈털터리가 된 터라, 웨스테로스에서도 많은 사람이 로토와 로게리오가 리사로와 같은 처벌을 받기를 바랐을 것이다. 하지만 두 형제를 가장 혐오한 자들조차도 형제가 그들의 형이 리스에서 저지른 횡령을 알았는지, 그런 과정에서 어떤 이득을 보았는지 단 한 조각의 증거도 제시하지 못했다.

결국 은행가 로토는 그의 것이 아닌 금과 보석과 은을 착복하고 반환 요구에 응하지 않았다는 사유로 절도 혐의에 유죄 판결을 받았다. 맨덜리 공은 그에게 검은 옷을 입겠는지, 아니면 일반 도둑처럼 오른손이 잘리겠는지 선택권을 주었다. "인드로스여 감사합니다, 전 왼손잡이올시다"라고 말하며 로토는 절단을 선택했다. 그의 아우 로게리오는 전혀 혐의를 입증할 증거를 찾지 못했으나, 그런데도 맨덜리 공은 채찍질 일곱 대를 선고했다. "이유가 뭡니까?" 아연실색한 로게리오가 수관에게 물었다. "세 번 저주받을 리스 놈이라서다." 토르헨 맨덜리가 대답했다.

형벌이 집행된 후 두 형제는 킹스랜딩을 떠났다. 로게리오는 창관의 문을 닫고 건물과 양탄자와 휘장과 침대와 그 외 가구는 물론 앵무새와 원숭

이마저도 팔아버린 뒤, 그 돈으로 그가 '인어의 딸'이라 이름 붙인 거대한 외돛 상선을 샀다. 그렇게 그의 베갯집은 이번에는 돛을 달고 부활했다. 그 후 오랫동안 로게리오는 협해를 유랑하며 거대한 항구든 작은 어촌이든 상관없이 주민들에게 향신료를 탄 와인과 이국적인 음식과 향락을 팔았다. 그의 형 로토는 손이 잘린 뒤 라이오넬 하이타워 공의 정부 샘 부인에게 고용되어 그녀와 함께 올드타운으로 돌아갔다. 하이타워는 단 한 닢의 금화도 리스인들에게 맡기지 않았던 터라, 아마 캐스털리록의 라니스터를 제외하면 여전히 웨스테로스에서 가장 부유한 가문이었을 것이다. 샘 부인은 그 재산을 더 효과적으로 활용하기를 바랐고, 그렇게 탄생한 올드타운 은행은 하이타워 가문의 부를 더욱더 늘렸다.

(라라 부인과 함께 킹스랜딩으로 왔던 세 남동생 중 맏이인 모레도 로가레는 재판이 열리던 당시 브라보스에서 강철은행의 열쇠관리자들과 협상 중이었다. 그해가 지나기 전, 그는 브라보스 황금을 잔뜩 들고 리스를 침공할 군선과 용병을 구하고자 티로시로 향했다. 그러나 그건 또 다른 이야기이고, 여기서 다룰 범위는 아니다.)

형제의 재판이 열리던 중 국왕 아에곤 3세는 단 한 번도 나타나 철왕좌에 앉지 않았지만, 비세리스 왕제는 매일 아내의 옆에서 재판을 참관했다. 머시룸도 궁중 연대기도 리스의 라라가 수관이 진행한 재판을 어떻게 생각했는지는 아무런 언급이 없으나, 토르헨 공이 판결을 내렸을 때 울음을 터뜨렸다고 기술했다. 그녀가 눈물을 보인 건 그때가 유일했다.

그리고 얼마 지나지 않아 영주들이 각자 본성으로 떠났고, 킹스랜딩은 신임 섭정들과 수관이 통치하는 일상으로 돌아갔다. 그러나 정무는 대부분 전자보다는 후자가 처리했다. "신들이 신임 섭정들을 고르긴 했는데, 보니까 신들도 영주들만큼이나 멍청한 것 같더군." 머시룸은 그렇게 평했다. 틀린 말은 아니었다. 스택스피어 공은 매사냥을, 메리웨더 공은 연회를, 그랜디슨 공은 자는 것을 즐겼고, 각자 나머지 두 명이 멍청하다고 여겼으나, 다행히도 토르헨 맨덜리가 정직하고 유능한 수관이어서 별 상관은 없었다. 수관은 무뚝뚝하고 음식을 탐했지만, 공정한 사내였다. 아에곤 왕이 그에게 마음을 열지 않은 것은 사실이었으나, 애초에 왕은 남을 잘 믿는 성격이 아니었고 그해 벌어진 일들을 겪고 난 후 더 불신이 깊어질 수밖에 없었다. 토르헨 공 역시 왕을 높이 사지 않았고 화이트하버에 있는 딸에게 보낸 서신에 "그 부루퉁한 녀석"이라고 언급했다. 그러나 수관은 비세리스 왕제를 마음에 들어 하고 대나에라 왕비를 애지중지했다.

북부인의 섭정 기간은 비교적 짧았음에도 다사다난했다. 맨덜리는 금빛매 이셈바드 아린의 적잖은 도움을 받으며 세금 제도의 대대적인 개혁을 단행하여 왕국의 세입을 늘리고 로가레 은행의 횡령 사태에서 입은 피해를 입증할 수 있는 이들에게 어느 정도의 지원을 제공했다. 킹스가드의 기사단장과 협력하여 에드문드 위릭 경, 데니스 윗필드 경, 아그라모어 코브 경에게 하얀 망토를 주어 마스턴 워터스, 머빈 플라워스, 아마우리 피크의 빈자리를 대신하게 하면서 친위대를 다시 일곱 명으로 충원했다. 수관은 참나무주먹 알린이 비세리스 왕제를 돌려받기 위해 맺은 합의의 이행을 공식적으로 거부했다. 합의 당사자가 자유도시 리스가 아니라 이제는 존재한다고 볼 수 없는 로가레 가문이라는 근거였다.

가레스 롱 경이 장벽으로 떠나자 레드킵은 새로운 훈련대장이 필요했다. 맨덜리 공은 훌륭한 젊은 기사인 루카스 로스스톤 경을 그 자리에 임명했다. 어느 방랑기사의 손자인 루카스 경은 인내심이 많은 선생이었고, 곧 비세리스 왕제의 호감을 사고 아에곤 왕조차도 마지못해하며 존경을 표했다. 수석 심문관에는 올드타운에서 최근 도착한 젊은이인 로울리 학사가 임명되었다. 그는 웨스테로스 역사상 가장 현명한 치료사로 칭송받는 최고학사 샌드맨의 제자였고, 문쿤 대학사의 강력한 추천을 받았다. "고통을 더는 방법을 아는 사람은 그 고통을 주는 방법도 잘 알기 마련입니다." 문쿤이 수관에게 말했다. "하지만 중요한 건 자신이 하는 일을 쾌락이 아닌 의무로 여기는 수석 심문관이 있어야 한다는 것입니다."

대장장이의 날 전날 밤, 리스의 라라는 비세리스 왕제에게 크고 기운차며 왕제가 아에몬으로 이름 지은 둘째 아들을 낳아주었다. 새로운 왕손의 탄생을 축하하는 연회가 열리고 모두 기뻐하였으나, 아기의 한 살 반 된 형 아에곤은 예외인 듯했다. 아에곤은 동생의 요람에 놓아둔 드래곤알로 아기를 때리다가 들켰는데, 아에몬이 울음을 터뜨리자 라라 부인이 재빨리 달려와 알을 빼앗고 큰아들을 야단치면서 별 탈은 나지 않았다.

그리고 얼마 후, 좀이 쑤신 참나무주먹 알린 공이 그의 여섯 번의 대항해 중 두 번째 항해를 계획하기 시작했다. 로토 로가레에게 막대한 자금을 맡겼던 벨라리온가는 가산의 절반 이상을 잃었다. 그 손해를 만회하고자 알린 공은 상선으로 이루어진 대선단을 조직하고 전투 갤리선 열두 척을 호위로 삼아 펜토스, 티로시, 리스를 거쳐 볼란티스까지 항해한 뒤 도르네를 경유하여 귀환하고자 했다.

전해지는 이야기로는 알린 공이 항해를 떠나기 전에 아내와 다투었다고 한다. 드래곤의 혈통인 바엘라 부인은 성을 잘 냈고, 남편으로부터 도르네의 알리안드라 여대공에 관한 이야기를 너무 많이 들은 까닭이었다. 하지만 부부는 언제나 그랬던 것처럼 끝에 가서 화해했다. 그해의 절반이 지나갈 무렵, 선단은 참나무주먹이 그의 어머니를 따라 '당찬 마릴다'라고 이름 붙인 기함을 선두로 항해에 나섰다. 알린 공의 둘째 아이를 임신한 바엘라 부인은 드리프트마크에 남았다.

왕의 열여섯 번째 생일이 다가오고 있었다. 왕국이 평화롭고 봄이 한창이었던 터라, 토르헨 맨덜리 공은 왕이 성년에 이른 것을 기념하여 아에곤 왕과 대나에라 왕비가 순행을 나가는 것이 적절하다고 판단했다. 왕이 자기가 다스리는 땅을 두루 살피고 백성들에게 모습을 보이면 좋을 것이라고 수관은 생각했다. 아에곤은 키가 크고 잘생겼으며, 그의 사랑스러운 어린 왕비는 왕에게 부족한 매력을 채워줄 것이었다. 평민들은 분명 그녀를 사랑할 것이고, 그러면 근엄한 젊은 왕에게는 전혀 나쁠 것이 없었다.

섭정들도 동의했다. 왕이 1년에 걸쳐 왕국에서 여태까지 그 어떤 왕도 본 적이 없는 지역까지 방문하는 장기 순행이 계획되었다. 왕의 일행은 킹스랜딩을 떠나 말을 타고 더스큰데일과 메이든풀을 거친 뒤 배에 올라 걸타운으로 향할 것이었고, 이어리를 방문한 다음에는 다시 걸타운으로 돌아와 북부로 향하되, 그 전에 세 자매 군도에 들리고자 했다.

화이트하버에서 왕과 왕비는 단 한 번도 겪지 못한 성대한 환영을 받을 것이라고 맨덜리 공이 약속했다. 그곳에서 일행은 북쪽으로 순행을 계속하여 윈터펠을 방문한 뒤 남쪽으로 말머리를 돌리기 전에 장벽에 들를 수도 있었다. 그 후 왕의 가도를 따라 넥으로 남하하여 트윈스에서 사비타 프레이의 영접을 받은 뒤 레이븐트리로 향해 벤지콧 공을 만나고, 블랙우드를 방문했으니 브라켄 가문에도 들러 같은 기간을 머무는 것이 마땅했다. 리버런에서 며칠을 묵은 다음에는 서쪽의 구릉지를 가로질러 캐스털리록에서 조한나 부인을 방문할 터였다.

그곳에서 대양 가도를 따라 리치로 진입하여 하이가든, 골든그로브, 올드오크까지 순방하는 계획이었다. 도중 붉은 호수에 드래곤이 있어서 아에곤이 내키지 않을 것이나, 호수를 멀리 돌아가는 건 어렵지 않은 일이었다. 언윈 피크의 성 중 한 곳을 내방하면 진 수관을 달래는 데 도움이 될지도 몰랐다. 올드타운에 도달하면 분명 최고성사가 왕과 왕비를 축복하고, 라이오넬 공과 샘 부인이 융숭히 맞이하면서 킹스랜딩보다 훨씬 화려한 그들의 도시를 안내할 터였다. "지난 백 년이 넘도록 왕국에서 보지 못한 규모의 순행이 될 것입니다." 문쿤 대학사가 왕에게 고했다. "봄은 새로운 시작의 시간입니다, 전하. 그리고 이 순행은 전하의 통치가 진정으로 시작하였음을 널리 알릴 것입니다. 도르네 변경부터 장벽에 이르기까지, 모든 이가 전하가 그들의 왕이고 대나에라 님이 그들의 왕비임을 확실히 깨달을 것입니다."

토르헨 맨덜리도 동의했다. "이 빌어먹을 성에서 나가 밖을 좀 나돌면 그 녀석에게도 좋겠지." 그가 머시룸이 듣는 데서 말했다. "사냥과 매사냥을 하고, 산 두어 개 등반하고 화이트나이프강에서 연어 낚시도 하고 장벽도 보고. 매일 밤 연회를 즐기고. 그 여윈 몸에 살이 좀 붙어도 나쁠 거 없지. 칼로 가를 수 있을 정도로 진한 북부 맥주도 마셔보게 해야겠어."

그 후 여러 날 동안 수관과 섭정들은 왕의 생일잔치와 그 뒤를 따를 순행을 준비하는 데 모든 관심을 쏟았다. 왕과 동행하고자 하는 귀족들의 목록이 작성되었다가 폐기되고 다시 작성되었다. 말에 편자를 박고 갑옷을 닦았으며, 마차와 이동저택을 수리하고 새로 칠하고, 깃발을 기웠다. 웨스테로스 전역에서 왕의 순행을 맞이하는 영광을 바라는 영주와 지주기사들이 보낸 큰까마귀들이 칠왕국의 하늘을 가로질렀다. 수관과 섭정들은 드래곤과 함께 순행에 참여하기를 바란 라에나 부인을 세심하게 단념시켰고, 그녀의 자매 바엘라는 자신을 원하든 말든 반드시 따라간다고 선언했다. 왕과 왕비가 입을 옷조차도 꼼꼼한 고려 대상이었다. 대나에라 왕비가 녹색 옷을 입는 날에는 아에곤은 평상시에 입는 검은 옷을 입을 것이었다. 그러나 어린 왕비가 타르가르옌 왕가의 검은색과 붉은색 옷을 입으면, 왕은 녹색 망토를 걸쳐 부부가 어디를 가든 두 색깔이 항상 보이도록 했다.

마침내 아에곤 왕의 생일날이 밝았을 때도 몇몇 사안은 아직 논의가 끝나지 않았다. 그날 저녁 알현실에서 성대한 연회가 열릴 예정이었고, 유서 깊은 연금술사 길드가 왕국에서 지금껏 보지 못한 엄청난 화염술을 선보이겠다고 약속했다.

하지만 때는 아직 아침이었고, 아에곤 왕이 회의실에 입장했을 때는 토르헨 공과 섭정들이 텀블턴을 순행에 포함하지 말지 의논 중이었다.

킹스가드 기사 네 명이 젊은 왕과 같이 회의실로 들어왔다. 베일을 쓴 그림자 산도크도 대검을 들고 말없이 따라 들어왔다. 그의 불길한 존재감은 회의실을 마치 어두운 먹구름처럼 뒤덮었다. 순간 토르헨 맨덜리조차도 말문이 막혔다.

"맨덜리 공." 갑작스레 내려앉은 침묵을 깨고 아에곤 왕이 말했다. "내 나이가 몇인지 알려주면 좋겠군."

"전하께서는 열여섯 살이십니다." 맨덜리 공이 대답했다. "성인이시지요. 이제 칠왕국을 직접 다스리실 시간이 되었습니다."

"그럴 생각이다." 아에곤 왕이 말했다. "그런데 그대가 내 자리에 앉아

있군."

후일 문쿤 대학사는 왕의 차가운 말투에 회의실 안에 있던 모든 이가 놀랐다고 적었다. 당혹하고 동요한 기색이 역력한 토르헨 맨덜리는 회의 탁자의 상석에서 비대한 몸을 일으키며 불안한 눈빛으로 그림자 산도크를 쳐다보았다. 그가 왕이 앉도록 의자를 잡은 채 말했다. "전하, 저흰 순행에 관하여 의논하고—"

"순행은 없다." 왕이 앉으며 선언했다. "난 1년 내내 말을 타고 다니며 낯선 침대에서 잠을 자고 술에 취한 영주들과 공치사 따위를 나눌 생각이 없다. 게다가 그중 절반이 한 푼이라도 자기한테 이득이 된다면 내가 죽기를 바랄 자들이라면. 누구든 내게 할 말이 있다면 철왕좌로 찾아오면 될 일이다."

토르헨 맨덜리는 뜻을 굽히지 않았다. "전하." 그가 말했다. "이 순행은 백성의 민심을 얻는 데 더할 나위 없이 큰 도움이 될 것입니다."

"난 백성에게 평화와 먹을 것과 정의를 줄 생각이다. 그것만으로 민심을 얻기에 부족하다면, 머시룸이라도 순행에 나서게 하든지. 아니면 춤추는 곰을 보낼 수도 있겠군. 예전에 누군가 말하길 춤추는 곰보다 더 평민들이 좋아하는 게 없다던데. 오늘 저녁에 있을 연회도 취소하도록. 영주들은 각자 성으로 돌려보내고 음식은 굶주린 자들에게 나눠주도록 하라. 든든한 배와 춤추는 곰이 내 정책이 될 것이다." 그렇게 말한 아에곤은 세 섭정을 돌아보았다. "스택스피어 공, 그랜디슨 공, 메리웨더 공, 그대들의 노고에 감사한다. 이제 가도 좋다. 섭정은 필요 없다."

"그럼 수관은 필요하십니까, 전하?" 맨덜리 공이 물었다.

"왕이라면 수관을 직접 골라야 하는 법." 아에곤 3세가 자리에서 일어서며 말했다. "그대는 내 어머니를 섬길 때처럼 나 역시 충실히 섬겼다. 그러나 그대를 고른 건 내 영주들이었지. 이제 화이트하버로 돌아가도록."

"기꺼이 그리하지요, 전하." 훗날 문쿤 대학사가 으르렁거렸다고 표현한 목소리로 맨덜리가 대답했다. "이 오물통 같은 성에 온 뒤 제대로 된 맥주를 마신 적이 없으니, 잘되었습니다." 말을 마친 그는 수관의 목걸이를 벗어 회의 탁자 위에 올려놓았다.

그 후 보름이 채 지나기 전에 맨덜리 공은 그를 섬기는 맹약검사와 하인들로 이루어진 소수의 수행원을 거느리고 화이트하버로 향하는 배에 올랐다. 그중에는 머시룸도 있었다. 어릿광대는 거구의 북부인에게 정이 든 듯했고, 영주가 그를 화이트하버로 초대하자 바로 수락하고 좀처럼 미소 짓지 않고 절대 소리 내어 웃는 일이 없는 왕을 떠났다. "난 어릿광대(fool)였지만, 그 바보(fool) 곁에 계속 남을 정도로 바보(fool)는 아니었거든"이라고 그는 전한다.

난쟁이는 그가 버린 젊은 왕보다 장수하였다. 그가 남긴 《증언》의 후반부는 그가 화이트하버에서 보낸 다채로운 일상, 브라보스 바다군주의 궁에 체류한 시간, 이벤 항구로의 항해, '혀 짧은 숙녀'의 배우들 사이에서 수년간 지낸 이야기 등 여러 귀중한 내용을 포함한다. 그러나 우리가 서술하려는 바에는 적절하지 않으므로, 아쉽지만 말버릇이 나쁜 작은 사내는 여기에서 퇴장해야 한다. 머시룸은 결코 신뢰할 만한 기록자는 아니었으나, 난쟁이는 아무도 감히 입에 담지 못한 진실을 거리낌 없이 내뱉었고 재미있을 때도 많았다.

머시룸은 맨덜리 공 일행이 탄 외돛 상선의 이름은 '흥겨운 소금'이었지만, 북쪽의 화이트하버로 향하는 배의 분위기는 흥겨움과는 거리가 멀었다고 전한다. 토르헨 맨덜리 공이 딸들에게 보낸 서신들에 명백하게 드러나듯이 전 수관은 "그 부루퉁한 녀석"을 늘 탐탁지 않게 여겼고, 왕이 무례하게 그를 파면하고 순행을 "망친" 것을 절대 용서하지 않았다. 특히 그렇게 갑작스럽게 순행을 취소한 행위는 심하게 치욕스러운 개인적인 모욕으로 받아들였다.

국왕 아에곤 3세는 칠왕국의 통치권을 수중에 넣자마자 그에게 가장 헌신하고 충직했던 수하 중 한 명을 적으로 돌린 것이었다.

그리하여 섭정들의 통치는 비루하게 막을 내렸고, 부서진 왕의 부서진 통치가 시작되었다.

부록

계보와 가계도

타르가르옌 계보

아에곤의 정복을 원년으로

1~37	아에곤 1세	정복자, 드래곤
37~42	아에니스 1세	아에곤 1세와 라에니스의 아들
42~48	마에고르 1세	잔혹 왕, 아에곤 1세와 비세니아의 아들
48~103	재해리스 1세	늙은 왕, 조정자, 아에니스의 아들
103~129	비세리스 1세	재해리스의 손자
129~131	아에곤 2세	비세리스의 장남 [아에곤 2세의 즉위를 두고 그보다 열 살 연상이었던 이복 누나 라에니라가 이의를 제기했다. 가수들이 드래곤들의 춤이라고 부르는 내전 중 둘 다 사망했다.]
131~157	아에곤 3세	드래곤의 파멸, 라에니라의 아들 [아에곤 3세의 재위 중 타르가르옌 왕가 최후의 드래곤이 죽었다.]
157~161	다에론 1세	젊은 드래곤, 소년 왕, 아에곤 3세의 장남 [다에론은 도르네를 정복하였으나 지키지 못하고 요절했다.]
161~171	바엘로르 1세	사랑받은 왕, 성왕, 성사이자 왕, 아에곤 3세의 차남
171~172	비세리스 2세	아에곤 3세의 동생

172~184	아에곤 4세	자격 없는 왕, 비세리스의 장남 [그의 동생 '드래곤 기사' 아에몬 왕자는 나에리스 왕비의 대전사였으며, 그녀의 연 인이라는 의혹이 있다.]
184~209	다에론 2세	선한 왕, 나에리스 왕비의 아들, 생부는 아에곤 또는 아에몬 [도르네의 공녀 미리아와 혼인하여 도르 네를 왕국에 통합하였다.]
209~221	아에리스 1세	다에론 2세의 차남(후사가 없음)
221~233	마에카르 1세	다에론 2세의 사남
233~259	아에곤 5세	뜻밖의 왕, 마에카르의 사남
259~262	재해리스 2세	뜻밖의 왕 아에곤의 차남
262~283	아에리스 2세	미친 왕, 재해리스 2세의 독자

* 아에리스 2세가 권좌에서 쫓겨나 살해당하고 그의 후계자였던 라에가르 타르가르엔 왕세자가 트라이던트에서 로버트 바라테온에게 참살당하면서 드래곤 왕가의 계보는 끝났다.

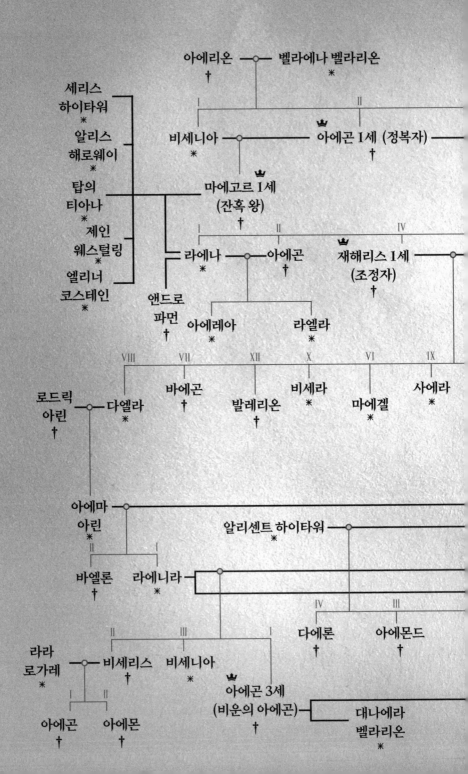

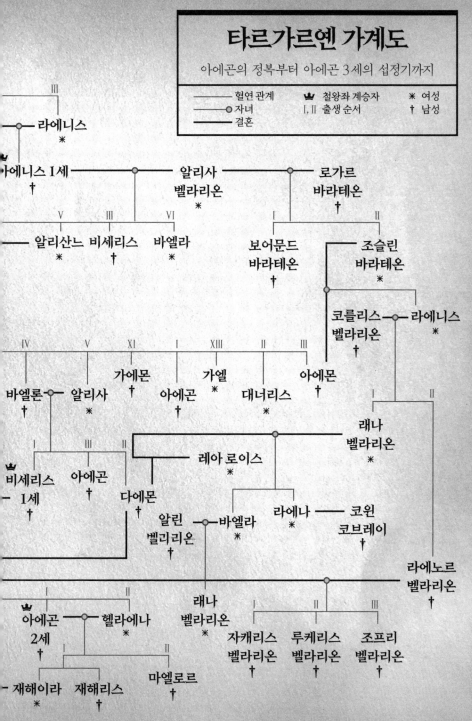

타르가르옌 가계도

아에곤의 정복부터 아에곤 3세의 섭정기까지

——— 혈연 관계	♛ 철왕좌 계승자
—●— 자녀	I, II 출생 순서
━━━ 결혼	

✳ 여성
† 남성

III
라에니스 ✳

♛ 아에니스 1세 † —— 알리사 벨라리온 —— 로가르 바라테온 †

V 알리산느 ✳ III 비세리스 † VI 바엘라 ✳

I 보어문드 바라테온 † II 조슬린 바라테온 †

코를리스 벨라리온 —●— 라에니스 †

IV 바엘론 † V 알리사 ✳ XI 가에몬 † I 아에곤 † XIII 가엘 ✳ II 대너리스 ✳ III 아에몬 †

래나 벨라리온 ✳

I
비세리스 1세 ♛ † III 아에곤 † II 다에몬 † —— 레아 로이스 ✳

알린 벨라리온 † —●— 바엘라 ✳ 라에나 ✳ —— 코윈 코브레이

라에노르 벨라리온 †

I 아에곤 2세 ♛ † —— 헬라에나 ✳ 래나 벨라리온 ✳ II 자캐리스 벨라리온 † II 루케리스 벨라리온 † III 조프리 벨라리온 †

I 재해이라 ✳ 재해리스 † II 마엘로르 †

* 부계로 타르가르옌 혈통인 경우 성(姓)을 표기하지 않았습니다.

옮긴이의 말

2019년 4월, 미국 드라마 〈왕좌의 게임〉이 드디어 여덟 번째 시즌이자 마지막 시즌의 방영을 앞두고 있다. 조지 R. R. 마틴의 장편 판타지 시리즈 〈얼음과 불의 노래〉를 바탕으로 제작된 이 드라마는 2011년에 시즌 1 방영을 시작한 이래 전 세계에서 열광적인 인기를 끌면서 사상 최고의 히트작이 되었고, 원작을 따라잡은 시즌 6부터는 마틴이 제공한 기본적인 줄거리와 설정을 토대로 소설로 출간되지 않은 오리지널 내용을 전개하면서 어느덧 종영 직전에 이르렀다.

3부 이후 느린 출간 속도로 말이 많았던 원작 소설은 드라마가 방영되기 시작하면서 후속편이 더 빨리 나오지 않을까 하는 기대가 있기도 했으나, 드라마 시즌 1이 방영된 2011년에 5부 《드래곤과의 춤》이 출간된 뒤 여전히 다음 편이 나오지 않은 상태다. 2016년에 발간 예정이었던 6부 《겨울의 바람》은 계속해서 미뤄지고 아직도 언제 나올지 오리무중이라, 지금껏 기다려온 독자들은 여전히 희망 고문에 시달리고 있다. 2014년에 국내에

《세븐킹덤의 기사》라는 이름으로 출판된 외전인 덩크와 에그 이야기 역시 다음 편이 나오지 않았다.

  그런 와중에 본전이 아닌 또 다른 외전 《불과 피》의 출간은 독자에게 어리둥절한 일일 수 있다. 본전의 다음 편이 안 나온 지 벌써 8년이고 예전에 발간된 다른 외전도 멈춘 상황인데, 이제 와서 무려 800페이지가 넘는 프리퀄이라니……. 게다가 이마저도 2부작이라서(국내에서는 1부 《불과 피》가 2권으로 출간된다) 그 역시 기약할 수 없는 다음 편을 기다려야 한다. 이만한 외전을 쓸 시간을 차라리 본전에 집중하였다면 6부가 이미 나오고도 남지 않았겠느냐고 생각할 법도 하지만, 지난 몇 년간 마틴이 여러 타 작가 및 팬들과의 대담에서 발언한 내용을 살펴보면 6부를 집필하면서 엄청난 압박감에 시달리는 듯하다. 다양한 장소에서 다른 시간대에 진행하는 열 명이 넘는 시점 주인공들의 이야기는 물론 여태껏 전개된 여러 부차적 줄거리까지 엮는 것이 너무 복잡해졌으며, 이 모든 것을 독자들이 만족할 정도로 재미있고 드라마틱하게 풀어내기가 매우 어렵다고 한다. 2016년에는 다작하는 작가로 유명한 스티븐 킹과의 대담에서 마틴이 킹에게 자기는 지난 6개월간 세 챕터밖에 쓰지 못했다고 토로하면서 어떻게 글을 그렇게 빨리 쓸 수 있느냐고 물어볼 정도였으니, 《겨울의 바람》 집필이 얼마나 심한 난관에 부닥쳤는지 가늠할 수 있을 것이다.

  그에 비해 《불과 피》는 매우 즐겁게 썼다고 마틴은 지난 12월 《불과 피》 출판 기념 팬들과의 대담에서 털어놓았다. 구조적으로 본전보다 훨씬 단순할 뿐만 아니라, 상당한 분량을 이미 예전에 써두었던 터라('아에곤의 정복'부터 '드래곤의 아들들'까지는 몇 년 전 출간된 본전의 세계관 설명서 《The World of Ice and Fire(얼음과 불의 세계)》를 위해 썼다가 너무 길어서 빠진 분량이고, '드래곤들의 죽음' 장들 역시 예전에 다른 작품집에 수록되어 출간된 바 있다), 집필 과정이 무척 수월했던 모양이다.

그렇게 탄생한 이 새로운 프리퀄은 본전과 덩크와 에그 이야기와는 여러 모로 다르다. 먼저 본전보다 300여 년 앞선 시점에서 시작하는 가상 역사서의 형식을 취한 터라 현재 진행형인 본전에 익숙한 독자들에게는 생소할 수 있다. 전지적인 서술자가 아에곤의 정복 이후의 역사를 단지 연도별로 나열하는 게 아니라, 후세의 최고학사가 여러 '사료'를 참조하여 사건들을 서술하며 때로는 대학사, 성사, 어릿광대처럼 전혀 성향이 다른 이들의 관점에 기반하여 역사를 해석하고 진위에 대한 판단을 독자에게 맡기는 등, 매우 흥미로운 방식으로 타르가르옌 왕조의 초·중기 시대에 일어난 일들을 훑어보는 기회를 제공한다. 또한 전부 기억하기 어려울 정도로 수많은 인물이 등장하지만, 세부 사항에 치밀한 마틴은 그중 상당수에게 생동감 넘치는 개성을 부여한다. 작중에서 이미 다들 죽고 없는 과거의 사람들임을 알면서도, 어린 대너리스 공주가 춥다며 자기 엄마를 깨울 때나 아에몬 왕세자가 비명에 떠날 때, 자캐리스 왕자가 자신의 드래곤과 함께 최후를 맞이할 때나 아담 벨라리온의 비석에 새겨진 비문을 접할 때 뭔가 애석하고 안타까운 기분을 금할 수 없는 독자도 있을 것이다. 책에 수록된 수십 장의 삽화도 특정 등장인물에 감정적으로 몰입하게 하는데, 특히 1권 마지막에 실린 후련한 듯한 미소를 머금은 노쇠한 알리산느의 모습은 그녀의 서글펐던 말년과 대조되며 심금을 울린다.

《불과 피》는 약 140년의 역사를 망라하면서 아에곤의 정복 후 웨스테로스에서 일어난 여러 사건을 묘사한다. 사회와 제도의 발전은 물론, 도성으로서 킹스랜딩의 성장과 왕가와 종단의 갈등, 도르네와의 전쟁과 아에레아 공주의 죽음과 웨스테로스 전체를 분열시킨 내전 등 많은 흥미로운 내용을 수록하는데, 본전과 비교하여 특히 두드러지는 부분은 바로 드래곤이다. 〈얼음과 불의 노래〉에서 드래곤은 그 존재만으로도 가슴을 설레게 하고 언젠가 있을 강렬한 카타르시스를 기대하게 하지만, 아직까지는 전체적으로 비중이 미미했다고 볼 수 있다. 〈불과 피〉에서는 다르다. 처음부터 웨스테로스 사상 최강의 드래곤 검은 공포 발레리온이 등장하여 하룻밤 만에 하렌홀을 녹여버리고 불의 들판에서 수만 병력을 잿더미로 만든다. 타르가르옌 왕가의 초기 3대 드래곤 발레리온, 바가르, 메락세스 외에도 버미토르, 실버윙, 카락세스, 멜레이스 등 여러 쟁쟁한 드래곤이 위용을 떨치며 본전에서는 상상하기 어려운 타르가르옌 왕가의 저력을 과시한다. 마틴은 드래곤이 모든 판타지 소설의 로망이자 스튜에 넣는 소금과 같은 역할을 한다고 말한 바 있다. 적절히 첨가하면 스튜의 맛을 더없이 좋게 하지만, 너무 많이 넣으면 아예 맛을 버리게 하는 소금. 그래서인지는 몰라도, 타르가르옌 왕조 전성기 시절 동시대에 무려 열일곱 마리나 있었던 드래곤들은 드래곤들의 춤 내전을 거친 다음에는 두어 마리밖에 남지 않게 된다. 주요 등장인물들을 가차 없이 죽이는 만행으로 유명한 마틴 앞에서는 드래곤들도 예외가 아니었던 것이다.

타르가르옌 왕조의 역사서 1부에 해당하는 《불과 피》는 왕조의 7대 왕인 아에곤 3세가 성년에 이르는 시점에서 끝난다. 드래곤이 거의 사라졌으니 2부는 재미가 덜하지 않을까 하는 염려는 뒤두어도 된다. 왕권을 공고하게 해준 드래곤들을 전부 잃었음에도 왕국을 유지한 아에곤 3세와 그의 동생 비세리스 1세, 정복자 아에곤 이후 최강의 무력을 자랑하며 드래곤 없이도 도르네 정복에 성공한 다에론 1세, 블랙파이어 반란 그리고 덩크와 에그 이야기의 주 무대인 마에카르 1세와 아에곤 5세 시절에 이어 왕조의 마지막 왕인 미친 왕 아에리스 2세까지, 실로 흥미진진한 이야기들이 우리를 기다리고 있다. 하지만 언제 2부를 접할 수 있을지, 애초에 2부가 나올 수 있을지는 아무도 대답할 수 없는 질문이다.

마틴이 창조한 얼음과 불의 세계관은 방대하며 설정도 탄탄하다. 본전이 주로 진행되는 웨스테로스는 알려진 세계의 절반에도 미치지 못하고, 자유 도시와 발리리아의 폐허와 콰스와 아샤이가 있는 동부 대륙 에소스, 야생의 대륙으로 알려진 남부의 소토리오스와 아예 알려진 것이 없다시피 한 울토스와 웨스테로스 서쪽에 존재할지도 모르는 미지의 신대륙까지, 〈얼음과 불의 노래〉가 완결된 다음에도 후속작으로 삼을 이야깃거리가 무궁무진하다. 실제로 드라마 〈왕좌의 게임〉의 제작사인 HBO는 이미 각자 다른 시대를 다루는 프리퀄 다섯 개의 시범 제작을 진행하고 있으며, 그중 본전보다 5000~1만 년 앞선 시대에 벌어진 대재앙 '기나긴 밤'을 배경으로 하는 시리즈가 거의 확정되었다는 근황이다. 마틴은 〈왕좌의 게임〉에 비해서는 이런 프리퀄의 제작에 깊이 관여하지 않고 있는데, 하지 않고 싶어서가 아니라 6부 집필에 집중하기 위해서라고 한다.

어떻게 보면 《겨울의 바람》이 마틴에게 어떤 병목 현상을 일으켰을 수도 있다. 드라마의 진행과 마감에 쫓기며 막대한 중압감에 시달리면서 시간은 점점 흘러가고, 결국 드라마에 따라잡히고 마감도 몇 년이나 늦어지면서 집필 자체가 무척 괴로운 고통을 주는 것은 아닌지. 하지만 일단 끝내기만 한다면, 마치 막힌 혈이 뚫리듯 큰 마음의 부담을 내려놓은 마틴이 완결 편인 7부와 다음 덩크와 에그 이야기와 《불과 피》 다음 편을 순식간에 써낼지도 모를 일이다. 다만 문제는 마틴이 이제 칠순에 접어들었다는 것인데, 다행히 아직 원기 왕성하며 건강도 매우 좋다고 한다.

이제 마틴은 매일 글을 쓰기 시작할 때 큰 그림을 생각하지 않으려고 한단다. 다음 페이지, 다음 문장, 다음 단어에 집중할 뿐이라고. 책이 완결되는 그날까지 독자들의 오랜 기다림은 여전히 계속되고, 그동안《불과 피》가 조금이나마 갈증을 달래줄 수 있기를 바란다.

김영하

불과 피 2

얼음과 불의 노래 외전

1판 1쇄 발행 2019년 4월 17일
1판 4쇄 발행 2022년 9월 1일

지은이 · 조지 R. R. 마틴
옮긴이 · 김영하
펴낸이 · 주연선

(주)은행나무

04035 서울특별시 마포구 양화로11길 54
전화 · 02)3143-0651~3 | 팩스 · 02)3143-0654
신고번호 · 제 1997—000168호(1997. 12. 12)
www.ehbook.co.kr
ehbook@ehbook.co.kr

ISBN 979-11-89982-04-1 (04840)
      978-89-5660-898-3 (세트)